中国语言文学专业原典阅读系列教材

U0646187

中国古代文论

丛书主编◎曹顺庆

汪涌豪　主编　　　王汝虎　副主编

北京师范大学出版集团
BEIJING NORMAL UNIVERSITY PUBLISHING GROUP
北京师范大学出版社

图书在版编目（CIP）数据

中国古代文论 / 汪涌豪主编. —北京：北京师范大学
出版社，2021.8
中国语言文学专业原典阅读系列教材
ISBN 978-7-303-26370-7

Ⅰ.①中⋯ Ⅱ.①汪⋯ Ⅲ.①中国文学－古代文论－
教材 Ⅳ.①I206.2

中国版本图书馆 CIP 数据核字（2020）第 188011 号

营 销 中 心 电 话 010-58807651
北师大出版社高等教育分社微信公众号 新外大街拾玖号

ZHONGGUO GUDAI WENLUN
出版发行：北京师范大学出版社 www.bnup.com
　　　　　北京市西城区新街口外大街 12-3 号
　　　　　邮政编码：100088
印　　刷：北京玺诚印务有限公司
经　　销：全国新华书店
开　　本：787 mm×1092 mm 1/16
印　　张：25
字　　数：527 千字
版　　次：2021 年 8 月第 1 版
印　　次：2021 年 8 月第 1 次印刷
定　　价：56.00 元

策划编辑：周劲含　　　　　责任编辑：梁宏宇
美术编辑：李向昕　　　　　装帧设计：李向昕
责任校对：康　悦　　　　　责任印制：马　洁

总　序

曹顺庆

《光明日报》2014年9月24日第1版刊登了叶小文的《民族文化基因是中国梦的魂与根》，文章指出：

> 在观摩北师大"国培"计划课堂教学后，习近平总书记强调要学习古代经典，语重心长。讲的虽是教材编辑要保留必要的中国文化经典，却涉及"把根留住"——民族复兴中国梦的文化根基和价值支撑……
>
> 纵览世界史，一个民族的崛起或复兴，常常以民族文化的复兴和民族精神的崛起为先导。一个民族的衰落或覆灭，往往以民族文化的颓废和民族精神的萎靡为先兆。文化是精神的载体，精神是民族的灵魂。

我认为，当代中国文化面临的最为严峻的问题，是中国古代文化经典面临失传的危险：现在许多大学生基本上无法读懂中国文化原典，甚至不知"十三经"究竟为何物。这种不读中国古代经典原文的现象，已经大大地伤害了学术界与教育界，直接的恶果，就是学风日渐浮躁，害了大批青年学生，造就了一个没有学术大师的时代，造成了中国文化的严重失语，造成了当代中国文化创新能力的衰减。

造成这种局面的原因固然很多，但其中重要的一条是，我们在整个教育体制、课程设置、教学内容、教材编写等方面都出现了严重的问题。以教材编写为例，编写内容多为"概论""通论"，具体的"原典阅读"少，导致学生只听讲空论，只看"论"，不读经典；只读文学史，而很少读甚至不读经典作品就可以应付考试，以致空疏学风日盛，踏实作风渐衰。另外，许多教师所用的读本基本是以"古文今译"的方式来教学的，而并非让同学们直接进入文化原典文本、直接用文言文阅读文化经典与文学典籍，这样的学习就与原作隔了一层。因为古文经过"今译"之后，已经走样变味，不复是文化原典了。我认为应当要求学生直接阅读中外文原著，不用今译汉译，这也许是改变此种不利局面的有效途径之一。

正是基于以上的考虑，多年来，我大力倡导用古文（不用今译）读中国文化与文学典籍。 我在本科生中开设了"中华文化原典阅读"课程，在研究生中开设了"中国文化原典：《十三经》"课程，要求学生阅读原汁原味的中国文化原典，并且教材直接用经典原文，不用今译本。 开始时，同学们都读得很艰难，但咬牙坚持下来，一年后都基本能够自己查阅古代典籍，学术功底大大加强，不少学生更是在进入毕业论文写作阶段后尝到原典阅读的甜头。 我还开设了"中国古代文论"课程，要求同学们背诵《文心雕龙》《文赋》等中国文论典籍。 同学们开始皆感到"苦不堪言"，但我严格要求，每个学生都必须过此关，结果效果非常好，无论是写文章，还是开会发言，同学们对中国文论典籍信手拈来，文采斐然。 我也进一步加强了对西方文化与文学原典的教学，从 1998 年开始，我直接用英文教材给研究生开设"文学研究方法论： 当代西方文论导读"课程，要求每位同学都必须在课堂上用英文抽读西方文论著作。 经过一番艰苦磨练，虽然同学们感到太苦，但收获良多。 我的用心，就是试图做一个教学改革尝试，让同学们能读到经典原文，读原汁原味的东西，学通中西，获得实实在在的知识与智慧，而不是大讲空论，凌空蹈虚，不是在岸上大讲游泳理论，而是让同学们跳下水去学游泳，教师只是从旁边给予必要的指导与点拨。

由此我发现，原典阅读是培养和训练学生文化根底、 文化原创力的最重要、 最具本原意义的途径。 在专业学习中，对经典文本的研读和探讨能有效开阔视野并促进深邃探究能力的形成，从而使学生真正成为适应性强的高素质人才。 但在目前的中国语言文学教学中，原典阅读的缺席已成为一个阻碍优秀人才培养的明显障碍。 长期占主导地位的教学方式，让学生始终同原典存在隔膜。 针对这种情况，在教学中增加学生接触、研读、 探讨原典的机会，就成了课程和教学改革的当务之急与必由之路。

针对现有的学生只听教师空讲"概论"，而不读经典原文，不会背文学作品的现状，我萌生了编写一套适应 21 世纪人才培养需要的高质量原典阅读教材的想法。 我认为，编写一套好的教材也是学者的责任和使命。 一位合格的学者，除了做好学术研究外，还负有传承文明、 培养人才的神圣使命，一套优秀教材的影响力可能比学术专著的影响力还要大。 目前，一些高校推行百本大学生必读经典书目的举措，立意甚好，但收效甚微，原因就在于学生课外不一定抽时间去读，所以必须将经典阅读和阅读评测放在课堂上进行，编写原典阅读教材，或许是课堂教学改革的有效举措。

本系列教材坚持体现"回到原典"这一总体思路，倡导读原典、 讲段子，即课堂上抽查学生课外阅读原典的情况，进一步讲解原典，并且要讲精华，讲得有趣味，让学生由衷地喜欢经典原文。 教材基本构架为理论概述加经典作品选讲。 本系列教材第一批一共 10 本，涵盖了高等学校汉语言文学专业的核心课程，它的特点是名家主编、 点面结合、 深入浅出，倡导特色鲜明、 体例创新、 名家把关、 质量第一。 非常感谢学界同仁的大力支持，本次参加编写的主编皆为名家，其中有教育部"长江学者"特聘教授多名，还有国家级教学名师、 国际国内重要学会会长等。 为推进中国教育改革探索路径，教材的编写结构不以知识体系的完整性为唯一标准，而是以实际的课程时间和授课重点来安排内容和篇幅。 每部教材均为知识面介绍与重点讲授的结合，原则上每部教材既有概述阐释，又有原典选读，概述阐释能让学生较为全面系统地掌握知识要点，而原典选读则为讲授重点。

作为"中国语言文学专业原典阅读系列教材"的总主编，我认为这个工作是有重要意义的。 要培养真正具有深厚文化底蕴、 有大智慧、 有审美感受力和创新能力的人，最重要的一条路就是返回文化的根，重新审视原典阅读对于青年学子的价值，为同学们打下坚实的学术基础，提高大家的学习积极性，巩固中国文化根底，加强文化自信。

感谢北京师范大学出版社马佩林先生的鼎力支持。 本套丛书虽然立意甚高，但尚需教学实践的检验。 希望学界及教育界广大师生不吝赐正。

2017 年 3 月

前　言

目前已有许多中国文论史专著，本书的编撰"并不是要仅仅在它们之中再加上一部"①，而是想在有限的篇幅内，将古代文论置于特殊的历史语境予以通观式的整体呈现。因此本书在写法上无取细大不捐的条分缕析，而是在有所去取之中，对如何在长时段视域下呈现古人文学理论批评的实际生态和样貌予以特别的关注。

所谓长时段视域下文论史的重新认识与发现，并不一定胶着于物理时间，而是指尽可能以宏观的视野，撷取不同时期古人的核心观念，以一种有别于仅按"时代—人物—主张"排列的非套路化叙事，造成既著实又开放的新的知识序列。对古人而言，一切历史亦尽为当代史。因此每一个时段的文论言说必都是特殊的，那些看似代相沿袭的言说必都有其异质性因素，层累地造成论说的特殊性，进而在整体的意义指向上体现出不同于前贤后辈的独特性。故本书所谓长时段的观照，如果说有所着落，主要体现在对论述对象的前后承续关系尽可能做出整体性的动态把握。也即以核心批评家和批判理论为重点，致力于呈现各个时代文论的不同面貌，在客观呈现古文论层次结构之多元性的同时，力求裸出其内在的统一性。有鉴于古代文论学科的本质是经典阐释，其观点与论述皆立足于对基本史料的解读，因此每节之后所附的"原典选读"，除了包括已做出评赞的重要批评家及其重要论说外，更注意引入囿于篇幅而未述及的批评家的相关论说。希望这样既可以弥补面上展开的不足，又有助于开显其与已经论及部分的隐在联系，从而避免"历史的近视"。

本书力求做到以符合知识论公义的观念方法来审视与评判古人的论说；尽可能用整赡而圆融的论述开显古人论说的内生性理路，揭示其潜在的理论价值。基于自来所承受的传统和特殊的致思习惯，古人对文学的言说很少有贯穿一致的"文论史"意识，故今人若亦步亦趋，持一种从观念到观念、从批评家到批评家的叙述模式，虽甚简便，又望之厘然，但终究与古人的运思多有扞格。有鉴于此，本书一方面注重从更深广的社会历史文化入手，将特定文论家和文论流派的批评主张放置在大时代的思潮变幻中予以考察；另一方面又力求"以新眼读旧书"，借鉴和调用各种有针对性的理论、方法，照见和洗发古人经典言说中常有的晦暗不明的部分，庶几既保留古典的特殊性及其完足的

① ［英］罗素：《西方哲学史》，美国版序言，5页，北京，商务印书馆，1963。

神气，又能揭出其中所深藏的一般意义。

再要说明的是本书的分期，这关涉对文论史的宏观把握。前贤如郭绍虞所著《中国文学批评史》基于一种"纯文学"观，将之划分为演进、复古和完成三个阶段，分别对应周秦至南北朝、隋唐至北宋和南宋至近代。后来通史类著作大多按朝代分期，只是有的分为先秦两汉源头期、魏晋南北朝自觉期、唐至明代分体批评理论发展期、晚明以下至近现代转型新生期等四期，有的分为先秦萌芽期、汉魏六朝发展成熟期、唐宋金元深入扩展期、明清繁荣鼎盛期和近代中西结合期等五期。顾及教材的特殊性，本书于此不敢鹜新，大致也以朝代断限，与各家稍有不同的是未将魏晋南北朝合为一段，而认为与文学自觉相对应，魏晋时期的文论开始摆脱经学束缚，围绕文学本体展开，并已出现像《典论·论文》和《文赋》这样的作品，尤其后者思理之深湛与展开之缜密，诚可为真正的文论立范，故予单独立章。而后南北朝文论日见繁盛，不但出现了体系宏富的典范性专书，而且重要命题大抵具备，故也作专章处理。隋唐五代踵武前贤，创作与理论都能承继前人而自立判断，进而形成自己的面目，使文论的经典化过程得以真正完成，与诗文等核心文类相关的批评理论更成为后人无法绕过的典范，自然也值得专章展开。两宋以降，随着"后经典化"时代的开启，论者多以阐释已有概念、范畴和理论命题的方式申扬自己的主张，其中宋金元由于社会整体转衰，理学、心学导致的士大夫性格的内倾化，时人治学论文的思致亦逐渐转精转细，审美趣味随之趋向淡静，呈现出与唐前风尚迥异的宋型文化的特殊征象，故特设专章予以发扬。明清两代治学风气先空疏而后趋沉实，从明代复古理论的兴起，到明末清初实学及乾嘉朴学对传统学术的全面清理，使得文论在广度与深度上都有了陵轶前人的进步，故最后列"文论的集大成"一章以为收束。

本书绪论由汪涌豪、王涛撰写，第一、第二章由胡晓薇撰写，第三、第四章由王汝虎撰写，第五、第六章由张震撰写，第七、第八章由谢群撰写，最后由汪涌豪统一定稿。

编　者

目　录

绪　论

中国古代文论是中国古代文学理论的省称，研究对象包括观念形态的文学理论，具体的文学批评、鉴赏，以及其他相关的文学理论批评。与众多中国人文学科一样，虽然现代学科意义上的古代文论形成于"五四"之后，但其大概的形态却古已有之，最早可上溯至魏晋文学自觉时期。其时，已有曹丕的《典论·论文》、挚虞的《文章流别论》和陆机的《文赋》等专门的论文之作。至南朝，文论因出现了像刘勰的《文心雕龙》、钟嵘的《诗品》这样体大思精的专著而日臻成熟。隋唐以降，相关著述更多，言说形态也更为丰富，以致目录学将其从总集中析出，先专列"文史"一类归置，后又别出"文评""诗评"来厘定其身份。到了传统学术总结期的清代，四库馆臣将"文评""诗评"合为"诗文评"，列于集部之后。察其所收书目与所撰提要中的判语，与现代意义上的文学理论已非常接近，所以称传统"诗文评"与古代文论意指相当，大抵是不错的。古代文论的学科基础由此得以奠定。

不过，这一学科并非一开始就有"古代文学理论"的定名。1949 年前，它通常被称为"中国文学批评史"。如 1927 年，陈中凡出版的那部被称为有学科开创之功的著作就是以此命名的。只是它仅依据《四库全书》"诗文评"中的材料，对古人的观点做了简要的胪述，虽框架初建，内容却欠丰赡。而后郭绍虞于 1934 年推出同名的《中国文学批评史》上卷，搜罗较陈著为广，尤能以"演进与复古""杂文学与纯文学"这样历时与共时交互的方式展开论述。诚如朱自清所说，因"材料与方法都是自己的"，故郭著被视为真正的现代意义上的学科奠基之作。再以后，代表一时研究最高成就的方孝岳的《中国文学批评》（1934）、朱东润的《中国文学批评史大纲》（写于 1934 年，出版于 1944 年），还有罗根泽的《中国文学批评史》（周秦至六朝部分出版于 1934 年，1943 年重版时扩充至隋唐）先后面世，也都采用这样的命名。这其实代表了学者共同的认知，即认为这一学科是以研究古人文学批评的发生发展历史为基本任务的。1949 年后，郭绍虞率先将所著改编为《中国古典文学理论批评史》（1959）。对此，他的解释是："我们有时称文学理论批评，有时称文学批评，含义是一样的，为从简计，称'文学批评'的时候要多些。"受此影响，此后除黄海章、刘大杰、周勋初以及王运熙、顾易生所著仍沿用"批评史"的定名外，其他研究者开始在书名中加入"理论"二字，如敏泽的《中国文学理论批评史》（1981）、张少康和刘三富的《中国文学理论批评发展史》（1995）等。 蔡钟翔等所著五卷本，干脆径题作"中国文学理论史"。

审视这种易名，可以看到一个时代整体风气的影响。 本来，诚如陈中凡《中国文学批评史》所说，古代"诗文之有评论，为书多矣"，"顾或研究文体之源流，或第作者之甲乙，为例各殊，莫识准的"，对于"批评"一词也从未能确认其意义。 他指出远西学者所说"批评"的含义不尽相同，有用彼所论来裁量古代文论，以突出"文学作品之性质及其形式"的意思。 罗根泽《中国文学批评史》绪言中所立界说也从远西来，他指出所谓"文学批评"，在西方原指"文学裁判"，后引申为文学裁判的理论，"所以狭义的文学批评就是文学裁判，广义的文学批评，则文学裁判以外，还有批评理论及文学理论"，而"中国的文学批评本来就是广义的，侧重文学理论，不侧重文学裁判。 所以研究'中国文学批评史'，必须采取广义，否则不是真的'中国文学批评史'"。 基于这一认知，罗根泽主张择用"文学评论"为学科定名，不过考虑到约定俗成，最后退而沿用了旧名。 前及郭绍虞的"从简"说与二人所言看似并无二致，在绪论中，郭绍虞也认为文学批评有广狭二义，"就广义讲，可以包括文艺理论； 就狭义讲，只指对文学作品作的评论"。 以前常合在一起的两者之所以现在会分开，是因"古典文学之中狭义的文学批评，只能偏于技巧方面，讲些起承转合的作法，讲些平仄协调的声律，或摘举隽句，或考证事实，不会接触到作品的思想性和人民性"。 故同样是本西人之说，陈、 罗更多承继的是欧洲的传统，郭氏遵行的则是主流意识形态和 20 世纪 60 年代风行的俄苏传统。 故他改"批评"为"理论"，指导思想和言说立场上显然有跟上时代步伐的考虑。 只是这种将内容形式截然二分，同时扬此抑彼、 轻忽"作法"的观点，与他此前着意倡导的"纯文学"多少有些龃龉，故后来但凡援"理论"二字作学科、 著作命名的研究者，除敏泽明确标示内容优于形式外，大多仅借"理论"之名，并未全盘沿袭其观点，而将"狭义的批评"排除在外。 相反，越到后来，对它的重视程度越高。

近年来，随着学术本位意识的凸显，学科论定之事悉归学理，对古人文学观的研究也开始在不舍弃具体批评的同时，更重视对批评观念、 原则和方法的审视，通史类专著则更多关注古人对创作、 批评所做的理论化表述，以及这种表述所达到的广度、 深度与纯净度。 故相应地，用"文学理论"而非"文学批评"的渐渐多了起来，"中国古代文论"这一省称也日渐为学界所普遍接受。 有学者进而分疏两者的不同，在所著文论史中开宗明义指出"中国文学批评史"这一名称不足以反映古人文学言说的全部，更不能被用为对整个学科的概括，因为"文学批评只是文艺学的一个分支"，"似应主要评述古人文学批评活动的历史，以及从中总结出来的批评观念和批评方法"，而中国古代文论的重点是"对古代文论中蕴含的文艺美学思想资料的发掘、 整理、 阐释，评述文论史上具有重要地位的理论思想、理论范畴、理论体系"①。但因为分疏得有些绝对，这就又将狭义的"文学批评"逐出了"文学理论"。其实，将批评理论与批评实践截然断作两橛，不惟行不通，与古人的致思习惯和言说特点也不能兼容。众所周知，基于因事生言、言不离事的言说习惯，古代"批评家"大多好追求触处见机、目击道存的论辩机趣，并借以张大个人情性，彰显哲理智慧，故鲜有人脱离传统文化、哲学与美来从事抽象的文学批评，并由此总结出一系列论理性的观念与方法。相反，基于"赏者，所以辨情也，评者，所以绳理也。赏而不正，则情乱于实；评而不均，则理失其真"（刘昼《刘子·正赏》）的认知，评论者经常赏与评合一，既寓赏于评，又要求评中见理。"从中总结出来的批判观念和批评方法"，即使最后凝定为整赡的概念、范畴，也大多不脱自然与人事两端。并且，与西人以创设新的理论名言作为个人学术成熟的标志不同，中国古人不崇尚互相驳诘，不喜欢抗论别择，而更愿意在前人的旧词中注入己见，延展出新意。故与其说中国古人的文学言说是一个纯粹的理论"单体"，毋宁说正是传统的思想观念与文化构成了其言说的"前理解"和"知识背景"，并使这种言说始终带有虽能抽象而终究不脱具象的色彩，使其对文学的理解与表达显得既有自圆自足的闭合一面，又有泛应曲当的开放一面。今天检视古人对文学的言说，乃至确立学科的知识边界，自然应重点关注那些具有重要地位和影响的观点与主张，究明其见潜在的逻辑联系，但又绝不能将理论与批评对立起来。批评固然从来需要并实际上也接受了理论的指引与罩摄，却也是构成古文论的重要部分，乃至赋予了这种理论最鲜活生动的品性。从这个意义上说，将批评史和文学理论史分开只具有逻辑的可能性。事实上，一个熟悉古代文学理论批评生态的人是不会这么做的。它是可以而非必须，更谈不到应该。且这两者的分野，无碍于今人对学科的认知。至于用"古代文论"或"古文论"这样的称名，更不过是取其简洁而已。

如前所说，与许多人文学科一样，现代意义上的中国古代文论学科诞生于"五四"以后传统学术范式的转变期，是彼时学人重估传统价值与重构知识谱系的产物。所以朱自清的《诗文评的发展》会说："中国文学批评史的出现，却得等到五四运动以后，人们确求种种新意念新评价的时候……这也许因为我们正在开始一个新的批评时代，一个重新估定一切价值的时代，要重新估定一切价值，就得认识传统里的种种价值，以及种种评价标准；于是乎研究中国文学的人有些就将兴趣和精力放在文学批评史上。"

既然是重估，则"传统"与"现代"的断裂，难免会成为学科诞生的逻辑预设。又因为其时所谓的现代观念是在"国故派"与"新文化派"的新旧论争中形成的，以后又逐渐会聚成以西方强势话语为主导的整赡体系，因此"古今"与"中西"便成为与中国文论学科相伴生的，乃至构成其无计回避的知识观照背景的两大重要问题。任何一部与

---

① 赖力行：《中国古代文论史》，绪论，1页，长沙，岳麓书社，2000。

中国文论相关的论著，无不或主动或被动、或隐或显地回应着这两个问题，提出对其质的异同和价值高下的判断。不同的只是有的偏重论古，有的旨在鉴今，立场有些许差别而已。时风所及，晚清以来饱受冲击的"中"与"古"，在价值序列上往往低于"新文化"运动后的"西"与"今"，这使得"以西律中""移中就西"等常成为论者普遍选用的阐述方式。相关专著的出现乃至整个学科的成立，从某种程度上便从回应这种阐述方式开始。

新派学者好用"六经注我"的方式，做所谓传统学术科学化的尝试。具体来说，就是以西方理论为一切评判和裁量的依据，又仅将传统学术作为解决现实问题的资源，因而论述过程往往观念先行，具体的史料不过用来佐证其所持的观念而已。胡适和周作人可为这方面的代表。胡适在《国语文学史》和《白话文学史》等书中明言中国文学发展的趋势是直线进化式的，《白话文学史》引言更是直称"白话文学史是中国文学史的中心部分"，"这一千多年中国文学史是古文文学的末路史，是白话文学的发达史"，显然想以这种用"文言—白话"二元对立模式建构起的文学史来替自己的"文学革命"服务。周作人《中国新文学的源流》一书把传统文学思想划分为"言志"和"载道"两派，将前者解释为"即兴的文学"，又认为后者"主张以文学为工具"来表现"道"，进而认为中国文学的演进趋势是"这两种潮流的起伏"，从而将"五四"以后的新文学视为晚明公安派性灵文学的延续。这类明显有失偏颇的解读当时就遭到许多人反对，并刺激了学界对传统文学批评投入更多的关注。作为回应，他们集心力于史的撰述，且大多遵循以揭示古人原意为极诣的研究理路，如前及陈中凡在所撰《中国文学批评史》中，就开宗明义地提出"以远西学说，持较诸夏"的主张，要求以西方理论为参照，又强调立足点须始终放在中国。郭绍虞在所撰《中国文学批评史》上卷的序言中主张"在材料中间，使人窥出一些文学的流变"，特别强调论述应"极力避免主观的成分，减少武断的论调，所以对于古人的文学理论，重在说明而不重在批评"，似以还原历史为撰写的最高原则。朱东润虽认为一切史的叙述不可能将主观判断排除净尽，但在《中国文学批评史大纲》序言中仍坚持以"完全是史实的叙述"作为"我们的目标"。这一为早期学者共同遵守的"释古"立场，日后成为中国文论研究的主调。

然而，真正做到不盲目"信古"、不轻率"疑古"，然后合理"释古"，谈何容易。虽然上述诸家都反对新派学者的主观臆断与率意解释，但就知识结构而言，经五四新文化运动的洗礼，大多数学人已经学杂中西，虽主观上能提醒自己恪守专业本位，实则很难自外于时代潮流。有时为矫他人之弊而下的结论，自以为平情客观，其实仍不脱主观独断。即以郭绍虞为例，其《所谓传统的文学观》一文从先秦典籍中"文学"一词的含义考辨入手，指出有"尚用"与"尚文"的分别，儒家"尚用"而道家"尚文"，"尚用"是"散文"而"尚文"是"韵文"。由此两家衍生出的文学观，又被其分别等同于"杂文学"和"纯文艺"。郭绍虞把这两种文学观的演进贯穿于以后所写的批评史，结果难免削足适履。 如六朝文笔之争实基于时人"有韵为文""无韵为笔"的认识区隔，并无关于"纯文学"和"杂文学"的讨论。 "纯文学"观念是从欧洲经日本中转传入的，古代的杂文学体制决定了其自身本不足以产生百分之百的纯文学。 进而言之，现代意义上的"文学"观念也是从欧洲经由日本中转传入的，若真要契合中国的实际，便不应将"文学"一词置于核心地位。 所以，朱自清评《中国文学批评史》上卷虽有开创意义，但仍犯了时人"直用西方的分类来安插中国的材料"的毛病，认为如要符合中国文学理论批评的实际，应首先探讨"六义"中的"赋""比""兴"，而非西来的"文学"。 "赋""比""兴"影响后世诗论极大，其中"比""兴"更是"历代评诗的金科玉律"。 于此可知，欲追求全然客观的态度，在实践层面而言是困难的，从理论层面而言毋宁说是不应该的。 欲由传统学问造成现代学科，须有重新审视、解读甚至解构文本以催成符合现代知识论公义的转型的功夫，而这一过程必然要求研究者对既有史料有所取舍与整合。 如一味以还原历史为终极追求，只能陷入逻辑上的二律背反。

这一点，后出的罗根泽看得更清楚一些。 他在《中国文学批评史》绪言中明言没有"绝对的客观"，"我们亲自看见'五四'以前的载道文学观，亲眼看见'五四'对载道文学观的革命，又亲自看见'五四'的缘情文学观的被人革命"。 基于时代观念的转变，著述的关键便不能"自锁于一种胶固的时代意识"，也即若要在观念的嬗变中保持中国文论学术性的相对稳定，就必须打破时代的桎梏，在方法论上有足够的自觉。 所幸"因为时代意识所造成的主观成见，则我们得时独厚，可以祛除"。 罗根泽结合英国人乔治·森茨伯里（George Saintsbury）的《文学批评史》（*The History of Criticism*），从批评的前提、批评的进行、批评的立场、批评的方法、批评的错误和批评的建设等七个方面条分缕析，以期"探述文学批评的真相"。 且不论实际成效如何，至少相较于前述诸人，他在认识上似更能自觉采用新理论来规避或来自时代或刻意与他人立异的先验立场。 这意味着作为现代学科的文论史，至少其中通史类撰著已开始有了理论上的自觉，所得到的成果因此也就显得更为成熟。

具体个案研究不断深入，也标志着学科的成熟。 在这方面，郭著也较同时代其他著作典型。 它非常重视单个概念、范畴的辨析，乃至不乏以具体的概念、范畴，以及基于这些概念、范畴的理论命题和主张，如"知言说""养气说""复古说"作为各章节的讨论中心。 至于行文中用大量笔墨分辨"文学""文章"与"文辞"，"文"与"笔"，"情文""声文"与"形文"等名言的异同，更使论述趋于密致和深入。 尽管如此，因有如前所述"纯"与"杂"这样的预设性判断，有的论说不免片面主观，反不若朱自清《诗言志辨》借镜西方理论所做的梳理与阐释来得深切著明。 朱自清专注于对"诗言志""赋比兴""诗教"和"诗正变"等传统命题发生发展历史的考察。 所谓迹其流变，指基于《诗经》特有的经典地位，抓住其如何成为文学批评的"中心观念""基本问题"和如何足以作为"传统——或则说文艺批评者的传家衣钵"，从而使个案研究有了"以大处落墨底办法画出全部中国文学批评的轮廓"①的范式意义。 须特别表出的是，在方法论上，朱自清所依据的同样来自西方，尤其受到以瑞恰慈（I. A. Richards）和燕卜逊（William Empson）等为代表的剑桥学派的影响。 这个兴起于20世纪二三十年代的学派，开了将文学分析打造成具有严谨学理和方法的"文学批评"学科的先河。 剑桥学派主张以"文本细读"（close reading）代替个人的判断，所确立的有所依凭的批评知识论深刻地影响了此后的新批评。 朱自清早在任教清华大学时便留意到燕卜逊的《多义七式》（*Seven Types of Ambiguity*，亦译作《朦胧的七种类型》），后两人共事于西南联大，所以他所谓的"借镜西方"，某种程度上正是将新批评的理念付诸古代文论研究的实际。 朱自清从传统的经史子集中搜罗广泛的材料，抽绎出几个核心概念来建立更符合本土知识体系的文学批评观念史②，这造成他对这些概念、命题的辨析较同时代人更为清晰，也更为准确。

由此可见，无论就象征学科成立的通史撰写而言，还是从有助于学科走向密致深化的个案研究而言，中国古代文论在学科建成之初都借鉴了域外的理论与观念，再辅以对传统材料的搜集与整理，以及在中西兼容中尽可能平情准确地阐释与诠解。 今天我们所见到的初具现代知识特征的文论研究体系大都植基于此。 它被规定了必须处理好"古今"与"中西"两对矛盾，并只有在此基础上加以会通和整合，才有可能为后人贡献足资借鉴的言说资源，乃至最终形成具有科学性和开放性的合理整赡的学科体系。

借由学科成立过程中的知识定位与方法论省思，不难看出，古代文论学科的特质正是在参照了西方的文学观念与理论后得以显现的。 从逻辑上说，两相参照，自当以辨明异同为职志。 不过从后来实际展开过程看，研究者对"别异"的探求兴趣似远远超过"求同"。 而更为真实的情况是，无论是"别异"还是"求同"，其研究都备感滞重，并多少与真正的知识论建构或沉淀需求有所脱节。

由"别异"出发，学者普遍重视将文论史研究带回历史现场，体现为常常强调相较于西方逻辑推演式的文论框架，中国古代文论更重视一己的感悟，并多由思维片段而非系统理论构成言说整体的特异性。 从表面上看，这样的判断没有太大的问题，只是类似的话，杨鸿烈在1928年出版的《中国诗学大纲》中就已说过。 杨鸿烈认为："中国千年多前就有诗学原理，不过成系统有价值的非常之少，只有一些很零碎散漫可供我们做诗学原理研究的材料。"稍后，朱光潜《诗论》序也说，中国的诗歌理论"大半是偶感随笔，信手拈来，片言中肯，简练亲切，是其所长；但是它的短处在零乱琐碎，不成系统"，并认为原因与"中国人的心理偏向重综合而不喜分析，长于直觉而短于逻辑

---

① 朱光潜：《朱佩弦先生的"诗言志辨"》，载《周论》，第2卷，第7期，1948。
② 参见陈国球：《从现代到传统：朱自清的中国文学批评研究》，载《华南师范大学学报（社会科学版）》，2015(5)。

的思考"有关。我们承认，文论史上像《文心雕龙》和《诗品》这样"体大思周"的著作确乎少了些，但这不等于说研究者可以一直将自己的观察停留在上述直观判断上，并以此"第一观感"统摄对古文论特异性的整体认知。 事实上，宋以后，特别是明清两代出现了许多逻辑结构相当整赡的理论著作。 就像西方文论形态其实非常多样，远非一概"高冷"一样，传统文论也绝非仅用"羚羊挂角，无迹可求"八字就可概尽。

质言之，传统文论远没有特异到可以越出人类论理性思考的共有的边界。 倘若说古人的言说果真都缺乏逻辑联系，那他们对文学的一切判断岂非都成了随机杂出的清谈，甚至纷乱无序的梦呓？ 更为准确的表述应该是，中国古代文论固然不像西方文论的主流形态那样，严格依凭不同层级的概念、 范畴和命题，构筑起整赡自洽的庞大的理论体系，却自有符合其特殊思维模式与言说方式的潜在逻辑。 因此今人的研究重点，必须放在如何揭示和开显这种论说的"潜体系"方面。 为此，需要调动包括西方文论在内的一切理论与方法，避免堕入彼人所称的"只知其一等于一无所知"的窘境。 然而，在古文论有观点无理论、 有片段无体系的"别异"认知的宰制下，许多研究者只知不断重复特异论的老调，关注重点长期偏斜在同质性的确认上。 日积月累，知识的边界固然也能扩展，但这对更为关键的结构性特征的开显殊为不利。 至于因缺乏对西学的了解，又短于理论的训练所产生的有意无意的因袭固有、 回避拓新，更不能不说至为遗憾。

我们再次确认，后出的文论史能结合特定时代的历史—文化背景，或从思想史层面，对作为笼括古人立身行事法则的儒释道之于古人论文的影响做出分析； 或从知识论层面，对历代人提出的观点、 命题乃至概念、 范畴做出界定和诠解，都是非常有价值的。 它们有助于让诗文之外不同文体的批评被更多人关注，从而使古文论整体样态变得更加清晰，并最终为其体系的探讨与建立创造条件。 但这些工作不能仅仅停留在具体名言的疏通、 诠释甚至古文今译上。 这种诠释与翻译被不断地放大和确认，使得有时候所谓的集大成者，恰恰湮灭了对古代文论史研究本该有的充满活力的多途探索。 今天，许多学者都已认识到，随着这种研究越来越走向套路化，一线批评家与批评著作被搜罗殆尽后，失焦的边缘关注与盲目的冷门追索正在使研究呈现出一种可怕的"碎片化"趋势。 古代文论研究的进路正越走越窄，它所产出的成果的格调与境界正越来越显得寒俭与逼仄，它的不少判断在许多时候正越来越跌出真批评的语境，日渐成为缺乏创生活力的静止的"观念的容器"①。 我们无意否认新材料的搜讨与发掘可以延展学科的景深，开拓学术的新话题乃至新领域，但在材料获取日趋便捷的今天，"社会—历史的世界的经验是不能以自然科学的归纳程序而提升为科学的"②。 对此，研究者不能不有所体悟，倍加关注。 如果不从理念和方法上做出改变，材料非但不能弥补研究的跛足，反而

---

① ［美］宇文所安：《中国文论：英译与评论》，中译本序，1 页，上海，上海社会科学院出版社，2003。
② ［德］汉斯-格奥尔格·加达默尔：《真理与方法》上卷，4 页，上海，上海译文出版社，1999。

会导致人们行动力的消失和创新能力的萎缩，并最终使古代文论固化为知识圈的清供，而难以成为有益于人类知识图景共建的有效资源。 而这显然与古代文论学科建立的初衷是背道而驰的，也与它原本具有的可回应时代、 融会多元的能力不相符合。

就"求同"来看，研究者并非没有尝试过理论构筑，只是相比资料整理和观点胪述，这方面做得还远远不够。 盖因学科建立之初，不免多求立足原典以发扬自性，由此难务博采，不暇旁备。 以后新知方起，眼界稍开，如罗根泽在《中国文学批评史》绪论中，已能持一种"学术没有国界，所以不惟可取本国的学说互相析辨，还可与别国的学说互相析辨"的开明立场，同时强调"与别国的学说互相析辨，不惟不当妄事糅合，而且不当以别国的学说为裁判官，以中国的学说为阶下囚。 糅合势必流于附会，只足以混乱学术，不足以清理学术。 以别国学说为裁判官，以中国学说为阶下囚，简直是使死去的祖先，做人家的奴隶，影响所及，岂止是文化自卑而已"，对偏倚西方的"以西律中"式研究显然心存警惕。 但如前所述，罗根泽也意识到文论史学科是以西方"科学"的知识结构为根基建立起来的，所以到底是"混乱"还是"清理"，端看"互相析辨"过程中度的把握。 所谓度，则又取决于这些特定言说在由个体认知上升为群体共识的过程中，能否经受得住一般文学经验的检视。

1949 年以后的古代文论研究，在以下两个时段出现过比较偏重理论阐释的倾向。一是 20 世纪 50 年代，以马克思主义理论为指导原则的时期。 如郭绍虞改旧著为《中国古典文学理论批评史》，黄海章著《中国文学批评简史》，敏泽著《中国文学理论批评史》，虽使一些老问题获得了新解释，但一味用"现实主义与反现实主义"或"形式主义与反形式主义"互为对待的方式来结构古人论说的整体与全局，不免与古代文论实际有的丰富复杂的生态相扞格。 二是 20 世纪 80 年代后，随着西方理论的涌入，古代文论研究虽不同于文艺理论与美学之几乎沦为外来理论的试验场，但也深受冲击。 其间虽也催生了一些识见精审的佳作，能借助异域的眼照见传统文论的潜在特质，但更多不能不说流于因循比附，与古人论说的原意多相违碍甚至无关。 这种"六经注我"式的研究看起来头头是道，但因为与古人赖以言说的文化根基是脱开的，所以无助于古文论特质的开显，更谈不到通过与古人"结心"的努力，将研究带回正统文学观发生的现场。 相较于前一时期观念保守、 方法单一导致的论述的僵化，这一时期的表面繁荣因无法凝定为学界的共识，最终难逃"当时则荣，没则已焉"的宿命。 有鉴于强调自性的还原式研究与重视阐发的附会式研究都陷入颓势，21 世纪以来，有学者在感叹"文化失语"的同时，提出"古代文论的现代转换"命题，惜乎虽引起广泛的讨论，但言人人殊，其分歧与争议的背后凸显的正是古代文论研究整体性的困局，尤其是"求同"的困局。

如果回到本学科建立之初，不难发现，其虽未与现代西方文学批评同步，但也相去不远。 百年后，面对西方文论从新批评、 结构主义到后结构主义层出不穷的更替迭代，中国文论却由勉强能备"旁通"沦落为孤独的"异响"。 但倘做实际考察，在一切传统价值都遭遇重估困境的今天，西方理论所面临的挑战一点都不比中国理论少，它也有不被认同的困惑和再回中心的焦虑。 同时，"捍卫经典再也不能由中心体制的力量来进行，也不能由必修课来延续"①。 故古代文论学科若要保持生命力，并能对别的文学理论做出有效的应答，对将要到来的新的知识共同体构建贡献自己的方案，就必须基于现有的研究基础，充分汲取多元文化、 文论和一切符合当代知识论公义的理论资源，在"古今"与"中西"的颉颃中，做出无愧于时代的独到回应。

为此，理论体系的构筑应立足于对史料穷尽式的掌握，因为史料的搜罗不仅决定了研究的视野，更决定了书写的基本结构，乃至学科的整体面貌。 但同时，又须力避囿于具体史料而昧于整体认知的情况，为其有可能在论说的理序与逻辑上多生扞格，不能熨帖； 更须力避因囿于自来的传统或所谓的"历史性"（Geschichtlichkeit）而产生的昧于人类共通理性的偏执，为其有可能在播扬的过程中因无视他人的质疑而导致自我固化与封闭。 如此既不止步于各种变相的"以中就西"或"以西律中"，又能获得自性的开显，明白即使是古人的言说也未必能穷尽其对文学复杂的认知——当然西方人也同样，从而更多借鉴，有效融会，在反思业已凝定的传统的过程中重新梳理被有意无意遮蔽或排除在阐释视野之外的殊散史实，发见其与其他异文化、 异文学观念的连接与感通，在凸显"中国语境"的同时让自己向一切其他的文论开放，在差异中凸显自己的质性，在区隔中裸出彼此的关联，最终真正搭建出一个"意见平台"，为一种更具普遍有效性的"整全"的文学观或理论的出现创造条件。

基于上述认知，结合古代文论研究的实际，为今之计，须找到一条既平衡又开放的古代文论研究与编写的新路。 所谓平衡，指从结撰体例到观照角度的允切周洽； 所谓开放，指从基本理念到研究方法的广采博取。 仍从材料与观念两方面置论。 先就材料言，众所周知，因唐前史料稳定，故早期文论史书写一般只需围绕正史和总集中的单篇甚至片段记载，以时代为章，按人设节，就足以铺衍成篇。 如遇《文心雕龙》《诗品》这样的专书，则再做重点讨论。 这种处置方式看似合理，其实展开过程会碰到不少问题，直至导致以时代为章、 按人设节的体例破功。 前及郭著于汉代专设"由史籍中窥见汉人对于文学之认识"一章，以后不再出现以"史籍"标目的章节，就显得不太统一，失了平衡。 究其原因，并非汉以后文论与史籍无关，只不过因汉代材料有限，故只能依《史记》《汉书》和《后汉书》中的零星记载展开。 但由于缺乏对传统文论发展长时段的动态把握，还有过程史的整体观照，这样的处理未免给人留下拘泥材料、 就事论事的印象。 至于郭著中"南朝之文学批评"第二节"关于文评之论著"既已列"《文心雕龙》与《诗品》"之目，第五、 第六节又专论刘勰、 钟嵘，明显属于重复。 凡此，均可见受限于史料的"因时性"与"因人性"而缺乏"因事性"的论列，是有碍于对两者

---

① ［美］哈罗德·布鲁姆：《西方正典：伟大作家和不朽作品》，3 页，南京，译林出版社，2011。

背后所隐蓄的理论脉络的深入把握的。

再如罗著，于魏晋南北朝设两章辨析"音律说"，隋唐五代再设两章讨论"诗的对偶及作法"，晚唐五代又设两章论诗格、一章论诗句图，其他讨论李、杜及元结诗学等处也间有涉及。如此排布，似有意凸显文学的语言特质，在实际效果上也确实一定程度地矫正了历来轻忽形式规制的风气，但因缺乏对文学形式因的学理论证，进而用这种论证罩摄始终，其对文学语言特质的强调难免成了对特定材料有所偏执的倚重。盖依前言所示，其时作者寄居北京，曾量力购求公私藏书，仅诗话就积得四五百种，"手稿秘笈，络绎缥缃，闲窗籀读，以为快乐。最珍贵者，有明刊本宋人蔡传《吟窗杂录》，明人胡文焕《诗法统宗》。二书皆诗学丛书，收有晚唐、五代以至宋初诗格诗句图甚多，得以分述于五篇二、三、四各章，由是五代前后之文学批评，顿然柄蔚"。可见，罗根泽之所以多论唐五代诗歌形式，与所据有的材料大有关系。但问题是，宋元以后这样的讨论每常可见，而且更趋精细，尤多分门，是不是也应给予同样的重视呢？罗著的照察显然居于一隅，有违平衡。即此，既可见材料能决定撰述的框架，又证明倘无全局意义上的博察与通观，这种基于材料所做的讨论难免会因失去逻辑依归而显得支离破碎。

进而言之，在文论史整体性的建构过程中，一切只重主流一线的记载而不重底层边缘的实录，只重纸质文献而不重实物见证（主要为各类新近的出土文献），并由此只重事件而不重细节，只重结果而不重过程，都很难说拿捏得当，在史料掌握方面做到了合理平衡。其难以在观照的角度进而论说的展开中实现真正的平衡，几乎是可想而知的。

再就观念而言，必须强调，所谓广采博取，尤其引入和借鉴西方理论，绝非如"木偶被文绣"般仅满足于采撷若干新名词虚事招摇，更非片面牵衍甚至生造与古人几无关涉的夹生命题，而应针对原典的语境与意指，借各种外来理论的激荡，尤其是从其致思逻辑和论说理路所获得的独特的视角和方法，切境契情、条分缕析地将古人论说中未曾明言的潜在意义揭示出来。众所周知，中国传统学术经常是由一系列名言串联而成的，组成名言的概念、范畴其意义的边界并不十分明晰，甚至很不稳定。这当然不是什么缺点，而是古人有意采用的言说策略。质言之，它基于对《庄子·齐物论》所说的"夫道未始有封"的根本性认知。天下知有所至，"以为有物矣，而未始有封也"，因此其内涵可以依论者的理解而与时俱化，相袭而日新，此所以朱熹《论语集注》会说"圣人之心，浑然一理，而泛应曲当，用各不同"，"若得胸中义理明，从此去量度事物，自然泛应曲当"。尽管如此，因道体不变，历代论者的解说与发挥还是存在一定的理路和可供依循的旨归。古代文论话语体系深受此名言串联与诠解的影响，既密密交缠，又层层展开，表现大多为切题分疏，但也有跨类活用。若仅沿袭本质论、作家论、创作论、鉴赏论、风格论这样老旧的框架，或一味宽泛地带过缺乏针对性的政治、经济背景的罗列，而未能揭示其如何内化、细化为一定的规制、原则，进而上升为理论和思想，由此开显古人言说的真实背景或内生性动力，就会使所有的阐释显得空泛不切，甚至让人知其然而不知其所以然。

故今天的古代文论学科及教材编写要升级换代，尤应强调开大门，走新路，不能再满足于简单地从人物、著作到流派，做浮光掠影的简单分述，而应既从器物、制度到思想，又从语言、习尚到信仰，多维、多方照察，整体性地还原古人文学观层累叠加的过程，从而为在更深层次上把握古人的论述体系，周全对古代文论原生态的认知提供扎实的进路。譬如明代江南经济发展对文人的影响很大素为人所共知，但过往此一阶段的文论研究大多偏重于剖析其时文学观念的因革迭代和谱系勾连，有意无意地脱离其所以产生的特殊语境。与之相反，是常怀揣如面对唐前经典文论时的庄敬心态，做字斟句酌式的还原性解读，致使特定时代思想观念、生活趣味和价值理想的多重影响，以及这些影响的展开逻辑和作用机理被忽略和遗落。为今之计，尤须在新观念的带动下，明确除《历代诗话》这样常为人征引的汇编之作外，其时文学批评更多系时人依闻见兴趣抄撮而成的事实，明确其不惟来源驳杂，用途也极广泛，既满足了精英阶层的趣味，也常被用来迎合大众以牟利的特点。由此，针对其文本生成过程中突出的互动性，以及与消费社会中人们世俗化理想至为密切的相关性，在引入市场维度的同时应更多顾及书坊主和读者的立场，做些类似福柯所强调的"知识考古"（Archaeology of Knowledge）的工作。只有这样，才能揭示其时传统的文学观念被遮蔽、新起的"异端"主张得以凸显的历史—文化原因，庶几使静态的观念因回到初发生的现场而重新获得鲜活的生命。

又如清代，因科举而兴的试帖诗历来不为人所重视，多被当作五言六韵或八韵的文字游戏。但作为乾隆以降知识精英所努力掌握的文字言说技能，"其体制则排比律切声律对偶之是讲也，其辞则宏壮严整之是尚也"[①]，一定程度上将对诗歌形式规制的讲求发扬到了极致。虽说格于正统的立场，主流诗学甚少提及其起承转合的琐细法则，但早年习得期"与唐人精于试律者争得失于毫厘之间"[②]的经历，无疑深深地植入时人的记忆，成为其文学认知的组成部分，怎能不对后来的"格调""肌理"诸说产生影响？因此，试帖诗学从某种意义上可被认为是一种"技术诗学"，其强烈的形式诉求与主流精英的雅正美学如何互动，又如何长入传统正宗的"精神诗学"，并在怎样的层面上影响到人们的创作，进而对其论诗趣味与文学理想产生影响，都是值得深入追究的大问题。基于对非主流但更丰富的文论史的真切了解，再引入包括布尔迪厄的"场域"（field）理论在内的各种新的理论与方法，是可以获得对清代文学理论批评更切实周延的认识的。还有许多与文论关系不大的议论，偏重在文字的实际运用，对古人来说属应知应会，没有特别表出的必要，但于今人而言却不可习焉不察。

进而言之，倘若一切唯纯文学是从，不关注那些表面看似与文论无关，实际上是传

---

① （清）吴焴、程梦元辑注：《应制扶轮集》，序，（清）王鸣盛撰，乾隆二十五年(1760)五云堂刻本。

② （清）金蛙：《今雨堂诗墨》，序，（清）刘墉撰，乾隆四十四年(1779)刻本。

统文学理论批评重要环衬的书写与言说，不能体认到失去对这部分"埋养在自古到今谈艺者的意识田地里，飘散在自古到今中国谈艺的著作里，各宗各派各时代的批评家多少都利用过"的观念与趣味的关注，乃至"惟其它是这样的普遍，所以我们习见而相忘"①，那么文论史的构建注定不能真正摆脱旧观念的掣肘。基于这样的立场，为能立体感知古人审美诉求的实态，并对其文学认知和文学观念的形成有真切的体认，是到明确文论史研究不仅是一种观念史而必须引入总体史维度的时候了。为此，必须借鉴一切有效的理论与方法，乃至后现代的理论与方法，在更广阔的历史—理论视野中评估古代文论固有的特点与长短得失，这样才能真正激活传统，才是真的发扬了传统。需要指出，这种开放的研究本身也有助于将研究导向平衡，当然，这是一种基于内在关注的更高的平衡。

---

① 钱锺书：《中国固有的文学批评的一个特点》，载《文学杂志》，第 1 卷，第 4 期，1937。

第一章 先秦文论的初起

先秦是中国古代文学理论的创发期，许多基始性的理论命题包括"文""道""情性""中和""自然"等重要范畴的萌发始立，以及儒、道为主，兼摄阴阳、墨、名、法的体系成型，很大程度上规范了传统文论发展的基本方向，对后世的影响可谓既深且远。

夏、商以巫觋、祭祀文化为核心的原始宗教，入周演进为"神道设教"的伦理宗教，如《礼记·礼运》所谓"故圣人参于天地，并于鬼神以治政也"。它反映了周时借宗教信仰演化出伦理政治的发展脉络，其中包举并贯通了政治、艺术等类别，统摄在"天人合一"的整体宇宙观之下。周代礼乐文化的宗教伦理精神和诗乐舞合一的模式，构成了先秦文论诞生的基本文化背景。此时期的"文"含有相交会合以成纹理、条理之意，具有可观可感的形象内涵，并统摄一切自然与人文；所谓"文学"则偏重于后者，指文献、学术等人的精神性活动及其成果。这说明在混沌一体的文化形态中，此时具有独立本位的"文学"的意识尚未真正产生。

先秦儒家有政教相济、美善统一的中和理想，道家重无为、自然、物我合一的境界追求，儒、道互补，构成了先秦文论的主干。墨、法两家重质轻文，肯定文辞的实用效果而否定其艺术性。至于后期墨家和名家在语言逻辑上的贡献，则丰富了传统文论对辩说议论规律的探索。

第一节 礼乐与诗乐中的诗学观

诗歌是先秦文学的重点。在占卜、祭祀等沟通神人的活动中，诗乐舞共生的艺术形式是通神娱神的重要手段。这决定了礼乐和诗乐中的诗学观念偏重在天人谐和、上下感通的追求上。周公制礼作乐，于圣俗合一中加强了人间的伦理性内涵，故其所主"诗乐舞"，更偏重由教化治理而臻人际谐和的政教功能的实现，这在《尚书·尧典》之帝命夔"典乐"的诏告中体现得很清楚。这段文字还提出了"诗言志"这个重要命题，并体现出借诗乐塑造中和人格的思想，这与《诗经》流露的诗学思想和儒家诗学观相通。

《左传》提供了不少赋诗言志和以诗观志、观风的事例，其中《季札观乐》是春秋诗学的重要材料，反映了诗乐与政相通的观念，还有德治大美的善美合一观及中和平正的审美理念。《国语》的相关文献涉及周王朝的"献诗"制度，以及用和平之乐成政的思想；史伯论"和"及"声一无听，物一无文"，则从哲学角度凸显了艺术的辩证统一法则。综合战国学说之大成的杂家类著作《吕氏春秋》，其文艺思想多集中在对音乐的论述方面，如《音初》篇从人心与声音的关系角度讨论了观乐以知志知德的道理。由于诗乐舞有共生性，这种讨论从某种程度上说也是对"诗言志"的补充和丰富。

一、周人的诗观与"诗言志"

周代经历了世界文明的"轴心期"，文化创造极为活跃，其由丰富典籍承载的思想学说，成为处在创立期的先秦文论重要的资源。其中，中国古代第一部诗歌总集《诗经》收录了西周初至春秋中叶的 305 篇诗歌，以诗人的自述与鲜活的创作，揭示了抒情言志的诗学观。《尚书·尧典》提出的"诗言志"，更是被视为传统诗学的开山纲领。

"诗"与"志"关系密切。"诗言志"的提法很可能与占卜活动中"蔽志"的程式有关。"蔽志"亦解为"断志"，即先做决定，再行占卜，如己志与卜筮结果相协，即认定为得天人认可，可施行后续行为。因此，"志"是占卜者内心的祈愿，预设于仪式展开之前。此外，在祭祀通神等活动中，要靠故训日典等祭祀典章来安排复杂的仪式，其中某些固定的内容如颂歌和历史陈述等是由巫觋记录的，它们和祭祀者的祈愿共同构成了"诗言志"之"志"。所以"志"一开始便包括了意愿和记忆的双重内涵，是人类欲望、思想与情感的聚合。

随着周代诗乐重点转向人间伦理和政教，"志"在通神过程中的祈愿内涵渐渐变成个人怀抱的抒发，但因其脱胎于"神人以和"的宗教宇宙观，故仍内含群体共通关怀的意味，成为士大夫表达人生理想和政治诉求的旗帜。《荀子·儒效》所谓"志意之求，不下于士"，《礼记·乐记》所谓"夫歌者，直己而陈德也"，正是从主体出发对"志"做出的规定。以后陆机提出"诗缘情"，则有意突出诗的个体性、情感性特质，以区别于"志"群体性的政治道德诉求。

先秦"诗言志"可细绎出"作诗言志""赋诗陈志""采诗观志""教诗明志"等数层内涵。"作诗言志"从创作角度，揭示了诗歌产生的主体动因；"赋诗陈志""采诗观志"从接受运用和鉴赏批评角度，诠释了用诗的方法；"教诗明志"则提出诗教的重要性。数者结合，形成了一套涵盖文学、政治和教化等多个领域的诗学观。

二、《季札观乐》中的诗乐思想

《左传》是记录春秋时期历史的文献，记载了襄公二十九年（前544）吴公子季札出使鲁国请观"周乐"事。吴国与周王室为宗亲，自太伯奔吴后，一直与周保持着密切的政治文化联系。鲁君以周公后人的特殊身份得享"周乐"，故博学贤能的公子季札请求观乐并发表了一番精要的评论。季札之论亦成为珍贵的诗乐批评文献。《季札观乐》确证了历史上诗乐合一的存在形态，他所观的名目与《诗经》篇目大体吻合，说明《诗经》中风、雅、颂这三类诗皆具歌舞形态，如《墨子·公孟》所谓"诵《诗》三百，弦《诗》三百，歌《诗》三百，舞《诗》三百"，因此先秦诗论从严格意义上可说是对文学、音乐乃至舞蹈艺术的综论。

《季札观乐》所体现出的诗乐思想，大致包括三方面。一是诗乐与政通的乐政理念。《诗》"会古今之志"，通过对各国诗乐舞艺术的直观体验，透过歌言、乐调、舞态而获得民情风俗与政治兴衰的认识判断，以释证史实，预兆国运，这是运用"诗言志"功能来"观志"，从而建立"审乐知政"的艺术批评模式。这种模式后来在《荀子·乐论》《吕氏春秋·适音》《礼记·乐记》《毛诗序》中得到了很好的继承与发挥，并被刘勰点化为"文变染乎世情，兴废系乎时序"的经典概括；在政教方面则由孔子发挥为"放郑声"的文艺社会学批评。二是善美合一的审美观。季札观乐审音以知政，每赞叹乐美，必与盛德美政相联系，认可艺美与政良是一致的、相通的。他称赞《颂》乐"至矣哉""盛德之所同也"，将虞舜乐舞比作天地大美，由此发展出至德为大美的善美合一观，并为儒家文论所继承和发展。善美合一观使艺术评价标准始终与道德、政治相结合，有助于艺术审美的丰富，当然某种程度上也阻碍了艺术的独立自觉。三是辩证中和的审美原则。中正平和在《尚书·尧典》中被目为乐教的标准。季札在体认诗乐风格多样化的同时审节度而崇中和，体现了辩证折中的审美倾向。这表现在他大量运用反语否定的句式来肯定情感风格表现的适度与平衡，如"忧而不困""乐而不淫""哀而不愁""思而不惧""怨而不言""直而不倨""曲而不屈""大而婉，险而易行"，而"五声和，八风平""节有度，守有序"更是对中正平和的审美理想的直陈。折中平衡能兼顾各方，具总和之善和大美之因，故与至德大美、善美合一的理念是相通的。这种艺术辩证思维以后为孔门所继承，并被《文心雕龙》提升到创作批评的核心高度——"唯务折衷"，成为古代文论所崇奉的重要原则。

当然，《季札观乐》虽有意持折中的批判态度，但有些诠释实际上仍存在偏离诗的原旨的倾向，如对《小雅》的评价，就忽视了激愤怨悱之作的存在意义和价值，这是应当特别提出的。

📖 原典选读

从诗人自述作诗目的、统治者论诗言志功能，到贵族政治外交活动中陈诗言志、听诗观志的记录，足见"诗言志"诚为周人最重要的诗学理念。《尚书》论"典乐"，《左传》所记季札观乐及《国语》中伶州鸠论乐，对政治与诗乐的关系、诗乐的教化功能及中和审美观都做了初步的阐释。而《国语》中史伯"和实生物""声一无听，物一无文"的对立统一、多元谐和的辩证观点，则可被视为对中和美之哲理内涵的充实。至于墨子、韩非从"尚用""尚质"的功利出发，提出"非乐"乃至黜文的主张，其因尚质而倡文去繁采的观点虽有可取处，但如韩非所表现出的将"质性"与"文采"完全对立，黜后者存前者的极端态度，则明显存在偏颇。《吕氏春秋》为周末秦初的杂家著作，设专章讨论了音乐的起源、音乐与心理的关系等，故是这一时期文论重要的收获。

一、《诗经》(节选)

江有沱，之子归。不我过，不我过，其啸也歌。(《召南·江有汜》)

维是褊心，是以为刺。(《魏风·葛屦》)

心之忧矣，我歌且谣。(《魏风·园有桃》)

夫也不良，歌以讯止。(《陈风·墓门》)

岂不怀归？是用作歌，将母来谂。(《小雅·四牡》)

家父作诵，以究王讻。式讹尔心，以畜万邦。(《小雅·节南山》)

作此好歌，以极反侧。(《小雅·何人斯》)

寺人孟子，作为此诗。凡百君子，敬而听之。(《小雅·巷伯》)

君子作歌，维以告哀。(《小雅·四月》)

啸歌伤怀，念彼硕人。(《小雅·白华》)

矢诗不多，维以遂歌。(《大雅·卷阿》)

犹之未远，是用大谏。(《大雅·板》)

吉甫作诵，其诗孔硕，其风肆好，以赠申伯。(《大雅·崧高》)

吉甫作诵，穆如清风。仲山甫永怀，以慰其心。(《大雅·烝民》)

[周振甫译注：《诗经译注(修订本)》，北京，中华书局，2010]

二、《尚书·尧典》(节选)

帝曰："夔，命汝典乐，教胄子，直而温，宽而栗，刚而无虐，简而无傲；诗言志，歌永言，声依永，律和声，八音克谐，无相夺伦，神人以和。"

夔曰："於予击石拊石，百兽率舞。"

〔(清)孙星衍撰：《尚书今古文注疏》，陈抗、盛冬铃点校，
北京，中华书局，1986〕

三、《左传》(节选)

郑伯享赵孟于垂陇，子展、伯有、子西、子产、子大叔、二子石从。赵孟曰："七子从君，以宠武也。请皆赋，以卒君贶，武亦以观七子之志。"子展赋《草虫》，赵孟曰："善哉，民之主也！抑武也，不足以当之。"伯有赋《鹑之贲贲》，赵孟曰："床笫之言不踰阈，况在野乎？非使人之所得闻也。"子西赋《黍苗》之四章，赵孟曰："寡君在，武何能焉？"子产赋《隰桑》，赵孟曰："武请受其卒章。"子大叔赋《野有蔓草》，赵孟曰："吾子之惠也。"印段赋《蟋蟀》，赵孟曰："善哉，保家之主也！吾有望矣。"公孙段赋《桑扈》，赵孟曰："'匪交匪敖'，福将焉往？若保是言也，欲辞福禄，得乎？"

卒享，文子告叔向曰："伯有将为戮矣。诗以言志，志诬其上而公怨之，以为宾荣，其能久乎？幸而后亡。"叔向曰："然，已侈，所谓不及五稔者，夫子之谓矣。"文子曰："其余皆数世之主也。子展其后亡者也，在上不忘降。印氏其次也，乐而不荒。乐以安民，不淫以使之，后亡，不亦可乎！"(《襄公二十七年》)

吴公子札来聘……

请观于周乐。使工为之歌《周南》《召南》，曰："美哉！始基之矣，尤未也，然勤而不怨矣。"为之歌《邶》《鄘》《卫》，曰："美哉渊乎！忧而不困者也。吾闻卫康叔、武公之德如是，是其《卫风》乎！"为之歌《王》，曰："美哉！思而不惧，其周之东乎！"为之歌《郑》，曰："美哉！其细已甚，民弗堪也。是其先亡乎！"为之歌《齐》，曰："美哉，泱泱乎！大风也哉！表东海者，其大公乎！国未可量也。"为之歌《豳》，曰："美哉，荡乎！乐而不淫，其周公之东乎！"为之歌《秦》，曰："此之谓夏声。夫能夏则大，大之至也，其周之旧乎！"为之歌《魏》，曰："美哉，沨沨乎！大而婉，险而易行，以德辅此，则明主也。"为之歌《唐》，曰："思深哉！其有陶唐氏之遗民乎！不然，何其忧之远也？非令德之后，谁能若是？"为之歌《陈》，曰："国无主，其能久乎！"自《郐》以下无讥焉。为之歌《小雅》，曰："美哉！思而不贰，怨而不言，其周德之衰乎？犹有先王之遗民焉。"为之歌《大雅》，曰："广哉，熙熙乎！曲而有直体，其文王之德乎！"为之歌《颂》，曰："至矣哉！直而不倨，曲而不屈，迩而不逼，远而不携，迁而不淫，复而不厌，哀而不愁，乐而不荒，用而不匮，广而不宣，施而不费，取而不贪，处而不底，行而不流。五声和，八风平。节有度，守有序，盛德之所同也。"

见舞《象箾》《南籥》者，曰："美哉！犹有憾。"见舞《大武》者，曰："美哉！周之盛也，其若此乎！"见舞《韶濩》者，曰："圣人之弘也，而犹有惭德，圣人之难也。"见舞《大夏》

者，曰："美哉！勤而不德，非禹，其谁能修之？"见舞《韶箾》者，曰："德至矣哉，大矣！如天之无不帱也，如地之无不载也。虽甚盛德，其蔑以加于此矣，观止矣。若有他乐，吾不敢请已。"(《襄公二十九年》)

[杨伯峻编著：《春秋左传注(修订本)》，北京，中华书局，1990]

四、《国语》(节选)

厉王虐，国人谤王。邵公告曰："民不堪命矣！"王怒，得卫巫，使监谤者，以告，则杀之。国人莫敢言，道路以目。王喜，告邵公曰："吾能弭谤矣，乃不敢言。"邵公曰："是障之也。防民之口，甚于防川。川壅而溃，伤人必多，民亦如之。是故为川者决之使导，为民者宣之使言。故天子听政，使公卿至于列士献诗，瞽献曲，史献书，师箴，瞍赋，矇诵，百工谏，庶人传语，近臣尽规，亲戚补察，瞽、史教诲，耆、艾修之，而后王斟酌焉，是以事行而不悖。民之有口，犹土之有山川也，财用于是乎出；犹其有原隰衍沃也，衣食于是乎生。口之宣言也，善败于是乎兴，行善而备败，其所以阜财用、衣食者也。夫民虑之于心而宣之于口，成而行之，胡可壅也？若壅其口，其与能几何？"王不听，于是国莫敢出言，三年，乃流王于彘。(《周语上》)

王弗听，问之伶州鸠。对曰："……夫政象乐，乐从和，和从平。声以和乐，律以平声。金石以动之，丝竹以行之，诗以道之，歌以咏之，匏以宣之，瓦以赞之，革木以节之。物得其常曰乐极，极之所集曰声，声应相保曰和，细大不逾曰平……"

王将铸无射，问律于伶州鸠。对曰："……大昭小鸣，和之道也。和平则久，久固则纯，纯明则终，终复则乐，所以成政也，故先王贵之。"(《周语下》)

公曰："周其弊乎？"对曰："殆于必弊者也……夫和实生物，同则不继。以他平他谓之和，故能丰长而物归之；若以同裨同，尽乃弃矣。故先王以土与金木水火杂，以成百物……声一无听，物一无文，味一无果，物一不讲……"《郑语》

(上海师范大学古籍整理研究所校点：《国语》，上海，上海古籍出版社，1998)

五、《墨子》(节选)

子墨子言曰："仁人之事者，必务求兴天下之利，除天下之害。将以为法乎天下，利人乎即为，不利人乎即止。且夫仁者之为天下度也，非为其目之所美，耳之所乐，口之所甘，身体之所安，以此亏夺民衣食之财，仁者弗为也。"

是故子墨子之所以非乐者，非以大钟、鸣鼓、琴瑟、竽笙之声以为不乐也，非以刻镂华文章之色以为不美也，非以犓豢、煎炙之味以为不甘也，非以高台、厚榭、邃野之居以为不安也。虽身知其安也，口知其甘也，目知其美也，耳知其乐也，然上考之不中

圣王之事，下度之不中万民之利。是故子墨子曰："为乐非也。"（《非乐上》）

子墨子言曰："言必立仪，言而无仪，譬犹运钧之上而立朝夕者也，是非利害之辨，不可得而明知也。故言必有三表。"何谓三表？子墨子言曰："有本之者，有原之者，有用之者。于何本之？上本之于古者圣王之事。于何原之？下原察百姓耳目之实。于何用之？废以为刑政，观其中国家百姓人民之利。此所谓言有三表也。"（《非命上》）

夫辩者，将以明是非之分，审治乱之纪，明同异之处，察名实之理，处利害，决嫌疑焉。摹略万物之然，论求群言之比。以名举实，以辞抒意，以说出故。以类取，以类予。有诸己不非诸人，无诸己不求诸人。（《小取》）

（吴毓江撰：《墨子校注》，孙启治点校，北京，中华书局，2006）

六、《韩非子》（节选）

喜淫刑而不周于法，好辩说而不求其用，滥于文丽而不顾其功者，可亡也。（《亡征》）

礼为情貌者也，文为质饰者也。夫君子取情而去貌，好质而恶饰。夫恃貌而论情者，其情恶也；须饰而论质者，其质衰也。何以论之？和氏之璧不饰以五采，隋侯之珠不饰以银黄，其质至美，物不足以饰之。夫物之待饰而后行者，其质不美也。（《解老》）

楚王谓田鸠曰："墨子者，显学也。其身体则可，其言多不辩，何也？"曰："昔秦伯嫁其女于晋公子，令晋为之饰装，从文衣之媵七十人。至晋，晋人爱其妾而贱公女。此可谓善嫁妾而未可谓善嫁女也。楚人有卖其珠于郑者，为木兰之柜，薰以桂椒，缀以珠玉，饰以玫瑰，辑以羽翠。郑人买其椟而还其珠。此可谓善卖椟矣，未可谓善鬻珠也。今世之谈也，皆道辩说文辞之言，人主览其文而忘有用。墨子之说，传先王之道，论圣人之言以宣告人。若辩其辞，则恐人怀其文忘其直，以文害用也。此与楚人鬻珠、秦伯嫁女同类，故其言多不辩。（《外储说左上》）

乱世则不然，主上有令而民以文学非之，官府有法民以私行矫之，人主顾渐其法令而尊学者之智行，此世之所以多文学也。夫言行者，以功用为之的彀者也。夫砥砺杀矢而以妄发，其端未尝不中秋毫也，然而不可谓善射者，无常仪的也。设五寸之的，引十步之远，非羿、逢蒙不能必中者，有常也。故有常则羿、逢蒙以五寸的为巧，无常则以妄发之中秋毫为拙。今听言观行，不以功用为之的彀，言虽至察，行虽至坚，则妄发之说也。是以乱世之听言也，以难知为察，以博文为辩；其观行也，以离群为贤，以犯上为抗。人主者说辩察之言，尊贤抗之行，故夫作法术之人，立取舍之行，别辞争之论，而莫为之正。是以儒服带剑者众，而耕战之士寡；坚白无厚之词章，而宪令之法息。故曰："上不明则辩生焉。"（《问辩》）

今人主之于言也，说其辩而不求其当焉；其用于行也，美其声而不责其功焉。是以天下之众，其谈言者务为辩而不周于用，故举先王言仁义者盈廷，而政不免于乱；行身者竞于为高而不合于功，故智士退处岩穴，归禄不受，而兵不免于弱。政不免于乱，此其故何也？民之所誉，上之所礼，乱国之术也。（《五蠹》）

[（清）王先慎撰：《韩非子集解》，钟哲点校，北京，中华书局，2016]

七、《吕氏春秋》（节选）

音乐之所由来者远矣，生于度量，本于太一。太一出两仪，两仪出阴阳。阴阳变化，一上一下，合而成章。浑浑沌沌，离则复合，合则复离，是谓天常……凡乐，天地之和，阴阳之调也……大乐，君臣父子长少之所欢欣而说也。欢欣生于平，平生于道。（《大乐》）

乐所由来者尚也，必不可废。有节有侈，有正有淫矣。贤者以昌，不肖者以亡。（《古乐》）

凡音者，产乎人心者也。感于心则荡乎音，音成于外而化乎内，是故闻其声而知其风，察其风而知其志，观其志而知其德。盛衰、贤不肖、君子小人皆形于乐，不可隐匿，故日乐之为观也深矣。（《音初》）

（许维遹撰：《吕氏春秋集释》，梁运华整理，北京，中华书局，2009）

第二节　儒家的文学思想

《论语·八佾》有"周监于二代，郁郁乎文哉！吾从周"之说，孔子所开创的儒家学派，发扬了周代礼乐文化的精神，在敬天知命、下学上达的新天人合一观的指引下，致力于道德和性情学问的涵养，发展出以"仁"与"礼"为核心的深厚博大的思想。孔门的"文学"自然不同于现代意义上的"文学"，而指文化、文献和学问。从这种广大根基出发梳理出的儒家文论思想，往往带有与文化、政治、伦理道德彼此牵连的原初意蕴。这种原初性不断被后代文论衍生发展，虽有浑成圆融的优长，但也一定程度地造成了明晰性、确定性的缺乏。这可以说是先秦文论的普遍特点。

儒家文论以孔、孟、荀三家为主，但随着近几十年出土文献研究的推进，孔子传人"七十子"的一些史料得以面世，尤其是郭店楚简和战国楚竹书，凸显了子思学派不容忽视的巨大影响，其对"性""心""情"等问题的重视和论述，显然是应当被纳入儒家文论的重要内容。

一、孔子的相关论述

孔子（前551—前479），名丘，字仲尼，春秋鲁国陬邑（今山东曲阜东南）人，儒家学派开创者，在文艺思想上也首开风气，引领后学。 他以仁学为核心，提出贵族"成人"的人文修养，以服务于宗亲家国社会； 落实到文学层面，则重视道德的涵养和实用的考量，形成中庸的文论观——表现在文质论、 中和观以及对《诗》的理解、 评价和运用上。

孔子文论，主要见诸《论语》和上海博物馆藏战国楚竹书之《孔子诗论》。 此外秦末撰成的《孔丛子》，被出土简帛确证为先秦旧籍的《孔子家语》，以及汉人采周、 秦间作品编成的《礼记》，也保留了部分孔子言论、 孔子与弟子的言谈，以及孔子的遗闻逸事，它们也是研究孔子文论思想的重要文献。

(一)文质论

孔子对"文"的谈论，大致包括体用两个方面，前者指古代文化、 文献、 学问等，这个含义有时也称"文学"； 后者常指善学文化、 文献，且在为人处世方面有特定表现。 "君子博学于文"中的"文"指前者； "敏而好学，不耻下问，是以谓之文也"中的"文"是谥名，指后者。

"文"用在人物品评上，起初有学行德才兼备之意，这是对商周以来"文"的用法的继承。 在商周铭文中，常用"文"来赞美先公先王，如"文丁""文母""文祖""文考""文父""文王"，皆是对秉德惠民、 善治天下的统治者的敬仰和颂美，是人物品评的核心词汇。 孔子延续了这种品评用法，不过以"学"来丰富和加强其人文内涵。 但"学"有"为人"与"为己"的动机的不同，前者以学问饰己以博人誉，这样的"文"违背仁德的本质，所以为孔子所反对。 由此从政教礼乐和个人修养角度，孔子对"文"与"质"的关系做了精要的阐述，启发了后人对二者关系的辩证把握。

从"成人"的修养过程来说，孔子主张先"质"后"文"，"质"为根本："弟子入则孝，出则悌，谨而信，泛爱众，而亲仁。 行有余力，则以学文。"（《论语·学而》）即培养仁德之质在先，文化涵养在后。 就周代礼乐而言，"质"为仁义，"文"为礼乐之容，孔子主张"仁"先"礼"后："君子义以为质，礼以行之。"（《论语·卫灵公》）"绘事后素""礼后"之说（《论语·八佾》）都是此意。 而就为文的言意关系而言，则以意为质，倡"辞达而已"（《论语·卫灵公》），并对言胜质（意）的表现提出批评，即谓"巧言令色，鲜矣仁"（《论语·学而》），"巧言乱德"（《论语·卫灵公》）。

这种文质观落实到对《诗经》的品评上，便是首重"思无邪"。 孔子借《诗经·鲁颂·駉》中这句话，概括了"诗三百"的本质，后人或从创作动机或从鉴赏诠释角度来评说"无邪"，指作诗读诗皆须思想纯正。参考《礼记·表记》引孔子评诗，称"《诗》之好仁如此"可知，"思无邪"合乎仁德之质。反之，对于"使人之心淫"（《荀子·乐论》）的郑国乐声，即使艺术表现令人陶醉，但因其"乱雅乐"，孔子予以斥退，此所谓"放郑声"。这种从德教出发的重"质"倾向，对中国文论有正反两方面的影响。正面的影响是，每当形式主义文风泛滥时，便有论者呼吁纠偏，尚实质而黜浮华，重新调整文质关系；负面的影响则是，易使文学沦为政教的依附，难免工具之讥。

就孔子思想的整体而言，其实文质论并未仅停留在尚质层面。从修养成人的目的出发，在尚质的前提下，孔子认为"文"也不可偏废。学习文献典籍、礼乐、诗辞以具备"文"的风范，在孔子看来也是立人成人之必须，故又说"不学诗，无以言""不学礼，无以立"（《论语·季氏》），"言之无文，行而不远"（《左传·襄公二十五年》），以致对政治辞令，也赞赏"修饰之"与"润色之"（《论语·宪问》），使具文采。为此，孔子又提出"情欲信，辞欲巧"（《礼记·表记》）的标准，《论语·雍也》更明言"质胜文则野，文胜质则史。文质彬彬，然后君子"。"文质彬彬"，即"文"与"质"各不偏胜，中和为一。《论语·颜渊》中，子贡以"文犹质也，质犹文也"，很好地诠释了其说的内涵。文质合一观成为儒家文论的理想导向，为后人思考形式与内容的关系提供了重要的启发。

（二）美善合一与中和的审美观

孔子"文质彬彬"的人文导向，决定了他品评文艺时必然持"尽善尽美"的美善合一论。"质"与仁之善相对应，"文"与艺之美相对应，"文质彬彬"的成人修身之道投射到文论领域，则是美善合一的中和审美观。

舜以禅让为天子，孔子赞其《韶》乐"尽善尽美"，对以征伐为天子的周武王之《武》乐，则云"尽美矣，未尽善也"（《论语·八佾》）。可见孔子虽承认艺术美有时可离开道德评判，但道德与审美合一才是他推崇的最佳标准，此所谓"里仁为美"，即安住于"仁"则美。这种道德与美感统一的要求，本质是一种中和的审美观。"中"即中庸之德，"和"即和谐。以"爱人""泛爱众"为基本要求的"仁"德，离不开"允执其中"（《论语·尧曰》）、"用其中于民"（《礼记·中庸》）的持中正道，这样才能谐和万方，此所谓"中庸之为德也，其至矣乎"（《论语·雍也》）。中庸至德所达成的众之和谐既是善，也是美，更是至善大美，故称中和美。所以《论语·学而》论礼之和美，称："礼之用，和为贵，先王之道，斯为美，小大由之。"

进入微观的评价层面，中和观对诗歌情感表现的类型、程度，就有了欲其合乎人情伦理和适度有节的要求。《礼记·中庸》称："喜怒哀乐之未发，谓之中；发而皆中节，谓之和。"孔子对《诗经》的鉴赏既能从"民性固然"出发，细绎情志类型的不同，如称赏"《鹊巢》之归，《甘棠》之褒，《绿衣》之思，《燕燕》之情"（《孔子诗论》），又极关注情感表现的分寸合度，如肯定《关雎》"乐而不淫，哀而不伤"。朱熹《论语集注》释"淫"为"乐之过"，"伤"为"哀之过"。孔子认为"过犹不及"，皆有违中和。"乐而不淫，哀而不伤"的情感节度，与孔子论从政君子"惠而不费，劳而不怨，欲而不贪，泰而不骄，威而不猛"的志行品性一样，具有中和之质，而后者被孔子称为"五美"（《论语·尧曰》），则《关雎》的中和之美可想而知。基于此，说中和美是孔子文论思想的题中应有之义，应该离事实不远。

（三）"兴观群怨"与孔门《诗经》学

《诗经》是孔门研习的重要典籍，其总集诗歌的属性使儒家对其品评运用，最集中地体现出对文学的基本认知。《论语》和《孔子诗论》中对《诗经》的评价主要包括两类：一是总说概论性质的，如"思无邪""兴观群怨""达政专对""诗亡隐志"等，是就《诗经》的思想倾向、风格和功用等基本问题而发表的看法；二是就《诗经》中具体作品的赏鉴评说，如评《关雎》"乐而不淫""以色喻于礼"，评《硕人》"绘事后素"等。上海博物馆藏《孔子诗论》作为孔门弟子对孔子讲诗的追记，记录了不少有针对性的点评，呈现出孔子要言不烦、诲人有方的诗教实践。

《论语·泰伯》记孔子云："兴于诗，立于礼，成于乐。""兴"为情感、情趣之兴发，即指出《诗经》能启人情志，为立人成人之手段。《论语·阳货》载孔子教"小子何莫学夫《诗》"的一段话，更把《诗经》的社会功用概括为"兴观群怨"。这里的"兴"指诗歌形象和意涵能触发、感染和鼓舞受众的情绪、心理、思考及想象，如朱熹所谓"感发志意"，孔安国所谓"引譬连类"。"观"是"观风俗之盛衰"（郑玄注）、"观政令之善恶"（孔颖达语），即诗歌的认识功能。王夫之《薑斋诗话》强调此"观"与"兴"之间有不可割裂的关系，称"于所兴而可观，其兴也深；于所观而可兴，其观也审"，颇有见地。"群"指学诗者在情感交流和思想沟通方面也具一定能力，因《诗经》的文化内涵和语言形式可以增进读者的理解和表达，故孔子称"不学诗，无以言"（《论语·季氏》）。"怨"指不满、怨愤情绪的疏泄及连带的批评，孔安国解为"怨刺上政"，后来也泛指人生悲怨。

"兴观群怨"是孔子对《诗经》的社会文化功能的概括。具体到认识功能方面，小可"多识于鸟兽草木之名"，大可观风察政；教育审美方面，可感发情志，也可疏泄和净化心灵；伦理政治方面，可事父君，也可群大众，更可讽谏时政。总之，《诗经》在很多方面都可以发挥积极的作用，诚为培育健全人格、维护良序社会的关键。不能不说，孔子的这一概括全面而精要，故直到明末清初，黄宗羲的《汪扶晨诗序》还称"兴观群怨"四者为"统宗"，并认为"古以诗名者，未有能离此四者"。

综上可见，孔门论诗不局限于后世的文学范畴。孔子以继承周代"斯文"为己任，故其诗学思想具有泛政治化、道德化和伦理化倾向，在文质论、美善关系等问题上，既能从辩证综合的高度提出文质彬彬、美善合一的最终理想，又能在具体环节中提出质先文后、善优于美的相对标准；对《诗经》"兴观群怨"功能的总结，也能以美、真、善的循环互证和综合概括来涵盖文化的方方面面。这种文论所隐含的"大文学观"，是先秦乃至中国文论的一个重要特色。

二、子思学派的相关论述

20世纪90年代，郭店楚简和战国楚竹书面世。这批珍贵的战国文献中，数量最多的是儒书，且经学者研究，被确定为孔子弟子"七十子"的相关文献。这些文献又较多出自子思学派。子思即孔子的嫡孙孔伋，受业于曾参。过去对子思的研究，主要依靠《礼记》中《中庸》《表记》等篇章。《中庸》提出了性、道、教的关系，但非常精简，其中中和观是对孔子"过犹不及"与美善合一思想的继承和总结，只是更侧重于心理情感方面。现在子思学派有更多文献面世，其学说的体系性和承前启后的价值得以明确，对儒家文论的重要贡献也得以更充分地彰显。

(一)对"性情"的创发性贡献

郭店楚简中的《性自命出》和上海博物馆藏战国楚竹书中的《性情论》内容大致相同，主要讨论了"性"与"天""命"，以及"性"与"情""心"的关系。在《论语·公冶长》中，子贡曾说"夫子之言性与天道，不可得而闻也"。这两篇出土文献正好补充了孔子甚少谈及的问题。

"性"指人的本性，子思学派把"性"放在"天""命"和"情""心"之间，使之成为天道与人道贯通的关键。"性自命出，命自天降"，说明"性"来自"天"，有普遍性，即"四海之内，其性一也"；"情生于性"则说明"性"是情感的本原，情感是"性"的流露，即如简文所谓："喜怒悲哀之气，性也。及其见于外，则物取之也。"促使"性"转化为"情"的是外物的激发，在此过程中积极活动的是"心志"："凡人虽有性，心无定志，待物而后作，待悦而后行，待习而后定。"可见"性"与"情"均为人所固有，"情"是"性"所生并显现于外的重要存在："凡人情为可悦也。苟以其情，虽过不恶。不以其情，虽难不贵。"从文学、文论的角度来看，"性"与"情"乃至与"气"的本体性关联，使得"性情""情性""情气"等范畴获得了创生之机，并在后来儒、道互补的思潮中得以不断丰富，合成为中国文论的基本范畴。

此外，《性自命出》论者站在"情生于性"的高度，深刻指出了"乐"与"哀"等对立情感存在转化的必然性："凡至乐必悲，哭亦悲，皆至其情也。哀、乐，其性相近也，是故其心不远。"郭店楚简《语丛二》中也有"喜生于性，乐生于喜，悲生于乐"这样的话。 这种对情感辩证转化的描述，体现了其对相反之"情"统摄于同一之"性"的理性认识，凸显了"性情"范畴内多样性统一的事实，同时也反映了先秦文论范畴所具有的生命张力。

(二)声、情、心相通的乐教思想

《性自命出》还探讨了声、 情、 心的相关性，指出"凡声其出于情也信，然后其入拨人之心也夠"，"其声变，则〔心从之〕。 其心变，则其声亦然"。 故此，为实现如郭店楚简《语丛一》所谓的"察天道以化民气"的教化理想，乐教的重要性得到积极的肯定。 对此，简文的表述是："凡学者求其心为难，从其所为，近得之矣，不如以乐之速也。"

在简文所提有关教化之道的"四术"中，首为"心术"，即心理感化的方法； 次为诗书礼乐，即从心术派生出的各种具体法门。 作者着重谈了礼、 乐尤其是乐，因为乐声和人的情心关系密切，一般教化之道正是从情入手的，即所谓"道始于情"，所以它首重动人心的乐对情的导出作用："知情〔者能〕出之，知义者能入之"，"理其情而出入之"。 同时又指出，在导情动心的过程中，这种乐还须有义的注入与德的规范，所以又说："咏思而动心……其反善复始也慎，其出入也顺，始其德也。 郑卫之乐，则非其声而从之也。"因为郑卫之乐非德音正声，常背离教化的大义，所以应予以防范。

上述乐教思想与荀子的《乐论》主旨一致，后者有更系统深入的阐述，两者皆反映了儒家持文艺与政教相通的认识。

三、孟子的相关论述

孟子（约前372—约前289），名轲，字子舆，战国邹（今山东邹县）人，曾受学于子思门人，为战国中期儒家学派最重要的代表。 孟子学说以"性善"为根基，倡仁政，重道德人格的实践养成，表现在论文主张上，其"以意逆志""知人论世"和"知言养气"说都侧重于此。 至其对交互性主体的阐释、 鉴赏和批评，拓展了儒家文论阐释与接受的维度，对后代影响深远。

(一)"以意逆志"

战国时期，《诗经》传播、 运用广泛。 在思想纷杂的时代，如何贴近作者本意去解诗，成为无法回避的问题。 孟子在"诗言志"的文化背景下，提出了"以意逆志"的解诗法。 《孟子·万章上》记载弟子咸丘蒙向孟子请教关于"普天之下，莫非王土；率土之滨，莫非王臣"的理解与运用。 咸丘蒙认为舜为天子，而其父瞽瞍"非臣，如何"？ 孟子先从其所出《北山》诗的主旨入手，辨析其本意在强调王事当众大臣分担，进而怨叹"我独贤劳"、 无暇奉养父母的困苦。 接着他又以《云汉》诗"周余黎民，靡有孑遗"句为例，说明解诗"不以文害辞，不以辞害志"，即不能拘执语言层面的局限性表达，而应透过历史文化背景揣摩作者意图，从而合理契入其"志"。

"以意逆志"说涉及读者、 诗歌和诗人之间的主体间性问题，肯定了读者和诗人主体在认知、 情感和思想上的联通力，关注到诗歌语言作为志意传达的中介，在形式表现与意义指向之间存在弹性，并试图以文化导向和情理逻辑等共通性为背景，结合全诗主旨，确定诠释的维度，促成有效的理解，这实与孟子认为人性具有普遍性及其性本善的信念相关。 无此，则易将其中的"意"误认作主观臆测，而这显然不是孟子的本意。

（二）"知人论世"与"知言养气"

孟子在探讨修养人格的方法时，提出要超越时代限制，志在向上一路，与古人相接，以增益自我，此即所谓"尚友"。 具体包括阅读古人的作品，了解古人的身世遭际、 时代环境，即所谓"知人论世"。 "知人论世"被后人视为文学接受方面的重要原则。 孟子认为，对作品的评价除了依据文本本身，还需认识作者的生平、 时代与社会，将作品放在个人、 社会与历史相融通的背景上，展开宏观与微观相结合的综合考量。 这显然是一种更全面有效的方法，也是对上述"以意逆志"说的补充和完善。 在"知人论世"方面下了功夫，才能通达作者的所感所想，从而以己心识，达彼诗志。 以后，汉人对屈原其人及其创作的评价虽纷纭不一，但基本都能秉持"知人论世"的原则，而非凿空虚说，就与其有较精深的儒学修养有关。

"知言养气"也是孟子在讨论道德修养时提出的，被后人用作文学批评与鉴赏的又一指导原则，意指一个人如能持续地涵养正气，完善一己的道义美德，就能产生正确的鉴别力，洞察各种偏离"道""义"的言辞。 此说极大地启发了后世论者对"气"与"言辞"关系的思考，曹丕的"文以气为主"与韩愈的"气盛言宜"，以及为历代文人引为口实的更为概括的文气说，都是以此为基础变化发展而来的。

四、荀子的相关论述

荀子（约前313—前238），名况，亦称孙卿，战国后期赵国人，是与孟子齐名的儒学大师。 在百家争鸣进入尾声期时，荀子的治学表现出以儒为主，融合法、 道、 墨各家的综合特色。 尤其是他革新了儒家糅合着宗教神性与道德内涵的天命观，更多赋予"天"以自然的、 客观的属性，思想体系更偏重对"人道"的独立探究，强调人"最为天下贵也"（《礼记·王制》），从而大大提高了人在天人关系中的地位与作用。

因应一统化的社会潮流，荀子对文艺的治理功能从人性和群治的角度做了更深入的阐述，如对礼乐养情制欲、 别异合同的论析，对经典、 圣人和道相结合的价值范式的推崇，对中和观、 文质论的发扬，都堪称对儒家文论的发展与革新，成为儒术独尊的汉代文论的先声，尤其对《乐记》《毛诗序》等产生了深刻的影响。

(一)"情文俱尽"的礼乐审美观

荀子观礼乐，既看到其根植于人性的"养情""养欲""治气养心"之用，同时看到其有"制欲"和"化性"的功能。 他对"性""情"和"欲"的看法与子思学派相通，《荀子·正名》提出："性者，天之就也；情者，性之质也；欲者，情之应也。""欲"引发争夺，须加以节制，以求和谐；但情欲是人性所本有，故应"养"与"制"相结合，而乐与礼正可满足此双重功能。 "乐者乐也"，诗、 乐、 舞艺术具有令人快乐的抒发作用，是"人情之所必不免也"；礼则如《荀子·礼论》所说，"养人之欲，给人之求"。 《荀子·乐论》又说："夫声乐之入人也深，其化人也速"，"以道制欲，则乐而不乱，以欲忘道，则惑而不乐"。 总之，礼乐的"养"和"制"最终可"善民心"，可"移风易俗"。

礼乐对于情感欲望这种抒发与节制并行的效用，被荀子称为"饰"。 故《荀子·礼论》又说："凡礼，事生，饰欢也； 送死，饰哀也； 祭祀，饰敬也； 师旅，饰威也。""饰"即文饰，含有顺饰以发、 修饰以节两层含义。 以礼乐顺饰、 修饰种种情感，情感内容与礼乐形式结合到完美状态，就是"情文俱尽"的"至备"的审美理想了。 未及此种理想状态的，则是情胜文或文胜情，也即所谓"情文代胜"，这与孔子论文质偏胜有些相似， 皆不能达到内容与形式的完美统一。 值得注意的是，荀子在这里用"情"取代"质"，似有意突出文表现情感的功能，这可以被视作对文质论的一种丰富与发展，同时也是对孔子中和审美观的继承与发展。

(二)道、圣、经相结合的价值范型

荀子倡"性伪之分"，看到由"性"而"情"而"欲"带来的人性之恶，于是提倡积极改进后天的人为，也即所谓"伪"，并在《荀子·儒效》中确立了具有指导性的道、圣与经相结合的价值范式。 这也成为后世儒家文论所普遍尊奉的权威价值模式。 其中，"道"特指人道，"君臣、 父子、 兄弟、 夫妇"是其大本，"礼义辞让忠信"是其核心内涵。 "圣"指圣人，是"道之管也，天下之道管是矣。 百王之道一是矣。 故诗书礼乐之归是矣"。 如此儒家之道、 圣人和经典三位一体，再经后世扬雄、 刘勰所做的"原道""征圣""宗经"的系统阐发，开出了儒家文论以圣人与经典为载道之具的一派，使为文与政教的结合变得至为紧密。 这从正反两个方向，对传统文学创作和文论探索产生了深远的影响。 合理酌取者获得了丰厚而深湛的情感本源与义理支撑，片面沿袭者则不免流为教条，直至成为反艺术、 反创新的取消论者。

(三)中和观的发展及变异

《荀子·劝学》说"《诗》者，中声之所止也"，"《乐》之中和也"，明确指出《诗经》的乐章风格是中和适度的；对风诗中男女言情之作，明言其"好色"，但又引传曰"盈其欲而不愆其止"，意在凸显"养情"与"制欲"的恰当结合。这比孔子简单地说"思无邪"似更切合诗歌发动之情实，因此也显得意蕴更丰富，更深刻。但另一方面，荀子的文艺观其明显的政教倾向，导致"中和"之"中"逐渐由"中庸"的哲学义，转化为"礼义为中"的具体要求，最终成为孟子所批评的"执中"行为。荀子强调一切皆应"比中而行之"，如《荀子·儒效》有所谓"曷谓中，曰礼义是也"，《荀子·王制》又说"中和者，听之绳也"。"听"指"听政"。荀子将中和的标准归于政教，削弱了此标准的内涵和审美意义，成为《孟子·尽心下》所批斥的"举一而废百"的"执一"之论，不能不说更近于功利的审美观。

📖 原典选读

传统文献与出土楚简是本节所述的直接依据。除为人所熟知的孔子、孟子、荀子所论之外，《孔子诗论》之"诗亡隐志，乐亡隐情"统合志情为诗乐的核心内涵，可与《论语》中的相关论说相发明。而郭店楚简称诗"会古今之志"，从历时性视角揭示诗歌创作、接受与运用中的心志会通，可谓孟子"尚友古人"和"以意逆志"说的先声。《孔子诗论》称风诗能普观民俗，又喻其为人流进出的城门，意谓可导泄人的思想情感，是对诗之兴观群怨功能的补充说明，其评说具体诗篇始终贯穿情智兼顾、仁礼统一的中和原则，值得重视。至《孔丛子》评诗更重诗与政通，近于汉代《毛诗序》的倾向；《孔子家语》关注"兴"以及音乐形式与情感内涵一致相通的问题，也在一定程度上启发和规范了后人对比兴的看法。

一、《论语》(节选)

棘子成曰："君子质而已矣，何以文为？"子贡曰："惜乎，夫子之说君子也！驷不及舌。文犹质也，质犹文也。虎豹之鞟犹犬羊之鞟。"(《颜渊》)

子曰："君子博学于文，约之以礼，亦可以弗畔矣夫！"(《雍也》)

曾子曰："君子以文会友，以友辅仁。"(《颜渊》)

子曰："……好仁不好学，其蔽也愚；好知不好学，其蔽也荡；好信不好学，其蔽也贼；好直不好学，其蔽也绞；好勇不好学，其蔽也乱；好刚不好学，其蔽也狂。"(《阳货》)

子曰："有德者必有言，有言者不必有德。仁者必有勇，勇者不必有仁。"(《宪问》)

子曰："为命，裨谌草创之，世叔讨论之，行人子羽修饰之，东里子产润色之。"

（《宪问》）

　　孔子曰："不知命，无以为君子也；不知礼，无以立也；不知言，无以知人也。"（《尧曰》）

　　子曰："《诗》三百，一言以蔽之，曰：'思无邪'。"（《为政》）

　　子曰："诵《诗》三百，授之以政，不达；使于四方，不能专对；虽多，亦奚以为？"（《子路》）

　　子曰："小子何莫学夫诗？诗，可以兴，可以观，可以群，可以怨。迩之事父，远之事君；多识于鸟兽草木之名。"（《阳货》）

　　子谓伯鱼曰："女为《周南》《召南》矣乎？人而不为《周南》《召南》，其犹正墙面而立也与？"（《阳货》）

　　子贡曰："贫而无谄，富而无骄，何如？"子曰："可也；未若贫而乐，富而好礼者也。"子贡曰："《诗》云：'如切如磋，如琢如磨'，其斯之谓与？"子曰："赐也，始可与言《诗》已矣，告诸往而知来者。"（《学而》）

　　子夏问曰："'巧笑倩兮，美目盼兮，素以为绚兮'何谓也？"子曰："绘事后素。"曰："礼后乎？"子曰："起予者商也！始可与言诗已矣。"（《八佾》）

　　子在齐闻《韶》，三月不知肉味，曰："不图为乐之至于斯也。"（《述而》）

　　子曰："师挚之始，《关雎》之乱，洋洋乎盈耳哉！"（《泰伯》）

　　子曰："吾自卫反鲁，然后乐正，《雅》《颂》各得其所。"（《子罕》）

　　子曰："恶紫之夺朱也，恶郑声之乱雅乐也，恶利口之覆邦家者。"（《阳货》）

　　　　　　　　　　　　　（杨伯峻译注：《论语译注》，北京，中华书局，1980）

二、上海博物馆藏《孔子诗论》（节选）

　　孔子曰："诗亡隐志，乐亡隐情，文亡隐言。"

　　寺也，文王受命矣。讼平德也，多言后。其乐安而迟，其歌壎而籨，其思深而远，至矣！大夏盛德也，多言也。多言难而悁怼者也，衰矣少矣。邦风其纳物也，溥观人俗焉，大敛材焉。其言文，其声善。孔子曰：唯能夫！

　　曰：诗其猷平门，与贱民而豫之，其用心也将何如？曰：邦风是也。民之又罢惓也，上下之不和者，其用心也将何如？

　　是也，又成功者何如？曰讼是也。《清庙》，王德也，至矣。敬宗庙之礼，以为其本，"秉文之德"，以为其业。"肃雍多士，秉文之德"，吾敬之；《烈文》曰："乍竞唯人，丕显唯德。於呼！前王不忘。"吾悦之。"昊天又成命，二后受之"，贵且显矣。

　　《关雎》之怡，《樛木》之时，《汉广》之智，《鹊巢》之归，《甘棠》之褒，《绿衣》之思，《燕燕》之情，害（何）曰"童（动）而皆贤于其初者也。"《关雎》以色喻于礼……情爱也。《关睢》之怡，则其思益矣。《樛木》之时，则以其禄也。《汉广》之智，则智不可得也。《鹊巢》之归，则远者……好，反纳于礼，不亦能怡乎？《樛木》福斯才君子不……可得，不攻不可能，不亦智恒乎？《鹊巢》出以百两，不亦又远乎？……两矣，其四章则愉矣。以琴瑟之悦，悆好色之忱。以钟鼓之乐，及其人，敬爱其树，其褒厚矣。《甘棠》之爱，以召公……召公也。《绿衣》之忧，思古人也；《燕燕》之情，以其笃也。孔子曰："吾以《葛覃》得氏初之诗，民性固然。见其美必欲反一本。"

［马承源：《上海博物馆藏战国楚竹书（一）》，上海，
上海古籍出版社，2001；校读可参考上书和赵逵夫的
《先秦文论全编要诠》（人民文学出版社 2010 年版）］

三、《孔丛子》（节选）

孔子读《诗》，及《小雅》，喟然而叹曰："吾于《周南》《召南》，见周道之所以盛也。于《柏舟》，见匹夫执志之不可易也。于《淇澳》，见学之可以为君子也。于《考槃》，见遁世之士而不闷也。于《木瓜》，见苞苴之礼行也。于《缁衣》，见好贤之心至也。于《鸡鸣》，见古之君子不忘其敬也。于《伐檀》，见贤者之先事后食也。于《蟋蟀》，见陶唐俭德之大也。于《下泉》，见乱世之思明君也。于《七月》，见豳公之所造周也。于《东山》，见周公之先公而后私也。于《狼跋》，见周公之远志所以为圣也。于《鹿鸣》，见君臣之有礼也。于《彤弓》，见有功之必报也。于《羔羊》，见善政之有应也。于《节南山》，见忠臣之忧世也。于《蓼莪》，见孝子之思养也。于《楚茨》，见孝子之思祭也。于《裳裳者华》，见古之贤者世保其禄也。于《采菽》，见古之明王所以敬诸侯也。"（《记义》）

（傅亚庶：《孔丛子校释》，北京，中华书局，2012）

四、《孔子家语》（节选）

孔子曰："小辩害义，小言破道。《关雎》兴于鸟，而君子美之，取其雄、雌之有别。《鹿鸣》兴于兽，而君子大之，取其得食而相呼。若以鸟兽之名嫌之，固不可行也。"（《好生》）

孔子曰："无体之礼，敬也；无服之丧，哀也；无声之乐，欢也；不言而信，不动而威，不施而仁，志也。钟鼓之声，怒而击之则武，忧而击之则悲。其志变，其声亦变。其志诚，通于金石，而况人乎？"（《六本》）

子夏曰："敢问何谓五至？"孔子曰："志之所至，《诗》亦至焉。《诗》之所至，礼亦至焉。礼之所至，乐亦至焉。乐之所至。哀亦至焉。诗礼相成，哀乐相生，是以正明目而视之，不可得而见；倾耳而听之，不可得而闻；志气塞于天地，行之充于四海，此之谓

五至矣。"(《论礼》)

[(清)陈士珂辑:《孔子家语疏证》,崔涛点校,

南京,凤凰出版社,2017]

五、《礼记·中庸》(节选)

天命之谓性,率性之谓道,修道之谓教。道也者,不可须臾离也,可离非道也。是故君子戒慎乎其所不睹,恐惧乎其所不闻。莫见乎隐,莫显乎微,故君子慎其独也。喜怒哀乐之未发谓之中,发而皆中节谓之和。中也者,天下之大本也。和也者,天下之达道也。致中和,天地位焉,万物育焉。

……………

唯天下至诚,为能尽其性。能尽其性,则能尽人之性。能尽人之性,则能尽物之性。能尽物之性,则可以赞天地之化育。可以赞天地之化育,则可以与天地参矣。

…………

故君子尊德性而道问学,致广大而尽精微,极高明而道中庸,温故而知新,敦厚以崇礼。

(李学勤主编:《十三经注疏》标点本《礼记正义》,

北京,北京大学出版社,1999)

六、郭店楚简(节选)

性自命出,命自天降。道始于情,情生于性。始者近情,终者近义。知情〔者能〕出之,知义者能入之。好恶,性也。所好所恶,物也。善不〔善,性也〕。所善所不善,势也。

凡性为主,物取之也。金石之有声,〔弗扣不〕〔鸣。人之〕虽有性心,弗取不出。

四海之内,其性一也,其用心各异,教使然也。

凡道,心术为主。道四术,唯人道为可道也。其三术者,道之而已。诗书礼乐,其始出皆生于人。诗,有为为之也。书,有为言之也。礼乐,有为举之也。圣人比其类而论会之,观其先后而逆顺之,体其义而节文之,理其情而出入之,然后复以教。教所以生德于中者也。礼作于情,或兴之也。当事因方而制之,其先后之序则宜道也。

哀、乐,其性相近也,是故其心不远。哭之动心也,浸杀,其烈恋恋如也,戚然以终。乐之动心也,濬深郁陶,其烈则流如也以悲,悠然以思。

用情之至者,哀乐为甚……目之好色,耳之乐声,郁陶之气也,人不难为之死。

[《性》(原题"性自命出")]

知己所以知人，知人所以知命，知命而后知道，知道而后知行。由礼知乐，由乐知哀。有知己而不知命者，无知命而不知己者。有知礼而不知乐者，无知乐而不知礼者。善取，人能从之，上也。（《尊德义》）

察天道以化民气。

礼，交之行述也。

乐，或生或教者也。

诗，所以会古今之志也者。①

易，所以会天道、人道也。

春秋，所以会古今之事也。［《物由望生》（原题"语丛一"）］

［李零：《郭店楚简校读记（增订本）》，北京，中国人民大学出版社，2007；

参校荆门市博物馆：《郭店楚墓竹简》，北京，文物出版社，1998］

七、《孟子》（节选）

"敢问夫子恶乎长？"曰："我知言，我善养吾浩然之气。""敢问何谓浩然之气？"曰："难言也。其为气也，至大至刚，以直养而无害，则塞于天地之间。其为气也，配义与道；无是，馁也。是集义所生者，非义袭而取之也。行有不慊于心，则馁矣。"（《公孙丑上》）

"何谓知言？"曰："诐辞知其所蔽，淫辞知其所陷，邪辞知其所离，遁辞知其所穷。"（《公孙丑上》）

咸丘蒙曰："……《诗》云：'普天之下，莫非王土；率土之滨，莫非王臣。'而舜既为天子矣，敢问瞽瞍之非臣，如何？"曰："是诗也，非是之谓也；劳于王事而不得养父母也。曰'此莫非王事，我独贤劳也。'故说诗者，不以文害辞，不以辞害志。以意逆志，是为得之，如以辞而已矣，《云汉》之诗曰：'周余黎民，靡有孑遗。'信斯言也，是周无遗民也。"（《万章上》）

孟子谓万章曰："一乡之善士，斯友一乡之善士。一国之善士，斯友一国之善士。天下之善士，斯友天下之善士。以友天下之善士为未足，又尚论古之人。颂其诗，读其书，不知其人，可乎？是以论其世也，是尚友也。"（《万章下》）

（杨伯峻译注：《孟子译注》，北京，中华书局，1960）

---

① 此句"志"，竹简原文写作"恃"。裘锡圭认为此"恃"可读为"诗"或"志"，参见荆门市博物馆：《郭店楚墓竹简》，200页，北京，文物出版社，1998。李零则读为"诗"，参见李零：《郭店楚简校读记（增订本）》，209页，北京，中国人民大学出版社，2007。读为"诗"则仅为历史的描述，且其字两现，同一简中写法不同，句意又重复，无助于揭示《诗》的本质，故笔者赞成视其为"志"的异体。

八、《荀子》(节选)

学恶乎始? 恶乎终? 曰: 其数则始乎诵经, 终乎读礼; 其义则始乎为士, 终乎为圣人。真积力久则入, 学至乎没而后止也。故学数有终, 若其义则不可须臾舍也。为之, 人也; 舍之, 禽兽也。故《书》者, 政事之纪也;《诗》者, 中声之所止也;《礼》者, 法之大分、类之纲纪也, 故学至乎《礼》而止矣。夫是之谓道德之极。《礼》之敬文也,《乐》之中和也,《诗》《书》之博也,《春秋》之微也, 在天地之间者毕矣。(《劝学》)

圣人也者, 道之管也。天下之道管是矣, 百王之道一是矣, 故《诗》《书》《礼》《乐》之归是矣。《诗》言是其志也,《书》言是其事也,《礼》言是其行也,《乐》言是其和也,《春秋》言是其微也。故《风》之所以为不逐者, 取是以节之也;《小雅》之所以为《小雅》者, 取是而文之也;《大雅》之所以为《大雅》者, 取是而光之也;《颂》之所以为至者, 取是而通之也。天下之道毕是矣。(《儒效》)

夫乐者, 乐也, 人情之所必不免也, 故人不能无乐。乐则必发于声音, 形于动静, 而人之道, 声音、动静、性术之变尽是矣。故人不能不乐, 乐则不能无形, 形而不为道, 则不能无乱。先王恶其乱也, 故制《雅》《颂》之声以道之, 使其声足以乐而不流, 使其文足以辨而不諰, 使其曲直、繁省、廉肉、节奏足以感动人之善心, 使夫邪污之气无由得接焉。是先王立乐之方也。

…………

夫声乐之入人也深, 其化人也速, 故先王谨为之文。乐中平则民和而不流, 乐肃庄则民齐而不乱。

…………

乐者, 圣人之所乐也, 而可以善民心, 其感人深, 其移风易俗, 故先王导之以礼乐而民和睦。夫民有好恶之情而无喜怒之应则乱。先王恶其乱也, 故修其行, 正其乐, 而天下顺焉。故齐衰之服, 哭泣之声, 使人之心悲; 带甲婴轴, 歌于行伍, 使人之心伤; 姚冶之容, 郑、卫之音, 使人之心淫; 绅端章甫, 舞《韶》歌《武》, 使人之心庄。故君子耳不听淫声, 目不视女色, 口不出恶言。此三者, 君子慎之。

凡奸声感人而逆气应之, 逆气成象而乱生焉; 正声感人而顺气应之, 顺气成象而治生焉。唱和有应, 善恶相象, 故君子慎其所去就也。君子以钟鼓道志, 以琴瑟乐心, 动以干戚, 饰以羽旄, 从以磬管。故其清明象天, 其广大象地, 其俯仰周旋有似于四时。故乐行而志清, 礼修而行成, 耳目聪明, 血气和平, 移风易俗, 天下皆宁, 美善相乐。故曰: 乐者, 乐也。君子乐得其道, 小人乐得其欲。以道制欲, 则乐而不乱; 以欲忘道, 则惑而不乐。故乐者, 所以道乐也。金石丝竹, 所以道德也。乐行而民乡方矣。故乐者, 治人之盛者也。(《乐论》)

人之于文学也, 犹玉之于琢磨也。《诗》曰:"如切如磋, 如琢如磨。"谓学问也。

《国风》之好色也，传曰："盈其欲而不愆其止。其诚可比于金石，其声可内于宗庙。"《小雅》不以于污上，自引而居下，疾今之政，以思往者，其言有文焉，其声有哀焉。（《大略》）

[（清）王先谦撰：《荀子集解》，沈啸寰、王星贤点校，北京，中华书局，2013]

第三节　道家的文学思想

道家在先秦诸子中更近乎纯哲学，好从"自然""无为"的超世角度观照人类活动，并常以否定性的逻辑去探究一切表象之极限，深入一切事理的本质。基于这种纯哲学的趣味，它对文艺之人为即伪的一系列否定，无不导向对"自然"这一更高本质的揭示。

道家创始人老子以"道"取代"天"的本体地位，凸显了本体的规律义、形而上义和自然义，从思辨和实践的层面建立起人与天道的深刻联系。对先秦文论而言，从"道"这一本体出发的辩证性观照大有利于揭示文艺的本质规律，故"有无相生""大音希声，大象无形"等观点，在后世文艺创作和鉴赏批评中发挥了极大的指导作用。庄子推进了老子的"道"本体论，并展望生命存在与道的结合，使生命在超越性追求中窥见了艺术的本质——"自由"（逍遥游）与"美"（朴素），揭示了艺术创造的特殊规律——"虚静"与"物化"，更发现了实现一切艺术的最高理想——"自然"与"法天贵真"——的途径，提示了语言作为为文的重要媒介的效用及局限。这种对文艺的否定态度与其垂范后世的崇高地位构成了有意味的反差，昭示了传统文论的特殊魅力。

一、老子的相关论述

老子（生卒年不详），一说即老聃，姓李名耳，楚国苦县（今河南鹿邑东）人，生活于春秋末期，曾为周守藏室之史。相传孔子适周时曾向他问礼。老子著《老子》（又称《道德经》）八十一章，以格言韵文的形式发明其思想，对传统文化包括文论影响深远。20世纪70年代，长沙马王堆出土了帛书本《老子》；90年代，郭店楚墓又出土了《老子》竹书。将新的出土文献与通行本相质证，可以探知老子以"道"为本体的哲学思想的博大精深，其影响及于传统文论，启发着历代论者对文艺特征及创作规律的认识。

（一）"反者道之动"与艺术辩证法

老子以"道"取代"天"，使"天"与"人"皆统一于本体"道"，即所谓"人法地，地法天，天法道"，而"道"的法则在老子看来就是"自然"。 自然"无为而无不为"，呈现出"无执""周行"的动态性和普遍性。 其中"反者道之动"是老子对"道"之规律义的揭示，隐含深刻的辩证法思想。 "反"有反对和返回双重含义，说明矛盾互补、 对立统一和循环往复的存在性规律，是"道"的基本内涵。

老子把相反相成的对立统一性阐发为"有无相生，难易相成，长短相较，高下相倾，音声相和，前后相随"等恒常之理，这启发了后世文人的艺术辩证法思想。 文学、 音乐、 绘画等离不开文字、 乐声、 线条、 色彩等具体形质的媒介呈现，它们是承载着丰富内涵的"有"，但老子"有无相生"的洞见，启发了人们去发现艺术创造和鉴赏中"无"的支撑的不可缺。 正如恰恰是车毂空隙与陶器、 房屋之中空成就了车轮转动和陶器、 房屋之用一样，语言文字中不被表出的"无"与直陈旨意时被张大的"有"之间也存在着相生相成的关系，绘画中的留白和音乐中的休止也都是"无"，都能产生"计白当黑""无声胜有声"的效验。 有鉴于此，创作者和接受者应从言内观照到言外，从实指意象联系、 发散到虚指内涵，这样才能达成整体性的领会。 因此，说"反者道之动"和"有无相生"是非常契合艺术创作规律的洞见，是一点都没错的。

(二)"大音"与"大象"：意象论的先声

老子认为"道"不可名，但如不得已要加以称说，则"字之曰道，强为之名曰大"。 此处的"大"不是与"小"相对的概念，而是超越并包含了所有对立的普遍整体，是具象与抽象、 经验与超验的统一。 《老子·二十一章》描绘"道"的这种特征时说："道之为物，惟恍惟惚。 惚兮恍兮，其中有象； 恍兮惚兮，其中有物。 窈兮冥兮，其中有精； 其精甚真，其中有信。""恍惚"与"窈冥"，指向的正是"道"难以捉摸和确定的抽象普遍性， "象"与"物"等则表示感官经验能把握的具体实在性，两者合一才构成"道"的总体性特征。

据此，老子"大音希声，大象无形"的名言也就可以获得理解。 "音""声""象""形"属于感官经验范围内的存在。 其中，"声"指各单一音阶对应之声，"音"指各种声的组合变化； "形""象"皆指可见的存在，不过"形"偏指轮廓确定的具形，"象"则有显现即可，如《易传·系辞上》所谓"见乃谓之象，形乃谓之器"。 故"音"中有"声"、 "象"里蕴"形"是常识性的认知。 但当用本体之"大"来形容其"音"其"象"，使之成为多样性与整一性、 具体性与抽象性高度契合的艺术后，融入"音"之"声"与化入"象"之"形"就泯然无迹，难以指认了。 这就如同"道"在"恍惚""窈冥"中蕴含着"象""物""精"一样，虽有而不见，虽知而莫得，只能以"真""信"之心待之。

老子"大音希声，大象无形"之说虽意在表达其哲学见识，但也道出了完美艺术通常具有的高度整合、 浑融一体的特质； 而"大象""大音"对"道"之本体的象征性，特别是"大象"包纳物象和心象的巨大容受性,都对后世意象理论的孕育与生成起到了重要的作用。

二、庄子的相关论述

庄子(约前369—前286),名周,宋国蒙(今河南商丘东北)人,约生活于战国中期,曾任漆园吏。其所著《庄子》(亦称《南华经》),以寓言形式传达思想,与《老子》并为道家、道教经典。《庄子》现存三十三篇,一般认为内七篇为庄周本人所作,外、杂篇多出于后学之手,其中间杂黄老道家的成分。庄子继承发展了老子"道"的学说,主张超越世俗,返本归根,尤其从心灵和精神层面推进了道本与人本的关联。这种路向导致庄子对人的本质、心理及活动有丰富的研究和卓越的识见,其见解亦深刻影响了历代作者和论者,他也因此成为中国文论史上宗师级的人物。

(一)"逍遥游"与艺术境界论

《庄子》首篇《逍遥游》提出了据本体之"道"而有的存在理想,即超越功名乃至我执的"神人""圣人""至人"境界。这种境界摆脱了欲望和世俗价值对一己心神的拘囚,呈现出无为自然、无待自得、无我自在的"逍遥游"特征。"逍遥"有闲放之态,"游"则表无执之意。庄子更是以"乘云气,御飞龙""骑日月""游乎四海之外""死生无变于己"等表述,来显示其神超形越、人境合一的超卓。

这种"逍遥"之境,其实就是哲学上的自由之境,亦即文学艺术上的审美境界。它建立在心境一如的基础上,通过物我冥通达到真美兼具,对中国传统的艺术境界论产生了深远影响。后世从王昌龄的"心入于境"、方回的"心即境"、王世贞的"神与境合"、胡应麟的"神动天随",到王国维对"无我之境"的探索,都可见这种"逍遥"之境的影响痕迹。

(二)"虚静"与"物化":对创作论的启示

庄子关注人与道的相合,提出"坐忘""心斋"的修心致道方法。"坐忘"即泯除一切内在、外在的束缚;"心斋"指心神如果从感官活动中抽离出来,专注于如"气"一般的虚无,"道"便会停留于此虚空之心灵,故云"虚者,心斋也"。其意与老子的"致虚极,守静笃"相同。不过庄子对心灵的虚静效验有更完整的说明:"休则虚,虚则实,实者伦矣。虚则静,静则动,动则得矣。"(《庄子·天道》)合道之虚心是亦静亦动、虚实不二的完满心灵,有着丰富的运化能力和巨大的创造力,几乎可被看作对文艺创作心理的阐述,以及对创造准备阶段人的心理状态和创作过程中人的心灵动向的贴切说明。

　　"物化"指万物的融通转化，是道体"大通""大同"的表现。万物皆通于道，故也彼此相通互化，此即为"物化"。如果从文论的角度来观照此"物化"概念，则显然指向创作主体在虚静专一心态下与创造对象默识冥通、主客合一的感通过程，由此过程，才能产生"惊犹鬼神"的作品。"虚静"与"物化"是对创作心理的深刻概括，对此，庄子以寓言的形式，假各种身怀绝技的工匠艺人（如画师、操舟人、蹈水者和承蜩者）之例，通过对其人在技艺活动中所表现出的非常乃至超常的状态的呈现，生动地诠释了一种忘怀物我的超验性精神体验。显然，这种体验有助于人们对创作过程的认识的深化和丰富。

(三)"素美"与"法天贵真"

　　道家常以"天"来象征大道与自然，以与人为相对。庄子认为"天在内，人在外"，即人的内在本质是"天"（自然），所以主张"无以人灭天"（《庄子·秋水》）。对于艺术创造这类人为活动，庄子崇尚"以人合天"式的"雕琢复朴"（《庄子·应帝王》），即虽有人为而不落人为痕迹的自然素朴状态："朴素而天下莫能与之争美。"（《庄子·天道》）"素美"成为道家的艺术审美的理想，得到后世如司空图等人的继承与发扬。

　　创造"素美"之法在于主体葆有"法天贵真"的精神追求，并专心于"以天合天""指与物化"的技能训练。真人"能体纯素"（《庄子·刻意》），是"素美"的集中体现。《庄子·田子方》描绘真人"人貌而天虚，缘而葆真，清而容物"，其中"天虚"指心灵如天一般空虚真常；"缘"为顺之意，此处指顺应自然，顺天之自然而致清真广大。"法天"者必然知顺自然，而自然即真性之表现。正如《庄子·渔父》所说："真者，所以受于天也，自然不可易也。故圣人法天贵真，不拘于俗。"天之自然即真性，贵真性则"精诚"动人。"真在内者，神动于外"（《庄子·渔父》），所以精神力量能在真性的统御下充分地流露出来。《庄子·田子方》还以酣畅的笔墨，描述了"古之真人"游于大山渊泉、"充满天地"的真力弥满状态，进一步说明"法天贵真"所致精神境界的超卓。谈议论文重"法天贵真"，就是强调立足于主体的本真并"以天合天"（《庄子·达生》），以个体天然会于本体界的天然，令精神获得最深厚的支持。在此通体境域中，身心与创作对象融合，技法于是顺势发挥表现，达到"指与物化而不以心稽"（《庄子·达生》）的纯然无别的状态。在这种状态下产生的作品，其技法运用也一并化入天真自然的精神本体，于是就能呈现出"既雕既琢，复归于朴"的素美和大美。

　　庄子的思想深刻而丰富，沾溉后代既深且广，后人有直接引用其核心概念、范畴如"游""自然""朴""素""虚静"等以谈议论文的；有化用其意而加以演绎申发的，如苏轼的"胸有成竹"对"物化"的形象化诠释，"静故了群动，空故纳万境"对"虚静"内涵的辩证发挥；也有体会其意而自出新语的，如李贽的童心说、袁枚的性灵说，凡此都可见其说的统摄意义。

(四)"得意忘言":对文学语言论的启发

道家认为一切存有皆源于"道",且体现着"道",但又并非"道"本身,故有"道"与"物"这样的概念对举。 语言作为人类独特的认知与交流介质,即使能传达"道",仍属"物"的层面,对于言者之"意"尚难尽表,于"意之所随者"的"道"更是"不可以言传"(《庄子·天道》)。 所以,庄子其实秉持与《易传·系辞上》"言不尽意"相似的观念。 只不过后者主张"立象以尽意",庄子则提出"得意忘言"论。

"得意忘言"的前提是承认语言有达"意"的功能,正如荃蹄能捕捉鱼兔,有工具之用。 庄子强调的是语言对"意"既有中介作用,又有阻碍作用,这是由语言作为"物"的本质决定的。 《庄子·知北游》说:"物有际者,所谓物际者也。"物与物之间有分际、 界限,语言与"意"之间的分际导致其虽能指向"意",却不能与"意"尽合,即不能"尽意"。 "意"含有近"道"与近"物"两种指涉,皆与语言有别。 庄子的"得意忘言"论因此具有了难得的合理性与深刻性。 它表明,人一旦借助语言进入"意"的领域,就要彻底抛开语言介质,求得对"意"的纯粹的领会。 "意"有着与"言"不同的质及把握方式。 《庄子·天地》中象罔得玄珠的寓言,正喻示了超越感知思维的分别才是得道会意的关键这个道理。

"得意忘言"论启发了后人对语言的本质、 语言与其表现对象之间关系的思考,推动了后世文论更深入地探究文学语言的特质,强化了语言对"意"的传导、 暗示功能,以求用超越常规语言的自由创造来隐喻、 象征并导向丰富的"意"境。 这对传统文论执着于"意在言外",乃至"超以象外""无迹可求"的诗境营建,追求既超越言、 象又言、 象、 意浑融的意境理论,无疑有重大的启发意义。

人们或以为,道家否定文艺的态度与其巨大的理论贡献之间存在着矛盾。 老子云:"信言不美,美言不信。"庄子说:"文灭质,博溺心。""五色不乱,孰为文采? 五声不乱,孰应六律?"甚至断喝"灭文章,散五采"。 这些都是直接否定文艺的。 但正如老子"反者道之动""正言若反"所揭示的,道家这种从哲学本体论出发的辩证否定,不仅没有限制文论的发展,反而助其在摆脱现实功利钳制的同时深化了自身,升进到审美自由的维度,进而真正与自己的本质相遇。 反观儒、 法、 墨各家,在论文的功能方面虽结论不同,但其权衡标准却颇为接近,都以是否有利于政治功利为考量。 因此,尽管儒家崇文而法家黜文,但在严格意义上都难以深入文的内部。 道家既抨击政治之伪,又批判为文之伪,揭橥天道自然的本体境界,并对如何"技进于道"有丰富生动的寓言式启示,这就使得为文之"技"既获得了理论提升的可能助力,也找到了超越现实功利、 摆脱工具依附的本体支撑,文于是在审美本质、 创作规律和评价标准等方面有了相对独立的生长空间。 对于这种生长空间的拓殖,道家可谓厥功甚伟。

原典选读

以下所节录的《老子》通行本原文，主要包括道论，道与物、象的关系，美丑的辩证性，尚真与法自然，虚静与玄览等思想，后两点经庄子发展深化，成为后世文论探讨艺术审美与构思的源头。庄子《逍遥游》所论述的自由无我的超功利特质，与艺术的自由精神相通；《齐物论》中庄周梦蝶的寓言启示了审美境界的"物化"性质；《养生主》揭示出技进于道的规律；《人间世》《大宗师》所举"心斋""坐忘"的修道方法，《天地》所言象罔玄珠的寓言等，诠释了可与入道相感通的进入创作的过程与境界；《天道》《秋水》《外物》分析了语言的中介性；《达生》《田子方》描述了人类活动中诸多技艺入神之事；《渔父》倡"法天贵真"的天人合一之路，凡此都可为艺事的提升和自然入神的艺术境界的达成提供理论滋养。

一、《老子》（节选）

道可道，非常道；名可名，非常名。无名天地之始，有名万物之母。故常无欲，以观其妙；常有欲，以观其徼。此两者同出而异名，同谓之玄，玄之又玄，众妙之门。（一章）

天下皆知美之为美，斯恶已；皆知善之为善，斯不善已。故有无相生，难易相成，长短相较，高下相倾，音声相和，前后相随。

是以圣人处无为之事，行不言之教，万物作焉而不辞，生而不有，为而不恃，功成而弗居。夫唯弗居，是以不去。（二章）

载营魄抱一，能无离乎？专气致柔，能婴儿乎？涤除玄览，能无疵乎？爱民治国，能无知乎？天门开阖，能为雌乎？明白四达，能无为乎？（十章）

三十辐共一毂，当其无，有车之用。埏埴以为器，当其无，有器之用。凿户牖以为室，当其无，有室之用。故有之以为利，无之以为用。（十一章）

五色令人目盲，五音令人耳聋，五味令人口爽，驰骋畋猎令人心发狂，难得之货令人行妨。是以圣人为腹不为目，故去彼取此。（十二章）

视之不见名曰夷，听之不闻名曰希，搏之不得名曰微。此三者不可致诘，故混而为一。其上不皦，其下不昧，绳绳不可名，复归于无物，是谓无状之状，无物之象。是谓惚恍。迎之不见其首，随之不见其后。（十四章）

致虚极，守静笃，万物并作，吾以观复。夫物芸芸，各复归其根。归根曰静，是谓复命。复命曰常，知常曰明，不知常，妄作，凶。知常容，容乃公，公乃王，王乃天，天乃道，道乃久。没身不殆。（十六章）

孔德之容，惟道是从。道之为物，惟恍惟惚。惚兮恍兮，其中有象；恍兮惚兮，其

中有物。窈兮冥兮，其中有精；其精甚真，其中有信。（二十一章）

有物混成，先天地生，寂兮寥兮，独立不改，周行而不殆，可以为天下母。吾不知其名，字之曰道，强为之名曰大。大曰逝，逝曰远，远曰反。

故道大，天大，地大，王亦大。域中有四大，而王居其一焉。

人法地，地法天，天法道，道法自然。（二十五章）

执大象，天下往；往而不害，安平太。乐与饵，过客止。道之出口，淡乎其无味，视之不足见，听之不足闻，用之不足既。（三十五章）

明道若昧，进道若退，夷道若纇。上德若谷，大白若辱，广德若不足，建德若偷，质真若渝。大方无隅，大器晚成，大音希声，大象无形。道隐无名，夫唯道善贷且成。（四十一章）

天下之至柔，驰骋天下之至坚，无有入无间，吾是以知无为之有益。不言之教，无为之益，天下希及之。（四十三章）

大成若缺，其用不弊；大盈若冲，其用不穷。大直若屈，大巧若拙，大辩若讷。躁胜寒，静胜热，清静为天下正。（四十五章）

知者不言，言者不知。塞其兑，闭其门，挫其锐；解其分，和其光，同其尘，是谓玄同。（五十六章）

信言不美，美言不信；善者不辩，辩者不善；知者不博，博者不知。圣人不积，既以为人，己愈有；既以与人，己愈多。天之道，利而不害。圣人之道，为而不争。（八十一章）

[（魏）王弼注：《老子道德经注校释》，楼宇烈校释，北京，中华书局，2008]

二、《庄子》（节选）

夫列子御风而行，泠然善也，旬有五日而后反。彼于致福者，未数数然也。此虽免乎行，犹有所待者也。若夫乘天地之正，而御六气之辩，以游无穷者，彼且恶乎待哉！故曰，至人无己，神人无功，圣人无名。（《逍遥游》）

昔者庄周梦为胡蝶，栩栩然胡蝶也，自喻适志与！不知周也。俄然觉，则蘧蘧然周也。不知周之梦为胡蝶与，胡蝶之梦为周与？周与胡蝶，则必有分矣。此之谓物化。（《齐物论》）

庖丁为文惠君解牛，手之所触，肩之所倚，足之所履，膝之所踦，砉然向然，奏刀騞然，莫不中音。合于桑林之舞，乃中经首之会。

文惠君曰："嘻，善哉！技盖至此乎？"

庖丁释刀对曰："臣之所好者道也，进乎技矣。始臣之解牛之时，所见无非全牛者。三年之后，未尝见全牛也。方今之时，臣以神遇而不以目视，官知止而神欲行。依乎天理，批大郤，导大窾，因其固然。技经肯綮之未尝，而况大軱乎！良庖岁更刀，割也；族庖月更刀，折也。今臣之刀十九年矣，所解数千牛矣，而刀刃若新发于硎。彼节者有间，而刀刃者无厚；以无厚入有间，恢恢乎其于游刃必有余地矣，是以十九年而刀刃若新发于硎。虽然，每至于族，吾见其难为，怵然为戒，视为止，行为迟。动刀甚微，謋然已解，如土委地。提刀而立，为之四顾，为之踌躇满志，善刀而藏之。"

文惠君曰："善哉！吾闻庖丁之言，得养生焉。"（《养生主》）

回曰："敢问心斋。"仲尼曰："若一志，无听之以耳而听之以心，无听之以心而听之以气！听止于耳，心止于符。气也者，虚而待物者也。唯道集虚。虚者，心斋也。"（《人间世》）

仲尼蹴然曰："何谓坐忘？"颜回曰："堕肢体，黜聪明，离形去知，同于大通，此谓坐忘。"仲尼曰："同则无好也，化则无常也。而果其贤乎！丘也请从而后也。"（《大宗师》）

故纯朴不残，孰为牺尊！白玉不毁，孰为珪璋！道德不废，安取仁义！性情不离，安用礼乐！五色不乱，孰为文采！五声不乱，孰应六律！夫残朴以为器，工匠之罪也；毁道德以为仁义，圣人之过也。（《马蹄》）

夫道，渊乎其居也，漻乎其清也……夫王德之人，素逝而耻通于事，立之本原而知通于神……视乎冥冥，听乎无声。冥冥之中，独见晓焉；无声之中，独闻和焉。故深之又深而能物焉，神之又神而能精焉；故其与万物接也，至无而供其求，时骋而要其宿，大小，长短，修远。

黄帝游乎赤水之北，登乎昆仑之丘而南望，还归，遗其玄珠。使知索之而不得，使离朱索之而不得，使吃诟索之而不得也。乃使象罔，象罔得之。黄帝曰："异哉！象罔乃可以得之乎？"（《天地》）

水静犹明，而况精神！圣人之心静乎！天地之鉴也，万物之镜也。夫虚静恬淡寂漠无为者，天地之平而道德之至，故帝王圣人休焉。休则虚，虚则实，实者伦矣。虚则静，静则动，动则得矣……夫虚静恬淡寂漠无为者，万物之本也……静而圣，动而王，无为也而尊，朴素而天下莫能与之争美。

…………

世之所贵道者书也，书不过语，语有贵也。语之所贵者意也，意有所随。意之所随者，不可以言传也，而世因贵言传书。世虽贵之，我犹不足贵也，为其贵非其贵也。故视而可见者，形与色也；听而可闻者，名与声也。悲夫，世人以形色名声为足以得彼之情！夫形色名声果不足以得彼之情，则知者不言，言者不知，而世岂识之哉！

桓公读书于堂上，轮扁斫轮于堂下，释椎凿而上，问桓公曰："敢问，公之所读者何言邪？"公曰："圣人之言也。"曰："圣人在乎？"公曰："已死矣。"曰："然则君之所读者，古人之糟魄已夫！"桓公曰："寡人读书，轮人安得议乎！有说则可，无说则死。"轮扁曰："臣也以臣之事观之。斫轮，徐则甘而不固，疾则苦而不入。不徐不疾，得之于手而应于心，口不能言，有数存焉于其间。臣不能以喻臣之子，臣之子亦不能受之于臣，是以行年七十而

老斫轮。古之人与其不可传也死矣，然则君之所读者，古人之糟魄已夫！"（《天道》）

夫精粗者，期于有形者也；无形者，数之所不能分也；不可围者，数之所不能穷也。可以言论者，物之粗也；可以意致者，物之精也；言之所不能论，意之所不能察致者，不期精粗焉。（《秋水》）

以瓦注者巧，以钩注者惮，以黄金注者殙。其巧一也，而有所矜，则重外也。凡外重者内拙。

……………………

梓庆削木为鐻，鐻成，见者惊犹鬼神。鲁侯见而问焉，曰："子何术以为焉？"

对曰："臣工人，何术之有！虽然，有一焉。臣将为鐻，未尝敢以耗气也，必斋以静心。斋三日，而不敢怀庆赏爵禄；斋五日，不敢怀非誉巧拙；斋七日，辄然忘吾有四枝形体也。当是时也，无公朝，其巧专而外骨消；然后入山林，观天性；形躯至矣，然后成见鐻，然后加手焉；不然则已。则以天合天，器之所以疑神者，其是与！"

……………………

工倕旋而盖规矩，指与物化而不以心稽，故其灵台一而不桎。忘足，屦之适也；忘要，带之适也；知忘是非，心之适也；不内变，不外从，事会之适也。始乎适而未尝不适者，忘适之适也。（《达生》）

宋元君将画图，众史皆至，受揖而立；舐笔和墨，在外者半。有一史后至者，儃儃然不趋，受揖不立，因之舍。公使人视之，则解衣般礴裸。君曰："可矣，是真画者也。"（《田子方》）

孔子问于老聃曰："今日晏闲，敢问至道。"老聃曰："汝斋戒，疏瀹而心，澡雪而精神，掊击而知！夫道，窅然难言哉！将为汝言其崖略。夫昭昭生于冥冥，有伦生于无形，精神生于道，形本生于精，而万物以形相生。"（《知北游》）

荃者所以在鱼，得鱼而忘荃；蹄者所以在兔，得兔而忘蹄；言者所以在意，得意而忘言。吾安得夫忘言之人而与之言哉！（《外物》）

真者，精诚之至也。不精不诚，不能动人。故强哭者虽悲不哀，强怒者虽严不威，强亲者虽笑不和。真悲无声而哀，真怒未发而威，真亲未笑而和。真在内者，神动于外，是所以贵真也……礼者，世俗之所为也；真者，所以受于天也，自然不可易也。故圣人法天贵真，不拘于俗。愚者反此。不能法天而恤于人，不知贵真，禄禄而受变于俗，故不足。（《渔父》）

[（清）郭庆藩撰：《庄子集释》，王孝鱼点校，北京，中华书局，1961]

第四节　《易传》的文学思想

《周易》是周代的占筮书，分为《易经》和《易传》两部分。相传伏羲画卦，文王作卦爻辞，孔子作《易传》。但学者研究认为，《周易》经、传的完成经历了从远古至战国漫长的过程，作者应非一人，而是经多人多时累积编纂而成。《易经》以 64 卦为主体，包括卦名、卦形、卦辞、爻辞。它以"符号＋语言"的形式，来准拟和阐释宇宙间存在的自然与社会系统，并预测凶吉祸福。《易传》则是对《易经》世界观和方法论的诠释、阐发与总结，表现出对先秦诸家理论融会贯通式的提升，与《易经》一起为传统文论奠定了深厚的哲学基础。

《易传》共 10 篇，一般认为作于春秋、战国时期。自汉代起，《易传》又被称为《十翼》，"翼"即羽翼辅助之意，意在突出它有阐释、发挥《易经》的重要功能。其中，《系辞》上下篇可被视为早期的《易》学通论，对《易经》各方面做了较为全面的辨析和阐释，充分展现了《周易》的哲学思想。

一、阴阳之谓道

《易经》中的卦以阴阳二爻的符号组成，直观地表达了阴阳为宇宙之基始，展现了阴阳的关系及其运动演化生成自然与社会系统的世界观。故《易传·系辞上》说："一阴一阳之谓道。"道是宇宙的本质及规律，而其运动变易则表现为阴阳的交替、互补、化合、创生诸形态。阴阳在自然中的体现是天地，在人类中的体现是男女。阴阳交感而生万物与人，可见万有皆内含阴与阳的消长与化合、对立与统一、矛盾与和谐。

对阴阳本质表现的描述就是"刚柔"，"刚"指阳爻和阳卦，"柔"指阴爻和阴卦。《易传·说卦》称"观变于阴阳而立卦，发挥于刚柔而生爻""分阴分阳，迭用柔刚，故《易》六位而成章"。《易传·系辞下》又称"乾，阳物也；坤，阴物也。阴阳合德而刚柔有体，以体天地之撰，以通神明之德"，将阴阳与刚柔糅合起来，形成后世文论中的两大范畴"阳刚"与"阴柔"（一主雄浑豪健，一主绮靡婉约），可见它对古人审美鉴赏的陶铸与规范。

《周易》从辩证的高度体察阴阳，又以阴阳之道总括天地人世之理，这对后世文论产生了多方面的影响。其尤显者，是阴阳交感论为"物感"说、"神思"说奠定了基础。以后，钟嵘的《诗品》阐释创作动因时称"气之动物，物之感人，故摇荡性情，形诸物咏"。这里所谓的"气""物"感动性情而致文学创作，沿用的正是阴阳交感而生物的创造模式。传统文论所讲的"神思"与《周易》以蓍、卦彰往察来密切相关。《易传·系辞上》称:"《易》无思也,无为也,寂然不动,感而遂通天下之故。非天下之至神,其孰能与于此?"指出其超越"思""为"的神行感通,具有"深""几"和"神"的特点,能预测将然和未来,故《易传·系辞上》又说:"唯深也,故能通天下之志;唯几也,故能成天下之务;唯神也,故不疾而速,不行而至。"显然,这指称的是一种超越日常感知思维的整体觉观方式,它能与非现成对象产生冥契神会的感通,特别符合艺术创造时人们的精神状态,故被后世论文者吸收、发挥为"神思"说或"灵感"说。

此外,其以阴阳为元范畴,还生发出一系列具有内在互补关系的文论范畴,如"动静""虚实""形神""显隐""正反""明暗""直曲""险易""繁简""巧拙",以此为基础,再以复合词的形式,构成了更多的对待范畴。这些范畴极大地赋予了传统文论对创作过程整体活性和作品作为有机生命体的概括与指说能力,而其机能性的源头即《周易》的辩证思想,当然还包括此前所说的老庄。在动态中追求阴阳和谐、刚柔相济的思想,推进了从《尚书·尧典》《左传》一直到孔门的中和观,并使之与变易、通变的动态过程相结合,有效地突破了荀子所讲的较为静态狭隘的"执中"说,成为更具思辨内涵的文论资源。

二、意、象、言的关系

《周易》以64卦为核心,以卦爻、卦形符号和卦辞文字实现对世界的"象化"和"理化"处置,确立了《周易》符号体系与世界的对应关系。这种"象化""理化"过程将对表象的模拟象征和对本质规律的冥契体悟相融合,如《易传·系辞上》所谓"仰以观于天文,俯以察于地理,是故知幽明之故",《易传·系辞下》所谓"仰则观象于天,俯则观法于地……近取诸身,远取诸物。于是始作八卦,以通神明之德,以类万物之情"。其中"观""察""知"的对象不仅有"象"和"文",还有"法""理""故"。可见,"观"之时已经有获取要素、摄得结构、体悟本质这样的抽象思维活动在。通过符号构拟而成的八卦图式,只是以另一种"象",即卦形、卦象的方式,保存了对原初表象的固有意蕴、象征理趣的识解,此即所谓"圣人之意"。

正是以此为基础,《易传》提出了"立象尽意"的思想。《易传·系辞上》谓:"圣人立象以尽意,设卦以尽情伪,系辞焉以尽其言。"即将卦象作为"言"与"意"的中介,以"言"诠"象",以"象"尽"意"。论说中,明显增加了达"意"这个维度。《易传·系辞下》说:"象也者,像也","象事知器"。卦象具有模拟象征功能,圣人借此存"意"于其中,如《易传·系辞上》所谓"圣人有以见天下之赜,而拟诸其形容，象其物宜，是故谓之象"。"赜"通"赜"，依孔颖达疏，意为"幽深难见"。圣人将幽隐深奥的意理寄托在可见可思的卦象中，再辅以言诠，使"意"敞显，此所谓"立象尽意"。

"立象尽意"对后世论者的启发极大。语言有时可直陈其意，但在"言不尽意"的困境下，以言造象往往曲成其意；况且艺事要求以形象达意，必使"象"与"意"融为整体的艺术直观，从而超越语言的局限，有力地贯透读者的心灵。因此，"立象尽意"说后来促成了古典诗学中意象论的生成。东汉王充的《论衡·乱龙》称"礼贵意象""立意于象"，是以实象与礼的意涵相结合；魏王弼的《周易略例·明象》称"象生于意，故可寻象以观意"，是对《易传》"立象尽意"的阐发；刘勰的《文心雕龙·神思》提出"独照之匠，窥意象而运斤"，使"意象"成为传统文论的一个核心范畴。"窥"透露出"象"是孕于心且萌而未形的，这暗合了老子"大象无形"之旨；"意"包含《庄子》"得意忘言"和《易传》"立象尽意"之"意"，也可称渊源有自；"运斤"典出《庄子》匠石运斤成风的寓言，喻指技艺高超，手法精妙。刘勰融上述句典，使"意"与"象"合化为蕴含丰富的文论范畴，为传统意象说甚至意象批评确立了坚实的义理正源。这足见刘勰的识见，更足见《周易》的博大精深。

三、通变以成文

《周易》对世界本质的认识包含一种深刻的变通观。《易传·系辞上》称"天地变化，圣人效之"，它以64卦来"范围天地之化"，从基本的阴阳二爻、坤乾二卦开始，就蕴含了基始的变动性，即所谓"阖户谓之坤，辟户谓之乾。一阖一辟谓之变，往来不穷谓之通"。阴阳坤乾的"阖"与"辟"构成对立，相互推动，相摩相荡，运动与变化因以产生。故《易传·系辞下》说："道有变动，故曰爻。爻有等，故曰物。物相杂，故曰文。"六爻的错综排列构成卦象的文理，展现出变动的态势，此即《易传·系辞上》所谓的"参伍以变，错综其数。通其变，遂成天下之文；极其数，遂定天下之象"。变化的规律可通过推衍蓍数得知，而会通其变化，了达其变数，则可形成包举天下的易象与丰富的文章。

这种通变以成文的思想，以后也被传统文论吸收，更在一些见识超卓的论者手中被整塑成一种富于辩证意味的发展史观。它强调为文当随时代，新新相替，代代不绝，并认为唯有破除陈规，因时而变，对传统既能吸收又有摈弃，并由此"望今制奇，参古定法"，才能使创作始终保持活力，才能使整个文学事业拥有与时俱进的生机。其间，《易传·系辞下》所宣扬的"穷则变，变则通，通则久"的义理，可谓居功至伟。

原典选读

　　《易传》中的《系辞》是阐说《易经》大旨的通论，深刻地触及了物、象、言、意的关系，所总结出的"观物取象""拟容象物""设卦观象""观象玩辞"和"立象尽意"，与创作过程中的观察、提炼、概括以及联想性创造近乎一致，与通过言辞和形象来展开认识、审美的鉴赏活动也多关联暗通。《系辞下》的"圣人之情见乎辞"与《文言》的"修辞立其诚"正好从接受与创作两方面强调了语言、情志的一致是文学活动的必要前提。至于《系辞下》论《易经》辨物断辞具有"其称名也小，其取类也大。其旨远，其辞文，其言曲而中，其事肆而隐"的特征，又与比兴、象征的手法若合符契。

《易传》（节选）

　　天尊地卑，乾坤定矣。卑高以陈，贵贱位矣。动静有常，刚柔断矣。方以类聚，物以群分，吉凶生矣。在天成象，在地成形，变化见矣。是故刚柔相摩，八卦相荡。鼓之以雷霆，润之以风雨。日月运行，一寒一暑。乾道成男，坤道成女。乾知大始，坤化成物。乾以易知，坤以简能。易则易知，简则易从。易知则有亲，易从则有功。有亲则可久，有功则可大。可久则贤人之德，可大则贤人之业。易简而天下之理得矣。天下之理得，而易成位乎其中矣。

　　圣人设卦，观象系辞焉，而明吉凶。刚柔相推，而生变化。是故吉凶者，失得之象也。悔吝者，忧虞之象也。变化者，进退之象也。刚柔者，昼夜之象也。六爻之动，三极之道也。是故君子所居而安者，《易》之象也。所变而玩者，爻之辞也。是故君子居则观其象而玩其辞，动则观其变而玩其占。

　　…………

　　《易》与天地准，故能弥纶天下之道。仰以观于天文，俯以察于地理，是故知幽明之故。原始及终，故知死生之说。精气为物，游魂为变。是故知鬼神之情状，与天地相似，故不违。知周乎万物而道济天下，故不过。旁行而不流。乐天知命，故不忧。安土敦乎仁，故能爱。范围天地之化而不过，曲成万物而不遗，通乎昼夜之道而知，故神无方而《易》无体。

　　一阴一阳之谓道，继之者善也，成之者性也。仁者见之谓之仁，知者见之谓之知。百姓日用而不知，故君子之道鲜矣。显诸仁，藏诸用。鼓万物而不与圣人同忧，盛德大业至矣哉！富有之谓大业，日新之谓盛德。生生之谓易。成象之谓乾，爻法之谓坤。极数知来之谓占，通变之谓事。阴阳不测之谓神。

　　…………

　　圣人有以见天下之赜，而拟诸其形容，象其物宜，是故谓之象。圣人有以见天下之动，而观其会通，以行其典礼，系辞焉以断其吉凶，是故谓之爻。言天下之至啧，而不可恶也。言天下之至动，而不可乱也。拟之而后言，议之而后动，拟议以成其变化。

…………

是故法象莫大乎天地。变通莫大乎四时。县象著明，莫大乎日月。崇高莫大乎富贵。备物致用，立成器以为天下利，莫大乎圣人。探啧索隐，钩深致远，以定天下之吉凶，成天下之娓娓者，莫善乎蓍龟。

…………

子曰："书不尽言，言不尽意。"然则圣人之意，其不可见乎？子曰："圣人立象以尽意，设卦以尽情伪，系辞焉以尽其言，变而通之以尽利，鼓之舞之以尽神。"……是故形而上者谓之道，形而下者谓之器。化而财之谓之变，推而行之谓之通。举而措之天下之民，谓之事业。（《系辞上》）

八卦成列，象在其中矣。因而重之，爻在其中矣。刚柔相推，变在其中矣。系辞焉而命之，动在其中矣。吉凶悔吝者，生乎动者也。刚柔者，立本者也。变通者，趣时者也。吉凶者，贞胜者也。天地之道，贞观者也。日月之道，贞明者也。天下之动，贞夫一者也。夫乾，确然示人易矣。夫坤，隤然示人简矣。爻也者，效此者也。象也者，象此者也。爻象动乎内，吉凶见乎外。功业见乎变，圣人之情见乎辞。

…………

古者庖牺氏之王天下也，仰则观象于天，俯则观法于地。观鸟兽之文，与地之宜。近取诸身，远取诸物。于是始作八卦，以类万物之情……

夫易，章往而察来，而微显阐幽，开而当名。辨物，正言，断辞，则备矣。其称名也小，其取类也大。其旨远，其辞文，其言曲而中，其事肆而隐。因贰以济民行，以明失得之报。

…………

《易》之为书也，不可远。为道也，屡迁。变动不居，周流六虚。上下无常，刚柔相易。不可为典要，唯变所适。

…………

《易》之为书也，原始要终，以为质也。六爻相杂，唯其时物也。

…………

《易》之为书，广大悉备。有天道焉，有人道焉，有地道焉。兼三才而两之，故六。六者非它也，三才之道也。

…………

夫乾，天下之至健也，德行恒易以知险。夫坤，天下之至顺也，德行恒简以知阻。能说诸心，能研诸侯之虑。定天下之吉凶，成天下之娓娓者。是故变化云为，吉事有祥，象事知器，占事知来。天地设位，圣人成能。人谋鬼谋，百姓与能。八卦以象告，

《爻》《象》以情言，刚柔杂居，而吉凶可见矣。变动以利言，吉凶以情迁。是以爱恶相攻而吉凶生。远近相取而悔吝生。情伪相感而利害生。凡《易》之情，近而不相得则凶，或害之，悔且吝。将叛者其辞惭，中心疑者其辞枝。吉人之辞寡，躁人之辞多。诬善之人其辞游，失其守者其辞屈。（《系辞下》）

昔者圣人之作《易》也，幽赞于神明而生蓍，参天两地而倚数。观变于阴阳而立卦，发挥于刚柔而生爻，和顺于道德而理于义，穷理尽性以至于命。昔者圣人之作《易》也，将以顺性命之理。是以立天之道，曰阴与阳。立地之道，曰柔与刚。立人之道，曰仁与义。兼三才而两之，故易六画而成卦。分阴分阳，迭用柔刚，故易六画而成章。（《说卦》）

［（清）李道平撰：《周易集解纂疏》，潘雨廷点校，

北京，中华书局，2004］

第二章 两汉文论的拓展

百家争鸣的多元学术到战国中后期开始融汇，形成以道为宗、糅合各家的黄老之学。随之而来的秦汉学术继续在融通中发展，产生了《吕氏春秋》《淮南子》《春秋繁露》这样兼纳各家思想的集成之作。察上述诸家之说，其实虽集成而尤能有专主。例如，《吕氏春秋》倚重的是阴阳五行的贯通；《淮南子》关注的是以道家要义统摄各家；《春秋繁露》则以儒为宗，融合诸子。但它们大致都内具贯通天、地、人的系统意识，都有建构新的"天人合一"图式的理论尝试。最终，因汉武帝"罢黜百家，独尊儒术"，董仲舒的学说被确立为官方意识形态，一种与政治大一统相应的文化统一得以真正完成。先秦原始儒学也由此一变而为汉代儒学。

儒家重视六艺经典，故经学在西汉中期取得独尊地位，此后又长期蔚为学术主流。在此总体态势下，汉代文论也从先秦时的多元零散走向一元化和系统发展，表现出相当程度的儒化倾向。具体而言，就是沿袭和发展儒家的思想，强调原道、宗经、征圣的自觉意识，凸显文的群治与教化功能；对于辞赋、诗歌等创作成果，多依儒家政教标准来做评判。而兼综儒、道乃至各家学术，不完全囿于经学框架的论者，更能发展理性思辨和批判精神，表现出开阔的视野和宏通的眼光，司马迁、扬雄、桓谭、王充等人的论说即如此。

第一节 儒家诗论的纲领《毛诗序》

《毛诗序》是夹杂在《诗毛氏传》"国风"首篇《关雎》题解中的总括性文献，后被称为《诗大序》，以与毛诗各篇题解小序相区别。至于其作者，长期以来说法不一，或可被视为先秦至汉儒家诗论的总结。《毛诗序》以天人感应的有机宇宙观为根基，通过对声音、情志、情性、风教等气化论式的合视通观，阐述了自然、伦理与政治一体相通的儒家诗学观，表现出与汉代哲学一致的目的论倾向，然其述理明晰，阐释详切，一定程度上兼顾了政教目的与作文规律。

一、诗的"六义"

《周礼·春官》有"六诗"的说法，《毛诗序》称为"诗六义"，即风、赋、比、兴、雅、颂。它以阐释风上化下、下刺上的功能义为重点，并将雅也归于风，合风、大雅、小雅、颂为"四始"，推其为"诗之至"。《毛诗序》并没对赋、比、兴做具体的诠释，据孔颖达、朱熹的见解，三者主要是对诗歌言辞手法的概括。

《毛诗序》自始至终以风为论说的关键，以"风以动之，教以化之"的感通和合为诗歌的基本功能，又以"主文而谲谏""发乎情，止乎礼义"为风之正变的界定。这既是对先秦以来诗乐与政通的思想，以及孔子"兴观群怨"说和荀子"一之于礼义"的诗教观的总结与发扬，更是汉代以阴阳学说、儒家伦理贯通天、地、人，以儒、道、法统合于政教目的的宇宙观、价值观在文论上的体现，因而表现出一种据有义理高地的恢宏气势和使理论臻于系统的自觉。

二、抒情言志的统一

从《尚书·尧典》的"诗言志"、《庄子·天下》的"诗以道志"、郭店楚简的"诗，所以会古今之志也者"，到《荀子·儒效》的"诗言是其志"，用诗来表达主体情志的观念在先秦时期从未中断。但到子思学派声、情、心相通、"察天道以化民气"的乐教思想，以及其对诸如"性情"范畴的创发，还有《孔子诗论》所载孔子以情性论诗的实例，包括荀子"情文俱尽"说中主张以情代质的倾向，终于引发了肯定诗的抒情特性的认识。到《毛诗序》，言志与抒情合而为一，成为对诗歌特性的经典总结："诗者，志之所之也，在心为志，发言为诗。情动于中而形于言"，"吟咏情性，以风其上"。《毛诗序》还揭示了诗、乐、舞在发展过程中三位一体的关系，其所谓"言之不足，故嗟叹之；嗟叹之不足，故永歌之；永歌之不足，不知手之舞之，足之蹈之也"，几乎成为后世论者的口头禅。

三、美刺与正变

《毛诗序》继承了先秦以来声与政通、诗乐与天地鬼神相感的认识，并将诗纳入阴阳五行的天人交感系统，赋予诗与阴阳同构的辩证功能——颂美与讽刺，简称美刺。其中"美"为阳，如颂诗之赞美王政、歌颂帝王贵族及祖先功德，"美盛德之形容，以其成功，告于神明者也"；"刺"为阴，如风诗讽刺弊政、劝谏君主，即所谓"下以风刺上，主文而谲谏"。美刺从正反两面发力，使上下协调，以求得天与人、君与民的平衡互补，诗歌于是成为自然、社会与王政一体循环中的有机分子。

　　从维护统治秩序和统治者权威的角度言，"刺"在现实语境下应当注意节度和分寸，故《毛诗序》提出"主文而谲谏"的原则，即不直言，而以隐约婉转的方式劝谏，这就是所谓的"正风正雅"。而当政教崩坏、风衰俗怨时，以言志抒情为特性的诗歌自然会"伤""哀""怀"甚至"怨以怒"，这就是"变风变雅"了。诗歌的正与变，客观反映了诗歌言志抒情的特性以及诗乐与政通之理。不过，即使是"变风变雅"，从儒家的中庸、中和观出发，《毛诗序》也指出要注意"发乎情，止乎礼义"，最终还是回到了"温柔敦厚"的儒家诗教传统。

📖原典选读

　　以下录《关雎》大、小序，"风，风也"至文末为大序，即《毛诗序》。序文肯定了诗抒情言志的特性，阐明诗的风教、美刺功能及其社会意义，探讨了诗歌分类与表现手法，论述系统，影响深远。郑玄《诗谱序》通过回顾周朝历史与《诗经》的对应关系，表达了诗与政通的思想，凸显了《诗经》的现实取向。《礼记·经解》借孔子之口，提出"温柔敦厚"的诗教命题，认为《诗》能涵养仁厚品性，固执拘泥则为愚憨；又称"为人也温柔敦厚而不愚，则深于《诗》者也"，实际上触及了诗能改善人的气质的问题。此外，其对经典学习应合乎中庸之道的强调，可被视为对《尚书·尧典》中诗乐教化观与中和之德理想的继承与发扬。

一、《毛诗序》

　　《关雎》，后妃之德也，风之始也，所以风天下而正夫妇也，故用之乡人焉，用之邦国焉。

　　风，风也，教也。风以动之，教以化之。

　　诗者，志之所之也，在心为志，发言为诗。情动于中而形于言，言之不足，故嗟叹之，嗟叹之不足，故永歌之，永歌之不足，不知手之舞之，足之蹈之也。

　　情发于声，声成文谓之音。治世之音，安以乐，其政和。乱世之音，怨以怒，其政乖。亡国之音，哀以思，其民困。故正得失，动天地，感鬼神，莫近于诗。先王以是经夫妇，成孝敬，厚人伦，美教化，移风俗。

　　故诗有六义焉：一曰风，二曰赋，三曰比，四曰兴，五曰雅，六曰颂。上以风化下，下以风刺上，主文而谲谏，言之者无罪，闻之者足以戒，故曰风。至于王道衰，礼义废，政教失，国异政，家殊俗，而变风、变雅作矣。国史明乎得失之迹，伤人伦之废，哀刑政之苛，吟咏情性，以风其上，达于事变而怀其旧俗者也。故变风发乎情，止乎礼义。发乎情，民之性也；止乎礼义，先王之泽也。是以一国之事，系一人之本，谓之风。言天下之事，形四方之风，谓之雅。雅者，正也，言王政之所由废兴也。政有小大，故有小雅焉，有大雅焉。颂者，美盛德之形容，以其成功，告于神明者也。是谓四始，《诗》之至也。

然则《关雎》《麟趾》之化，王者之风，故系之周公。南，言化自北而南也。《鹊巢》《驺虞》之德，诸侯之风也，先王之所以教，故系之召公。《周南》《召南》，正始之道，王化之基，是以《关雎》乐得淑女以配君子，忧在进贤，不淫其色。哀窈窕，思贤才，而无伤善之心焉，是《关雎》之义也。

（李学勤主编：《十三经注疏》标点本《毛诗正义》，
北京，北京大学出版社，1999）

二、郑玄《诗谱序》（节选）

诗之兴也，谅不于上皇之世。大庭、轩辕逮于高辛，其时有亡载籍，亦蔑云焉。《虞书》曰："诗言志，歌永言，声依永，律和声。"然则《诗》之道放于此乎！

有夏承之，篇章泯弃，靡有孑遗。迩及商王，不风不雅。何者？论功颂德所以将顺其美，刺过讥失所以匡救其恶，各于其党，则为法者彰显，为戒者著明。

周自后稷播种百谷，黎民阻饥，兹时乃粒，自传于此名也。陶唐之末，中叶公刘亦世修其业，以明民共财。至于大王、王季，克堪顾天。文、武之德，光熙前绪，以集大命于厥身，遂为天下父母，使民有政有居。其时《诗》，风有《周南》《召南》，《雅》有《鹿鸣》《文王》之属。及成王，周公致太平，制礼作乐，而有颂声兴焉，盛之至也。本之由此风、雅而来，故皆录之，谓之《诗》之正经。

后王稍更陵迟，懿王始受谮亨齐哀公，夷身失礼之后，邶不尊贤。自是而下，厉也幽也，政教尤衰，周室大坏，《十月之交》《民劳》《板》《荡》勃尔俱作。众国纷然，刺怨相寻。五霸之末，上无天子，下无方伯，善者谁赏？恶者谁罚？纪纲绝矣。故孔子录懿王、夷王时诗，讫于陈灵公淫乱之事，谓之变风、变雅。以为勤民恤功，昭事上帝，则受颂声，弘福如彼；若违而弗用，则被劫杀，大祸如此。吉凶之所由，忧娱之萌渐，昭昭在斯，足作后王之鉴，于是止矣。

夷、厉已上，岁数不明。太史《年表》自共和始，历宣、幽、平王而得春秋次第，以立斯《谱》。欲知源流清浊之所处，则循其上下而省之；欲知风化芳臭气泽之所及，则傍行而观之，此《诗》之大纲也。举一纲而万目张，解一卷而众篇明，于力则鲜，于思则寡。其诸君子亦有乐于是与。

（李学勤主编：《十三经注疏》标点本《毛诗正义》，
北京，北京大学出版社，1999）

三、《礼记·经解》(节选)

孔子曰："入其国，其教可知也。其为人也温柔敦厚，《诗》教也。疏通知远，《书》教也。广博易良，《乐》教也。洁静精微，《易》教也。恭俭庄敬，《礼》教也。属辞比事，《春秋》教也。故《诗》之失愚，《书》之失诬，《乐》之失奢，《易》之失贼，《礼》之失烦，《春秋》之失乱。其为人也温柔敦厚而不愚，则深于《诗》者也。疏通知远而不诬，则深于《书》者也。广博易良而不奢，则深于《乐》者也。洁静精微而不贼，则深于《易》者也。恭俭庄敬而不烦，则深于《礼》者也。属辞比事而不乱，则深于《春秋》者也。"

（李学勤主编：《十三经注疏》标点本《礼记正义》，

北京，北京大学出版社，1999）

第二节　汉代辞赋论及对屈骚的评价

汉代辞赋兴盛，骚体赋、大赋和抒情小赋的创作贯穿一朝始终，体物骋辞的大赋尤为其中的代表。大赋的崛起与汉王朝政治、经济、文化的巨大发展有关，也与先秦诗骚、纵横家之文的综合影响紧密相关，其总体审美特质为气势宏大和辞藻富丽，后者尤显出文学审美性的增强。此外，时人还突破了先秦对"文学"一词的含混用法，以"文章""文辞"来称呼有文采的作品，以区别于一般的学术文献，并纷纷追求"美丽之文"（皇甫谧《三都赋序》），让人想见其时文学观的发展与进步。

然而，在宗儒氛围中，汉朝人终究很难完全基于文学本身的特性，对审美追求做出肯定性的评价。由此，在儒家文质统一、中和为美的言说背景下，其对汉赋逞辞求美的认知就产生了深刻的疑惑，表现为在审美上往往不由自主地做趋同性肯定，但在道德功用的判断上又多有苛责，甚至直接否定。汉大赋"劝百讽一"式的主题游离与割裂，让这种认知上的疑惑和互相矛盾的评价变得非常常见。其中扬雄对辞赋前后迥异的态度颇具指标性意义，说明文学发展在过于强势的道统影响下是很难获得真正的理解和认同的。这一矛盾也在对屈原及其楚辞创作的评价上表现了出来。

一、诗人之赋与辞人之赋

赋是糅合诗骚散文诸特质而产生的新体，尤重语言文辞上的承继与拓殖，从其受命于诗人而拓宇于楚辞的发展过程来看，有四言赋、骚体赋之分；从其敷陈其事，述客主以首引，极声貌以穷文的表现来看，则以亦诗亦文、韵散兼行的大赋最具体量感和形式感，大赋亦成为汉"一代之文学"的代表。

由楚辞而汉赋，创作重心渐渐从抒情言志到体物逞辞，是艺术探索与发展之必然。但在两汉正统经学的笼盖下，这种探索与发展不能不受到儒家文艺观的规范，故扬雄区分诗人之赋与辞人之赋，以为"诗人之赋丽以则，辞人之赋丽以淫"。"则"即法度，具体指儒家的思想原则，故"丽以则"是儒家文质观在赋论中的具体化。做到"丽以则"的作品主要指《诗经》和屈原的楚辞创作，尤其后者如《文心雕龙·辨骚》所说，"奇文郁起""文辞丽雅"。因为屈原所作楚辞内容关乎政治与个体，叙事宏大，情志表达强烈，合乎《毛诗序》的"风"之义，故被扬雄肯定为"丽以则"。

自屈原以后，楚地的宋玉、唐勒、景差等好辞而"皆祖屈原之从容辞令，终莫敢直谏"，偏重于文辞上的摹拟；西汉的枚乘、司马相如融会各体，增强了赋体的逞辞之能，被视为"没其风喻之义"，其作成为"丽以淫"的代表。"辞人之赋"的产生，与汉统一后逐渐雄强的国力、知识主义的风气和追求巨丽的审美倾向有密切的关系，这对以儒学为根底的一部分人产生了强烈的冲击。他们或肯定或否定，乍美乍恶，一时难有定见，形成当时批评的一大热点。但无论见解如何，其论皆未脱开对儒学传统的引据。如司马迁在《史记·司马相如列传》末尾虽微言讥刺其所作"虚辞滥说"，但又称其要旨在"引之节俭"，故符合《诗》的风谏之义。而扬雄从"少而好赋"到视其为"壮夫不为"的"童子雕虫篆刻"，也是基于赋的风谏之义已被破坏的事实。

二、润色鸿业与雅颂之亚

班固和扬雄对辞赋的评论虽都从儒家的观点出发，但角度和侧重点不同。作为史家的班固看到赋诞生与兴盛的王朝背景，故从诗能颂美的传统出发，来诠释其产生的必然性。在《两都赋序》中，班固认为，西汉武帝、宣帝之世，文治兴盛，"兴废继绝"，令天下感其福泽而作颂声，于是"雍容揄扬"的大赋"炳焉与三代同风"，完全可以被视作"古诗之流"，即既有风诗、雅诗"抒下情而通讽谕"之长，又有颂诗"宣上德而尽忠孝"之能，宜称"雅颂之亚"。当然，他并非没有看到大赋"侈丽闳衍之词，没其风谕之义"的另一面，故在《汉书·艺文志》中特别予以揭出，只是不愿像扬雄那样就此轻弃和否定。综其看似矛盾的言论而观之，其意主要在肯定大赋之能"颂美"，即有"润色鸿业"的功能。

西汉宣帝和东汉明帝发表过关于赋及赋家的言论，大概对班固产生了方向性的影响。据《汉书·王褒传》记载，汉宣帝曾对讥讽赋"淫靡不急"的论者说，"辞赋大者与古诗同义，小者辩丽可喜"，除"虞说耳目"的感官审美享受外，"尚有仁义风谕，鸟兽草木多闻之观，贤于倡优博弈远矣"。他点明了赋有审美娱乐性，还将其与古诗的观、讽功能相联系。而班固《典引序》特别言及汉明帝对司马相如病中留下《封禅文》"颂述功德"大加褒扬事。 合此二者而观之，将汉赋与古诗的讽颂相联系，而实际上更偏重其润色鸿业的颂美功能，是影响到班固的赋论的，由此也可见儒家文论是适应其时大一统政治的发展态势的。

汉人论楚辞依然受制于雅颂之亚式的儒学范围。 屈原与楚辞的密切关系促成了人物品评与作品评价相结合的模式，暗合于孔子之"文"的概念所含括的人物品评的内涵。 汉代大一统政治的发展，客观上强化了政教对文人的吸附与控制，但承继先秦诸子百家放言高论之余绪的汉朝文人难免因时局的变迁而心潮激荡。 屈原体忠爱国却被楚王疏远放逐终致沉江以殉的悲剧，在其时文人心中激起了许多联想与反思，又因其情激切，难免形诸言辞。 而论者气质学养与身份地位的差异，导致这些评论互相激荡，构成当时文坛批评与反批评的争鸣交响，形成汉代文学评论的一大热点。

淮南王刘安因其祖、 其父曾身负冤案，故对屈原的遭际有深切的同情。 其所作《离骚传》今已失传，但部分内容保存在班固的《离骚序》中。 据此可知，刘安以《国风》《小雅》比拟《离骚》，强调其"好色而不淫""怨诽而不乱"，心志可与"日月争光"，是借孔子论《关雎》"好色而不淫"之语评价《离骚》，突出其满篇香草美人的意象之美，又以"不淫"暗指其善托讽。 此外，他又发挥《荀子·大略》论《小雅》"不以于污上，自引而居下……其声有哀焉"句，突出《离骚》的抒情特质。 最后，他赞美了屈原超迈光辉的伟岸人格。 其论表面依托儒家经义，实则重视屈骚美文所洋溢的抒情性及其所象征的贞刚的人格。 司马迁因李陵事受戮辱，在《史记·屈原贾生列传》中进一步发挥了刘安的思想，以一己之心度量和映照屈原的人格，称其"正道直行""信而见疑，忠而被谤"，从人本的立场指出"怨"是其创作的动机，自然合乎儒家诗论。 同时，司马迁对《离骚》超卓的艺术表现力也给予特别的赞扬，指出其文约辞微，具有以小明大、 举近见远的高度概括力。 这种眼光独具的评价一定程度上启发了东汉王逸对《离骚》象征系统的总结和归纳。

扬雄称赞屈原所作是"丽以则"的诗人之赋，称赞其品性如玉石般高洁明亮，但对屈原投江的行为有所保留，以为"遇不遇命也，何必湛身哉"。 其作《反离骚》等篇章，试图将道家的安命、 《周易》的顺时与儒家的观点统一起来，以儒、 道结合的人生观来缓解文人与现实政治的紧张，可被视作儒家文论中和观的一种体现。 班固的屈骚评论也表现出一定的矛盾性。 一方面，班固在《离骚赞序》中从"忠""忧"的角度肯定了屈原的创作动机，并基于人的接受心理，指出"其辞为众贤所悼悲，故传于后"，又在《离骚序》中称赞屈辞"弘博丽雅，为辞赋宗。 后世莫不斟酌其英华，则象其从容"，肯定屈原的人品与创作成就。 另一方面，班固又站在"文学侍从"的立场上，指斥屈原"露才扬己……责数怀王，怨恶椒、 兰，愁神苦思，强非其人，忿怼不容，沉江而死，亦贬絜狂狷景行之士"，以明哲保身、 愚性全命的处世哲学来否定屈原的忠君爱国之心与廉洁殉国之志，似比扬雄更进一步显示出依附政治的儒学文艺观的某种变异。 此外，班固不能从文学本位的角度理解《离骚》融合神话、充满想象的浪漫风格，在《离骚序》中指其"多称昆仑，冥婚宓妃，虚无之语，皆非法度之政，经义所载"，明显是将经学标准凌驾于文学，不能不说是对儒家文艺观的极端张扬，因此比扬雄的征圣、宗经之说更为狭隘和迂固。

东汉王逸在《九思序》中自称"与屈原同土共国，悼伤之情与凡有异"。王逸的《楚辞章句》是现存最早的楚辞注本，曾模仿《诗经》大、小序形式，为全书各篇章作序阐说，并尊《离骚》为"经"。基于这样的立场，王逸在《楚辞章句叙》中明确反对班固的评论，不仅从立身、臣道和论文三方面予以驳斥，还赞美屈原忠贞清洁、行义高明，认为其所作《离骚》依"诗人之义"，并将具体文句与经书相比附，说明其"依托《五经》以立义"的初衷，总结其"上以讽谏，下以自慰"的政治功能和抒情作用。王逸称屈原的讽谏合乎《雅》而更"优游婉顺"，不仅不是"露才扬己""怨刺其上"，更可为后世的仪表和模范，其"金相玉质，百世无匹，名垂罔极，永不刊灭者矣"。

王逸对屈骚的颂美，发挥儒家经义处甚多，甚至有过度比附的倾向，表现出儒学独尊对文论的深度影响，不过在张大儒学的形式下也透露出时人个体意识和自由意志的增强。例如，凸显屈原"绝世之行，俊彦之英"的瑰玮，直陈楚王"不智"，将《离骚》与儒家经典同列，等等，实是对精英文人的一种激赏。而王充《论衡·累害》论"屈平洁白，邑犬群吠，吠所怪也，非俊疑杰，固庸能也"，以俊杰对比凡庸，亦凸显了屈原人格的超卓。这些无疑是对先秦儒学中"立人""成人"思想的发展，也是对汉代儒学异化倾向的有力反拨。此外，王逸对香草美人这个象征系统的概括，是对《离骚》中与主旨相关联的比兴模式的有效揭示。它符合创作的内在机理，开显了艺术形象的类型价值，对后世创作明显具有指导意义和理论价值。

总体而言，对汉赋和屈骚的评论是两汉文论的热点，它们体现了被突出强调的儒家文论在新时代实际的变异与发展。这些评论有的关乎社会政治伦理，有的关乎文学与个体的关系，是汉代"天人合一"的宇宙图式下，时人对为文的整体性考量，因此可被视作后世"载道"理论的发端。

📖 原典选读

以下选录的班固史文、序文，一是站在儒家经义立场上，对赋的性质、功能做出说明，指出其为"古诗之流"，有美刺尤其是润色鸿业的功效，同时肯定扬雄的"劝百讽一"说，间接透露了对赋的双重看法。二是在对屈原《离骚》毁誉参半、褒贬相对的评论中表现出矛盾复杂的心态。王逸则针锋相对，以儒家经义为标准，从《诗经》比兴的角度肯定屈骚的价值，与司马迁的褒扬相呼应。王充《论衡》中的片段涉及对屈原悲剧性命运的心理探析，凸显了屈原人格的价值及其作品悲感动人的力量。扬雄区分"诗人之赋"和"辞人之赋"，强调事与辞相称，是对儒家文质论的坚持与发扬。《西京杂记》所录司马相如"赋家之心"和"作赋之迹"的论述，则是对大赋创作相关问题的精要概括。

一、班固《汉书·艺文志》（节选）

传曰："不歌而诵谓之赋，登高能赋可以为大夫。"言感物造耑，材知深美，可与图事，故可以为列大夫也。古者诸侯卿大夫交接邻国，以微言相感，当揖让之时，必称《诗》以谕其志，盖以别贤不肖而观盛衰焉。故孔子曰"不学《诗》，无以言"也。春秋之后，周道浸坏，聘问歌咏不行于列国，学《诗》之士逸在布衣，而贤人失志之赋作矣。大儒孙卿及楚臣屈原离谗忧国，皆作赋以风，咸有恻隐古诗之义。其后宋玉、唐勒，汉兴枚乘、司马相如，下及扬子云，竞为侈丽闳衍之词，没其风谕之义。是以扬子悔之，曰："诗人之赋丽以则，辞人之赋丽以淫。如孔氏之门人用赋也，则贾谊登堂，相如入室矣，如其不用何！"自孝武立乐府而采歌谣，于是有代赵之讴，秦楚之风，皆感于哀乐，缘事而发，亦可以观风俗，知薄厚云。

[（汉）班固撰：《汉书》，（唐）颜师古注，北京，中华书局，1962]

二、班固《两都赋序》

或曰：赋者，古诗之流也。昔成康没而颂声寝，王泽竭而诗不作。大汉初定，日不暇给。至于武宣之世，乃崇礼官，考文章，内设金马石渠之署，外兴乐府协律之事，以兴废继绝，润色鸿业。是以众庶悦豫，福应尤盛，《白麟》《赤雁》《芝房》《宝鼎》之歌，荐于郊庙。神雀、五凤、甘露、黄龙之瑞，以为年纪。

故言语侍从之臣，若司马相如、虞丘寿王、东方朔、枚皋、王褒、刘向之属，朝夕论思，日月献纳；而公卿大臣，御史大夫倪宽、太常孔臧、太中大夫董仲舒、宗正刘德、太子太傅萧望之等，时时间作。或以抒下情而通讽谕，或以宣上德而尽忠孝，雍容揄扬，著于后嗣，抑亦雅颂之亚也。故孝成之世，论而录之，盖奏御者千有余篇，而后大汉之文章，炳焉与三代同风。

且夫道有夷隆，学有粗密，因时而建德者，不以远近易则。故皋陶歌虞，奚斯颂鲁，同见采于孔氏，列于《诗》《书》，其义一也。稽之上古则如彼，考之汉室又如此。斯事虽细，然先臣之旧式，国家之遗美，不可阙也。

臣窃见海内清平，朝廷无事，京师修宫室，浚城隍，起苑囿，以备制度。西土耆老，咸怀怨思，冀上之眷顾，而盛称长安旧制，有陋雒邑之议。故臣作《两都赋》，以极众人之所眩曜，折以今之法度。

[（梁）萧统编：《文选》，（唐）李善注，北京，中华书局，1977]

三、班固《汉书·司马相如传》（节选）

赞曰：司马迁称"《春秋》推见至隐，《易本》隐以之显，《大雅》言王公大人，而德逮黎庶，《小雅》讥小己之得失，其流及上。所言虽殊，其合德一也。相如虽多虚辞滥说，然要其归引之于节俭，此亦《诗》之风谏何异？"扬雄以为靡丽之赋，劝百而风一，犹骋郑卫之声，曲终而奏雅，不已戏乎！

[(汉)班固撰：《汉书》，(唐)颜师古注，北京，中华书局，1962]

四、班固《汉书·扬雄传》(节选)

先是时，蜀有司马相如，作赋甚弘丽温雅，雄心壮之，每作赋，常拟之以为式。又怪屈原文过相如，至不容，作《离骚》，自投江而死，悲其文，读之未尝不流涕也。以为君子得时则大行，不得时则龙蛇，遇不遇命也，何必湛身哉！乃作书，往往摭《离骚》文而反之，自岷山投诸江流以吊屈原，名曰《反离骚》；又旁《离骚》作重一篇，名曰《广骚》；又旁《惜诵》以下至《怀沙》一卷，名曰《畔牢愁》……

雄以为赋者，将以风也，必推类而言，极丽靡之辞，闳侈钜衍，竞于使人不能加也，既乃归之于正，然览者已过矣。往时武帝好神仙，相如上《大人赋》，欲以风，帝反缥缥有陵云之志。繇是言之，赋劝而不止，明矣。又颇似俳优淳于髡、优孟之徒，非法度所存，贤人君子诗赋之正也，于是辍不复为。

[(汉)班固撰：《汉书》，(唐)颜师古注，北京，中华书局，1962]

五、班固《离骚序》

昔在孝武，博览古文。淮南王安叙《离骚传》，以"《国风》好色而不淫，《小雅》怨诽而不乱，若《离骚》者，可谓兼之。蝉蜕浊秽之中，浮游尘埃之外，皭然泥而不滓；推此志，虽与日月争光可也"。斯论似过其真。又说"五子以失家巷"，谓五(伍)子胥也。及至羿、浇、少康、贰姚、有娀佚女，皆各以所识有所增损。然犹未得其正也。故博采经书传记本文，以为之解。

且君子道穷，命矣。故潜龙不见，是而无闷。《关雎》哀周道而不伤，蘧瑗持可怀之智，宁武保如愚之性，咸以全命避害，不受世患。故《大雅》曰："既明且哲，以保其身。"斯为贵矣。

今若屈原，露才扬己，竞乎危国群小之间，以离谗贼。然责数怀王，怨恶椒、兰，愁神苦思，强非其人，忿怼不容，沉江而死，亦贬絜狂狷景行之士。多称昆仑，冥婚宓妃，虚无之语，皆非法度之政，经义所载。谓之兼《诗》风、雅而与日月争光，过矣！

然其文弘博丽雅，为辞赋宗。后世莫不斟酌其英华，则象其从容。自宋玉、唐勒、景差之徒，汉兴，枚乘、司马相如、刘向、扬雄，骋极文辞，好而悲之，自谓不能及也。虽非明智之器，可谓妙才者也。

（黄灵庚疏证：《楚辞章句疏证》，北京，中华书局，2007）

六、班固《离骚赞序》

《离骚》者，屈原之所作也。屈原初事怀王，甚见信任。同列上官大夫妒害其宠，谗之王，王怒而疏屈原。屈原以忠信见疑，忧愁幽思而作《离骚》。离，犹遭也。骚，忧也。明己遭忧作辞也。是时周室已灭，七国并争。屈原痛君不明，信用群小，国将危亡，忠诚之情，怀不能已，故作《离骚》。上陈尧、舜、禹、汤、文王之法，下言羿、浇、桀、纣之失，以风。怀王终不觉悟，信反间之说，西朝于秦。秦人拘之，客死不还。至于襄王，复用谗言，逐屈原。在野又作《九章》赋以风谏，卒不见纳。不忍浊世，自投汨罗。原死之后，秦果灭楚。其辞为众贤所悼悲，故传于后。

［（宋）洪兴祖撰：《楚辞补注》，白化文等点校，北京，中华书局，1983］

七、司马迁《史记·屈原贾生列传》（节选）

屈原者，名平，楚之同姓也。为楚怀王左徒。博闻强志，明于治乱，娴于辞令。入则与王图议国事，以出号令；出则接遇宾客，应对诸侯。王甚任之。

上官大夫与之同列，争宠而心害其能。怀王使屈原造为宪令，屈平属草藁未定。上官大夫见而欲夺之，屈平不与，因谗之曰："王使屈平为令，众莫不知，每一令出，平伐其功，（曰）以为'非我莫能为'也。"王怒而疏屈平。

屈平疾王听之不聪也，谗谄之蔽明也，邪曲之害公也，方正之不容也，故忧愁幽思而作《离骚》。离骚者，犹离忧也。夫天者，人之始也；父母者，人之本也。人穷则反本，故劳苦倦极，未尝不呼天也；疾痛惨怛，未尝不呼父母也。屈平正道直行，竭忠尽智以事其君，谗人间之，可谓穷矣。信而见疑，忠而被谤，能无怨乎？屈平之作《离骚》，盖自怨生也。《国风》好色而不淫，《小雅》怨诽而不乱。若《离骚》者，可谓兼之矣。上称帝喾，下道齐桓，中述汤武，以刺世事。明道德之广崇，治乱之条贯，靡不毕见。其文约，其辞微，其志絜，其行廉，其称文小而其指极大，举类迩而见义远。其志絜，故其称物芳。其行廉，故死而不容。自疏濯淖污泥之中，蝉蜕于浊秽，以浮游尘埃之外，不获世之滋垢，皭然泥而不滓者也。推此志也，虽与日月争光可也。

⋯⋯⋯⋯⋯⋯

屈原既死之后，楚有宋玉、唐勒、景差之徒者，皆好辞而以赋见称；然皆祖屈原之从容辞令，终莫敢直谏。

⋯⋯⋯⋯⋯⋯

太史公曰：余读《离骚》《天问》《招魂》《哀郢》，悲其志。适长沙，观屈原所自沉渊，未尝不垂涕，想见其为人。

[(汉)司马迁撰：《史记》，(南朝)裴骃集解，(唐)司马贞索隐，
(唐)张守节正义，北京，中华书局，1959]

八、王逸《楚辞章句叙》

昔者孔子睿圣明哲，天生不群，定经术，删《诗》《书》，正礼乐，制作《春秋》，以为后王之法。门人三千，罔不昭达。临终之日，则大义乖而微言绝。其后周室衰微，战国并争，道德陵迟，谲诈萌生。于是杨、墨、邹、孟、孙、韩之徒，各以所知，著造传记，或以述古，或以明世。而屈原履忠被谮，忧悲愁思，独依诗人之义而作《离骚》。上以讽谏，下以自慰。遭时暗乱，不见省纳，不胜愤懑，遂复作《九歌》以下，凡二十五篇。楚人高其行义，玮其文采，以相教传。

至于孝武帝，恢廓道训，使淮南王安作《离骚经章句》，则大义粲然。后世雄俊，莫不瞻慕，舒肆妙虑，缵述其词。逮至刘向，典校经书，分为十六卷。孝章即位，深弘道艺，而班固、贾逵复以所见，改易前疑，各作《离骚经章句》。其余十五卷，阙而不说。又以"壮"为"状"，义多乖异，事不要括。今臣复以所识所知，稽之旧章，合之经传，作十六卷《章句》。虽未能究其微妙，然大指之趣，略可见矣。

且人臣之义，以忠正为高，以伏节为贤。故有危言以存国，杀身以成仁。是以伍子胥不恨于浮江，比干不悔于剖心。然后忠立而行成，荣显而名著。若夫怀道以迷国，详愚而不言，颠则不能扶，危则不能安，婉娩以顺上，逡巡以避患，虽保黄耇，终寿百年，盖志士之所耻，愚夫之所贱也。今若屈原，膺忠贞之质，体清洁之性，直若砥矢，言若丹青，进不隐其谋，退不顾其命，此诚绝世之行，俊彦之英也。而班固谓之"露才扬己，竞于群小之中，怨恨怀王，讥刺椒、兰，苟欲求进，强非其人，不见容纳，忿恚自沉"，是亏其高明，而损其清洁者也。昔伯夷、叔齐，让国守志，不食周粟，遂饿而死。岂可复谓有求于世而怨望哉？且诗人怨主刺上，曰："呜呼小子，未知臧否，匪面命之，言提其耳！"风谏之语，于斯为切。然仲尼论之，以为大雅。引此比彼，屈原之词，优游婉顺，宁以其君不智之故，欲提携其耳乎？而论者以为"露才扬己""怨刺其上""强非其人"，殆失厥中矣。

夫《离骚》之文，依托《五经》以立义焉。"帝高阳之苗裔"，则"厥初生民，时惟姜嫄"也；"纫秋兰以为佩"，则"将翱将翔，佩玉琼琚"也；"夕揽洲之宿莽"，则《易》"潜龙勿用"也；"驷玉虬而乘鹥"，则"时乘六龙以御天"也；"就重华而陈词"，则《尚书》"咎繇之谟谟"也；"登昆仑而涉流沙"，则《禹贡》之"敷土"也。故智弥盛者其言博，才益多者其识远。屈原之词诚博远矣。自终没以来，名儒博达之士著造词赋，莫不拟则其仪表，祖

式其模范，取其要妙，窃其华藻。所谓金相玉质，百岁无匹，名垂罔极，永不刊灭者矣。

（黄灵庚疏证：《楚辞章句疏证》，北京，中华书局，2007）

九、王逸《离骚经序》

《离骚经》者，屈原之所作也。

屈原与楚同姓，仕于怀王，为三闾大夫。三闾之职，掌王族三姓，曰：昭、屈、景。屈原序其谱属，率其贤良，以厉国士。入则与王图议政事，决定嫌疑；出则监察群下，应对诸侯。谋行职修，王甚珍之。同列大夫上官、靳尚妒害其能，共谮毁之，王乃疏屈原。

屈原执履忠贞而被谗邪，忧心烦乱，不知所诉，乃作《离骚经》。离，别也。骚，愁也。经，径也。言已放逐离别，中心愁思，犹依道径，以风谏君也。故上述唐、虞、三后之制，下序桀、纣、羿、浇之败，冀君觉悟，反于正道而还己也。

是时，秦昭王使张仪谲诈怀王，令绝齐交。又使诱楚，请与俱会武关，遂胁与俱归，拘留不遣，卒客死于秦。其子襄王，复用谗言，迁屈原于江南。屈原放在草野，复作《九章》，援天引圣，以自证明，终不见省。不忍以清白久居浊世，遂赴汨渊，自沉而死。

《离骚》之文，依《诗》取兴，引类譬谕。故善鸟香草以配忠贞，恶禽臭物以比谗佞，灵修美人以媲于君，宓妃佚女以譬贤臣，虬龙鸾凤以托君子，飘风云霓以为小人。其词温而雅，其义皎而朗。凡百君子，莫不慕其清高，嘉其文采，哀其不遇，而悯其志焉。

（黄灵庚疏证：《楚辞章句疏证》，北京，中华书局，2007）

十、王充《论衡》（节选）

论者既不知累害〔所从生，又不知被累害〕者行贤洁也，以涂搏泥，以黑点缯，孰有知之？清受尘，白取垢，青蝇所污，常在练素。处颠者危，势丰者亏，预坠之类，常在悬垂。屈平洁白，邑犬群吠，吠所怪也，非俊疑杰，固庸能也。伟士坐以俊杰之才，招致群吠之声。夫如是，岂宜更勉奴下，循不肖哉？不肖奴下，非所勉也，岂宜更偶俗全身以弭谤哉？偶俗全身，则乡原也。乡原之人，行全无阙，非之无举，刺之无刺也。此又孔子之所罪，孟轲之所愍也。（《累害》）

凡物能相割截者，必异性者也；能相奉成者，必同气者也……屈原疾楚之臭涛，故称香洁之辞；渔父议以不随俗，故陈沐浴之言。（《谴告》）

万人俱叹，未能动天，一邹衍之口，安能降霜？邹衍之状，孰与屈原？见拘之冤，孰与沉江？《离骚》《楚辞》凄怆，孰与一叹？（《变动》）

唐勒、宋玉，亦楚文人也，竹帛不纪者，屈原在其上也。（《超奇》）

（黄晖撰：《论衡校释》，北京，中华书局，1990）

十一、扬雄《法言·吾子》（节选）

或问"吾子少而好赋"。曰："然。童子雕虫篆刻。"俄而，曰："壮夫不为也。"或曰："赋可以讽乎？"曰："讽乎！讽则已，不已，吾恐不免于劝也。"或曰："雾縠之组丽。"曰："女工之蠹矣。"……

或问："景差、唐勒、宋玉、枚乘之赋也，益乎？"曰："必也淫。""淫，则奈何？"曰："诗人之赋丽以则，辞人之赋丽以淫。如孔氏之门用赋也，则贾谊升堂，相如入室矣。如其不用何？"

…………

或曰："女有色，书亦有色乎？"曰："有。女恶华丹之乱窈窕也，书恶淫辞之淈法度也。"

或问："屈原智乎？"曰："如玉如莹，爰变丹青。如其智！如其智！"

或问："君子尚辞乎？"曰："君子事之为尚。事胜辞则伉，辞胜事则赋，事、辞称则经。足言足容，德之藻矣。"

（汪荣宝撰：《法言义疏》，陈仲夫点校，北京，中华书局，1987）

十二、《西京杂记》（节选）

司马相如为《上林》《子虚》赋，意思萧散，不复与外事相关，控引天地，错综古今，忽然如睡，焕然而兴，几百日而后成。其友人盛览，字长通，牂柯名士，尝问以作赋。相如曰："合綦组以成文，列锦绣而为质，一经一纬，一宫一商，此赋之迹也。赋家之心，苞括宇宙，总览人物，斯乃得之于内，不可得而传。"（卷二）

司马长卿赋，时人皆称其典而丽，虽诗人之作，不能加也。扬子云曰："长卿赋不似从人间来，其神化所至邪？"子云学相如为赋而弗逮，故雅服焉。（卷三）

［（汉）刘歆撰：《西京杂记》，（晋）葛洪集，见《汉魏六朝笔记小说大观》，

上海，上海古籍出版社，1999］

第三节　司马迁和扬雄的文论

两汉崇儒风尚促成了好学重知的风气，一时博学通人迭有著述。这些子书性质的著述虽非文论专著，却常有与为文相关的精思妙议。例如，董仲舒的《春秋繁露·精华》所提"《诗》无达诂，《易》无达占，《春秋》无达辞"，承《易传·系辞上》"书不尽言，言不尽意"之意，进一步发展了传统诗学的阐释论；刘安的《淮南子·缪称训》承荀子"情文俱尽"之论，提出"文情理通"说，《淮南子·说林训》又将庄子的"天钧"说转化为"美钧"思想，启示了人们对美的客观标准的认知，而其所谓"君形"则丰富了传统的形神论；至于王符的《潜夫论·论荣》所提出的"大美尚世"说，可被视为对美的价值论的探索。在这类博学通人中，司马迁和扬雄的相关论说尤为重要。

一、司马迁的相关论述

司马迁（前 145 或前 135—?），字子长，西汉中期夏阳（今陕西韩城南）人，先祖世典天官、史官之职，父司马谈为汉太史。司马迁自小接受优良教育，并在青年时代广泛游历，储学深厚。他继父业为太史令，承其志撰写《史记》，因李陵之祸而受宫刑，仍隐忍不辍，终于撰成中国历史上第一部纪传体通史。《史记》开创了史家论文的先例，其中不仅有重要作家的生平传记，且能对其创作做出恰当的评价，表现出"知人论世"的弘通立场和眼光。此外，司马迁在撰史过程努力践行"实录"精神、"义法"原则和"发愤著书"理论，为古代文论增添了宝贵的内容。

(一)"实录"与"义法"

"实录"与"义法"是撰史的原则和方法，基于古人的杂文学观念，与作家论和创作论密切相关。如实记录从来都是古代撰史者所遵行的原则，似与文学的虚构构成对立，但其本质上对作者良知的要求实实在在与文学相通。"义法"则是以曲笔微言表达价值判断的方法，涉及内容与形式的结合问题，更给为文以真实性方面的启发。

司马迁直言自己撰史是为了"究天人之际，通古今之变，成一家之言"，足见其追求历史真实、真理与价值，进而揭示历史发展规律的高远心志。如《史记·太史公自序》所言，为了实现这个初衷，司马迁在搜集史料方面力求"天下遗文古事靡不毕集"，具体撰写过程则严格执守《穀梁传》所谓"信以传信，疑以传疑"的原则，追求谨慎公允，故班固在《汉书·司马迁传》中称："然自刘向、扬雄博极群书，皆称迁有良史之才……其文直，其事核，不虚美，不隐恶，故谓之实录。"

这种"实录"精神源于中国人深厚的文化传统。具体而言，一方面，"实录"精神传承自上古史官精神。古史职能本意在天人之际，即向上事神、祷神，向下锡命、策命，而沟通神人之事则在星历占筮与灾异解说，目的是导引人的生活。故史官多秉持诚敬忠正的精神，非如此不能成为天意消息和规律的发现者、传递者。随着周代宗教向人文的演进，史官的人事职能大大加强，而宗教精神潜移默化地融入人文诉求，其记录历史的行为隐然葆有神圣、公正的底色，犹如先古以文字告神而求谕诫。春秋时代，贵族对邈远难测的神意渐失恐惧，却对史官秉笔直书的"审判"深感畏惧。故晋良史董狐"赵盾弒其君"的"书法"，直揭根源，令当事者忧戚（《左传·宣公二年》）；崔杼为逃避"弒君"罪名，连杀三史，仍难阻史官的实录（《左传·襄公二十五年》）；宁殖悔其逐君罪名"藏在诸侯之策"，临终嘱子必迎回卫君，以使各国史官补写而"掩之"（《左传·襄公二十年》）。司马迁先祖世典天官、史官之职，父子俱为太史令，家族的传承也把这种由宗教而人文的宿命传递下来，并在《史记》全书中有着广泛而深刻的表现。另一方面，"实录"精神受到孔子修《春秋》的启发。《史记·太史公自序》称："子曰：'我欲载之空言，不如见之于行事之深切著明也。'夫《春秋》，上明三王之道，下辨人事之纪，别嫌疑，明是非，定犹豫，善善恶恶，贤贤贱不肖，存亡国，继绝世，补敝起废，王道之大者也。"孔子感周王道之衰，倾力于文化教育，以期存亡继绝。《春秋》记录历史，在人事活动中呈现人类发展的诸多实况，其间的经验教训自可为理性所提揭和认识，而史实是认识思考的前提，故需尽可能客观真实地予以记录，如此人事之原委才可成为反思与批评的根基。

由此可知，"实录"从字面上看是对撰史的客观要求，实际上尤需以伟大的精神为支撑，有从宇宙这种高广的天人视域出发，对人类命运有超越一己、一家乃至一国的狭隘计较的关怀与承担。只有这样，才能以长远的眼光透视多维历史，"述往事，知来者"，做到客观公正。故其义内含公心、公义的情感判断和道德价值。以后，随着专制政体的演进和史官地位的沦降，这种"书法不隐"实难为继，遂产生不离"实录"精神的史学"义法"，即以侧笔微言记状人事。如此由隐约含括来达"义"，成为撰史乃至为文的重要方法。《史记·十二诸侯年表序》描述了孔子、左丘明共同创成《春秋》义法。孔子参周文献修订《春秋》，"约其辞文，去其烦重，以制义法，王道备，人事浃。七十子之徒口受其传指，为有所刺讥褒讳挹损之文辞不可以书见也"，后左丘明忧口传久而失真，"因孔子史记具论其语，成《左氏春秋》"。依《史纪·太史公自序》，《春秋》为"礼义之大宗"，故"义法"之"义"即周文孔学之"礼义""仁义"；"法"即"书法"，是为达"义"而采取的行文方法。"约其文辞"与"刺讥褒讳挹损"就是《春秋》的"义法"。《左传·成公十四年》对此也有解说："《春秋》之称，微而显，志而晦。婉而成章，尽而不污，惩恶而劝善。非圣人谁能修之？"司马迁也十分推崇"义法"原则，在《史记》撰作中多有运用。如《史记·匈奴列传》谓"尧虽贤，兴事业不成，得禹而九州宁。且欲兴圣统，唯在择任将相哉，唯在择任将相哉"，以尧得禹而兴，隐刺汉武帝伐匈奴弃骁将而用外戚之举，末两句掩抑婉叹，余味深长；《史记·酷吏列传》在逐一叙述典型的酷吏刑法实例后，称"虽惨酷，斯称位矣"，然后又列举了八个酷极无理的官吏的事例，总论曰："何足数哉！何足数哉！"简短两句，揭发汉代的法网深密，可谓辞约旨远。

从文论的角度考察撰史"义法"，可知"义"为内容，"法"为方法，"义法"关注的是语言如何顺利有效地表达思想这样一个问题。历史语境中的《春秋》"义法"虽有特定的内涵与形式表现，但并不影响后代论者从中拓展出更普泛的定义。清代桐城派方苞的《又书货殖传后》说："'义'，即《易》之所谓'言有物'也；'法'即《易》之所谓'言有序'也。义以为经，而法纬之，然后为成体之文。"这就把"义法"看作对内容与形式相统一的概括。

《春秋》"义法"的特定内涵和道德倾向，反映出作者对撰史的社会功能的认识，用司马迁的说法，就是"采善贬恶""以达王事"。这与儒家美刺理论相通，能够赋予后人在创作过程中时时注意立足现实、确立社会关怀的价值导向。至若《春秋》"义法"又被称为《春秋》"笔法"，更启发人们对文辞手法的重视，乃至对创作艺术性的自觉追求。所谓"约其文辞，去其烦重"，即删繁就简以达成语言风格的凝练简洁；"辞微而指博""微而显，志而晦"，即利用文辞与其效果的辩证关系，设辞行笔，使相反相成，虚实相生；"婉而成章，尽而不污"，是通过含蓄委婉的表达以成就文章的深约之美，此尤为"义法"的精妙处。最后，由于"义法"为撰史之法，故其重"行事"而黜"空言"，具有论附于事、叙中见议和笔削褒贬的特点，从而为后世论文树立了崇实而论、褒贬有据的传统。

(二)"发愤著书"说

司马迁能凭一人之力著成《史记》，离不开各种因素的综合推动与激发。除受前已提及的家族史脉、家父遗嘱及孔子修《春秋》的激励与启发外，个人的历史记忆与惨痛的人生经历也令他的精神世界郁结了足以诞育伟大创造的否定性力量。正是这种力量使他在屈辱与痛苦中得以完成自我的超越，著就了不朽的篇章。他将这种超越凝练为"发愤著书"说。

司马迁发现，历史上周文王、孔子、屈原、左丘明等伟大人物都受过巨大的人生磨难。这种磨难没有压垮他们，反而促成其发愤成就，司马迁亦由此得出这些不朽的立言"大抵贤圣发愤之所为作也。此人皆意有所郁结，不得通其道也，故述往事，思来者"的结论。他将这一发现写入自序，将内心的郁结转化、提升为撰史的动力，终得以超越俗世的毁辱，成就了自己的不朽。"发愤著书"说的渊源可追溯到孔子的诗"可以怨"，屈原《惜诵》的"发愤以抒情"，以及《淮南子·齐俗训》的"愤于中而形于外"。 在《史记·伯夷列传》中，司马迁又为之增添了"非公正不发愤"的内涵。 从其所列举人物的优异伟大来看，司马迁很可能吸收了孟子"天将降大任于斯人也，必先苦其心志……所以动心忍性，增益其所不能"之说。 由此，他更重视创作主体在强大的否定性力量驱使下的自我陶铸，将一种感于外而生的怨愤，以及由此而生成的情感勃发与精神自觉融合到理性自制中，并将其转化为一种舍我其谁甚至忘我创造的力量。

"发愤著书"说揭示了社会与个体在互动化合过程中生成的创作驱动力，启示了后世文人对自身主体性的强化与承担，并昭示了立足现实又超越现实的主体心志与精神之于完成创作的决定性意义，对后世影响很大。 刘勰的"蚌病成珠"，韩愈的"不平则鸣"，还有欧阳修的"穷而后工"，李贽的"古文圣贤，不愤则不作"等，皆是此说的遗响。

二、扬雄的相关论述

扬雄（前53—后18），一作杨雄，字子云，蜀郡成都（今属四川）人，西汉后期重要的思想家、 赋家、 语言学家，著有《太玄》《法言》《方言》等。 他少而好学，在蜀从学于道家学者严遵，中年至京师，因奏《羽猎赋》入朝为郎，遂依托朝廷优越的条件潜心著述，淡势利而慕圣贤，是典型的知识型学者。

扬雄明确主张"多闻则守之以约，多见则守之以卓"（《法言·吾子》），故博览诸子而守持儒学，自比孟子，以张大儒宗为己任。 不仅如此，他还继承荀子道、 圣、经合一的范式并强化之，力主为文"必也儒乎"（《法言·君子》）。 在《太玄·玄莹》中，他又要求"文以见乎质，辞以睹乎情"，且明言"实无华则野，华无实则贾，华实副则礼"（《法言·修身》），明显继承了孔子的"文质彬彬"说。 这一系列论述为文人世界中道统的确立起到了重要的作用。

对儒家的崇奉使扬雄在创作和理论两方面都表现出明显的复古倾向，如他的赋拟相如，辞仿屈原，《法言》准《论语》，论文主张"书不经，非书也； 言不经，非言也""五经之为众说郛"（《法言·问神》）。 但是，博学多识、 尚智重交的学者品性与趣味，又推动他注意吸取各家之长，尤其是道家思想，从而推陈出新。 譬如，他坦陈自己有取"《老子》之言道、 德"和庄周"少欲"（《法言·问道》）及"言天地人"（《法言·问神》）的思想； 以"神"描述圣者，认为圣人能"占天地"、 有"独智"，又推崇"自然"，凡此，显见是欲将道家的质素掺入儒家文论。 此可谓守旧中有突破，复古中有创新。

（一）"言心声"与"书心画"

扬雄在《法言·问神》中强调言辞之于交流思想，书籍之于"记久明远"的重要作用，提出："故言，心声也；书，心画也。声画形，君子小人见矣。声画者，君子小人之所以动情乎？"其中"言为心声"说尤受后人重视。

"言，心声"，与先秦"诗言志"及《性自命出》中声、心、情相通的思想有关联。上古诗、乐、舞三者合一，声、音、乐相对来说比言辞更能直达人心，故无论是《性自命出》所谓"其声变，则〔心从之〕。其心变，则其声亦然"，还是《荀子·乐论》所谓"夫声乐之入人也深，其化人也速"，甚至《礼记·乐记》之"审乐以知政"等论述，都把声音、声乐与心的感通放在第一位。此后，随着音乐与文学的逐渐分离，尤其是汉代"不歌而诵"的赋的异军突起，音乐与语言的分离更趋明显。尚辞的汉赋在迅速发展的训诂学和文字学的支持下，更自觉地致力于语言的经营与锤炼，遂使诵读之赋具有了言辞上的强大表现力。扬雄身兼赋家、语言学家双重身份，其"言心声，书心画"的概括，无疑敏锐地把握了这一转变，从而既保留了先秦音声与心的密切关系，使之合为"心声"，又突出了语言在传情达意上的地位，对文学语言的探索与发明意义重大。

此外，扬雄还指出，书要"达其言"与言要"达其心"很难，似认可庄子的"言不尽意"，但又称"惟圣人得言之解，得书之体"（《法言·问神》），从崇圣的角度否定了"言不尽意"，认为要使言意一致而臻美，就应注意语言的锤炼："玉不雕，玙璠不作器；言不文，典谟不作经。"（《法言·寡见》）其间，能否修身以成君子，近圣人，可称根本。因为"君子之言幽必有验乎明，远必有验乎近，大必有验乎小，微必有验乎著"（《法言·问神》），圣人则为"言之至也"（《法言·问道》）。扬雄把"言尽意"的方法汇归于儒家修身之途，虽是其道统思想在文论中的贯彻，不过，"言为心声"的提出和对"心"的阐释说明，还是充实了其言意观和创作论，值得认真看待。

扬雄继承先秦诸子视"心"为精神和思维活动主体的思想，以"心"释"神"，还进一步探讨了心之神用的特征。对此，《法言·问神》用一个"潜"字作了概括："潜天而天，潜地而地。天地，神明而不测者也。心之潜也，犹将测之……仲尼潜心于文王，达之……神在所潜而已矣。"如《易经·乾》之论"潜龙勿用"，"潜"有涉水、隐藏、测度诸意，又如《庄子·田子方》所谓"上窥青天，下潜黄泉"，《庄子·达生》所谓至人"潜行不窒"，因此扬雄之说能很好地传达"心"无形而有为、行藏合一、动静相融的体用特征，表征其能化入一切，了知一切，甚至直接转化为对象，如潜心于圣人，就会变为圣人——这显然吸收了庄子"心斋"和"物化"的思想并合二为一。扬雄以"心潜"凸显"心"在学习、模仿和创造过程中即体即用的特征，比较顺畅地解释了主客间联通与转化的本质，有助于文论中关于模仿和创造的内部研究的发展。

"心"即体即用、体用合一的本质，也为诠释圣人"言尽意"提供了前提。言为心声，是"心"的外发作用；意为心意，是蕴于"心"的内在；意、言分属于"心"之体、用，故若能不断修养提升心灵，发掘其体用一如的本性，就能言意相合。扬雄认为，人的修养如能达到君子的境界，就可以"言则成文，动则成德……以其弸中而彪外也"（《法言·君子》）；达到圣人的境界，则能"矢口而成言，肆笔而成书"（《法言·五百》），以成"言之至也"。这样的言如同水火自如地生发表现，亦如同天地那样广大无际、取用不竭。

由此可知，顺应文学的发展，扬雄的"言心声，书心画"之论在保留先秦声音通达人心说的基础上，进一步指出了语言在表现思想情感方面的重要作用，从而为其言纯化为文学创造的奠基性命题扫清了道路。由"言心声"隐含和牵连出的言意问题，则从心本体的角度给予后世"言尽意"论者许多启发。

（二）明道、征圣、宗经与复古及因革

作为一代鸿儒，扬雄重视对先秦儒家的学习与继承。例如，他对孟子"五百岁而有圣人出"的说法就做了扬弃式的接受，既驳斥了"五百岁"这种时间上的神秘性，又接受尧、舜、汤、文王、孔子的圣人统绪，指出其"为王者事"的历史悠久，即所谓"尧、舜、禹、汤、文、武汲汲，仲尼皇皇，其已久矣"（《法言·学行》）。他还认同荀子"道"为伦常、礼义之"人道"的主张，并参以老子的道论，形成以人道为核心，兼括天道的新道论，强调："天之道不在仲尼乎……不在兹儒乎？"（《法言·学行》）他对"儒"的定义也表现出以人道兼天道的倾向，如"通天、地、人，曰儒；通天、地而不通人，曰伎"（《法言·君子》）。

综合孟子道统与荀子道论，扬雄确立了以儒家圣人之道为正道，其他学派为他道乃至"奸道"的道统观，《法言·问道》说："适尧、舜、文王者为正道，非尧、舜、文王者为它道。君子正而不它。"又说："由其大者作正道，由其小者作奸道。"至此，儒家道统在政统、学统两方面都获得了极其尊崇的地位，高居于思想学术顶峰，如同川渎、山岳、日月，"高而且大者，众人所不能逾也"（《法言·学行》）。此观点影响及于古人论文，则是唐代古文家提出的"文"以"明道""贯道"和"载道"说，注重文学对儒家义理的表现和传达，至其极端，则是理学家的"为文害道"说，即用"道"彻底否定了"文"。

扬雄发扬荀子"圣人"为"天下之道管"的思想，以圣人之道为"群心之用"（《法言·五百》）。圣人既能陶化群生，也就是能防止"虐政虐世"的护民"郛郭"，这实际上揭示了道统对政统的作用。学者"仰圣人而知众说之小"（《法言·学行》），故应以圣人及其言为判断是非的标准："万物纷错则悬诸天，众言淆乱则折诸圣""在则人，亡则书，其统一也"（《法言·吾子》）。此即征圣、宗经之意，五经、孔子之言由此成为治学立言的最高准则："舍五经而济乎道者，末矣。""好书而不要诸仲尼，书肆也。好说而不要诸仲尼，说铃也。"（《法言·吾子》）

扬雄明道、征圣、宗经的思想后来被《文心雕龙》立为文论枢纽，对后世产生了

极为深远的影响。 一般而言，对先秦儒家道、 圣、 经价值范式的推崇，会直接导致文学与文论上的复古主义。 这在扬雄这里已有表现，其创作上的广泛摹拟开拟古主义的先河。 唐宋古文家由义理上"宗经"，而提出"文必秦汉"的复古主张也是如此。 但更深一层地看，先秦儒家本就承继夏、 商、 周三代文化不断因袭损益而来，《周易》对通变观又多有阐扬，扬雄"斟酌其本"而著《太玄》，在摹古中得其"生生之谓易"的理趣，故能在复古中不弃因革。 《太玄·玄莹》称"夫道有因有循，有革有化……故因而能革，天道乃得。 革而能因，天道乃驯。 夫物不因不生，不革不成"，《法言》直陈道"可则因，否则革"（《法言·问道》）， "圣人固多变"（《法言·君子》）， "五经损益可知"（《法言·问神》），是十分顺理成章的。

为了使其变革的思想贯穿于整个价值范式，扬雄坚持把圣人的道、 书、 言、 行直接比拟为天，并反问："天其少变乎？"孔孟所言之"天"具有宗教和道德的内涵，扬雄对此既有因循，又说："吾于天与，见无为之为矣。"（《法言·问道》）此义明显近于道家，事实上他也坦承对老子"言道德"有所取。 老子称"天法道，道法自然"，扬雄正是承此"自然"之义，包括"自然"的运动、 变化的规律与本质。 也正是以因革之后的"天"为本原，他才得以论称道、 圣、 经都在此损益因革的变化中。 这与董仲舒《举贤良对策》所说的"道之大原出于天，天不变，道亦不变"判然有别。 就此而言，扬雄实开启了汉末魏晋知识界"援道入儒"之先声，后来桓谭、 王充等人在经学笼罩下所做的批判性思考，有些正处在他思考的延长线上。

援老子的"自然"以成说的例子，《太玄·玄莹》中还有许多体现，如"夫作者贵其有循而体自然也……故质干在乎自然，华藻在乎人事"。 这种以"自然"为质干的倾向，突破和超越了扬雄本人所坚持的复古主张，对后世论者"尚自然"是很大的鼓励。

原典选读

以下所引为司马迁和扬雄的相关文论。《史记·太史公自序》述说了著史动机及所持历史观。"发愤著书"说揭示出内外因化合而生的巨大驱力常能成就伟大的创作，丰富了文学创作发生论。《史记·十二诸侯年表序》所论"义法"的起源与宗旨，更为后世文史著述所依准。扬雄《法言》多有对文质关系的讨论，他继承孔子质先于文、文质并重的思想，提出以儒家道义之"正"为质，但又力求文质不偏胜，可与他对辞赋"则""淫"的区分，对"事""辞"的议论彼此对看。从文质论上溯为文之源，扬雄还提出"心声""心画"的观点，进一步阐明了创作须内外统一，并由此兼及言意论。至《太玄》中的"质干在乎自然，华藻在乎人事"之说，与"道"有因循革化之论，显然有对道家"自然"观的吸收，故一定程度突破了儒家思想的约束。

一、司马迁《史记·太史公自序》(节选)

是岁天子始建汉家之封,而太史公留滞周南,不得与从事,故发愤且卒。而子迁适使反,见父于河洛之间。太史公执迁手而泣曰:"余先周室之太史也。自上世尝显功名于虞夏,典天官事。后世中衰,绝于予乎?汝复为太史,则续吾祖矣。今天子接千岁之统,封泰山,而余不得从行,是命也夫,命也夫!余死,汝必为太史;为太史,无忘吾所欲论著矣。且夫孝始于事亲,中于事君,终于立身。扬名于后世,以显父母,此孝之大者。夫天下称诵周公,言其能论歌文武之德,宣周邵之风,达太王王季之思虑,爰及公刘,以尊后稷也。幽厉之后,王道缺,礼乐衰,孔子修旧起废,论《诗》《书》,作《春秋》,则学者至今则之。自获麟以来四百有余岁,而诸侯相兼,史记放绝。今汉兴,海内一统,明主贤君忠臣死义之士,余为太史而弗论载,废天下之史文,余甚惧焉,汝其念哉!"迁俯首流涕曰:"小子不敏,请悉论先人所次旧闻,弗敢阙。"

卒三岁而迁为太史令,紬史记石室金匮之书。五年而当太初元年,十一月甲子朔旦冬至,天历始改,建于明堂,诸神受纪。

太史公曰:"先人有言:'自周公卒五百岁而有孔子。孔子卒后至于今五百岁,有能绍明世,正《易传》,继《春秋》,本《诗》《书》《礼》《乐》之际?'意在斯乎!意在斯乎!小子何敢让焉。"

上大夫壶遂曰:"昔孔子何为而作《春秋》哉?"太史公曰:"余闻董生曰:'周道衰废,孔子为鲁司寇,诸侯害之,大夫壅之。孔子知言之不用,道之不行也,是非二百四十二年之中,以为天下仪表,贬天子,退诸侯,讨大夫,以达王事而已矣。'子曰:'我欲载之空言,不如见之于行事之深切著明也。'夫《春秋》,上明三王之道,下辨人事之纪,别嫌疑,明是非,定犹豫,善善恶恶,贤贤贱不肖,存亡国,继绝世,补敝起废,王道之大者也。《易》著天地阴阳四时五行,故长于变;《礼》经纪人伦,故长于行;《书》记先王之事,故长于政;《诗》记山川溪谷禽兽草木牝牡雌雄,故长于风;《乐》乐所以立,故长于和;《春秋》辩是非,故长于治人。是故《礼》以节人,《乐》以发和,《书》以道事,《诗》以达意,《易》以道化,《春秋》以道义。拨乱世反之正,莫近于《春秋》。《春秋》文成数万,其指数千。万物之散聚皆在《春秋》。《春秋》之中,弑君三十六,亡国五十二,诸侯奔走不得保其社稷者不可胜数。察其所以,皆失其本已。故《易》曰'失之豪厘,差以千里。'故曰'臣弑君,子弑父,非一旦一夕之故也,其渐久矣。'故有国者不可以不知《春秋》,前有谗而弗见,后有贼而不知。为人臣者不可以不知《春秋》,守经事而不知其宜,遭变事而不知其权。为人君父而不通于《春秋》之义者,必蒙首恶之名。为人臣子而不通于《春秋》之义者,必陷篡弑之诛,死罪之名。其实皆以为善,为之不知其义,被之空言而不敢辞。夫不通礼义之旨,至于君不君,臣不臣,父不父,子不子。夫君不君则犯,臣不臣则诛,父不父则无道,子不子则不孝。此四行者,天下之大过也。以天下之大过予之，则受而弗敢辞。故《春秋》者，礼义之大宗也。夫礼禁未然之前，法施已然之后；法之所为用者易见，而礼之所为禁者难知。"

壶遂曰："孔子之时，上无明君，下不得任用，故作《春秋》，垂空文以断礼义，当一王之法。今夫子上遇明天子，下得守职，万事既具，咸各序其宜，夫子所论，欲以何明？"

太史公曰："唯唯，否否，不然。余闻之先人曰：'伏羲至纯厚，作《易》《八卦》；尧舜之盛，《尚书》载之，礼乐作焉。汤武之隆，诗人歌之。《春秋》采善贬恶，推三代之德，褒周室，非独刺讥而已也。'汉兴以来，至明天子，获符瑞，封禅，改正朔，易服色，受命于穆清，泽流罔极，海外殊俗，重译款塞，请来献见者，不可胜道。臣下百官力诵圣德，犹不能宣尽其意。且士贤能而不用，有国者之耻；主上明圣而德不布闻，有司之过也。且余尝掌其官，废明圣盛德不载，灭功臣世家贤大夫之业不述，堕先人所言，罪莫大焉。余所谓述故事，整齐其世传，非所谓作也，而君比之于《春秋》，谬矣。"

于是论次其文。七年而太史公遭李陵之祸，幽于缧绁。乃喟然而叹曰："是余之罪也夫！是余之罪也夫！身毁不用矣。"退而深惟曰："夫《诗》《书》隐约者，欲遂其志之思也。昔西伯拘羑里，演《周易》；孔子厄陈蔡，作《春秋》；屈原放逐，著《离骚》；左丘失明，厥有《国语》；孙子膑脚，而论兵法；不韦迁蜀，世传《吕览》；韩非囚秦，《说难》《孤愤》；《诗》三百篇，大抵贤圣发愤之所为作也。此人皆意有所郁结，不得通其道也，故述往事，思来者。"于是卒述陶唐以来，至于麟止，自黄帝始。

> [(汉)司马迁撰：《史记》，(南朝)裴骃集解，(唐)司马贞索隐，
> (唐)张守节正义，北京，中华书局，1959]

二、司马迁《史记·十二诸侯年表序》（节选）

太史公读《春秋历谱谍》，至周厉王，未尝不废书而叹也。曰：呜呼，师挚见之矣！纣为象箸而箕子唏。周道缺，诗人本之衽席，《关雎》作。仁义陵迟，《鹿鸣》刺焉。及至厉王，以恶闻其过，公卿惧诛而祸作，厉王遂奔于彘，乱自京师始，而共和行政焉。是后或力政，强乘弱，兴师不请天子。然挟王室之义，以讨伐为会盟主，政由五伯，诸侯恣行，淫侈不轨，贼臣篡子滋起矣。齐、晋、秦、楚其在成周微甚，封或百里或五十里。晋阻三河，齐负东海，楚介江淮，秦因雍州之固，四海迭兴，更为伯主，文武所褒大封，皆威而服焉。是以孔子明王道，干七十余君，莫能用，故西观周室，论史记旧闻，兴于鲁而次《春秋》，上记隐，下至哀之获麟，约其辞文，去其烦重，以制义法，王道备，人事浃。七十子之徒口受其传指，为有所刺讥褒讳挹损之文辞不可以书见也。鲁君子左丘明惧弟子人人异端，各安其意，失其真，故因孔子史记具论其语，成《左氏春秋》。铎椒为楚威王传，为王不能尽观《春秋》，采取成败，卒四十章，为《铎氏微》。赵

孝成王时，其相虞卿上采《春秋》，下观近势，亦著八篇，为《虞氏春秋》。吕不韦者，秦庄襄王相，亦上观尚古，删拾《春秋》，集六国时事，以为八览、六论、十二纪，为《吕氏春秋》。及如荀卿、孟子、公孙固、韩非之徒，各往往捃摭《春秋》之文以著书，不可胜纪。汉相张苍历谱五德，上大夫董仲舒推《春秋》义，颇著文焉。

太史公曰：儒者断其义，驰说者骋其辞，不务综其终始；历人取其年月，数家隆于神运，谱谍独记世谥，其辞略，欲一观诸要难。于是谱十二诸侯，自共和讫孔子，表见《春秋》《国语》学者所讥盛衰大指著于篇，为成学治古文者要删焉。

〔(汉)司马迁撰：《史记》，(南朝)裴骃集解，(唐)司马贞索隐，
(唐)张守节正义，北京，中华书局，1959〕

三、扬雄《法言·吾子》(节选)

或问："交五声、十二律也，或雅，或郑，何也？"曰："中正则雅，多哇则郑。"请问"本"。曰："黄钟以生之，中正以平之，确乎，郑、卫不能入也！"

⋯⋯⋯⋯⋯

或问："公孙龙诡辞数万以为法，法与？"曰："断木为棋，挽革为鞠，亦皆有法焉。不合乎先王之法者，君子不法也。"

观书者譬诸观山及水，升东岳而知众山之逦迤也，况介丘乎？浮沧海而知江河之恶沱也，况枯泽乎？舍舟航而济乎渎者，末矣；舍五经而济乎道者，末矣。弃常珍而嗜乎异馔者，恶睹其识味也；委大圣而好乎诸子者，恶睹其识道也。

山峛之蹊，不可胜由矣；向墙之户，不可胜入矣。曰："恶由入？"曰："孔氏。孔氏者，户也。"曰："子户乎？"曰："户哉！户哉！吾独有不户者矣。"

⋯⋯⋯⋯⋯

或曰："有人焉，自云姓孔，而字仲尼。入其门，升其堂，伏其几，袭其裳，则可谓仲尼乎？"曰："其文是也，其质非也。""敢问质。"曰："羊质而虎皮，见草而说，见豺而战，忘其皮之虎矣。"

圣人虎别，其文炳也。君子豹别，其文蔚也。辩人狸别，其文萃也。狸变则豹，豹变则虎。

好书而不要诸仲尼，书肆也。好说而不要诸仲尼，说铃也。君子言也无择，听也无淫。择则乱，淫则辟。述正道而稍邪哆者有矣，未有述邪哆而稍正也。

孔子之道，其较且易也！

(汪荣宝撰：《法言义疏》，陈仲夫点校，北京，中华书局，1987)

四、扬雄《法言·问神》(节选)

君子之言幽必有验乎明，远必有验乎近，大必有验乎小，微必有验乎著。无验而言之谓妄。君子妄乎? 不妄。

言不能达其心,书不能达其言,难矣哉! 惟圣人得言之解,得书之体,白日以照之、江、河以涤之,灏灏乎其莫之御也! 面相之,辞相适,捈中心之所欲,通诸人之嚍嚍者,莫如言。弥纶天下之事,记久明远,著古昔之㖦㖦,传千里之忞忞者,莫如书。故言,心声也;书,心画也。声画形,君子小人见矣。声画者,君子小人之所以动情乎?

圣人之辞浑浑若川。顺则便,逆则否者,其惟川乎!

（汪荣宝撰:《法言义疏》,陈仲夫点校,北京,中华书局,1987）

五、扬雄《太玄》(节选)

阴敛其质,阳散其文,文质班班,万物粲然。

…………

大文弥朴,孚似不足。

…………

鸿文无范,浟于川。(《文》)

夫作者贵其有循而体自然也。其所循也大,则其体也壮。其所循也小,则其体也瘠。其所循也直,则其体也浑。其所循也曲,则其体也散。故不攫所有,不强所无。譬诸身,增则赘而割则亏。故质干在乎自然,华藻在乎人事也……

是故文以见乎质,辞以睹乎情,观其施辞,则其心之所欲者见矣。

夫道有因有循,有革有化。因而循之,与道神之。革而化之,与时宜之。故因而能革,天道乃得。革而能因,天道乃驯。夫物不因不生,不革不成。故知因而不知革,物失其则。知革而不知因,物失其均。革之匪时,物失其基。因之匪理,物丧其纪。因革乎因革,国家之矩范也。矩范之动,成败之效也。(《玄莹》)

[(汉)扬雄撰:《太玄集注》,(宋)司马光集注,
刘韶军点校,北京,中华书局,2013]

第四节 王充的文论

王充是东汉前期著名的思想家。他对汉代社会的观察与批判系统而深入,常能切中时弊,与桓谭、王符、仲长统等人一起推动了对儒学谶纬化、神学化的反省与批评,并因撰写才胆学识兼具的《论衡》一书而成为这股理性思潮的杰出代表。

先秦儒学发展到汉代，以官学身份承担了统合社会政治、文化生活的大任，在理论上有其新的建构。它借鉴天文学、医学领域的系统感应观，以神学目的论为统领，确立自己的理论根基；以阴阳五行思维做组织原理，将汉代哲学、政治、伦理乃至科学聚合为宏大的体系，并以经学儒术为其核心。这个新儒学系统由董仲舒创立，以后配合着政治需要不断发展，到了东汉，除章句之学层层累积，形成庞大繁复的学问外，还衍生出缘饰以干朝政和神化经典的谶纬之学。谶者多诡为隐语，纬者固经之支流。前者用来预测凶吉祸福，基本上属于政治预言；后者用神化的方式解释经书，常衍及旁义，尤杂以术数之言和妖妄之词，遂与谶合一。两者常借阴阳五行说，把各种迷信拉入儒学，造成了儒学的混乱。一方面，它削弱了儒者的理性，阻碍其主体自觉与创造；另一方面，它以虚大神化的导向膨胀人心，又造成信者的无知狂妄。至于章句之学以一经、一家烦琐的论说消耗人的心智，致其识见柴塞，日趋固陋，更是在在多有。

有鉴于此，王充发出了"疾虚妄"的警世之语。王充（27—约97），字仲任，会稽上虞（今属浙江）人，先世从军有功，父祖皆勇势任气。他虽出身于"细族孤门"，但"有巨人之志"（《论衡·自纪》）。据《后汉书》本传言，王充受业于太学，"博通众流百家之言"，回乡后任县、郡等公府文职，后罢职家居，专心著述。其作《论衡》是一部内容丰富、涉及面很广的批判之书，虽难免因时代与个人的局限而出现谬误，但总体上能于论古析今的笃实褒贬中表现出对儒家大义的坚守以及对道家自然论的活用。书中与墨侠精神相关联的精神气质及对人的理性自觉的发扬，尤其可贵。

《论衡》重在批判，故其所谓"文"偏于广义，是对先秦孔门之所谓"文"的承继，包括学术学问、文物制度以及文学、文章、文字、文采等。而且王充将孔子对"文"之主体性定义——"学行德才"——的内涵也特别彰显出来，使用"文人""文儒""文德""文操"之类的概念，明显可见其对孔子"成人""为己"的立人意识的继承，这在东汉国家神学压抑个体自觉的氛围下无疑具有重大意义。

一、"疾虚妄"与"倡真美"

秦汉以来，方士侈谈神仙之事不绝，汉代今文经学屡言天意灾祥，东汉谶纬更踵事增华，不仅虚增古圣贤的神秘异说，更新造当世神话以张大其神秘感，由此鼓荡起一股好奇尚伪、愚昧荒诞的社会风气。王充以"元气自然"论为哲学根基，反击西汉以来的神学目的论。他借助原始科学，运用经验理性和推理，对种种虚增之事详加究诘，逐一驳斥。除了批驳社会流行的虚妄好尚，王充还针对世俗之书"订其真伪，辨其实虚"（《论衡·对作》），痛斥"增益事实""造生空文"对是非、正邪和善恶标准的败坏。他认为"化民须礼义，礼义须文章"（《论衡·效力》），"文人之笔，劝善惩恶"（《论衡·佚文》），须"文见而实露也"（《论衡·超奇》）。在《论衡·对作》

中，王充将实诚与虚妄、真美与华文两相对立，使为文的真实性问题得以空前凸显："是故《论衡》之造也，起众书并失实，虚妄之言胜真美也。故虚妄之语不黜，则华文不见息；华文放流，则实事不见用。故《论衡》者，所以铨轻重之言，立真伪之平，非苟调文饰辞，为奇伟之观也。"

"真美"是主观上有益于世的"善心"和客观上的"察实"态度、"从实"表达（《论衡·定贤》）相结合而产生的价值与美感。王充发展了先秦儒家的美善合一论，提出因真、善而美，即真、善、美合一的主张。这里的"真"与道家的"贵真"、司马迁的"实录"精神相通，并着重于主观与客观的综合，强调为文"实诚在胸臆，文墨著竹帛"，才会具有"夺于肝心"（《论衡·超奇》）的动人效果。必须指出，王充所提出的真实性要求是包括一切撰作的，文学创作也在其中，故将其视作最早提出文学批评真实性标准的人也未尝不可。

真实性的含义之一是如实反映客观存在及其本质规律，这需要近乎科学的认知态度，而非盲目尊信鬼神，故"实诚"首要在有人类独具的理性和经验之诚，能以经验实证、理性认知来面对客观对象，这是人的主体性和理性所应有的诚实态度。王充关注的重点正在于此，他既强调"须用耳目以定情实"（《论衡·实知》）的感性经验，又重视进一步"以心原物""以心意议"（《论衡·薄葬》）的分析推理。总之，他主张依靠"诠定于内"的理性审究排除"虚象"，求取实质，最后以事实效果进行验证，此所谓"事有证验，以效实然"（《论衡·知实》），"考之以心，效之以事，浮虚之事，辄立证验"（《论衡·对作》）。为此，王充不仅贬斥谶纬之谈，还质疑经书所载、众信不疑的圣贤言事，写出《刺孟》《问孔》等篇章。虽所得结论并非无谬，但这种正视自我、遵从理性的诚实，使《论衡》能直击东汉社会的弊端，有助于当世与后人的理解、反思与评判。这种主体理性经验之诚，显然也是为文不可或缺的要素。真实性的含义之二是主体情志的真诚表达，对此，王充用"精诚由中，故其文语感动人深""文由胸中而出，心以文为表"（《论衡·超奇》）来表达，这与《易传》所谓"修辞立其诚"显然是相通的。在《论衡·对作》中，王充说自己看到世间书传"浮妄虚伪，没夺正是"的乱象，"心愤涌，笔手扰，安能不论"，显然是将文看作内心思想情感激荡难抑的真实记录。这种情志愤涌转化为创作《论衡》的动力和精神内涵，令读者"观文以知情"（《论衡·佚文》），极易产生共鸣。

需要指出，思想情感的真实是一种主观心理状态。从为文角度而言，人是可以用夸张的手法来强化表达效果的。王充也曾从接受的角度分析了夸张存在的心理根源，以为"夫为言不益，则美不足称；为文不渥，则事不足褒"（《论衡·儒增》），"誉人不增其美，则闻者不快其意；毁人不益其恶，则听者不惬于心"（《论衡·艺增》）。虽对这种世俗心理持否定态度，但"快意""惬心"云云，正说明他认识到了夸张存在的必要。但由于执着于实证，王充最终还是将此视为"增过其实"而予以否定，这多少反映了他所谓的

"真实"的狭隘一面。 与王充将许多上古神话一概视为虚妄一样，这是对文学本质及创作规律缺乏理解的表现。 究其原因，与汉代文学尚同经学、 政治杂糅共生，未取得彻底的独立有关。 加之王充坚执地以科学精神挑战神学的立场，难以正确地区分神话与迷信、文学与科学，这不能不说是其真实论的局限所在。

另外，王充在评价同样使用夸张手法的屈原和司马相如、 扬雄的作品时态度迥异。他不满司马相如、 扬雄"文丽而务巨，言眇而趋深，然而不能处定是非，辩然否之实。虽文如锦绣，深如河、 汉，民不觉知是非之分，无益于弥为崇实之化"（《论衡·定贤》），却称赞屈原"疾楚之臲硊，故称香洁之辞"（《论衡·谴告》）， "《离骚》《楚辞》凄怆"（《论衡·变动》）。 《离骚》大量运用神话名物形象，虚构夸张明显，汉赋就是从楚辞演变而来的，但王充对此不置一词。 原因何在？ 应该与他重视心理真实这一标准有关。 《离骚》是源于屈原心志节操和生平遭际冲突的悲剧性抒发，即使运用大量虚构夸张，仍然是其心理真实的反映，而且是难得的深度反映； 而汉赋的夸饰多为逞辞，仅追求形式上的伟丽，缺少内在真情的支撑，不能满足他对"实诚"的要求。由此可知，王充所倡导的"真美"排除了纯粹的形式美感而专注于认知与价值的结合，所以， 即便有认识局限，我们仍可以见出王充对儒家文论的充实与贡献。

二、文质论的发展与提升

从孔子始，文质关系就是儒家文论的重要话题。 扬雄继承发扬了孔子先质后文、华实相符的文质统一观，王充则从天道层面打通质与文，提升了儒家文质论的形上内涵。 孔子论文质关系主要限于形而下的层面，即在礼乐文化、 人格修养的具体范围内展开讨论，这与其罕言天道的倾向相一致。 王充身处"天人感应"思潮中，一方面欲突破神学目的论，故标举"天道自然"（《论衡·自然》）；另一方面又欲保留儒家道德的优越地位，故倡言"道德仁义，天之道也"（《论衡·辨祟》）。 这使得他所讲的"天"兼自然与道德，合无为与有为，从而褪去了孔子、 孟子和董仲舒之"天"的宗教神性，再以道德内涵补救荀子所论之"天"的纯自然物性，使"天道"统摄自然科学与人文范畴，可谓对《周易》以"阴阳合德"来总括自然社会的本体论精神的继承。

王充的文质论就是据此天道观展开的。 在王充看来，自然之天统天地元气，能成象生物。 "凡天地之间，气皆统于天，天文垂象于上，其气降而生物"（《论衡·订鬼》），人也"受命于天，禀气于元"（《论衡·辨祟》）。 元气在成象生物时叠分阴阳，构成人的肉体和精神，因此人应"以天为主，犹耳目手足系于心矣"（《论衡·变动》）。 这种天本人末的关系，决定了人文当以天文为来源和依归。 对此，《论衡·书解》称"上天多文而后土多理，二气协和，圣贤禀受，法象本类，故多文彩"。 这里对天文地理和圣贤文采源流关系的讨论，很可能受《周易》述圣人"观象于天""观法于地"而创制八卦的启发，不过王充在观象、 法象中还增加了"气"于天人之间的传递活动，即圣贤"禀受"二气的内化机理。 气化论的引入，使天文对人文的本体意义更加凸显，《论衡·书解》就强调孔子等圣贤的创作乃"禀天地之文，发于胸臆"。

"天地之文"可总称为"天文"，从"天道自然"的角度看，它是元气之显象成形；从"天，百神主也。 道德仁义，天之道"的角度看，它内蕴着道德之质，故天之"文"兼具自然与道德双重内涵。 而圣贤禀气，法象天地，其文采必然与天之"文"同质同构，兼具自然之理、 之美与道德之质、 之美。 只是在具体论文时，王充更强调道德的决定作用，这使得他的文质论首先保留了儒家质先文后的前提。《论衡·书解》说："德弥盛者文弥缛，德弥彰者人弥明。""德"即文之"质"，好比"根株"之于"荣叶"，"实核"之于"皮壳"，或"体"之于"毛"，是内里的决定因素； 但"文"因有了天道的支撑，其本体意义和重要性也得以凸显，此所谓"人以文为基""人无文，则为仆人"（《论衡·书解》），"大人君子以文为操"（《论衡·佚文》）。 对此，王充还以自然形色、 人工丝帛五彩的必要性来论证"文"的不可或缺。 结合上述两方面，再进一步论文与质统一，就得出了"夫人有文质乃成""人无文德，不为圣贤"（《论衡·书解》）和"言必有起，尤文之必有为也"（《论衡·定贤》）的结论。

王充由自然道德合一之天文而及人文的言说思路，更新了儒家的文质论，明显具有儒、 道融合的特色。 他把自然本体论引入对"文"和"文质"的思考中，既有对扬雄"质干在乎自然，华藻在乎人事"等片言只语的系统化发展，又初步确立了儒、 道融合的文质论格局，影响是十分深远的。 此后，刘勰的《文心雕龙·原道》为了确立"文"之本体，也从天文而及人文，既谈"自然之道"，又言"炳耀仁孝"，并将《易》之"神道设教"易为"神理设教"，使自然与道德相结合的本体论思路得到更明确的彰显。

三、"贵新造"与"务易晓"

汉代尊儒崇经，导致文化领域复古思潮愈演愈烈，如扬雄这样博学通览的大儒也在理论和实践上崇古、 拟古不已，王充却能以冷静的观察和质实的思考，抨击"尊古卑今""知古不知今""褒古而毁今"的时代偏执，直言"古今一也"（《论衡·案书》），甚至作《宣汉》篇，力证"周不如汉"，又撰《须颂》篇，称美汉世，表现出超越时代局限的远见卓识。 以这种通达的眼光投射于文的写作，就是主张立足当下的创新，以及要求语言表达的明彻易晓。

王充认为，善文者禀异超俗。 所谓"天晏晹者，星辰晓烂； 人性奇者，掌文藻炳"（《论衡·佚文》），能著作者往往"卓绝不循"，"书文奇伟"（《论衡·书解》），故流传后世。 这种不循俗、 尚奇异的素质，确是文事得以推陈出新、 不断发展的动力。 王充放眼过往圣贤的丰功伟绩，认为五帝异事，三王殊业，孔子虽"得史记以作《春秋》"，其"立义创意，褒贬赏诛"却不复因袭，相反，是"眇思自出于胸中也"（《论衡·超奇》）。故著史须立意自出，著论更当"说发胸臆，文成手中"（《论衡·对作》），充分表达一己的创造个性。王充又从经验理性出发，指出客观世界多样变化，相应地，创作亦不能千人一面，千篇一律。那种机械地追求"必谋虑有合，文辞相袭"（《论衡·自纪》）的泥古主义，显然不可取。

在语言形式上，王充区分了经艺之文与论说之文，认为圣贤所作经典意蕴深厚，其文辞"鸿重优雅""深沉难测"，不与俗通，学者需下一番功夫方可采玉探珠，得以理解。而面向大众的评议论说，目的在"欲悟俗人"，应"形露易观""言无不可晓，指无不可睹"，好比"玉剖珠出"，令观读者"晓然若盲之开目，聆然若聋之通耳"（《论衡·自纪》）。为达此效果，著者对复杂深晦之理，尤应做到"喻深以浅""喻难以易"，即能深入浅出。《论衡》即重事理与情理的细密分析，不避繁多，不求省约，自称"文重"（《论衡·自纪》）。章士钊认为古文之缺憾在求简而常将不能简省的也简省掉了，以致曾国藩谓古文不适于辨理，而《论衡》"看似碎细，然持论欲其密合，复语有时不可得避"①，正揭出王充行文布势与西文矩矱相似，有助于今人理解其为何主张为文语言尤其论说文语言务必"易晓"。

王充从两方面强调了语言文字务必"易晓"。一是从口言与文字的关系看，文字的功能主要是记言，既然公认言语表达应清楚分明，则相应的文字记录就该同样明晰。二是推究历史事实，即使是经传之文、圣贤之语，其论事也求易知，只是因时空的原因"古今言殊，四方谈异"（《论衡·自纪》），遂为难晓之文。因此，追求语言表达的明白易懂，有无可怀疑的当然性。还要特别指出的是，王充持这种语言观，除了基于他反复古的立场，还与他追求文的"世用"有关，这对文学创作的传播、普及显然有重要的意义。以后沈约论"文章当从三易"——"易见事""易识字""易读诵"（《颜氏家训·文章》），实与王充同调，对诗文的革新与发展起到过积极的推进作用。

四、文士的地位与价值

王充具有儒家人本主义情怀，他把孔子对君子人格的关注转化为富有时代特色的对文士特性的品评。汉代独尊儒术，儒生即文士的主体。王充针对世俗"高文吏贱儒生"的偏见，明确肯定了儒生在"轨德立化"（《论衡·程材》）方面远胜于文吏。但他也指出其短在于坐守师法，不颇博览，囿于一经一家，可谓"陆沉""盲瞽"（《论衡·谢短》）。补短之法不仅要"以学问为力"，由博览古今转变为"文儒"（《论衡·效力》），还应进一步晓达"百家之言，古今行事"，在超越儒学内部师法壅隔的

---

① 张卓群、宋佳睿：《〈甲寅〉通信集》，704 页，福州，福建教育出版社，2016。

基础上"于道术无所不包",成为"心自通明,览达古今"(《论衡·别通》)的"通人"。于此,可见孔门"博学于文"说的痕迹。不仅如此,王充还扬弃"述而不作"的古训,认为"著文者,历世希然"(《论衡·超奇》),能够在博学通览的基础上著文论说,才堪比珠玉,才算难能可贵。故文人、鸿儒都是能文之人,《论衡·超奇》又细加分疏,称:"采掇传书以上书奏记者为文人,能精思著文连结篇章者为鸿儒。故儒生过俗人,通人胜儒生,文人踰通人,鸿儒超文人。故夫鸿儒,所谓超而又超者也。""鸿儒,世之金玉也,奇而又奇矣。"

王充重视将所学转化为文章著述,首先与重视文之"世用"有关。他在《论衡·佚文》中对文人之"文"有五项说明:"文人宜遵五经六艺为文,诸子传书为文,造论著说为文,上书奏记为文,文德之操为文。"最后一项偏重于道德内涵。以此为准,王充赞赏汉陆贾、刘向、董仲舒、司马迁、扬雄、桓谭等人的创作,以为"作有益于化,化有补于正"(《论衡·对作》),而视邹衍、公孙龙的论说为不实,以为"无益于治"(《论衡·案书》),对汉赋更是多有否定。这表现出对荀子道、圣、经这一价值范式的继承,可被视作载道文学观的先导。

当然,王充对为"文"的理解也有狭隘之处。但要看到,他丰富了孔子所论之"文"的内涵,在"学行德才"之外特别强调能著述作文才能称"文人""鸿儒",并对他们"留精澄意""连结篇章"的创造活动予以肯定,认为"文人之笔,劲于筑蹈"(《论衡·须颂》),盛赞"文章之人,滋茂汉朝者,乃夫汉家炽盛之瑞也"(《论衡·超奇》),最终得出"文人之休,国之符也",故当尊文人的结论。这是对文人主体地位和价值空前的肯定,可谓开魏晋文学自觉之先声。

原典选读

以下选文均出自王充《论衡》一书。《书解》篇阐释文质观。《佚文》篇提出"五文",发扬了孔子对"文"的认识,因现实效用而尤推崇"造论著说之文"。《超奇》篇从学问与创作力的角度,对儒者进行分类品评,赞赏"文人""鸿儒",并结合汉代人的创作展开点评,与《案书》篇参读,可谓作家论的滥觞。《案书》篇从才智与文辞的角度评价了当世作者,抨击了尊古卑今之弊。《艺增》篇异于《语增》《儒增》二篇对夸张的完全否定,认为儒家经艺撰作中的夸张对谕事、颂美和刺恶均有积极作用,只要不"失其本""离其实",就可以接受。《对作》和《自纪》两篇自述自评,对全书写作动机、态度、内容和语言特点一一做了评述,表现出清醒的自觉意识,对把握其文论颇有助益。

一、《论衡·书解》(节选)

或曰:士之论高,何必以文?

答曰：夫人有文质乃成。物有华而不实，有实而不华者。《易》曰："圣人之情见乎辞。"出口为言，集札为文，文辞施设，实情敷烈。夫文德，世服也。空书为文，实行为德，著之于衣为服。故曰：德弥盛者文弥缛，德弥彰者文弥明。大人德扩其文炳，小人德炽其文斑，官尊而文繁，德高而文积。华而晥者，大夫之簀，曾子寝疾，命元起易。由此言之，衣服以品贤，贤以文为差，愚杰不别，须文以立折。非唯于人，物亦咸然。龙鳞有文，于蛇为神；凤羽五色，于鸟为君；虎猛，毛蚡蜦；龟知，背负文。四者体不质，于物为圣贤。且夫山无林，则为土山；地无毛，则为泻土；人无文，则为仆人。土山无麇鹿，泻土无五谷，人无文德，不为圣贤。上天多文而后土多理，二气协和，圣贤禀受，法象本类，故多文彩。瑞应符命，莫非文者。晋唐叔虞、鲁成季友、惠公夫人号曰仲子，生而怪奇，文在其手。张良当贵，出与神会，老父授书，卒封留侯。河神，故出图；洛灵，故出书。竹帛所记怪奇之物，不出潢涝。物以文为表，人以文为基。棘（革）子成（城）欲弥文，子贡讥之。谓文不足奇者，子成之徒也。

著作者为文儒，说经者为世儒，二儒在世，未知何者为优。或曰：文儒不若世儒。世儒说圣人之经，解贤者之传，义理广博，无不实见，故在官常位；位最尊者为博士，门徒聚众，招会千里，身虽死亡，学传于后。文儒为华淫之说，于世无补，故无常官，弟子门徒不见一人，身死之后，莫有绍传。此其所以不如世儒者也。

答曰：不然。夫世儒说圣情，□□□□□，共起并验，俱追圣人。事殊而务同，言异而义钧。何以谓之文儒之说无补于世？世儒业易为，故世人学之多，非事可析第，故官廷设其位。文儒之业，卓绝不循，人寡其书，业虽不讲，门虽无人，书文奇伟，世人亦传。彼虚说，此实篇，折累二者，孰者为贤？案古俊乂著作辞说，自用其业，自明于世。世儒当时虽尊，不遭文儒之书，其迹不传。周公制礼乐，名垂而不灭；孔子作《春秋》，间传而不绝。周公、孔子，难以论言。汉世文章之徒，陆贾、司马迁、刘子政、杨子云，其材能若奇，其称不由人。世传《诗》家鲁申公、《书》家千乘欧阳、公孙，不遭太史公，世人不闻。夫以业自显，孰与须人乃显？夫能纪百人，孰与廑能显其名？

二、《论衡·佚文》(节选)

孝武之时，诏百官对策，董仲舒策文最善。王莽时，使郎吏上奏，刘子骏章尤美。美善不空，才高知深之验也。《易》曰："圣人之情见于辞。"文辞美恶，足以观才。永平中，神雀群集，孝明诏上《神爵颂》。百官颂上，文皆比瓦石，唯班固、贾逵、傅毅、杨终、侯讽五颂金玉，孝明览焉。夫以百官之众，郎吏非一，唯五人文善，非奇而何？孝武善《子虚》之赋，征司马长卿。孝成玩弄众书之多，善杨子云，出入游猎，子云乘从。使长卿、桓君山、子云作吏，书所不能盈牍，文所不能成句，则武帝何贪？成帝何欲？故曰："玩杨子云之篇，乐于居千石之官；挟桓君山之书，富于积猗顿之财。"韩非之书，传在秦庭，始皇叹曰："独不得与此人同时！"陆贾《新语》，每奏一篇，高祖左右，称曰万岁。夫叹思其人，与喜称万岁，岂可空为哉？诚见其美，欢气发于内也……

文人宜遵五经六艺为文，诸子传书为文，造论著说为文，上书奏记为文，文德之操为文。立五文在世，皆当贤也。造论著说之文，尤宜劳焉。何则？发胸中之思，论世俗之事，非徒讽古经、续故文也。论发胸臆，文成手中，非说经艺之人所能为也。周、秦之际，诸子并作，皆论他事，不颂主上，无益于国，无补于化。造论之人，颂上恢国，国业传在千载，主德参贰日月，非适诸子书传所能并也。上书陈便宜，奏记荐吏士，一则为身，二则为人，繁文丽辞，无上书文德之操，治身完行，徇利为私，无为主者。夫如是，五文之中，论者之文多矣，则可尊明矣……

夫文人文章，岂徒调墨弄笔，为美丽之观哉？载人之行，传人之名也。善人愿载，思勉为善；邪人恶载，力自禁裁。然则文人之笔，劝善惩恶也。谥法所以章善，即以著恶也。加一字之谥，人犹劝惩，闻知之者，莫不自勉。况极笔墨之力，定善恶之实，言行毕载，文以千数，传流于世，成为丹青，故可尊也。

杨子云作《法言》，蜀富贾人赍钱千（十）万，愿载于书。子云不听，曰："夫富无仁义之行，犹圈中之鹿，栏中之牛也，安得妄载？"班叔皮续《太史公书》，载乡里人以为恶戒。邪人枉道，绳墨所弹，安得避讳？是故子云不为财劝，叔皮不为恩挠。文人之笔，独已公矣！贤圣定意于笔，笔集成文，文具情显，后人观之，见以正邪，安宜妄记？足蹈于地，迹有好丑；文集于礼（札），志有善恶。故夫占迹以睹足，观文以知情。《诗》三百，一言以蔽之，曰："思无邪。"《论衡》篇以十数，亦一言也，曰："疾虚妄。"

三、《论衡·超奇》

通书千篇以上，万卷以下，弘畅雅闲，审定文读，而以教授为人师者，通人也。杼其义旨，损益其文句，而以上书奏记，或兴论立说，结连篇章者，文人、鸿儒也。好学勤力，博闻强识，世间多有；著书表文，论说古今，万不耐一。然则著书表文，博通所能用之者也。入山见木，长短无所不知；入野见草，大小无所不识。然而不能伐木以作室屋，采草以和方药，此知草木所不能用也。夫通人览见广博，不能掇以论说，此为匮生书主人，孔子所谓"诵《诗》三百，授之以政，不达"者也，与彼草木不能伐采，一实也。孔子得《史记》以作《春秋》，及其立义创意，褒贬赏诛，不复因《史记》者，眇思自出于胸中也。凡贵通者，贵其能用之也。即徒诵读，读诗讽术，虽千篇以上，鹦鹉能言之类也。衍传书之意，出膏腴之辞，非俶傥之才，不能任也。夫通览者，世间比有；著文者，历世希然。近世刘子政父子、杨子云、桓君山，其犹文、武、周公并出一时也；其余直有，往往而然，譬珠玉不可多得，以其珍也。

故夫能说一经者为儒生，博览古今者为通人，采掇传书以上书奏记者为文人，能精思著文连结篇章者为鸿儒。故儒生过俗人，通人胜儒生，文人踰通人，鸿儒超文人。故夫鸿儒，所谓超而又超者也。以超之奇，退与儒生相料，文轩之比于散车，锦绣之方于缊袍也，其相过，远矣。如与俗人相料，太山之巅崿，长狄之项跖，不足以喻。故夫丘山以土石为体，其有铜铁，山之奇也。铜铁既奇，或出金玉。然鸿儒，世之金玉也，奇而又奇矣。

奇而又奇，才相超乘，皆有品差。

儒生说名于儒门，过俗人远也。或不能说一经，教诲后生。或带徒聚众，说论洞溢，称为经明。或不能成牍，治一说。或能陈得失，奏便宜，言应经传，文如星月。其高第若谷子云、唐子高者，说书于牍奏之上，不能连结篇章。或抽列古今，纪著行事，若司马子长、刘子政之徒，累积篇第，文以万数，其过子云、子高远矣，然而因成纪前，无胸中之造。若夫陆贾、董仲舒，论说世事，由意而出，不假取于外，然而浅露易见，观读之者，犹曰传记。阳成子长作《乐经》，杨子云作《太玄经》，造于助（眇）思，极窅冥之深，非庶几之才，不能成也。孔子作《春秋》，二子作两经，所谓卓尔蹈孔子之迹，鸿茂参贰圣之才者也。

王公子问于桓君山以杨子云。君山对曰："汉兴以来，未有此人。"君山差才，可谓得高下之实矣。采玉者心羡于玉，钻龟者知神于龟。能差众儒之才，累其高下，贤于所累。又作《新论》，论世间事，辩照然否，虚妄之言，伪饰之辞，莫不证定。彼子长、子云论说之徒，君山为甲。自君山以来，皆为鸿眇之才，故有嘉令之文。笔能著文，则心能谋论，文由胸中而出，心以文为表。观见其文，奇伟俶傥，可谓得论也。由此言之，繁文之人，人之杰也。

有根株于下，有荣叶于上；有实核于内，有皮壳于外。文墨辞说，士之荣叶、皮壳也。实诚在胸臆，文墨著竹帛，外内表里，自相副称。意奋而笔纵，故文见而实露也。人之有文也，犹禽之有毛也。毛有五色，皆生于体。苟有文无实，是则五色之禽，毛妄生也。选士以射，心平体正，执弓矢审固，然后射中。论说之出，犹弓矢之发也。论之应理，犹矢之中的。夫射以矢中效巧，论以文墨验奇。奇巧俱发于心，其实一也。

文有深指巨略，君臣治术，身不得行，口不能绁（泄），表著情心，以明己之必能为之也。孔子作《春秋》，以示王意。然则孔子之《春秋》，素王之业也；诸子之传书，素相之事也。观《春秋》以见王意，读诸子以睹相指。故曰：陈平割肉，丞相之端见；孙叔敖决期思，令君（尹）之兆著。观读传书之文，治道政务，非徒割肉决水之占也。足不强则迹不远，锋不铦则割不深。连结篇章，必大才智鸿懿之俊也。

或曰：著书之人，博览多闻，学问习熟，则能推类兴文。文由外而兴，未必实才学（与）文相副也。且浅意于华叶之言，无根核之深，不见大道体要，故立功者希。安危之际，文人不与，无能建功之验，徒能笔说之效也。

曰：此不然。周世著书之人，皆权谋之臣；汉世直言之士，皆通览之吏，岂谓文非华叶之生，根核推之也？心思为谋，集扎为文，情见于辞，意验于言。商鞅相秦，致功于霸，作《耕战》之书；虞卿为赵，决计定说，行退作□□□□。《春秋》之思，起(赵)城中之议；《耕战》之书，秦堂上之计也。陆贾消吕氏之谋，与《新语》同一意；桓君山易晁错之策，与《新论》共一思。观谷永之陈说，唐林之宜言，刘向之切议，以知为本，笔墨之文，将而送之，岂徒雕文饰辞，苟为华叶之言哉？精诚由中，故其文语感动人深。是故鲁连飞书，燕将自杀；邹阳上疏，梁孝开牢。书疏文义，夺于肝心，非徒博览者所能造，习熟者所能为也。

夫鸿儒希有，而文人比然，将相长吏，安可不贵？岂徒用其才力，游文于牒牍哉？州郡有忧，能治章上奏，解理结烦，使州郡连事。有如唐子高、谷子云之吏，出身尽思，竭笔牍之力，烦忧适有不解者哉？古昔之远，四方辟匿，文墨之士，难得记录，且近自以会稽言之。周长生者，文士之雄也，在州，为刺史任安举奏；在郡，为太守孟观上书，事解忧除，州郡无事，二将以全。长生之身不尊显，非其才知少、功力薄也，二将怀俗人之节，不能贵也。使遭前世燕昭，则长生已蒙邹衍之宠矣。长生死后，州郡遭忧，无举奏之吏，以故事结不解，征诣相属，文轨不尊，笔疏不续也。岂无忧上之吏哉？乃其中文笔不足类也。

长生之才，非徒锐于牒牍也，作《洞历》十篇，上自黄帝，下至汉朝，锋芒毛发之事，莫不纪载，与太史公表、纪相似类也。上通下达，故曰《洞历》。然则长生非徒文人，所谓鸿儒者也。

前世有严夫子，后有吴君商(高)，末有周长生。白雉贡于越，畅草献于宛，雍州出玉，荆、扬生金。珍物产于四远，幽辽之地，未可言无奇人也。孔子曰："文王既没，文不在兹乎！"文王之文在孔子，孔子之文在仲舒，仲舒既死，岂在长生之徒与？何言之卓殊，文之美丽也！唐勒、宋玉，亦楚文人也，竹帛不纪者，屈原在其上也。会稽文才，岂独周长生哉？所以末论列者，长生尤瑜出也。九州多山，而华、岱为岳；四方多川，而江、河为渎者，华、岱高而江、河大也。长生，州郡高大者也。同姓之伯贤，舍而誉他族之孟，未为得也。长生说文辞之伯，文人之所共宗，独纪录之，《春秋》记元于鲁之义也。

俗好高古而称所闻，前人之业，菜果甘甜，后人新造，蜜酪辛苦。长生家在会稽，生在今世，文章虽奇，论者犹谓稚于前人。天禀元气，人受元精，岂为古今者差杀哉？优者为高，明者为上。实事之人，见然否之分者，睹非，却前退置于后，见是，推今进置于古，心明知昭，不惑于俗。班叔皮续《太史公书》百篇以上，记事详悉，义浅(浃)理备，观读之者以为甲，而太史公乙。子男孟坚，为尚书郎，文比叔皮，非徒五百里也，乃夫周、召、鲁、卫之谓也。苟可高古，而班氏父子不足纪也。

周有郁郁之文者，在百世之末也。汉在百世之后，文论辞说，安得不茂？喻大以小，推民家事，以睹王廷之义。庐宅始成，桑麻才有，居之历岁，子孙相续，桃李梅杏，庵丘蔽野。根茎众多，则华叶繁茂。汉氏治定久矣，土广民众，义兴事起，华叶之言，安得不繁？夫华与实，俱成者也，无华生实，物希有之。山之秃也，孰其茂也？地之泻也，孰其滋也？文章之人，滋茂汉朝者，乃夫汉家炽盛之瑞也。天晏，列宿焕炳；阴雨，日月蔽匿。方今文人并出见者，乃夫汉朝明明之验也。

高祖读陆贾之书，叹称万岁；徐乐、主父偃上疏，征拜郎中，方今未闻。膳无苦酸之肴，口所不甘味，手不举以啖人。诏书每下，文义经传四科，诏书斐然，郁郁好文之明验也。上书不实核，著书无义指，"万岁"之声，"征拜"之恩，何从发哉？饰面者皆欲为好，而运目者希；文（闻）音者皆欲为悲，而惊耳者寡。陆贾之书未奏，徐乐、主父之策未闻，群诸瞽言之徒，言事粗丑，文不美润，不指所谓，文辞淫滑，不被涛沙之谪，幸矣！焉蒙征拜为郎中之宠乎？

四、《论衡·案书》（节选）

夫俗好珍古不贵今，谓今之文不如古书。夫古今一也，才有高下，言有是非，不论善恶而徒贵古，是谓古人贤今人也。案东番邹伯奇、临淮袁太伯、袁文术、会稽吴君高、周长生之辈，位虽不至公卿，诚能知之囊橐，文雅之英雄也。观伯奇之《元思》，太伯之《易章句》，文术之《咸铭》，君高之《越纽录》，长生之《洞历》，刘子政、扬子云不能过也。善（盖）才有浅深，无有古今；文有伪真，无有故新。广陵陈子迴、颜方，今尚书郎班固、兰台令杨终、傅毅之徒，虽无篇章，赋颂记奏，文辞斐炳，赋象屈原、贾生，奏象唐林、谷永，并比以观好，其美一也。当今未显，使在百世之后，则子政、子云之党也。韩非著书，李斯采以言事；扬子云作《太玄》，侯铺子随而宣之。非、斯同门，云、铺共朝，睹奇见益，不为古今变心易意；实事贪善，不远为术并肩以迹相轻，好奇无已，故奇名无穷。扬子云反《离骚》之经。非能尽反，一篇文往往见非，反而夺之。

《六略》之录，万三千篇，虽不尽见，指趣可知，略借不合义者，案而论之。

五、《论衡·艺增》（节选）

世俗所患，患言事增其实，著文垂辞，辞出溢其真，称美过其善，进恶没其罪。何则？俗人好奇，不奇，言不用也。故誉人不增其美，则闻者不快其意；毁人不益其恶，则听者不惬于心。闻一增以为十，见百益以为千，使夫纯朴之事，十剖百判；审然之语，千反万畔。墨子哭于练丝，杨子哭于歧道，盖伤失本，悲离其实也。

蜚流之言，百传之语，出小人之口，驰闾巷之间，其犹是也。诸子之文，笔墨之疏，人贤所著，妙思所集，宜如其实，犹或增之。况经艺之言，如其实乎？言审莫过圣人，经艺万世不易，犹或出溢，增过其实。增过其实，皆有事为，不妄乱误以少为多也。然而必论之者，方言经艺之增与传语异也。

经增非一，略举较著，令悗惑之人，观览采择，得以开心通意，晓解觉悟。

·············

《诗》云："鹤鸣九皋，声闻于天。"言鹤鸣九折之泽，声犹闻于天，以喻君子修德穷僻，名犹达朝廷也。〔言〕其闻高远，可矣；言其闻于天，增之也。

彼言声闻于天，见鹤鸣于云中，从地听之，度其声鸣于地，当复闻于天也。夫鹤鸣云中，人闻声仰而视之，目见其形。耳目同力，耳闻其声，则目见其形矣。然则耳目所闻见，不过十里，使参天之鸣，人不能闻也。何则？天之去人以万数远，则目不能见，耳不能闻。今鹤鸣，从下闻之，鹤鸣近也。以从下闻其声，则谓其鸣于地，当复闻于天，失其实矣。其鹤鸣于云中，人从下闻之；如鸣于九皋，人无在天上者，何以知其闻于天上也？无以知，意从准况之也。诗人或时不知，至诚以为然；或时知，而欲以喻事，故增而甚之。

《诗》曰："维周黎民，靡有孑遗。"是谓周宣王之时，遭大旱之灾也。诗人伤旱之甚，民被其害，言无有孑遗一人不愁痛者。

夫旱甚，则有之矣；言无孑遗一人，增之也。

夫周之民，犹今之民也。使今之民也，遭大旱之灾，贫羸无蓄积，扣心思雨；若其富人谷食饶足者，廪囷不空，口腹不饥，何愁之有？天之旱也，山林之间不枯，犹地之水，丘陵之上不湛也。山林之间，富贵之人，必有遗脱者矣，而言"靡有孑遗"，增益其文，欲言旱甚也。

·············

《论语》曰："大哉！尧之为君也，荡荡乎民无能名焉。"传曰："有年五十击壤于路者，观者曰：'大哉！尧〔之〕德乎！'击壤者曰：'吾日出而作，日入而息，凿井而饮，耕田而食，尧何等力？'"此言荡荡无能名之效也。

言荡荡，可也；乃欲言民无能名，增之也。四海之大，万民之众，无能名尧之德者，殆不实也。夫击壤者曰："尧何等力？"欲言民无能名也。观者曰："大哉！尧之德乎！"此"何等"民者，犹能知之。实有知之者，云"无"，竟增之。

儒书又言："尧、舜之民，可比屋而封。"言其家有君子之行，可皆官也。夫言可封，可也；言比屋，增之也。人年五十为人父，为人父而不知君，何以示子？太平之世，家为君子，人有礼义，父不失礼，子不废行。夫有行者有知，知君莫如臣，臣贤能知君，能知其君，故能治其民。今不能知尧，何可封官？

年五十击壤于路，与竖子未成人者为伍，何等贤者？子路使子羔为郈宰，孔子以为不可，未学，无所知也。击壤者无知，官之如何？

称尧之荡荡，不能述其可比屋而封；言贤者可比屋而封，不能议让其愚而无知之。夫击壤者难以言比屋，比屋难以言荡荡，二者皆增之。所由起，美尧之德也。

《尚书》曰："祖伊谏纣曰：'今我民罔不欲丧。'"罔，无也，我天下民无不欲王亡者。

夫言欲王之亡，可也；言无不，增之也。

纣虽恶，民臣蒙恩者非一，而祖伊增语，欲以惧纣也。故曰"语不益，心不惕；心不惕，行不易。"增其语，欲以惧之，冀其警悟也。苏秦说齐王曰："临菑之中，车毂击，人肩摩，举袖成幕，连衽成帷，挥汗成雨。"齐虽炽盛，不能如此，苏秦增语，激齐王也。祖伊之谏纣，犹苏秦之说齐王也。

贤圣增文，外有所为，内未必然。何以明之？夫《武成》之篇，言"武王伐纣，血流浮杵"。助战者多，故至血流如此。皆欲纣之亡也，土崩瓦解，安肯战乎？然祖伊之言"民无不欲"，如苏秦增语。

武成言"血流浮杵"，亦太过焉。死者血流，安能浮杵？案武王伐纣于牧之野。河北地高，壤靡不干燥，兵顿血流，辄燥入土，安得杵浮？且周、殷士卒，皆赍盛粮，无杵臼之事，安得杵而浮之？

言血流杵，欲言诛纣，惟兵顿士伤，故至浮杵……

光武皇帝之时，郎中汝南贲光上书言："孝文皇帝时，居明光宫，天下断狱三人。"颂美文帝，陈其效实。光武皇帝曰："孝文时，不居明光宫，断狱不三人。"积善修德，美名流之，是以君子恶居下流。

夫贲光上书于汉，汉为今世，增益功美，犹过其实，况上古帝王久远，贤人从后褒述，失实离本，独已多矣。不遭光武论，千世之后，孝文之事，载在经艺之上，人不知其增，居明光宫，断狱三人，而遂为实事也。

六、《论衡·对作》（节选）

或问曰："贤圣不空生，必有以用其心。上自孔、墨之党，下至荀、孟之徒，教训必作垂文，何也？"对曰：圣人作经，艺（贤）者传记，匡济薄俗，驱民使之归实诚也。案《六略》之书，万三千篇，增善消恶，割截横拓，驱役游慢，期便道善，归正道焉。孔子作《春秋》，周民弊也。故采求毫毛之善，贬纤介之恶，拨乱世，反诸正，人道浃，王道备，所以检柙靡薄之俗者，悉具密致。夫防决不备，有水溢之害；网解不结，有兽失之患。是故周道不弊，则民不文薄；民不文薄，《春秋》不作。杨、墨之学不乱传义，则孟子之传不造；韩国不小弱，法度不坏废，则韩非之书不为；高祖不辨得天下，马上之计未转，则陆贾之语不奏；众事不失实，凡论不坏乱，则桓谭之论不起。故夫贤圣之兴文也，起事不空为，因因不妄作。作有益于化，化有补于正，故汉立兰台之官，校审其书，以考其言。董仲舒作道术之书，颇言灾异政治所失，书成文具，表在汉室。主父偃嫉之，诬奏其书。天子下仲舒于吏，当谓之下愚。仲舒当死，天子赦之。夫仲舒言灾异之事，孝武犹不罪而尊其身，况所论无触忌之言，核道实之事，收故实之语乎？故夫贤人之在世也，进则尽忠宣化，以明朝廷；退则称论贬说，以觉失俗。俗也不知还，则立道轻为非；论者不追救，则迷乱不觉悟。

是故《论衡》之造也，起众书并失实，虚妄之言胜真美也。故虚妄之语不黜，则华文不见息；华文放流，则实事不见用。故《论衡》者，所以铨轻重之言，立真伪之平，非苟调文饰辞，为奇伟之观也。其本皆起人间有非，故尽思极心，以讥世俗。世俗之性，好奇怪之语，说虚妄之文。何则？实事不能快意，而华虚惊耳动心也。是故才能之士，好谈论者，增益实事，为美盛之语；用笔墨者，造生空文，为虚妄之传。听者以为真然，说而不舍；览者以为实事，传而不绝。不绝，则文载竹帛之上；不舍，则误入贤者之耳。至或南面称师，赋奸伪之说；典城佩紫，读虚妄之书。明辨然否，疾心伤之，安能不论？孟子伤杨、墨之议大夺儒家之论，引平直之说，褒是抑非，世人以为好辩。孟子曰："予岂好辩哉？予不得已！"今吾不得已也！虚妄显于真，实诚乱于伪，世人不悟，是非不定，紫朱杂厕，瓦玉集糅，以情言之，岂吾心所能忍哉！卫骖乘者越职而呼车，恻怛发心，恐上之危也。夫论说者闵世忧俗，与卫骖乘者同一心矣。愁精神而幽魂魄，动胸中之静气，贼年损寿，无益于性，祸重于颜回，违负黄、老之教，非人所贪，不得已，故为《论衡》。文露而旨直，辞奸而情实。其《政务》言治民之道。《论衡》诸篇，实俗间之凡人所能见，与彼作者无以异也。若夫九虚、三增、《论死》、《订鬼》，世俗所久惑，人所不能觉也。人君遭弊，改教于上；人臣愚（遇）惑，作论于下。〔下〕实得，则上教从矣。冀悟迷惑之心，使知虚实之分。实虚之分定，而华伪之文灭；华伪之文灭，则纯诚之化日以孳矣。

七、《论衡·自纪》（节选）

充既疾俗情，作《讥俗》之书；又闵人君之政，徒欲治人，不得其宜，不晓其务，愁精苦思，不睹所趋，故作《政务》之书。又伤伪书俗文多不实诚，故为《论衡》之书。夫贤圣殁而大义分，蹉跎殊趋，各自开门。通人观览，不能钉（订）铨（诠）。遥闻传授，笔写耳取，在百岁之前。历日弥久，以为昔古之事，所言近是，信之入骨，不可自解，故作实论。其文盛，其辩争，浮华虚伪之语，莫不澄（证）定。没华虚之文，存敦庞之朴；拨流失之风，反宓戏之俗。

充书形露易观。或曰："口辩者其言深，笔敏者其文沉。案经艺之文，贤圣之言，鸿重优雅，难卒晓睹。世读之者，训古乃下。盖贤圣之材鸿，故其文语与俗不通。玉隐石间，珠匿鱼腹，非玉工珠师，莫能采得。宝物以隐闭不见，实语亦宜深沉难测。《讥俗》之书，欲悟俗人，故形露其指，为分别之文；《论衡》之书，何为复然？岂材有浅极，不能为〔深〕覆？何文之察，与彼经艺殊轨辙也？"答曰：玉隐石间，珠匿鱼腹，故为深覆。及玉色剖于石心，珠光出于鱼腹，其犹隐乎？吾文未集于简札之上，藏于胸臆之中，犹玉隐珠匿也。及出荚露，犹玉剖珠出乎！烂若天文之照，顺若地理之晓，嫌疑隐微，尽可名处。且名白，事自定也。《论衡》者，论之平也。口则务在明言，笔则务在露文。高士之文雅，言无不可晓，指无不可睹。观读之者，晓然若盲之开目，聆然若聋之通耳。三年盲子，卒见父母，不察察相识，安肯说喜？道畔巨树，堑边长沟，所居昭察，人莫不知。使树不巨而隐，沟不长而匿，以斯示人，尧、舜犹惑。人面色部七十有余，颊肌明洁，五色分别，隐微忧喜，皆可得察，占射之者，十不失一。使面黯而黑丑，垢重袭而覆部，占射之者，十而失九。夫文由语也，或浅露分别，或深迂优雅，孰为辩者？故口言以明志，言恐灭遗，故著之文字。文字与言同趋，何为犹当隐闭指意？狱当嫌辜，卿决疑事，浑沌难晓，与彼分明可知，孰为良吏？夫口论以分明为公，笔辩以获露为通，吏文以昭察为良。深覆典雅，指意难睹，唯赋颂耳。经传之文，贤圣之语，古今言殊，四方谈异也。当言事时，非务难知，使指〔意〕闭隐也。后人不晓，世相离远，此名曰语异，不名曰材鸿。浅文读之难晓，名曰不巧，不名曰知明。秦始皇读韩非之书，叹曰："犹独不得此人同时。"其文可晓，故其事可思。如深鸿优雅，须师乃学，投之于地，何叹之有？夫笔著者，欲其易晓而难为，不贵难知而易造；口论务解分而可听，不务深迂而难睹。孟子相贤，以眸子明瞭者。察文，以义可晓。

充书违诡于俗。或难曰："文贵夫顺合众心，不违人意，百人读之莫谴，千人闻之莫怪。故管子曰：'言室满室，言堂满堂。'今殆说不与世同，故文刺于俗，不合于众。"答曰：论贵是而不务华，事尚然而不高合。论说辩然否，安得不诵常心、逆俗耳？众心非而不从，故丧黜其伪，而存定其真。如当从众顺人心者，循旧守雅，讽习而已，何辩之有？孔子侍坐于鲁哀公，公赐桃与黍，孔子先食黍而〔后〕啖桃，可谓得食序矣，然左右皆掩口而笑，贯俗之日久也。今吾实犹孔子之序食也，俗人违之，犹左右之掩口也。善雅歌，于郑为人（不）悲；礼舞，于赵为不好。尧、舜之典，伍伯不肯观；孔、墨之籍，季、孟不肯读。宁危之计，黜于闾巷；拨世之言，皆于品俗。有美味于斯，俗人不嗜，狄牙甘食。有宝玉于是，俗人投之，卞和佩服。孰是孰非？可信者谁？礼俗相背，何事不然？鲁文逆祀，畔者三人。盖独是之语，高士不舍，俗夫不好；惑众之书，贤者欣颂，愚者逃顿。

充书不能纯美。或曰："口无择言，笔无择文。文必丽以好，言必辩以巧。言瞭于耳，则事味于心；文察于目，则篇留于手。故辩言无不听，丽文无不写。今新书既在论譬，说俗为戾，又不美好，于观不快。盖师旷调音，曲无不悲；狄牙和膳，肴无澹味。然则通人造书，文无瑕秽。《吕氏》《淮南》，悬于市门，观读之者，无訾一言。今无二书之美，文虽众盛，犹多谴毁。"答曰：夫养实者不育华，调行者不饰辞。丰草多华英，茂林多枯枝。为文欲显白其为，安能令文而无谴毁？救火拯溺，义不得好；辩论是非，言不得巧。入泽随龟，不暇调足；深渊捕蛟，不暇定手。言奸辞简，指趋妙远；语甘文峭，务意浅小。稻（舀）谷千钟，糠皮太半；阅钱满亿，穿决出万。大羹必有澹味，至宝必有瑕秽，大简必有大好，良工必有不巧。然则辩言必有所屈，通文犹有所黜。言金由贵家起，文粪自贱室出。《淮南》《吕氏》之（文）〔不〕无累害，所由出者，家富官贵也。夫贵，故得悬于市；富，故有千金副。观读之者，惶恐畏忌，虽见乖不合，焉敢谴一字？

充书既成，或稽合于古，不类前人。或曰："谓之饰文偶辞，或径或迂，或屈或舒。谓之论道，实事委琐，文给甘酸，谐于经不验，集于传不合，稽之子长不当，内之子云不入。文不与前相似，安得名佳好，称工巧？"答曰：饰貌以强类者失形，调辞以务似者失情。百夫之子，不同父母，殊类而生，不必相似，各以所禀，自为佳好。文必有与合然后称善，是则代匠斫不伤手，然后称工巧也。文士之务，各有所从，或调辞以巧文，或辩伪以实事。必谋虑有合，文辞相袭，是则五帝不异事，三王不殊业也。美色不同面，皆佳于目；悲音不共声，皆快于耳。酒醴异气，饮之皆醉；百谷殊味，食之皆饱。谓文当与前合，是谓舜眉当复八采，禹目当复重瞳。

充书文重。或曰："文贵约而指通，言尚省而趋明。辩士之言要而达，文人之辞寡而章。今所作新书，出万言，繁不省，则读者不能尽；篇非一，则传者不能领。被躁人之名，以多为不善。语约易言，文重难得。玉少石多，多者不为珍；龙少鱼众，少者固为神。"答曰：有是言也。盖寡言无多，而华文无寡。为世用者，百篇无害；不为用者，一章无补。如皆为用，则多者为上，少者为下。累积千金，比于一百，孰为富者？盖文多胜寡，财富愈贫。世无一卷，吾有百篇；人无一字，吾有万言，孰者为贤？今不曰所言非，而云泰多；不曰世不好善，而云不能领，斯盖吾书所以不得省也。夫宅舍多，土地不得小；户口众，簿籍不得少。今失实之事多，华虚之语众，指实定宜，辩争之言，安得约径？韩非之书，一条无异，篇以十第，文以万数。夫形大，衣不得褊；事众，文不得褊。事众文饶，水大鱼多。帝都谷多，王市肩磨。书虽文重，所论百种。按古太公望，近董仲舒，传作书篇百有余，吾书亦才出百，而云泰多，盖谓所以出者微，观读之者不能不谴呵也。河水沛沛，比夫众川，孰者为大？虫茧重厚，称其出丝，孰为多者？

（黄晖撰：《论衡校释》，北京，中华书局，2017）

第三章　魏晋文论的自觉

从汉末建安时期至魏晋，社会生活动荡纷乱，文学创作因时而变，显得异常活跃，文学批评也随之呈现出繁荣的局面，涌现出以《典论·论文》《文赋》为代表的文论专著。鲁迅的《魏晋风度及文章与药及酒之关系》一文将这一时期称为"文学的自觉时代"。

具体而言，首先，这种自觉对文学的价值有了极大的张阔与弘扬，将文学独特而不朽的社会功能特别是政治宣传功能提高到前所未有的地位。其次，以三曹、建安七子和竹林七贤为代表的文人团体，以才性论为核心，对文学创作中的情志、气质、想象、构思等主体性因素都做了充分的彰示。再次，对文体的分类、特征和话语风格的研究也趋于完备，体式审美观念的形成与展开，成为此时文论自觉的重要标志。最后，玄学思辨之风的兴盛，孳乳了文学创作的超功利性倾向，并对才性论、文质论的发生、发展产生了深刻的影响，其中对言意关系的讨论发展出后世文论与美学的核心范畴与思维范式。

第一节　建安文论的活跃

古人常以"建安风骨"来形容汉末建安年间与曹魏初期的文学创作特点，《宋书·谢灵运传》说："至于建安，曹氏基命，二祖陈王，咸蓄盛藻，甫乃以情纬文，以文披质。"此时以曹氏父子和建安七子为核心的邺下文人集团形成了慷慨苍凉、刚健有力的文学风格与文学精神，显示出与两汉时代不同的文学价值观。在这独立自觉的文学创作繁荣时代，文学批评获得了充分的自由空间，三曹和建安七子就文学的社会价值、作家气质与作品风格的关系、批评家的批评态度等核心问题做了集中而深刻的探讨。曹丕的《典论·论文》《与吴质书》，曹植的《与杨祖德书》《与吴季重书》，吴质的《答东阿王书》，应场的《文质论》等是此时文学创作的理论结晶。

一、曹丕论文章

曹丕（187—226），字子桓，建安二十五年（220）代汉称帝，在位七年。《魏书》称其"好文学，以著述为务，自所勒成垂百篇"。和其父曹操一样，他也将文学视为可独立存在且有重要社会价值的事业。

（一）文学的不朽价值

完成于建安末期的《典论·论文》，可以说是中国古代第一篇文学专论，集中体现了在上古以来文章最兴盛的建安时代，人们对文学根本价值的理论思考："盖文章经国之大业，不朽之盛事。年寿有时而尽，荣乐止乎其身，二者必至之常期，未若文章之无穷。是以古之作者，寄身于翰墨，见意于篇籍，不假良史之辞，不托飞驰之势，而声名自传于后。"曹丕既强调了文章的社会实践功能，又凸显了文学之于个体的不朽价值。这里的"文章"既包括诗歌辞赋，也包括奏、书、铭、诔等实用性文体。《典论·论文》虽说是对汉代《毛诗序》中教化说的承继，但将文章提高到如此高度，却是以往所没有的。由此，文章特别是诗歌辞赋不再仅仅是道德教化的工具，而有了自身不可替代的价值。与先秦时期将文学归入立言，而强调其与立德、立功一样有价值不同，曹丕所言的文学作为"不朽之盛事"，是包含"诗赋欲丽"的文体形式自觉性的，其与道德行为、政治活动在功能上可并列。在以五言诗创作为代表的文学创作繁荣氛围中，以诗赋而得攀龙托凤之荣，正是建安时代文人创作的直接动力。

在曹氏父子的提倡和鼓动下，王粲、徐幹、应玚、刘桢等人营造出了蓬勃的创作风气，五言乐府体式得到了充分的发展。他们多以乐府古题叙写汉末间事，追求情怀慷慨、意气骏爽的风格，语言上不务纤密富丽，而追求表达的昭晰明朗，使诗与生活有了更亲近的结合，从而使文学获得了介入现实和日常生命的更广阔的空间。由此，以诗赋传达情感的文人在社会生活中获得了自身独有的价值和意义，且得以与传统儒生区分开来。此时的诗赋创作，除了与宏大现实主题相关外，亦常描写日常生活的情态，如曹丕就写过《感离赋》《槐赋》《柳赋》《莺赋》《迷迭香赋》《玛瑙勒赋》等咏物抒情小赋。曹植和建安七子亦常共赋一物，而成此为区别于汉大赋的独特创作体式。在小赋的序里，曹丕常点明主旨，或感物伤怀、慨然咏叹，或"美而赋之""怜而赋之"，且如沈德潜《古诗源》所说，"诗有文士气，一变乃父悲壮之习矣""孟德诗犹是汉音，子桓以下，纯乎魏响"。这种由文人化带出创作和理论上的抒情倾向，正说明了此时文学的转向和自觉。

在《与吴质书》中，曹丕言及诗赋创作之乐："昔日游处，行则接舆，止则接席，何曾须臾相失！每至觞酌流行，丝竹并奏，酒酣耳热，仰而赋诗。当此之时，忽然不自知乐也。"这种文学游宴活动充分显示了诗赋与日常生活的关系以及在道德、政治生活之外的作用。由此，曹丕甚至提出才行不相掩之论，将文学活动与道德行为相区分，以为"观古今文人，类不护细行，鲜皆能以名节自立"。

落实到个体生命上，曹丕认为文学更具有一种超越肉体和时空局限的历史价值。汉末战乱频发，瘟疫流行，如曹植《说疫气》所说，"家家有僵尸之痛，室室有号泣之哀。或阖门而殪，或覆族而丧"，给当时文人及创作带来很大影响，人的年命修短与文学价值的关系因此成为曹丕思考作文的一个重要角度。身边文士一个个凋亡更是促使曹丕思考生命的无常及其意义。在《魏书·文帝纪》注引《魏略》所载与王朗的信中，曹丕称："生有七尺之形，死唯一棺之土，唯立德扬名，可以不朽，其次莫如著篇籍。疫疠数起，士人凋落，余独何人，能全其寿？"从中我们可以清楚地看到他的心迹。

此外，在以实用性政治为主的曹魏政权时代，诏、策、章、表、奏、议等公文在社会实际事务中起着重要的经世功能。刘师培曾举杜恕《请令刺史专民事不典兵疏》、夏侯玄《时事议》两文为例，以为"东汉奏疏，多含蓄不尽之词。魏人奏疏之文，纯尚真实，无不尽之词"[1]，可见此时公文写作的实用性和直接有效性。从这一实用性功能出发，在《答卞兰教》中，曹丕提出"赋者，言事类之所附也；颂者，美盛德之形容也；故作者不虚其辞，受者必当其实"，批评了西汉以来赋体、颂体的过分铺排，对虚辞过实、繁丽不实的文体风格明显不取。值得注意的是，这时其所谓经世文章不仅起到"润色鸿业"的功能，还对乱世中的"天下归心"有直接的宣教效应。此点可说是魏晋文论自觉与西方文论自觉不同的地方。在中国古代诗教传统中，文学与宣教的关系总是显得如此直接和明确。

为适应实用性政治倾向，曹丕在凸显创作主体主观情志的同时并不否认文章的经世功能。例如，他认为贾谊《过秦论》就是杰出的政论文，并肯定它能"发周秦之得失，通古今之制义，洽以三代之风，润以圣人之化"（《太平御览》第五百九十五卷）；还认为刻勒于彝器上的铭文可以起到"赞扬洪美，垂之不朽"（《铸五熟釜成与钟繇书》）的作用。曾参与曹丕《皇览》编撰的桓范，在所作《世要论》中就有《赞像》《铭诔》《序作》三文，专论这类文体的政治昭示功能与道德教化意义，认为"赞像之所作，所以昭述勋德，思咏政惠，此盖诗颂之末流矣"，又说："夫著作书论者，乃欲阐弘大道，述明圣教，推演事义，极尽情类，以为法式。"桓范所论，正可与曹丕的文章经世观对看。

（二）文学批评观的建立

有感于当时普遍存在的文人相轻的风气，曹丕提出文学批评不应如常人一样"贵远

---

① 刘师培：《中国中古文学史讲义》，30 页，上海，上海古籍出版社，2011。

贱今，向声背实，又患暗于自见，谓己为贤"，特别是从文体角度指出作家鲜能备善诸体，故批评者不能以己之所长，轻人之所短。　而在总结不同作家的创作特点时，曹丕亦均指出他们各自的长处和短处，并将其创作放在同一标准上进行品鉴，显示出文学批评不同于简单的道德评判。　他还特别指出，建安七子学识渊博，各有所长，并且互相礼敬，体现出一种"审己以度人"的健康的批评风气。

落实到具体的批评上，曹丕认为王粲和徐幹长于辞赋创作，甚至认为他们在成就上超过了张衡、蔡邕这样的东汉大辞赋家，还认为孔融在所擅长领域可以与扬雄、班固相匹敌。　这都体现了他反对"贵远贱今"、重视实际创作成就的健康的批评态度。　他认为之所以王粲、徐幹长于辞赋，陈琳、阮瑀长于章、表、书、记，正是基于才性的不同。　应玚的风格虽平和却不刚健，刘桢虽劲健却不绵密，孔融虽体气高妙却"不能持论，理不胜词"，也都各有优劣。　自此，曹丕阐说了作家"不自见"的风气，使文学批评获得了独立的空间，成为以个性和风格为核心，能有效促进文学创作繁荣的重要推动力。　而这正是文学自觉和独立的象征。

(三)文气论

作家何以有所长有所短，而鲜有通才兼备诸体呢？　曹丕提出了中国古代文论史上影响深远的文气论："文以气为主，气之清浊有体，不可力强而致。　譬诸音乐，曲度虽均，节奏同检，至于引气不齐，巧拙有素，虽在父兄，不能以移子弟。"所谓"文以气为主"，是说文章的艺术风貌和风格特征是由作家的气质才性等主观因素决定的，作品的风格风貌与作家气质才性相一致。　曹丕还特别指出，与作品艺术风貌的独特性一样，文学创作者的创作个性往往是由先天禀赋造成的，即使是亲如父子兄弟也难以保持一致。　除在《典论·论文》中评论"徐幹时有齐气""孔融体气高妙"外，曹丕在《与吴质书》中还评说刘桢"有逸气，但未遒耳"、王粲"独自善于辞赋，惜其体弱，不足起其文"，均可见他使用的"气""体气""逸气"等概念既指作品的外貌、体貌和风格，也兼指作者的体质、气质和才气。　在古代文论史上，曹丕创造性地将作家个性因素与作品风格统合起来，且将作品视为作者生命状态的一种呈现，这显然已经超出了先秦时期"知人论世"的道德批评范围。　可以说，文气论的提出标志着中国文学思想的发展进入了一个新的阶段，可被视为文学批评走向自觉的标志。

这种将主体特有的气质禀赋因素运用于文学批评领域，与曹魏时期选举制度及察举人才的标准改变密切相关。　曹操一改东汉时期评鉴人物以德行为重的品第标准，唯才是举。　由此，才性之辩成为魏晋之际名理学的一个重要论题，落实到文学批评上，作家的才性、气质亦成为文学批评的重心。　文气论与才性论可以说是魏晋时期人物识鉴之风在文学批评中的展开。　到刘勰的《文心雕龙》中，"文气""血气""风骨""才力"

"风趣"等概念被多次使用，更有《风骨》《才性》两篇专论作家才性与作品风格。 特别是在《风骨》篇中，刘勰在引述曹丕文气论的基础上提出了"骨劲而气猛"的建安风骨论。 可以说，从曹丕到刘勰，文气论是对建安文学清峻刚健、 丰沛旺盛的文学生命风貌的理论总结。

(四)文体风格论

除以文气论为主的作者批评外，《典论·论文》之于古代文论发展的另一个重要贡献是正式提出了文体论。 今人认为，从曹丕开始中国文学批评主要是沿着两条线发展的——论作者和论文体，"一直到后来的诗文评或评点本的集子，也还是这样； 一面是'读其文不知其人可乎'的以作者为中心的评语，一面是'体有万殊'而'能之者偏'的各种文体体性风格的辨析"①。 曹丕首次提出文章的"四科八类"说："夫文本同而末异，盖奏议宜雅，书论宜理，铭诔尚实，诗赋欲丽。"对实用性文体所提出的"雅""理""实"的要求和对审美性的诗赋所提出的"丽"的要求，基于对不同文体写作动机、 语言功能和使用场合的细致划分，是对不同的语言风格和整体的美感形式的高度概括。

古代各体文章的发展，应该说到东汉而大备。 汉魏之际，作者各承其体，造成文体的辨别淆乱不明，此可说是曹丕"四科八类"说产生的历史背景。 更为重要的是，曹丕在两汉文学特别是汉末建安时期繁复的各体文学实践基础上，总结了诸种文体内在的体式要求与审美风格，这可以说是文体审美意识的彰显，具有十分重要的文论史意义。其后陆机的《文赋》、 李充的《翰林论》、 挚虞的《文章流别论》等均以文体风格、文类体性为论述重心。 特别是到《文心雕龙》，从《辨骚》到《书记》有二十一篇讨论各体风格理论，而古代文学总集、 选集传统的典型《文选》更是将文章分为三十八类文体。 自此以后，文体辨析、 辨明体法成为中国文学理论尤其是文章学最为重要的话语方式与言说传统，以致后人有"不知体制，不知用字之法，失于文体，去道远矣"②之说。

二、曹植论批评

在建安文学集团中，曹植的文学成就最高，影响力最大。 钟嵘的《诗品》称誉其诗"骨气奇高，词采华茂，情兼雅怨，体被文质，粲溢今古，卓尔不群"。 特别是在

---

① 王瑶：《中古文学史论》，93 页，北京，商务印书馆，2011。
② (明)朱权：《文章欧冶序》，见王水照：《历代文话》第二册，1222 页，上海，复旦大学出版社，2007。

五言诗体发展上，曹植起过尤为关键的作用，乃至被视作文人五言诗写作的奠基人。曹植没有专门的文学批评著作，但在与杨修、吴质等人的书信往还中传达出了对文学的感知和要求，让人看到了他独有的批评方式和观念。

与曹丕不同，曹植多次称辞赋为"小道"。如在《与杨祖德书》中，他从传统政治观出发，引用扬雄的观念，认为："辞赋小道，固未足以揄扬大义，彰示来世也。"曹植基于"建永世之业，留金石之功"的事功理想，不赞成"以翰墨为勋绩，辞赋为君子"。很多现代学者都已指出，曹植这种否定文学价值和意义的观点表面上看似乎与曹丕的"经国之大业"不同，实则是同一时代观念的产物，俱以实用性的政治观来表达对华而不实的文风的批评。但这不等于说，曹植对文学和政治为各自独立的存在没有认识，相反，他是充分认识到文学独特的抒情意义与价值的，故《学官颂》称"歌以咏言，文以骋志"，《薤露行》更言"骋我径寸翰，流藻垂华芬"。至于又说"街谈巷说，必有可采；击辕之歌，有应风雅，匹夫之思未易轻弃也"，这种对乐府诗体和民间文学的重视是建安文学的传统，不可被视作对文学审美特质与实用功能的混淆。

当然，曹植也不否认实用性文体的不朽价值，以为如果政治上不得志，自己也会追求立一家之言以传后世，如《与杨祖德书》谓"若吾志不果，吾道不行，则将采庶官之实录，辩时俗之得失，定仁义之衷，成一家之言"。不过，曹植最终以诗赋而不是政论文传世，《魏书》评曰："陈思文才富艳，足以自通后叶。"曹植与曹丕的文学观实同而略异，故明人胡应麟《诗薮·外篇》说："魏文以文章为经国之大业，不朽之盛世；而陈思不欲以翰墨为勋绩，辞颂为君子。词虽冰炭，意实埙箎。读者考见深衷，推验实历可也。"

曹植还反复强调文学批评的重要性和严肃性，以为要有真切的文学创作经验方能做出允当的批评。当丁廙请求他为自己润饰文章时，曹植说"仆自以才不过若人，辞不为也"，《与杨祖德书》又认为"盖有南威之容，乃可以论于淑媛；有龙渊之利，乃可以议于断割"。虽然此论较为苛刻，没有区分文学批评与文学创作的特点，但它显然提倡批评家了解文学创作的甘苦。《与吴季重书》更说："文章之难，非独今也，古之君子犹亦病诸！"值得注意的是，曹植还较早使用具体物象来形容作家的文学风格，如《与吴季重书》评吴质"文才委曲，晔若春荣，浏若清风"，《王仲宣诔》评王粲"文若春华，思若泉涌"，《前录自序》评君子之文"俨乎若高山，勃乎若浮云，质素也如秋蓬，摛藻也如春葩"。此种喻象式批评对后世诗学批评与书画批评都有较大的影响。

📖 原典选读

曹丕《典论·论文》作为中国文学批评史上第一篇完整的专论，具有十分重要的价值。《六臣注文选》中，刘向注称"文帝《典论》二十篇，兼论古者经典文事，有此篇论文章之体也"。同《与吴质书》互为参看，可充分了解其写作的背景。与曹丕不同，曹植基于建功立业的渴望而承继汉儒以辞赋为小道的观念。这表面上是对个人创作的贬低，实际上是将重抒情的辞赋与政治大业做了区隔，从反面印证了建安文学重作者个性及情感抒发的时代特征。此外，应玚《文质论》也是建安文论重要的组成部分。其对"文"与"质"这两个古代文论最常出现的关键词所做的讨论，成为后世相关论述的重要起点，文质因时而变也就此成为古人认可的一大文学演进规律。

一、曹丕《典论·论文》

文人相轻，自古而然。傅毅之于班固，伯仲之间耳，而固小之，与弟超书曰："武仲以能属文，为兰台令史，下笔不能自休。"夫人善于自见，而文非一体，鲜能备善，是以各以所长，相轻所短。里语曰："家有弊帚，享之千金。"斯不自见之患也。

今之文人，鲁国孔融文举、广陵陈琳孔璋、山阳王粲仲宣、北海徐幹伟长、陈留阮瑀元瑜、汝南应玚德琏、东平刘桢公幹，斯七子者，于学无所遗，于辞无所假，咸以自骋骥骤于千里，仰齐足而并驰。以此相服，亦良难矣！盖君子审己以度人，故能免于斯累，而作《论文》。

王粲长于辞赋，徐幹时有齐气，然粲之匹也。如粲之《初征》《登楼》《槐赋》《征思》，幹之《玄猿》《漏卮》《圆扇》《橘赋》，虽张、蔡不过也，然于他文，未能称是。琳、瑀之章表书记，今之隽也。应玚和而不壮，刘桢壮而不密。孔融体气高妙，有过人者；然不能持论，理不胜辞；至于杂以嘲戏，及其所善，杨、班俦也。

常人贵远贱近，向声背实，又患暗于自见，谓己为贤。夫文本同而末异，盖奏议宜雅，书论宜理，铭诔尚实，诗赋欲丽。此四科不同，故能之者偏也，唯通才能备其体。

文以气为主，气之清浊有体，不可力强而致。譬诸音乐，曲度虽均，节奏同检，至于引气不齐，巧拙有素，虽在父兄，不能以移子弟。

盖文章经国之大业，不朽之盛事。年寿有时而尽，荣乐止乎其身，二者必至之常期，未若文章之无穷。是以古之作者，寄身于翰墨，见意于篇籍，不假良史之辞，不托飞驰之势，而声名自传于后。故西伯幽而演《易》，周旦显而制《礼》，不以隐约而弗务，不以康乐而加思。夫然则古人贱尺璧而重寸阴，惧乎时之过已。而人多不强力，贫贱则慑于饥寒，富贵则流于逸乐，遂营目前之务，而遗千载之功。日月逝于上，体貌衰于下，忽然与万物迁化，斯志士之大痛也！融等已逝，唯幹著论，成一家言。

[（梁）萧统编：《文选》，（唐）李善注，北京，中华书局，1977]

二、曹丕《与吴质书》

二月三日，丕白。岁月易得，别来行复四年。三年不见，《东山》犹叹其远，况乃过之，思何可支！虽书疏往返，未足解其劳结。

　　昔年疾疫，亲故多离其灾，徐、陈、应、刘，一时俱逝，痛可言邪！昔日游处，行则连舆，止则接席，何曾须臾相失！每至觞酌流行，丝竹并奏，酒酣耳热，仰而赋诗。当此之时，忽然不自知乐也。谓百年己分，可长共相保，何图数年之间，零落略尽，言之伤心。顷撰其遗文，都为一集，观其姓名，已为鬼录。追思昔游，犹在心目，而此诸子，化为粪壤，可复道哉！

　　观古今文人，类不护细行，鲜皆能以名节自立。而伟长独怀文抱质，恬淡寡欲，有箕山之志，可谓彬彬君子者矣。著《中论》二十余篇，成一家之言，辞义典雅，足传于后，此子为不朽矣。德琏常斐然有述作之意，其才学足以著书，美志不遂，良可痛惜。

　　间者历览诸子之文，对之抆泪。既痛逝者，行自念也。孔璋章表殊健，微为繁富。公幹有逸气，但未遒耳；其五言诗之善者，妙绝时人。元瑜书记翩翩，致足乐也。仲宣独自善于辞赋，惜其体弱，不足起其文，至于所善，古人无以远过。昔伯牙绝弦于钟期，仲尼覆醢于子路，痛知音之难遇，伤门人之莫逮。诸子但为未及古人，自一时之俊也。今之存者，已不逮矣。后生可畏，来者难诬，然恐吾与足下不及见也。

　　年行已长大，所怀万端，时有所虑，至通夜不瞑，志意何时复类昔日？已成老翁，但未白头耳！光武有言：“年三十余，在兵中十岁，所更非一。”吾德不及之，而年与之齐矣。以犬羊之质，服虎豹之文；无众星之明，假日月之光；动见瞻观，何时易乎？恐永不复得为昔日游也！少壮真当努力，年一过往，何可攀援！古人思秉烛夜游，良有以也。

　　顷何以自娱？颇复有所述造不？东望于邑，裁书叙心。丕白。

　　　　　　　　　　［(梁)萧统编：《文选》，(唐)李善注，北京，中华书局，1977］

三、曹植《与杨祖德书》

　　植白：数日不见，思子为劳，想同之也。仆少小好为文章，迄至于今二十有五年矣。然今世作者可略而言也：昔仲宣独步于汉南；孔璋鹰扬于河朔；伟长擅名于青土；公幹振藻于海隅；德琏发迹于大魏；足下高视于上京。当此之时，人人自谓握灵蛇之珠，家家自谓抱荆山之玉。吾王于是设天网以该之，顿八纮以掩之，今悉集兹国矣！然此数子犹复不能飞轩绝迹，一举千里也。以孔璋之才，不闲于辞赋，而多自谓能与司马长卿同风；譬画虎不成，反为狗者也。前有书嘲之，反作论盛道仆赞其文。夫钟期不失听，于今称之，吾亦不能妄叹者，畏后世之嗤余也！

　　世人之著述不能无病，仆常好人讥弹其文，有不善者，应时改定。昔丁敬礼常作小文，使仆润饰之。仆自以才不过若人，辞不为也。敬礼谓仆：卿何所疑难？文之佳恶，吾自得之，后世谁将知定吾文者邪！吾常叹此达言，以为美谈。

昔尼父之文辞，与人通流，至于制《春秋》，游夏之徒乃不能措一辞。过此而言不病者，吾未之见也！盖有南威之容，乃可以论于淑媛；有龙渊之利，乃可以议于断割。刘季绪才不能逮于作者，而好诋诃文章，掎摭利病。昔田巴毁五帝、罪三王、訾五霸于稷下，一旦而服千人。鲁连一说，使终身杜口。刘生之辩，未若田氏；今之仲连，求之不难，可无叹息乎！人各有好尚：兰茝荪蕙之芳，众人所好，而海畔有逐臭之夫；《咸池》《六茎》之发，众人所共乐，而墨翟有非之之论，岂可同哉！

今往仆少小所著辞赋一通相与。夫街谈巷说，必有可采；击辕之歌，有应风雅，匹夫之思未易轻弃也。辞赋小道，固未足以揄扬大义，彰示来世也。昔杨子云先朝执戟之臣耳，犹称壮夫不为也。吾虽德薄，位为蕃侯，犹庶几勠力上国，流惠下民，建永世之业，留金石之功，岂徒以翰墨为勋绩，辞赋为君子哉！若吾志未果，吾道不行，则将采庶官之实录，辩时俗之得失，定仁义之衷，成一家之言，虽未能藏之于名山，将以传之于同好；非要之皓首，岂今日之论乎！其言之不惭，恃惠子之知我也。明早相迎，书不尽怀。曹植白。

[（魏）曹植著：《曹植集校注》，赵幼文校注，北京，人民文学出版社，1984]

四、应场《文质论》

盖皇穹肇载，阴阳初分。日月运其光，列宿曜其文，百谷丽于土，芳华茂于春。是以圣人合德天地，禀气淳灵，仰观象于玄表，俯察式于群形，穷神知化，万国是经。故否泰易趍，道无攸一，二政代序，有文有质。若乃陶唐建国，成周革命，九官咸乂，济济休令，火龙黼黻，暐韠于廊庙，衮冕旂旒，焉奕乎朝廷，冠德百王，莫参其政。是以仲尼叹"焕乎"之文，从郁郁之盛也。

夫质者端一，玄静俭啬，潜化利用。承清泰，御平业，循轨量，守成法，至乎应天顺民，拨乱夷事，摛藻奋权。赫奕丕烈，纪禅协律，礼仪焕别。览《坟》《丘》于皇代，建不刊之洪制；显宣尼之典教，探微言之所弊。

若夫和氏之明璧，轻縠之袿裳，必将游玩于左右，振饰于宫房，岂争牢伪之势，金布之刚乎？且少言辞者，孟僖所以不能答郊劳也；寡智见者，庆氏所以困《相鼠》也。今子弃五典之文，暗礼智之大，信管、望之小，寻老氏之蔽，所谓循规常趍，未能释连环之结也。且高帝龙飞丰、沛，虎据秦、楚，唯德是建，唯贤是与。陆、郦摛其文辩，良、平奋其权谲，萧何创其章律，叔孙定其庠序，周、樊展其忠毅，韩、彭列其威武，明建天下者非一士之术，营造宫庙者非一匠之矩也。逮自高后乱德，损我宗刘，朱虚轸其虑，辟强释其忧，曲逆规其模，郦友诈其游，袭据北军，实赖其畴。冢嗣之不替，诚四老之由也。

夫谏则无义以陈，问则服汗沾濡，岂若陈平敏对，叔孙据书，言辨国典，辞定皇居，然后知质者之不足，文者之有余。

（俞绍初辑校：《建安七子集》，北京，中华书局，1989）

第二节　正始文论的玄意

魏晋作为中国思想史上重要的变革期，尤以肇始于正始（240—249）年间的玄学思想的兴起为重要标志。此时，何晏、夏侯玄、傅嘏、荀粲、王弼等人在学术上变汉代烦琐的经学讲论为玄学思考，尤重对《老子》《庄子》《周易》三书的沉思，促使士人"宅心事外""言约旨远"，清谈之风弥散开来，"正始之音""正始遗风"成为两晋及南朝士大夫所尊崇的人生态度。其中，以王弼言意之辨为核心的形而上思辨命题，前所未有地触及文学语言与意象二者本体论意义上的深层关系。正如汤用彤在《魏晋玄学论稿》中所指出的："魏晋玄学之影响于文学者自可在于其文之内容充满老庄之辞意，而实则行文即不用老庄，然其所据之原理固亦可出于清谈。"阮籍《乐论》、嵇康《声无哀乐论》虽探讨的是音乐问题，但因汉魏之际诗乐关系的直接性，故实际上仍触及与上述关系相通的艺术的超越性与独立价值问题。凡此，都可被视作魏晋时期文学自觉的另一种延续。

一、王弼的言意之辨

正始年间，何晏主持编撰了《论语集解》，融玄学思想于经学诠释，又大力提倡对《老子》《庄子》《周易》的研习与讨论，形成了以探讨老庄思想为核心的玄学学术氛围。其后王弼著《老子注》《老子指略》《周易注》《周易略例》，建立起完整的论说架构，成为魏晋玄学理论体系真正的创立者。老庄话语、玄学命题逐渐成为魏晋士人清谈的普遍性主题。

概括地说，魏晋玄学是魏晋时期研究本末、有无、体用、言意等形而上问题的学问，其核心观点如《晋书·王衍传》所概括的，大抵认为"天地万物皆以无为本。无也者，开物成务，无往不存者也。阴阳恃以化生，万物恃以成形，贤者恃以成德，不肖恃以免身。故无之为用，无爵而贵矣"。魏晋时期，一方面政治称不上清明；另一方面却又崇尚自由解放，士人的信仰从经世致用转为对玄虚精深的精神领域的探究，重视个人超脱迈俗的精神追求，其理论基础即为此种"以无为本"的哲学。它在政治上体现为"无爵而贵"。落实到文学上，则一变建安文学的政治功利和实用追求，尤重"无之为用"视境下言意之辨的展开，从而在方法论上塑造了一代文论的思致与理路。

(一)忘言与文学语言的价值

言意问题作为玄学探讨的核心问题,源于《易传·系辞上》"圣人立象以尽意,设卦以尽情伪,系辞焉以尽其言"的观念,此问题涉及名实、有无之争,即语言是否可以表征大道,以及如何用语言来传达意义。当时论者主要有两种立场:一种是荀粲提出的"象不尽意"说,以为"象外之意,系表之言,固蕴而不出矣"(《魏书·荀彧传》注引何劭《荀粲传》),殷融《象不尽意论》和嵇康《言不尽意论》均持此种观点;另一种是"言尽意"的主张,如孙盛著《易象妙于见形论》、欧阳建著《言尽意论》。王弼的《周易略例》试图超越上述简单的对峙性理解,重建了言、象、意三者的逻辑分际,一方面确立言、象、意三者存在相互依存的关系,以为"象者,出意者也。言者,明象者也";另一方面又明确了三者各自独立并递进超越,以为得象当忘言,得意当忘象,由此建立起文学语言的本体论价值关系,其中每一阶段均不可替代,不可忽略。

陆机将作为魏晋玄学在文学理论上之直接表现的言意关系具体化为文学创作的核心问题,直言自己撰作《文赋》的缘由即"恒患意不称物,文不逮意",此所谓"放言遣词,良多变矣,妍蚩好恶,可得而言。每自属文,尤见其情"。故《文赋》的论述核心,被规定为如何在可见的文章形象与不可见的意义之间获得充分的平衡与创造性的联系,进而实现称物逮意和穷形尽相。

(二)忘象与文学意义的追寻

王弼的言意关系论更为重要的意义在于开创了后世文学创作和文学理论对"象外之意""言外之意"的追求,塑造了中国人重滋味、重意境的美学精神与艺术境界。王弼在《老子指略》中言世界的本体"其为物也则混成,为象也则无形,为音也则希声,为味也则无呈",指出了"无"的创造性本质。在《周易略例》中,王弼进一步指出,要得到最为普遍的意义和抽象,必须经由具体的语言和形象。"忘象者乃得意者,忘言者乃得象者。"故以"忘言""忘象"而追求终极意义,是王弼玄学的根本方法论。这种对庄子荃蹄之论的发挥,成为后来陆机的"课虚无以责有,叩寂寞而求音"、钟嵘的"文已尽而意有余"、司空图的"韵外之旨"和"味外之旨"、严羽的"言有尽而意无穷"等观点的哲学基础。"意""象"亦成为后世文学理论的原范畴和元概念,被广泛运用于文学鉴赏和文学批评,塑造了中国古代文论的话语模式与民族思维方式。

需要指出的是,虽为哲学探讨,但玄学家的诗性表达还是促成了正始时期文学创作哲理化的倾向。何晏已开始有哲理诗的创作,惜多已不存。其后嵇康有《智慧用有为》《名与身孰亲》《生生厚招咎》等六言哲理诗,以韵语体式直接表达玄理,如"大人玄寂无声,镇之以静自正"(《智慧用有为》)。嵇康的《赠兄秀才入军诗十八首》与阮籍的《咏怀诗八十二首》则代表着诗人已能将深刻的思想意蕴与直观的语言形象有机地结合起来，为后世玄言诗的滥觞。

《三国志·魏书·管辂传》注引时人评何晏谈玄，"常觉其辞妙于理"，"精神遐流，与化周旋，清若金水，郁若山林"，正指出了玄学语辞在表达上追求的审美性特征。王弼的《老子注》《老子指略》《周易注》《周易略例》《论语释疑》等著作以骈句为主进行经典注疏，亦即以韵律化的语言来表达玄远的哲思。其中最具代表性的是《周易略例·明象》，其对后世之所以影响巨大，正是由于此种美文技巧与深奥玄理的天才结合。刘勰亦指出，此时玄理的思索促进了述经叙理的论说文体的发展，傅嘏之《才性论》、王粲之《去伐论》、嵇康之《声无哀乐论》、夏侯玄之《本无论》、何晏之《道德论》、王弼之《周易略例》等"师心独见，锋颖精密，盖人伦之英也"（《文心雕龙·论说》）。刘永济认为，此时的辨析玄理之文"穷理致之玄微，极思辨之精妙。晚周而下，殆无伦比。世之徒以清谈病之者，盖犹未察夫此也"①。钱锺书也指出："王弼注本《老子》辞气盘舒，文理最胜，行世亦最广。"②可以说玄理的精研与表达，客观上对当时文章语言形式的骈俪化起到了直接的促进作用。

作为正始年间易学术数派代表人物，管辂曾批评何晏说《老子》《庄子》巧而多华，说《周易》美而多伪。术数派的批评正指出何、王之学的历史价值在于将重卜筮卦象、卦气占验的汉代象数派转化为以纯粹哲理追求为中心的义理派。这种批评从反面印证了玄学话语实现的审美方式，即通过丽辞与妙赜的结合来传达玄旨。具体到文学创作，则是透过具体的言、象去表现普遍而无形的意。既依赖言、象又不停留于言、象，成为文学传达的关键所在。刘勰将此种文学创作过程中的悖论性关系，综合为"词在情外曰隐，状溢目前曰秀"的"隐秀"概念，并以"文外之重旨"为"隐"。黄侃的《文心雕龙札记》解释称："言含余意，则谓之为隐，意资要言，则谓之秀。"显然，"隐秀"之说是对王弼言意之辨理论的深入发展。

二、嵇康论声无哀乐

阮籍、嵇康与何晏、王弼是同时代人。何晏、王弼于正始十年（249）去世。嵇康于景元三年（262）去世，阮籍于景元四年（263）去世，二人经历了曹魏政权与司马氏政权激烈争斗的时期。从思想史角度而言，如果说何晏、王弼的贵无论思想为魏晋玄学发展的第一个阶段，那么阮籍、嵇康的自然论玄学思想可谓玄学发展的第二阶段。嵇康《释私论》所标举的"越名教而任自然"，成为正始后士人普遍遵奉的口号。

《世说新语·文学》曾言："王丞相过江左，止道声无哀乐、养生、言尽意三理

① 刘永济：《十四朝文学要略》，149 页，武汉，武汉大学出版社，2013。
② 钱锺书：《管锥编》，629 页，北京，生活·读书·新知三联书店，2007。

而已，然宛转关生，无所不入。"这是说两晋玄学讨论主题有三，即声无哀乐论、养生论和言意之辨，三者相互牵连，彼此生发。其中前两个玄学论题在竹林七贤的著作中多有论述，如阮籍的《乐论》，嵇康的《声无哀乐论》《养生论》，向秀的《难养生论》，阮咸的《律议》等。阮籍和嵇康深入论述了音乐的自然本质。阮籍之《乐论》称"夫乐者，天地之体，万物之性也。合其体，得其性，则和；离其体，失其性，则乖。昔者圣人之作乐也，将以顺天地之体，成万物之性也"，将音乐视为天地自然之道的真实体现，以为"歌咏诗曲，将以宣平和，著不逮也"。嵇康之《声无哀乐论》认为"声音以平和为体，而感物无常；心志以所俟为主，应感而发"，可见其乐论实际上以音乐为宇宙本体与自然之道的直接呈现。由此，虽是音乐理论，但因为诗、乐、舞三位一体，所以它们实际上涉及文学的情感传达、鉴赏实现等理论问题。

（一）乐声的独立价值

以阮籍的《乐论》和嵇康的《声无哀乐论》为代表的正始乐论，在美学史、文论史乃至思想史上无疑具有重要的意义。《礼记·乐记》曾说"大乐与天地同和""乐者，天地之和也"。基于此，阮籍与嵇康虽也承认音乐本天地万物之性，认为其效用包括协调人心，统合政治，但他们更多以玄学思想来论述音乐的本质在于无声无味的大道。如阮籍以为"乾坤易简，故雅乐不繁；道德平淡，故五声无味"，"八音有本体，五声有自然"。嵇康更提出了著名的"声无哀乐论"，以为"音声之作，其犹臭味在于天地之间。其善与不善，虽遭遇浊乱，其体自若"，区分了受众对音乐的情感体验与音声的自然本质。此种区分一方面强调了乐声为自然和声的本质，另一方面体现了对音乐接受主体意识和情感的认同，是建安以来文学强调抒发个体情志的一种延伸。

嵇康在《声无哀乐论》里批判了先秦儒家所论音乐与道德政治的直接感应关系，强调音声自有其本质，认为哀乐情感只是主体的道德感触："夫哀心藏于苦心内，遇和声而后发；和声无象，而哀心有主。"他又从体用关系上解释，以为音声为本体、人情变化为用，故"和声之感人心，亦犹酒醴之发人情也。酒以甘苦为主，而醉者以喜怒为用"。嵇康举例说，《鹿鸣》重奏，虽是乐声，但如听者此时为忧戚之人，无论如何也听不出曲子里欢乐的情绪。总之，这是对自然和声之独立与自在的凸显，在哲学逻辑上确立了音乐艺术的独立性；哀、乐、喜、怒等情感被界定为由主体感物而生发，则是对审美主体功能的明确界定。由此，从玄学角度而言，音乐的作用其实源于主体情感对音声大道的触物而发，故主体能通过音乐合理宣泄和表达情感。阮籍的《乐论》以为"乐者，使人精神平和，衰气不入，天地交泰，远物来集"，嵇康之《琴赋》言"可以导养神气，宣和情志，处穷独而不闷者，莫近于音声也"。由此，声无哀乐论和养生论均成为如何使主体情志得以确立与保养的玄学命题。

具体到与音乐最为密切的歌谣上，阮籍以为歌谣能承载平和大道，故称赞黄帝的

《咸池》、颛顼的《六茎》、帝喾的《五英》等上古歌谣为"达道之化者可与审乐"，以为"郑声大兴，雅颂之诗不讲，而妖淫之曲是寻"，还批评后世如李延年所制《倾人歌》为"猗靡哀思之音""愁怨偷薄之辞"。阮籍的《乐论》因是对《礼记·乐记》的讲解辨析，故面对古代歌谣时基本站在汉儒以来重视雅乐的立场上，认为汉哀帝以来不理雅乐，导致"闾里之声竞高，永巷之音争先，童儿相聚以咏富贵，刍牧负载，以歌贱贫"。虽然阮籍否定民间歌曲的价值和地位，但是他从诗教风化的角度依然重视汉代乐府机构，以为汉哀帝罢省乐府直接导致了汉末礼崩乐坏。

嵇康则在承认音乐独立性的基础上，既承认雅乐的重要性，又认识到了民间音乐的价值和意义，甚至提出"若夫郑声，是音声之至妙"的结论，即承认以郑声为代表的民间放佚诗歌，其音乐在形式上华丽美妙且无关于道德，所谓"郑声淫"不过是听众耽沉所致。故王者礼乐制度的作用在于上下化成，"是以国史采风俗之盛衰，寄之乐工，宣之管弦，是言之者无罪，闻之者足以自戒"。这里需要指出的是，自建安以来文学创作繁荣的一大内因，即在于对俗乐的认可和对民间歌谣体的汲取。曹操、曹丕、曹叡不仅喜欢民间的"清商乐"（汉魏六朝时代俗乐的总称），往往还亲自填词配乐，使民间俗乐在当时上层社会取得了流行的地位，并对后世诗乐制度产生了深远影响。正如《宋书·乐志》所载："今之清商，实由铜雀；魏氏三祖，风流可怀；京洛相高，江左弥重。"嵇康对底层音乐与民间歌谣地位的承认，以及"声无哀乐论"的提出，正得益于此种俗乐兴起的历史背景。

(二)对艺术形式和节奏的认识

嵇康乐论十分重要的历史意义在于肯定了音乐形式的独立性，由此得以深入探讨音乐节奏与旋律的审美规律。在《声无哀乐论》中，嵇康分辨了不同乐器的节奏特征，如"批把（琵琶）筝笛，间促而声高，变众而节数""琴瑟之体，间辽而音埤，变希而声清"，并以为"姣弄之音，挹众声之美，会五音之和"，由此得出"声音之体，尽于舒疾。情之应声，亦止于躁静"的结论。作为音乐家的嵇康在音乐实践中充分认识到节奏和旋律的重要性，以此作为音乐传情达意的形式本体。嵇康还指出"言语之节，声音之度，揖让之仪，动止之数，进退相须，共为一体"，认为这种节奏贯穿于言语、声音、礼仪、舞蹈之中，为万物和声的形式基础。

嵇康在《琴赋》中更为详细地描述了音乐的创作和鉴赏过程，特别是阐说了琴声调声合韵的独特过程，显示出对音乐声调和旋律等抽象形式深刻的体认。嵇康言："及其初调，则角羽俱起，宫徵相证，参发并趣，上下累应。蹉踔磥硌，美声将兴，固以和昶而足耽矣。"《六臣注文选》选引了李周翰对此句的详细解释："角羽俱起，宫徵相证，谓调龊取声韵中适也。参发并趣，以指俱历，七弦参而审之也。上下累应，谓声调合韵也。蹉踔，初声布散貌。磥硌，大声貌。调弦既毕，将奏雅曲，故美声是兴，故乃和通情性，此足耽乐也。"李周翰的注疏细致描述了乐器发声后，节奏和声调如何配合而成有意义的声音形式，且认可乐声应和人的情性而成精神愉悦。

嵇康在《琴赋》中还详细描述了音乐旋律展开过程中的诸多兴象境界之美。由此，我们可以说嵇康的音乐理论是与建安文学以来对美文形式和技巧的确立密切相关的。更为重要的是，嵇康的声调韵律理论为齐梁之时人们探讨"四声八病"等诗歌声韵、节奏之美提供了音乐哲学基础。

📖 原典选读

王弼《周易略例》是易学史上一部划时代的巨作，它摒弃了《周易》卜筮中的象数模式与神秘色彩，剔除王道政治的附会，重在阐释其中所包含的深刻义理，从而将言（卦爻辞）、象（卦爻象）、意（义理）完全抽象化为哲学概念，建立了完整而成熟的玄学理论体系。其所得出的"得意在忘象，得象在忘言"的结论，为文学创作用语言形象传达普遍意义提供了哲学基础。嵇康的《声无哀乐论》正是在玄学背景下对音乐理论的一种创新，也可被视作玄学在音乐领域的理论展开。而其长于辩难，文如剥茧，无不尽之意，正可见出玄学以辨析名理为主的文体特征与语辞风格。

一、王弼《周易略例·明象》

夫象者，出意者也。言者，明象者也。尽意莫若象，尽象莫若言。言生于象，故可寻言以观象。象生于意，故可寻象以观意。意以象尽，象以言著。故言者所以明象，得象而忘言。象者，所以存意，得意而忘象。犹蹄者所以在兔，得兔而忘蹄；筌者所以在鱼，得鱼而忘筌也。然则，言者，象之蹄也；象者，意之筌也。是故，存言者，非得象者也；存象者，非得意者也。象生于意而存象焉，则所存者乃非其象也。言生于象而存言焉，则所存者乃非其言也。然则，忘象者，乃得意者也；忘言者，乃得象者也。得意在忘象，得象在忘言。故立象以尽意，而象可忘也；重画以尽情，而画可忘也。

是故触类可为其象，合义可为其征。义苟在健，何必马乎？类苟在顺，何必牛乎？爻苟合顺，何必坤乃为牛？义苟应健，何必乾乃为马？而或者定马于乾，案文责卦，有马无乾，则伪说滋漫，难可纪矣。互体不足，遂及卦变，变又不足，推致五行。一失其原，巧愈弥甚。纵复或值，而义无所取。盖存象忘意之由也。忘象以求其意，义斯见矣。

[（魏）王弼著：《王弼集校释》，楼宇烈校释，北京，中华书局，1980]

二、嵇康《声无哀乐论》（节选）

有秦客问于东野主人曰："闻之前论曰：治世之音安以乐，亡国之音哀以思。夫治乱在政，而音声应之。故哀思之情，表于金石。安乐之象，形于管弦也。又仲尼闻韶，识虞舜之德；季札听弦，知众国之风。斯已然之事，先贤所不疑也。今子独以为声无哀乐，其理何居？若有嘉讯，今请闻其说。"

主人应之曰："斯义久滞，莫肯拯救。故念历世，滥于名实。今蒙启导，将言其一隅焉。夫天地合德，万物贵生。寒暑代往，五行以成。故章为五色，发为五音。音声之作，其犹臭味在于天地之间。其善与不善，虽遭遇浊乱，其体自若，而不变也。岂以爱憎易操，哀乐改度哉？及宫商集比，声音克谐。此人心至愿，情欲之所钟。古人知情不可恣，欲不可极，因其所用，每为之节。使哀不至伤，乐不至淫。因事与名，物有其号。哭谓之哀，歌谓之乐。斯其大较也。然乐云乐云，钟鼓云乎哉？哀云哀云，哭泣云乎哉？因兹而言，玉帛非礼敬之实，歌哭非哀乐之主也。何以明之？夫殊方异俗，歌哭不同；使错而用之，或闻哭而欢，或听歌而戚。然而哀乐之情均也。今用均之情，而发万殊之声，斯非音声之无常哉？然声音和比，感人之最深者也。劳者歌其事，乐者舞其功。夫内有悲痛之心，则激切哀言。言比成诗，声比成音。杂而咏之，聚而听之。心动于和声，情感于苦言。嗟叹未绝，而泣涕流涟矣。夫哀心藏于苦心内，遇和声而后发；和声无象，而哀心有主。夫以有主之哀心，因乎无象之和声，其所觉悟，唯哀而已。岂复知吹万不同，而使其自已哉。风俗之流，遂成其政。是故国史明政教之得失，审国风之盛衰，吟咏情性以讽其上。故曰：亡国之音哀以思也。夫喜怒哀乐，爱憎惭惧，凡此八者，生民所以接物传情，区别有属，而不可溢者也。夫味以甘苦为称，今以甲贤而心爱，以乙愚而情憎。则爱憎宜属我，而贤愚宜属彼也。可以我爱而谓之爱人，我憎而谓之憎人？所喜则谓之喜味，所怒而谓之怒味哉？由此言之，则外内殊用，彼我异名。声音自当以善恶为主，则无关于哀乐。哀乐自当以情感，则无系于声音。名实俱去，则尽然可见矣。且季子在鲁，采诗观礼，以别风雅。岂徒任声以决臧否哉？又仲尼闻韶，叹其一致，是以咨嗟，何必因声以知虞舜之德，然后叹美耶？今粗明其一端，亦可思过半矣。"

秦客难曰："八方异俗，歌哭万殊，然其哀乐之情，不得不见也。夫心动于中，而声出于心。虽托之于他音，寄之于余声，善听察者，要自觉之不使得过也。昔伯牙理琴而钟子知其所志；隶人击磬，而子产识其心哀；鲁人晨哭，而颜渊审其生离；夫数子者，岂复假智于常音，借验于曲度哉？心戚者则形为之动，情悲者则声为之哀。此自然相应，不可得逃。唯神明者能精之耳。夫能者不以声众为难，不能者不以声寡为易。今不可以未遇善听，而谓之声无可察之理；见方俗之多变，而谓声音无哀乐也。又云：贤不宜言爱，愚不宜言憎。然则有贤然后爱生，有愚然后憎成，但不当共其名耳。哀乐之作，亦有由而然。此为声使我哀，音使我乐也。苟哀乐由声，更为有实，何得名实俱去耶？又云：季子采诗观礼，以别风雅；仲尼叹韶音之一致，是以咨嗟。是何言欤？且师襄奏操，而仲尼睹文王之容；师涓进曲，而子野识亡国之音。宁复讲诗而后下言，习礼然后立评哉？斯皆神妙独见，不待留闻积日，而已综其吉凶矣。是以前史以为美谈。今子以区区之近知，齐所见而为限；无乃诬前贤之识微，负夫子之妙察邪？”

主人答曰："难云：虽歌哭万殊，善听察者要自觉之，不假智于常音，不借验于曲度。钟子之徒云云是也。此为心悲者，虽谈笑鼓舞，情欢者，虽拊膺咨嗟，犹不能御外形以自匿，诳察者于疑似也。以为就令声音之无常，犹谓当有哀乐耳。又曰：季子听声，以知众国之风；师襄奉操，而仲尼睹文王之容。案如所云，此为文王之功德，与风俗之盛衰，皆可象之于声音。声之轻重，可移于后世，襄涓之巧，能得之于将来。若然者，三皇五帝，可不绝于今日，何独数事哉？若此果然也。则文王之操有常度，韶武之音有定数，不可杂以他变，操以余声也。则向所谓声音之无常，钟子之触类，于是乎踬矣。若音声无，钟子触类，其果然耶？则仲尼之识微，季札之善听，固亦诬矣。此皆俗儒妄记，欲神其事而追为耳。欲令天下惑声音之道，不言理自。尽此而推，使神妙难知，恨不遇奇听于当时，慕古人而自叹。斯所以大罔后生也。夫推类辨物，当先求之自然之理。理已定，然后借古义以明之耳。今未得之于心，而多恃前言以为谈证，自此以往，恐巧历不能纪。又难云：哀乐之作，犹爱憎之由贤愚，此为声使我哀，而音使我乐。苟哀乐由声，更为有实矣。夫五色有好丑，五声有善恶，此物之自然也。至于爱与不爱，人情之变，统物之理，唯止于此。然皆无豫于内，待物而成耳。至夫哀乐自以事会，先遘于心，但因和声，以自显发；故前论已明其无常，今复假此谈以正名号耳。不谓哀乐发于声音，如爱憎之生于贤愚也。然和声之感人心，亦犹酒醴之发人情也。酒以甘苦为主，而醉者以喜怒为用。其见欢戚为声发，而谓声有哀乐，不可见喜怒为酒使，而谓酒有喜怒之理也。"

秦客难曰："夫观气采色，天下之通用也。心变于内，而色应于外，较然可见，故吾子不疑。夫声音，气之激者也，心应感而动，声从变而发；心有盛衰，声亦降杀。同见役于一身，何独于声便当疑耶？夫喜怒章于色诊，哀乐亦宜形于声音。声音自当有哀乐，但暗者不能识之。至钟子之徒，虽遭无常之声，则颖然独见矣。今蒙瞽面墙而不悟，离娄照秋毫于百寻，以此言之，则明暗殊能矣。不可守咫尺之度，而疑离娄之察；执中庸之听，而猜钟子之聪。皆谓古人为妄记也。"

主人答曰："难云：心应感而动，声从变而发，心有盛衰，声亦降杀。哀乐之情，必形于声音。钟子之徒，虽遭无常之声，则颖然独见矣。必若所言，则浊质之饱，首阳之饥，卞和之冤，伯奇之悲，相如之含怒，不占之怖祗，千变百态。使各发一咏之歌，同启数弹之微，则钟子之徒，各审其情矣。尔为听声者，不以寡众易思？察情者不以大小为异？同出一身者，期于识之也。设使从下，则子野之徒，亦当复操律鸣管，以考其音，知南风之盛衰，别雅郑之淫正也。夫食辛之与甚嚏，薰目之与哀泣，同用出泪，使狄牙尝之，必不言乐泪甜而哀泪苦。斯可知矣。何者？肌液肉汗，踧笮便出，无主于哀乐，犹筵酒之囊漉，虽笮具不同，而酒味不变也。声俱一体之所出，何独当含哀乐之理也？且夫咸池六茎，大章韶夏，此先王之至乐，所以动天地感鬼神。今必云声音，莫不象其体，而传其心；此必为至乐，不可托之于瞽史，必须圣人理其弦管，尔乃雅音得全也。舜命夔击石拊石，八音克谐，神人以和。以此言之，至乐虽待圣人而作，不必圣人自执也。何者？音声有自然之和，而无系于人情。克谐之音，成于金石；至和之声，得于管弦也。夫纤毫自有形可察，故离瞽以明暗异功耳。若乃以水济水，孰异之哉？”

（戴明扬校注：《嵇康集校注》，北京，人民文学出版社，1962）

第三节　晋朝文论的系统化

晋太康年间（280—289），政治相对稳定，文学创作一度出现中兴迹象，其中三张（张载、张协、张亢），二陆（陆机、陆云），两潘（潘岳、潘尼）和一左（左思）为一时翘楚，其所代表的文学被称为“太康文学”。对这一时期的文学，《文心雕龙·明诗》有很好的总结：“晋世群才，稍入轻绮。张潘左陆，比肩诗衢，采缛于正始，力柔于建安。或析文以为妙，或流靡以自妍，此其大略也。”其实不只是诗歌，其他各体文学此时也都呈现出一种追求辞藻美赡、声色情思的趋向，沈约称此种创作风尚为“缛旨星稠，繁文绮合”。太康文学虽成就无法与建安文学相媲美，但其创作的美文倾向对文论思想的深化与系统化起到了极大的推动作用，陆机的《文赋》正应时而出。

《文赋》作为中国古代文论史上第一篇完整而系统的理论作品，其论述范围既包括对各体文学的风格概述，又包括对创作过程中诸种心理要素的详细描述，可说是对论述相对简略的《典论·论文》的全面深化与丰富。此时文章总集的编纂开始出现，如挚虞的《文章流别集》、李充的《翰林》。这些总集在编纂过程中需要界别文体且做出拣择，需要深入探讨文体审美特征和历史沿革，随之促进了文体学观念的深化与拓展。此外，左思、皇甫谧在《三都赋序》中对赋体演变做出了历史性的总结，陆云的《与兄平原书》，傅玄的《连珠序》《七谟序》，潘岳的《马汧督诔序》，潘尼的《乘舆箴序》等文，对当时兴盛的诔、颂、箴、序等实用性文体做出了切合创作实际的分析和理论总结。葛洪则激烈批评了晋朝新绮华丽的文风，在《抱朴子》中对晋朝文学主流进行了理论反思，可说是对传统儒家文论思潮的一种回归。

一、陆机和《文赋》

陆机（261—303），字士衡。作为西晋文学的代表性人物，陆机的诗赋创作呈现出“情繁而辞隐”“缀辞尤繁”的艺术特征，是此时文学追求“文工而缛”的典型代表。

基于这种时代氛围，陆机在《文赋》中提出了"诗缘情而绮靡，赋体物而浏亮"的理论主张。据学者考订，《文赋》写作时间为永康元年（300）或稍前不久，故此观念回应了时代，并实际上摒弃了以"诗言志"为主的儒家正统诗论。可以说，这种主情的文学观是魏晋玄学思想在文学理论上的积极展开。

（一）文学情感论

自建安以来，所谓"文学的自觉"命题主要体现在对主体情感的凸显中。太康年间，属文言情成为文学创作的自觉主张，故刘勰评论左思诗"情繁而辞隐"（《文心雕龙·体性》）、潘岳哀诔文"虑赡辞变，情洞悲苦"（《文心雕龙·哀吊》），钟嵘《诗品》则称左思诗"文典以怨"、张华诗"犹恨其儿女情多"，此即陆机所谓"每自属文，尤见其情"。故《文赋》一开始，不免讲文学创作的始因是为情而发：

> 伫中区以玄览，颐情志于典坟。遵四时以叹逝，瞻万物而思纷。悲落叶于劲秋，喜柔条于芳春。心懔懔以怀霜，志眇眇而临云。咏世德之骏烈，诵先人之清芬。游文章之林府，嘉丽藻之彬彬。慨投篇而援笔，聊宣之乎斯文。

这段话详细地阐述了文学创作的动因即主体情感的生发，且最终文体的价值亦是以情感的接受为衡量标准的。陆机提出文章作为文学创作主体情感的自然表现来自对自然事物的"玄览"，即诗人由感物联类、情以物迁而得。此种物感说虽承自《礼记·乐记》"人心之动，物使之然也。感于物而动，故形于声"之说，但显然更直接受到《庄子》"心斋"说及玄学内视玄鉴说的影响。例如，陆机的《感时赋》称"历四时以迭感，悲此岁之已寒。抚伤怀以呜咽，望永路而决澜"，潘岳的《秋兴赋》也称"四时忽其代序兮，万物纷以回薄。览花蒔之时育兮，察盛衰之所托。感冬索而春敷兮，嗟夏茂而秋落"。在《文赋》中，陆机进一步将此意凝聚为"遵四时以叹逝，瞻万物而思纷"，将老庄理论具体化为文学构思过程中的心物关系，这在中国文论史上是第一次。此外，投篇援笔的动机还来自对典籍的感悟和对先人世德的追思与缅怀，这里陆机指出了文学创作中间接经验的重要性。特别是在箴、铭、诔等实用型文体写作中，之于社会和先人的深切情感体验亦是文士写作的重要基础。如元康八年（298），陆机得入秘阁亲见魏武帝遗令，"慨然叹息，伤怀者久之"，故作《吊魏武帝文》，行至文末而言"览遗籍以慷慨，献兹文而凄伤"。

由此，陆机提出"诗缘情而绮靡"的诗歌美学主张，以为诗歌创作正在于可修饰情感而有绮靡华丽的语言之美。这正是对建安之后文人创作重在抒发个人情感的理论总结，并塑造了中古以后文学创作的抒情理论传统，故《四库全书总目提要》称"考《三百篇》以至诗余，大都抒写性灵，缘情绮靡"。

(二)文学创作论

《文赋》最重要的价值在于系统地总结了太康文学兴盛的经验，对包括构思、想象、灵感等文学创作的心理过程以及剪裁、遣词、造语等语言修辞手法都做了详细的论述，这些都显示了中古文论在文学专门化一途的历史演进。钱锺书曾高度评价其历史价值，认为"《文赋》非赋文也，乃赋作文也。机于文之'妍蚩好恶'以及源流正变，言甚疏略，不足方刘勰、钟嵘；而于'作'之'用心'、'属文'之'情'，其惨淡经营、心手乖合之况，言之亲切微至，不愧先觉，后来亦无以远过"①，即点出了其价值主要在对创作心理的集中分析。

受玄学言意之辨的影响，陆机在论述文学想象过程时将情思与物象结合起来，认为："其始也，皆收视反听，耽思傍讯，精骛八极，心游万仞。其致也，情瞳昽而弥鲜，物昭晰而互进。倾群言之沥液，漱六艺之芳润，浮天渊以安流，濯下泉而潜浸。于是沉辞怫悦，若游鱼衔钩而出重渊之深；浮藻联翩，若翰鸟缨缴而坠层云之峻。收百世之阙文，采千载之遗韵，谢朝华于已披，启夕秀于未振，观古今于须臾，抚四海于一瞬。"在这里，陆机详细描述了主体进入文学创作时如何摒弃现实功利的欲念，通过使性情虚灵化来打开想象的空间，进入一种情感与意象交互显现的过程。在这一过程中，模糊的情感体验逐渐显现，丰富的物象纷至沓来，而成一种鸢飞鱼跃、富有生命灵感的美境，创作主体在此获得一种超越现实时空局限的自由感。换句话说，这是主体生命在艺术创作中所经历的丰富而不朽的体验。《文赋》大量使用喻象式的批评语言，奠定了之后中国古代文论的主要话语方式。南朝诸多书论著作均承继此种喻象式话语，署名司空图的《二十四诗品》是这种批评方式的典型代表。

创作的核心问题是如何表达出上述情物相映的境界。陆机指出，诗人在"选义按部，考辞就班"的过程中，要把文章安排得井井有条，使抽象的事理如树干般质实，生发出的文辞如枝条般繁盛（"理扶质以立干，文垂条而结繁"），进而构成深阂芳茂而富有生气的黼黻文章。由此，诗人体会到的自然物象的丰盛多姿落实到具体的会意遣辞上，也必然呈现出妍美多姿的风貌。李善注《文赋》"暨音声之迭代，若五色之相宣"时说："言音声迭代而成文章，若五色相宣而为绣也。"李周翰解释说："音声，谓宫商合韵也。至于宫商合韵，递相间错，犹如五色文采以相宣明也。"二注均表明，潜在的文章构思的最高追求和理想结果就是外在的多彩华美的语辞。

当然，形成最初的外在文本后，在不理想的状况下会有许多文病和缺点，如文章主旨不显、重复前人文意、佳句杂于庸音、情寡而辞浮等，陆机一并提出了解决之道。最后，他以音乐为例要求文章语辞最终呈现出"应""和""悲""雅""艳"的审美标

① 钱锺书：《管锥编》，1901页，北京，生活·读书·新知三联书店，2007。

准。陆机从一个出色文学家的创作出发，特别指出要实现这种语言审美理想是何等艰难，因为在主客体相遇之时艺术情感和艺术灵感"来不可遏，去不可止，藏若景灭，行犹响起"。而要将杳然如形藏影灭、来去如声响之迅疾的情绪感应，具体化为五彩交错的语言文本，唯有靠作者探赜文理、顿蓄精神并竭情而求。

（三）文体特征论

如前所说，曹丕的"四科八类"说是中国文体论的肇始。基于太康文学丰富深入的文体实践，陆机对诸文体风貌做了更为详细的说明。除扩充八科为十种之外，他还把诗、赋二体列于各体之前，彰显了对诗、赋所含文体审美性的认可，同时也为包括《文选》在内的后世诗文集的编撰确立了典范。

陆机对文体特征的归纳是："诗缘情而绮靡，赋体物而浏亮。碑披文以相质，诔缠绵而凄怆。铭博约而温润，箴顿挫而清壮。颂优游以彬蔚，论精微而朗畅。奏平彻以闲雅，说炜晔而谲诳。"虽然《六臣注文选》中李善和李周翰注"诗缘情而绮靡，赋体物而浏亮"一句，均将"缘情"视作由"言志"所生发，如前者谓"诗以言志，故曰缘情。赋以陈事，故曰体物。绮靡，精妙之言。浏亮，清明之称也"，后者谓"诗言志，故缘情。赋象事，故体物"，但实际上，陆机所论与汉儒观念明显存在差异，基于的是对魏晋以来追求形式美的文学潮流的归纳。故胡应麟的《诗薮》说："《文赋》云'诗缘情而绮靡'，六朝之诗所自出也，汉以前无有也；'赋体物而浏亮'，六朝之赋所自出也，汉以前无有也。""缘情""绮靡"是魏晋文人的常用词，如徐广的《答刘镇之问》有"缘情立体"、潘岳的《悼亡赋》有"吾今信其缘情"、阮籍的《咏怀》有"绮靡存亡门"、阮瑀的《筝赋》有"浮沉抑扬，升降绮靡"。陆机最终将此种美好绮丽之审美趋向总结为诗歌辞赋的文体风貌。

除诗歌外，此时赋的创作和理论总结也有进一步发展。围绕左思构思十年而成的名作《三都赋》，西晋诸文士对赋的体制和特征做了广泛探讨和深度总结。如左思在《三都赋序》里批评传统赋作"于辞则易为藻饰，于义则虚而无征"的空洞浮泛，以为"升高能赋者，颂其所见也。美物者贵依其本，赞事者宜本其实"，要求赋在比陈事物时要依其所见而生美辞。此所以卫权的《三都赋略解序》赞其"言不苟华，必经典要，品物殊类，禀之图籍，辞义瑰玮，良可贵也"，认为其创作在品物别类的写实基础上实现了辞藻的华美。刘逵在注《吴都赋序》时也肯定其"傅辞会义，抑多精致，非夫研核者不能练其旨，非夫博物者不能统其义"。此二人的观念都与《文赋》所主张的文繁理富相一致。昔扬雄曾称"诗人之赋丽以则"，魏晋时成公绥的《天地赋序》声言"赋者，贵能分理富物，敷演无方"，而皇甫谧序《三都赋》综合上述两种观念，大胆提出赋体的本质为"美丽之文"："古人称不歌而颂谓之赋。然则赋也者，所以因物造端，敷弘体理，欲人不能加也。因而申之，故文必极美；触类而长之，故辞必尽丽。然则美丽之文，赋之作也。"虽然左思和皇甫谧所作序均由赋体发展源流言赋的道德劝诫功能，但与陆机作《文赋》一样，他们的创作实践和理论观念更多凸显了其时重赋体形式美的理论潮流。

除诗赋以外，《文赋》还具体归纳了其他八种实用文体的审美风貌。对于这些当时非常重要的社会文体和公文文体，陆机从接受美学的角度提出了具体而微的形式要求，以及如凄怆、温润、清壮、彬蔚、朗畅、闲雅、谲诳等情感特征。也就是说，这里陆机所采用的文体分类，早已不是《汉书·艺文志》从文体功用的角度进行的目录学意义上的分类，而是更为重视文体风格与情感特征造成的文体差异，这种观念促进了中国文体论的极大发展。当然，陆机还进一步指出，虽然"体有万殊"造就了各个文体不同的风貌，但从更高的修辞层面上言，所有的文体最终都要实现一种"辞达而理举"的和谐境界。

二、挚虞和《文章流别论》

挚虞（？—311），晋武帝时拜为中郎，历任秘书监、卫尉卿等，也因此得以博览群书。《晋书》本传称："虞撰《文章志》四卷……又撰古文章，类聚区分为三十卷，名曰《流别集》，各为之论，辞理惬当，为世所重。"《隋书·经籍志》在《文章流别集》下注"梁六十卷，志二卷，论二卷"，后人由此断定《文章志》实是为《文章流别集》中每类文体所作的"志"。不论如何，《文章流别集》是古代总集分类编撰的起始之作，惜已失传，仅存数则由清人严可均从《太平御览》《艺文类聚》《北堂书钞》等书中辑出，为《文章流别论》。

挚虞这些仅存的文体论，涉及诗、赋、颂、七、对问、箴、铭、诔、哀辞、哀策、碑文、图谶等十数种，可以想见《文章流别集》所分文体种类或远多于此，而其之于各个文体的论述或更全面。钟嵘在《诗品》中通论晋代以来陆机之《文赋》、李充之《翰林论》、王微之《鸿宝》等的优缺点，独对《文章志》多有夸赞，以为其"详而博赡，颇有知言"。《文心雕龙·序志》更以为"挚虞述怀，必循规以温雅；其品藻流别，有条理焉"，可见其在后世的影响。

当然，挚虞对诗赋道德和政治价值的认同显得较为传统，如其认为"文章者，所以宣上下之象，明人伦之叙，穷理尽性""古之作诗者，发乎情，止乎礼义"，均是汉儒文学观点的重述，而且反复言说"言其志为诗""夫诗以情志为本"，显然与当时缘情绮靡的诗歌创作倾向相左，但细审其观念又有着深刻的时代烙印。

首先，挚虞对文章体式的发展持一种历史性的批判尺度，并非一味尊古贬今而是强调古今之变。在颂体、赋体、铭体的古今比较中，挚虞均指出古今文体各自的特点和发展趋势。如他认为古颂作为"诗之美者"，多歌圣帝明王之功德"以奏于宗庙，告于鬼神"，特别强调古颂体的祭祀功能。 汉代以班固、 扬雄为代表的颂体文学，则偏于"颂声""颂形"，"其细已甚，非古颂之意"，这正表明了文体在语辞风格上的发展和变化。 挚虞还指出文体互渗的问题，以为扬雄的《赵充国颂》"颂而似雅"、 傅毅的《显宗颂》"与周颂相似，而杂以风雅之意"，可见他对各类文体的界别比较严格，显示了此时文体论意识的高涨。 在赋体的发展上，挚虞提出"古诗之赋，以情义为主，以事类为佐。 今之赋，以事形为本，以义证为助"，以为《诗经》中的赋体以情义（言志）为主， 故"言省而文有例"，今人之赋以描摹比类为主， 故"言当而辞无常"。①他批评今人之赋作有四大弊病："夫假象过大则与类相远，逸辞过壮则与事相违，辩言过理则与义相失，丽靡过美则与情相悖。" 这里，挚虞虽从儒家中庸美学角度批评赋的写作存在"假象过大""逸辞过壮""辩言过理""丽靡过美"诸病，但显然亦承认其体要有"假象而大""逸辞而壮""辩言而理""丽靡而美"的审美风貌，这与陆机、 潘岳、 左思等人赋作趋向华美盛大的创作潮流又是相佐证的。

其次，《文章流别论》不仅在文体论有承上启下的历史意义，更对诗歌句式源流及其与诗歌体式的关系做出了细致的分析。 挚虞认为，上古诗歌有三言、 四言、 五言、 六言、 七言、 九言之分，且每种句式、 句法均与后世诗体歌谣的形成密切相关。 如他举《鲁颂·有駜》中"振振鹭，鹭于飞"句，以之为汉郊庙歌所常用句式； 举《召南·行露》中"谁谓雀无角，何以穿我屋"句、 《秦风·黄鸟》中"交交黄鸟止于桑"句，以之为俳谐倡乐所常用句式； 举《周南·卷耳》中"我姑酌彼金罍""我姑酌彼兕觥"句，以之为乐府诗体所常用句式。 显然，挚虞在这里梳理了汉代以来杂言诗体的源起，特别指出《诗经》的句法如何为后世入乐的歌谣所吸收和发展的历史情形。 故挚虞认为："诗虽以情志为本，而以成声为节。" 这种对音乐与诗体之紧密关系的重视，是汉代建安文学以来重视诗乐的理论传统。 当然，挚虞以四言为诗体之正，强调"雅音正韵"的观念，呼应了其文集编纂过程中的正统儒家诗学理念，却显然忽视了当时五言诗体兴起的现实。

最后，挚虞对文体究其始由、 考镜源流、 概其风貌的辨析程式，实为后世刘勰以"振叶以寻根，观澜而索源"的方式论文体提供了前导。 如其论七这一文体："《七发》造于枚乘，借吴楚以为客主，先言：'出舆入辇，蹷痿之损； 深宫洞房，寒暑之疾； 靡曼美色，晏安之毒； 厚味暖服，淫曜之害。 宜听世之君子要言妙道，以疏神导引，蠲淹滞之累。' 既设此辞以显明去就之路，而后说以色声逸游之乐，其说不入，乃陈圣人辨士讲论之娱，而霍然疾瘳。 此因膏粱之常疾，以为匡劝，虽有甚泰之辞而不没其讽谕之义也。 其流遂广，其义遂变，率有辞人淫丽之尤矣。 崔骃既作《七依》，而

---

① 钱锺书认为，此处"言当而辞无常"中的"当"字为"富"之讹，又疑前"以义正为助"中之"正"字为"志"。参见钱锺书：《管锥编》，1828 页，北京，生活·读书·新知三联书店，2007。

假非有先生之言曰："呜呼！扬雄有言，童子雕虫篆刻，俄而曰壮夫不为也。孔子疾小言破道。斯文之簇，岂不谓义不足而辨有余者乎！赋者将以讽，吾恐其不免于劝也。'"

比挚虞稍早的傅玄（217—278）亦曾在《七谟序》中论及七体："昔枚乘作《七发》，而属文之士，若傅毅、刘广世、崔骃、李尤、桓麟、崔琦、刘梁、桓彬之徒，承其流而作之者纷焉……或以恢大道而导幽滞，或以黜瑰参而托讽咏，扬辉播烈，垂于后世者，凡十有余篇。自大魏英贤迭作……并陵前而邈后，扬清风于儒林，亦数篇焉……若《七依》之卓轹一致，《七辩》之缠绵精巧，《七启》之奔逸壮丽，《七释》之精密闲理，亦近代之所希也。"

《文心雕龙》将七体放入杂文类，以为："及枚乘摛艳，首制《七发》，腴辞云构，夸丽风骇……自《七发》以下，作者继踵。观枚氏首唱，信独拔而伟丽矣。及傅毅《七激》，会清要之工；崔骃《七依》，入博雅之巧；张衡《七辨》，结采绵靡；崔瑗《七厉》，植义纯正；陈思《七启》，取美于宏壮；仲宣《七释》，致辨于事理。自桓麟《七说》以下，左思《七讽》以上，枝附影从，十有余家，或文丽而义暌，或理粹而辞驳。观其大抵所归，莫不高谈宫馆，壮语畋猎。穷瑰奇之服馔，极蛊媚之声色；甘意摇骨髓，艳词洞魂识；虽始之以淫侈，而终之以居正。然讽一劝百，势不自反。子云所谓'先骋郑卫之声，曲终而奏雅'者也。唯《七厉》叙贤，归以儒道，虽文非拔群，而意实卓尔矣。"

从上述理论概述中，我们可以清晰看到《文心雕龙》文体理论话语模式的来源。仔细考量，我们能够发现刘勰是如何充分承继和综合傅玄、挚虞的材料和论点的。在七体文辞淫丽和文义讽喻两方面，刘勰更是与挚虞相一致，以为后世七体创作多语辞华丽而少道德劝诫，有一定的批评否定之意。需要说明的是，七体虽被刘勰归为杂文类，但无论是从语辞还是从讽喻功能上看，它都是赋体的一种变体，对七体的批评即包含对当时赋体的批评。今存《文章流别论》所载论七体之段落，正反映了魏晋时此种文体的重要性及创作的丰富性。

三、葛洪和《抱朴子》

除诗赋创作外，晋代撰述子书风气亦盛，代表作有傅玄的《傅子》、袁准的《正论》、陆云的《陆子新书》、杨泉的《物理论》、华谭的《新论》和葛洪的《抱朴子》等，其中最为繁缛博富者非《抱朴子》莫属。作为与东晋时俗异趣的思想家，葛洪所著《抱朴子》思想内涵亦较为杂糅。在《抱朴子》外篇自叙中，葛洪自论该书内篇言神仙方药、鬼怪变化、养生延年、禳邪却祸之事，属道家；外篇言人间得失，世事臧否，属儒家。故葛洪思想实是儒、道兼用，而在驳难通释中又夹杂法、墨。因此，在对待文学价值、 文学形式等诸多问题时, 葛洪难免有矛盾含混之处。

(一)刺过有益的诗赋价值观

西晋末年永嘉之乱前后, 战乱频发, 瘟疫流行, 百姓流离。 作为有底层生活经历、"甚至以柴火写书"的底层文士, 葛洪在《抱朴子》外篇《勖学》《讥惑》《刺骄》《应嘲》等文中都批评了当时不事实业、 奢靡享乐的上层贵族之风, 认为"世道多难, 儒教沦丧, 文武之轨, 将遂凋坠"(《抱朴子·勖学》)。 基于道教的养生论及儒家的政教观, 葛洪从功利角度严厉批评了当时诗赋绮靡华丽的文风, 甚至以为诗赋是"琐碎之文", 强调更实用的子书的社会价值。

《抱朴子·尚博》说: "或贵爱诗赋浅近之细文, 忽薄深美富博之子书, 以磋切之至言为骏拙, 以虚华之小辩为妍巧, 真伪颠倒, 玉石混淆, 同广乐于桑间, 钧龙章于卉服, 悠悠皆然, 可叹可慨者也!"葛洪指出世人多热衷于诗赋细文之作, 而忽视深美富博的子书著作, 实显示出一种错误的文章价值观。 他自己居于社会底层, 深刻理解华艳排偶的诗赋之作无助于百姓生活的改良。 故在《抱朴子·应嘲》中, 他借他人之口表明自己著述的目的在于"弹断风俗, 言苦辞直", 并认为晋代玄学兴起后主流的士大夫群体追求虚誉, 一味热衷于华艳之文。 由此, 他对太康以来赋作中多"属难验无益之辞, 治靡丽虚言之美"的风尚做出切实的批评。

在《抱朴子·辞义》中, 葛洪直接指出: "古诗刺过失, 故有益而贵; 今诗纯虚誉, 故有损而贱也。"如果检《文选》所载魏晋时诸家诗赋, 确实多为献诗、 公谦、 游仙、 游览、 赠答之作, 所以从正风俗的角度而言葛洪的批评并不为过。 葛洪此种反对奢靡华丽之风的实用主义文学功能论, 上承自汉代王充《论衡》之疾虚论, 下启唐代刘知幾《史通》戒文辞烦富的史学观, 乃至清代章学诚《文史通义》所言"六经皆史""六经皆先王之政典"之论, 是对以经世致用为文章核心价值观念的发挥与总结。

(二)义深辞赡的文章审美观

葛洪虽然批评绮靡的诗风, 但并未因此否定文章的价值。 相反, 《抱朴子·尚博》明言"文章虽为德行之次, 未可呼为余事", 《抱朴子·循本》甚至提出"德行文学者, 君子之本也, 莫或无本而能立焉", 与曹丕认为文章是"经国之大业, 不朽之盛事"的观念相一致。

尽管葛洪属于特立独行的思想者, 但他的文学观不能不受当时文学潮流的影响, 特别是在对文章形式之美的体认上与当时的文学思潮保持着内在的一致。 如他很推崇子书, 以为汉魏以来子书"义深于玄渊, 辞赡于波涛"(《抱朴子·尚博》), 又多次使用"深美富博""弘丽妍赡""逸丽""华彩"等语来张扬其语辞之美。 《抱朴子·钧世》说: "且夫《尚书》者, 政事之集也, 然未若近代之优文、 诏、 策、 军书、 奏、议之清富赡丽也；《毛诗》者，华彩之辞也，然不及《上林》《羽猎》《二京》《三都》之汪濊博富也。"他虽批评今之子书不如古时之文才大思深，但在比较过程中亦承认今之实用文体的审美特征为"清富赡丽"，更总结汉代大赋风格为"汪濊博富"，显然是承认语辞形式上华丽特征的意义和价值的。他不仅认为《毛诗》为"华彩之辞"，更提出"今诗与古诗俱有义理，而盈于差美"，即是说今诗与古诗之区分正在于语言是否足够华美。这种审美观与晋代深层次审美观应该说是完全一致的。

在《抱朴子·辞义》中，葛洪更是直接提出"文贵丰赡"的观念，以为"义以罕觌为异，辞以不常为美"，并分析了文学创作过程中的常见问题："属笔之家，亦各有病：其深者，则患乎譬烦言冗，申诫广喻，欲弃而惜，不觉成烦也；其浅者，则患乎妍而无据，证援不给，皮肤鲜泽，而骨鲠迥弱也。"可见，葛洪认为文学创作过程中的核心问题应为如何使深义与妍辞相融合，此种认识与此后刘勰论"丽辞"时所谓"丽句与深采并流，偶意共逸韵俱发"一样，都是从王弼言意之辨中生发而来的。

同样，作为东晋时人，葛洪的写作风格不可能不受时代文风影响，特别是《抱朴子》一书行文即多用韵语和骈言，在论证过程中又喜征事数典，语辞本身即有他所批评的时人赋作的华丽特征。故《晋书》言葛洪"博闻深洽，江左绝伦，著述篇章，富于班、马。又精辩玄赜，析理入微"，以班固、司马相如与其比较，可见葛洪著述丰赡富丽之风格。

(三)应时世移改的文学发展观

葛洪既否定晋代诗赋的价值，又肯定子书语辞的丰赡华丽，表面上看很矛盾，实际上是一方面从实用主义角度否定当时绮靡的诗赋创作，另一方面又根据经世致用说肯定子书语辞的价值。葛洪基于其物类变化观，认为文学与世界万物一样，形态亦是变化发展着的，故今日之文章形式自具有客观存在的意义和价值。《抱朴子》内篇虽言及诸多仙经神符及炼丹之术，但实蕴有朴素的化学知识，且如《抱朴子·黄白》所谓"变化者，乃天地之自然"，意在突出一种朴素的发展观。在葛洪看来，世间万物"倏忽而易旧体，改更而为异物者，千端万品，不可胜论"。

具体到文章形式上，葛洪以为不论是古文还是今文，均是事物本质的一种适时而变。故《抱朴子·钧世》说："且夫古者事事醇素，今则莫不雕饰。时移世改，理自然也。至于罽锦丽而且坚，未可谓之减于蓑衣；辂軨妍而又牢，未可谓之不及椎车也。书犹言也，若人谈语，故为知者；胡越之接，终不相解。以此教戒，人岂知之哉？若言以易晓为辨，则书何故以难知为好哉！若舟车之代步涉，文墨之改结绳，诸后作而善于前事，其功业相次千万者，不可复缕举也。世人皆知之快于曩矣，何以独文不及古邪？"由此他提出了文学因时而变的发展观，以为文学语言与器物形制相同，亦沿循发展变化的自然之理，故今人之文可胜于古人之文。葛洪特别批评了时人盲目崇古、贵远贱今的观点,以为"古书虽多,未必尽美,要当以为学者之山渊,使属笔者得采伐渔猎其中",多少背离了儒家复古主义观念,特别是孔子尽美尽善的儒家审美理想。此种今胜于古的文学批评观在古代文论史中颇为独特新颖,与中国古代文论尊古、复古的主流思潮形成了鲜明的对比。

📖 **原典选读**

晋朝文论以陆机的《文赋》为代表,《文赋》之作是在建安、正始和太康文学前后三次创作高潮的背景下展开的,对这一时期丰富的文学创作经验做了系统深入的总结。挚虞的《文章流别论》和李充的《翰林论》则作为总集编纂的理论成果,体现了此时文体理论的发展和深化。后者今存八则,所论以文体为主,对图赞、表、奏、论、议、盟檄等体做了简略的论述,说明其源始,概述其风格,其中不少观点后为刘勰所采用。葛洪《抱朴子》一书则是对时代思潮的自觉疏离和文学主流价值观的否定,其《辞义》篇提出了"义以罕觐为异,辞以不常为美"的独特主张,还对文章体式审美风格的欣赏、文体写作中的诸多弊病提出了自己的见解。总之,此时文学创作虽没有建安时期繁盛和富有活力,但文论思想却有进一步的发展和深化。

一、陆机《文赋》

余每观才士之所作,窃有以得其用心。夫放言遣辞,良多变矣,妍蚩好恶,可得而言。每自属文,尤见其情。恒患意不称物,文不逮意。盖非知之难,能之难也。故作《文赋》,以述先士之盛藻,因论作文之利害所由,它日殆可谓曲尽其妙。至于操斧伐柯,虽取则不远,若夫随手之变,良难以辞逮。盖所能言者,具于此云尔。

伫中区以玄览,颐情志于典坟。遵四时以叹逝,瞻万物而思纷。悲落叶于劲秋,喜柔条于芳春。心懔懔以怀霜,志眇眇而临云。咏世德之骏烈,诵先民之清芬。游文章之林府,嘉丽藻之彬彬。慨投篇而援笔,聊宣之乎斯文。

其始也,皆收视反听,耽思傍讯,精骛八极,心游万仞。其致也,情曈昽而弥鲜,物昭晰而互进。倾群言之沥液,漱六艺之芳润,浮天渊以安流,濯下泉而潜浸。于是沉辞怫悦,若游鱼衔钩而出重渊之深;浮藻联翩,若翰鸟缨缴而坠层云之峻。收百世之阙文,采千载之遗韵,谢朝华于已披,启夕秀于未振,观古今于须臾,抚四海于一瞬。

然后选义按部,考辞就班,抱景者咸叩,怀响者毕弹,或因枝以振叶,或沿波而讨源。或本隐以之显,或求易而得难。或虎变而兽扰,或龙见而鸟澜。或妥帖而易施,或岨峿而不安。罄澄心以凝思,眇众虑而为言,笼天地于形内,挫万物于笔端。始踟蹰于燥吻,终流离于濡翰,理扶质以立干,文垂条而结繁,信情貌之不差,故每变而在颜;思涉乐其必笑,方言哀而已叹。或操觚以率尔,或含毫而邈然。

伊兹事之可乐，固圣贤之所钦。课虚无以责有，叩寂寞而求音，函绵邈于尺素，吐滂沛乎寸心。言恢之而弥广，思按之而愈深，播芳蕤之馥馥，发青条之森森，粲风飞而猋竖，郁云起乎翰林。

体有万殊，物无一量，纷纭挥霍，形难为状。辞程才以效伎，意司契而为匠，在有无而僶俛，当浅深而不让。虽离方而遁圆，期穷形而尽相。故夫夸目者尚奢，惬心者贵当，言穷者无隘，论达者唯旷。诗缘情而绮靡，赋体物而浏亮。碑披文以相质，诔缠绵而凄怆。铭博约而温润，箴顿挫而清壮。颂优游以彬蔚，论精微而朗畅。奏平彻以闲雅，说炜晔而谲诳。虽区分之在兹，亦禁邪而制放。要辞达而理举，故无取乎冗长。

其为物也多姿，其为体也屡迁。其会意也尚巧，其遣言也贵妍。暨音声之迭代，若五色之相宣。虽逝止之无常，固崎锜而难便。苟达变而识次，犹开流以纳泉。如失机而后会，恒操末以续颠。谬玄黄之秩序，故淟涊而不鲜。

或仰逼于先条，或俯侵于后章；或辞害而理比，或言顺而义妨。离之则双美，合之则两伤。考殿最于锱铢，定去留于毫芒。苟铨衡之所裁，固应绳其必当。

或文繁理富，而意不指适。极无两致，尽不可益。立片言而居要，乃一篇之警策。虽众辞之有条，必待兹而效绩。亮功多而累寡，故取足而不易。

或藻思绮合，清丽千眠。炳若缛绣，悽若繁弦。必所拟之不殊，乃暗合乎曩篇。虽杼轴于予怀，怵他人之我先。苟伤廉而愆义，亦虽爱而必捐。

或苕发颖竖，离众绝致。形不可逐，响难为系。块孤立而特峙，非常音之所纬。心牢落而无偶，意徘徊而不能掑。石韫玉而山辉，水怀珠而川媚。彼榛楛之勿翦，亦蒙荣于集翠。缀《下里》于《白雪》，吾亦济夫所伟。

或托言于短韵，对穷迹而孤兴。俯寂寞而无友，仰寥廓而莫承。譬偏弦之独张，含清唱而靡应。或寄辞于瘁音，徒靡言而弗华。混妍蚩而成体，累良质而为瑕。象下管之偏疾，故虽应而不和。或遗理以存异，徒寻虚以逐微，言寡情而鲜爱，辞浮漂而不归。犹弦幺而徽急，故虽和而不悲。或奔放以谐和，务嘈囋而妖冶。徒悦目而偶俗，故高声而曲下。寤《防露》与《桑间》，又虽悲而不雅。或清虚以婉约，每除烦而去滥。阙大羹之遗味，同朱弦之清泛。虽一唱而三叹，固既雅而不艳。

若夫丰约之裁，俯仰之形，因宜适变，曲有微情。或言拙而喻巧，或理朴而辞轻。或袭故而弥新，或沿浊而更清。或览之而必察，或研之而后精。譬犹舞者赴节以投袂，歌者应弦而遣声。是盖轮扁所不得言，故亦非华说之所能精。

普辞条与文律，良余膺之所服。练世情之常尤，识前修之所淑。虽濬发于巧心，或受蚩于拙目。彼琼敷与玉藻，若中原之有菽。同橐籥之罔穷，与天地乎并育。虽纷蔼于此世，嗟不盈于予掬。患挈瓶之屡空，病昌言之难属。故踸踔于短垣，放庸音以足曲。恒遗恨以终篇，岂怀盈而自足。惧蒙尘于叩缶，顾取笑乎鸣玉。

若夫应感之会，通塞之纪，来不可遏，去不可止。藏若景灭，行犹响起。方天机之骏利，夫何纷而不理。思风发于胸臆，言泉流于唇齿。纷葳蕤以驳遝，唯豪素之所拟。文徽徽以溢目，音泠泠而盈耳。及其六情底滞，志往神留，兀若枯木，豁若涸流。揽营魂以探赜，顿精爽而自求。理翳翳而愈伏，思乙乙其若抽。是以或竭情而多悔，或率意而寡尤。虽兹物之在我，非余力之所勠。故时抚空怀而自惋，吾未识夫开塞之所由。

伊兹文之为用，固众理之所因。恢万里而无阂，通亿载而为津。俯殆则于来叶，仰观象于古人。济文武于将坠，宣风声于不泯。涂无远而不弥，理无微而弗纶。配霑润于云雨，象变化乎鬼神。被金石而德广，流管弦而日新。

（金涛声点校：《陆机集》，北京，中华书局，1982）

二、挚虞《文章流别论》

文章者，所以宣上下之象，明人伦之叙，穷理尽性，以究万物之宜者也。王泽流而诗作，成功臻而颂兴，德勋立而铭著，嘉美终而诔集。祝史陈辞，官箴王阙。《周礼》太师掌教六诗：曰风，曰赋，曰比，曰兴，曰雅，曰颂。言一国之事，系一人之本，谓之风；言天下之事，形四方之风，谓之雅；颂者，美盛德之形容；赋者，敷陈之称也；比者，喻类之言也；兴者，有感之辞也。后世之为诗者多矣。其功德者谓之颂，其余则总谓之诗。颂，诗之美者也。古者圣帝明王，功成治定而颂声兴。于是史录其篇，工歌其章，以奏于宗庙，告于鬼神。故颂之所美者，圣王之德也，则以为律吕。或以颂形，或以颂声，其细已甚，非古颂之意。昔班固为《安丰戴侯颂》，史岑为《出师颂》《和熹邓后颂》，与鲁颂体意相类，而文辞之异，古今之变也。扬雄《赵充国颂》，颂而似雅，傅毅《显宗颂》，文与周颂相似，而杂以风雅之意。若马融《广成》《上林》之属，纯为今赋之体，而谓之颂，失之远矣。（《艺文类聚》五十六，《御览》五百八十八。）

赋者，敷陈之称，古诗之流也。古之作诗者，发乎情，止乎礼义。情之发，因辞以形之；礼义之旨，须事以明之。故有赋焉，所以假象尽辞，敷陈其志。前世为赋者，有孙卿、屈原，尚颇有古诗之义。至宋玉则多淫浮之病矣。楚辞之赋，赋之善者也。故扬子称赋莫深于《离骚》。贾谊之作，则屈原俦也。古诗之赋，以情义为主，以事类为佐。今之赋，以事形为本，以义正为助。情义为主，则言省而文有例矣；事形为本，则言当而辞无常矣。文之省烦，辞之险易，盖由于此。夫假象过大则与类相远，逸辞过壮则与事相违，辩言过理则与义相失，丽靡过美则与情相悖。此四过者，所以背大体而害政教。是以司马迁割相如之浮说，扬雄疾辞人之赋丽以淫。（《艺文类聚》五十六，《御览》五百八十七）

《书》云"诗言志，歌永言"，言其志谓之诗。古有采诗之官，王者以知得失。古之诗，有三言、四言、五言、六言、七言、九言，古诗率以四言为体，而时有一句二句杂在四言之间，后世演之，遂以为篇。古诗之三言者，"振振鹭，鹭于飞"之属是也，汉郊庙歌多用之。五言者，"谁谓雀无角，何以穿我屋"之属是也，于俳谐倡乐多用之。六言者，"我姑酌彼金罍"之属是也，乐府亦用之。七言者，"交交黄鸟止于桑"之属是也，于俳谐倡乐世用之。古诗之九言者，"泂酌彼行潦挹彼注兹"之属是也，不入歌谣之章，故世希为之。夫诗虽以情志为本，而以成声为节。然则雅音之韵，四言为正，其余虽备曲折之体，而非音之正也。（《艺文类聚》五十六）

《七发》造于枚乘，借吴楚以为客主，先言："出舆入辇，蹶痿之损；深宫洞房，寒暑之疾；靡曼美色，晏安之毒；厚味暖服，淫曜之害。宜听世之君子要言妙道，以疏神导引，蠲淹滞之累。"既设此辞以显明去就之路，而后说以色声逸游之乐，其说不入，乃陈圣人辨士讲论之娱，而霍然疾瘳。此因膏粱之常疾，以为匡劝，虽有甚泰之辞而不没其讽谕之义也。其流遂广，其义遂变，率有辞人淫丽之尤矣。崔骃既作《七依》，而假非有先生之言曰："呜呼！扬雄有言，童子雕虫篆刻，俄而曰壮夫不为也。孔子疾小言破道。斯文之簇，岂不谓义不足而辨有余者乎！赋者将以讽，吾恐其不免于劝也。"（《艺文类聚》五十七，《御览》五百九十）

扬雄依《虞箴》作《十二州》《十二官箴》而传于世，不具九官。崔氏累世弥缝其阙，胡公又以次其首目而为之解，署曰《百官箴》。（《书钞》原本一百二）

夫古之铭至约，今之铭至繁，亦有由也。质文时异，则既论之则矣，且上古之铭，铭于宗庙之碑。蔡邕为杨公作碑，其文典正，末世之美者也。后世以来，器铭之佳者，有王莽《鼎铭》、崔瑗《机铭》、朱公叔《鼎铭》、王粲《砚铭》，咸以表显功德。天子铭嘉量，诸侯大夫铭太常勒钟鼎之义。所言虽殊，而令德一也。李尤为铭，自山河都邑至于刀笔平契，无不有铭，而文多秽病；讨论润色，言可采录。（《御览》五百九十）

诗颂箴铭之篇，皆有往古成文，可放依而作。惟诔无定制，故作者多异焉。见于典籍者，《左传》有鲁哀公为孔子诔。（《御览》五百九十六）

哀辞者，诔之流也。崔瑗、苏顺、马融等为之，率以施于童殇夭折不以寿终者。建安中，文帝、临淄侯各失稚子，命徐幹、刘桢等为之哀辞。哀辞之体，以哀痛为主，缘以叹息之辞。（《御览》五百九十六）

今所哀□策者，古诔之义。（《御览》五百九十六）

若《解嘲》之弘缓优大，《应宾》之渊懿温雅，《连旨》之壮厉忼慨，《应间》之绸缪契阔，郁郁彬彬，靡有不长焉矣。（《书钞》一百）

古有宗庙之碑，后世立碑于墓，显之衢路，其所载者铭辞也。

图谶之属虽非正文之制，然以取其纵横有义，反覆成章。（□□□□□□□□）

［（清）严可均校辑：《全上古三代秦汉三国六朝文》，北京，中华书局，1958］

三、李充《翰林论》

或问曰:"何如斯可谓之文?"答曰:"孔文举之书,陆士衡之议,斯可谓成文矣。"(《初学记》二十一,《御览》五百八十五)

潘安仁之为文也,犹翔禽之羽毛,衣被之绡縠。(《初学记》二十一,《御览》五百九十九)

容象图而赞立,宜使辞简而义正,孔融之赞杨公,亦其义也。(《御览》五百八十八)

表宜以远大为本,不以华藻为先。若曹子建之表,可谓成文矣。诸葛亮之表刘主,裴公之辞侍中,羊公之让开府,可谓德音矣。(《御览》五百九十四)

驳不以华藻为先,世以傅长虞每奏驳事,为邦之司直矣。(《御览》五百九十四)

研玉名理,而论难王马,论贵于允理,不求支离,若嵇康之论,文矣。(《御览》五百九十五)

在朝辨政而议奏出,宜以远大为本。陆机议晋断,亦名其美矣。(《御览》五百九十五)

盟檄发于师旅,相如喻蜀父老,可谓德音矣。(《御览》五百九十七)

[(清)严可均校辑:《全上古三代秦汉三国六朝文》,北京,中华书局,1958]

四、葛洪《抱朴子·辞义》

或曰:"乾坤方圆,非规矩之功;三辰摛景,非莹磨之力;春华粲焕,非渐染之采;苤蕙芬馥,非容气所假。知夫至真,贵乎天然也。义以罕觌为异,辞以不常为美。而历观古今属文之家,鲜能挺逸丽于毫端,多斟酌于前言。何也?"

抱朴子曰:"清音贵于雅韵克谐,著作珍乎判微析理。故八音形器异而钟律同,黼黻文物殊而五色均。徒闲涩有主宾,妍蚩有步骤。是则总章无常曲,大庖无定味。夫梓、豫山积,非班、匠不能成机巧;众书无限,非英才不能收膏腴。何必寻木千里,乃构大厦;鬼神之言,乃著篇章乎?"

抱朴子曰:"夫才有清浊,思有修短,虽并属文,参差万品,或浩瀁而不渊潭,或得事情而辞钝,违物理而文工。盖偏长之一致,非兼通之才也。暗于自料,强欲兼之,违才易务,故不免嗤也。"

抱朴子曰:"五味舛而并甘,众色乖而皆丽。近人之情,爱同憎异,贵乎合己,贱于殊途。夫文章之体,尤难详赏。苟以入耳为佳,适心为快,鲜知忘味之九成,雅颂之风流也。所谓考盐梅之咸酸,不知大羹之不致;明飘飘之细巧,蔽于沉深之弘邃也。其英异宏逸者,则网罗乎玄黄之表;其拘束龌龊者,则羁绁于笼罩之内。振翅有利钝,则翔集有高卑;骋迹有迟迅,则进趋有远近。驽锐不可(疑此下有脱文)胶柱调也。文贵丰赡,何必称善如一口乎?不能拯风俗之流遁,世涂之凌夷,通疑者之路,赈贫者之乏。

何异春华不为肴粮之用，苣蕙不救冰寒之急。古诗刺过失，故有益而贵；今诗纯虚誉，故有损而贱也。"

抱朴子曰："属笔之家，亦各有病：其深者，则患乎譬烦言冗，申诫广喻，欲弃而惜，不觉成烦也；其浅者，则患乎妍而无据，证援不给，皮肤鲜泽，而骨鲠迥弱也。繁华晔晔，则并七曜以高丽；沉微沦妙，则侪玄渊之无测。人事靡细而不浃，王道无微而不备，故能身贱而言贵，千载弥彰焉。"

（杨明照撰：《抱朴子外篇校笺》，北京，中华书局，1991）

第四章　南北朝文论的繁荣

南北朝时期局势动荡，文学创作却颇活跃，出现了以陶渊明、谢灵运、颜延之和鲍照等为代表的"元嘉文学"，和以沈约、谢朓、江淹等为代表的"永明文学"。前者以山水田园诗创作为著，后者则以对声律论的探讨为标志。文学批评和理论建设也同步进入相对繁荣的阶段，出现了一批理论专著，其中尤以《文心雕龙》和《诗品》最为精湛深刻，成为后世难以超越的高峰。

与文学创作的繁盛相应，此时的文学理论思潮大致可分为三种立场：以裴子野、刘之遴为代表的复古派，抨击骈体盛行、文风艳丽的时代趋向，主张文典而远，多学古体；以沈约、萧纲、萧绎、萧子显为代表的新变派，肯定辞采之美，重视对声韵、对偶、结构、体式、用事等创作规律的探讨；以刘勰、钟嵘和颜之推为代表的折中派，吸收复古派和新变派之长，主张统合文与质、风骨与文采、情义与辞采，既强调征圣、宗经的必要性，又重视新变和创造。① 当然，这只是大致的归类。需要注意的是，过于齐整的归类有时会遮蔽文坛实际存在的创作上特别是审美趣味上的多样性，以及它们之间经常发生的交互影响。所以，引入那个时代更多作家，尤其是中小作家的创作与批评，并对其创作、批评实绩做出恰如其分的分析评判，就变得非常重要。

大体而言，上述三种主张或趣味表现得比较充分，其中折中派更是代表了中古文论所达到的高度和深度，其所用概念、范畴和术语均成为后世文论的核心话语，而其思想的深刻和理论体系的缜密又为后世文论所难及。

第一节　文笔说与声律论

在魏晋文论的发展基础上，南朝文论呈现出更为精细化的发展。以"永明体""齐梁体"和宫体诗的出现为标志，古代诗歌体制形式上的精致美得以塑造成型。与在诗体、声调、押韵、节奏等创作规则方面的诸多实践相伴随的诗学理论与规范的探讨，

---

① 参见周勋初：《魏晋南北朝文学论丛》，230页，南京，江苏古籍出版社，1999。

为唐代的诗歌创作与诗学理论批评打下了坚实的基础。此种对诗歌形式特征的深研精思，集中体现在时人对文笔说和声律论的深入讨论中。

一、文笔说

南朝时期，在各体文学充分发展的基础上，文体论亦逐渐完善和丰富。特别是在宋、齐、梁三代，范晔、颜延之、萧绎、萧子显、沈约等人围绕"文"与"笔"在韵律情采上的界限所展开的一系列争论，极大深化了时人对文体实用功能与审美功能的认识。后来《文心雕龙·总术》统合各家言论，提出了对文笔说的总结性认识：

> 今之常言，有文有笔，以为无韵者笔也，有韵者文也。夫文以足言，理兼诗书，别目两名，自近代耳。颜延年以为"笔之为体，言之文也；经典则言而非笔，传记则笔而非言"。请夺彼矛，还攻其楯矣。何者？《易》之《文言》，岂非言文？若笔果言文，不得云经典非笔矣。将以立论，未见其论立也。予以为发口为言，属笔曰翰，常道曰经，述经曰传。经传之体，出言入笔，笔为言使，可强可弱。分经以典奥为不刊，非以言笔为优劣也。昔陆氏《文赋》，号为曲尽，然泛论纤悉，而实体未该。故知九变之贯匪穷，知言之选难备矣。

刘勰此段论述有三层意思。一是概述了刘宋以后人们对"文"和"笔"的普遍认识，以有韵与无韵将文体剖分为两大类。关于"韵"的定义，后人多有分歧。清人阮元认为："梁时恒言所谓韵者，固指押脚韵，亦兼谓章句中之音韵，即古人所言之宫羽，今人所言之平仄也。"黄侃的《文心雕龙札记》认为："有韵为文之说，托始范、谢而成于永明，所谓文者，即指句中声律而言。"[①]郭绍虞的《文笔说考辨》不同意阮、黄之说，以为刘勰所说"有韵为文"指的是押脚韵，调和句子内的声律则被刘勰称为"和"。二是批评了颜延之关于"言""文""笔"的说法。颜延之认为"笔"富有文采，传统经典如《尚书》大都朴素质实，是圣人的"言"而非"笔"，而后人对经典所做的诠释如《左传》《礼记》之类，较富文采，才是"笔"。颜延之将"言"与"笔"并置，区分标准为是否富有文采，着眼于古今文辞形式上的不同。刘勰不同意这种判分，认为"言"和"笔"是一体的，圣人"发口为言"，下笔即为文章，如王充所谓"出口为言，集札为文""出口为言，著文为篇"。虽然六经深奥，阐释经书的语辞广博，但衡量二者优劣的标准只能是是否达理，而不应以语辞形式为区别，从而凸显了宗经的

---

① 黄侃：《文心雕龙札记》，159 页，北京，商务印书馆，2017。

思想。 三是对《文赋》辨析文体异同不够该备提出了批评，自认所论较陆机更能"圆鉴区域"，即了解各体文章的区别和特色，也更能"大判条例"，即掌握各体文章的规格和要求。《文心雕龙》诸篇正是依照时人通识，以此种标准分论诸体的，从《辨骚》至《谐隐》十篇属于"论文"，自《史传》至《书记》十篇属于"叙笔"，可谓当时文体论之大全。

可见，刘勰对文体功能及其审美特征所做出的理论化总结，是建立在魏晋以来文体论高度发达的基础上的。 故欲究明其所论如何是对此前文体论的逻辑延伸与拓展，有必要对同时前后的相关讨论有一个清晰的了解。

(一)颜延之论文笔

汉代"文""笔"二字常常联用，泛指一切文学制作，如王充《论衡·超奇》有"意奋而笔纵，故文见而实露也"，《论衡·佚文》有"圣贤定意于笔，笔集成文，文具情显"，《论衡·定贤》有"口出以为言，笔书以为文"等。 王充有时也用"笔札"指章奏一类的文章，如《论衡·量知》有"文吏笔札之能"。《汉书》《后汉书》《魏书》也常用"笔札""手札""手笔""辞笔"等泛指文章，但均未将其中的"笔"视为单独的文类。

晋宋时文体日繁，作者在介绍、 总结乃至撰集自己作品时需做大致的归类。 如葛洪总结自己的著述，称除了作为子书的《抱朴子》外，还有碑、 颂、 诗、 赋百卷，军、 书、 檄、 移、 章、 表、 笺、 记三十卷，又撰俗所不列者为《神仙传》十卷，高尚不仕者为《隐逸传》十卷。 他显然着眼于实用功能，将碑、 颂、 诗、 赋作为一个大类，将实用性的军、 书、 檄、 移、 章、 表、 笺、 记等作为另一大类，其中已蕴含文体意义上的体类区隔。 东晋初年，时人开始将章、 表一类的公务文体总呼为"笔"，如《晋书》《世说新语》均载有"乐广让笔"的典故，且文字大意一致。《晋书·乐广传》载："广善清言而不长于笔，将让尹，请潘岳为表。 岳曰：'当得君意。'广乃作二百句语，述己之志。 岳因取次比，便成名笔。 时人咸云：'若广不假岳之笔，岳不取广之旨，无以成斯美也。'"《世说新语·文学》载："乐令善于清言，而不长于手笔。 将让河南尹，请潘岳为表。 潘云：'可作耳，要当得君意。'乐为述己所以为让，标位二百许语。 潘直取错综，便成名笔。 时人咸云：'若乐不假潘之文，潘不取乐之旨，则无以成斯矣。'"在这一典故中，乐广擅于口头表达而潘岳擅于书面表达，故乐广请潘岳代为作表。 二人合力完成的极富表达力的表，被时人称诵为"手笔"或"名笔"。 需要指出的是，魏晋时期，即使是实用性文体如章、 表，仍比口头语言更善错综，更有文采。 也就是说，"文""笔"之分在东晋时人那里多是体制之分，而非以语言上的骈散而论。《晋书》以臧荣绪所著《旧晋书》为蓝本，《世说新语》多从晋人书中直接抄录，故两书记载颇可信，以致逯钦立据此推断以"文""笔"分指两类文体始于东晋，并认为此时"文"特指有韵的诗、 赋、 颂等，"笔"指无韵的书、表、奏等。① 逯钦立还特别指出，此时的经、子、史类著述，并不入单篇意义上的文笔分类范围。

以今存史料，将"文"与"笔"视作两类相对的文体始于颜延之。颜延之（384—456），字延年，《宋书·颜延之传》称其"好读书，无所不览。文章之美，冠绝当时"，与谢灵运俱以词采名，为刘宋文学的代表作家。《诗品》引汤惠休语，称"谢诗如芙蓉出水，颜如错彩镂金"，又指出"其源出于陆机，尚巧似，体裁绮密，情喻渊深，动无虚散，一句一字皆致意焉"，可见颜延之是当时语言工丽深密、重骈对、好用典故一路创作的代表。今存颜延之诗多应诏、廊庙之作，文辞绮丽，气象典雅，而诸如《三月三日曲水诗序》等文，更是将其铺叙赡丽、用事深密的风格展现得淋漓尽致。

颜延之在文类意义上首次将"文""笔"并举。《宋书·颜竣传》记载文帝与颜延之的对话："太祖问延之：'卿诸子谁有卿风？'对曰：'竣得臣笔，测得臣文，𫘤得臣义，跃得臣酒。'"所谓颜竣得其父之"笔"，指的是他继承了颜延之在应用文上的成就。《宋书·颜延之传》所记孝武帝与颜延之的对话中，关于"笔"的解释就更为详细了："先是，子竣为世祖南中郎谘议参军。及义师入讨，竣参定密谋，兼造书檄。劭召延之，示以檄文，问曰：'此笔谁所造？'延之曰：'竣之笔也。'又问：'何以知之？'延之曰：'竣笔体，臣不容不识。'劭又曰：'言辞何至乃尔。'延之曰：'竣尚不顾老父，何能为陛下。'劭意乃释，由是得免。"这段对话先后三次提到"笔"，其中"此笔谁所造"，显然含有文章制作的泛指意义，而"竣之笔"则具体化为颜竣所作的檄文，此处的"笔"显然已指一种与诗赋不同的应用文体。"竣笔体，臣不容不识"一句中的"笔体"，则又与文体风格联系在一起。

（二）范晔论文笔

与颜延之同时，范晔在《狱中与诸甥侄书以自序》中探讨了"文"与"韵"的关系。作为《后汉书》的编撰者，范晔批评时人创作往往"文患其事尽于形，情急于藻，义牵其旨，韵移其意"。也就是说，当时许多人追求骈俪的文风，重用事、用典和用韵，急于敷设辞藻而阻滞了传情达意。这种对时风的指摘与陆机《文赋》所说的"始踯躅于燥吻，终流离于濡翰"相类。范晔还从儒家"绘事后素"的观念出发，以为凡作文"以意为主，则其旨必见；以文传意，则其词不流。然后抽其芬芳，振其金石耳"。当然，作为南朝时人，范晔于诗文的韵律还是重视的，不过强调要以文传意达为基础。他认为人的本性决定了能够"别宫商、识清浊"，不用刻意以求，而应该依个人的天赋来安排清浊轻重。由此，范晔十分称赞谢庄："年少中，谢庄最有其分，手笔差易，文不拘韵故也。"

范晔认为谢庄所作不拘束于韵，故写时趁手，较为容易。此处所言"手笔"，应指

---

① 参见逯钦立：《逯钦立文存》，529 页，北京，中华书局，2010。

"公家之言"的实用文体。在这里，范晔第一次将"手笔"与文章用韵联系在一起，对笔体和韵文体做了分隔。谢庄（421—466），字希逸，为谢灵运从子，《宋书》言其七岁即能属文。从今存谢庄所撰章、表、奏、启、笺等看，多事从义顺，文笔清雅。明人张溥在《汉魏六朝百三家集》中曾称其为殷淑仪所作哀文，"孝武流涕，都下传写"，为宋明帝所作赦诏，"虽钟鼓讨伐之辞，殆直自快胸怀矣"，又评其所作《封禅仪注奏》"藻丽云汉，欲摹长卿"，以为《搜才》《定刑》二表与《索虏互市议》乃"雅人之章，无忝国器"，可见谢庄在刘宋时确实广有声誉，虽然讲求辞藻华美，但更重以文传意。范晔高度赞扬其写作，即因为此。

于史书撰作，范晔更赞赏班固的"任情无例，不可甲乙辨"，即不拘束于韵例法则，以指事达意为主，故得以成渊雅生动之文。在《后汉书·文苑传》中，范晔还强调了文章须以情志为主，反对过分追求骈俪："情志既动，篇辞为贵。抽心呈貌，非雕非蔚。殊状共体，同声异气。言观丽则，永监淫费。"此处"殊状共体，同声异气"，与《狱中与诸甥侄书以自序》所谓"奇变不穷，同合异体"一样，均指文章语辞可以异态纷披，但要能以情志为主。范晔以为，史书中的"赞"虽是韵体，但不应受韵拘束，相反，应含不尽变化，且"无一字不空设"，更多地体现作者的创造力。史书中的"论"虽不用韵，但"传论"尤应"精意深旨，约其词句"，"序论"则应"笔势纵放"，总之散文化的体式虽无须考虑声律，但作者应注重语言传情达意的作用。

需要注意的是，在这里，范晔把史书中的"序论"称作"笔"，把史书中的"赞"称作"文"，即所谓"赞是吾文之杰思"。显然，他也是以是否押韵来区分两种体式的，指出史书作为文章如何与注重声律的诗赋写作相区分，以便完美实现传世功能。对此，清人王先谦作《后汉书集解序》予以高度肯定："范蔚宗氏《后汉书》拨起众家之后，独至今存。其褒尚学术，表章节义，既不蹈前人所讥班马之失，至于比类精审，属词丽密，极才人之能事，虽文体不免随时，而学识几于迈古矣。"由此可见，《后汉书》撰写的成功，正得益于范晔对史书文体的高度自觉。他既吸取了当时骈体文写作语辞华丽的风格，又完美地实现出史书所具有的不同于诗赋写作的历史功能。

（三）萧绎的新界定

如上所述，从东晋开始的文笔区隔实由文章体式逐渐繁密而来，由实用性文体与审美性诗文逐渐分流而生成两类笼统性的指称，且从范晔、颜延之一直到刘勰，均以是否押韵为基本标准。至梁元帝萧绎撰《金楼子·立言》，则赋予了文笔说更准确的内涵，因此可被视为后期文笔说，或革新派的文笔说。

梁代文笔的分类更加清晰，称诸类实用文体为"笔"成为时人通识。如《梁书·任昉传》称任昉"尤长为笔""既以文才见知，时人云'任笔沈诗'"，又说任昉"雅善属文，尤长载笔，才思无穷，当世王公表奏，莫不请焉"。可见"笔"特指与诗赋相对的表、奏一类文体。《金楼子·立言》虽承前人之说，但另有自己更具体的论述："夫子门徒，转相师受，通圣人之经者，谓之儒。屈原、宋玉、枚乘、长卿之徒，止于辞赋，则谓之文。今之儒，博穷子史，但能识其事，不能通其理者，谓之学。至如不便为诗如阎纂，善为章奏如伯松，若此之流，泛谓之笔。吟咏风谣，流连哀思者，谓之文。"萧绎在将"笔"与"儒""文""学"三者并为四科的同时，于经、子、史之外，另将文章细分为"文"和"笔"，其中诗与辞赋称为"文"，章、奏称为"笔"。虽是沿用以是否有韵为标准区分的前说，但其中"不便为诗如阎纂"指西晋阎纂（应为阎缵）上书事（《晋书》本传载阎缵"慷慨好大节"，因愍怀太子被废与张华被杀事数上书），"善为章奏如伯松"指汉末张竦以章、奏得荣事（《汉书·王莽传》载其"为崇草奏，称莽功德"）。此处从文章功能上将章、奏归为"笔"，而将"文"的功能定位为主体情志的抒发，所谓"吟咏风谣，流连哀思"，更是精准地抓住了作为纯文学的诗歌特有的本质。

萧绎更为重要的贡献在于，他不再仅仅以有无韵脚来划分"文""笔"，还突出应从有无情采声律来划分两者，即所谓"文者，惟须绮縠纷披，宫徵靡曼，唇吻适会，情灵摇荡"。这里的"绮縠纷披"指辞藻如织物般交错密丽；"宫徵靡曼"指音节的华美；"唇吻适会"指辞吐发声"适会无差"，能成音声之美；"情灵摇荡"指通过放怀抒情来激荡人心。显然，这是对陆机《文赋》所言"诗缘情而绮靡"之说更为精细化的展开。《金楼子·立言》还说"捣衣清而彻，有悲人者。此是秋士悲于心，捣衣感于外，内外相感，愁情结悲，然后哀怨生焉。苟无感，何嗟何怨也"，似又从《文赋》之"遵四时以叹逝，瞻万物而思纷。悲落叶于劲秋，喜柔条于芳春"中来。若再举其所作诸碑铭，诸如《旷野寺碑》之"圆珰旦晖，方诸夜朗；金盘曜色，宝铃成响"，《归来寺碑》之"铃随风振，盘依露泫。丹桂无枝，朱杨自剪。九苑萌枯，三昧叶卷。疏树摇落，翻流清浅"，《光宅寺大僧正法师碑》之"澄月夜亏，清气旦卷。曾峦远岸，苍江傍缅"，于其将声韵之美与摇荡之情合铸为心仪美文的意图当有更真切的体会。

总之，萧绎将"文"定义为具有抒情美和声韵美的特殊文体，赋予"文"须依声律而成文采的新义。这是他吸收了齐梁文笔说乃至声律论的新成果，在扩展"笔"的范围的同时对"文"所做的更窄化但也更精准的界定。黄侃的《文心雕龙札记》认为，《金楼子·立言》所论文笔之别最为详明，"其于声律以外，又增情采二者，合而定之，则曰有情采韵者为文，无情采韵者为笔"。可见文笔论至萧绎，完全从文体上的区分转变为审美特质上的指认。

二、声律论

(一)沈约与声律论的形成

南齐永明（483—493）年间，竟陵王萧子良开西邸，招文学之士，齐高帝萧道成与沈约、谢朓、王融、萧琛、范云、任昉、陆倕等游于其中，史称"竟陵八友"。他们以气类相推毂，鼓吹新声，以平、上、去、入为四声制韵，必使之不可增减，其作则被称为"永明体"。

永明体的出现标志着今体诗的形成，唐代格律诗的高度繁荣实肇始于此，故胡应麟的《诗薮》称它"实词章改变之大机，气运推迁之一会也"。无论是从创作实践还是理论研讨上，沈约都是其时文学的代表。在诗歌创作上，沈约特别推崇谢朓所谓"好诗圆美流转如弹丸"，强调诗歌创作应该形式完美，给人以和谐且朗朗上口的审美感受。《颜氏家训·文章》曾引沈约的"三易"说："沈隐侯曰：'文章当从三易：易见事一也；易识字二也；易读诵三也。'邢子才常曰：'沈侯文章，用事不使人觉，若胸臆语也。'深以此服之。祖孝徵亦尝谓吾曰：沈诗云：'崖倾护石髓。'此岂似用事邪？"这里的"三易"，实指出了以沈约为代表的永明文学的特点。"易见事"指用典自然，如沈约所言"直举胸情，非旁诗史"。"易识字"是指造语浅显，如沈约《古意诗》的"明月虽外照，宁知心内伤"句，在当时亦属通俗浅言。

之所以要求诗歌用典自然，造语平易，是考虑到它的音乐特性和可诵读性。从建安文学开始，文人作诗一直强调对民歌的吸收和借鉴，这在谢灵运、谢朓、鲍照和沈约等人的创作中得到了极大的发展。钟嵘的《诗品》在评价沈约诗歌时就曾说"观修文众制，五言最优""所以不闲于经纶，而长于清怨"，指出其筹划治理之才不足，而长于以文抒情，尤其擅长五言诗。沈约之诗因追求平易自然，故获得了广泛的传播，"见重闾里，诵咏成音"。落实到具体形式，永明体所体现出的新变率先表现在诗体和句式上：五言八句成为主流，且句式趋于定型化。同时诗中大量出现入律句，如沈约《早行逢故人车中为赠》之"残朱犹暖暖，余粉尚霏霏。昨宵何处宿，今晨拂露归"，已能做到句句入律，这些都为格律诗的定型打下了坚实的基础。此外用韵更趋严格细密，押平声韵成为基本规则，很少转韵通押，这些规则都是此后唐人律格所突出强调的。

在诗文实践之外，沈约撰《四声谱》，以为"在昔词人，累千载而不寤，而独得胸衿，穷其妙旨，自谓入神之作"。据《梁书》记载，齐高帝不甚喜其说："帝问周舍曰：'何谓四声？'舍曰：'天子圣哲是也。'然帝竟不用。"《四声谱》今不存，其声律主张主要见诸《答陆厥书》和《宋书·谢灵运传论》。《答陆厥书》说："宫商之声有五，文字之别累万。以累万之繁，配五声之约，高下低昂，非思力所学，有非止若斯而已也。十字之文，颠倒相配；字不过十，巧历已不能尽；何况复过于此者乎？"察其所论，显然意在总结五言诗的句型特点，要求一句之中，以五字相互配合而成高下低昂的声音变化。五声即宫、商、角、徵、羽。显然，沈约对古乐声调做了二元化区分，以构成"曲折声韵之巧"。沈约还强调诗应如音乐旋律一般，在参差变化中形成整体性的美感："若以文章之音韵，同弦管之声曲，则美恶妍媸，不得顿相乖反。"

在《宋书·谢灵运传论》中，沈约特别强调文章的本质在"情性之风标，神明之律吕"，即性情与声律的完美结合。 在总叙古诗声韵传统时，他提出了声律论的核心主张："夫五色相宜，八音协畅，由乎玄黄律吕，各适物宜。 欲使宫羽相变，低昂互节，若前有浮声，则后须切响。 一简之内，音韵尽殊； 两句之中，轻重悉异。 妙达此旨，始可言文。"沈约第一次将乐律上的宫、 商、 角、 徵、 羽界定为诗的形式本质。 更为重要的是，他还将音乐上的"宫羽相变，低昂互节"之美扩及诗文整体，要求"一简之内，音韵尽殊； 两句之中，轻重悉异"。 这正是骈文盛行时代对诗歌声律的基本规定。 沈约论述的核心就是想通过乐律上的五音论，引申出诗文声律中的四声说，并论证此说的合理性。 但显然，它仅属外在的、 人为的声律而非内在的、 自然的声律。 因此顾炎武不无保留地说："古之为诗，主乎音者也；江左诸公之为诗，主乎文者也。 文者一定而难移，音者无方而易转，夫不过喉舌之间、 疾徐之顷而已。 谐于音、 顺于耳矣，故或平或仄，时措之宜，而无所窒碍。"①

(二)声律论的内容及影响

由上所述，齐梁声律论的主要内容即四声说，以及后世所总结的八病论。 其中四声用以定韵，八病用以求和声，前者可说是律体的基准，后者则是一种消极的病犯。

关于四声八病说的起因，主要有主外因说与主内因说两种。 主外因说以为永明年间，佛经翻译与转读过程中音乐性的要求促使人们发现了四声规律。 梁僧慧皎所撰《高僧传》就多次提到僧人转读的事例，如"既有高亮之声，雅好转读"， "禀自然之声，故偏好转读。 发响含奇，制无定准，条章折句，绮丽分明"， "巧于转读，有无穷声韵，梵制新奇，特拔终古"。 《高僧传》卷十三"论"中更详细说明了在这种转读过程中发现声调的情形："自大教东流，乃译文者众，而传声盖寡。 良由梵音重复，汉语单奇。 若用梵音以咏汉语，则声繁而偈迫； 若用汉曲以咏梵文，则韵短而辞长。 是故金言有译，梵响无授……故听声可以娱耳，聆语可以开襟。 若然，可谓梵音深妙，令人乐闻者也。 然天竺方俗，凡是歌咏法言，皆称为呗。 至于此土，咏经则称为转读，歌赞则号为梵呗。"慧皎指出，沙门在转读过程中曾通过"或破句以合声，或分文以足韵"，来因应、 调和梵语与汉语声音的不同。

永明七年（489 ），竟陵王萧子良大集善声沙门，以造经呗新声，是为当时考文审音的重大事件。② 而作为"竟陵八友"之一的沈约，以及依附于竟陵王府的周颙等人，将佛经转读过程中形成的平、 上、 去、 入四声应用于美文的创作，想来是非常自然的。 陈寅恪的《四声三问》曾特别指出四声说之所以产生于此时，创说者又恰是沈约、 周颙等人，正基于上述历史机缘。 善声沙门与审音文士的合作是四声之起源，这成为许多人

---

① （清)顾炎武：《音学五书》，刘永翔点校，61 页，上海，上海古籍出版社，2012。
② 参见(梁)释僧祐：《出三藏记集》，苏晋仁、萧炼子点校，405 页，北京，中华书局，1995。

的共识。

主内因说以为四声说的发明基于汉语读音由混沌到清晰的内在趋势。转读佛经说并不尽合历史事实，佛经声调的转读只是特殊的时代、特殊的历史机缘下人为的次要性原因，而不是语言演变的主要原因，王国维的《五声说》、郭绍虞的《声律说考辨》等主此说。该说认为，自魏晋以来汉字读音问题广受学人重视，在沈约以前已有李登的《声类》、吕静的《韵集》和孙炎的《尔雅音义》等，与沈约同时的周颙也有《四声切韵》，故前及顾炎武的《音论》认为其贡献只在于"特总而谱之，或小有更定耳"。顾炎武特别强调此种汉字读音的逐渐精细，是一种历时性的演变过程："四声之谱，诚不可无，然古人之字，有定作一声者，有不定作一声者。既以四声分部，则于古人之所已用，不得不两收、三收、四收，而其所阙漏者，遂为太古之音，后人疑不敢用。又江左诸公本从辞赋入门，未通古训，于是声音一而文字愈繁，作赋巧而研经弥拙，且使今人、古人如异域之不相晓，而叶音之说作。"这显然认为在中古骈俪辞赋日渐繁兴、文字愈加密致的背景下，声调和四声之说的兴起是有着音韵学上的必然性的。

1. 四声说与平仄论

《文镜秘府论·天卷》曾引隋人刘善经的《四声指归》，称："宋末以来，始有四声之目。沈氏乃著其谱论，云起自周颙。"又，唐人封演的《封氏闻见记》称："周颙好为体语，因此切字皆有纽，皆有平上去入之异。永明中，沈约文辞精拔，盛解音律，遂撰《四声谱》。"刘善经所说的"谱论"可能就指隋唐时尚可见到的沈约的《四声谱》。据此，可知四声之名虽始于周颙，但意义只限于音韵学，将其扩展至诗文创作的关键人物是沈约。《宋书·谢灵运传论》称其所论"以累万之繁，配五声之约"，可见贡献之巨。

《四声谱》以四声制韵，将诗文用字分为平、上、去、入四部。与传统五音理论不同，四声说将平声作为一部，将上声、去声、入声归为另一部，形成了阴阳相对、宫羽相变的声律二元论，这正是后来律诗平仄理论的基础。需要指出，这种以四声二元化为核心的制谱方法，与佛教转读过程中的声变问题无大关涉，故"博涉经史，善属文"的齐高帝不喜沈说，精通佛经的梁武帝亦不能理解其义。即使下臣为讨好帝王，或言"天子圣哲"，或言"天子万福"来比附四声声调，二人仍怀疑此种人工声调的可行性。顾炎武还举例称梁武帝清暑殿效柏梁体联句，其中有"居中负扆寄缨绂"句，江蒨和云"鼎味参和臣多匮"，以去声应入声，可知此时还未用四声，由此断言四声之论起于永明而定于梁、陈之间。

所以我们可断定，此前古人已有语音上的二元观念，沈约的贡献在于将其系统化为平仄相对的谱系理论。对此，王国维的《五声说》一文指出："五声者，以古音言之也。宋齐以后，四声说行而五声说微。然周颙、沈约等撰韵书者，非不知有五声……约知有五声而作《四声谱》者，以《四声谱》为属文而作，本非韵书。且其时阳类已显分三声，与阴类三声及入声而七。用之诗文则阴阳可以互易，而平仄不能相贸，故合阴阳两类而为四声。四声者，就今音言之也。"此处，王国维详细说明了《四声谱》的价值在于古今音转换，诗文创作中声调逐渐二元化为平仄规律。

当然，齐梁间人还不能像唐人那样，简单地用平仄来指称诗律。面对新型的制谱范，他们不得不用一些古代术语来表达这个二元化的系统。故《宋书·谢灵运传论》依托古代乐律的宫羽概念，多讲"宫羽相变""低昂互节""轻重悉异""浮声""切响"等。凡此，都可被视作一种比喻义。

将四声二元化，作用在于使诗句内部形成声调的参差变化，即"宫羽相变，低昂互节，若前有浮声，则后须切响。一简之内，音韵尽殊；两句之中，轻重悉异"的美学效果。其中"低昂互节"可理解为文字音节的高低互换；"浮声"指清音，"切响"指浊音；清音与浊音之间又会产生"轻重之异"的效果。这样，在五言四句和五言八句的诗型中，一句之内和两句之间会产生丰富的变化。落实到具体的创作中，《文镜秘府论》"齐梁调诗"条举了梁何逊的《伤徐主簿》一诗为佐证。其实除此之外，何逊还有许多颇具永明体特色的诗句，如《酬范记室云》之"风光蕊上轻，日色花中乱"，《春夕早泊和刘谘议落日望水》之"草光天际合，霞影水中浮"，都可与沈约的同类诗构成对看。

上述诗句有共同的特点，就是一句之中往往平仄相间，形成"颠倒相配"的谐适效果；整首诗中间虽有散行，但以排偶句为多，此种声韵安排正可说明齐梁体确为唐人律体之源。总之，齐梁体实是变古入律之渐，仅就其粗迹而论，排偶多而散行少，采色浓而澹语鲜。分句来说有律句与古句之分，合章而言则又上下不相粘缀。清人赵执信的《声调谱》论其与唐律的区别，即断在"无粘联，有平仄，在本句本联中论平仄"，王力认为此种解说可称明白。[1] 正是这种声韵的讲究，构成了齐梁体向律体转变的关键，由此声韵谐和与措语浓鲜相结合，形成了彩丽竞繁的审美风格。

2. 八病论

如果说"四声"是声韵上的积极规定的话，"八病"则是一种消极的约束。钟嵘的《诗品序》曾批评声律论"使文多拘忌，伤其真美"，又称"至如平上去入，则余病不能；蜂腰鹤膝，闾里已甚"。可见在钟嵘的时代，以"蜂腰""鹤膝"为代表的八病论已流行至社会中下层。隋王通的《中说》引李百药语，尚称"上陈应、刘，下述沈、谢，分四声八病"，初唐卢照邻干脆称"八病爰起，沈隐侯永作拘囚"，皎然的《诗式》也称"沈休文酷裁八病，碎用四声"，宋人王应麟的《困学纪闻》引李淑《诗苑类格》语，具体论及其内容，称"沈约云：诗有八病。谓平头、上尾、蜂腰、鹤膝、大韵、小韵、旁纽、正纽"，可见都将"八病"的发现归于沈约名

---

① 参见王力：《汉语诗律学》，453 页，北京，中华书局，2015。

下。 纪昀作《沈氏四声考》，虽以为"齐梁诸史，休文但言四声五音，不言八病。言八病自唐人始"，但也并未否定沈约是此说重要的参与者，乃至此说的关键。 故八病论名目、 内容或有差异，但基本内容只能产生于富于声律实践的齐梁年间。《颜氏家训·文章》就说："江南文制，欲人弹射，知有病累，随即改之。"南朝文士普遍讲究病累、 病犯是不争的事实。《文镜秘府论·西卷》称，自周颙、 沈约之后，南朝"声谱之论郁起，病犯之名争兴，家制格式，人谈疟累"，更可见其时病犯说与四声说一起，成为士人非常有兴趣集中谈论的话题之一。

今存文献中，最早对"八病"做详细介绍的是《文镜秘府论》，其《西卷》"文二十八种病"中包含"八病"的定义和例诗，大多综合元兢的《诗髓脑》、 无名氏的《文笔式》、 上官仪的《笔札华梁》等书而成，且多旁证，较为可信。

其中，五言诗第一字不得与第六字同声，第二字不得与第七字同声。 同声者，不得同平、 上、 去、 入四声，犯者则为犯"平头"。 或者第一、 第二字不宜与第六、 第七字同声。 参差用之则可。 犯平头病的例诗如"芳时淑气清，提壶台上倾"（"芳"与"提"同声，"时"与"壶"同声），"山方翻类矩，波圆更若规。 树表看猿挂，林侧望熊驰"（"山方"与"波圆"同声）。 "上尾"或名"土崩病"，指五言诗中第五字与第十字同声。 犯上尾病的例诗如"西北有高楼，上与浮云齐"（"楼"与"齐"同声），"可怜双飞凫，俱来下建章。 一个今依是，拂翩独先翔"（"凫"与"章"同声）。 "蜂腰"指五言诗一句之中，第二字与第五字同声。 言两头粗，中央细，似蜂腰也。 犯蜂腰病的例诗如"青轩明月时，紫殿秋风日。 曈昽引夕照，唵暖映容质"（"轩"与"时"同声，"殿"与"日"同声），"闻君爱我甘，窃独自雕饰"（"独"与"饰"同声）。 "鹤膝"指五言诗第五字与第十五字同声。 言两头细，中央粗，似鹤膝也，以其诗中央有病。 犯鹤膝病的例诗如"拔棹金陵渚，遵流背城阙。 浪蹙飞船影，山挂垂轮月"（"渚"与"影"同声），"陟野看阳春，登楼望初节。 绿池始沾裳，弱兰未央结"（"春"与"裳"同声）。 "大韵"或名"触绝病"，指前九字中有与韵脚同韵的字。 犯大韵病的例诗如"紫翻拂花树，黄鹂闲绿枝。 思君一叹息，啼泪应言垂"（以"枝"为韵，与前九字中的"鹂"字相犯）。 "小韵"或名"伤音病"，除韵以外而有迭相犯者为犯"小韵"。 犯小韵病的例诗如"搴帘出户望，霜花朝濛日。 晨莺傍杼飞，早燕挑轩出"（"望"字与第九字"濛"字同韵相犯）。 "旁纽"亦名"大纽"，或名"爽切病"。 五言诗一句之中有"月"字，更不得安"鱼""元""阮""愿"等之字，此即双声，双声即犯旁纽。 犯旁纽病的例诗如"鱼游见风月，兽走畏伤蹄"（"鱼"与"月"双声，"兽"与"伤"双声）。 "正纽"亦名"小纽"。 五言诗中"壬""衽""任""入"，四字为一纽； 一句之中，已有"壬"字，更不得安"衽""任""入"等字。 如此之类，即为犯"正纽"。 犯正纽病的例诗如"抚琴起和曲，叠管泛鸣驱。 停轩未忍去，白日小踟蹰"（"踟""蹰"为一纽字，故犯正纽。 "人""忍""仁"

"日"四字为一组，故此处"忍""日"二字犯正纽）。 合言之，平头、 上尾、 蜂腰和鹤膝涉及的是平仄问题，大韵、 小韵关涉的是叠韵问题，旁纽和正纽则属于双声问题。 故前及王应麟引《诗苑类格》语，称沈约言"八病"，"惟上尾、 鹤膝最忌，余病亦通"。

除上述这些关涉"八病"的定义和例诗，《文镜秘府论》还在每个条目下引了王滔、 刘斌、 沈氏（一般认为指沈约）等人的详细阐说。 《西卷》还有《文笔十病得失》，一般认为出自隋刘善经之手。 它将八病论扩及整个文章写作，详细例举说明"诗"与"笔"在声韵上的得失，可谓对此论的扩展和丰富。 至于《文笔十病得失》多出了"隔句上尾"和"踏发声"，实是"上尾"在"笔"中衍生出的问题。 由《文镜秘府论》所引诸论的重复、 衍变和差异，可以看出从齐梁到隋唐，八病论实经历了复杂的探索过程，是累积形成的知识体系。 这也许可以解释，若严格按隋唐人所述去检视永明诗人，其创作为什么也多犯"八病"。

3. 声律论的影响

《文二十八种病》除列出"八病"外，另有水浑病、 火灭病、 阙偶病、 繁说病、龃龉病、 丛聚病、 忌讳病、 形迹病、 傍突病、 翻语病、 长撷腰病、 长解镫病、 支离病、 相滥病、 落节病、 杂乱病、 文赘病、 相反病、 相重病、 骈拇病等二十种，可见琐碎。 故从钟嵘的《诗品序》开始即批评其"务为精密，襞积精微，专相陵架，故使文多拘忌，伤其真美"。 唐殷璠的《河岳英灵集序》也以为："齐梁陈隋，下品实繁，专事拘忌，弥损厥道。 夫能文者，匪谓四声尽要流美，八病咸须避之，纵不粘二，未为深缺。"苏轼的《和流杯石上草书小诗》说"蜂腰鹤膝嘲希逸，春蚓秋蛇病子云。醉里自书醒自笑，如今二绝更逢君"，明王世贞的《艺苑卮言》更指出"休文之拘滞，正与古体相反，唯近律差相关耳，然亦不免商君之酷"，实际上都是基于性情必须得到自由抒发的立场，针对其被琐屑苛严的声律规则阻滞和遮蔽而提出的批评。

客观而论，齐梁体和声律论之于传统诗歌的发展自有重要的价值，构成了从古体诗向律诗发展的关键。 严格的清浊之分和音声之和使诗更具吟咏性，并最终在传达形式上与其他文学样式区隔开来。 有的进而结合声韵之美与色彩之美，使诗在视觉形式和听觉形式上有了更为丰富细腻的美感。 故称中古诗学在四声八病上的探索和实践使汉语在诗歌创作中逐渐找到了最理想的句式和节奏，从而最大限度地发挥了汉语的诗性本质，是一点都不过分的。 刘勰虽批评骈俪文风，不完全赞同八病论，但《文心雕龙·声律》仍客观总结了声律在创作中的关键作用："凡声有飞沉，响有双叠，双声隔字而每舛，叠韵离句而必睽； 沉则响发而断，飞则声扬不还：并辘轳交往，逆鳞相比，迕其际会，则往蹇来连，其为疾病，亦文家之吃也。"黄侃的《文心雕龙札记》认为："飞谓平清，沉谓仄浊。 双声者二字同组，叠韵者二字同韵。 一句之内，如杂用两同声之字，或用二同韵之字，则读时不便，所谓双声隔字而每舛，叠韵杂句而必暌也。 一句纯用仄浊，或一句纯用平清，则读时亦不便，所谓沉则响发而断，飞则声扬不还也。"可知"声有飞沉，响有双叠"云云，与沈约浮声切响、一简两句说同义，都主张同句中不得纯用浊声或清声，飞声可看作平，沉声可看作仄，以期在平仄交替中形成参差变化，以适应吟诵之需。 非如此，则如文章家之患口吃，字音不正而喉唇纠纷，无法形成和谐的声律。

当然，刘勰与沈约的立场不同，主张超越人工音调的强制性，尽力在平仄和谐中形成流畅自然的音律感。 这种声律观实是对齐梁声病论的一种否定和超越。

📖 原典选读

文笔说和声律论为中古文论最核心的命题，也是古代文论发展史上至为重要的转换。前者涉及魏晋以来人们对文体分类和范围的认识，从范晔、萧绎等人的论说中，可以见出南朝人对"文"与"笔"的意义区隔；后者则在语言形式上，对诗体、诗句和诗律做了更为细致的探讨。其中沈约的贡献尤其突出，所作《宋书·谢灵运传论》为其时声律论的代表性文献。他与陆厥的争论则可见这一讨论的过程和深度。《文心雕龙·声律》在批评时人过执声律的基础上，提出"异音相从谓之和，同声相应谓之韵"的自然声律观，可被视作对齐梁声律论的总结与超越。

一、范晔《狱中与诸甥侄书以自序》(节选)

常耻作文士。文患其事尽于形，情急于藻，义牵其旨，韵移其意。虽时有能者，大较多不免此累，政可类工巧图缋，竟无得也。常谓情志所托，故当以意为主，以文传意。以意为主，则其旨必见；以文传意，则其词不流。然后抽其芬芳，振其金石耳。此中情性旨趣，千条百品，屈曲有成理。自谓颇识其数，尝为人言，多不能赏，意或异故也。

性别宫商，识清浊，斯自然也。观古今文人，多不全了此处，纵有会此者，不必从根本中来。言之皆有实证，非为空谈。年少中，谢庄最有其分，手笔差易，文不拘韵故也。吾思乃无定方，特能济难适轻重，所禀之分，犹当未尽。但多公家之言，少于事外远致，以此为恨，亦由无意于文名故也。

本未关史书，政恒觉其不可解耳。既造《后汉》，转得统绪，详观古今著述及评论，殆少可意者。班氏最有高名，既任情无例，不可甲乙辨。后赞于理近无所得，唯志可推耳。博赡不可及之，整理未必愧也。吾杂传论，皆有精意深旨，既有裁味，故约其词句。至于《循史》以下及《六夷》诸序论，笔势纵放，实天下之奇作。其中合者，往往不减《过秦》篇。尝共比方班氏所作，非但不愧之而已。欲遍作诸志，《前汉》所有者悉令备。虽事不必多，且使见文得尽。又欲因事就卷内发论，以正一代得失，意复未果。赞自是吾文之杰思，殆无一字空设，奇变不穷，同合异体，乃自不知所以称之。此书行，故应有赏音者。纪、传例为举其大略耳，诸细意甚多。自古体大而思精，未有此也。恐世人不能尽之，多贵古贱今，所以称情狂言耳。

　　　　　　　　　　　　　　　　[(梁)沈约撰：《宋书》，北京，中华书局，1974]

二、萧绎《金楼子·立言》(节选)

　　古之学者为己，今之学者为人。学而优则仕，仕而优则学，古人之风也。修天爵以取人爵，获人爵而弃天爵，末俗之风也。古人之风，夫子所以昌言；末俗之风，孟子所以扼腕。然而古人之学者有二，今人之学者有四。夫子门徒，转相师受，通圣人之经者，谓之儒。屈原、宋玉、枚乘、长卿之徒，止于辞赋，则谓之文。今之儒，博穷子史，但能识其事，不能通其理者，谓之学。至如不便为诗如阎纂，善为章奏如伯松，若此之流，泛谓之笔。吟咏风谣，流连哀思者，谓之文。而学者率多不便属辞，守其章句，迟于通变，质于心用。学者不能定礼乐之是非，辩经教之宗旨，徒能扬榷前言，抵掌多识。然而挹源知流，亦足可贵。笔退则非谓成篇，进则不云取义，神其巧惠笔端而已。至如文者，维须绮縠纷披，宫徵靡曼，唇吻适会，情灵摇荡。而古之文笔，今之文笔，其源又异。至如象系风雅，名墨农刑，虎炳豹郁，彬彬君子，卜谈"四始"，刘言《七略》，源流已详，今亦置而弗辨。潘安仁清绮若是，而评者止称情切，故知为文之难也。曹子建、陆士衡皆文士也，观其辞致侧密，事语坚明，意匠有序，遗言无失，虽不以儒者命家，此亦悉通其义也。遍观文士，略尽知之。至于谢玄晖，始见贫小，然而天才命世，过足以补尤。任彦升甲部阙如，才长笔翰，善辑流略，遂有龙门之名，斯亦一时之盛。

　　夫今之俗，搢绅稚齿，闾巷小生，学以浮动为贵，用百家则多尚轻侧，涉经记则不通大旨。苟取成章，贵在悦目。龙首豕足，随时之义；牛头马髀，强相附会。事等张君之弧，徒观外泽；亦如南阳之里，难就穷检矣。射鱼指天，事徒勤而靡获；适郢道燕，马虽良而不到。夫挹酌道德，宪章前言者，君子所以行也。是故言顾行，行顾言。原宪云："无财谓之贫，学道不行谓之病。"末俗学徒，颇或异此。或假兹以为伎术，或狎之以为戏笑。若谓为伎术者，犁轩眩人，皆伎术也。若以为戏笑者，少府斗猴，皆戏笑也。未闻强学自立，和乐慎礼若此者也。口谈忠孝，色方在于过鸿；形服儒衣，心不则于德义。既弥乖于本行，实有长于浇风。一失其源，则其流已远，与其"不陨获于贫贱，不充诎于富贵，不畏君王，不累长上，不闻有司"者，何其相反之甚。

　　王仲任言："夫说一经者为儒生，博古今者为通人，上书奏事者为文人，能精思著文连篇章为鸿儒，若刘向、扬雄之列是也。盖儒生转通人，通人为文人，文人转鸿儒也。"

子思云："尧身长十尺，眉乃八采。舜身长六尺，面颔无毛。禹、汤、文、武及周公，或勤思劳体，或拆臂望阳，或秃骭背偻。圣贤在德，岂在貌乎？"

按《周礼》："筮人氏掌三《易》，夏曰《连山》，殷曰《归藏》，周曰《周易》。"解此不同。按，杜子春云："《连山》，伏羲也；《归藏》，黄帝也。"予曰：按《礼记》曰："我欲观殷道，得坤乾焉。"今《归藏》先坤后乾，则知是殷明矣。推《归藏》既则殷制，《连山》理是夏书。

铭颂所称，兴公而已。夫披文相质，博约温润，吾闻斯语，未见其人。班固硕学，尚云赞颂相似；陆机钩深，犹称碑赋如一。

杨泉蚕赋序曰："古人作赋者多矣，而独不赋蚕，乃为《蚕赋》。"是何言与？楚兰陵荀况有《蚕赋》，近不见之，有文不如无述也。

黄金满笥，不以投龟；明珠径寸，岂劳弹雀？

[（梁）萧绎撰：《金楼子校笺》，许逸民校笺，北京，中华书局，2011]

三、沈约《宋书·谢灵运传论》

史臣曰：民禀天地之灵，含五常之德，刚柔迭用，喜愠分情。夫志动于中，则歌咏外发。六义所因，四始攸系，升降讴谣，纷披风什。虽虞夏以前，遗文不睹，禀气怀灵，理无或异。然则歌咏所兴，宜自生民始也。周室既衰，风流弥著，屈平、宋玉，导清源于前，贾谊、相如，振芳尘于后，英辞润金石，高义薄云天。自兹以降，情志愈广。王褒、刘向、扬、班、崔、蔡之徒，异轨同奔，递相师祖。虽清辞丽曲，时发乎篇，而芜音累气，固亦多矣。若夫平子艳发，文以情变，绝唱高踪，久无嗣响。至于建安，曹氏基命，二祖陈王，咸蓄盛藻，甫乃以情纬文，以文被质。自汉至魏，四百余年，辞人才子，文体三变。相如巧为形似之言，班固长于情理之说，子建、仲宣以气质为体，并标能擅美，独映当时。是以一世之士，各相慕习，原其飚流所始，莫不同祖《风》《骚》。徒以赏好异情，故意制相诡。降及元康，潘、陆特秀，律异班、贾，体变曹、王，缛旨星稠，繁文绮合。缀平台之逸响，采南皮之高韵，遗风余烈，事极江右。有晋中兴，玄风独振，为学穷于柱下，博物止乎七篇，驰骋文辞，义单乎此。自建武暨乎义熙，历载将百，虽缀响联辞，波属云委，莫不寄言上德，托意玄珠，遒丽之辞，无闻焉尔。仲文始革孙、许之风，叔源大变太元之气。爰逮宋氏，颜、谢腾声。灵运之兴会标举，延年之体裁明密，并方轨前秀，垂范后昆。若夫敷衽论心，商榷前藻，工拙之数，如有可言。夫五色相宣，八音协畅，由乎玄黄律吕，各适物宜。欲使宫羽相变，低昂互节，若前有浮声，则后须切响。一简之内，音韵尽殊；两句之中，轻重悉异。妙达此旨，始可言文。至于先士茂制，讽高历赏，子建函京之作，仲宣霸岸之篇，子荆零雨之章，正长朔风之句，并直举胸情，非傍诗史，正以音律调韵，取高前式。自骚人以来，多历年代，虽文体稍精，而此秘未睹。至于高言妙句，音韵天成，皆暗与理合，匪由思至。张、蔡、曹、王，曾无先觉，潘、陆、谢、颜，去之弥远。世之知音者，有以得之，知此言之非谬。如曰不然，请待来哲。

［(梁)沈约撰：《宋书》，北京，中华书局，1974］

四、陆厥《与沈约书》

范詹事《自序》："性别宫商，识清浊，特能适轻重，济艰难。古今文人，多不全了斯处，纵有会此者，不必从根本中来。"沈尚书亦云："自灵均以来，此秘未睹。"或"暗与理合，匪由思至。张蔡曹王，曾无先觉，潘陆颜谢，去之弥远。"大旨钧使"宫羽相变，低昂舛节。若前有浮声，则后须切响，一简之内，音韵尽殊，两句之中，轻重悉异"。辞既美矣，理又善焉。但观历代众贤，似不都暗此处，而云"此秘未睹"，近于诬乎？

案范云"不从根本中来"。尚书云"匪由思至"。斯可谓揣情谬于玄黄，摘句差其音律也。范又云"时有会此者"。尚书云"或暗与理合"。则美咏清讴，有辞章调韵者，虽有差谬，亦有会合，推此以往，可得而言。夫思有合离，前哲同所不免，文有开塞，即事不得无之。子建所以好人讥弹，士衡所以遗恨终篇。既曰遗恨，非尽美之作，理可诋诃。君子执其诋诃，便谓合理为暗。岂如指其合理而寄诋诃为遗恨邪？

自魏文属论，深以清浊为言，刘桢奏书，大明体势之致，岨峿妥怗之谈，操末续颠之说，兴玄黄于律吕，比五色之相宣，苟此秘未睹，兹论为何所指邪？故愚谓前英已早识宫徵，但未屈曲指的，若今论所申。至于掩瑕藏疾，合少谬多，则临淄所云"人之著述，不能无病"者也。非知之而不改，谓不改则不知，斯曹、陆又称"竭情多悔，不可力强"者〔也〕。今许以有病有悔为言，则必自知无悔无病之地，引其不了不合为暗，何独诬其一合一了之明乎？意者亦质文时异，古今好殊，将急在情物，而缓于章句。情物，文之所急，美恶犹且相半；章句，意之所缓，故合少而谬多。义兼于斯，必非不知明矣。

《长门》《上林》，殆非一家之赋；《洛神》《池雁》，便成二体之作。孟坚精正，《咏史》无亏于东主；平子恢富，《羽猎》不累于凭虚。王粲《初征》，他文未能称是；杨修敏捷，《暑赋》弥日不献。率意寡尤，则事促乎一日；矕矕愈伏，而理赊于七步。一人之思，迟速天悬；一家之文，工拙壤隔。何独宫商律吕，必责其如一邪？论者乃可言未穷其致，不得言曾无先觉也。（《南齐书·陆厥传》）

［(梁)萧子显撰：《南齐书》，北京，中华书局，1974］

五、刘勰《文心雕龙·声律》

夫音律所始，本于人声者也。声合宫商，肇自血气，先王因之，以制乐歌。故知器写人声，声非学器者也。故言语者，文章关键，神明枢机，吐纳律吕，唇吻而已。古之教歌，先揆以法，使疾呼中宫，徐呼中徵。夫徵羽响高，宫商声下，抗喉矫舌之差，攒唇激齿之异，廉肉相准，皎然可分。今操琴不调，必知改张，摘文乖张，而不识所调；响在彼弦，乃得克谐，声萌我心，更失和律，其故何哉？良由外听易为察，而内听难为聪也。故外听之易，弦以手定，内听之难，声与心纷：可以数求，难以辞逐。凡声有飞沉，响有双叠，双声隔字而每舛，叠韵离句而必睽；沉则响发而断，飞则声扬不还：并辘轳交往，逆鳞相比，近其际会，则往蹇来连，其为疾病，亦文家之吃也。夫吃文为患，生于好诡，逐新趣异，故喉唇纠纷；将欲解结，务在刚断。左碍而寻右，末滞而讨前，则声转于吻，玲玲如振玉；辞靡于耳，累累如贯珠矣。是以声画妍蚩，寄在吟咏，滋味流于字句。气力穷于和韵。异音相从谓之和，同声相应谓之韵。韵气一定，故余声易遣；和体抑扬，故遗响难契。属笔易巧，选和至难，缀文难精，而作韵甚易。虽纤意曲变，非可缕言，然振其大纲，不出兹论。

若夫宫商大和，譬诸吹籥；翻回取均，颇似调瑟。瑟资移柱，故有时而乖贰；籥含定管，故无往而不壹。陈思潘岳，吹籥之调也；陆机左思，瑟柱之和也。概举而推，可以类见。

又诗人综韵，率多清切，楚辞辞楚，故讹韵实繁。及张华论韵，谓士衡多楚，文赋亦称取足不易，可谓衔灵均之声余，失黄钟之正响也。凡切韵之动，势若转圜，讹音之作，甚于枘方；免乎枘方，则无大过矣。练才洞鉴，剖字钻响，疏识阔略，随音所遇，若长风之过籁，南郭之吹竽耳。古之佩玉，左宫右徵，以节其步，声不失序。音以律文，其可忽哉！

赞曰：标情务远，比音则近。吹律胸臆，调钟唇吻。声得盐梅，响滑榆槿。割弃支离，宫商难隐。

［(南朝梁)刘勰著：《文心雕龙注释》，周振甫注，

北京，人民文学出版社，1981］

第二节　萧统与《文选》

南朝文学繁荣，文章数量激增，文学总集的编纂亦兴起。晋挚虞本有《文章流别集》，惜失传。至梁代，萧统（501—531）为武帝长子，《梁书·昭明太子传》称其"引纳才学之士，赏爱无倦。恒自讨论篇籍，或与学士商榷古今；闲则继以文章著述，率以为常。于时东宫有书几三万卷，名才并集，文学之盛，晋、宋以来未之有也"。由此形成了包括陆倕、王筠、张缵、刘孝绰等人在内的文士集团。萧统在诸多文士

的帮助下，依丰绰的宫廷藏书编成《文选》。《文选》后来成为科举时代士子习文的楷则，在唐代风行一时，注家蜂起，成就了文选学这一显学。杜甫曾以"熟读文选理"训子，陆游的《老学庵笔记》也有"文选烂，秀才半"之说，足见《文选》影响之深广。

在《文选序》中，萧统系统表达了自己的文学观，于此可见齐梁人对文学审美性的体认。其中对文与道、文与质、事义与辞藻等问题的论述，显示了其时文论发展的深度与广度。

一、文之源起与文学理想

萧统认为，远古茹毛饮血之世，"世质民淳，斯文未作"，及至伏羲画八卦，造书契，"由是文籍生焉"。他又引《周易》之"观乎天文，以察时变；观乎人文，以化成天下"，说明"文之时义远矣哉"。萧统上溯物象之文以论文章的源起，以为文章乃或纹饰与自然物象一样，具有存在的合法性和必然性。故他以"大辂"与"椎轮"、"水"与"冰"来比喻质与文的关系，称文章形式渐趋丰富华丽是时势使然，"随时改变，难可详悉"。这种对变化发展的肯定与刘勰、钟嵘相同，可谓那个时代文学思潮的主流。

萧统并不像萧纲那样一味追求华丽绮靡，后者之《诫当阳公大心书》直接提出"立身之道与文章异。立身先须谨重，文章且须放荡"的主张。萧统更多从儒家思想出发，采取文质并重的折中态度。他在《答湘东王求文集及诗苑英华书》中说："夫文典则累野，丽亦伤浮。能丽而不浮，典而不野，文质彬彬，有君子之致。吾尝欲为之，但恨未逮耳。观汝诸文，殊与意会。至于此书，弥见其美。远兼邃古，傍概典坟。学以聚益，居焉可赏。"他秉承儒家文质彬彬的价值观，将"丽而不浮，典而不野"作为文学的最高理想。他的创作也是从这种立场出发的，倡导典雅雍容的文风。清人潘耒的《文选瀹注序》曾言及《文选》所持的典雅文学观与齐梁文学的关系："《文选》一书，昭明救文弊而作也。秦汉以降，作者如林，虽风会迁流，体制不一，莫不本之以质，宣之以文，温厚淳深，有典有则。江左稍尚华赡，下迄齐梁，骈俪之习成……于是芟次七代，荟萃群言，择其文之尤典雅者，勒为一书，用以切劘时趋，标指先正，譬犹陈鼎彝于绮席之间，奏钟吕于繁音之会也。"潘耒之文将萧统的编撰意图说得至为明晰。

为实现这种文质相合与典重端雅的文学理想，《文选》不选东晋时流行的玄言诗，为其理过于辞，淡乎寡味；也不选同时期盛行的宫体诗，为其过于轻浮，有涉绮靡。最终，《文选》"陈鼎彝于绮席之间，奏钟吕于繁音之会"，确立起高尚纯正的文学典范。

这种对文质相合与典重端雅的强调，使萧统在华靡文风盛行的时代首先发现了陶渊明诗的独特价值。东晋至齐梁年间，人们对陶诗多不重视，即使集大成如《文心雕龙》

也无一语言及,钟嵘的《诗品》不过将其列入中品。 萧统却能对陶诗赞赏有加,不仅替陶渊明编纂了集子,还为之作传,称其诗"篇篇有酒。 吾观其意不在酒,亦寄酒为迹者也。 其文章不群,辞采精拔,跌宕昭彰,独超众类,抑扬爽朗,莫与之京"。 可以说,是萧统最先发现了陶诗的置情高远与卓然不群,陶诗成为诗歌史上文质彬彬的典范至此底定。

二、文体分类的精细化

《文选序》不仅论述了文之起源及其发展变化,还充分吸收了当时文笔探讨的成果。 《文选》总三十卷,唐人李善作注时厘为六十卷。 此六十卷所收文体众多,可见南朝以前各种文体发展的盛况。 具体而言,有三十九类。 若按现代文体观念,又可分为赋、 诗、 骚、 文四大类。 其中赋类选载最多,占十八卷,此中又按题材分为京都、 郊祀、 畋猎、 耕籍、 纪行、 游览、 宫殿、 江海、 物色、 鸟兽、 志、 哀伤、论文、 音乐、 情十五种。 如此细致的划分,可见其对赋体的重视。 之所以如此,与萧统认为"赋"为诗六义之一,后世扩为一体,"故诗之体,今则全取赋名"有关。 可以想见,在萧统看来,近人所作大赋也应具有铺陈政教、 惩恶扬善的功能。 其意正如《文心雕龙·诠赋》所言,在能"体国经野,义尚广大"。 那些"纪一事""咏一物"的小赋,价值则在"触兴致情,因变取会,拟诸形容,则言务纤密; 象其物宜,则理贵侧附",也间有可取。 可以说,从《文选》开始,后世诗文总集、 别集常以赋居首,都有因应和凸显传统价值观的考量。

《文选》选收历代诗人六十七家,诗作四百三十二首,其中五言诗三百九十多首,可见对第二类文体诗的重视。 《文选序》称:"自炎汉中叶,厥涂渐异。 退傅有在邹之作,降将著河梁之篇;四言五言,区以别矣。"这是说自从韦孟作四言诗《在邹》、李陵作五言诗《河梁》,诗就有了四言与五言的区别及其在后世的分途发展。 当然,从《文选》以五言诗为主的选诗标准,可以看出萧统是以五言为诗体主流的,此正与齐梁以来五言诗兴盛密切相关。 《文选》所录五言诗多以建安、 太康、 元嘉和齐梁诗为主,重点作家有曹植、 陆机、 谢灵运、 颜延之、 谢朓、 沈约、 任昉等人,基本涵盖了魏晋以来五言诗的代表作家,从而完整呈现出五言诗发展的历史,从诗选角度印证了钟嵘所谓"五言居文辞之要"的结论。 如果说萧统更多地赋予古诗和赋以某种政治功能的话,那么,对魏晋以来兴起的五言诗,他更多关注的是其情志发挥的功能,这体现在他将诗界定为"盖志之所之也,情动于中,而形于言"。 他虽强调诗为风雅之道,但也认为诗主要基于情志发动,再表征为语言,这是他所主张的诗与赋的区分所在。

《文选》所录第三大类为骚体,收录屈原、 宋玉等人的楚辞类作品两卷。 在汉朝人的认识里,赋之源虽本于诗,而实始于骚,故骚、 赋同体。 但在南朝人那里,屈原之作与汉代大赋已有了不同的分属，故《文选》中骚体被单列出来，目的或在突出屈原为辞赋之祖，其以抒发"耿介之意""壹郁之怀"而成骚人之文，有不同凡响的特异性。

《文选》所录第四大类为除赋、诗、骚之外的其他文体，从七体到行状共三十六种。此种分类烦琐，常遭诟病，但从文献学角度看，不啻保存了文学史的丰富性和多样性。萧统之前，从曹丕、陆机到挚虞，均采用此种分类，《文选》和《文心雕龙》不过区分得更为详细而已。在《文选序》中，萧统总结诸实用文体的功能与风格，称："次则箴兴于补阙，戒出于弼匡。论则析理精微，铭则序事清润。美终则诔发，图像则赞兴。又诏诰教令之流，表奏笺记之列，书誓符檄之品，吊祭悲哀之作，答客指事之制，三言八字之文，篇辞引序，碑碣志状，众制锋起，源流间出。"虽然有学者认为此种分类的依据源于任昉的《文章始》而非刘勰[①]，但其对各文体的整体把握，真实地反映了魏晋以来文体分类逐渐精细化的事实。

三、纯文学观的凸显

《文选序》在叙述各文体源流之后，还着重论述了选文的标准，特别强调不录经、子、史三类。经部因"以立意为宗，不以能文为本"而不选，诸子之论因"虽传之简牍，而事异篇章"而不选，历史类著作则因"褒贬是非，纪别异同，方之篇翰，亦已不同"而不选。凡此三不选，以后成为传统典籍四部分类中集部划定的依据，显示了魏晋以来文学走向独立和自觉的历史轨迹。

清人阮元的《书梁昭明太子〈文选序〉后》曾提出"文统"论，以为《文选》得文统之正："昭明以为经也，子也，史也，非可专名为文也。专名为文，必沉思翰藻而后可也。自齐梁以后，溺于声律，彦和雕龙，渐开四六之体。至唐而四六更卑，然文体不可谓之不卑，而文统不得谓之不正。"阮元以为即使后世鄙夷四六文，但《文选》承载和张大的仍是属辞成篇中骈偶为文的文章正宗。主张战国时文体已大备的章学诚也不得不承认，至齐梁间，"文章""辞章"的概念实即以辞藻华丽、骈偶韵语为根本。章学诚在《文史通义·诗教上》中即批评后人的成见："后世之文集，舍经义与传记论辩之三体，其余莫非辞章之属也。而辞章实备于战国，承其流而代变其体制焉。学者不知，而溯挚虞所衷之《流别》，甚且以萧梁《文选》，举为辞章之祖也，其亦不知古今流别之义。"其实并不是后世不知古今流别，实是魏晋南北朝时期，通俗意义上的辞章即为狭义的文采之辞，而非如章氏所言的广义上的可包含一切的文字著述。也就是说，后人以《文选》为辞章之祖，恰恰说明了其编选体例意在凸显一种纯文学观，并且

---

① 参见曹道衡、傅刚：《萧统评传》，183 页，南京，南京大学出版社，2001。

影响深远。因此，钱穆在《读文选》中说："文学既有独立之体性，斯必有其独特之技巧，此亦昭明文选所独具之标准。"

今人骆鸿凯所著《文选学》也同意阮元的说法，以为："《文选》所录，独以沉思翰藻为宗，即斯意也。抑六朝论文，最严文笔之辨。其所谓文，类不外如昭明所揭櫫。"由此，在魏晋南朝文笔说思潮的鼓荡下，"沉思翰藻"成为《文选》选文的美学标准。实际上，阮元将《文选序》中所谓"事出于沉思，义归乎翰藻"加以理论化与普遍化了。《文选序》原句是："至于记事之史，系年之书，所以褒贬是非，纪别异同，方之篇翰，亦已不同。若其赞论之综缉辞采，序述之错比文华，事出于沉思，义归乎翰藻，故与夫篇什，杂而集之。"后人对此段论述多有争论，宋人所辑《六臣注文选》将"赞论之综缉辞采，序述之错比文华"注解为"赞以美事，论言得失也。综缉，犹合缀也。序，序事。述，述史。错杂，比次也"，将"事出于沉思，义归乎翰藻，故与夫篇什，杂而集之"注解为"什，拾也，言赞论用思深远，故与篇章同拾而集之"，所引唐人李周翰、吕延济的注解都说得明白，即萧统在说明不选经、史、子的缘由后，又补充说明了何以破格增选史部中具有文辞之美的赞、论、序、述等。这些赞、论、序、述虽从文体上看不属于文，但在审美性质上却具有辞藻华美的特质。阮元正是在审美性质上将"沉思翰藻"视为《文选》选文的标准的，章学诚则是从文体流别的角度凸显了《文选》的意义。

从《文选序》可见，萧统选史书中的赞、论、序、述，是因其能"综缉辞采""错比文华"。但他也特别指出这些赞、论、序、述与其他骈体类文章有所不同，他更重视的是能将思致深远与辞藻华美相统合的那路文章。朱自清的《〈文选序〉"事出于沉思，义归乎翰藻"说》特别指出阮元对萧统"沉思翰藻"一说的误解，以为萧统句中"事""义"二字应当连读或对举。在西晋人的文章中，"事义""事类"指史论中引古事以证通理，"所以'事出于沉思'的'事'，当解作'事义''事类'的'事'，专指引言，而非泛说"。确实，在史书经传体例中，"事义""事类"多指历史事实与典故，如晋人杜预的《春秋左氏传序》所谓"故传或先经以始事，或后经以终义，或依经以辩理，或错经以合异，随义而发"，"其微显阐幽，裁成义类者，皆据旧例而发义，指行事以正褒贬"。杜预以为"传"为阐释经语的微言大义，必须总结、裁定史实以成典故义例。这些历史事实的表达往往要比类引用，而历史事例的合缀比错必然形成与散体不同的语辞形态，如《后汉书·班彪传论》所谓"敷文华以纬国典"，《梁书·刘杳传》引沈约所谓"君爱素情多，惠以二赞。辞采妍富，事义毕举，句韵之间，光影相照"。《文选》所选《后汉书·二十八将传论》《后汉书·逸民传论》以及《宋书·恩倖传论》，均是比类众人事迹，夹叙夹议，并以论为主，通过雅洁而华美的骈语呈现出深沉的历史感喟。

总之，萧统讲"事义"出于沉思，从狭义上特指史书传论中引事引辞，援古证今，以见褒贬是非的义理。《文心雕龙·事类》更为详细地解说了此种语辞形态:"事类者,盖文章之外,据事以类义,援古以证今者也。昔文王繇《易》,剖判爻位。《既济》九三,远引高宗之伐;《明夷》六五,近书箕子之贞:斯略举人事,以征义者也。至若《胤征》羲和,陈政典之训;《盘庚》诰民,叙迟任之言:此全引成辞,以明理者也。然则明理引乎成辞,征义举乎人事,乃圣贤之鸿谟,经籍之通矩也。《大畜》之象,君子以多识前言往行,亦有包于文矣。"刘勰专论事类,本身就说明用典在南朝文学中的重要意义。善于用典引语本是骈文语辞技巧的核心表征,是其区别于散文体最本质的特征之一。萧统从"丽而不浮,典而不野"的审美观念出发,体认到史书赞、论、序、述在思想与语辞的结合上具有特殊的示范价值,故将其选入《文选》并做了上述重要说明。

经史中据旧典凡例而起发经义的阐释方式,具体到文学创作中,可以泛指文学比附、比类和比喻等修辞手法,这正是骈文辞藻华美的语言形态得以实现的一种方式。因此,从广义上讲,"事义"归乎翰藻具体有效地确立了文的本位价值,即确立了理性沉思只有经由和谐的音韵、工致的对偶、精巧的典故和华美的辞藻才能得以精妙传达的认识。

原典选读

《文选》在文学史上具有十分重要的意义,除了后世词章之士多掇其字句,造成文选学盛行之外,其为经史鼓吹与声音训诂之关键,乃至诸子百家之检度与遗文坠简之渊薮,也是其他总集莫或能及的。《玉台新咏》的编选体例及审美追求与《文选》有较大的差异。基于崇雅的观念,《文选》摒除了当时流行的宫体诗而多选吴声、西曲,《玉台新咏》则多选反映男女闺情的绮罗脂粉之辞,直陈宫体诗的价值在于消闲赏玩,因明显轻忽雅颂经义而遭到后世批评。但从诗体发展的角度看,《玉台新咏》虽偏主宫体,但由汉及梁的文章升降迭代,借其略可见之,故仍有不容否定的价值。至其重视诗的入乐性和民间性,更有特别的形式意义与价值,不宜轻废。

一、萧统《文选序》

式观元始,眇觌玄风。冬穴夏巢之时,茹毛饮血之世,世质民淳,斯文未作。逮乎伏羲氏之王天下也,始画八卦,造书契,以代结绳之政,由是文籍生焉。《易》曰:"观乎天文,以察时变;观乎人文,以化成天下。"文之时义远矣哉!若夫椎轮为大辂之始,大辂宁有椎轮之质;增冰为积水所成,积水曾微增冰之凛。何哉?盖踵其事而增华,变其本而加厉;物既有之,文亦宜然。随时变改,难可详悉。

尝试论之曰:《诗序》云:"诗有六义焉:一曰风,二曰赋,三曰比,四曰兴,五曰雅,六曰颂。"至于今之作者,异乎古昔,古诗之体,今则全取赋名。荀宋表之于前,贾马继之于末。自兹以降，源流寔繁。述邑居，则有"凭虚""亡是"之作；戒畋游，则有《长杨》《羽猎》之制。若其纪一事，咏一物，风云草木之兴，鱼虫禽兽之流，推而广之，不可胜载矣！又楚人屈原，含忠履洁，君匪从流，臣进逆耳，深思远虑，遂放湘南。耿介之意既伤，壹郁之怀靡诉。临渊有怀沙之志，吟泽有憔悴之容。骚人之文，自兹而作。

诗者，盖志之所之也，情动于中，而形于言。《关雎》《麟趾》，正始之道著；桑间濮上，亡国之音表。故风雅之道，粲然可观。自炎汉中叶，厥涂渐异。退傅有在邹之作，降将著河梁之篇；四言五言，区以别矣。又少则三字，多则九言，各体互兴，分镳并驱。颂者，所以游扬德业，褒赞成功。吉甫有穆若之谈，季子有至矣之叹。舒布为诗，既言如彼；总成为颂，又亦若此。次则箴兴于补阙，戒出于弼匡。论则析理精微，铭则序事清润。美终则诔发，图像则赞兴。又诏诰教令之流，表奏笺记之列，书誓符檄之品，吊祭悲哀之作，荅客指事之制，三言八字之文，篇辞引序，碑碣志状，众制锋起，源流间出。譬陶匏异器，并为入耳之娱；黼黻不同，俱为悦目之玩。作者之致，盖云备矣！

余监抚余闲，居多暇日，历观文囿，泛览辞林，未尝不心游目想，移晷忘倦。自姬汉以来，眇焉悠邈，时更七代，数逾千祀。词人才子，则名溢于缥囊；飞文染翰，则卷盈乎缃帙。自非略其芜秽，集其清英，盖欲兼功太半，难矣！若夫姬公之籍，孔父之书，与日月俱悬，鬼神争奥，孝敬之准式，人伦之师友，岂可重以芟夷，加之剪截？老庄之作，管孟之流，盖以立意为宗，不以能文为本，今之所撰，又以略诸。若贤人之美辞，忠臣之抗直，谋夫之话，辨士之端，冰释泉涌，金相玉振。所谓坐狙丘，议稷下，仲连之却秦军，食其之下齐国，留侯之发八难，曲逆之吐六奇，盖乃事美一时，语流千载。概见坟籍，旁出子史，若斯之流，又亦繁博，虽传之简牍，而事异篇章，今之所集，亦所不取。至于记事之史，系年之书，所以褒贬是非，纪别异同，方之篇翰，亦已不同。若其赞论之综缉辞采，序述之错比文华，事出于沉思，义归乎翰藻，故与夫篇什，杂而集之。远自周室，迄于圣代，都为三十卷，名曰《文选》云耳。

凡次文之体，各以汇聚。诗赋体既不一，又以类分；类分之中，各以时代相次。

[（梁）萧统编：《文选》，（唐）李善注，北京，中华书局，1977]

二、徐陵《玉台新咏序》(节选)

加以天时开朗，逸思雕华，妙解文章，尤工诗赋。琉璃砚匣，终日随身；翡翠笔床，无时离手。清文满箧，非惟芍药之花；新制连篇，宁止蒲萄之树。九日登高，时有缘情之作；万年公主，非无累德之辞。其佳丽也如彼，其才情也如此。

既而椒宫宛转，柘馆阴岑，绛鹤晨严，铜蠡昼静。三星未夕，不事怀衾；五日尤賒，谁能理曲。优游少托，寂寞多闲。厌长乐之疏钟，劳中宫之缓箭。纤腰无力，怯南阳之捣衣；生长深宫，笑扶风之织锦。虽复投壶玉女，为观尽于百骁；争博齐姬，心赏穷于六箸。无怡神于眼景，惟属意于新诗。庶得代彼皋苏，微蠲愁疾。但往世名篇，当今巧制，分诸麟阁，散在鸿都。不藉篇章，无由披览。

于是，燃脂暝写，弄笔晨书，撰录艳歌，凡为十卷。曾无忝于雅颂，亦靡滥于风人，泾渭之间，若斯而已。

于是，丽以金箱，装之宝轴。三台妙迹，龙伸蠖屈之书；五色花笺，河北胶东之纸。高楼红粉，仍定鱼鲁之文；辟恶生香，聊防羽陵之蠹。灵飞太甲，高擅玉函；鸿烈仙方，长推丹枕。至如青牛帐里，余曲既终；朱鸟窗前，新妆已竟，方当开兹缥帙，散此绦绳，永对玩于书帷，长循环于纤手。岂如邓学《春秋》，儒者之功难习；窦专黄老，金丹之术不成。因胜西蜀豪家，托情穷于鲁殿；东储甲观，流咏止于洞箫。变彼诸嫔，聊同弃日，猗欤彤管，无或讥焉。

[（陈）徐陵编：《玉台新咏笺注》，（清）吴兆宜注，（清）程琰删补，

穆克宏点校，北京，中华书局，1985]

第三节　刘勰与《文心雕龙》

在齐梁创作繁盛的氛围下，关于为文本质和意义的思考也进入了更高层次，出现了古代文论史上体系最为完整、结构最为严密的理论著作——《文心雕龙》。《文心雕龙》取材浩博，体大思精，在古代文论史上可谓独一无二。具体来说，它的文论史意义有三。一是系统总结了齐梁以前特别是魏晋南北朝以来各个时期的文学现象和观念，以求得出较为完备的批评观念。二是对此时一味追求骈俪浮靡的为文风尚有着深刻的警觉，欲匡救时弊而成一家之言，因此所论在某种程度上溢出了诗文评的范围而具有了子书的性质。三是笼罩群言，思精虑周，具有高度的抽象性与逻辑性，从而构建了结构完整、科条分明的理论体系，成为以诗话为主要形式的后世文学批评难以超越的杰作。

一、基本内容

刘勰（约465—约532），字彦和，原籍东莞莒县（今属山东）。《梁书》本传称他幼年早孤，笃志好学，因家贫，入定林寺依沙门僧祐。天监十三年(514)，任东宫通事舍人，"昭明太子好文学，深爱接之"。他曾以《文心雕龙》自荐于文坛领袖沈约，"约便命取读，谓为深得文理，常陈诸几案"，可见此书当时就已得到人们的认可。

刘勰写作《文心雕龙》的主要目的在《序志》篇中有详细的阐述。一是针对齐梁时期过分追求炫丽绮靡的文风，以为"辞训之异，宜体于要。于是搦笔和墨，乃始论文"；二是针对魏晋以来文论"各照隅隙""鲜观衢路"，未能"振叶以寻根，观澜而索源。不述先哲之诰，无益后生之虑"。所以唐人刘知幾在《史通·自叙》中说："词人属文，其体非一，譬甘辛殊味，丹素异采；后来祖述，识昧圆通，家有诋诃，人相掎摭，故刘勰文心生焉。"

《序志》篇对《文心雕龙》的基本内容也有详细说明："盖《文心》之作也，本乎道，师乎圣，体乎经，酌乎纬，变乎骚，文之枢纽，亦云极矣。若乃论文叙笔，则囿别区分；原始以表末，释名以章义，选文以定篇，敷理以举统。上篇以上，纲领明矣。至于剖情析采，笼圈条贯，摛神性，图风势，苞会通，阅声字，崇替于《时序》，褒贬于《才略》，怊怅于《知音》，耿介于《程器》，长怀《序志》，以驭群篇。下篇以下，毛目显矣。位理定名，彰乎大易之数；其为文用，四十九篇而已。"全书分为五个部分。一为总论，刘勰称之为"文之枢纽"，包括《原道》《征圣》《宗经》《正纬》《辨骚》五篇，主要为创作提出总的原则，为评价历代作品提供总的标准。二为文体论，刘勰称之为"论文叙笔"，包括从《明诗》到《书记》二十篇，具体分为"文"和"笔"两类，其中"有韵之文"有《明诗》《乐府》《诠赋》以下十篇，"无韵之笔"有《史传》《诸子》《论说》以下十篇，大体按"原始以表末"，即叙述各体文章源流变化；"释名以章义"，即说明文体名称含义；"选文以定篇"，即评定各代表作家和作品；"敷理以举统"，即总结各体文章规律与特征进行排列，总要在于指导写作。三为创作论，刘勰称之为"剖情析采"，包括《神思》《体性》《风骨》《通变》等十九篇，探讨主体情思、文章构思、谋篇布局、风格建构、用词造语等创作过程中所遇到的问题。四为批评论，包括《时序》《物色》《才略》《知音》《程器》五篇，从时代、自然、作家个性、才能以及读者方面探讨了批评的原则，以及鉴赏的态度、方法和意义。五为《序志》篇，刘勰称意在"以驭群篇"，解释了书名的意思、写作的目的和内容安排。由其所论可知，所谓"文心"是言"为文之用心也"，"雕龙"是言"古来文章，以雕缛成体"，总之意在说明作文的用心和如何生成富有文采的文章的通则。今人多认为《文心雕龙》是一部专论写作或修辞的书，但因其中多系统广泛的分析，梳理了历代创作观念与实践，许多地方都溢出了修辞学和文章学的界限，因此它也是一部古代文艺理论和美学的巨著。

二、写作原则和主张

《文心雕龙》前五篇说明写作的根本原则应为"原道""宗经"和"征圣"。刘勰从儒家正统出发，强调对经典的继承和发扬，目的在矫正当时过于追求辞采华丽而忽视政教功用的形式主义倾向。《序志》篇说：“唯文章之用，实经典枝条，五礼资之以成，六典因之致用，君臣所以炳焕，军国所以昭明；详细本源，莫非经典。”此种文章功能论实是对曹丕“经国之大业，不朽之盛事”说的重述。

在《原道》篇中，刘勰再次强调儒家文章观念的价值和意义，以为：“道沿圣以垂文，圣因文而明道，旁通而无滞，日用而不匮。《易》曰：‘鼓天下之动者存乎辞。’辞之所以能鼓天下者，乃道之文也。”他从自然之文出发，提出“文之为德也大矣，与天地并生者”，认为文所原之道从广义上说就是自然之道。自然万物自具文采，降而为人文，自然而生语言文章，此所谓“言之文也，天地之心也”。刘勰此论直承《易传·系辞》《老子》《庄子》等的思想，而又能熔为一炉，为文的存在提供了厚实的哲学基础。

在论述先秦以来文之发生发展的历史时，刘勰又从孔子文质论出发，分疏了先秦文学中“符采”与“精义”的历史变动，以为只有到孔子这儿才集其大成，即所谓“雕琢情性，组织辞令，木铎起而千里应，席珍流而万世响，写天地之辉光，晓生民之耳目矣”。由此可见他最推崇儒家的文艺观，以为圣人化成天下必然通过文来实现，即所谓“道沿圣以垂文，圣因文以明道”。故《原道》篇所言之“道”，狭义上讲就是儒家之道。由此，刘勰提出：“论文必征于圣，窥圣必宗于经。”这种观念与当时弃经学而尚文藻的绮靡文风形成鲜明的对比，显示了刘勰立说的严正和取法的广大。

从上述观念出发，刘勰综合前人论说，重述了五经的重要性，以为“《易》惟谈天，入神致用”“《书》实记言”“《诗》主言志”“《礼》以立体，据事制范”“《春秋》辨理，一字见义”。他又将诸体的起源归于五经，“论说辞序，则《易》统其首；诏策章奏，则《书》发其源；赋颂歌赞，则《诗》立其本；铭诔箴祝，则《礼》总其端；纪传盟檄，则《春秋》为根。”可见，他对五经体式和语辞模式的推崇是到了无以复加的地步的，这些是他眼中的文章正体。当然，这里的儒家之道不尽同于后人所讲的“文以载道”之道，正如范文澜《文心雕龙注》指出：“自指圣人之大道而言，故篇后承以《征圣》《宗经》二篇，义旨甚明，与空言文以载道者殊途。”

为实现儒家经典的雅正文风，“文之枢纽”亦含《正纬》《辨骚》两篇，剖判其与儒家经典的关系。纬书作为经之支流，楚辞作为《诗》之变，在思想情感上与儒家言志传统并不一致。如何判定其优劣，是实现儒家审美理想必须解决的问题。在《正纬》篇中，刘勰对东汉至齐梁风行不绝的谶纬之说做了深刻的批评，以为这些图、谶、纬、杂占“篇条滋蔓，必假孔氏，通儒讨核，谓伪起哀平，东序秘宝，朱紫乱矣”。它们不仅诡诞，还多重复，其广为流传是对儒家经义的遮蔽和否定。当然，刘勰也肯定远古《河图》《洛书》《录图》《丹书》的存在，以为诸多符瑞征兆“事丰奇伟，辞富膏腴”，虽“无益于经典而有助文章”，后来辞赋家可从中撷取材料，以助表达。这是刘勰主张以经正纬的本意。

同样继风雅而起的楚辞，在刘勰看来不啻“奇文郁起”。如屈原所作，常被批评为

"露己扬才"，有违儒家立身之道，但刘勰认为其价值在于"文辞丽雅，为词赋之宗，虽非明哲，可谓妙才"，这样就把屈原归入了坚守诗人讽喻之义的行列，《离骚》也自然可称为"依经立义"。这就平衡了《诗》《骚》在立意上的不同，裁定了楚辞作为典诰之体和忠怨之辞，其规讽之旨、比兴之义与《风》《雅》同轨："固知《楚辞》者，体宪于三代，而风杂于战国，乃《雅》《颂》之博徒，而词赋之英杰也。观其骨鲠所树，肌肤所附，虽取熔经旨，亦自铸伟辞。故《骚经》《九章》，朗丽以哀志；《九歌》《九辩》，绮靡以伤情；《远游》《天问》，瑰诡而惠巧；《招魂》《大招》，耀艳而深华；《卜居》标放言之致，《渔父》寄独往之才。故能气往轹古，辞来切今，惊采绝艳，难与并能矣。"这种对楚辞的赞扬，使刘勰的文学观与汉儒所持的经学观有了本质的区别，也与同样批评齐梁文风的裴子野拉开了距离。

总之，通过《正纬》《辨骚》，刘勰进一步说明了在"原道""宗经"思想的指导下，文章写作的根本方法是将儒家的雅正思想与楚辞的奇丽文风相结合，这样才能铸成奇正相参、华实相胜的伟辞。由此根本原则，也可见其立论的基本方法是"折衷"，即在繁略、显隐、抑引、变通等对峙中，扣其两端而允执其中。再加上《征圣》篇所说的"故知繁略殊形，隐显异术，抑引随时，变通适会"，刘勰显然既坚持了论说的逻辑周延，又保持了对儒家中庸思想的沿承。在《序志》篇中，他详述了自己折衷通变的理论思维方式："及其品列成文，有同乎旧谈者，非雷同也，势自不可异也；有异乎前论者，非苟异也，理自不可同也。同之与异，不屑古今，擘肌分理，唯务折衷。"《文心雕龙》之所以成为中古文论的集大成者，这种"唯务折衷"的研究方法无疑是关键。当然，它的确立还与刘勰谙熟精微圆融的佛理有关。

三、文体的分疏

在确立了文章写作的根本原则后，刘勰将论述重点放在各文体写作经验和方法的总结上。"论文叙笔"（加上《辨骚》一篇）共论述了三十五种文体。《梁书·文学传》称"初刘勰撰《文心雕龙》五十篇，论古今文体，引而次之"，可见在时人看来，此书主要目的和意义在于对古今文体做了分疏。前论魏晋以来文论，从《典论·论文》《文章流别论》到《文选序》，文体分疏一直是论述的重点，文体风格则为探讨的核心。《文心雕龙》全面总结了历代诸文体的写作经验，所论比前人完整、全面许多。

需要指出的是，《文心雕龙》所言之"体"的内涵十分丰富，兼具体制、体式、体类诸义，它既可指文类、文体和语体，也常泛指由内容与形式统一而形成的作品的整体风貌。如《附会》篇言"夫才量学文，宜正体制，必以情志为神明，事义为骨髓，辞采为肌肤，宫商为声气"，其所说"体制"就包含情志、事义、辞采和声律等多方面内容。故这部分论述常涉及文体风格学。如《明诗》篇称"若夫四言正体，则雅润为本，五言流调，则清丽居宗"，这是言诗的体制特征带出的整体性风格。又如《诠赋》篇称"丽词雅义，符采相胜，如组织之品朱紫，画绘之著玄黄。文虽新而有质，色虽糅而有本，此立赋之大体也"，虽指特殊文体的规格要求，但其对语言形式的论述，仍让人体认到赋体的风格特征。

在《体性》篇中，刘勰将文体风格分为八体，即典雅、远奥、精约、显附、繁缛、壮丽、新奇、轻靡，并分别做了解释："典雅者，熔式经诰，方轨儒门者也。远奥者，复采曲文，经理玄宗者也。精约者，核字省句，剖析毫厘者也。显附者，辞直义畅，切理厌心者也。繁缛者，博喻酿采，炜烨枝派者也。壮丽者，高论宏裁，卓烁异采者也。新奇者，摈古竞今，危侧趣诡者也。轻靡者，浮文弱植，缥缈附俗者也。"此八体同样既关乎内在的情志，又主要落实和体现为外在的语辞表达形式，并相应地赋予作品以某种特定的风貌。

刘勰文体论最主要的特色在于能将史论统合起来，对每一种文体的代表性作家、作品有品评，对文体源流演变有说明，在此基础上再阐明文体写作的利弊得失，得出普遍性的文体原理。如《明诗》篇就堪称一部诗歌批评史，详细论述了诗体源流，评述了历代诗歌作品和诗人的成就，在此基础上再抉发诗歌的发展规律，将诗的风格与历代政治社会联系起来以求其深层次的原因。如以"江左篇制，溺乎玄风，嗤笑徇务之志，崇盛[亡]机之谈；袁孙以下，虽各有雕采，而辞趣一揆，莫与争雄。所以景纯《仙篇》，挺拔而为俊矣"，论东晋诗歌创作与玄学的关系，就非常精准深刻。又如《诔碑》篇对碑体的分析，先做定义以明其来源（"碑者，埤也。上古帝王，纪号封禅，树石埤岳，故曰碑也。周穆纪迹于弇山之石，亦古碑之意也"），后又对两汉魏晋以下代表作家如蔡邕所作《太尉杨赐碑》《陈太丘碑》《郭泰碑》和《汝南周勰碑》等做出品评，以为"其叙事也该而要，其缀采也雅而泽；清词转而不穷，巧义出而卓立"，可为第一，最后针对其体制特点提出原则性的要求，称"夫属碑之体，资乎史才，其序则传，其文则铭。标序盛德，必见清风之华；昭纪鸿懿，必见峻伟之烈：此碑之制也"，可谓对碑文写作经典性的规范。

由此可见，对历时作家作品的评鉴使刘勰所论有了充分扎实的文学史基础，逻辑的归纳总结又使这种评鉴不同于一般的文学批评而凸显了理论深度。质言之，正是历史性与逻辑性的结合，才使得文体论成为《文心雕龙》核心理论构成之一。

四、创作论的展开

如果说文体论熔诸家之论于一炉，在创作论部分刘勰则有许多发挥和创造，推出并展开了许多核心命题和范畴，从观念确立到话语建设，对古代文论论说疆域的拓殖起到了极大的推进作用。《神思》篇重点探讨了作文的构思、想象过程；《体性》《风骨》《通变》和《定势》主要讨论了如何谋篇布局以形成富有魅力的有机风格；《情采》《熔裁》专论作者情感与文章语辞的关系；《声律》《章句》《丽辞》《比兴》《夸饰》《事类》《练字》《隐秀》《指瑕》九篇则分论创作过程中调音和声、选言用词、造语用典以及如何避免各类瑕疵等具体问题；最后《养气》《附会》《总术》就创作主体如何养炼气质才性，如何从总体上驾驭文章等问题做了说明。除前述对文笔和声律做出集大成式的论说外，《文心雕龙》对以下几个范畴和命题也做了远超前人的阐释，从而为后世文论的进一步阐发和深入探讨划定了边界。

(一)神思论

《神思》篇集中论述了创作中感兴、运思等心理过程，与西方文论中的灵感论与形象思维有些类似，说明中西文论确实存在可彼此感同的经验。刘勰极为重视艺术构思问题，视其为"驭文之首术，谋篇之大端"，故一开始就做出界定："古人云：'形在江海之上，心存魏阙之下。'神思之谓也。文之思也，其神远矣。故寂然凝虑，思接千载，悄焉动容，视通万里；吟咏之间，吐纳珠玉之声，眉睫之前，卷舒风云之色；其思理之致乎？故思理为妙，神与物游。"此处远承《庄子》之论，近引《抱朴子·尚博》所谓"用思有限者，不能得其神"和宗炳《画山水序》的畅神说，并直接扩展了《文赋》"遵四时以叹逝，瞻万物而思纷"之说，提出神思范畴，其义大约同于今日所说的构思，认为其最高境界是"神与物游"。这种状态可谓内心与外境相接过程中，主客体发生复杂的移情、交融和互相渗透。《文心雕龙》多次引用其义，除《神思》篇有"神与物游""物沿耳目"与"诗人感物"外，《明诗》篇也言"感物吟志""应物斯感"，《诠赋》篇又言"体物写志""睹物兴情""情以物兴"，《物色》篇更是提出"物色之动，心亦摇焉"，可见刘勰是将这种心物交融视为构思的本质的。或者说，神思的本质就在努力发挥这种心物交融的心理效应，使之在文中得到最充分的体现。故相比传统物感说的原则性宣示，它更突出了心物交感的过程性、复杂性和不可言说性，从而对创作表现出极大的尊重，对创作机理的探讨显得更深入、更专业。

需要特别指出的是，刘勰所说的"物"意思较为复杂。《说文解字》解"物"为"万物也，牛为大物，天地之数起于牵牛，故从牛，勿声"，又解"牛"为"事也，理也"。段玉裁注曰："事也者，谓能事其事也。牛任耕。理也者，谓其文理可分析也。庖丁解牛，依乎天理，批大却，导大窾。牛、事、理三字，同在古音第一部。"即以为"物"从牛部是因其字本含有事、理之义故。后范文澜注《神思》篇"物沿耳目，而辞令管其枢机"一句时引申段说，称"物，谓事也，理也，事理接于心，心出言辞以明之"，乃至径释其字为"事理"。实际上，王国维的《释物》已指出许慎之误，以为"物"为"万物"实是引申义。"古者谓杂帛为物，盖由物本杂色牛之名，后推之以名杂帛……由杂色牛之名，因之以名杂帛，更因以名万有不齐之庶物，斯文字引申之通例也。"①结合出土甲骨卜辞，王国维力证"物"本义指杂色牛，引申指万事万物。《文心雕龙》处中古语境，故所言"物"与今日所指物质之意不尽相同。当然，也不可简单地将其所言之"物"尽训为抽象的物理，否则就会对构思过程中审美客体的含义产生误解。

刘勰所论神思较《文赋》更为重要的发展，在于不是简单地讲"神"与"物"的二元关系，而是将"神""物""辞"三者统合为构思的要素。"神居胸臆，而志气统其关键；物沿耳目，而辞令管其枢机。枢机方通，则物无隐貌；关键将塞，则神有遁心。"此段议论详细展开了内心外境相交融而生语辞的过程。"神居胸臆"指的是心物相接而有主体感应和感兴，创作主体的情志是推进整个创作过程的关键动力；"物沿耳目"指的是在构思过程中外物外境与主体情志相融而成兴象纷至之境；"辞令管其枢机"指语辞为意象和兴象的汇聚，志气和兴象的隐显深浅均依于辞令来表征。所谓"枢机方通，则物无隐貌；关键将塞，则神有遁心"，诚如刘永济《文心雕龙校释》所言："志气清明，则感应灵速；辞令巧妙，则兴象昭晰。二者之于文事，若两轮之于马车焉。千古才士，未有舍是而能成佳文者。然而能言其理者，独于此篇见之。此舍人之卓绝也。"

《体性》篇称"夫情动而言形，理发而文见；盖沿隐以至显，因内而符外者也"，将心物、内外关系对应为情理与言文的表达模式；《物色》篇先言"春秋代序，阴阳惨舒；物色之动，心亦摇焉"，继言"诗人感物，联类不穷；流连万象之际，沉吟视听之区。写气图貌，既随物以宛转；属采附声，亦与心而徘徊"，进一步说明构思过程中感物兴发、流连万象和辞采音节三位一体的联动过程；《神思》篇总结构思过程所仰赖的不同阶段，即"积学以储宝"的材料准备阶段、"酌理以富才"的才情培养阶段、"研阅以穷照"的观察体验阶段和"驯致以〔怿〕辞"的语言表达阶段，使构思理论显得更加完备周详。

(二)风骨论

刘勰重原道的理论主张及对齐梁文风的批评，在创作论部分集中体现在对"风骨"的提倡上。风骨范畴萌生于秦汉以来的传统相术和人物品鉴之风，是魏晋南北朝时期包括书论、画论在内各体批评的核心名言。在文论领域，刘勰对其着力甚深，贡献尤巨。在《风骨》篇中，刘勰从含义、特征到形成条件，对此范畴做了全面系统的论述，从而为文论领域内风骨论的发展确立了较书画批评更高的理论起点。此后，作为一个成熟且内涵丰富的理论范畴，风骨成为贯穿古代文论乃至美学理论发展史的重要原则之一。

---

① 王国维：《观堂集林(外二种)》，142 页，石家庄，河北教育出版社，2001。

刘勰首先给风骨下了明确的定义："是以怊怅述情，必始乎风；沉吟铺辞，莫先于骨。故辞之待骨，如体之树骸；情之含风，犹形之包气。结言端直，则文骨成焉；意气骏爽，则文风清焉。"刘勰探讨了文章写作过程中，如何经由情辞相互生发而表征出一种富有力度的爽朗刚健的风貌。在主体情志方面，要求情感有生动郁勃的气势；在语辞方面，要求遣词造句能如骨骼般端直挺拔。刘勰认定，如"风"与"骨"合而为一，则"练于骨者，析辞必精；深乎风者，述情必显"。其中作为生命主宰的"气"尤其重要，它是生之母，体之充，精神之本，故本篇一开始即讲"《诗》总六义，风冠其首，斯乃化感之本源，志气之符契也"，篇中又三致其意，力主"务盈守气"，反对"索莫乏气"，总之，是要使在总体上呈现出一种由郁勃亢进的生命力与主观志气激发出的文章力度美和刚健风貌。刘勰又引《易经·同人卦第十三》"文明以健，中正而应"句，以为"使文明以健，则风清骨竣，篇体光华"，强调文章应体现出健康生动的体度和风貌。这是针对齐梁文风溺于富华侈靡的弊病开出的药方，又直承曹丕"文以气为主"的理论，对建安文学气爽才丽的体调风格做出了总结。虽未足以彻底改变文风，但此观念却影响了唐以后历代人的创作。

刘勰还着重探讨了风骨实现的途径与方法，以为要使文章刚健有力，必须学习儒家经典文本的思想与文风："若夫熔铸经典之范，翔集子史之术，洞晓情变，曲昭文体，然后能孚甲新意，雕画奇辞。"刘勰认为，南朝文学发展到后来，愈来愈追求绮丽新奇的文风，唯有回到先秦儒家及诸子时代的书写范式，重新学习刚健质朴的文风，才能回归诗教的价值。基于此，《通变》篇还详述梁以前文学经典的典范价值，批评其时"竞今疏古"的弊病："是以九代咏歌，志合文则。黄歌《断竹》，质之至也；唐歌《在昔》，则广于黄世；虞歌《卿云》，则文于唐时；夏歌《雕墙》，缛于虞代；商周篇什，丽于夏年。至于序志述时，其揆一也。暨楚之骚文，矩式周人；汉之赋颂，影写楚世；魏之策制，顾慕汉风；晋之辞章，瞻望魏采。权而论之，则黄唐淳而质，虞夏质而辨，商周丽而雅，楚汉侈而艳，魏晋浅而绮，宋初讹而新：从质及讹，弥近弥淡。何则？竞今疏古，风末气衰也。"先秦以降，楚骚学周颂，汉赋仿楚辞，魏诗崇汉风，而晋人又慕魏作。刘勰认为，这些作品的成功之处正在于以经典为范，体认到先秦文本重风骨志气的创作原则。具体来说，就是人们能通过学习经典来洞晓作文变化之道，详尽明了各类文章的体制特色和规格要求，从而做到"意新而不乱"，"辞奇而不黩"。

(三)比兴论

刘勰的宗经，在创作论上表现为对诗六义尤其是比兴的反复申说与强调，如《风骨》篇称"《诗》总六义，风冠其首"，《情采》篇称"盖《风》《雅》之兴，志思蓄愤，而吟咏情性，以讽其上"。文体论中，继《诠赋》《颂赞》两篇论述了作为表现手法的赋和颂的内涵，《比兴》篇又对举两者，详细说明了创作过程中比和兴的内涵。

承继汉朝人的观念，刘勰首先对比兴做出明确的界定："故比者，附也； 兴者，起也。 附理者，切类以指事； 起情者，依微以拟议。 起情，故兴体以立； 附理，故比例以生。 比则蓄愤以斥言，兴则环譬以托讽。"刘勰认为，"比"就是比附相类事物以说明事理，"兴"则是托物起兴以寄托情感。 刘勰较汉人所论有发展的地方，在于他不仅把比兴看作创作过程中一种常见的有效表现手法或思维方式，更把它们与思想情感紧密联系在一起，认为比体的运用源于诗人储积了许多愤激的感情，需要直接明了地表达出来，如《诗经》中的《硕鼠》以硕鼠比喻贪官污吏。 兴体的产生则是"环譬以托讽"，即竭尽委婉曲折的比喻，间接地表达幽约复杂的情感，如《关雎》以关雎喻后妃之德。 显然，比和兴都意在使不同的事物取得某种联系，由关联和比较生成某种特别的意义。

二者的区别在效果上，即"比显而兴隐"。 刘勰细致地区分了二者在取类上的不同，以为兴体"称名也小，取类也大"，如以具体的事物关雎起兴抽象的事物后妃之德； 比体"取类不常：或喻于声，或方于貌，或拟于心，或譬于事"，显得更为直接和多样，如宋玉《高唐赋》之"纤条悲鸣，声似竽籁"，基于作为本体的纤条和作为喻体的竽籁在声音上具有相似性。 这种分析富有修辞学意义上的自觉，显得有说服力，因此得到后人的认同。 例如，孔颖达的《毛诗正义》、 朱熹的《诗集传》均引其说而衍展之。 清人冯班的《钝吟杂录》以为，千古区分"比""兴"二字者莫善于此。

在《比兴》篇中，刘勰还从文学史角度，对汉以来辞赋多用比而少用兴的现象提出批评，指出其结果是"《诗》刺道丧，故兴义销亡"。 他认为枚乘的《梁王菟园赋》、贾谊的《鵩鸟赋》、 王褒的《洞箫赋》、 马融的《长笛赋》等作"日用乎比，月忘乎兴，习小而弃大，所以文谢于周人"，由此积极抬升兴的作用，认为汉代辞赋的"用比忘兴"往往导致"刻鹄类鹜"的效果。 相较之下，《诗经》的典范意义正在于综合运用比、 兴两种艺术手法，屈原也是"以《诗》制《骚》，讽兼比兴"而成就了作品的伟大。

总之，刘勰认为经典的创作必须综合运用比、 兴两种手法，不能用比而忘兴，写物而不附意。 还需注意的是，比兴在刘勰这里常常是一个整体性范畴。 故《比兴》篇最后总结比兴的价值，认为"诗人比兴，触物圆览； 物虽胡越，合则肝胆； 拟容取心，断辞必敢"，合两者而通论之。 其中"触物圆览"高度概括了艺术感兴过程物我融合的方式，而"拟容取心"则描述出艺术形象表象与意蕴相统一的本质。

五、鉴赏与批评

《文心雕龙》第四部分"崇替于《时序》，褒贬于《才略》，怊怅于《知音》，耿介于《程器》"，其中《知音》篇集中论述了鉴赏批评问题。 此篇首先指出鉴赏的困难，即所谓"知音其难矣！音实难知，知实难逢"，认为鉴赏过程常存在贵古贱今、 崇己抑人和信伪迷真的问题，导致人们不能客观公允地进行批评。而要展开正常而高质量的批评，批评者首先要能"博观"，"凡操千曲而后晓声，观千剑而后识器"，然后"无私于轻重，不偏于憎爱"，如此才谈得到公允客观。刘勰在《才略》篇中评价建安七子"仲宣溢才，捷而能密，文多兼善，辞少瑕累，摘其诗赋，则七子之冠冕乎！琳、瑀以符檄擅声，徐幹以赋论标美，刘桢情高以会采，应玚学优以得文"，就不作泛泛的谀辞，既指出王粲成就最高的缘由，又对其他六人的文体风格做了有针对性的评价，诚能"平理若衡，照辞如镜"。

以此为基础，刘勰提出鉴赏的"六观"标准："是以将阅文情，先标六观：一观位体，二观置辞，三观通变，四观奇正，五观事义，六观宫商。""观位体"指观察文章是不是根据情感安排通篇体制，即《封禅》篇所谓"构位之始，宜明大体"。"观置辞"指观察文章是如何安排辞采的，其具体要求在《丽辞》《熔裁》《章句》《练字》《指瑕》等篇中有着详细的论述。"观通变"指观察文学作品在继承和革新方面的贡献，如《通变》篇所言"斟酌乎质文之间，而櫽括乎雅俗之际"。"观奇正"指观察文章风貌在奇正结合方面处理得如何，主张创作要以正为主，但"酌奇而不失其贞"（《辨骚》）、"执正以驭奇"（《定势》）。"观事义"指观察文章运用成语典故的情况，如《事类》篇所言"据事以类义，援古以证今"。"观宫商"指观察文章的声韵和音节是否和谐，如《声律》篇所论"因以律文"的诸多要求。

由此可见，刘勰认为批评者首先要能鉴赏，能够充分地体验与认识文学作品内部和外部复杂的因素与关联。"将阅文情，先标六观"将批评和鉴赏有机地融合在一起，为传统文学批评塑造出有效的方法和特殊的理论品格。宋以后以诗话、评点为核心的文学批评形式，正是这种传统的接续。

有此"六观"，刘勰以为批评者、读者就可以和作者建立起正确的情感联系："夫缀文者情动而辞发，观文者披文以入情，沿波讨源，虽幽必显。"作者和读者由此可以成为伯牙、子期般的知音，虽"世远莫见其面"，却可以"觇文辄见其心"。有对作者思想情感的共鸣，批评者和读者才能真正评鉴、赏析作品。因此，刘勰特别重视接受过程中鉴赏者内心的活动，认为在审美共鸣中理性和情感是高度一致的："夫唯深识鉴奥，必欢然内怿；譬春台之熙众人，乐饵之止过客。盖闻兰为国香，服媚弥芬；书亦国华，玩〔泽〕方美；知音君子，其垂意焉。"

虽然批评侧重于理性的分析，鉴赏侧重于感性的体验，但刘勰特别指出，唯有"深识鉴奥"者才能获得"欢然内怿"的审美愉悦。他本人对屈原、宋玉的评价，就建立在"披文以入情"的基础上，如《辨骚》篇所示，先概括出其人创作的思想内涵和情感特征（"其叙情怨，则郁伊而易感；述离居，则怆怏而难怀；论山水，则循声而得貌；言节侯，则披文而见时"），再理性客观地分析其之于后世的价值（"枚、贾追风以入丽，马、扬沿波而得奇，其衣被词人，非一代也"），强调后世高才多吸取其鸿裁大义而非仅猎夺其艳词。 这种对楚辞历史价值和意义的评价，正是以知音论为核心的文学批评观的体现。

📖 原典选读

《文心雕龙》在中国古代文论史上占有极其重要的地位，研究专著和论文可谓汗牛充栋。若以中西文论比较的视野看其体系的独特与完备，则更见难得，也更可驳正许多人对中国古人不擅深度分析与系统思考的一贯偏见。正如黄侃之《文心雕龙札记》所称扬的："其敷陈详核，征证丰多，枝叶扶疏，原流粲然者，惟刘氏《文心》一书耳。"其中，《原道》篇涉及文学本质论，《明诗》篇为文体论开篇，《神思》篇集中论述了创作构思之要，《知音》篇是批评鉴赏论的代表。由上述诸篇一窥全书精华，可使人感知全书体系的完备与内容的丰富。

一、《文心雕龙·原道》

文之为德也大矣；与天地并生者何哉？夫玄黄色杂，方圆体分：日月叠璧，以垂丽天之象；山川焕绮，以铺理地之形。此盖道之文也。仰观吐曜，俯察含章，高卑定位，故两仪既生矣。惟人参之，性灵所钟，是谓三才，为五行之秀，实天地之心。心生而言立，言立而文明，自然之道也。[傍]及万品，动植皆文：龙凤以藻绘呈瑞，虎豹以炳蔚凝姿；云霞雕色，有逾画工之妙；草木贲华，无待锦匠之奇。夫岂外饰，盖自然耳。至于林籁结响，调如竽瑟；泉石激韵，和若球锽。故形立则章成矣，声发则文生矣。夫以无识之物，郁然有采，有心之器，其无文欤？

人文之元，肇自太极，幽赞神明，易象惟先。庖牺画其始，仲尼翼其终。而乾、坤两位，独制《文言》。言之文也，天地之心哉！若乃河图孕乎八卦，洛书韫乎九畴，玉版金镂之实，丹文绿牒之华，谁其尸之，亦神理而已。

自鸟迹代绳，文字始炳。炎暤遗事，纪在三坟，而年世渺邈，声采靡追。唐虞文章，则焕乎始盛。元首载歌，既发吟咏之志；益稷陈谟，亦垂敷奏之风。夏后氏兴，业峻鸿绩，九序惟歌，勋德弥缛。逮及商周，文胜其质，雅颂所被，英华日新。文王患忧，繇辞炳曜，符采复隐，精义坚深。重以公旦多材，振其徽烈，制诗缉颂，斧藻群言。至夫子继圣，独秀前哲，熔钧六经，必金声而玉振；雕琢情性，组织辞令，木铎起而千里应，席珍流而万世响，写天地之辉光，晓生民之耳目矣。

爰自风姓，暨于孔氏，玄圣创典，素王述训：莫不原道心以敷章，研神理而设教，取象乎河洛，问数乎蓍龟，观天文以极变，察人文以成化；然后能经纬区宇，弥纶彝宪，发[辉]事业，彪炳辞义。故知道沿圣以垂文，圣因文而明道，旁通而无滞，日用而不匮。《易》曰："鼓天下之动者存乎辞。"辞之所以能鼓天下者，乃道之文也。

赞曰：道心惟微，神理设教。光采元圣，炳耀仁孝。龙图献体，龟书呈貌。天文斯观，民胥以效。

二、《文心雕龙·明诗》

大舜云："诗言志，歌永言。"圣谟所析，义已明矣。是以在心为志，发言为诗，舒文载实，其在兹乎？诗者，持也，持人情性；三百之蔽，义归无邪，持之为训，有符焉尔。

人禀七情，应物斯感，感物吟志，莫非自然。昔葛天[氏]乐辞[云]，《玄鸟》在曲；黄帝云门，理不空[绮]。至尧有《大唐》之歌，舜造南风之诗，观其二文，辞达而已。及大禹成功，九序惟歌；太康败德，五子咸怨：顺美匡恶，其来久矣。自商暨周，雅、颂圆备，四始彪炳，六义环深。子夏监绚素之章，子贡悟琢磨之句，故商赐二子，可与言诗。自王泽殄竭，风人辍采。春秋观志，讽诵旧章，酬酢以为宾荣，吐纳而成身文。逮楚国讽怨，则离骚为刺。秦皇灭典，亦造仙诗。

汉初四言，韦孟首唱，匡谏之义，继轨周人。孝武爱文，柏梁列韵，严马之徒，属辞无方。至成帝品录，三百余篇，朝章国采，亦云周备；而辞人遗翰，莫见五言，所以李陵班婕妤见疑于后代也。按召南行露，始肇半章；孺子沧浪，亦有全曲；暇豫优歌，远见春秋；邪径童谣，近在成世：阅时取证，则五言久矣。又古诗佳丽，或称枚叔，其孤竹一篇，则傅毅之词。比[采]而推，两汉之作乎？观其结体散文，直而不野；婉转附物，怊怅切情：实五言之冠冕也。至于张衡怨篇，清典可味；仙诗缓歌，雅有新声。

暨建安之初，五言腾踊，文帝陈思，纵辔以骋节；王徐应刘，望路而争驱；并怜风月，狎池苑，述恩荣，叙酣宴，慷慨以任气，磊落以使才；造怀指事，不求纤密之巧，驱辞逐貌，唯取昭晰之能：此其所同也。[乃]正始明道，诗杂仙心，何晏之徒，率多浮浅。唯嵇志清峻，阮旨遥深，故能标焉。若乃应璩百一，独立不惧，辞谲义贞，亦魏之遗直也。

晋世群才，稍入轻绮，张潘左陆，比肩诗衢，采缛于正始，力柔于建安；或[析]文以为妙，或流靡以自妍：此其大略也。江左篇制，溺乎玄风，嗤笑徇务之志，崇盛[亡]机之谈；袁孙已下，虽各有雕采，而辞趣一揆，莫与争雄。所以景纯《仙篇》，挺拔而为俊矣。宋初文咏，体有因革，庄老告退，而山水方滋；俪采百字之偶，争价一句之奇，情必极貌以写物，辞必穷力而追新：此近世之所竞也。

故铺观列代，而情变之数可监；撮举同异，而纲领之要可明矣。若夫四言正体，则雅润为本，五言流调，则清丽居宗；华实异用，惟才所安。故平子得其雅，叔夜含其润，茂先凝其清，景阳振其丽；兼善则子建仲宣，偏美则太冲公幹。然诗有恒裁，思无定位，随性适分，鲜能通圆。若妙识所难，其易也将至；忽之为易，其难也方来。至于三六杂言，则出自篇什；离合之发，则［明］于图谶；回文所兴，则道原为始；联句共韵，则柏梁余制：巨细或殊，情理同致，总归诗囿，故不繁云。

赞曰：民生而志，咏歌所含。兴发皇世，风流二南。神理共契，政序相参。英华弥缛，万代永耽。

三、《文心雕龙·神思》

古人云："形在江海之上，心存魏阙之下。"神思之谓也。文之思也，其神远矣。故寂然凝虑，思接千载，悄焉动容，视通万里；吟咏之间，吐纳珠玉之声，眉睫之前，卷舒风云之色：其思理之致乎？故思理为妙，神与物游。神居胸臆，而志气统其关键；物沿耳目，而辞令管其枢机。枢机方通，则物无隐貌；关键将塞，则神有遁心。是以陶钧文思，贵在虚静，疏瀹五藏，澡雪精神；积学以储宝，酌理以富才，研阅以穷照，驯致以［怿］辞；然后使玄解之宰，寻声律而定墨；独照之匠，窥意象而运斤：此盖驭文之首术，谋篇之大端。

夫神思方运，万涂竞萌，规矩虚位，刻镂无形；登山则情满于山，观海则意溢于海，我才之多少，将与风云而并驱矣。方其搦翰，气倍辞前；暨乎篇成，半折心始。何则？意翻空而易奇，言征实而难巧也。是以意授于思，言授于意，密则无际，疏则千里；或理在方寸，而求之域表，或义在咫尺，而思隔山河：是以秉心养术，无务苦虑，含章司契，不必劳情也。

人之禀才，迟速异分；文之制体，大小殊功：相如含笔而腐毫，扬雄辍翰而惊梦，桓谭疾感于苦思，王充气竭于［思］虑，张衡研京以十年，左思练都以一纪，虽有巨文，亦思之缓也；淮南崇朝而赋骚，枚皋应诏而成赋，子建援牍如口诵，仲宣举笔似宿构，阮瑀据［案］而制书，祢衡当食而草奏，虽有短篇，亦思之速也。若夫骏发之士，心总要术，敏在虑前，应机立断；覃思之人，情饶歧路，鉴在虑后，研虑方定：机敏故造次而成功，虑疑故愈久而致绩。难易虽殊，并资博练；若学浅而空迟，才疏而徒速，以斯成器，未之前闻。是以临篇缀虑，必有二患：理郁者苦贫，辞溺者伤乱。然则博见为馈贫之粮，贯一为拯乱之药，博而能一，亦有助乎心力矣。

若情数诡杂，体变迁贸；拙辞或孕于巧义，庸事或萌于新意。视布于麻，虽云未［费］，杼轴献功，焕然乃珍。至于思表纤旨，文外曲致；言所不追，笔固知止，至精而后阐其妙，至变而后通其数，伊挚不能言鼎，轮扁不能语斤，其微矣乎！

赞曰：神用象通，情变所孕。物以貌求，心以理应。刻镂声律，萌芽比兴。结虑司契，垂帷制胜。

四、《文心雕龙·知音》

知音其难哉！音实难知，知实难逢，逢其知音，千载其一乎！夫古来知音，多贱同而思古；所谓"日进前而不御，遥闻声而相思"也。昔储说始出，子虚初成，秦皇汉武，恨不同时；既同时矣，则韩囚而马轻，岂不明鉴同时之贱哉！至于班固傅毅，文在伯仲，而固嗤毅云："下笔不能自休。"及陈思论才，亦深排孔璋，敬礼请润色，叹以为美谈，季绪好诋诃，方之于田巴，意亦见矣。故魏文称"文人相轻"，非虚谈也。至如君卿唇舌，而谬欲论文，乃称"史迁著书，咨东方朔"，于是桓谭之徒，相顾嗤笑，彼实博徒，轻言负诮，况乎文士，可妄谈哉！故鉴照洞明，而贵古贱今者，二主是也；才实鸿懿，而崇己抑人者，班曹是也；学不逮文，而信伪迷真者，楼护是也：酱瓿之议，岂多叹哉！

夫麟凤与麏雉悬绝，珠玉与砾石超殊，白日垂其照，青眸写其形。然鲁臣以麟为麏，楚人以雉为凤，魏[氏]以夜光为怪石，宋客以燕砾为宝珠。形器易征，谬乃若是；文情难鉴，谁曰易分？

夫篇章杂沓，质文交加，知多偏好，人莫圆该。慷慨者逆声而击节，酝藉者见密而高蹈，浮慧者观绮而跃心，爱奇者闻诡而惊听。会己则嗟讽，异我则沮弃，各执一偶之解，欲拟万端之变：所谓"东向而望，不见西墙"也。

凡操千曲而后晓声，观千剑而后识器；故圆照之象，务先博观。阅乔岳以形培塿，酌沧波以喻畎浍，无私于轻重；不偏于憎爱，然后能平理若衡，照辞如镜矣。是以将阅文情，先标六观：一观位体，二观置辞，三观通变，四观奇正，五观事义，六观宫商。斯术既行，则优劣见矣。

夫缀文者情动而辞发，观文者披文以入情，沿波讨源，虽幽必显。世远莫见其面，觇文辄见其心。岂成篇之足深，患识照之自浅耳。夫志在山水，琴表其情，况形之笔端，理将焉匿。故心之照理，譬目之照形，目瞭则形无不分，心敏则理无不达。然而俗[监]之迷者，深废浅售，此庄周所以笑折扬，宋玉所以伤白雪也！昔屈平有言："文质疏内，众不知余之异采。"见异唯知音耳。扬雄自称"心好沉博绝丽之文"，[其]事浮浅，亦可知矣。夫唯深识鉴奥，必欢然内怿；譬春台之熙众人，乐饵之止过客。盖闻兰为国香，服媚弥芬；书亦国华，玩[泽]方美；知音君子，其垂意焉。

赞曰：洪钟万钧，夔旷所定。良书盈箧，妙鉴乃订。流郑淫人，无或失听。独有此律，不谬蹊径。

[(南朝梁)刘勰著：《文心雕龙注释》，周振甫注，

北京，人民文学出版社，1981]

第四节　钟嵘与《诗品》

齐梁年间，除《文心雕龙》外，钟嵘的《诗品》也是一部对文坛流行风气有所反思的批评专著。《诗品》成书稍晚，大约在梁天监十二年（513）至十八年（519）。《梁书》本传记载，"嵘尝品古今五言诗，论其优劣，名为《诗评》"，故后世亦称其为《诗评》。《四库全书总目提要》将《诗品》与《文心雕龙》并举，称"勰究文体之源流，而评其工拙；嵘第作者之甲乙，而溯厥师承"，可知前者侧重文体论，后者侧重作者论。

《诗品》论汉魏以来上百位诗人，以上、中、下三品见其优劣，前有总序说明钟嵘的诗歌理想和品评原则，每品之前又另有小序集中表达具体主张，以与后面对诗人所做的批评相应和，从而构成完整自足的批评系统，被后人称为"诗话之源"。

一、物感说的再确认

在诗的起源与功能上，钟嵘再次确认了从《礼记·乐记》和《毛诗序》引申而来的物感说："气之动物，物之感人，故摇荡性情，形诸舞咏。欲以照烛三才，晖丽万有。灵祇待之以致飨，幽微藉之以昭告。动天地，感鬼神，莫近于诗。"这与《文赋》和《文心雕龙》论"明诗"和"物色"相近。此外《诗品》还对社会环境之于诗人的感发作用做了特别的强调：

> 嘉会寄诗以亲，离群托诗以怨。至于楚臣去境，汉妾辞宫，或骨横朔野，或魂逐飞蓬，或负戈外戍，杀气雄边；塞客衣单，孀闺泪尽；又士有解佩出朝，一去忘反；女有扬蛾入宠，再盼倾国：凡斯种种，感荡心灵，非陈诗何以展其义，非长歌何以释其情？

在此，为批评齐梁雕琢堆砌的文风，钟嵘重拾诗的怨刺传统，要求诗传达受自然与社会的激荡而产生的真情实感。故他推称《南风歌》《卿云歌》《五子之歌》等为"五言之滥觞"，为其能应时随地，因社会现实和风俗时尚而成歌谣吟咏。《诗品》中的具体品评特别重视诗人是否能抒发情思，重风力而反对说理，重性情而反对用典，如评李陵"文多凄怆，怨者之流"，评班婕妤"词旨清捷，怨深文绮"，评曹植"骨气奇高，词采华茂"，评王粲"发愀怆之词，文秀而质赢"，评左思"文典以怨，颇为精切，得讽谕之致"，评应璩"指事殷勤，雅意深笃，得诗人激刺之旨"。以上诗人均位居上品。在上品序中，钟嵘还从物感说出发，提出了"吟咏情性，亦何贵于用事"的主张，对齐梁堆砌典故而隔绝对自然景物直切感受的创作倾向深致不满，以为如"思君如流水""高台多悲风""清晨登陇首""明月照积雪"等名句多是即目所见，无关故实，由此肯定了诗人用心直寻、不掉书袋。

可见与刘勰一样，钟嵘意欲恢复诗教传统，要求诗歌清典雅正。他批评鲍照"贵尚巧似，不避危仄，颇伤清雅之调"，嵇康"过为峻切，讦直露才，伤渊雅之致"；赞扬任昉"拓体渊雅，得国士之风"，谢灵运"名章迥句，处处间起；丽典新声，络绎奔会"，均体现了对这种传统的维护。

二、从溯流别到定品级

《诗品》在文论史上最重要的贡献在于创立了诗的品评等级与体系，对后世诗话、诗法类著作的品评模式影响深远。钟嵘自序其文学批评方法为"网罗今古，词文殆集。轻欲辨彰清浊，掎摭病利，凡百二十人。预此宗流者，便称才子。至斯三品升降，差非定制，方申变裁，请寄知音耳"，"一品之中，略以世代为先后，不以优劣为诠次。又其人既往，其文克定，今所寓言，不录存者"。可见这一体例取自九品中正论及汉代刘向的《七略》。

对这种溯源预流的处置方式，章学诚的《文史通义·诗话》尤为推崇："《诗品》之论诗，视《文心雕龙》之于论文，皆专门名家，勒为成书之初祖也。《文心》体大而虑周，《诗品》思深而意远；盖《文心》笼罩群言，而《诗品》深从六艺溯流别也。论诗论文，而知溯流别，则可以探源经籍，而进窥天地之纯，古人之大体矣。"章学诚批评后世诗话往往降为说部未流，而《诗品》的品评体系实含古人穷极究源的方法论意义。

《诗品》所论上品有十一人，包括李陵、班婕妤、曹植、刘桢、王粲、阮籍、陆机、潘岳、张协、左思、谢灵运，另有中品三十九人，下品七十余人；又从风格上对上述众人的创作做了溯源，厘为国风、小雅和楚辞三派，大致取自《史记·屈原贾生列传》所言"《国风》好色而不淫，《小雅》怨诽而不乱。若《离骚》者，可谓兼之矣"。具体来说，《诗品》以曹植为国风派代表，以为"其源出于国风。骨气奇高，词采华茂，情兼雅怨，体被文质，粲溢今古，卓尔不群"，甚至将其比作周、孔，追随其风格者则有陆机、谢灵运等人。小雅派的代表是阮籍，"其源出于《小雅》，无雕虫之巧，而《咏怀》之作，可以陶性灵，发幽思"。楚辞派诗人则以李陵为代表，"其源出于《楚辞》，文多凄怆，怨者之流"，其后曹丕、王粲、班婕妤等人均为此派继承者。有学者认为，此三品分类实意涵三体之说：以曹植诗为首的正体派，可称五言诗正宗；以应璩为首的古体诗派，"善为古语，指事殷勤，雅意深笃"；以张华为首的新体诗派，"其体华艳，兴托多奇。巧用文字，务为妍冶"。① 清人钱谦益《与遵王书》高度评价此种明究体源的评鉴方法，以为："古人论诗，研究体源。钟记室谓李陵出于《楚辞》，陈王出于《国风》，刘桢出于《古诗》，王粲出于李陵，莫不应若宫商，辨如苍素。"

纵向来看，钟嵘还建立了从建安时代到永嘉年间的五言诗发展的历史整体观："故知陈思为建安之杰，公幹、仲宣为辅；陆机为太康之英，安仁、景阳为辅；谢客为元嘉之雄，颜延年为辅。斯皆五言之冠冕，文词之命世也。"这样既有历史性的溯源，又有逻辑性的梳理，两者相统一，构成了完整而自洽的批评体系。具体到作家个体，《诗品》尤侧重作审美风格上的品藻，强调以骨气丰沛者为主，骨气与辞采并重。钟嵘除了称赏曹植"骨气奇高，辞采华茂"外，又评鲍照"骨节强于谢混，驱迈疾于颜延"，并用此标准批评刘桢"气过其文，雕润恨少"，但因"仗气爱奇，动多振绝。真骨凌霜，高风跨俗"，仍将之列为上品。钟嵘在评论作品不多的郭泰机、顾恺之、谢世基、顾迈、戴凯五人时，因其"气调劲拔，吾许其进，则鲍照、江淹，未足逮止"，使他们跃居中品。可见通过诗人品第，钟嵘试图建立的是一种革除时弊的文学评鉴新体系。

当然，因时代和个人局限，钟嵘对具体诗人的品鉴也间有偏颇，最典型的是对陶渊明诗的品评。《诗品》将陶诗置于中品，认为："其源出于应璩，又协左思风力。文体省净，殆无长语。笃意真古，辞兴婉惬。每观其文，想其人德，世叹其质直。至如'观言醉春酒''日暮天无云'，风华清靡，岂直为田家语邪？古今隐逸诗人之宗也。"这对视陶诗为第一等典范的唐宋人来说殊难接受。宋人叶梦得的《石林诗话》就认为陶诗与应璩"了不相类"，其为人"何尝有意欲以诗自名，而追取一人而模仿之，此乃当时文士与世进取竞进而争长者所为，何期此老之浅，盖嵘之陋也"。确实，南朝人论文往往忽视陶渊明，除萧统曾对陶渊明做高度评价外，包括刘勰在内，诸多论者均未能给出恰当的评价。不过，细究其评语，仍有可取之处。所谓"文体省净，殆无长语"，衡之以当时的绮靡文风，不能不说凸显了陶作之长。又，其品评体系里，应璩源于曹丕，曹丕源于李陵，李陵源于《楚辞》，而左思源于刘桢，刘桢源于《国风》，可见钟嵘虽将陶渊明系于应、左二人之下，但以其兼具风、骚两种传统，在诸多中品诗人中又确属不同凡响。

三、从比兴论到滋味说

钟嵘进一步发展了传统的比兴论。《诗品序》谓："故诗有六义焉：一曰兴，二曰

---

① 参见许文雨：《钟嵘诗品讲疏·人间词话讲疏附补遗》，9页，成都，成都古籍书店，1983。

比，三曰赋。 文已尽而意有余，兴也； 因物喻志，比也； 直书其事，寓言写物，赋也； 弘斯三义，酌而用之，干之以风力，润之以丹彩，使咏之者无极，闻之者动心，是诗之至也。"钟嵘认为赋的运用要在铺陈事物中有寓义，如果只用赋体，则容易导致意浮文散。 比的运用须在事物相关性比喻中包含情志。 兴则须能"文已尽而意有余"，较郑玄"托事于物"的界定明显有了不同，不仅将之看作一种表现手法，更使之成为诗歌接受者的体验之法，兴由此逐渐成为一种审美元范畴。 此后皎然的《诗式》所谓"取象曰比，取义曰兴，义即象下之意"，明显将兴的含义指向形象之外更丰富的领域，对后世文论产生了深远的影响。 降及清代，更有人将兴视为诗歌形象思维的本质，以为："《诗》有六义，而兴括比、 赋及风、 雅、 颂之全。"①。

　　与《文心雕龙·比兴》所论相同，钟嵘亦把比兴合而为一，以为："若专用比兴，则患在意深，意深则词踬。 若但用赋体，则患在意浮，意浮则文散，嬉成流移，文无止泊，有芜漫之累矣。"此外，钟嵘既批评了玄言诗过于注重比兴手法的使用，导致意深而词隐，使读者难以理解诗人情感，如其评阮籍诗"厥旨渊放，归趣难求"；又批评了将赋体泛化，在诗中随意堆砌而致意浮文散，如批评谢灵运诗"故尚巧似，而逸荡过之，颇以繁芜为累"。 总之，钟嵘认为，文学创作参酌使用赋、 比、 兴三种手法，要以"风力"为诗之精神骨干，以"丹彩"来润饰诗之语辞风貌。 "风力"与"丹彩"相合，构成了钟嵘诗学批评的最高标准，实即刘勰所论"风骨"和"情采"兼顾。 王叔岷的《钟嵘诗品笺证稿》认为，"干之以风力"乃建安诗所长，"润之以丹彩"则为齐梁诗所长，二者兼善构成了刘勰和钟嵘文论最高的理想。 这一判断大体与事实相符。

　　从诗歌接受者的角度，钟嵘又提出滋味说，用以论五言诗独特的审美价值："夫四言，文约意广，取效《风》《骚》，便可多得。 每苦文烦而意少，故世罕习焉。 五言居文词之要，是众作之有滋味者也，故云会于流俗。 岂不以指事造形，穷情写物，最为详切者邪！"钟嵘赋予五言以核心地位，以为其"居文词之要"，是对南朝五言诗体创作繁盛的历史所做的回应，显示了钟嵘与时俱进的明辨和识见的宏通。 挚虞的《文章流别论》曾称"古诗率以四言为体"，颜延之的《庭诰》则以为"五言流靡"，《文心雕龙·明诗》亦称"夫四言正体，则雅润为本，五言流调，则清丽居宗"，均从正统出发，不承认后起的五言诗体的价值和意义。 钟嵘对五言诗体的推崇显示了独特的眼光，究其原因，不能不说与其重视诗歌审美和接受者的情感体验有关。

　　从审美效果上，钟嵘比较了四言与五言的不同特征，以为四言诗体因字少文约，容易普及推广，故特别适合教化之用。 "文约意广"，对雨楼丛书本和龙威秘书本《诗品》均作"文约易广"，钟嵘原意，或指四言语促意短，故便于广大其辞，但因此也容

---

① （清）贾开宗：《杜少陵秋兴八首偶论》，见张寅彭：《清诗话全编·顺治康熙雍正朝》，杨焄点校，9页，上海，上海古籍出版社，2018。

易导致诗句烦冗而意旨贫薄。五言诗字数不繁不简，在诗中为最适中，最可见情志、出韵味，可为诸种诗体的枢要和关键，此所谓"众作之有滋味者也"。

钟嵘在诗学史上第一次着重提出滋味说，并结合新起的主流诗型，将之贯穿到自己的评鉴过程中，以为"使咏之者无极，闻之者动心，是诗之至也"。可以说，《诗品》确立了中国古代诗论重视鉴赏和体验的基本性格，为后世诗品、诗评确立了基本的接受美学指向。

📖 原典选读

《诗品》可称中国古代文论史上第一部以品评作品风格为核心的诗学著作，其将理论与批评融为一体的方式，塑造了后世诗学理论的基本性格。据《南史》记载，钟嵘求誉于沈约而被拒，"及约卒，嵘品古今诗为评，言其优劣云：'观休文众制，五言最优。齐永明中，相王爱文，王元长等皆宗附约。于时谢朓未遒，江淹才尽，范云名级又微，故称独步。故当辞密于范，意浅于江。'盖追宿憾，以此报约也"。实际上，《诗品》将沈约列为中品，非出私利，而是源于钟嵘对齐梁文风的反思与批判，这也是其所提滋味说的价值所在。今所谓《诗品序》实包含总序、上品序、中品序和下品序四部分，相当于文学理论；每品中具体的作家品评，相当于文学批评。《诗品》在写作风格上骈散并行，较《文心雕龙》的深晦显得词意清澈，值得肯定。

钟嵘《诗品序》

序曰：气之动物，物之感人，故摇荡性情，形诸舞咏。欲以照烛三才，晖丽万有。灵祇待之以致飨，幽微藉之以昭告。动天地，感鬼神，莫近于诗。

昔《南风》之辞，《卿云》之颂，厥义夐矣。夏歌曰："郁陶乎予心。"楚谣曰："名余曰正则。"虽诗体未全，然略是五言之滥觞也。

逮汉李陵，始著五言之目矣。"古诗"眇邈，人世难详。推其文体，固是炎汉之制，非衰周之倡也。

自王、扬、枚、马之徒，词赋竞爽，而吟咏靡闻。从李都尉迄班婕妤，将百年间，有妇人焉，一人而已。诗人之风，顿已缺丧。东京二百载中。惟有班固《咏史》，质木无文。

降及建安，曹公父子，笃好斯文；平原兄弟，郁为文栋；刘桢、王粲，为其羽翼。次有攀龙托凤，自致于属车者，盖将百计。彬彬之盛，大备于时矣。

尔后陵迟衰微，迄于有晋。太康中，三张、二陆、两潘、一左，勃尔复兴，踵武前王，风流未沫，亦文章之中兴也。

永嘉时，贵黄、老，稍尚虚谈。于时篇什，理过其辞，淡乎寡味。爰及江表，微波尚传：孙绰、许询、桓、庾诸公诗，皆平典似《道德论》。建安风力尽矣。

先是郭景纯用隽上之才，变创其体；刘越石仗清刚之气，赞成厥美。然彼众我寡，未能动俗。逮义熙中，谢益寿斐然继作。元嘉初，有谢灵运，才高词盛，富艳难踪，固已含跨刘、郭，凌铄潘、左。故知陈思为建安之杰，公幹、仲宣为辅；陆机为太康之英，安仁、景阳为辅；谢客为元嘉之雄，颜延年为辅。斯皆五言之冠冕，文词之命世也。

夫四言，文约意广，取效《风》《骚》，便可多得。每苦文烦而意少，故世罕习焉。五言居文词之要，是众作之有滋味者也，故云会于流俗。岂不以指事造形，穷情写物，最为详切者邪！

故诗有六义焉：一曰兴，二曰比，三曰赋。文已尽而意有余，兴也；因物喻志，比也；直书其事，寓言写物，赋也；弘斯三义，酌而用之，干之以风力，润之以丹彩，使咏之者无极，闻之者动心，是诗之至也。

若专用比兴，则患在意深，意深则词踬。若但用赋体，则患在意浮，意浮则文散，嬉成流移，文无止泊，有芜漫之累矣。

若乃春风春鸟，秋月秋蝉，夏云暑雨，冬月祁寒，斯四候之感诸诗者也。嘉会寄诗以亲，离群托诗以怨。至于楚臣去境，汉妾辞宫，或骨横朔野，或魂逐飞蓬，或负戈外戍，杀气雄边；塞客衣单，孀闺泪尽；又士有解佩出朝，一去忘反；女有扬娥入宠，再盼倾国：凡斯种种，感荡心灵，非陈诗何以展其义，非长歌何以释其情？故曰："《诗》可以群，可以怨。"使穷贱易安，幽居靡闷，莫尚于诗矣。

故词人作者，罔不爱好。今之士俗，斯风炽矣。才能胜衣，甫就小学，必甘心而驰骛焉。于是庸音杂体，各各为容。至使膏腴子弟，耻文不逮，终朝点缀，分夜呻吟。独观谓为警策，众睹终沦平钝。

次有轻薄之徒，笑曹、刘为古拙，谓鲍昭羲皇上人，谢朓今古独步。而师鲍昭，终不及"日中市朝满"；学谢朓，劣得"黄鸟度青枝"。徒自弃于高明，无涉于文流矣。

观王公搢绅之士，每博论之余，何尝不以诗为口实。随其嗜欲，商榷不同。淄渑并泛，朱紫相夺，喧议竞起，准的无依。近彭城刘士章，俊赏之士，疾其淆乱，欲为当世诗品，口陈标榜，其文未遂。嵘感而作焉。

昔九品论人，《七略》裁士，校以宾实，诚多未值。至若诗之为技，较尔可知，以类推之，殆均博弈。

方今皇帝，资生知之上才，体沉郁之幽思。文丽日月，学究天人。昔在贵游，已为称首。况八纮既奄，风靡云蒸。抱玉者联肩，握珠者踵武。固以瞰汉、魏而不顾，吞晋、宋于胸中。谅非农歌辕议，敢致流别。嵘之今录，庶周旋于闾里，均之于谈笑耳。

［(梁)钟嵘著：《诗品集注》，曹旭集注，

上海，上海古籍出版社，1994］

第五节　颜之推与北朝文论

北朝文学虽没有南朝繁荣，也谈不到理论创新，但在南北文化相互激荡、交流和融合的过程中也逐渐形成了自己的文风，以比较素朴质实的面目，与南朝的绮靡华丽形成了对比。如《洛阳伽蓝记》《水经注》虽是地理类著作，但善叙事，且多用散体，语言节制而能简括，文笔清新隽秀，堪称经典。北魏、北齐时文学一度繁兴，出现了温子升、邢邵、魏收等一批著名文士，他们的实用文写作某种程度上可与沈约、任昉等人相媲美。

在文学批评方面，北朝文论以经学为根柢，多凸显文学的政治功能，语言崇尚简洁实用。在对南朝文学技巧的学习和批评过程中，北朝形成了尚真实、重实用的观念。其代表人物是由南入北的颜之推，其所撰《颜氏家训》言及文事，许多主张可谓集一时之大成。

一、北朝文学风格与批评风气

由于战乱频发，北朝文化和文学的建设并不充分，但仍有自己的特色。《隋书·文学传序》将其与南朝比观，总结称："江左宫商发越，贵于清绮，河朔词义贞刚，重乎气质。气质则理胜其词，清绮则文过其意，理深者便于时用，文华者宜于咏歌，此其南北词人得失之大较也。"刘师培的《南北文学不同论》对此有更具体的展开，以为："梁陈以降，文体日靡。惟北朝文人，舍文尚质。崔浩、高允之文，咸硗埆自雄。温子升长于碑版，叙事简直，得张、蔡之遗规；卢思道长于歌词，发音刚劲，嗣建安之逸响。子才、伯起，亦工记事之文，岂非北方文体固与南方不同哉。"据此可知，北朝文学有着独特的价值。从某种意义上可以说，隋唐文学正是在对南北文风折中的基础上别成一派的。

需要指出的是，南北朝时期人们常以江南与河朔并举，意指南北两方。河朔地区的地理环境和粗犷民风直接塑造了北朝文学的特点。郭茂倩《乐府诗集》中的"梁鼓角横吹曲"就是典型的北朝乐府，在民族大融合的背景下，北方氐、羌、鲜卑等民族的歌谣有过十分活跃的表现。如《敕勒歌》，《乐府题解》称"其歌本鲜卑语，易为齐言，故其句长短不齐"。想来是因为翻译的缘故，它由整赡而成杂言，从而形成了与讲求属对的齐梁不同的诗歌传统。类此北方歌谣多由南方士人模仿、整理和加工而成。齐梁间人还大量拟作战争题材的诗如《出塞》《入塞》等，察其缘由，与"羌胡伎"在南方的盛行有关，据此又可知北方的音乐也对南方诗歌产生过影响。①

此外，已在南方成名的庾信父子本以靡丽绮艳风格与徐摛父子并称"徐庾体"，一时引来无数人竞相模仿。入北周后，庾信因常有故园乡关之思，文风明显发生改变，所作《哀江南赋》《小园赋》《拟连珠》等后期作品不惟顽艳沉着，甚至有沉痛之致，故杜甫《咏怀古迹》称其"暮年诗赋动江关"，《戏为六绝句》又称"庾信文章老更成，凌云健笔意纵横"。《贺平邺都表》文采典雅，但并不一味好行绮靡，"势纵气敛，固是名篇。章法兜理，一变齐梁以来疏散之体"②。由此可见，作为潜在的"伏流"，北朝民谣和骈文写作确实对南北朝文学甚至隋唐文学的形成发挥过内在的影响。

在文学思想上，今存北朝文学批评一方面多见对南朝绮靡文风的指摘，另一方面也有对南朝文学的学习与沿承。《北史·柳庆传》曾载朝臣苏绰与柳庆的一段对话："尚书苏绰谓庆曰：'近代以来，文章华靡，逮于江左，弥复轻薄。洛阳后进，祖述未已。相公（指宇文泰）柄人轨物，君职典文房，宜制此表，以革前弊。'庆操笔立成，辞兼文质。"可见北魏时期，特别是在孝文帝迁都洛阳后，文士多反对江南浮华文风，在公文写作中强调"辞兼文质"，甚至要求军国辞令以《尚书》为准，重实用，尚朴茂，以求复古。以文学见重的祖莹更主张"文章须自出机杼，成一家风骨，何能共人同生活也"。此处风骨即风格，强调一家风骨，正是反对因循剿袭和为文造情。祖莹还曾随口吟出《悲彭城》（"悲彭城，楚歌四面起；尸积石梁亭，血流睢水里"），强调文学对社会现实的展现须有真切体验佐证。

但更多文人私心还是为南朝的文采风流所吸引。北朝文士的代表人物如温子升、邢邵、魏收等人不仅在创作上多模拟南方，如魏收常模拟任昉，邢邵则每偷意沈约，"三人文字，皆本江南"③；在观念上亦多承魏晋南朝人所论，如历仕北魏、东魏和北齐三朝的魏收，在所撰《魏书·文苑传序》中就说："夫文之为用，其来日久。自昔圣达之作，贤哲之书，莫不统理成章，蕴气标致，其流广变，诸非一贯，文质推移，与时俱化。"其"文质推移，与时俱化"的观点，与南朝文论的理论崇尚明显是一致的。魏收评论北魏文士时亦多采用南朝的文笔之论，如称邢臧"文笔凡百余篇"，温子升"台中文笔皆子升为之""萧衍使张皋写子升文笔"，程骏"所制文笔，自有集录"，又评祖莹"莹之笔札，亦无乏天才，但不能均调，玉石兼有"，都是以"文笔""笔札"泛指实用性文章的制作。至于评袁跃"言辞甚美"，裴敬宪"其文不能赡逸，而有清丽之美"，温子升"文章清婉"，可见其所崇尚的也在南朝人认可的清丽典雅一路。庾信在《谢赵王示新诗启》中称"八体六文，足惊毫翰；四始六义，实动性灵"也同此，异于

① 参见曹道衡：《南朝文学研究与北朝文学研究》，269 页，北京，商务印书馆，2015。

② 高步瀛：《南北朝文举要》，孙通海点校，686 页，北京，中华书局，1998。

③ 朱东润：《中国文学批评史大纲（校补本）》，81 页，上海，上海古籍出版社，2016。

苏绰的立场，而与钟嵘"摇荡性情"说相一致。

二、《颜氏家训》论文章价值

作为饱经战乱流离，历仕南梁、北周、北齐、隋的文士，颜之推的思想虽取源崇正而实颇博杂，文论观点较为丰富。但综合来看，其所作《颜氏家训》对文章价值、地位等问题的论述，都持一种较为传统的观点，对南朝追求绮靡和用典的不良文风也有很切实的反思和批评。

尤其是格于《颜氏家训》的性质，颜之推十分注意以儒家正统思想为议论的准绳。这也决定了他之论文必然与君子的修身、齐家、治国、平天下联系在一起，乃至径直将其视作修身的一部分。故他的文章观更多体现出儒家的功利特质。如《涉务》篇批评文学之士"品藻古今，若指诸掌，及有试用，多无所堪"，对其人不知耕稼之苦，难以应世经务多有讥讽。《文章》篇历数历代知名文士的品质瑕疵，对其自我感觉良好的轻浮多有讥讽，对其时追求性灵摇荡、辞藻华美的文风做了明确的否定："文章之体，标举兴会，发引性灵，使人矜伐，故忽于持操，果于进取。今世文士，此患弥切，一事惬当，一句清巧，神厉九霄，志凌千载，自吟自赏，不觉更有傍人。"颜之推以为这种愉悦性的美文写作，作用仅在于"陶冶性灵，从容讽谏，入其滋味，亦乐事也"，"行有余力，则可习之"，意指须有向上一路的追求，不能舍本逐末。

颜之推进而提出了文章当以经术为本的主张，体现出强烈的宗经意识。如《文章》篇一开头就明言各文体均源自五经："夫文章者，原出《五经》：诏命策檄，生于《书》者也；序述论议，生于《易》者也；歌咏赋颂，生于《诗》者也；祭祀哀诔，生于《礼》者也；书奏箴铭，生于《春秋》者也。"此种观念或直接采自《文心雕龙·宗经》，但因意在追溯文体流别，故也可被视为对南朝文体论的直接继承。由此，颜之推从经国大业的角度出发，肯定了文章的崇高地位，以为"朝廷宪章，军旅誓诰，敷显仁义，发明功德，牧民建国，施用多途"，强调诗歌的道德价值，认为诗的本质在于"刺箴美颂"，主张发挥诗歌的教化作用，借吟咏山川风物来寓含政治道德意义，并对陆机《齐讴行》的"前叙山川物产风教之盛，后章忽鄙山川之情，殊失厥体"提出了批评。

为了进一步贯彻尊经正体的主张，颜之推还强调了学习古人体调风格的重要性。不过，因终究生活在南北文学深度交融的时代，深知文学发展有其自在性的规律，踵事增华尤为事之必然，所以他也提出"古人之文，宏材逸气，体度风格，去今实远；但缉缀疏朴，未为密致耳。今世音律谐靡，章句偶对，讳避精详，贤于往昔多矣。宜以古之制裁为本，今之辞调为末，并须两存，不可偏弃也"，一定程度上表现出合理酌取古人体制格度和今人体调音律的开阔视野和宏通见识。

这种视野和见识还体现在颜之推的音韵学研究中。在《音辞》篇中，颜之推专门讨论了古今音韵的发展变化，指出南北音的不同及其与文辞的关系："南方水土和柔，其音清举而切诣，失在浮浅，其辞多鄙俗。北方山川深厚，其音沉浊而钝钝，得其质直，其辞多古语。"这实际上是承认了南朝文学在声律上的贡献。这种统合或融合南北音辞的观念，也为隋唐文学主流意识的形成做了很重要的铺垫。

三、《颜氏家训》论文学创作

《颜氏家训·文章》详细论述了为文的诸多要求，总的原则是"以理致为心肾，气调为筋骨，事义为皮肤，华丽为冠冕"，即要求写作以理气为本，以辞藻为表，不能弃本趋末。此论与《文心雕龙·附会》所言"以情志为神明，事义为骨髓，辞采为肌肤，宫商为声色"意相近，可见对浮艳文风的批评和反思已成时人共识。

在主体的才性问题上，颜之推认为研治学问与从事创作是有区别的。"学问有利钝，文章有巧拙"，学问可以通过长期的积累钻研而渐臻精熟，创作则完全仰赖人的天赋，如果缺乏天赋，则"勿强操笔"。具体的写作展开过程需依一定的程式，"使不失体裁，辞意可观""慎勿师心自任"。他还具体论说了不同文体如何遵循体法来写作的细节问题，如碑铭挽歌中如何代笔、如何避讳之类，均有见地，可见会心。

对南朝人作文堆砌典故，颜之推最反感。除例举古代鸿才博学之士用事每多错误外，还专列沈约、邢劭、祖珽等人的论述来说明文章用事的要求。如引沈约之论，以为文章要易见事；引邢劭之论，以为用事要不使人觉，并引祖珽论沈约"崖倾护石髓"句以为佐证。总之，颜之推不反对用事，但要求用得平易，且不与诗意相违。他曾标举王籍的"蝉噪林逾静，鸟鸣山更幽"，以为得自《诗经·小雅·车攻》之"萧萧马鸣，悠悠旆旌"。诗意整静而有情致，值得肯定。但他似更欣赏萧悫《秋思》中"芙蓉露下落，杨柳月中疏"一句，以为"宛然在目"，有萧散空远之境。这两句诗并未用事，但语词平易自然，均出自胸臆而又能塑造出极富诗意的境界。颜之推的这种评价深深影响了后人，让后世通过王籍和萧悫的诗，真切地认识到创作自有看似平淡实则高妙的境界。

📖 **原典选读**

北朝文论多尚典正，以复古为主。在批评南朝绮靡文风的基础上，颜之推等人关注为文与社会生活的连接，强调实用性文章的价值，体现了特殊时代环境下文学功能观的转变和对儒家传统的回归。当然，他们的论述，尤其是《颜氏家训·文章》也可见南朝文论的影响，其对诗文用韵、造语和用典的要求更多吸收了南人的成果。故由其人的文学活动和思想，可以较清楚地见出北方民族如何吸收汉文化，以经学为核心重建文章政教价值的过程。

一、颜之推《颜氏家训·文章》(节选)

夫文章者，原出《五经》：诏命策檄，生于《书》者也；序述论议，生于《易》者也；歌咏赋颂，生于《诗》者也；祭祀哀诔，生于《礼》者也；书奏箴铭，生于《春秋》者也。朝廷宪章，军旅誓诰，敷显仁义，发明功德，牧民建国，施用多途。至于陶冶性灵，从容讽谏，入其滋味，亦乐事也。行有余力，则可习之。然而自古文人，多陷轻薄：屈原露才扬己，显暴君过；宋玉体貌容冶，见遇俳优；东方曼倩，滑稽不雅；司马长卿，窃赀无操；王褒过章《僮约》；扬雄德败《美新》；李陵降辱夷虏；刘歆反覆莽世；傅毅党附权门；班固盗窃父史；赵元叔抗竦过度；冯敬通浮华摈厌；马季长佞媚获诮；蔡伯喈同恶受诛；吴质诋忤乡里；曹植悖慢犯法；杜笃乞假无厌；路粹隘狭已甚；陈琳实号粗疏；繁钦性无检格；刘桢屈强输作；王粲率躁见嫌；孔融、祢衡，诞傲致殒；杨修、丁廙，扇动取毙；阮籍无礼败俗；嵇康凌物凶终；傅玄忿斗免官；孙楚矜夸凌上；陆机犯顺履险；潘岳乾没取危；颜延年负气摧黜；谢灵运空疏乱纪；王元长凶贼自诒；谢玄晖侮慢见及。凡此诸人，皆其翘秀者，不能悉记，大较如此。至于帝王，亦或未免。自昔天子而有才华者，唯汉武、魏太祖、文帝、明帝、宋孝武帝，皆负世议，非懿德之君也。自子游、子夏、荀况、孟轲、枚乘、贾谊、苏武、张衡、左思之俦，有盛名而免过患者，时复闻之，但其损败居多耳。每尝思之，原其所积，文章之体，标举兴会，发引性灵，使人矜伐，故忽于持操，果于进取。今世文士，此患弥切，一事惬当，一句清巧，神厉九霄，志凌千载，自吟自赏，不觉更有傍人。加以砂砾所伤，惨于矛戟，讽刺之祸，速乎风尘，深宜防虑，以保元吉。

学问有利钝，文章有巧拙。钝学累功，不妨精熟；拙文研思，终归蚩鄙。但成学士，自足为人。必乏天才，勿强操笔。吾见世人，至无才思，自谓清华，流布丑拙，亦以众矣，江南号为詅痴符。近在并州，有一士族，好为可笑诗赋，誂撆邢、魏诸公，众共嘲弄，虚相赞说，便击牛酾酒，招延声誉。其妻，明鉴妇人也，泣而谏之。此人叹曰："才华不为妻子所容，何况行路！"至死不觉。自见之谓明，此诚难也……

文章当以理致为心肾，气调为筋骨，事义为皮肤，华丽为冠冕。今世相承，趋末弃本，率多浮艳。辞与理竞，辞胜而理伏；事与才争，事繁而才损。放逸者流宕而忘归，穿凿者补缀而不足。时俗如此，安能独违？但务去泰去甚耳。必有盛才重誉，改革体裁者，实吾所希。

古人之文，宏材逸气，体度风格，去今实远；但缉缀疏朴，未为密致耳。今世音律谐靡，章句偶对，讳避精详，贤于往昔多矣。宜以古之制裁为本，今之辞调为末，并须两存，不可偏弃也。

吾家世文章，甚为典正，不从流俗；梁孝元在蕃邸时，撰《西府新文》，讫无一篇见录者，亦以不偶于世，无郑、卫之音故也。有诗赋铭诔书表启疏二十卷，吾兄弟始在草土，并未得编次，便遭火荡尽，竟不传于世。衔酷茹恨，彻于心髓！操行见于《梁史·文士传》及孝元《怀旧志》。

沈隐侯曰："文章当从三易：易见事，一也；易识字，二也；易读诵，三也。"邢子才常曰："沈侯文章，用事不使人觉，若胸忆语也。"深以此服之。祖孝徵亦尝谓吾曰："沈诗云：'崖倾护石髓。'此岂似用事邪？"……

江南文制，欲人弹射，知有病累，随即改之，陈王得之于丁廙也。山东风俗，不通击难。吾初入邺，遂尝以此忤人，至今为悔。汝曹必无轻议也。

凡代人为文，皆作彼语，理宜然矣。至于哀伤凶祸之辞，不可辄代。蔡邕为胡金盈作《母灵表颂》曰："悲母氏之不永，然委我而夙丧。"又为胡颢作其父铭曰："葬我考议郎君。"《袁三公颂》曰："猗欤我祖，出自有妫。"王粲为潘文则《思亲诗》云："躬此劳悴，鞠予小人；庶我显妣，克保遐年。"而并载乎邕、粲之集，此例甚众。古人之所行，今世以为讳。陈思王《武帝诔》，遂深永蛰之思；潘岳《悼亡赋》，乃怆手泽之遗：是方父于虫，匹妇于考也。蔡邕《杨秉碑》云："统大麓之重。"潘尼《赠卢景宣诗》云："九五思飞龙。"孙楚《王骠骑诔》云："奄忽登遐。"陆机《父诔》云："亿兆宅心，敦叙百揆。"《姊诔》云："倪天之和。"今为此言，则朝廷之罪人也。王粲《赠杨德祖诗》云："我君饯之，其乐泄泄。"不可妄施人子，况储君乎？

挽歌辞者，或云古者《虞殡》之歌，或云出自田横之客，皆为生者悼往告哀之意。陆平原多为死人自叹之言，诗格既无此例，又乖制作本意。

凡诗人之作，刺箴美颂，各有源流，未尝混杂，善恶同篇也。陆机为《齐讴篇》，前叙山川物产风教之盛，后章忽鄙山川之情，殊失厥体。其为《吴趋行》，何不陈子光、夫差乎？《京洛行》，胡不述赧王、灵帝乎？

自古宏才博学，用事误者有矣；百家杂说，或有不同，书傥湮灭，后人不见，故未敢轻议之。今指知决纰缪者，略举一两端以为诫。《诗》云："有鷕雉鸣。"又曰："雉鸣求其牡。"毛《传》亦曰："鷕，雌雉声。"又云："雄之朝鸲，尚求其雌。"郑玄注《月令》亦云："鸲，雄雉鸣。"潘岳赋曰："雉鷕鷕以朝鸲。"是则混杂其雄雌矣。《诗》云："孔怀兄弟。"孔，甚也；怀，思也，言甚可思也。陆机《与长沙顾母书》，述从祖弟士璜死，乃言："痛心拔脑，有如孔怀。"心既痛矣，即为甚思，何故方言有如也？观其此意，当谓亲兄弟为孔怀。《诗》云："父母孔迩。"而呼二亲为孔迩，于义通乎？《异物志》云："拥剑状如蟹，但一偏大尔。"何逊诗云："跃鱼如拥剑。"是不分鱼蟹也。《汉书》："御史府中列柏树，常有野鸟数千，栖宿其上，晨去暮来，号朝夕鸟。"而文士往往误作乌鸢用之。《抱朴子》说项曼都诈称得仙，自云："仙人以流霞一杯与我饮之，辄不饥渴。"而简文诗云："霞流抱朴椀。"亦犹郭象以惠施之辨为庄周言也。《后汉书》："囚司徒崔烈以银铛锒。"银铛，大锁也；世间多误作金银字。武烈太子亦是数千卷学士，尝作诗云："银锒三公脚，刀撞仆射头。"为俗所误。

文章地理，必须惬当。梁简文《雁门太守行》乃云："鹅军攻日逐，燕骑荡康居，大宛归善马，小月送降书。"萧子晖《陇头水》云："天寒陇水急，散漫俱分泻，北注徂黄龙，东流会白马。"此亦明珠之类，美玉之瑕，宜慎之。

王籍《入若耶溪》诗云："蝉噪林逾静，鸟鸣山更幽。"江南以为文外断绝，物无异议。简文吟咏，不能忘之，孝元讽味，以为不可复得，至《怀旧志》载于《籍传》。范阳卢询祖，邺下才俊，乃言："此不成语，何事于能？"魏收亦然其论。《诗》云："萧萧马鸣，悠悠旆旌。"毛《传》曰："言不喧哗也。"吾每叹此解有情致，籍诗生于此耳。

兰陵萧悫，梁室上黄侯之子，工于篇什。尝有《秋诗》云："芙蓉露下落，杨柳月中疏。"时人未之赏也。吾爱其萧散，宛然在目。颍川荀仲举、琅邪诸葛汉，亦以为尔。而卢思道之徒，雅所不惬。

何逊诗实为清巧，多形似之言；扬都论者，恨其每病苦辛，饶贫寒气，不及刘孝绰之雍容也。虽然，刘甚忌之，平生诵何诗，常云："'蘧车响北阙'，懂懂不道车。"又撰《诗苑》，止取何两篇，时人讥其不广。刘孝绰当时既有重名，无所与让；唯服谢朓，常以谢诗置几案间，动静辄讽味。简文爱陶渊明文，亦复如此。江南语曰："梁有三何，子朗最多。"三何者，逊及思澄、子朗也。子朗信饶清巧。思澄游庐山，每有佳篇，亦为冠绝。

［(北齐)颜之推撰：《颜氏家训集解》，王利器集解，

上海，上海古籍出版社，1980］

二、魏收《魏书·祖莹传》(节选)

祖莹，字元珍，范阳遒人也。曾祖敏，仕慕容垂为平原太守。太祖定中山，赐爵安固子，拜尚书左丞。卒，赠并州刺史。祖嶷，字元达。以从征平原功，进爵为侯，位冯翊太守，赠幽州刺史。父季真，多识前言往行，位中书侍郎，卒于安远将军、巨鹿太守。

莹年八岁，能诵《诗》《书》，十二，为中书学生。好学耽书，以昼继夜，父母恐其成疾，禁之不能止，常密于灰中藏火，驱逐僮仆，父母寝睡之后，燃火读书，以衣被蔽塞窗户，恐漏光明，为家人所觉。由是声誉甚盛，内外亲属呼为"圣小儿"。尤好属文，中书监高允每叹曰："此子才器，非诸生所及，终当远至。"

时中书博士张天龙讲《尚书》，选为都讲。生徒悉集，莹夜读书劳倦，不觉天晓。催讲既切，遂误持同房生赵郡李孝怡《曲礼》卷上座。博士严毅，不敢还取，乃置《礼》于前，诵《尚书》三篇，不遗一字。讲罢，孝怡异之，向博士说，举学尽惊。后高祖闻之，召入，令诵五经章句，并陈大义，帝嗟赏之。莹出后，高祖戏卢昶曰："昔流共工于幽州北裔之地，那得忽有此子？"昶对曰："当是才为世生。"以才名拜太学博士。征署司徒、彭城王勰法曹行参军。高祖顾谓勰曰："萧赜以王元长为子良法曹，今为汝用祖莹，岂非伦匹也。"敕令掌勰书记。莹与陈郡袁翻齐名秀出，时人为之语曰："京师楚楚，袁与

祖；洛中翩翩，祖与袁。"再迁尚书三公郎。尚书令王肃曾于省中咏《悲平城诗》，云：
"悲平城，驱马入云中。阴山常晦雪，荒松无罢风。"彭城王勰甚嗟其美，欲使肃更咏，
乃失语云："王公吟咏情性，声律殊佳，可更为诵《悲彭城诗》。"肃因戏勰云："何意《悲
平城》为《悲彭城》也？"勰有惭色。莹在座，即云："所有《悲彭城》，王公自未见耳。"肃
云："可为诵之"。莹应声云："悲彭城，楚歌四面起；尸积石梁亭，血流睢水里。"肃甚
嗟赏之。勰亦大悦，退谓莹曰："即定是神口。今日若不得卿，几为吴子所屈。"……

　　莹以文学见重，常语人云："文章须自出机杼，成一家风骨，何能共人同生活也。"
盖讥世人好偷窃他文，以为己用。而莹之笔札，亦无乏天才，但不能均调，玉石兼有，
制裁之体，减于袁、常焉。性爽侠，有节气，士有穷厄，以命归之，必见存拯，时亦以
此多之。其文集行于世。

[（北齐）魏收撰：《魏书》，北京，中华书局，1974]

第五章　隋唐五代文论的经典化

隋唐五代是继魏晋南北朝之后古代文论的又一个重要发展阶段。 结束了三百多年的分裂与战乱，南北文化与文学此时进一步融合。 开放包容的政策也为文人提供了广阔多元的思想空间。 科举制度的确立不仅是将唐代文学推向高峰的重要助力，也对文学理论的探索产生了积极的影响。 这一时期的文学理论总体特征有三：一是文学的政教中心论与审美论大体并行，但也有不少论者将二者结合起来； 二是诗文理论分立，不再延续魏晋南北朝时期大多诗赋、 骈散合论的格局，诗论大量涌现，古文理论则专论散文； 三是理论批评形式多样，尤以诗论为代表，除传统的序、 书、 论、 评等之外，选本盛行，还出现了论诗诗、 诗格、 诗句图、 本事诗等新的著述形式。 最终，隋唐五代文论呈现出比较完整成熟的经典化气象。

第一节　隋至唐前期文论

隋至唐前期文论与同时代文学创作有着密切的联系。 新的时代需要新的文学，尤其是新朝建立，万象更新，迫切需要一种能体现其新质的文学。 不过，任何新文学都是建立在扬弃传统的基础之上的，此时期的文学首先面对的就是魏晋南北朝文学。 因此，如何评价前代文学，并在反思的基础上确立意义内容与艺术表现的新标准，成为此时期文论所关注的核心问题。

一、隋代文论概况

隋继北周而起，在文化风习、 趣尚和政策等方面也多承袭北人。 《隋书·高祖纪》记载，隋文帝杨坚"素无学术""不悦诗书"，对文学持轻视的态度。 这直接影响到了隋代文论，其主流是一种强调文学为政治教化服务的实用、 功利的文学观。 李谔与王通的文学议论，可为其代表。

李谔的《上隋高祖革文华书》写于开皇四年（584）。 其年，隋文帝"普诏天下，公私文翰，并宜实录"。 九月，泗州刺史司马幼之因"文表华艳"，"付所司治罪"。 李谔作为治书侍御史，上书表示拥护，较系统地阐述了隋初以政教为中心的实用主义文论。 一方面，他通过对"古先哲王"的回溯，把政教功能确立为文学的根本。 "五教六行，为训民之本，《诗》《书》《礼》《易》，为道义之门"，因此文章应"以褒德序贤，明勋证理"为务，否则就没有存在的必要。 另一方面，他又立足于政教中心论，对六朝文学加以严厉的批评。 李谔认为，六朝文学就是一段"风教渐落"的历史：从"魏之三祖，更尚文词"始，"竞骋文华，遂成风俗"，尤其是齐梁两朝"唯务吟咏""其弊弥甚"，时人"竞一韵之奇，争一字之巧。 连篇累牍，不出月露之形； 积案盈箱，唯是风云之状"。 之所以如此，都是"忽君人之大道，好雕虫之小艺""损本逐末"所致。 李谔警惕道："文笔日繁，其政日乱。"

政教中心论的另一代表人物是隋末大儒王通（584—617）。《中说·天地》载李伯药见王通，"上陈应、 刘，下述沈、 谢，分四声八病，刚柔清浊，各有端序，音若埙篪"，王通不答。 王通的学生薛收向李伯药解释说："夫子之论诗矣，上明三纲，下达五常。 于是征存亡，辩得失。 故小人歌之以贡其俗，君子赋之以见其志，圣人采之以观其变。 今子营营驰骋乎末流，是夫子之所痛也，不答则有由矣。"可见王通对南朝诗人在声律辞采方面的探索基本持否定态度。 他强调的是诗歌"明三纲""达五常""征存亡""辩得失"的政教功能。 尽管他也承认诗有"赋之以见其志"的作用，但根本标准还是在"三纲""五常"，故认定凡品行不合儒家君子人格标准者，其文皆不足观。 由此，在《中说·事君》中，他将谢灵运、 沈约、 鲍照、 江淹、 吴筠、 孔稚珪、 谢庄、 王融、 徐陵等诸多南朝文士斥为"小人""狷者""狂者""纤人""夸人"，认为其文或"傲"，或"冶"，或"急以怨"，或"怪以怒"，或"碎"，或"诞"，都不足取。

王通在《中说·天地》中还明确提出文章必须贯道言理的观点："学者，博诵云乎哉？ 必也贯乎道。 文者，苟作云乎哉？ 必也济乎义。"《中说·王道》又说："言文而不及理，是天下无文也。 王道何从而兴乎？"这里所谓的"道""义""理"，都有儒家道德、 政治的特定内涵。 进而言之，既然文章以贯道言理为要，文风自然当以简约畅达为善。 故《中说·天地》说："吾师也，词达而已矣。"《中说·事君》又说："古之文也约以达，今之文也繁以塞。"王通之所以对颜延之、 王俭、 任昉评价颇高，不仅因其有君子之心，也因其文约以则。 这种对贯道言理和词达的提倡，实已开唐宋古文运动之先河。

尽管隋代文论以政教中心论为主流，但仍有论者集中关注声律、 文辞等方面的问题。 刘善经作《四声指归》，今散见于《文镜秘府论》，对南朝以来的"四声""八病"加以总结，对文章的体势、 作法等问题进行探讨，构成了从齐梁声律论到唐代诗格之演进的重要环节。

二、唐初史家与陈子昂论文

作为开国君主，李渊、李世民父子极为重视修史，以总结前代兴亡盛衰的经验和教训。受命修史者又多为朝廷重臣，因此这些官修正史中的《文学传》《文苑传》，集中呈现了唐初官方主流的文学主张。与李谔、王通相比较，这项主张无论是在文学的基本观念还是在对六朝文学的评价上，都公允平正得多。

就文学的基本观念而言，唐初史家同样强调文学的政教功能。如《晋书·文苑传序》明言："移风俗于王化，崇孝敬于人伦，经纬乾坤，弥纶中外，故知文之时义大哉远矣。"《梁书·文学传序》直称："经礼乐而纬国家，通古今而述美恶，非文莫可也。"不过，他们也认可文学的抒情本质。故《晋书·文苑传论》说："情之所适，发乎咏歌。"《北齐书·文苑传序》也有"文之所起，情发于中"之说。《周书·王褒庾信传论》所谓"原夫文章之作，本乎情性"，取义与之相同。可见，唐初史家所执持的是一种更为通透的政教情性相统一的文学观。如《隋书·文学传序》所言："文之为用，其大矣哉！上所以敷德教于下，下所以达情志于上。""敷德教"与"达情志"在根本上是统一的。

与这种通透的文学观相一致，唐初史家对魏晋以来文学的评价也更为公允。他们固然也批评齐梁人的浮艳，甚至斥之为"亡国之音"，如《隋书·文学传序》称："梁自大同之后，雅道沦缺，渐乖典则，争驰新巧。简文、湘东，启其淫放，徐陵、庾信，分路扬镳。其意浅而繁，其文匿而彩，词尚轻险，情多哀思。格以延陵之听，盖亦亡国之音乎！"但这所针对的只是宫体诗内容上的"淫放"与文词上的"轻险"。事实上，对六朝文学的艺术成就，他们是有很高评价的。《隋书·经籍志集部总论》就说："爰逮晋氏，见称潘陆，并黼藻相辉，宫商间起，清辞润乎金石，精义薄乎云天。永嘉已后，玄风既扇，辞多平淡，文寡风力。降及江东，不胜其弊。宋齐之世，下逮梁初，灵运高致之奇，延年错综之美，谢玄晖之藻丽，沈休文之富溢，辉焕斌蔚，辞义可观。"于此可见，除对玄言诗不满外，对魏晋以来许多文士的创作及其作品所体现出的审美价值，他们都有很内行的肯定。

正是在对六朝文学较为公允的反思、评判基础上，唐初史家进一步提出了文学的南北融合论，体现出大一统带来的新视野、新格局、新气象。《隋书·文学传序》说："江左宫商发越，贵于清绮，河朔词义贞刚，重乎气质。气质则理胜其词，清绮则文过其意，理深者便于时用，文华者宜于咏歌，此其南北词人得失之大较也。若能掇彼清音，简兹累句，各去所短，合其两长，则文质斌斌，尽善尽美矣。"南北朝文学在风格、功用上有着较大的差异，且各有得失。因此，作为南北朝文学之继承，唐代文学的发展方向当是"掇彼清音，简兹累句，各去所短，合其两长"，从而达到"文质斌斌，尽善尽美"的理想境界。联系到唐代文学发展的实际情况，尤其是盛唐气象的特质，南北融合论无疑是具有前瞻性和历史远见的文学主张。

不过，尽管唐初史家在理论上明确提出南北融合、文质合一的主张，但其创作实践乃至史籍书写仍总体表现出较为明显的浮艳习气，以至于如《旧唐书·房玄龄传》所说，"竞为绮艳，不求笃实"。刘知幾（661—721）在《史通》中对文与史关系的反思，某种意义上可以被视作对此倾向的批评与回应。刘知幾认为从文体而言，汉代以前文与史不分，汉以后则"文之与史，较然异辙"（《史通·核才》）。他主张史书文辞"辨而不华，质而不俚"（《史通·鉴识》），反对"喻过其体，词没其义，繁华而失实，流宕而忘返"（《史通·载文》）的浮艳文风对史传的浸染。同时，他又认为文史有共同的标准，即"不虚美，不隐恶"（《史通·载文》），须有益于政教。在此基础上，刘知幾提出"尚简""用晦"等写作原则，都有极富针对性的理论价值。

与刘知幾同时代，被认为"一扫六代之纤弱""开创气象"的代表作家是陈子昂。在其名篇《与东方左史虬修竹篇序》中，陈子昂远绍刘勰、钟嵘，近承初唐四杰对风骨、风力和骨气的推崇，明确地将六朝之"文章道弊"归于对"汉魏风骨"的弃守。他赞赏"骨气端翔，音情顿挫，光英朗练，有金石声"的兼具力度与音律之美的作品，认为齐梁间诗虽然重视辞采音律，但却缺乏由充实内容和丰沛情感灌注的内在生命劲气，"彩丽竞繁，而兴寄都绝"，"逶迤颓靡，风雅不作"，故"风骨"莫传。"兴寄"即感兴与寄托，指的是将作者在时代风云中所兴发的深沉充实的情思和感慨，寄托于艺术形象之中。联系"风雅"来看，"兴寄"中所"寄"之"兴"有着明确的儒家品格与政教内容。不过从"兴"必须有所"寄"来看，"兴寄"之说也并未忽视文学的艺术特质。"风骨"与"兴寄"，前者关乎作品整体的艺术风貌，后者是对作品内容与情感的具体要求，两者密切相关。陈子昂对两者的标举，将初唐以来变革六朝风习、确立新诗特质的努力推向了更自觉的阶段。

三、殷璠与杜甫的论说

对六朝浮艳文风的清算一直延续到盛唐。一种健康的足以体现大唐之崭新气象的新文学随着盛唐文学的振起而产生。此时期的文学理论不仅是对南朝文学的进一步反思，更是初盛唐文学成就的理论总结，其中尤以殷璠、杜甫的论说为代表。

在《河岳英灵集》序与集论中，殷璠对魏晋南北朝诗的评价基本与陈子昂一致，即推崇建安文学，批评齐梁诗的轻艳和矫饰。他还回顾了初盛唐诗的发展："武德初，微波尚在。贞观末，标格渐高。景云中，颇通远调。开元十五年后，声律风骨始备矣。"他将"风骨"与"声律"并举，并未全盘否定六朝对声律、辞采的探索，而是注意到盛唐诗歌对其合理因素的吸取。殷璠还提出一种更宽松的音韵主张："词有刚柔，调有高下，但令词与调合，首末相称，中间不败，便是知音。"基于此，殷璠将声律风骨兼备作为自己的选诗标准："璠今所集，颇异诸家。既闲新声，复晓古体；文质半取，风骚两挟；言气骨则建安为传，论宫商则太康不逮。"他声称自己欣赏的诗古体、近体皆有，内容与形式协调，兼宗风骚，且风骨与声律并重。这种说法可以被视为对初唐以来诸家诗学宗趣的总结。

如果说风骨与声律兼备之说是殷璠对前人论说的继承与推衍，那么"兴象"说则是其更富于创造性的建树。"兴象"一词，《河岳英灵集》中凡三见：序言所谓齐梁诗歌"都无兴象，但归轻艳"；卷上评陶翰诗"既多兴象，复备风骨"；卷中评孟浩然诗"无论兴象，复兼故实"。概而言之，"兴象"指诗歌中的审美物象与情致意兴浑融无间，进而呈现出一种"文已尽而意有余"的艺术效果。若与陈子昂的"兴寄"说相比较，它更强调诗歌的形象性特质，更注重诗歌艺术的审美意义。《河岳英灵集》中，除上述孟浩然、陶翰之外，王维、常建、刘眘虚、张谓、储光羲等以"兴象"见长的诗人，大多是以诗歌的艺术性取胜的。殷璠称王维诗"词秀调雅，意新理惬；在泉成珠，着壁成绘；一字一句，皆出常境"。虽未用"兴象"一词，但不难看出，其情景交融与兴味无限，明显有"兴象"之实。再进一步联系唐诗的发展历程，"兴象"范畴的提出正体现了浮艳文风得到匡正后，人们的审美趣味已向"情致"和"韵调"过渡的事实。殷璠之后，中唐一些重要的诗歌选本，如高仲武的《中兴间气集》推崇"体状风雅，理致清新"之作，姚合的《极玄集》以"极玄"为标准，都是这种审美趣味转变的反映。

杜甫（712—770）这方面的主张较集中地体现在论诗诗《戏为六绝句》中。"别裁伪体亲风雅，转益多师是汝师。""风雅"是杜甫所立足和遵奉的儒家宗旨，也是其评判诗歌的基本标准，与此相关联的是"转益多师"的开放胸怀。《戏为六绝句》着重探讨后者，即"不薄今人爱古人，清词丽句必为邻"。该组诗中论及的"古人""今人"各有其代表性。"屈宋"是与风雅并列的楚骚传统，杜甫的态度是既"亲风雅"又"攀屈宋"，即殷璠所谓"风骚两挟"。杜甫推崇庾信的"暮年诗赋"，而非南朝时期的轻艳之作，表明对齐梁诗学有所择取；也推崇初唐四杰，肯定了初唐以来变革六朝诗风的努力。因为篇幅限制，杜甫在此提及的"古人""今人"极为有限，但若参佐其他作品，我们可以看到他真正做到了"转益多师""不薄今人爱古人"。杜甫的这种态度，无疑是具有代表性的。只有兼收并蓄，广采博收，方能铸就"掣鲸碧海"的盛唐气象。至于杜甫论诗，还有重视学问、法度的一面，更对后世尤其是宋代江西诗派产生了深刻影响。

原典选读

　　隋唐人从正反两个方向继承了南朝思想文化与审美趣味的影响，为了振兴新朝文学的理想，继承之余又多有反思，这从李谔、王通等人弃绝六朝文风，关注文学政教功能，强调贯道与风教中可以看出。至于更多的建设，则反映在魏徵等人主张德教与情志并重，进而提出南北融合论上。其时，有骆宾王在探讨诗歌沿革的同时，提出弘扬雅奏的见解，揭举了初唐四杰的诗学指向。陈子昂标举"兴寄"与"风骨"，为唐前期的文学革新擘划了方向。在此基础上，殷璠用"风骨"与"声律"兼备来总结初唐以来诸家诗学，又标举"兴象"为将要到来的新的审美趣尚指明路向，唐代文论的格局由此在他和杜甫等人的批评实践中得以确立。

一、李谔《上隋高祖革文华书》(节选)

　　臣闻古先哲王之化民也，必变其视听，防其嗜欲，塞其邪放之心，示以淳和之路。五教六行，为训民之本，《诗》《书》《礼》《易》，为道义之门。故能家复孝慈，人知礼让，正俗调风，莫大于此。其有上书献赋，制诔镌铭，皆以褒德序贤，明勋证理。苟非惩劝，义不徒然。降及后代，风教渐落。魏之三祖，更尚文词，忽君人之大道，好雕虫之小艺。下之从上，有同影响，竞骋文华，遂成风俗。江左齐、梁，其弊弥甚，贵贱贤愚，唯务吟咏。遂复遗理存异，寻虚逐微，竞一韵之奇，争一字之巧。连篇累牍，不出月露之形；积案盈箱，唯是风云之状。世俗以此相高，朝廷据兹擢士。禄利之路既开，爱尚之情愈笃。于是闾里童昏，贵游总丱，未窥六甲，先制五言。至如羲皇、舜、禹之典，伊、傅、周、孔之说，不复关心，何尝入耳。以傲诞为清虚，以缘情为勋绩，指儒素为古拙，用词赋为君子。故文笔日繁，其政日乱，良由弃大圣之轨模，构无用以为用也。损本逐末，流遍华壤，递相师祖，久而愈扇。

　　及大隋受命，圣道聿兴。屏黜轻浮，遏止华伪。自非怀经抱质，志道依仁，不得引预缙绅，参厕缨冕。开皇四年，普诏天下，公私文翰，并宜实录。其年九月，泗州刺史司马幼之文表华艳，付所司治罪。自是公卿大臣咸知正路，莫不钻仰坟集，弃绝华绮，择先王之令典，行大道于兹世。(《李谔传》)

　　　　　　　　　　　　　　　　　[(唐)魏徵等撰：《隋书》，北京，中华书局，1973]

二、王通《中说》(节选)

　　子在长安，杨素、苏夔、李德林皆请见。子与之言，归而有忧色。门人问子，子曰："素与吾言，终日言政而不及化；夔与吾言，终日言声而不及雅；德林与吾言，终日言文而不及理。"门人曰："然则何忧?"子曰："非尔所知也。二三子皆朝之预议者也，今言政而不及化，是天下无礼也；言声而不及雅，是天下无乐也；言文而不及理，是天下无文也。王道从何而兴乎? 吾所以忧也。"门人退，子援琴鼓《荡》之什，门人皆沾襟焉。(《王道篇》)

内史薛公谓子曰："吾文章可谓淫溺矣。"文中子离席而拜曰："敢贺丈人之知过也。"薛公因执子手喟然而咏曰："老夫亦何冀，之子振颓纲。"(《述史篇》)

薛收问曰："今之民胡无诗?"子曰："诗者，民之情性也，情性能亡乎? 非民无诗，职诗者之罪也。"(《关朗篇》)

> [(隋)王通著：《文中子中说》，(宋)阮逸注，
> 秦躍宇点校，南京，凤凰出版社，2017]

三、魏徵《隋书·文学传序》(节选)

文之为用，其大矣哉! 上所以敷德教于下，下所以达情志于上……自汉、魏以来，迄乎晋、宋，其体屡变，前哲论之详矣。暨永明、天监之际，太和、天保之间，洛阳、江左，文雅尤盛。于时作者，济阳江淹、吴郡沈约、乐安任昉、济阴温子升、河间邢子才、巨鹿魏伯起等，并学穷书圃，思极人文，缛彩郁于云霞，逸响振于金石。英华秀发，波澜浩荡，笔有余力，词无竭源。方诸张、蔡、曹、王，亦各一时之选也。闻其风者，声驰景慕，然彼此好尚，互有异同。江左宫商发越，贵于清绮，河朔词义贞刚，重乎气质。气质则理胜其词，清绮则文过其意，理深者便于时用，文华者宜于咏歌，此其南北词人得失之大较也。若能掇彼清音，简兹累句，各去所短，合其两长，则文质斌斌，尽善尽美矣。梁自大同之后，雅道沦缺，渐乖典则，争驰新巧。简文、湘东，启其淫放，徐陵、庾信，分路扬镳。其意浅而繁，其文匿而彩，词尚轻险，情多哀思。格以延陵之听，盖亦亡国之音乎! 周氏吞并梁、荆，此风扇于关右，狂简斐然成俗，流宕忘反，无所取裁。

高祖初统万机，每念斫雕为朴，发号施令，咸去浮华。然时俗词藻，犹多淫丽，故宪台执法，屡飞霜简。炀帝初习艺文，有非轻侧之论，暨乎即位，一变其风。其《与越公书》《建东都诏》《冬至受朝诗》及《拟饮马长城窟》，并存雅体，归于典制。虽意在骄淫，而词无浮荡，故当时缀文之士，遂得依而取正焉。所谓能言者未必能行，盖亦君子不以人废言也。

> [(唐)魏徵等撰：《隋书》，北京，中华书局，1973]

四、骆宾王《和道士闺情诗启》(节选)

窃惟诗之兴作，兆基邃古。唐歌虞咏，始载典谟；商颂周雅，方陈金石。其后言志

缘情，二京斯盛；含毫沥思，魏晋弥繁。布在缣简，差可商略。李都尉鸳鸯之词，缠绵巧妙；班婕妤霜雪之句，发越清迥。平子桂林，理在文外；伯喈翠鸟，意尽行间。河朔辞人，王刘为称首；洛阳才子，潘左为先觉。若乃子建之牢笼群彦，士衡之籍甚当时，并文苑之羽仪，诗人之龟镜。爰逮江左，讴谣不辍。非有神骨仙才，专事玄风道意。颜、谢特挺，戕伐典丽。自兹以降，声律稍精，其间沿改，莫能正本。

天纵明睿，卓尔不群。听新声，鄙师涓之作；闻古乐，笑文侯之睡。以封鲁之才，追自卫之迹。弘兹雅奏，抑彼淫哇。澄五际之源，救四始之弊。固可以用之邦国，厚此人伦。俯屈高调，聊同下里；思沿态巧，文随手变。侯调惭其曼声，延年愧其新曲。

[(唐)骆宾王著：《骆临海集笺注》，(清)陈熙晋笺注，

上海，上海古籍出版社，1985]

五、陈子昂《与东方左史虬修竹篇序》

东方公足下：文章道弊五百年矣。汉、魏风骨，晋、宋莫传，然而文献有可征者。仆尝暇时观齐、梁间诗，彩丽竞繁，而兴寄都绝，每以永叹，思古人常恐逶迤颓靡，风雅不作，以耿耿也。一昨于解三处见明公《咏孤桐篇》，骨气端翔，音情顿挫，光英朗练，有金石声，遂用洗心饰视，发挥幽郁。不图正始之音，复睹于兹，可使建安作者相视而笑。解君云："张茂先、何敬祖，东方生与其比肩。"仆亦以为知言也。故感叹雅制，作《修竹》诗一篇，当有知音以传示之。

[(唐)陈子昂撰：《陈子昂集(修订本)》，徐鹏校点，

上海，上海古籍出版社，2013]

六、殷璠《河岳英灵集序》(节选)

夫文有神来、气来、情来，有雅体、野体、鄙体、俗体。编纪者能审鉴诸体，委详所来，方可定其优劣，论其取舍。至如曹、刘诗多直语，少切对，或五字并侧，或十字俱平，而逸驾终存。然挈瓶庸受之流，责古人不辨宫商徵羽，词句质素，耻相师范。于是攻异端，妄穿凿，理则不足，言常有余，都无兴象，但贵轻艳。虽满箧笥，将何用之？

自萧氏以还，尤增矫饰。武德初，微波尚在。贞观末，标格渐高。景云中，颇通远调。开元十五年后，声律风骨始备矣。实由主上恶华好朴，去伪从真，使海内词场，翕然尊古，南风周雅，称阐今日。

[傅璇琮、陈尚君、徐俊编：《唐人选唐诗新编(增订本)》，

北京，中华书局，2014]

七、杜甫《戏为六绝句》

庾信文章老更成，凌云健笔意纵横。今人嗤点流传赋，不觉前贤畏后生。

杨王卢骆当时体，轻薄为文哂未休。尔曹身与名俱灭，不废江河万古流。

纵使卢王操翰墨，劣于汉魏近风骚。龙文虎脊皆君驭，历块过都见尔曹。

才力应难跨数公，凡今谁是出群雄。或看翡翠兰苕上，未掣鲸鱼碧海中。

不薄今人爱古人，清词丽句必为邻。窃攀屈宋宜方驾，恐与齐梁作后尘。

未及前贤更勿疑，递相祖述复先谁。别裁伪体亲风雅，转益多师是汝师。

[（唐）杜甫著：《杜诗详注》，（清）伊兆鳌注，北京，中华书局，1979]

八、高仲武《中兴间气集序》（节选）

诗人之作，本诸于心。心有所感，而形于言，言合典谟，则列于风雅。暨乎梁昭明载述已往，撰集者数家，推其风流，《正声》最备。其余著录，或未至焉。何者？《英华》失于浮游，《玉台》陷于淫靡，《珠英》但纪朝士，《丹阳》止录吴人。此由曲学专门，何暇兼包众善。使夫大雅君子，所以对卷而长叹也！……且夫微言虽绝，大制犹存。详其否臧，当可拟议。古之作者，因事造端，敷弘体要，立义以全其制，因文以寄其心，著王政之兴衰，表国风之善否，岂其苟悦权右，取媚薄俗哉！今之所收，殆革前弊。但使体状风雅，理致清新，观者易心，听者竦耳，则朝野通取，格律兼收。自郐以下，非所敢隶焉。凡百君子，幸详至公。

[傅璇琮、陈尚君、徐俊编：《唐人选唐诗新编（增订本）》，

北京，中华书局，2014]

第二节　皎然与唐五代诗格

诗格的兴盛是隋唐五代文论最显著的特色之一。所谓"诗格"，一般指以探讨诗歌创作法式、规范为主要内容的批评样式与著述，亦名"诗式""诗法"等。今存最早的诗格类著作出现于初唐，此后该类著述不绝，并在初盛唐及晚唐五代时期两度臻于繁盛。可以说，诗格是隋唐五代文论的重要组成部分，有其独特的理论价值。在唐人诸多诗格类著述中，以中唐诗僧皎然所著《诗式》理论价值最高，内容最为丰富。

一、唐五代诗格的兴盛与流变

唐五代诗格的兴盛，既与古代诗歌自身的发展密切相关，又与科举考试以诗赋取士有直接的联系。首先，以律诗为代表的近体诗初具规模于永明年间，至唐代得以形成和完备。近体诗讲究声律和对偶，有着严整的程式规范与体格要求。这些规范和要求需要理论性的归纳和阐释。诗格类著作的大量涌现，正是这种理论诉求的表征。其次，唐代科举从唐高宗后期开始将诗赋纳入考试范围，其中的一个重要方面，就是考察士子对声律、对偶等的掌握情况，甚至规定"有犯韵及诸杂违格，不得放及第"（《册府之龟》卷六四二）。这不仅激发了士人学习钻研诗歌法式、规则的热情，也促成了诗格著述的流行。

从隋唐五代文论的总体历程来看，诗格主要兴盛于初盛唐与晚唐五代两个时期。这两个时期的诗格类著作，在论述的重心上有着明显的差异，展现出不同的特色。通过概述其特色，可大致见出唐五代诗格之流变。

初盛唐是诗格的第一个繁荣期。此时期的诗格著述承接齐梁以来对近体诗体制的探索，重点关注诗歌的声律、病犯与对偶等方面的问题。初唐上官仪所撰《笔札华梁》是现存最早的诗格类著作。在其所存片段中，即有专论"文病""对属"的内容。其所论"文病"，大抵沿袭沈约的八病说。他还极为重视"对属"，认为"凡为文章，皆须对属"，并列出"的名对""隔句对""双拟对"等九种，其中既有字词意义、声韵的"配匹"，也有句式结构的组合。再如元兢的《诗髓脑》，目前可考者有"调声""对属"和"文病"三部分。其论"调声之术"有"换头""护腰""相承"，其中明确将平声与"上去入"对应为二元，乃是"四声二元化"进程的重要环节。论"对属"，则有"正对""异对""平对"等八种，颇为新颖。论"文病"则于沈约、上官仪的"八病"之外增列"龃龉""丛聚""忌讳"等八病，将病犯问题由声韵之病扩展到字词意义之病。总体来看，初盛唐诗格对声律、病犯、对偶等问题的关注，一方面在前人的基础上有所扩展，如病犯由声韵扩展到词义、结构，对偶亦兼取声、韵、义、事；另一方面则趋于细化，主要表现为"病""对"的名目数量日渐繁多。这些探讨虽然显得烦琐细碎，但贴合创作实践，不无价值，而且也在一定程度上展现了近体诗在形式技艺层面的丰富性。

晚唐五代是诗格的第二个繁荣期，表现出与初盛唐诗格不同的特色。这些特色的形成，一方面源于皎然的巨大影响，另一方面也与其时创作风尚有着密切的联系。如果仅从关注的重心来看，此时期诗格集中研讨的是诗的体势与物象。论诗的体势，以齐己的《风骚旨格》、徐夤的《雅道机要》、神彧的《诗格》为代表。《风骚旨格》论诗有"十体""十势""二十式""四十门"。这里的"体""式""门"涉及诗歌的体制、风格、手法、类型，"势"则意指诗句在行文的正反开合、意脉的纵横流转中所呈现的动感和力度感。 前者更多是静态的分析描述，后者趋向于动态的体验把握。 两者实为一体，是为"体势"。 《雅道机要》在承袭齐己的基础上，将"体势"问题具体化为"明门户差别""明联句浅深""明势含升降""明体裁变通"等。 神彧的《诗格》论"诗有十势"，并且将"势"的分析落实到"用思取句"之中，例以"一诗凡具四势"。

论诗的物象，以旧题白居易的《金针诗格》、旧题贾岛的《二南密旨》、释虚中的《流类手鉴》为代表。 《金针诗格》认为"诗有内外意"，"外意欲尽其象"，此"象"即"物象"。 其中还有"诗有物象比"之论，例举"日月比君后"等十种。 《二南密旨》继承"物象比"之说，明确提出"物象是诗家之作用"，"四时物象节候者，诗家之血脉也"。 《流类手鉴》颇受《二南密旨》影响，认为"善诗之人，心含造化，言含万象"，强调"诗人之言应于物象"，例举物象五十五种，比类范围也更为多样。

大致而言，晚唐五代诗格对体势、 物象的关注，表明在近体诗的声律格式问题基本解决后，唐人的诗学探索更多转向体制手法、 意象构成、 艺术效果等方面，这同样是与唐诗以及近体诗的发展历程相一致的。 尽管有拘泥刻板之嫌，但大体上仍有相当的理论价值。

二、皎然《诗式》的理论贡献

皎然，俗姓谢，字清昼，湖州长城（今浙江长兴）人，谢灵运十世孙，约生于唐玄宗开元时期，卒于唐德宗贞元后期。 皎然为中唐著名诗僧，有《杼山集》十卷，又有《儒释交游传》《内典类聚》等。 其论诗著作，除《诗式》五卷外，还有《诗议》一卷，《文镜秘府论》等书存其部分，可与《诗式》相发明。

在中国文论史上，《诗式》可以说是继钟嵘《诗品》之后又一部颇具系统的名著，仅从唐五代诗格的发展来看也举足轻重。 无论是内容还是形式，《诗式》都是由初盛唐诗格到晚唐五代诗格的桥梁，"其论四声、 论对偶，是上接初、 盛唐，其论势、 论体格，则是下开晚唐、 宋初"①。 《诗式》理论内涵极为丰富，撮其要者，可大致归纳为四个方面。

（一）尚自然

皎然论诗，以"自然"为尚，推重"天真""天机"，追求"神诣""意冥"的神化境界。 他推崇诗人的"天真挺拔之句，与造化争衡，可以意冥，难以言状"； 赞赏谢灵运的诗"真于情性，尚于作用，不顾词采而风流自然"，堪称"诗中之日月"； 认为"诗人造极之旨，必在神诣"，皆表现出标举"自然"之旨。 为此，皎然对刻意于形式

---

① 张伯伟：《全唐五代诗格汇考》，14 页，南京，江苏古籍出版社，2002。

的声律学说颇有微词，批评"律家之流，拘而多忌，失于自然"（《诗议》），"沈休文酷裁八病，碎用四声，故风雅殆尽"。 在皎然看来，无论是声韵、 对偶还是用事，都不应"委曲伤乎天真"：关于声韵，"轻重低昂之节，韵合情高，此之未损文格"； 关于对偶，"若斧斤迹存，不合自然，则非作者之意"； 关于用事，称道"语似用事义非用事"方不失天真。 不过，皎然虽崇尚"自然""天真"，却并不一味反对"人工"。针对"不要苦思，苦思则丧自然之质"的观点，皎然指出："取境之时，须至难至险，始见奇句。 成篇之后，观其气貌，有似等闲不思而得，此高手也。"他认为，从句到篇的艰苦构思与筹划，乃是成就"自然""天真"的必经之途。 "意静神王，佳句纵横，若不可遏"的灵感迸发，往往"先积精思"而得。 就此而言，皎然所推崇的"自然"，实为人工之至精与天工之至妙的统一。

(二)辨体势

论诗之体、 势，并非始于皎然。 此前的唐人诗格中，崔融的《唐朝新定诗格》已有"十体"之说，旧题王昌龄的《诗格》也论诗有"十七势"。 然无论就深度还是影响来看，皎然所论都大大超越了前人。 概而言之，前人论体、 势大多就诗句之作法而言，皎然所论则不仅涉及作法，还能着眼于作品整体的艺术风格与审美效果，且更为深入、 细致和灵活。《诗式》的"辨体有一十九字"条，以"高""逸""贞""忠"等十九字概括诗之十九体，即所谓"一字之下，风律外彰，体德内蕴，如车之有毂，众辐归焉。 其一十九字，括文章德体，风味尽矣"。 这十九字，每一字都既涉及作品"外彰"的"风律"，也涉及"内蕴"的"体德"，虽各有偏重，但都是就整体风貌而言的。《诗式》开篇即论"明势"。 所谓"势"，是作品的行文、 意脉所呈现的动感与力度感。 皎然以形象化的语言将其描述为"如登衡、 巫，觌三湘、 鄢、 郢山川之盛，萦回盘礴，千变万态。 或极天高峙，崒焉不群，气腾势飞，合沓相属。 或修江耿耿，万里无波，欻出高深重复之状"。这同样是就作品全篇的气脉和力量而言的。 合为言之，"气象氤氲，由深于体势"。 此处体、 势连用，表明两者密切相关。 诗人对体势的体知与创制若"深"，作品自然"气象氤氲"，浑然一体。

(三)明作用

论诗重视"作用"，乃是皎然的创见。 所谓"作用"，大意为自觉的构思、 筹划或安排、 运用。 皎然认为，李陵、 苏武"天予真性，发言自高，未有作用"，《古诗十九首》"辞精义炳，婉而成章，始见作用之功"，谢灵运的诗"真于情性，尚于作用，不顾词采而风流自然"。 前者"未有作用"，后两者则"见作用之功"，乃至"尚于作用"。 从皎然对谢灵运的推重，以及《诗式》序言就论及"作用"，正文开篇于"明势"之后即为"明作用"来看，他着重探讨的实为后者。 这与前述其崇尚"自然"但不废"人工"是一致的。"作用"正与"人工"相对应。皎然所论"作用"涉及声律、用事等各个方面，尤其关注"取境"。《诗式》中不仅有"取境"条目，要求"须至难至险，始见奇句"，还在"辨体"之时再加强调："夫诗人之思初发，取境偏高，则一首举体便高；取境偏逸，则一首举体偏逸。"可见"取境"不仅与物象的构成和"奇句"的淬炼有关，即"绎虑于险中，采奇于象外；状飞动之句，写冥奥之诗"（《诗议》），还是作品的整体风格与审美特质得以形成的关键。皎然所论足称精粹，对唐代诗歌意境学说的形成和丰富起到了积极的促进作用。

（四）崇复变

皎然论诗还注重"复变之道"。所谓"反古曰复，不滞曰变"，故复变问题也就是复古与创新的问题。皎然明确反对"惟复不变"和"强效复古"，认为"复忌太过"，而"变若造微，不忌太过。苟不失正，亦何咎哉"。《诗议》亦云："凡诗者，惟以敌古为上，不以写古为能。"可见他更重视的是"变"。立足于这种复变观，皎然对历代诗歌做出了独到的评价。比如关于齐梁诗，他认为"夫五言之道，惟工惟精。论者虽欲降杀齐梁，未知其旨"，并举谢朓、柳恽、王融等人的诗句，认为其"何减于建安"，再举王筠、庾肩吾、沈约的诗，认为其"格虽弱，气犹正。远比建安，可言体变，不可言道丧"。因此，他对陈子昂所说的"文章道弊五百年"，以及卢藏用在《右拾遗陈子昂文集序》中提出的"道丧五百岁而得陈君"提出了批评，认为其说轻易否定了魏晋南北朝诸多"继在青史"的优秀作家和诗人。皎然进而称："子昂《感遇》三十首，出自阮公《咏怀》，《咏怀》之作，难以为俦。"应该说，这个评价是大体符合实际的。总之，"陈子昂复多而变少，沈宋复少而变多"，皎然倾向于肯定后者。

三、其他诗格著述及其价值

诗格兴盛于唐及五代，数量颇为可观，《文镜秘府论序》称"黄卷溢箧，缃帙满车"，遗憾的是大多已散佚。研究者于《文镜秘府论》《吟窗杂录》等书中辑出二十九种，除皎然《诗式》《诗议》外，其他不少著作也有相当的理论价值。

其一是旧题王昌龄的《诗格》。该著在唐五代诗格之中是皎然《诗式》之外理论价值最高的一部。其论诗，以"意"为中心。"意"，在此当为包含了思虑、情感、想象等在内的心灵活动的总称。"凡作诗之体，意是格，声是律，意高则格高，声辨则律清。"创作发端于"意兴"或"兴发意生"，进而需要"立意""造意""作意"等。在"立意""作意"之中，境象的构成又是其关键："夫置意作诗，即须凝心，目击其物，便以心击之，深穿其境……以此见象，心中了见，当此即用。"为此，《诗格》又有"三境"之说，即"得形似"的"物境"，"深得其情"的"情境"，"得其真"的"意境"，对后世很有影响。此外，该著所论"十七势""起首入兴体十四""常用体十四""落句体七""三宗旨""五趣问"等，都颇为精当。

其二是旧题贾岛的《二南密旨》。该著论六义、物象等颇有特色。其论六义（"歌事曰风，布义曰赋，取类曰比，感物曰兴，正事曰雅，善德曰颂"），有一定的新颖性。该著还用旧题白居易的《金针诗格》中"内外意""物象比"之说来具体解说六义，如论"风"："风者，讽也……外意随篇目自彰，内意随人讽刺"；论"比"："比者，类也……则物象比而刺之；或……取物比而象之"。其论"物象"也颇有发挥，认为"物象是诗家之作用"，"四时物象节候者，诗家之血脉也"，并在"论总例物象"条日中例举物象四十六种。

其三是齐己的《风骚旨格》。该著在晚唐五代诗格中是"最为重要的一部"①。从体式上看，其"十体""十势""二十式""四十门"的剖分，以及纯举诗例而不加断语的方式，影响到后来诗格的写作格式。从内容上看，其融汇禅学与诗学的特征也颇为明显。特别是其"势"论，固然有皎然的影响，但也是"有若干势以示学人"之"仰山门风"（《宋高僧传》卷十二）的诗学转换。"十势"的具体名目也受到禅宗的影响，如"狮子返掷势""丹凤衔珠势""龙凤交吟势""鲸吞巨海势"等，可能都来自禅宗话头。②

其四是徐寅的《雅道机要》。该著是晚唐五代诗格中较有系统的一部，有一定的代表性。书中对某些诗格常见术语和命题的解说，颇为清晰。如释"门"："门者，诗之所通也。如人门户，未有出入不由者也。"以"通"释"门"，源于佛典，用于诗格著述中，指接引初学者通向诗道的必由之路。再如释"势"："势者，诗之力也。如物有势，即无往不克。"这无疑抓住了力度感这一"势"的关键。

其五是王梦简的《诗格要律》。该著先论学诗"须澄心端思，然后遍览物情"，然后论六义，认为六义"合于诸门，即尽其理"，最后列二十六门，每一门附以诗句，并以六义之一比配，表现出兼重政教与技法的特征。其二十六门中有"象外门"，将"象外"纳入诗歌体式问题，颇有意味。

原典选读

本节选文八篇，大致呈现出唐五代诗格的理论关注及演变情况。上官仪的《笔札华梁》是现存最早诗格类著述，此处节选其论对属的部分。元兢的《诗髓脑》论调声之术，乃是诗声二元化的重要环节。旧题王昌龄的《诗格》理论价值较高，尤其论"势""意""境""思"部分，对后世颇有影响。皎然的《诗式》在诗格著述中自然最为重要，其尚自然、辨

---

① 张伯伟：《全唐五代诗格汇考》，25页，南京，江苏古籍出版社，2002。

② 参见张伯伟：《禅与诗学（增订版）》，39页，北京，人民文学出版社，2008。

体势、明作用、崇复变等主张，以及"明势""取境""辨体"几段尤值得注意。旧题贾岛的《二南密旨》论"立格""物象"，齐己的《风骚旨格》论"十体""十势"，徐寅的《雅道机要》论"门""势""体""意"，王梦简的《诗格要律》将六义解说与诗歌诸门结合等，间或融汇禅学义理，也颇具特色，可被视为晚唐五代诗格理论的代表。

一、上官仪《笔札华梁》(节选)

论对属

凡为文章，皆须对属。诚以事不孤立，必有配匹而成。至若"上"与"下"，"尊"与"卑"，"有"与"无"，"同"与"异"，"去"与"来"，"虚"与"实"，"出"与"入"，"是"与"非"，"贤"与"愚"，"悲"与"乐"，"明"与"暗"，"浊"与"清"，"存"与"亡"，"进"与"退"，如此等状，名为反对者也。除此以外，并须以类对之："一二三四"，数之类也；"东西南北"，方之类也；"青赤玄黄"，色之类也；"风云霜露"，气之类也；"鸟兽草木"，物之类也；"耳目手足"，形之类也；"道德仁义"，行之类也；"唐虞夏商"，世之类也；"王侯公卿"，位之类也。及于偶语重言，双声叠韵，事类甚众，不可备叙。

在于文笔，变化无恒。或上下相承，据文便合。若云："圆清著象，方浊成形。""七曜上临，五岳下镇。"或前后悬绝，隔句始应。若云："轩辕握图，丹凤巢阁；唐尧秉历，玄龟跃渊。"或反义并陈，异体而属。若云："乾坤位定，君臣道生。或质或文，且升且降。"或同类连用，别事方成。若云："芝英奠荚，吐秀阶庭。紫玉黄银，扬光岩谷。"此是四途，偶对之常也。比事属辞，不可违异。故言于上，必会于下；居于后，须应于前。使句字恰同，事义殷合。犹夫影响之相逐，辅车之相须也。

二、元兢《诗髓脑》(节选)

调　声

声有五声，角徵宫商羽也。分于文字四声，平上去入也。宫商为平声，徵为上声，羽为去声，角为入声。故沈隐侯论云："欲使宫徵相变，低昂舛节，若前有浮声，则后须切响。一简之内，音韵尽殊；两句之中，轻重悉异。妙达此旨，始可言文。"固知调声之义，其为大矣。

调声之术，其例有三：一曰换头，二曰护腰，三曰相承。

一、换头者，若兢《于蓬州野望》诗云："飘飘宕渠域，旷望蜀门隈。水共三巴远，山随八阵开。桥形疑汉接，石势似烟回。欲下他乡泪，猿声几处催。"

此篇第一句头两字平，次句头两字去上入；次句头两字去上入，次句头两字平；次句头两字又平，次句头两字去上入；次句头两字又去上入，次句头两字又平。如此轮转，自初以终篇，名为双换头，是最善也。若不可得如此，即如篇首第二字是平，下句第二字是用去上入；次句第二字又用去上入，次句第二字又用平。如此轮转终篇，唯换第二字，其第一字与下句第一字用平不妨，此亦名为换头，然不及双换。又不得句头第一字是去上入，次句头用去上入，则声不调也。可不慎欤！此换头，或名拈二。拈二者，谓平声为一字，上去入为一字。第一句第二字若安上去入声，第二、第三句第二字皆须平声。第四、第五句第二字还须上去入声，第六、第七句第二字安平声，以次避之。如庾信诗云："今日小园中，桃花数树红。欣君一壶酒，细酌对春风。""日"与"酌"同入声。只如此体，词合宫商，又复流美，此为佳妙。

二、护腰者，腰，谓五字之中第三字也。护者，上句之腰不宜与下句之腰同声。然同去上入则不可，用平声无妨也。庾信诗曰："谁言气盖代，晨起帐中歌。""气"是第三字，上句之腰也。"帐"亦第三字，是下句之腰。此为不调。宜护其腰，慎勿如此也。

三、相承者，若上句五字之内，去上入字则多，而平声极少者，则下句用三平承之。用三平之术，向上向下二途，其归道一也。三平向上承者，如谢康乐诗云："溪壑敛暝色，云霞收夕霏。"上句唯有"溪"一字是平，四字是去上入，故下句之上用"云霞收"三平承之，故曰上承也。三平向下承者，如王中书诗曰："待君竟不至，秋雁双双飞。"上句唯有一字是平，四去上入，故下句末"双双飞"三平承之，故云三平向下承也。

三、旧题王昌龄撰《诗格》(节选)

十七势

诗有学古今势一十七种，具列如后。第一，直把入作势；第二，都商量入作势；第三，直树一句，第二句入作势；第四，直树两句，第三句入作势；第五，直树三句，第四句入作势；第六，比兴入作势；第七，谜比势；第八，下句拂上句势；第九，感兴势；第十，含思落句势；第十一，相分明势；第十二，一句中分势；第十三，一句直比势；第十四，生杀回薄势；第十五，理入景势；第十六，景入理势；第十七，心期落句势。

论文意

凡作诗之体，意是格，声是律，意高则格高，声辨则律清，格律全，然后始有调。用意于古人之上，则天地之境，洞焉可观……

夫作文章，但多立意。令左穿右穴，苦心竭智，必须忘身，不可拘束。思若不来，即须放情却宽之，令境生。然后以境照之，思则便来，来即作文。如其境思不来，不可作也。

夫置意作诗，即须凝心，目击其物，便以心击之，深穿其境。如登高山绝顶，下临万象，如在掌中。以此见象，心中了见，当此即用。如无有不似，仍以律调之定，然后书之于纸，会其题目。山林、日月、风景为真，以歌咏之。犹如水中见日月，文章是景，物色是本，照之须了见其象也。

夫文章兴作，先动气，气生乎心，心发乎言，闻于耳，见于目，录于纸。意须出万人之境，望古人于格下，攒天海于方寸。诗人用心，当于此也。

诗有三境

一曰物境。二曰情境。三曰意境。

物境一。欲为山水诗，则张泉石云峰之境，极丽绝秀者，神之于心。处身于境，视境于心，莹然掌中，然后用思，了然境象，故得形似。

情境二。娱乐愁怨，皆张于意而处于身，然后驰思，深得其情。

意境三。亦张之于意，而思之于心，则得其真矣。

诗有三思

一曰生思。二曰感思。三曰取思。

生思一。久用精思，未契意象。力疲智竭，放安神思。心偶照境，率然而生。

感思二。寻味前言，吟讽古制，感而生思。

取思三。搜求于象，心入于境，神会于物，因心而得。

四、皎然《诗式》(节选)

序

夫诗者，众妙之华实，六经之菁英。虽非圣功，妙均于圣。彼天地日月，元化之渊奥，鬼神之微冥，精思一搜，万象不能藏其巧。其作用也，放意须险，定句须难，虽取由我衷，而得若神表。至如天真挺拔之句，与造化争衡，可以意冥，难以言状，非作者不能知也。泊西汉以来，文体四变，将恐风雅浸泯，辄欲商较以正其源。今从两汉以降，至于我唐，名篇丽句，凡若干人，命曰《诗式》，使无天机者坐致天机。若君子见之，庶几有益于诗教矣。

明 势

高手述作，如登衡、巫，觌三湘、鄢、郢山川之盛，萦回盘礴，千变万态。或极天高峙，崒焉不群，气腾势飞，合沓相属。或修江耿耿，万里无波，欻出高深重复之状。古今逸格，皆造其极妙矣。

明作用

作者措意，虽有声律，不妨作用，如壶公瓢中，自有天地日月。时时抛针掷线，似断而复续，此为诗中之仙。拘忌之徒，非可企及矣。

明四声

乐章有宫商五音之说，不闻四声。近自周颙、刘绘流出，宫商畅于诗体，轻重低昂之节，韵合情高，此之未损文格。沈休文酷裁八病，碎用四声，故风雅殆尽。后之才子，天机不高，为沈生弊法所媚，懵然随流，溺而不返。

诗有四深

气象氤氲，由深于体势；意度盘礴，由深于作用；用律不滞，由深于声对；用事不直，由深于义类。

诗有五格

不用事第一；作用事第二；直用事第三；有事无事第四；有事无事，情格俱下第五。

取　境

评曰：或云，诗不假修饰，任其丑朴。但风韵正，天真全，即名上等。予曰：不然。无盐阙容而有德，曷若文王太姒有容而有德乎？又云，不要苦思，苦思则丧自然之质。此亦不然。夫不入虎穴，焉得虎子。取境之时，须至难至险，始见奇句。成篇之后，观其气貌，有似等闲不思而得，此高手也。有时意静神王，佳句纵横，若不可遏，宛若神助。不然，盖由先积精思，因神王而得乎？

辨体有一十九字

评曰：夫诗人之思初发，取境偏高，则一首举体便高；取境偏逸，则一首举体便逸。才性等字亦然。体有所长，故各归功一字。偏高、偏逸之例，直于诗体、篇目、风貌不妨。一字之下，风律外彰，体德内蕴，如车之有毂，众辐归焉。其一十九字，括文章德体，风味尽矣，如《易》之有《象辞》焉。今但注于前卷中，后卷不复备举。其比兴等六义，本乎情思，亦蕴乎十九字中，无复别出矣。

高。风韵朗畅曰高。逸。体格闲放曰逸。贞。放词正直曰贞。忠。临危不变曰忠。节。持操不改曰节。志。立性不改曰志。气。风情耿介曰气。情。缘景不尽曰情。思。气多含蓄曰思。德。词温而正曰德。诚。检束防闲曰诚。闲。情性疏野曰闲。达。心迹旷诞曰达。悲。伤甚曰悲。怨。词调凄切曰怨。意。立言盘泊曰意。力。体裁劲健曰力。静。非如松风不动，林狖未鸣，乃谓意中之静。远。非如渺渺望水，杳杳看山，乃谓意中之远。

齐梁诗

评曰：夫五言之道，惟工惟精。论者虽欲降杀齐梁，未知其旨。若据时代，道丧几之矣。诗人不用此论。何也？如谢吏部诗："大江流日夜，客心悲未央。"柳文畅诗："太液沧波起，长杨高树秋。"王元长诗："霜气下孟津，秋风度函谷。"亦何减于建安？若建安不用事，齐梁用事，以定优劣，亦请论之。如王筠诗："王生临广陌，潘子赴黄河。"庾肩吾诗："秦王观大海，魏帝逐飘风。"沈约诗："高楼切思妇，西园游上才。"格虽弱，气犹正。远比建安，可言体变，不可言道丧。大历中，词人多在江外。皇甫冉、严维、张继、刘长卿、李嘉祐、朱放，窃占青山、白云、春风、芳草以为已有。吾知诗道初丧，正在于此。何得推过齐梁作者？迄今余波尚寝，后生相效，没溺者多。大历末年，诸公改辙，盖知前非也。如皇甫冉《和王相公玩雪诗》："连营鼓角动，忽似战桑乾。"严维《代宗挽歌》："波从少海息，云自大风开。"刘长卿《山鹁鸪歌》："青云杳杳无力飞，白露苍苍抱枝宿。"李嘉祐《少年行》："白马撼金珂，纷纷侍从多。身居骠骑幕，家近滹沱河。"张继《咏镜》："汉月经时掩，胡尘与岁深。"朱放诗："爱彼云外人，来取涧底泉。"已上诸公，方于南朝张正见、何胥、徐摛、王筠，吾无间然矣。

五、旧题贾岛撰《二南密旨》(节选)

论立格渊奥

诗有三格。

一曰情。二曰意。三曰事。

情格一。耿介曰情。外感于中而形于言，动天地，感鬼神，无出于情。三格中情最切也。如谢灵运诗："池塘生春草，园柳变鸣禽。"如钱起诗："带竹飞泉冷，穿花片月深。"此皆情也。如此之用，与日月争衡也。

意格二。取诗中之意，不形于物象。如古诗云："行行重行行，与君生别离。"如昼公《赋巴山夜猿送客》："何年有此路，几客共沾襟。"

事格三。须兴怀属思，有所冥合。若将古事比今事，无冥合之意，何益于诗教。如谢灵运诗："偶与张、邴合，久欲归东山。"如陆士衡《齐讴行》："鄙哉牛山叹，未及至人情。"如古诗云："懒向碧云客，独吟黄鹤诗。"

以上三格，可谓握造化手也。

论物象是诗家之作用

造化之中，一物一象，皆察而用之，比君臣之化。君臣之化，天地同机，比而用之，得不宜乎。

论引古证用物象

四时物象节候者，诗家之血脉也。比讽君臣之化深。《毛诗》曰："殷其雷，在南山之阳。"雷，比教令也。"他山之石，可以攻玉。"此贤人他适之比也。陶潜《咏贫士》诗："万族各有托，孤云独无依。"以孤云比贫士也。以上例多，不能广引，作者自可三隅反也。

六、齐己《风骚旨格》(节选)

诗有十体

一曰高古。二曰清奇。三曰远近。四曰双分。五曰背非。六曰无虚。七曰是非。八曰清洁。九曰覆妆。十曰阊门。

诗有十势

狮子反掷势。诗曰："离情遍芳草，无处不萋萋。"

猛虎踞林势。诗曰："窗前闲咏鸳鸯句，壁上时观獬豸图。"

丹凤衔珠势。诗曰："正思浮世事，又到古城边。"

毒龙顾尾势。诗曰："可能有事关心后，得似无人识面时。"

孤雁失群势。诗曰："既不经离别，安知慕远心。"

洪河侧掌势。诗曰："游人微动水，高岸更生风。"

龙凤交吟势。诗曰："昆玉已成廊庙器，涧松犹是薜萝身。"

猛虎投涧势。诗曰："仙掌月明孤影过，长门灯暗数声来。"

龙潜巨浸势。诗曰："养猿寒嶂叠，擎鹤密林疏。"

鲸吞巨海势。诗曰："袖中藏日月，掌上握乾坤。"

七、徐夤《雅道机要》(节选)

明门户差别

门者，诗之所通也。如人门户，未有出入不由者也。明者如月在上，皎然可观。

明势含升降

势者，诗之力也。如物有势，即无往不克。此道隐其间，作者明然可见。

明体裁变通

体者诗之象，如人之体象，须使形神丰备，不露风骨，斯为妙手矣。

明意包内外

内外之意，诗之最密也。苟失其辙，则如人去足，如车去轮，其何以行之哉？

八、王梦简《诗格要律》(节选)

夫初学诗者，先须澄心端思，然后遍览物情。所以昼公云：放意须险，定句须难。虽取由我衷，而得若神授。

一曰风。与讽同义，含皇风，明王业，正人伦，归正宜也。二曰赋。赋其事体，伸冤雪耻，若纪功立业，旌著物情，宣王化以合史籍者也。三曰比。事相干比，不失正道。此道易明而难辨，切忌比之不当。四曰兴。起意有神勇锐气，不失其正也。五曰雅。消息孤松、白云、高僧、大儒，雅也。六曰颂。赞咏君臣有道，百执有功于国。以上六义，合于诸门，即尽其理也。

（张伯伟撰：《全唐五代诗格汇考》，南京，江苏古籍出版社，2002）

第三节 中唐古文理论

中唐古文运动是中国文学史上一场影响深远的文体、思想革新运动。作为中唐儒学复兴运动之一翼，它与其时的社会现实、政治环境、思想格局等有复杂而深刻的联系。古文理论是古文家对自身文学主张的解说与阐发，同样有着丰富的内涵。唐代重要的古文大家韩愈和柳宗元不仅是古文运动的领袖，也是古文理论的中坚。

一、古文运动前驱的论说

在韩愈、柳宗元之前，从唐玄宗天宝年间起，文坛先后出现一批反对骈文、主张文体改革的重要人物，可称之为古文运动之前驱。其中较有代表性的如萧颖士、李华、贾至、独孤及、梁肃、柳冕等人。

古文运动是一场针对骈俪文体的革命。其诸前驱普遍表达了对盛行于南北朝与初唐的骈俪文体的不满和对单行散体之古文的推崇。萧颖士的《江有归舟三章》诗序云："文也者，非云尚形似，牵比类，以局夫俪偶，放于奇靡。其于言也，必浅而乖矣。所务夫激扬雅训、彰宣事实而已。"他所属意的，正如在《赠韦司业书》中所说，乃魏晋以前的古文："平生属文，格不近俗，凡所拟议，必希古人，魏晋以来，未尝留意。"独孤及在《检校尚书吏部员外郎赵郡李公中集序》中也对骈体文做了严厉的批评："自典谟缺，《雅》《颂》寝，世道陵夷，文亦下衰。故作者往往先文字后比兴，其风流荡而不返，乃至有饰其词而遗其意者，则润色愈工，其实愈丧。及其大坏也，俪偶章句，使枝对叶比，以八病四声为梏挲，拳拳守之，如奉法令……痛乎流俗之惑人也旧矣！"独孤及致力于古文写作，颇有实绩，堪称韩愈之前"以古文名家者"，尤其"变骈体为散文，其胜处有先秦、西汉之遗风"[1]，可谓能身体力行自己的主张。

---

[1] （清）赵翼：《廿二史札记校证》，442页，北京，中华书局，2005。

值得注意的是，萧颖士、独孤及等人对骈俪文体的批评，往往从内容和功用等方面着眼。萧颖士批评骈文难以"激扬雅训""彰宣事实"，独孤及的批评重心也在于其"饰其词而遗其意""文不足言，言不足志"。实际上，这正是古文运动最为关键处：古文运动所倡导的文体革新，正是以复兴儒学、阐扬教化、匡时济世为宗旨的。因此，古文运动之前驱多有为文当宗经崇道、移风易俗之论。李华的《赠礼部尚书清河孝公崔沔集序》更说："文章本乎作者，而哀乐系乎时。本乎作者，六经之志也；系乎时者，乐文武而哀幽厉也。立身扬名，有国有家，化人成俗，安危存亡，于是乎观之。"李华认为，文章应本六经之志，攸关治乱盛衰，化人成俗，可与同时元稹、白居易的主张相发明。梁肃的《补阙李君前集序》说："故文本于道，失道则博之以气，气不足则饰之以辞。盖道能兼气，气能兼辞，辞不当则文斯败矣。"此"道"即儒道。文以道为本，自能气全而辞辨。在唐代古文家中，梁肃最早从道、气、辞三个方面论文。柳冕则将文、道、教合为一体，其《答徐州张尚书论文武书》明言："夫文章者，本于教化，发于情性。本于教化，尧舜之道也；发于情性，圣人之言也。"《答衢州郑使君论文书》又说："盖言教化发乎性情，系乎国风者，谓之道。故君子之文，必有其道。道有深浅，故文有崇替。"在提倡古文以复兴儒道、阐扬教化这一点上，柳冕是有着高度自觉的。

古文运动之前驱还对文质关系问题进行了探讨。总体来看，其论以尚质轻文为主要倾向。李华著有《质文论》，称："天地之道易简。易则易知，简则易从。先王质文相变以济天下。易知易从莫尚乎质，质弊则佐之以文，文弊则复之以质，不得其极而变之。""易简"之说是对萧颖士"圣人存易简之旨"的发挥，见诸后者所作《为陈正卿进续尚书表》。李华虽然提出了"质文相变"的观点，但"易简"为"天地之道"，而"易简"是"尚质"，故实际上还是以质为重。相对而言，独孤及、梁肃对"文"有更多的注意。独孤及的《唐故左补阙安定皇甫公集序》论五言诗："当汉魏之间，虽以朴散为器，作者犹质有余而文不足。"梁肃的《常州刺史独孤及集后序》述独孤及言："荀、孟朴而少文。"其《补阙李君前集序》也有这样的话："其后作者，理胜则文薄，文胜则理消。理消则言愈繁，繁则乱矣；文薄则意愈巧，巧则弱矣。"二人之论或更接近孔子"文质彬彬"的原则。

二、韩愈的相关论述

韩愈（768—824），字退之，河南河阳（今河南孟州）人，在中国古代文学史、思想史上有着举足轻重的位置。在《潮州韩文公庙碑》一文中，苏轼称其"文起八代之衰，而道济天下之溺"，历代人以为定评。陈寅恪称之为"唐代文化学术史上承先启后转旧为新关捩点之人物"①。 韩愈是古文运动的领袖，在古文理论上，他也继承诸前驱的论说，纠其偏狭，进一步加以深化和具体化。

(一)修辞明道

韩愈的古文理论与唐代儒学复兴运动有着密切的联系。 在对古文的倡导中，韩愈反复强调自己这方面的志趣，其所作《争臣论》更称："君子居其位，则思死其官； 未得位，则思修其辞以明其道。 我将以明道也。"他所说的"道"，就内容来说就是"仁义"，故《原道》说"凡吾所谓道德云者，合仁与义言之也"；就其谱系而言，则承传自尧、舜、禹、汤、文、武、周公、孔、孟的"道统"。 韩愈将孟子奉为孔子之后的儒学正宗，这实质上是以孟子的心性之学重铸儒学，外以排攘佛老，内则抵御"异儒"。 因此，韩愈所欲"明"的"道"绝不是单纯的复古，而是有着丰富的哲学意脉与充实的历史内涵。 再加上韩愈认为此"道统"于孟子之后不得其传，进而自认承续"道统"的重大使命，又使得其欲"明"之"道"获得了"障百川而东之，回狂澜于既倒"的人格力量的支持，故而影响更加深远。 此外，正如在《答陈生书》中自称"志在古道，又甚好其言辞"，韩愈力图"修其辞"是为了能"明其道"，但也可见出在重视"道"的同时，他并不轻视"文"，而是力求将"修辞"与"明道"统一起来。 这种文道合一的趣向，无疑在"明道"的同时为文学本身也留出了广阔的空间。

(二)气盛言宜

与前驱者相比，韩愈更强调古文作者修养的重要性。 《答尉迟生书》尝谓"夫所谓文者，必有诸其中，是故君子慎其实"，《答李翊书》更提出"养其根而俟其实，加其膏而希其光"。 其中最重要的是"气盛言宜"之说。 《答李翊书》说："气，水也；言，浮物也。 水大而物之浮者大小毕浮，气之与言犹是也，气盛则言之短长与声之高下者皆宜。"这里所说的"气盛"，当承自孟子"养气"之说，指建立在内在修养基础上的自信充实的精神状态。 具备这种精神状态，写作时无论是"言之短长"还是"声之高下"，皆能自然合宜。 进一步的问题是，如何做到"气盛"？ 韩愈的回答是："不可以不养也。 行之乎仁义之途，游之乎《诗》《书》之源，无迷其途，无绝其源，终吾身而已矣。""气盛"的根本还是在儒家德性的修养。 除此之外，韩愈也很重视作者的文学修养。 《进学解》称："沉浸酝郁，含英咀华，作为文章，其书满家……先生之于文，可谓闳其中而肆其外矣。""沉浸酝郁，含英咀华"，指的就是通过对优秀文学作品的涵泳提高文学修养。 可以说，在创作主体的修养问题上，韩愈同样是德性与文学并重的。

① 陈寅恪：《金明馆丛稿初编》，332 页，北京，生活·读书·新知三联书店，2015。

(三)求新尚奇

不循常，不随俗，标举创新，尚"奇""异"，是韩愈古文理论中极有特色的内容。当然，这主要是就"文""言"来说的。《答李翊书》云"当其取于心而注于手也，惟陈言之务去"；《南阳樊绍述墓志铭》赞扬樊宗师的文章"必出于己，不蹈袭前人一言一句"，认为"惟古于词必己出，降而不能乃剽贼"，都强调词句、表达方面的创新。与此相关联的是尚"奇"。在《上宰相书》中，韩愈说"时有感激怨怼奇怪之辞，以求知于天下，亦不悖于教化"，为文更有尚奇的倾向，并与其作诗搜奇抉怪，追求雄险之美相一致。这固然与其独特的审美趣尚有关，但根本原因还是对创新的标举。在《答刘正夫书》中，韩愈说："夫百物朝夕所见者，人皆不注视也；及睹其异者，则共观而言之：夫文岂异于是乎……若圣人之道不用文则已，用则必尚其能者；能者非他，能自树立，不因循者是也。"能自树立不因循，就是能独创，能出新。而创新有时又难免表现为"怪""异"和"非常"——尤其是在保守的正统派人士眼中。尽管如此，韩愈仍表达了自己的坚持，并坚信只有这样的文章才能传于后世。故同文又说："若皆与世沉浮，不自树立，虽不为当时所怪，亦必无后世之传也。"

(四)不平则鸣

韩愈古文理论中另一个富有特色的地方是关于"不平则鸣"的讨论。《送孟东野序》说："大凡物不得其平则鸣……人之于言也亦然，有不得已者而后言。其歌也有思，其哭也有怀，凡出乎口而为声者，其皆有弗平者乎！"《送高闲上人序》也说："……不平，有动于心，必于草书焉发之。"在韩愈看来，"不平"是文学艺术创作的重要动机。所谓"不平"，指心有所动、有所感，乃至不能自已。更具体来看，它源于对现实人生的执着，即所谓"利害必明，无遗锱铢，情炎于中，利欲斗进，有得有丧"。必然先"有动于心"，后方发而为"鸣"。"鸣"并不是消极的反应，而是积极的对现实的介入乃至抗争（"歌也有思""哭也有怀"），有着充实的情感与思想的内涵。联系韩愈的人生际遇来看，在诸种"不平"中，他实际上更关注困苦穷愁之"不平"。他在《荆潭唱和诗序》中说："欢愉之辞难工，而穷苦之言易好也。"之所以"穷苦之言易好"，就在于穷苦困厄之时，人的情绪最为激烈，表达与抗争的欲望最为急迫，也就越容易产生写作冲动。就此而言，"穷苦之言易好"与"不平则鸣"是相通的。

三、柳宗元的相关论述

柳宗元（773—819），字子厚，河东（今山西永济）人，是与韩愈并称的古文运动代表人物，在创作与理论上都取得了很高成就。 二人有些观点提法相近，但因存在哲学与政治思想上的差异，所以在实际内涵上并不相同。

(一)文以明道

在文与道的关系上，柳宗元较之韩愈明确地提出了"文以明道"之说。 《答韦中立论师道书》说："始吾幼且少，为文章，以辞为工。 及长，乃知文者以明道。"由《寄许京兆孟容书》一文可知，柳宗元所说的"道"同样是儒家之道，即尧舜孔子之道，因而在基本方向上是与韩愈一致的。 但细究之，二者也有不少差异。 首先，柳宗元虽论儒道，却并不排斥佛老。 《送元十八山人南游序》认为："老子亦孔氏之异流也，不得以相抗。"《送僧浩初序》认为："浮图诚有不可斥者，往往与《易》《论语》合。"其次，受啖助、 陆淳等人的影响，柳宗元并不认同韩愈的道统说。 《答元饶州论〈春秋〉书》言其读陆淳著作，有"见圣人之道与尧舜合，不唯文王、 周公之志，独取其法耳"之论，即认为圣人之道乃尧舜之道，但与文王、 周公并非完全一致。 最后，柳宗元更强调道的"及物""辅时"。 《报崔黯秀才论为文书》所谓"道之及，及乎物而已耳"，《守道论》所谓"物者，道之准也。 守其物，由其准，而后其道存焉"，《答吴武陵论〈非国语书〉》一文更明言"以辅时及物为道"。 "及物"就是道必须符合事实、 作用于事实，"辅时"就是道必须有益于时世。

(二)先诚其中

与韩愈一样，柳宗元也强调作者修养的重要性。 其《报袁君陈秀才避师名书》认为："大都文以行为本，在先诚其中。 其外者当先读六经，次《论语》、 孟轲书，皆经言。 《左氏》、 《国语》、 庄周、 屈原之辞，稍采取之，穀梁子、 太史公甚峻洁，可以出入……秀才志于道，慎勿怪、 勿杂、 勿务速显。 道苟成，则悫然尔，久则蔚然尔。""诚其中"就是强调作者的内在修养。 柳宗元建议先熟悉"经言"，再旁采庄骚、 穀梁、 史迁等，可见亦重视作者的文学修养。 所谓"勿怪、 勿杂、 勿务速显"亦与韩愈所言"无望其速成，无诱于势利"颇为类似。 不同之处在于柳宗元更强调自然的禀赋。 其《天爵论》说："仁义忠信，先儒名以为天爵，未之尽也……善言天爵者，不必在道德忠信，明与志而已矣。"柳宗元认为，仁义忠信建立在"志"和"明"这两种自然禀赋的基础之上。 "志"是一种"刚健之气"，"得之者，运行而可大，悠久而不息，拳拳于得善，孜孜于嗜学"； "明"是一种"纯粹之气"，"得之者，爽达而先觉，鉴照而无隐，肫肫于独见，渊渊于默识"。 "诚其中"的关键就是体认与发扬这两种能力。

(三)不薄今人

柳宗元论古文，明确反对贵古贱今。 在《与友人论为文书》中，柳宗元感叹："荣古虐今者，比肩迭迹。大抵生则不遇，死而垂声者众焉。"在《与杨京兆凭书》中，他又说："凡人可以言古，不可以言今……诚使博如庄周，哀如屈原，奥如孟轲，壮如李斯，峻如马迁，富如相如，明如贾谊，专如扬雄，犹为今之人，则世之高者至少矣。"在柳宗元看来，中唐文坛人才辈出，不输古人。"自古文士之多莫如今，今之后生为文，希屈、马者，可得数人；希王褒、刘向之徒者，又可得十人；至陆机、潘岳之比，累累相望。若皆为之不已。则文章之大盛，古未有也。"柳宗元尤其推崇韩愈，在《答韦珩示韩愈相推以文墨事书》中直言韩愈与司马迁"固相上下"，"过扬雄远矣"。在复古之风盛行的中唐，柳宗元的这些论述难能可贵。

📖 原典选读

　　古文运动有一个酝酿发展的过程，其中李华、独孤及、梁肃为前驱，其宗经崇道、匡时济世的文学主张，以及对骈俪文风的批判，展现了韩柳之前古文复兴的基本线索。韩愈强调为文当志乎古道，以德性为本，并提出"气盛言宜""陈言务去"等重要命题，标举"自树立""不因循"，主张创作需执着于人生，批评遁世倾向；柳宗元明确提出"文以明道"，并对如何学习古人作品及其创作状态做了探讨，所阐述的文有著述、比兴二道之说，颇见诗文分立之自觉。李翱乃韩门后学，主张文、理、义三者并重，可被视为对韩、柳古文理论的接续和发扬。

一、李华《扬州功曹萧颖士文集序》(节选)

　　君以为六经之后，有屈原、宋玉，文甚雄壮，而不能经。厥后有贾谊，文词最正，近于理体。枚乘、司马相如，亦瑰丽才士，然而不近风雅。扬雄用意颇深，班彪识理，张衡宏旷，曹植丰赡，王粲超逸，稽康标举，此外皆金相玉质，所尚或殊，不能备举。左思诗赋有《雅》《颂》遗风，干宝著论近王化根源，此后复绝无闻焉。近日陈拾遗子昂文体最正，以此而言，见君之述作矣。君以文章制度为已任，时人咸以此许之，不幸殁于旅次。有文十卷，卷行于代，其篇目虽存，章句遗落，古所谓有其义而无其词者也。后之为文者，取以为法焉。

　　　　　　　　　[(清)董诰等编：《全唐文》卷三一五，北京，中华书局，1983]

二、独孤及《检校尚书吏部员外郎赵郡李公中集序》(节选)

　　志非言不形，言非文不彰，是三者相为用，亦犹涉川者假舟楫而后济。自典谟缺，《雅》《颂》寝，世道陵夷，文亦下衰。故作者往往先文字后比兴，其风流荡而不返，乃至有饰其词而遗其意者，则润色愈工，其实愈丧。及其大坏也，俪偶章句，使枝对叶比，以八病四声为梏莽，拳拳守之，如奉法令。闻皋繇、史克之作，则呷然笑之。天下雷同，风驱云趋。文不足言，言不足志，亦犹木兰为舟、翠羽为楫，玩之于陆而无涉川之用。痛乎流俗之惑人也旧矣！帝唐以文德敷祐于下，民被王风，俗稍丕变。至则天太后时，陈子昂以雅易郑，学者浸而向方。天宝中，公与兰陵萧茂挺、长乐贾幼几勃焉复起，振中古之风，以宏文德。公之作本乎王道，大抵以五经为泉源，抒情性以托讽，然后有歌咏。美教化，献箴谏，然后有赋颂。悬权衡以辩天下公是非，然后有论议。至若记序、编录、铭鼎、刻石之作，必采其行事以正褒贬，非夫子之旨不书。故《风》《雅》之指归，刑政之本根，忠孝之大伦，皆见于词。于时文士驰骛，飙扇波委，二十年间，学者稍厌《折杨》《皇荂》，而窥《咸池》之音者什五六。识者谓之文章中兴，公实启之。

［（清）董诰等编：《全唐文》卷三八八，北京，中华书局，1983］

三、梁肃《补阙李君前集序》（节选）

文之作，上所以发扬道德，正性命之纪；次所以财成典礼，厚人伦之义；又其次所以昭显义类，立天下之中。三代之后，其流派别，炎汉制度以霸、王道杂之，故其文亦二：贾生、马迁、刘向、班固，其文博厚，出于王风者也；枚叔、相如、扬雄、张衡，其文雄富，出于霸涂者也。其后作者，理胜则文薄，文胜则理消。理消则言愈繁，繁则乱矣；文薄则意愈巧，巧则弱矣。故文本于道，失道则博之以气，气不足则饰之以辞。盖道能兼气，气能兼辞，辞不当则文斯败矣。

唐有天下几二百载，而文章三变。初则广汉陈子昂以风雅革浮侈，次则燕国张公说以宏茂广波澜，天宝已还，则李员外、萧功曹、贾常侍、独孤常州比肩而出，故其道益炽。若乃其气全，其辞辨，驰骛古今之际，高步天地之间，则有左补阙李君。君名翰，赵郡赞皇人也。天姿朗秀，率性聪达，博涉经籍，其文尤工。故其作，叙治乱则明白坦荡，纾徐条畅，端如贯珠之可观也；陈道义则游泳性情，探微豁冥，涣乎春冰之将泮也；广劝戒则得失相维，吉凶相追，焯乎元龟之在前也；颂功美则温直显融，协于大中，穆如清风之中人也。议者又谓君之才，若崇山出云，神禹导河，触石而弥六合，随山而注巨壑，盖无物足以遏其气而阕其行者也。世所谓文章之雄，舍君其谁欤？

［（清）董诰等编：《全唐文》卷五一八，北京，中华书局，1983］

四、韩愈《答李翊书》（节选）

生所谓立言者是也；生所为者与所期者甚似而几矣。抑不知生之志蕲胜于人而取于人邪？将蕲至于古之立言者邪？蕲胜于人而取于人，则固胜于人而可取于人矣；将蕲至于古之立言者，则无望其速成，无诱于势利，养其根而俟其实，加其膏而希其光。根之茂者其实遂，膏之沃者其光晔；仁义之人，其言蔼如也。

抑又有难者：愈之所为，不自知其至犹未也，虽然，学之二十余年矣。始者非三代两汉之书不敢观，非圣人之志不敢存，处若忘，行若遗，俨乎其若思，茫乎其若迷。当其取于心而注于手也，惟陈言之务去，戛戛乎其难哉。其观于人，不知其非笑之为非笑也。如是者亦有年，犹不改，然后识古书之正伪，与虽正而不至焉者，昭昭然白黑分矣，而务去之，乃徐有得也。当其取于心而注于手也，汩汩然来矣。其观于人也，笑之则以为喜，誉之则以为忧，以其犹有人之说者存也。如是者亦有年，然后浩乎其沛然矣。吾又惧其杂也，迎而距之，平心而察之，其皆醇也，然后肆焉。虽然，不可以不养也。行之乎仁义之途，游之乎《诗》《书》之源，无迷其途，无绝其源，终吾身而已矣。

气，水也；言，浮物也。水大而物之浮者大小毕浮，气之与言犹是也，气盛则言之短长与声之高下者皆宜。虽如是，其敢自谓几于成乎？虽几于成，其用于人也奚取焉？虽然，待用于人者，其肖于器邪？用与舍属诸人。君子则不然：处心有道，行己有方；用则施诸人，舍则传诸其徒，垂诸文而为后世法：如是者，其亦足乐乎？其无足乐也？

[（唐）韩愈撰：《韩昌黎文集校注》，马其昶校注，马茂元整理，

上海，上海古籍出版社，1986]

五、韩愈《答刘正夫书》（节选）

或问：为文宜何师？必谨对曰：宜师古圣贤人。曰：古圣贤人所为书具存，辞皆不同，宜何师？必谨对曰：师其意，不师其辞。又问曰：文宜易宜难？必谨对曰：无难易，惟其是尔。如是而已，非固开其为此，而禁其为彼也。

夫百物朝夕所见者，人皆不注视也；及睹其异者，则共观而言之：夫文岂异于是乎？汉朝人莫不能为文，独司马相如、太史公、刘向、扬雄为之最。然则用功深者，其收名也远；若皆与世沉浮，不自树立，虽不为当时所怪，亦必无后世之传也。足下家中百物皆赖而用也，然其所珍爱者，必非常物；夫君子之于文，岂异于是乎？今后进之为文，能深探而力取之以古圣贤人为法者，虽未必皆是；要若有司马相如、太史公、刘向、扬雄之徒出，必自于此，不自于循常之徒也。若圣人之道不用文则已，用则必尚其能者；能者非他，能自树立，不因循者是也。有文字来，谁不为文，然其存于今者，必其能者也。顾常以此为说耳。

[（唐）韩愈撰：《韩昌黎文集校注》，马其昶校注，马茂元整理，

上海，上海古籍出版社，1986]

六、韩愈《送高闲上人序》

苟可以寓其巧智，使机应于心，不挫于气，则神完而守固，虽外物至，不胶于心。尧、舜、禹、汤治天下，养叔治射，庖丁治牛，师旷治音声，扁鹊治病，僚之于丸，秋之于弈，伯伦之于酒，乐之终身不厌，奚暇外慕？夫外慕徙业者，皆不造其堂，不哜其胾者也。

往时张旭善草书，不治他伎，喜怒窘穷，忧悲愉佚，怨恨思慕，酣醉无聊不平，有动于心，必于草书焉发之。观于物，见山水崖谷，鸟兽虫鱼，草木之花实，日月列星，风雨水火，雷霆霹雳，歌舞战斗，天地事物之变，可喜可愕，一寓于书：故旭之书，变动犹鬼神，不可端倪。以此终其身，而名后世。

今闲之于草书，有旭之心哉？不得其心，而逐其迹，未见其能旭也。为旭有道：利害必明，无遗锱铢，情炎于中，利欲斗进，有得有丧，勃然不释，然后一决于书，而后旭可几也。今闲师浮屠氏，一死生，解外胶，是其为心，必泊然无所起；其于世，必淡然无所嗜。泊与淡相遭，颓堕委靡，溃败不可收拾，则其于书得无象之然乎？然吾闻浮屠人善幻多技能，闲如通其术，则吾不能知矣。

[（唐）韩愈撰：《韩昌黎文集校注》，马其昶校注，马茂元整理，

上海，上海古籍出版社，1986]

七、柳宗元《答韦中立论师道书》（节选）

始吾幼且少，为文章，以辞为工。及长，乃知文者以明道。是固不苟为炳炳烺烺，务采色夸声音而以为能也。凡吾所陈，皆自谓近道，而不知道之果近乎远乎。吾子好道，而可吾文，或者其于道不远矣。故吾每为文章，未尝敢以轻心掉之，惧其剽而不留也；未尝敢以怠心易之，惧其弛而不严也；未尝敢以昏气出之，惧其昧没而杂也；未尝敢以矜气作之，惧其偃蹇而骄也。抑之欲其奥，扬之欲其明，疏之欲其通，廉之欲其节，激而发之欲其清，固而存之欲其重，此吾所以羽翼夫道也。本之《书》以求其质，本之《诗》以求其恒，本之《礼》以求其宜，本之《春秋》以求其断，本之《易》以求其动，此吾所以取道之原也。参之穀梁氏以厉其气，参之《孟》《荀》以畅其支，参之《庄》《老》以肆其端，参之《国语》以博其趣，参之《离骚》以致其幽，参之太史公以著其洁，此吾所以旁推交通而以为之文也。

[（唐）柳宗元著：《柳河东集》，上海，上海古籍出版社，2008]

八、柳宗元《杨评事文集后序》（节选）

赞曰：文之用，辞令褒贬，导扬讽谕而已。虽其言鄙野，足以备于用。然而阙其文

采，固不足以竦动时听，夸示后学。立言而朽，君子不由也。故作者抱其根源，而必由是假道焉。作于圣，故曰经；述于才，故曰文。文有二道：辞令褒贬，本乎著述者也；导扬讽谕，本乎比兴者也。著述者流，盖出于《书》之《谟》《训》、《易》之《象》《系》、《春秋》之笔削，其要在于高壮广厚，词正而理备，谓宜藏于简册也。比兴者流，盖出于虞夏之咏歌，殷周之风雅，其要在于丽则清越，言畅而意美，谓宜流于谣诵也。兹二者，考其旨义，乖离不合。故秉笔之士，恒偏胜独得，而罕有兼者焉。厥有能而专美，命之曰艺成。虽古文雅之盛世，不能并肩而生。

唐兴以来，称是选而不作者，梓潼陈拾遗。其后燕文贞以著述之余，攻比兴而莫能及；张曲江以比兴之隙，穷著述而不克备。其余各探一隅，相与背驰于道者，其去弥远。文之难兼，斯亦甚矣。

[（唐）柳宗元著：《柳河东集》，上海，上海古籍出版社，2008]

九、李翱《答朱载言书》（节选）

列天地，立君臣，亲父子，别夫妇，明长幼，浃朋友，《六经》之旨也。浩浩乎若江海，高乎若邱山，赫乎若日火，包乎若天地，掇章称咏，津润怪丽，《六经》之词也。创意造言，皆不相师。故其读《春秋》也，如未尝有《诗》也；其读《诗》也，如未尝有《易》也；其读《易》也，如未尝有《书》也；其读屈原、庄周也，如未尝有《六经》也。故义深则意远，意远则理辩，理辩则气直，气直则辞盛，辞盛则文工。如山有恒、华、嵩、衡焉，其同者高也，其草木之荣，不必均也。如渎有淮、济、河、江焉，其同者出源到海也，其曲直浅深、色黄白，不必均也。如百品之杂焉，其同者饱於腹也，其味咸酸苦辛，不必均也。此因学而知者也，此创意之大归也……故义虽深，理虽当，词不工者不成文，宜不能传也。文理义三者兼并，乃能独立于一时，而不泯灭于后代，能必传也。

[（清）董浩等编：《全唐文》卷六三五，北京，中华书局，1983]

第四节　中唐新乐府理论

所谓"新乐府"，指的是以乐府诗体写时事，且"因事立题"，不再沿用乐府旧题的新题乐府。 新乐府运动则指唐德宗贞元年间至唐宪宗元和年间，张籍、 李绅、 元稹、 白居易等人大力提倡创作以新题乐府为代表的讽谕诗，强调诗歌的现实内容与政教功能的诗歌运动。 白居易是新乐府运动中成就最大的诗人，也是新乐府诗论的代表人物。

一、新乐府运动的先驱

在新乐府运动兴起之前，杜甫、元结、顾况等先驱实际上已经开始创作这种新题乐府，其中尤以杜、元二人的影响最为直接。杜甫不仅凭借高超的艺术成就，以其《悲陈陶》《哀江头》《兵车行》《丽人行》等"即事名篇，无复依傍"之作开辟了乐府诗创作的新途，还以其"致君尧舜上，再使风俗淳"和"穷年忧黎元，叹息肠内热"的政教理想与淑世情怀，成为新乐府运动倡导者最为推崇的前辈诗人。元结的成就虽不及杜甫，但其创作与主张也对新乐府运动产生了重要的影响。

元结的文学主张继承和发展了以《毛诗序》为代表的儒家诗教理论。其《二风诗论》解释《二风诗》的创作意图："极帝王理乱之道，系古人规讽之流。"《系乐府序》也说："尽欢怨之声者，可以上感于上，下化于下。"由此可见，元结所关注的是如何用诗规讽君王、教化百姓，这也正是儒家诗教的核心。大历二年（767），元结作《文编序》回顾自己的诗文写作历程，言及安史之乱前"所为之文，可戒可劝，可安可顺"，之后则"多退让者，多激发者，多嗟恨者，多伤闵者。其意必欲劝之忠孝，诱以仁惠，急于公直，守其节分。如此非救时劝俗之所须者欤？"可见其前期作品除规讽外，还有"可安可顺"的一面，后期则更明确地强调诗应当"忠孝""仁惠""公直""节分""救时劝俗"的政教功能，济民救世之心更为急切。

从这种政教中心论的立场出发，元结对汉魏以来的诗歌创作大都不满。其《刘侍御月夜宴会序》直称"文章道丧盖久矣"，《箧中集序》所论更详："风雅不兴，几及千年，溺于时者，世无人哉……近世作者，更相沿袭，拘限声病，喜尚形似，且以流易为辞，不知丧于雅正，然哉！""风雅不兴，几及千年"之说，将汉魏以来的诗歌都包罗了进去。他尤其不满的是从晋宋到初盛唐的"近世作者"，认为他们"拘限声病，喜尚形似，且以流易为辞"。"声病"指齐梁以来对声律的重视；"形似"则可从谢灵运山水诗算起，直到唐代的山水诗、田园诗等；"以流易为辞"指语言平易流畅，也可能与沈约"三易"之说有关。联系元结对诗教的重视，以及《箧中集》只选五言古体诗、语言古朴质直的情况来看，他对不符合其诗教标准和复古理念的汉魏以来的诗歌，尤其是近体诗，都是加以排斥的。

元结的诗歌主张有偏激之处，但其对现实的关注，对儒家诗教的强烈自觉，加上其《系乐府》等新题乐府的创作，实已开新乐府运动之先河。

二、白居易的相关论述

白居易（772—846），字乐天，晚年号香山居士、醉吟先生，下邽（今陕西渭南）

人。 需要说明的是，白居易的文学思想颇为复杂，且有前后期的不同，这里只涉及其前期与新乐府运动相关的内容。

（一）为时而著，为事而作

"为时而著""为事而作"在白居易新乐府诗论中具有纲领性的意义。 他在《与元九书》中回顾自己创作以新乐府为代表的讽谕诗的动机时说："自登朝来，年齿渐长，阅事渐多。 每与人言，多询时务，每读书史，多求理道。 始知文章合为时而著，歌诗合为事而作。"由此可见，白居易致力于创作讽谕诗，与其进士及第后出仕有关。 这是白居易在政治上最积极进取的时期，极言直谏，关注时务，探索理道。 在他看来，诗文创作必须紧密联系现实，为现实服务，即"为时而著""为事而作"，又如《新乐府序》说"总而言之，为君、 为臣、 为民、 为物、 为事而作，不为文而作也"。 这是新乐府、 讽谕诗创作的动机、 纲领与宗旨，鲜明地体现了新乐府运动的政治目的与现实品格。 在中唐的历史语境中，这样的宗旨和宣导无疑有着积极的意义。

值得注意的是，白居易在强调讽谕诗创作的政教宗旨时，并未完全忽视诗歌本身的艺术特质。 一方面，他认为创作的发生与"感事""动情"相关，如《策林·六十九》所说，"大凡人之感于事则必动于情，然后兴于嗟叹，发于吟咏，而形于歌诗矣"；另一方面，诗歌产生作用的方式在于"感人心"，如《与元九书》所说，"感人心者莫先乎情，莫始乎言，莫切乎声，莫深乎义。 诗者，根情，苗言，华声，实义"。 这说明白居易对诗歌的抒情性、 音乐性等艺术特质是有深切体会的。 当然，也要看到，在白居易的新乐府诗论中，诗歌的艺术特质与其政教宗旨并不矛盾。 《策林·六十四》说"音声之道与政通"，前者服务于后者。

（二）补察时政，泄导人情

如果说"为时而著""为事而作"是白居易对讽谕诗的政教宗旨的概括，那么《与元九书》所提出的"补察时政""泄导人情"，则是其对讽谕诗的政教功能的具体阐述。 "补察时政"指通过诗歌揭露政治弊端，察其得失之政，规讽统治者进行政治改良； "泄导人情"则是用诗歌宣泄民情，在帮助统治者了解民情的同时也对民情加以疏导，如《策林·六十九》称"所谓善防川者，决之使导； 善理人者，宣之使言"。 它们可以被视为讽谕诗如何为政治服务、 如何干预现实的两个基本方面。 两者的基础都是对民生疾苦的深切体察，"惟歌生民病"（《寄唐生》），"但伤民病痛"（《伤唐衢》其二）。 两者的目的都如《策林·六十九》所说，是使"君臣亲览而斟酌焉，政之废者修之，阙者补之，人之忧者乐之，劳者逸之"。 白居易所作新乐府诗、 讽谕诗，乃至新乐府其他倡导者的讽谕诗，也都是在此思想的指导下进行的。

白居易还把"补察时政""泄导人情"与汉儒等所阐发的"风雅比兴"等"六义"

"四始"的传统联系在一起。《与元九书》认为："洎周衰秦兴，采诗官废，上不以诗补察时政，下不以歌泄导人情。乃至于谄成之风动，救失之道缺。于时六义始刓矣。"又说："自拾遗来，凡所遇所感，关于美刺兴比者；又自武德讫元和，因事立题，题为《新乐府》者，共一百五十首，谓之讽谕诗。"可见，他所说的"六义"，实际上也就是汉儒所解说的"讽谕""美刺"的传统。不过，从对"谄成之风"的批判来看，白居易于"美""刺"之中更重视"刺"。《策林·六十九》说："开讽刺之道，察其得失之政，通其上下之情。"《采诗官》一诗更明确提出："欲开壅蔽达人情，先向歌诗求讽刺。"这种对诗歌的讽刺性、批判性的强调，越出了汉儒的界限，是白居易新乐府诗论非常有价值的地方。

（三）辞质言直，事核体顺

白居易还在《新乐府序》中，对以新乐府为代表的讽谕诗创作的体式、风格、方法等进行了探讨，其中最重要的是"辞质""言直""事核""体顺"。"辞质"即"辞质而径，欲见之者易谕也"，指的是语言和表达方式质朴通俗，明白晓畅，方便读者理解。这实际上也体现了其诗歌在语言上的通俗化倾向，很受时流与后人的关注。"言直"即"言直而切，欲闻之者深诫也"，指的是不追求含蓄委婉而直言其事，指事痛切，把事理说尽说透，以引起"闻之者"的警醒。在《和答诗十首序》中，白居易还提出"意太切则言激"之说，将"切"与"激"联系起来。这种对"切""激"的肯定，一定程度上突破了儒家诗教"温柔敦厚""怨而不怒"的戒律，闪烁着批判的光芒。"事核"即"事核而实，使采之者传信也"，指的是讽谕诗的内容必须符合事实，具有真实性。这是针对诗歌中常有"虚辞""虚美"的情况提出的。白居易认为，内容的虚假必然妨害其"补察时政""泄导人情"的功能的实现，此《策林·六十八》所谓"褒贬之文无核实，则惩劝之道缺矣"。"体顺"即"体顺而肆，可以播于乐章歌曲也"，指诗体应符合内容的需要，自由灵活。

"辞质""言直""事核""体顺"作为白居易新乐府诗论的重要组成部分，是白居易对讽谕诗创作提出的基本原则，且都是为其政教宗旨与功能服务的。值得注意的是，这并不能涵盖白居易本人的全部创作。在讽谕诗之外，白居易还有闲适诗、感伤诗、杂律诗等，"辞质""言直""事核""体顺"对这些诗歌类型并不完全适用。

三、元稹的相关论述

元稹（779—831），字微之，河南洛阳人，与白居易并称"元白"，同为新乐府运动之倡导者与代表人物。元稹的新乐府诗论与白居易基本一致，这里只介绍白氏未曾论及或论述不多的内容。

（一）新乐府的渊源

元稹的新题乐府创作早于白居易。他不仅明确地倡导新乐府，而且对其历史渊源进行了探讨。在《乐府古题序》中，元稹认为，《诗》《骚》之后，诗演变为二十四种体式，其中操、引、谣、讴、歌、曲、词、调八种，都属于"因声以度词，审调以节唱"的"歌"，其句读短长、声韵平仄皆由曲谱所定；诗、行、咏、吟、题、怨、叹、章、篇九种都"属事而作"，即使被"采取其词，度为歌曲"，也是"选词以配乐，非由乐以定词也"。尽管入乐与否以及入乐方式上的不同，有了"歌"与"诗"之别，但这十七类都被"编为乐录乐府等题"，都可称"乐府"。这可以被视为新乐府在体式上的渊源。这还说明乐府不一定以入乐为标准，无疑有为不入乐的新乐府张本之意。

从内容上看，乐府诗都是"诗人六义之余，而作者之旨"，因此"自风雅至于乐流，莫非讽兴当时之事，以贻后代之人。沿袭古题，唱和重复，于文或有短长，于义咸为赘剩，尚不如寓意古题，刺美见事，犹有诗人引古以讽之义焉。曹、刘、沈、鲍之徒时得如此，亦复稀少。近代唯诗人杜甫《悲陈陶》《哀江头》《兵车》《丽人》等，凡所歌行，率皆即事名篇，无复倚傍"。这就是说，乐府诗的写作，应该继承"六义""风雅""讽兴当时之事"的传统。因此，"沿袭古题，唱和重复"不如"寓意古题，刺美见事"；"寓意古题，刺美见事"不如"即事名篇，无复倚傍"。"即事名篇，无复倚傍"的新乐府，虽然没有承袭乐府古题，但实际上却是乐府诗"风雅""讽兴"传统的真正继承者。

（二）对杜甫的推崇

在讨论新乐府的渊源时，元稹将杜甫的新题乐府创作视为新乐府运动兴起的重要启示与前驱。除此之外，他还高度推崇杜甫的艺术成就，《唐故工部员外郎杜君墓系铭并序》说："至于子美，盖所谓上薄风骚，下该沈宋，古傍苏李，气夺曹刘，掩颜谢之孤高，杂徐庾之流丽，尽得古今之体势，而兼今人之所独专矣……诗人以来，未有如子美者。"也就是说，杜甫兼具《诗经》《楚辞》至魏晋、初盛唐诸家体制、风格、声律、语言之长，是诗歌艺术的集大成者。这种分析是符合杜诗的实情的。该文也是较早的大致完整的杜诗专论之一。元稹还在《叙诗寄乐天书》中回忆初读杜诗的感受："得杜甫诗数百首，爱其浩荡津涯，处处臻到，始病沈宋之不存寄兴，而讶子昂之未暇旁备矣。"这里不仅肯定了杜诗"浩荡律涯，处处臻到"的艺术成就，还称赞其内容之"存寄兴"，也就是有现实寄托、重视风雅比兴。这些评论都较为准确，为后世的杜诗研究开辟了道路。

📖**原典选读**

　　元结是新乐府运动的重要先驱，其崇尚风雅比兴、反对拘限声病的文学主张可谓此后元白的先声。白居易的《与元九书》是新乐府运动最重要的文献，其中既有关于诗歌一般理论的探讨，也有对新乐府运动缘起、内涵和目标的介绍，此外还有对历代诗歌的批评，内容极为丰富。他的《新乐府序》则对新乐府诗的文体形式、语言风格做了更明确的规定。元稹与白居易彼此心照，所作《和李校书新题乐府十二首序》提出"不虚为文"，也是新乐府运动的宗旨之一。《唐故工部员外郎杜君墓系铭并序》更是较早的杜诗专论，指陈之具体详切足以发明前贤，沾溉后世。

一、元结《箧中集序》

　　元结作《箧中集》，或问曰：公所集之诗，何以订之？对曰：风雅不兴，几及千年，溺于时者，世无人哉？呜呼！有名位不显，年寿不终，独无知音，不见称颂，死而已矣，谁云无之！近世作者，更相沿袭，拘限声病，喜尚形似，且以流易为辞，不知丧于雅正，然哉！彼则指咏时物，会谐丝竹，与歌儿舞女生污惑之声于私室可矣；若令方直之士、大雅君子听而诵之，则未见其可矣。

　　吴兴沈千运，独挺于流俗之中，强攘于已溺之后，穷老不惑，五十余年，凡所为文，皆与时异。故朋友后生，稍见师效，能似类者，有五六人。於戏！自沈公及二三子，皆以正直而无禄位，皆以忠信而久贫贱，皆以仁让而致丧亡。异于是者，显荣当世。谁为辩士，吾欲问之。天下兵兴，于今六岁，人皆务武，斯焉谁嗣！已长逝者，遗文散失。方祖绝者，不见近作。尽箧中所有，总编次之，命曰《箧中集》。且欲传之亲故，冀其不亡。于今凡七人，诗二十二首。时乾元三年也。

　　　　　　　　　　［（清）董诰等编：《全唐文》卷三八一，北京，中华书局，1983］

二、白居易《与元九书》（节选）

　　夫文尚矣！三才各有文。天之文三光首之，地之文五材首之，人之文六经首之。就六经言，《诗》又首之。何者？圣人感人心而天下和平。感人心者莫先乎情，莫始乎言，莫切乎声，莫深乎义。诗者，根情，苗言，华声，实义。上自贤圣，下至愚骏，微及豚鱼，幽及鬼神，群分而气同，形异而情一。未有声入而不应，情交而不感者。

　　圣人知其然，因其言，经之以六义；缘其声，纬之以五音。音有韵，义有类。韵协则言顺，言顺则声易入；类举则情见，情见则感易交。于是乎孕大含深，贯微洞密，上下通而一气泰，忧乐合而百志熙。五帝、三皇所以直道而行，垂拱而理者，揭此以为大柄，决此以为大宝也。故闻"元首明，股肱良"之歌，则知虞道昌矣。闻"五子洛汭"之歌，则知夏政荒矣。言者无罪，闻者足戒，言者闻者，莫不两尽其心焉。

洎周衰秦兴，采诗官废，上不以诗补察时政，下不以歌泄导人情。乃至于谄成之风动，救失之道缺。于时六义始刓矣。

国风变为骚辞，五言始于苏、李。苏李骚人，皆不遇者，各系其志，发而为文。故河梁之句，止于伤别；泽畔之吟，归于怨思。彷徨抑郁，不暇及他耳。然去《诗》未远，梗概尚存。故兴离别，则引双凫一雁为喻；讽君子小人，则引香草恶鸟为比。虽义类不具，犹得风人之什二三焉。于时六义始缺矣。

晋、宋已还，得者盖寡。以康乐之奥博，多溺于山水。以渊明之高古，偏放于田园。江、鲍之流，又狭于此。如梁鸿《五噫》之例者，百无一二焉。于时六义浸微矣。

陵夷至于梁、陈间，率不过嘲风雪、弄花草而已。噫！风雪花草之物，三百篇中岂舍之乎？顾所用何如耳。设如"北风其凉"，假风以刺威虐也。"雨雪霏霏"，因雪以愍征役也。"棠棣之华"，感华以讽兄弟也。"采采芣苢"，美草以乐有子也。皆兴发于此，而义归于彼。反是者可乎哉？然则"余霞散成绮，澄江净如练""离花先委露，别叶乍辞风"之什，丽则丽矣，吾不知其所讽焉。故仆所谓嘲风雪、弄花草而已。于时六义尽去矣。

唐兴二百年，其间诗人不可胜数。所可举者，陈子昂有《感遇诗》二十首，鲍防有《感兴诗》十五首。又诗之豪者，世称李、杜，李之作才矣奇矣，人不逮矣。索其风雅比兴，十无一焉。杜诗最多，可传者千余首，至于贯穿今古，覼缕格律，尽工尽善，又过于李。然撮其《新安吏》《石壕吏》《潼关吏》《塞芦子》《留花门》之章，"朱门酒肉臭，路有冻死骨"之句，亦不过三四十首。杜尚如此，况不逮杜者乎？

仆常痛诗道崩坏，忽忽愤发，或食辍哺，夜辍寝，不量才力，欲扶起之……自登朝来，年齿渐长，阅事渐多。每与人言，多询时务，每读书史，多求理道。始知文章合为时而著，歌诗合为事而作。是时皇帝初即位，宰府有正人，屡降玺书，访人急病。仆当此日，擢在翰林，身是谏官，月请谏纸，启奏之外，有可以救济人病，裨补时阙，而难于指言者，辄咏歌之，欲稍稍递进闻于上。上以广宸聪，副忧勤；次以酬恩奖，塞言责；下以复吾平生之志。岂图志未就而悔已生，言未闻而谤已成矣。

又请为左右终言之。凡闻仆《贺雨》诗，而众口籍籍，已谓非宜矣。闻仆《哭孔戡》诗，众面脉脉，尽不悦矣。闻《秦中吟》，则权豪贵近者相目而变色矣。闻《乐游园》寄足下诗，则执政柄者扼腕矣。闻《宿紫阁村》诗，则握军要者切齿矣。大率如此，不可遍举。不相与者，号为沽名，号为诋讦，号为讪谤。苟相与者，则如牛僧孺之戒焉。乃至骨肉妻孥皆以我为非也。其不我非者，举世不过三两人……仆数月来，检讨囊帙中，得新旧诗各以类分，分为卷目。自拾遗来，凡所遇所感，关于美刺兴比者；又自武德讫元和，因事立题，题为《新乐府》者，共一百五十首，谓之讽谕诗。又或退公独处，或移病闲居，知足保和，吟玩情性者一百首，谓之闲适诗。又有事物牵于外，情理动于内，随感遇而形于叹咏者一百首，谓之感伤诗。又有五言七言长句绝句，自一百韵至两韵者四百余首，谓之杂律诗。凡为十五卷，约八百首。异时相见，当尽致于执事。

微之！古人云："穷则独善其身，达则兼济天下。"仆虽不肖，常师此语。大丈夫所守者道，所待者时。时之来也，为云龙，为风鹏，勃然突然，陈力以出。时之不来也，为雾豹，为冥鸿，寂兮寥兮，奉身而退。进退出处，何往而不自得哉？故仆志在兼济，行在独善，奉而始终之则为道，言而发明之则为诗。谓之讽谕诗，兼济之志也。谓之闲适诗，独善之义也。故览仆诗，知仆之道焉。其余杂律诗，或诱于一时一物，发于一笑一吟，率然成章，非平生所尚者，但以亲朋合散之际，取其释恨佐欢。今铨次之间，未能删去，他时有为我编集斯文者，略之可也。

[(唐)白居易著：《白居易集笺校》，朱金城笺校，
上海，上海古籍出版社，1988]

三、白居易《新乐府序》

序曰：凡九千二百五十二言，断为五十篇。篇无定句，句无定字，系于意，不系于文。首句标其目，卒章显其志，诗三百之义也。其辞质而径，欲见之者易谕也。其言直而切，欲闻之者深诫也。其事核而实，使采之者传信也。其体顺而肆，可以播于乐章歌曲也。总而言之，为君、为臣、为民、为物、为事而作，不为文而作也。

[(唐)白居易著：《白居易集笺校》，朱金城笺校，
上海，上海古籍出版社，1988]

四、元稹《和李校书新题乐府十二首序》

予友李公垂贶予《乐府新题》二十首，雅有所谓，不虚为文。予取其病时之尤急者，列而和之，盖十二而已。昔三代之盛也，士议而庶人谤。又曰：世理则词直，世忌则词隐。予遭理世而君盛圣，故直其词以示后，使夫后之人谓今日为不忌之时焉！

[(唐)元稹撰：《元稹集》，冀勤点校，北京，中华书局，1982]

五、元稹《唐故工部员外郎杜君墓系铭并序》(节选)

叙曰：予读诗至杜子美，而知小大之有所总萃焉！始尧舜时，君臣以赓歌相和。是后，诗人继作，历夏殷周千余年，仲尼缉拾选练，取其干预教化之尤者三百篇，其余无

闻焉！骚人作而怨愤之态繁，然犹去风雅日近，尚相比拟。

秦汉已还，采诗之官既废，天下俗谣民讴、歌颂讽赋、曲度嬉戏之词，亦随时间作。逮至汉武赋《柏梁诗》而七言之体具，苏子卿、李少卿之徒尤工为五言，虽句读文律各异，雅郑之音亦杂，而词意简远，指事言情，自非有为而为，则文不妄作。建安之后，天下文士遭罹兵战，曹氏父子鞍马间为文，往往横槊赋诗，故其抑扬怨哀悲离之作，尤极于古。

晋世风概稍存，宋齐之间，教失根本，士以简慢、歈习、舒徐相尚，文章以风容、色泽、放旷、精清为高，盖吟写性灵、流连光景之文也，意义格力无取焉！陵迟至于梁陈，淫艳、刻饰、佻巧、小碎之词剧，又宋齐之所不取也。

唐兴，官学大振，历世之文，能者互出，而又沈宋之流，研练精切，稳顺声势，谓之为律诗。由是而后，文变之体极焉。然而莫不好古者遗近，务华者去实，效齐梁则不逮于魏晋，工乐府则力屈于五言；律切则骨格不存，闲暇则纤秾莫备。

至于子美，盖所谓上薄风骚，下该沈宋，古傍苏李，气夺曹刘，掩颜谢之孤高，杂徐庾之流丽，尽得古今之体势，而兼今人之所独专矣！使仲尼考锻其旨要，尚不知贵其多乎哉！苟以为能所不能，无可无不可，则诗人以来，未有如子美者。时山东人李白，亦以奇文取称，时人谓之李杜。余观其壮浪纵恣，摆去拘束，模写物象及乐府歌诗，诚亦差肩于子美矣！至若铺陈终始，排比声韵，大或千言，次犹数百，词气豪迈而风调清深，属对律切而脱弃凡近，则李尚不能历其藩翰，况堂奥乎！

［（唐）元稹撰：《元稹集》，冀勤点校，北京，中华书局，1982］

第五节　司空图与晚唐五代文论

晚唐五代，国事纷乱，身世沉沦，士人心态的变化不仅反映在文学创作之中，也影响了文学的理论探讨。总体来看，晚唐五代文论既是中唐文论的继承，也是对它的反拨，呈现出复杂多元的态势。在诸多论家中，司空图的诗歌理论最为深入，对后世产生了较大的影响。

一、晚唐五代文论的多元化

晚唐五代文论的多元化态势，主要表现在三个方面。

一是文论宗趣的多元化。论者曾列出"李商隐的反道缘情文学说""杜牧的事功文学说""皮日休陆龟蒙的隐逸文学说""刘蜕罗隐的文章丧亡论""韩偓欧阳炯的香艳说""韦庄韦縠的清丽说""黄滔吴融等的反艳丽说""刘昫徐铉的折中说"等八种①，其中有些概括今天看来或许不够准确，但确可反映其时论说之歧出纷纭。

二是对前辈文人评价的多元化。以韩、柳、元、白为例，杜牧推尊韩、柳，《冬至日寄小侄阿宜诗》有"韩柳摩苍苍"之说，又在《唐故平卢军节度巡官陇西李府君墓志铭》中赞成李戡对元、白的批评，认为元和体诗歌"纤艳不逞""淫言媟语"。司空图也赞美韩、柳，并在《与王驾评诗书》中批评元、白"力勍而气孱，乃都市豪估"。皮日休的《请韩文公配飨太学书》推崇韩愈的文章"得孔道巍然而自正"，同时也肯定元、白，《论白居易荐徐凝屈张祜》认为其心"本乎立教"。与之相对，《旧唐书》对韩愈颇有微词，认为其为文虽"自成一家新语"，但"于道未弘"，同时极为推重元、白，不仅称其诗，还激赏元之制策与白之奏议，以为"极文章之壶奥，尽治乱之根荄"。

三是理论批评形式的多元化。这尤其表现在诗论上。除大量的论、评、序以及晚唐五代盛行一时的诗格外，还出现了张为的《诗人主客图》、孟棨的《本事诗》等新兴的诗学著述体式。此外，这一时期还有数量众多的唐诗选本，其中不乏明确的理论意识或指向，如韦庄的《又玄集》、韦縠的《才调集》等，也很值得重视。

在丰富纷繁的晚唐五代文论中，杜牧与李商隐的文论主张无疑最醒目。杜牧（803—852）论诗文创作，强调"以意为主"。其《答庄充书》谓："凡为文以意为主，气为辅，以辞彩章句为之兵卫，未有主强盛而辅不飘逸者，兵卫不华赫而庄整者。"这段话有两个方面尤其值得注意。一方面，"文以意为主"，"意"总是与自我、个人联系在一起，它与道相比有着更强烈的主体意识与个性色彩。杜牧在《献诗启》中说："某苦心为诗，本求高绝，不务奇丽，不涉习俗，不今不古，处于中间。""不涉习俗，不今不古"，充分展现了杜牧对诗人的个性与独创的标举。当然，杜牧所说的"意"也是不违背儒道的。他赞赏庄充之文"先意气而后辞句，慕古而尚仁义"，且在《太常寺奉礼郎李贺歌诗集序》中推崇《离骚》"有感怨刺怼，言及君臣理乱，时有以激发人意"，都说明了这一点。另一方面，以"辞彩章句"为"兵卫"，认为未有兵卫不华赫而庄整者，这说明杜牧也重视"辞彩章句"。他评价李贺的诗"盖《骚》之苗裔，理虽不及，辞或过之"，甚至认为："使贺且未死，少加以理，奴仆命《骚》可也。"可见虽从儒学立场出发，李贺诗在"理"上有所不足，但仍不掩其高超的语言技巧与惊人的艺术成就。这种对审美价值的关注，也是晚唐五代文学与文论的重要特色。

与杜牧相比，李商隐（约813—约858）的文学主张有着明显的非正统特征。他把"自然元气"作为文化与文学的本源，《容州经略使元结文集后序》明言作文"以自然为祖，元气为根，变化移易之"。从这种观点出发，李商隐标举缘情、性灵和独创，在《献相国京兆公启》中声称："人禀五行之秀，备七情之动，必有咏叹以通性灵。故

---

① 参见罗根泽：《中国文学批评史》，468～485 页，上海，上海世纪出版集团，2015。

阴阳惨舒，其途不一，安乐哀思，厥源数千。"人在先天的自然元气的性质上就有不同，情感也丰富多样，有所激动引发必形诸诗文。这些诗文作为抒写性灵之作，带有强烈的个性化的色彩，展现出"阴阳惨舒""安乐哀思"等丰富多彩的情感状态与作品风格。

不仅如此，李商隐还质疑了传统的征圣、宗经之说。《上崔华州书》说："夫所谓道，岂古所谓周公、孔子者独能邪？盖愚与周孔同身之耳。以是有行道不系今古，直挥笔为文，不能攘取经史，讳忌时世。百经万书，异品殊流，又岂能意分出其下哉！"李商隐认为，道非周孔"独能"，而是"愚与周孔同身之"，因而"行道不系今古"，为文也不必依傍古人。这样的言论即使是在众说纷纭的晚唐五代也是罕见的。

二、司空图的诗歌理论

司空图（837—908），字表圣，河中虞乡（今山西永济）人。司空图的诗歌理论既是对初唐以来注重审美的诗论的总结与深化，也在某些方面预示了宋代诗学的发展趋向，具有继往开来的作用。

（一）"思与境偕""象外之象"和"景外之景"

意境论是唐代诗学的重要线索之一。司空图的"思与境偕""象外之象""景外之景"之说，可谓集唐代诗歌意境论之大成。

《与王驾评诗书》云："五言所得，长于思与境偕，乃诗家之所尚者。""思与境偕"涉及诗歌意境生成的内在机制问题。在司空图之前，旧题王昌龄的《诗格》、皎然的《诗式》等都探讨过这一问题。《诗格》云："以心击之，深穿其境。"更有"境思"之说："以境照之，思则便来，来即作文。"皎然的《诗式》有"取境"条目，云："取境之时，须至难至险，始见奇句……盖由先积精思，因神王而得乎？"这些围绕"心""意""思""境"之间的动态关系的讨论，实际上都是对意境生成机制的探讨。可以发现，无论是在《诗格》中还是在《诗式》中，"心""意""思"在意境生成中都占有主导地位。即使"以境照之，思则便来"，"思"也后来居上，成为"作文"之枢纽。与此不同的是，司空图的"思与境偕"更强调"思"与"境"之间对等的交互契合、相触相生，即《注〈愍征赋〉述》所说"缘情纷状，触兴冥搜"。这无疑是更为深刻的看法。

司空图论诗的意境生成，还喜好用"得"字。《与王驾评诗书》有"五言所得"。《与李生论诗书》有"直致所得""得于早春""得于山中""得于江南""得于丧乱""得于寂寥""得于惬适"等。"得"在此有两相契合、彼此相得之意，实际上也就是"思与境偕"。

如果说"思与境偕"揭示了意境生成的内在机制，"象外之象""景外之景"则探讨了意境作为整体的层次性问题。《与极浦书》说："戴容州云：'诗家之景，如蓝田日暖，良玉生烟，可望而不可置于眉睫之前也。'象外之象，景外之景，岂容易可谭哉？"所谓"象外之象""景外之景"，前一个"象"和"景"，是诗中直接描写、呈现出来的"可望"的物象及其组合，后一个"象"和"景"，则是由前者触引、生发的"不可置于眉睫之前"的更为丰富、广阔、深远的艺术空间。后一个层次既建立在前一个层次的基础之上，又是对前一个层次的超越与突破，是从有限到无限，从实有到虚灵。这充分呈示出意境之为"境界层深的创构"的整体特质。司空图的"象外之象""景外之景"之说，同样是对唐人诸说的继承与深化。从殷璠的"兴象"，到皎然的"采奇于象外"，到刘禹锡的"境生于象外"，再到司空图的"象外之象""景外之景"，构成了唐人对诗歌意境之艺术特质的愈趋深入的体认历程。

(二)"韵外之致"和"味外之旨"

以"象外之象""景外之景"为基础，司空图还提出了"韵外之致""味外之旨"。如果说前者主要是对意境整体构成的审美特质的把握的话，后者则主要是对意境的审美效果及其鉴赏机制的探究。

"韵外之致"一说见诸《与李生论诗书》："近而不浮、远而不尽，然后可以言韵外之致耳。""近而不浮、远而不尽"是司空图以意境的审美生成作为目标，向诗歌的意象塑造提出的具体要求。"近而不浮"，指的是物象真实、具体而不虚假、浮浅；"远而不尽"，指的是物象具有深远的意蕴，能引发无穷的联想。前者就"象""景"而言，后者则就"象外""景外"而言。"然后可以言韵外之致"，这说明只有在意象塑造的层面做到"近而不浮、远而不尽"，才能使诗歌的意境整体产生"韵外之致"的效果。"韵外之致"中的"韵"，从其前后文来看，并非仅指诗的语言，而是就作品整体的审美风貌来说的。强调"韵外之致"，就是强调诗歌的意境整体所具有的清远悠长、含蓄不尽的审美意味。

"味外之旨"同样见于《与李生论诗书》："倘复以全美为工，即知味外之旨矣。"相比前者，它的内涵似更加丰富。此文开篇即提出了"辨于味而后可以言诗"的诗歌鉴赏原则。司空图以岭南人与"华之人"对醋和盐的态度为例：岭南人喜食之，"习之而不辨也"；"华之人"则"知其咸酸之外，醇美者有所乏耳"。由此可见，司空图所说的"辨于味"，不仅仅是对具体的"味"的分别，更是对"咸酸之外"也即"味外"的体察。只有"辨于味"，才"可以言诗"，这说明"辨于味"构成了诗歌鉴赏机制的核心。

这种对"味"的重视，同样有继承前人的一面。仅就唐人而言，旧题王昌龄的《诗格》提出诗"须景与意相兼"才有"清味"，皎然的《诗议》批评那些"意熟语旧"的诗，"但见诗皮，淡而无味"等，都可与司空图所论相参。司空图对前人的突破之处，是在"味"的基础上标举"味外",并阐发为"醇美""全美""味外之旨"等。 所谓"醇美""全美",当指一种更醇厚、 纯粹、 精微的美,是《注〈愍征赋〉述》所瞩望的那种"穷微尽美"的美感体验。 所谓"知味外之旨",就是对这种超越具体物象和情味的更醇厚、 纯粹、 精微的美的体察。 这无疑把诗歌意境的鉴赏论推向了更深微的层次,对喜欢做哲学沉思和义理探讨的宋人启发颇大。

(三)"以格自奇"和"格在其中"

唐人论诗重"格",司空图也好以"格"论诗。《与李生论诗书》云:"直致所得,以格自奇。"又云:"王右丞、 韦苏州,澄澹精致,格在其中,岂妨于遒举哉?"可以发现,其所论之"格"与唐五代盛行的"诗格"之"格"有相近之处。 尽管如此,二者也还是有区别的。 "诗格"之"格"一般指规则、 法度,也可指体格。 司空图所论之"格"有体格的含义,多指品格,且与诗人的气质、 才性有着紧密的联系。 其《题柳柳州集后》说:"作者为文为诗,才格亦可见,岂当善于彼而不善于此耶?"《书屏记》也说:"人之格状或峻,其心必劲; 心之劲,则视其笔迹,亦足见其人矣。"这都是将"格"与才性相关联。 因此,"以格自奇"指的就是作品对作者的才性、 气质、人格的体现。 "格在其中,岂妨于遒举",指的是作品的风格、 情调等不妨多样化,但其所体现的作者的才性、 气质、 人格则是统一的。 这里值得注意的是,这种"以格自奇""格在其中"的状态,并非作者有意为之,而是"直致所得"的自然呈现。 "直致所得"中的"得",如前所述,就是"思与境偕",是"思"与"境"的交互契合与相得。 "格"正是在"思与境偕"的相得中自然而然呈现出来的,如《与李生论诗书》所谓"不知所以神而自神也"。

另有署名为司空图的《二十四诗品》,以四言成句形象化地状拟诗境,颇多精彩之语,唯学者对作者归属有新的考证,所以存而不论。

三、曲子词与《花间集序》

在晚唐五代文论的诸多著述中,欧阳炯(896—971)为赵崇祚所编《花间集》作的序也很值得重视。 一方面,此序与韩偓的《香奁集序》同为晚唐五代之绮丽香艳诗风的理论代表; 另一方面,作为中国文学史上最早的词的总集《花间集》的序言,它也是现存最早的词学专论,自有不可磨灭的价值。

《花间集序》的词学贡献,首先表现在稽古溯源,彰显词的音乐性特质上。 欧阳炯在序中将词的源头追溯到传说中的上古歌谣、 汉魏六朝的乐府清商等,这固然有忽视其民间基元,以及混淆清商乐与燕乐两大音乐系统的不足,但却彰显了词"声声而自合鸾歌""字字而偏谐凤律"的音乐特质。 其次,它暗示了词以男女之情为主的题材取向,即所谓

"绮筵公子，绣幌佳人，递叶叶之花笺，文抽丽锦；举纤纤之玉指，拍按香檀"。在此创作与演唱环境之中，词的题材自然倾向于男女情事。欧阳炯也强调了词的消遣娱乐功能，即所谓"助妖娆之态""资羽盖之欢"。此外，以"清绝"为趣尚，具体而言就是"镂玉雕琼，拟化工而迥巧；裁花剪叶，夺春艳以争鲜"，既讲求辞章的雕琢工巧，又要求臻于化工、清新自然，且提出"诗客曲子词"的概念，用以指诗人创作的入乐可唱的歌词。这不仅对词这一新诗体的定名和独立有重要影响，其所标举的文人化与雅化，也隐约揭示了词的发展路向。

📖 原典选读

因为有杜牧、李商隐在，所以晚唐文论并不像人们想象的那么寂寥。杜牧以意为主、不废辞采的文学观，以及李商隐以自然元气为文学本源，明确反对以文载周孔之道的非正统思想，都不同凡响。司空图是此一时期最具哲思的诗评家，其说标志着诗歌意境论的初步成熟。司空图所评唐诗诸家颇见趣味，所提出的"思与境偕"命题，以及所论"味""格"和"全美"，所倡言的"直致所得""韵外之致"和"味外之旨"，均影响深远。至于"象外之象""景外之景"，则继承与深化了前人诸说。《注〈憨征赋〉述》从"才情""雅调""遒逸""寓词""变态"等角度品评诗赋，提出"缘情纷状，触兴冥搜"等说，同样值得注意。欧阳炯的《花间集序》是现存最早的词学专论，论及词的起源、性质、特征、功能等，有着重要的文献价值。

一、杜牧《答庄充书》(节选)

凡为文以意为主，气为辅，以辞彩章句为之兵卫，未有主强盛而辅不飘逸者，兵卫不华赫而庄整者。四者高下圆折，步骤随主所指，如鸟随凤，鱼随龙，师众随汤、武，腾天潜泉，横裂天下，无不如意。苟意不先立，止以文彩辞句，绕前捧后，是言愈多而理愈乱，如入阛阓，纷纷然莫知其谁，暮散而已。是以意全胜者，辞愈朴而文愈高；意不胜者，辞愈华而文愈鄙。是意能遣辞，辞不能成意，大抵为文之旨如此。

观足下所为文百余篇，实先意气而后辞句，慕古而尚仁义者，苟为之不已，资以学问，则古作者不为难到。

[(唐)杜牧著：《樊川文集》，陈允吉校点，上海，上海古籍出版社，2007]

二、李商隐《容州经略使元结文集后序》(节选)

次山之作，其绵远长大，以自然为祖，元气为根，变化移易之。太虚无状，大贲无色，寒暑攸出，鬼神有职……而论者徒曰次山不师孔氏为非。呜呼！孔氏于道德仁义外有何物？百千万年，圣贤相随于涂中耳。次山之书曰："三皇用真而耻圣，五帝用圣而耻明，三王用明而耻察。"嗟嗟此书，可以无乎？孔氏固圣矣，次山安在其必师之邪？

[（清）董诰等编：《全唐文》卷七七九，北京，中华书局，1983]

三、司空图《与王驾评诗书》（节选）

国初，上好文章，雅风特盛。沈、宋始兴之后，杰出于江宁，宏肆于李杜，极矣。右丞、苏州趣味澄夐，若清沇之贯达。大历十数公，抑又其次。元、白力勍而气孱，乃都市豪估耳。刘公梦得、杨公巨源，亦各有胜会。浪仙、无可、刘得仁辈，时得佳致，亦足涤烦。厥后所闻，徒褊浅矣。

河、汾蟠郁之气，宜继有人。今王生者，寓居其间，沉渍益久，五言所得，长于思与境偕，乃诗家之所尚者。则前所谓必推于其类，岂止神跃色扬哉？

[（唐）司空图著：《司空表圣诗文集笺校》，祖保泉、陶礼天笺校，
合肥，安徽大学出版社，2002]

四、司空图《与李生论诗书》（节选）

文之难，而诗之难尤难。古今之喻多矣。愚以为辨于味而后可以言诗也。江岭之南，凡足资于适口者，若醯非不酸也，止于酸而已；若鹾非不咸也，止于咸而已。华之人所以充饥而遽辍者，知其咸酸之外，醇美者有所乏耳。彼江岭之人习之而不辨也，宜哉。诗贯六义，则讽谕、抑扬、渟蓄、温雅，皆在其间矣。然直致所得，以格自奇。前辈编集，亦不专工于此，矧其下者耶！王右丞、韦苏州，澄澹精致，格在其中，岂妨于遒举哉？贾浪仙诚有警句，视其全篇，意思殊馁，大抵附于蹇涩，方可致才，亦为体之不备也，矧其下者哉！噫，近而不浮、远而不尽，然后可以言韵外之致耳……

绝句之作，本于诣极，此外千变为状，不知所以神而自神也，岂容易哉？今足下之诗，时辈固有难色，倘复以全美为工，即知味外之旨矣。

[（唐）司空图著：《司空表圣诗文集笺校》，祖保泉、陶礼天笺校，
合肥，安徽大学出版社，2002]

五、司空图《与极浦书》（节选）

戴容州云："诗家之景，如蓝田日暖，良玉生烟，可望而不可置于眉睫之前也。"象外之象，景外之景，岂容易可谭哉？然题纪之作，目击可图，体势自别，不可废也。愚近作《虞乡县楼》及《柏梯》二篇，诚非平生所得者。然"官路好禽声，轩车驻晚程"，即虞

乡入境可见也。又："南楼山最秀，北路邑偏清"，假令作者复生，亦当以著题见许。其《柏梯》之作大抵亦然。

[（唐）司空图著：《司空表圣诗文集笺校》，祖保泉、陶礼天笺校，合肥，安徽大学出版社，2002]

六、司空图《注〈憨征赋〉述》（节选）

夫垂象著文，炳灵叶爽。擅流宗于笔海，则时仰龟龙；骇摋藻于天庭，则国资云雨。至若金羁角势，锦字争妍，兼吞汉魏之雄，回跨风骚之域，宏才独振，何代无奇！

《憨征》则会昌中进士卢献卿著明所作。华胄间生，冠五百年高视；灵玑在握，照十二乘非珍。驭纵埶以涛惊，竦驱崦而电轶。恳超言象，特映古今。而妒阻扬蛾，妖轻笑凤。惜岁华之易晚，嗟魄桂之王期。旧国蝉催，萦盈别怨；芳时雁度，浩荡羁愁。想去郢以抽毫，怅征秦而寓旨。锵洋在听，梗概可陈。

观其才情之旖旎也，有若霞阵叠鲜，金缕晴天。鸳塘匣碧，芙蓉曙折。浓艳思芳，琼楼诧妆。烟霏晚媚，鲛绡拂翠。其雅调之清越也，有若缥缈鸾鸿，謩謩袅空。瑶簧凄戾，羽磬玲珑。幽人啸月，杂佩敲风。其道逸之壮冠也，则若云鹏回举，势陷天宇。鳌拚沧溟，蓬瀛倒舞，百万交锋，雄棱一鼓。其寓词之哀怨也，复若血凝蜀魄，猿断巫峰。咽水警夜，冤郁霭空。日魂惨澹，鬼哭荒丛。其变态之无穷也，则若月吊边秋，旅恨悠悠。湘南地古，清辉处处。花映秦人，玉洞扃春。澄流练直，森然目极。斯盖缘情纷状，触兴冥搜，回景物之盛衰，制人臣之哀乐。穷微尽美，□古排今。

且自体变江南，气凌邺下。胪分工拙，讵可仰扬。竞耘寂以搜奇，则思荣飞动；徒牵庸而缀学，则格滞沉埋。唯彼邀能，是称人巧。泛铺轻绮，骑弄纵横。符雅律之未裁，八音叶畅；类非烟之不染，五色相鲜。洞虽绝于长淮，芳镇留于终古。

[（唐）司空图著：《司空表圣诗文集笺校》，祖保泉、陶礼天笺校，合肥，安徽大学出版社，2002]

七、署名司空图《二十四诗品》（节选）

雄　浑

大用外腓，真体内充。返虚入浑，积健为雄。具备万物，横绝太空。荒荒油云，寥寥长风。超以象外，得其环中。持之匪强，来之无穷。

冲　淡

素处以默，妙机其微。饮之太和，独鹤与飞。犹之惠风，荏荏在衣。
阅音修篁，美曰载归。遇之匪深，即之愈稀。脱有形似，握手已违。

自　然

俯拾即是，不取诸邻。俱道适往，著手成春。如逢花开，如瞻岁新。
真予不夺，强得易贫。幽人空山，过雨采苹。薄言情晤，悠悠天钧。

超　诣

匪神之灵，匪机之微。如将白云，清风与归。远引若至，临之已非。
少有道契，终与俗违。乱山高木，碧苔芳晖。诵之思之，其声愈稀。

[（唐）司空图著：《司空表圣诗文集笺校》，祖保泉、陶礼天笺校，

合肥，安徽大学出版社，2002]

八、欧阳炯《花间集序》

镂玉雕琼，拟化工而迥巧；裁花剪叶，夺春艳以争鲜。是以唱云谣则金母词清，挹霞醴则穆王心醉；名高白雪，声声而自合鸾歌；响遏青云，字字而偏谐凤律。《杨柳》《大堤》之句，乐府相传；《芙蓉》《曲渚》之篇，豪家自制。莫不争高门下，三千玳瑁之簪；竞富樽前，数十珊瑚之树。则有绮筵公子，绣幌佳人，递叶叶之花笺，文抽丽锦；举纤纤之玉指，拍按香檀。不无清绝之辞，用助娇娆之态。

自南朝之宫体，扇北里之倡风，何止言之不文，所谓秀而不实。有唐已降，率土之滨，家家之香径春风，宁寻越艳；处处之红楼夜月，自锁常娥。在明皇朝，则有李太白应制《清平乐》词四首，近代温飞卿复有《金荃集》。迩来作者，无愧前人。

今卫尉少卿赵崇祚，以拾翠洲边，自得羽毛之异；织绡泉底，独殊机杼之功。广会众宾，时延佳论。因集近来诗客曲子词五百首，分为十卷。以炯粗预知音，辱请命题，仍为序引。乃命曰《花间集》。将使西园英哲，用资羽盖之欢；南国婵娟，休唱莲舟之引。

[（清）董诰等编：《全唐文》卷八九一，北京，中华书局，1983]

第六章　宋金元文论的折进

"唐宋皆伟人，各成一代诗。宋人生唐后，开辟真难为。"清人蒋士铨《辩诗》中的这两联不仅可用于论宋诗，也可用来描述宋代文化。宋代文化的折进，究其端绪，可回溯到"古今百代之中"（叶燮《百家唐诗序》）的中唐。始于中唐的文化转型，铸就了与唐型文化并称的宋型文化，影响深远。就其与宋代文论的关联来看，至少有以下几点特别值得注意。首先是士人的文化心理由外倾型转向内倾型，但却并不封闭，具有一种虽重视内省又视界深邃阔大的特质，故其文论也重视从自我意识的反省入手，探究文学创作的深层机理与审美意蕴的整体构成。其次是学人的治学品格，其思致愈趋理性与细密，喜发议论且追求精当与严谨，理学的兴盛即其重要表征，文论上也尚理、重法。最后是文人的审美趣味多元化，但突出对"平淡"之美的推崇，并且明确体现在文学创作与文学批评中。金元文论在沿袭两宋余风的同时也有新的开拓。

第一节　北宋诗文革新与文论的特点

宋初诗文是晚唐五代文学的延伸，"时文"风行一时。柳开、王禹偁等人标举儒道，提倡韩愈文与李白、杜甫诗，但成效不彰。石介痛诋西昆体，不仅如欧阳修的《与石推官第一书》所说"诋时太过"，还助长了"僻涩""怪诞"的太学体的泛滥。宋仁宗明道年间兴起的诗文革新运动，相继以欧阳修、苏轼为领袖，方开一代新风，"宋调"乃成。

一、欧阳修的倡导与影响

欧阳修（1007—1072），字永叔，号醉翁，又号六一居士，吉州吉水（今属江西）人，北宋诗文革新运动领袖，能以杰出的才能资望吸引士人。苏轼的《六一居士集叙》称其"天下翕然师尊之"，范仲淹的《尹师鲁河南集序》更说"由是天下之文一变"。欧阳修不仅创作取得了很高的成就，理论也有深远的影响。欧阳修晚年所著《六一诗话》，是中国古代第一部以"诗话"题名的著作，开启了以随笔漫谈的诗话方式论诗的风习。

(一)道胜文至

自柳开以来，"时文"的反对者都强调文从于道。欧阳修在《答吴充秀才书》中也主张"道胜者文不难而自至也"，以为如果对道有了深刻丰富的体认，自然文思泉涌，文从字顺。在欧阳修看来，这是一个内充外发的过程，故《答祖择之书》又说"道纯则充于中者实，中充实则发为文者辉光"，突出强调了主体的自我意识与人格修养的枢纽作用。欧阳修所说的"道"指的是儒家之道，因而他也主张"师经""知古"，但更强调其与现实事功的联系。在《与张秀才第二书》中，欧阳修再三强调圣人之道"易之而可法""切于事实"，君子"明道"需"履之以身，施之于事，而又见于文章而发之，以信后世"，明确反对"舍近求远，务高言而鲜事实"。这种对道的实践意义与现实政治功能的重视，与后来理学家的道论是有一定区别的。

(二)事信言文

欧阳修一方面认为文从于道，作文为道；另一方面也并不否定文本身的重要性。其《代人上王枢密求先集序书》说："君子之所学也，言以载事，而文以饰言。事信言文，乃能表见于后世……甚矣言之难行也！事信矣，须文；文至矣，又系其所恃之大小，以见其行远不远矣。"

"事信"是内容的真实性，"大小"是主题的重要性，"言文"则是强调语言表达本身的艺术性。内容的真实、主题的价值都必须通过"言文"展现出来，故三者不可偏废。《六一诗话》中就记载了他与梅尧臣关于何为"语之工者"的讨论。因此，即使对于骈俪文，欧阳修也不是一味否定，而如《论尹师鲁墓志》所说，认为"偶俪之文，苟合于理，未必为非"，并在《试笔》中对苏氏父子"以四六叙述，委曲精尽，不减古文"大加赞赏。这都说明了欧阳修重道而不轻文的特点，为诗文革新开辟了广阔的前景。

(三)穷而后工

欧阳修论诗，强调触事感物，有感而发。以此为前提，他提出了著名的"诗穷而后工"的观点。这里的"穷"是穷达之"穷"，即政治上的不得志。他在《梅圣俞诗集序》一文中指出，在"穷"的境遇中，诗人"自放于山巅水涯，外见虫鱼草木、风云鸟兽之状类，往往探其奇怪"，内有"忧思感愤之郁积"，触事感物也就容易更为丰富和深刻；再加上《薛简肃公文集序》所特别点出的，此时"惟无所施于世者，皆一寓于文辞"，两相激荡，故很容易"愈穷则愈工"，从而赋予作品以激荡人心的力量。虽说此论继承了屈原的"发愤抒情"、司马迁的"发愤著书"、韩愈的"不平则鸣"与"穷苦之言易好"诸说，但在强调政治内涵与追索其心理机制方面，显然是有所推进的。

(四)取其自然

欧阳修论文学，强调自然。曾巩的《与王介甫书》引其言，称："孟、韩文虽高，不必似之也，取其自然耳。"这里的"自然"可从两方面解释。一方面，从创作而言，"自然"指作者应顺乎真实的自我，按照自己的个性与才情来从事创作，"勿用造语及模拟前人"，尽管作文为道，如其《与乐秀才第一书》所说，"其为道虽同……其为人皆不同，各由其性而就于道耳"。另一方面，从作品来说，"自然"指语言风格流畅自然，如其《与陈之方书》所说，"辨明而曲畅，峻洁而舒迟，变动往来，有驰有止，而皆中于节"。上述两个方面其实又是统一的，正如其《唐元结阳华岩铭》所说，"有诸其内而见于外者，必得于自然"。这种从创作到风格形成全过程都标举"自然"的态度，对苏轼等人显然颇有影响。

二、苏轼的文学思想

苏轼（1037—1101），字子瞻，号东坡居士，眉山（今四川眉山）人，欧阳修之后杰出的文坛领袖，在诗文革新运动中有着举足轻重的地位。其文学思想指涉丰富，包罗万象，呈现出从心所欲、无所不至的高妙格调和阔大气象。

(一)"常理"与"物妙"

重视文与道之间的关系，认为文从于道，是北宋诗文革新运动的基本观点，苏轼也不例外。不过，关于道的内涵各家的理解并不相同。在苏轼看来，道在根本上是"自然之理""万物之理"，是贯通于自然万物的整全与恒常，此说见诸《上曾丞相书》。在此基础上，苏轼提出"常理"之说。《净因院画记》说："人禽宫室器用皆有常形，至于山石竹木，水波烟云，虽无常形，而有常理……常形之失，止于所失，而不能病其全；若常理之不当，则举废之矣……世之工人，或能曲尽其形，而至于其理，非高人逸才不能辨。""常理"即隐藏于万物形体之中的恒常的自然之道。文艺创作不仅要"曲尽其形"，更要"至于其理"，也就是表现自然之道。

值得注意的是，尽管文艺必须表现"常理"或道，但是"常理"或道并不是某种抽象的观念，而是具体、丰富、多元的。受父亲苏洵影响，苏轼终身喜好研究易理。在所著《东坡易传》卷七中，他就明言："天下之理，未尝不一，而一不可执。知其未尝不一而莫之执则几矣。""常理"或道作为自然万物之整全，固然可称为"一"，但这种"一"却包含了万物的差异与变化，"出于一而至于无穷"。因此，体道不可执着于"一",而是在物的具象万殊之中去把握道的微妙,也就是《与谢民师推官书》所说的"求物之妙"。《老子》第一章有"故常无,欲以观其妙",可见"妙"就是道的精深微妙之处。文艺对道或"常理"的表现,就是对"物妙"的表现。

(二)"静观"与"自然"

那么,如何体认"常理""物妙"?苏轼认为,最关键的是"静观"。《东坡易传》卷二称:"据静以观物,见物之正。""正"即物之常理或本性。这里的"静"当源自道家"虚静"与禅宗"静定"之说,指一种无念无我、心性澄明的状态,也就是苏轼在《徐州莲华漏铭》中所说的"无意无我"、《续养生论》中所说的"无思之思"。他还进一步引入禅理,在《送参寥师》中提出著名的"空静"说:"欲令诗语妙,无厌空且静。静故了群动,空故纳万境。"以空寂虚静之心观照万物,可以把握宇宙运动的规律,容摄宇宙万象的缤纷,也就是"常理""物妙"。《书晁补之所藏与可画竹三首》又说:"与可画竹时,见竹不见人。岂独不见人,嗒然遗其身。其身与竹化,无穷出清新。"所谓"不见人"和"遗其身",也就是由"空静"方能"与竹化"的意思。

将以"空静"之心观物视为文艺创作思维的关键,必然会标举"自然"。与欧阳修相似,苏轼对"自然"的标举也包含两个方面:一方面指创作的自发性,即《南行前集叙》所谓"不能不为之为工",《仲兄字文甫说》所谓"不能不为文";另一方面也指行文的风格,如《与谢民师推官书》所谓"大略如行云流水,初无定质,但常行于所当行,常止于所不可不止,文理自然,姿态横生"。在此,苏轼进一步涉及创作自由与"常理"、"自然"与法则之间的关系。"行于所当行""止于所不可不止"既包括对"常理"的尊重,也含有对法则的认可。苏轼认为,自由与"常理"、"自然"与法则应该是统一的,此即其《书吴道子画后》所说的"出新意于法度之中,寄妙理于豪放之外"。

(三)"辞达"与"传神"

苏轼论文艺重"道"也重"艺",《书李伯时山庄图后》明确提出:"有道有艺。有道而不艺,则物虽形于心,不形于手。""艺"就是"形于手"的技巧与能力。"艺"需要刻苦地学习与训练方能获得,如《文与可画筼筜谷偃竹记》所谓"内外不一,心手不相应,不学之过也"。就文学创作来说,学艺成功的标准就是"辞达"。《与谢民师推官书》说:"求物之妙,如系风捕影,能使是物了然于心者,盖千万人而不一遇也。而况能使了然于口与手者乎?是之谓辞达。辞至于能达,则文不可胜用矣。"此处的"辞达"固然有反对"好为艰深之辞,以文浅易之说",提倡平易自然文风的意图,但更重要的是,苏轼提出了以"物妙"或"常理"的表现为"达"的标准。关于后者,《答虔倅俞括奉议书》亦有论述:"物固有是理,患不知之。知之,患不能达之于口与手。所谓文者,能达是而已。"

进一步来看，苏轼所说的"辞达"之枢要是"传神"。例如，《书鄢陵王主簿所画折枝》称："论画以形似，见与儿童邻。赋诗必此诗，定非知诗人。诗画本一律，天工与清新。"可见苏轼论诗画创作都讲"传神"。他还著有《传神记》一文，认为"凡人意思，各有所在"，"传神"的关键就是"得其意思所在"，也就是通过最能呈现人或事物的根本特征，或者说"物妙""常理"的细节来"传神"。还要注意的是，苏轼虽倡言"传神"，但并不否定"形似"，故《书竹石后》又说："与可论画竹木，于形既不可失，而理更当知；生死新老，烟云风雨，必曲尽真态，合于天造，厌于人意，而形理两全，然后可言晓画。""形理两全"即"形神两全"。

三、"平淡"美的确立

北宋诗文运动的重要成果之一，是"平淡"这一审美理想的确立。当然，对"平淡"美的标举从哲学根源上可远绍先秦道家，如《老子》第三十五章论"道"之"淡乎其无味"，《庄子·刻意》之标举"淡然无极而众美从之"。此后韩愈《醉赠张秘书》之"张籍学古淡"，白居易《与元九书》评韦应物五言诗"高雅闲淡"，皆踵继之。不过直到宋代，"平淡"才升格为最高的审美理想。心性内敛，思致转密，审美趣味也自然倾向于脱去外在声华，走向内心丰实与平和的平淡之美。

宋初诗坛，诸多隐士诗人与诗僧的作品已展现出平淡清远之风，如梅尧臣的《林和靖先生诗集序》就称赏林逋诗"平淡邃美"。从理论上倡言"平淡"，则是在诗文革新运动中，早期以梅尧臣最为用力。其《依韵和晏相公》云"因吟适情性，稍欲到平淡"，《读邵不疑学士诗卷》云"作诗无古今，唯造平淡难"，明确将"平淡"视为诗之高格。他另有"古淡"之说，《和绮翁游齐山寺次其韵》称"重以平淡若古乐，听之疏越如朱弦"。欧阳修的《再和圣俞见答》载梅氏论诗"言古淡有真味"，进而在《六一诗话》中推崇其"以闲远古淡为意"。此外，苏舜钦也提倡"古淡"，《诗僧则晖求诗》直称"会将趋古淡，先可镇浮嚣"。综合诸家所论，可知"古淡"强调的是"平淡"美中古朴真淳的一面，故可被视为"平淡"美的延伸与拓展。

宋人所标举的"平淡"不是"淡乎寡味"的寡淡，而是外相平易素朴而内质丰美的多维立体的审美构造。对此，苏轼将其与陶渊明、柳宗元诗的发现联系在一起，影响深远。需要说明的是，将"平淡"与陶渊明相关联并非始于苏轼，梅尧臣的《答中道小疾见寄》已称"方闻理平淡，昏晓在渊明"。不过就议论的深透警策而言，不能不首推苏轼。苏辙的《追和陶渊明诗引》所引"渊明作诗不多，然其诗质而实绮，癯而实腴，在曹、刘、鲍、谢、李、杜诸人，皆莫及也"之说可称的评。"质"与"癯"是外相的平易素朴，"绮"与"腴"则是内质的深致丰美。苏轼的《评韩柳诗》称"所贵乎枯淡者，谓其外枯而中膏，似淡而实美，渊明、子厚之流是也"，亦此之谓也。于此可以发现，苏轼是将陶诗作为"平淡"美的理想实现来看待的，或者说，陶诗成了宋人的理想。由《题柳子厚诗》可知，苏轼对柳宗元的推崇主要也基于其"极似陶渊明"，故并而置论。在《书黄子思诗集后》中，苏轼还说："李、杜之后，诗人继作，虽间有远韵，而才不逮意，独韦应物、柳宗元发纤秾于简古，寄至味于澹泊，非余子所及也。"陶、韦、柳，皆统一于"平淡"美这一理想追求之中。苏轼将他们整体性地连带推出，为后人重建了诗美的谱系。

"平淡"作为"外枯而中膏""似淡而实美"的构造，在创作上并不拒绝诗艺的锤炼与形式的自觉。欧阳修的《六一诗话》论梅尧臣诗，已有"以闲远古淡为意，故其构思极艰"之说。由惠洪《冷斋夜话》所引可知，苏轼推尊陶诗为"平淡"理想的代表，认为其诗"才高意远，造语精到"。苏轼的《与二郎侄书》进一步指出："凡文字，少小时须令气象峥嵘，采色绚烂，渐老渐熟，乃造平淡。其实不是平淡，绚烂之极也。"这不仅说明"平淡"之"淡"是一种浓后之淡，"平淡"之美是一种老境之美，还说明"平淡"是诗艺真正成熟的标志。黄庭坚的《与洪甥驹父》说："学功夫已多，读书贯穿，自当造平淡。"葛立方的《韵语阳秋》也说："大抵欲造平淡，当从组丽中来；落其华芬，然后可造平淡之境。"这些都强调了锤炼的功夫与淘洗的过程。

北宋诗文运动所确立的"平淡"美的理想，及其对陶渊明、柳宗元的发现与推崇，影响甚巨。以南宋、金元为例。杨万里的《诚斋诗话》认为陶、柳五古"句雅淡而味深长"。陶澍辑注的《靖节先生集》引朱熹语，认为："作诗须陶、柳门中来乃佳，不如是，无以发萧散冲淡之趣"。王若虚诗学白居易之平淡，《高思诚咏白堂记》充分肯定其"坦白平易，直以写自然之趣"。元好问在《东坡诗雅引》中推崇陶、谢、韦、柳等"最为近风雅"，且在《论诗三十首》之四中以"豪华落尽见真淳"论陶、白诗。方回的《瀛奎律髓》论五律一体，认为"宋人当以梅圣俞为第一，平淡而丰腴"，《送俞唯道序》论五古则"陶渊明为根柢"，并明言"韦柳善学陶者也"。此外，揭傒斯的《诗法正宗》也有"若学陶、王、韦、柳等诗，则当于平淡中求真味"的论说。凡此都表现出对"平淡"美和陶、柳诗风的钦慕。

📖 原典选读

自宋初柳开、王禹偁提倡古文与古道，强调以文传道明心，倡导明白晓畅的文风，北宋诗文革新的大幕便正式开启。其后梅尧臣、苏舜钦作为欧阳修诗友，在诗论方面也颇有贡献，所论"状难写之景""含不尽之意"，甚为精辟；关注诗的政教功能，推崇豪放诗风，也足称道。欧阳修提倡文以明道，又不废个性才情；肯定"诗为乐斋"，又突出其感人至深、心得意会的审美特质，遂使文道并重的路向得以确立。王安石与司马光则多基于政治家立场，不免重道而轻文。前者强调文辞"以适用为本"，后者认为求道需"验之于当今"，都不同程度地以经世致用为贵。相比之下，苏轼作为后起的文坛领袖，以

"观万物之变，尽自然之理"的宏阔视野理解和讨论文学，标举"辞达""天成"，追求"自得""物妙"，又推崇行云流水般的自然文风，欣赏"超然"的高风和"空静"的诗境，赞赏陶诗和韦应物、柳宗元"发纤秾于简古，寄至味于淡泊"的"远韵"，诚为宋型诗学立范。

一、柳开《应责》（节选）

古文者，非在辞涩言苦，使人难读诵之，在于古其理，高其意，随言短长，应变作制，同古人之行事，是谓古文也。子不能味吾书，取吾意，今而视之，今而诵之，不以古道观吾心，不以古道观吾志，吾文无过矣。吾若从世之文也，安可垂教于民哉？亦自愧于心矣。欲行古人之道，反类今人之文，譬乎游于海者乘之以骥，可乎哉？苟不可，则吾从于古文。吾以此道化于民，若鸣金石于官中，众岂曰丝竹之音也，则以金石而听之矣……吾之道，孔子、孟轲、扬雄、韩愈之道；吾之文，孔子、孟轲、扬雄、韩愈之文也。（卷一二六）

（曾枣庄、刘琳主编：《全宋文》第六册，

上海，上海辞书出版社；合肥，安徽教育出版社，2006）

二、王禹偁《答张扶书》（节选）

夫文，传道而明心也。古圣人不得已而为之也。且人能一乎心，至乎道，修身则无咎，事君则有立。及其无位也，惧乎心之所有不得明乎外，道之所畜不得传乎后，于是乎有言焉；又惧乎言之易泯也，于是乎有文焉。信哉，不得已而为之也！既不得已而为之，又欲乎句之难道邪？又欲乎义之难晓邪？必不然也……今子年少志专，雅识古道，又其文不背经旨，甚可嘉也。姑能远师六经，近师吏部，使句之易道，义之易晓，又辅之以学，助之以气，吾将见子以文显于时也。（卷一五〇）

（曾枣庄、刘琳主编：《全宋文》第七册，

上海，上海辞书出版社；合肥，安徽教育出版社，2006）

三、梅尧臣论诗（节选自欧阳修《六一诗话》）

圣俞尝语余曰："诗家虽率意，而造语亦难，若意新语工，得前人所未道者，斯为善也。必能状难写之景，如在目前，含不尽之意，见于言外，然后为至矣。贾岛云：'竹笼拾山果，瓦瓶担石泉'，姚合云：'马随山鹿放，鸡逐野禽栖'等，是山邑荒僻，官况萧条，不如'县古槐根出，官清马骨高'为工也。"余曰："语之工者固如是，状难写之景，含不尽之意，何诗为然？"圣俞曰："作者得于心，览者会以意，殆难指陈以言也。虽然，亦可略道其仿佛：若严维'柳塘春水漫，花坞夕阳迟'，则天容时态，融和骀荡，岂不如在目前乎？又若温庭筠'鸡声茅店月，人迹板桥霜'，贾岛'怪禽啼旷野，落日恐行人'，则道路辛苦，羁愁旅思，岂不见于言外乎？"

［(清)何文焕辑：《历代诗话》，北京，中华书局，2004］

四、苏舜钦《石曼卿诗集序》(节选)

诗之作，与人生偕者也。函愉乐悲郁之气，必舒于言；能者述之，传于律。故其流行无穷，可以播管弦而交鬼神也。古之有天下者，欲知风教之感、气俗之变，必立官司，采掇而监听之。由是弛张其务，以足其所思，乃能享世长久，弊乱无由而生。厥后官废，诗不传，在上者不复知民志之所向，故政化颠悖，治道亡矣。呜呼！诗之于时，盖亦大物，于文字尤为古尚，但作者才致鄙迫不扬，不入其域耳。国朝祥符中，民风豫而泰，操笔之士，率以丽藻为胜。惟石曼卿与穆参军伯长，自任以古道，作之文，必经实，不放于世。而曼卿之诗，又特震奇发秀，盖能取古之所未至，托讽物象之表，警时鼓众，未尝徒役。虽能文者累数十百言，不能卒其意，独以劲语蟠泊，会而终于篇。而复气横意举，飘出章句之外，学者不可寻其屏阃而依倚之。其诗之豪者欤！（卷六二六）

（曾枣庄、刘琳主编：《全宋文》第二十九册，

上海，上海辞书出版社；合肥，安徽教育出版社，2006）

五、欧阳修《与乐秀才第一书》(节选)

闻古人之于学也，讲之深而言之笃，其充于中者足，而后发乎外者大以光。譬夫金玉之有英华，非由磨饰染濯之所为，而由其质性坚实，而光辉之发自然也。《易》之《大畜》曰："刚健笃实，辉光日新。"谓夫畜于其内者实，而后发为光辉者日益新而不竭也。故其文曰"君子多识前言往行，以畜其德"，此之谓也。古人之学者非一家，其为道虽同，言语文章未尝相似。孔子之系《易》，周公之作《书》，奚斯之作《颂》，其辞皆不同，而各自以为经。子游、子夏、子张与颜回同一师，其为人皆不同，各由其性而就于道耳。今之学者或不然，不务深讲而笃信之，徒巧其词以为华，张其言以为大。夫强为则用力艰，用力艰则有限，有限则易竭。又其为辞不规模于前人，则必屈曲变态以随时俗之所好，鲜克自立。此其充于中者不足，而莫自知其所守也。

［(宋)欧阳修著：《欧阳修全集》，李逸安点校，北京，中华书局，2001］

六、欧阳修《书梅圣俞稿后》(节选)

凡乐，达天地之和，而与人之气相接，故其疾徐奋动可以感于心，欣欣恻怆可以察于

声……盖诗者，乐之苗裔与！汉之苏、李，魏之曹、刘，得其正始。宋、齐而下，得其浮淫流侠。唐之时，子昂、李、杜、沈、宋、王维之徒，或得其淳古淡泊之声，或得其舒和高畅之节，而孟郊、贾岛之徒，又得其悲愁郁堙之气。由是而下，得者时有，而不纯焉。

今圣俞亦得之。然其体长于本人情、状风物，英华雅正，变态百出。哆兮其似春，凄兮其似秋，使人读之可以喜，可以悲，陶畅酣适，不知手足之将鼓舞也。斯固得深者邪！其感人之至，所谓与乐同其苗裔者邪！余尝问诗于圣俞，其声律之高下，文语之疵病，可以指而告余也；至其心之得者，不可以言而告也。余亦将以心得意会，而未能至之者也。

[（宋）欧阳修著：《欧阳修全集》，李逸安点校，北京，中华书局，2001]

七、王安石《上人书》(节选)

尝谓文者，礼教治政云尔。其书诸策而传之人，大体归然而已。而曰"言之不文，行之不远"云者，徒谓"辞之不可以已也"，非圣人作文之本意也……

孟子曰："君子欲其自得之也。自得之则居之安，居之安则资之深，资之深则取诸左右逢其原。"孟子之云尔，非直施于文而已，然亦可托以为作文之本意。

且所谓文者，务为有补于世而已矣；所谓辞者，犹器之有刻镂绘画也。诚使巧且华，不必适用；诚使适用，亦不必巧且华。要之以适用为本，以刻镂绘画为之容而已。不适用，非所以为器也，不为之容，其亦若是乎？否也。然容亦未可已也，勿先之，其可也。

[（宋）王安石撰：《王荆公文集笺注》，李之亮笺注，成都，巴蜀书社，2005]

八、司马光《答陈充秘校书》(节选)

足下书所称引古今传道者，自孔子及孟、荀、扬、王、韩、孙、柳、张、贾才十人耳。若语其文，则荀、扬以上，不专为文；若语其道，则恐王、韩以下，未得与孔子并称也。若论学古之人，则又不尽于此十人者也。孔子自称"述而不作"，然则孔子之道，非取诸己也，盖述三皇、五帝、三王之道也。三皇、五帝、三王，亦非取诸己也，钩探天地之道，以教人也。故学者苟志于道，则莫若本之于天地，考之于先王，质之于孔子，验之于当今，四者皆冥合无间，然后勉而进之，则其智之所及，力之所胜，虽或近或远，或小或大，要为不失其正焉。舍是而求之，有害无益矣。彼数君子者，诚大贤也，然于道殆不能无驳而不粹者焉。足下必欲求道之真，则莫若以孔子为的而已。（卷一二一〇）

[曾枣庄、刘琳主编：《全宋文》第五十六册，
上海，上海辞书出版社；合肥，安徽教育出版社，2006]

九、苏轼《上曾丞相书》(节选)

轼不佞，自为学至今，十有五年。以为凡学之难者，难于无私。无私之难者，难于通万物之理。故不通乎万物之理，虽欲无私，不可得也。己好则好之，己恶则恶之，以是自信则惑也。是故幽居默处而观万物之变，尽其自然之理，而断之于中。其所不然者，虽古之所谓贤人之说，亦有所不取。虽以此自信，而亦以此自知其不悦于世也。

[(宋)苏轼著：《苏轼文集》，孔凡礼点校，北京，中华书局，1986]

十、苏轼《与谢民师推官书》(节选)

所示书教及诗赋杂文，观之熟矣。大略如行云流水，初无定质，但常行于所当行，常止于所不可不止，文理自然，姿态横生。孔子曰："言之不文，行而不远。"又曰："辞达而已矣。"夫言止于达意，即疑若不文，是大不然。求物之妙，如系风捕影，能使是物了然于心者，盖千万人而不一遇也。而况能使了然于口与手者乎？是之谓辞达。辞至于能达，则文不可胜用矣。

[(宋)苏轼著：《苏轼文集》，孔凡礼点校，北京，中华书局，1986]

十一、苏轼《书黄子思诗集后》(节选)

予尝论书，以谓钟、王之迹，萧散简远，妙在笔画之外。至唐颜、柳，始集古今笔法而尽发之，极书之变，天下翕然以为宗师，而钟、王之法益微。

至于诗亦然。苏、李之天成，曹、刘之自得，陶、谢之超然，盖亦至矣。而李太白、杜子美以英玮绝世之姿，凌跨百代，古今诗人尽废，然魏、晋以来高风绝尘，亦少衰矣。李、杜之后，诗人继作，虽间有远韵，而才不逮意，独韦应物、柳宗元发纤秾于简古，寄至味于澹泊，非余子所及也。唐末司空图，崎岖兵乱之间，而诗文高雅，犹有承平之遗风。其诗论曰："梅止于酸，盐止于咸。"饮食不可无盐、梅，而其美常在咸、酸之外。盖自列其诗之有得于文字之表者二十四韵，恨当时不识其妙。予三复其言而悲之。

闽人黄子思，庆历、皇祐间号能文者。予尝闻前辈诵其诗，每得佳句妙语，反复数四，乃识其所谓，信乎表圣之言，美在咸酸之外，可以一唱而三叹也。

[(宋)苏轼著：《苏轼文集》，孔凡礼点校，北京，中华书局，1986]

十二、苏轼《送参寥师》

上人学苦空，百念已灰冷。剑头惟一映，焦谷无新颖。胡为逐吾辈，文字争蔚炳。

新诗如玉屑，出语便清警。退之论草书，万事未尝屏。忧愁不平气，一寓笔所骋。颇怪浮屠人，视身如丘井。颓然寄淡泊，谁与发豪猛？细思乃不然，真巧非幻影。欲令诗语妙，无厌空且静。静故了群动，空故纳万境。阅世走人间，观身卧云岭。咸酸杂众好，中有至味永。诗法不相妨，此语更当请。

［（清）王文诰辑注：《苏轼诗集》，孔凡礼点校，北京，中华书局，1982］

第二节　江西诗派的诗学宗趣

江西诗派的崛起是苏轼之后宋代诗坛最重要的文学事件。人们一般认为，江西诗派始于黄庭坚，跨两宋而发展壮大，成为十分有影响的诗歌流派。其诗学主张经历了一个由演变、拓展而突破的过程，且极具宋型文化的特色，构成了古代文论发展的重要历史环节。

一、江西诗派诗学的形成与渊源

江西诗派得名于赵彦卫《云麓漫钞》所引吕本中的《江西诗社宗派图》。其序云："歌诗至于豫章始大出而力振之，后学者同作并和，尽发千古之秘，亡余蕴矣。录其名字，曰江西宗派，其源流皆出豫章也。"可见尽管诗派之名后出，但开创者被公认为是黄庭坚。创作如此，理论也是如此。江西诗派的诗学当从黄庭坚讲起。

刘克庄的《江西诗派小序》对宋诗的发展历程加以回顾，认为："至六一、坡公，巍然为大家数，学者宗焉。然二公亦各极其天才笔力之所至而已，非必锻炼勤苦而成也。豫章稍后出，会粹百家句律之长，究极历代体制之变，蒐猎古书，穿穴异闻，作为古律，自成一家，虽只字半句不轻出，遂为本朝诗家宗祖。"除了肯定黄庭坚作为江西诗派开创者的地位，这段话还有两处特别值得注意。其一，黄庭坚是在北宋诗文革新运动的背景下从事诗歌创作并提出诗学主张的，所以可被视为对以欧阳修、苏轼为代表的诗文革新运动的继承发展。这一点也适用于江西诗派。其二，黄庭坚之所以成为开创江西诗派的"本朝诗家宗祖"，一个重要原因是欧、苏尤其是苏轼的诗作"极其天才笔力之所至"，"非必锻炼勤苦而成"，诗论也陈义极高，固然是一代宗师，却难为初学者模仿学习；黄庭坚的诗则"会粹百家句律之长，究极历代体制之变"，且精研法度，"只字半句不轻出"，使习者既有法可遵、有规可循，又能获得走向"自成一家"的更高境界的启示，故追随者众。

江西诗派的诗学思想有一个历史发展过程，内涵极为丰富，考其渊源也极为博杂，其中影响最大的是杜甫。 当然，杜甫对江西诗派及其诗学的影响是多方面的。 仅以最具江西诗派特色的诗学主张，即强调学问功夫、 重视体制法度来看，都可追溯至杜甫。 杜甫尝作《奉赠韦左丞丈二十二韵》，称"读书破万卷，下笔如有神"，黄庭坚《答徐甥师川》一文就将此视作"作诗之器"。 杜甫还强调继承学习古人的创作经验，《戏为六绝句》谓："未及前贤更勿疑，递相祖述复先谁。 别裁伪体亲风雅，转益多师是汝师。"杜甫论诗又重"法"，《寄高三十五书记》称"美名人不及，佳句法如何"，《偶题》称"后贤兼旧制，历代各清规"，《遣闷戏呈路十九曹长》称"晚节渐于诗律细"，等等。 这些观念都让江西诗派深受沾溉。 胡仔的《苕溪渔隐丛话前集》卷四十九曾说："近时学诗者，率宗江西，然殊不知江西本亦学少陵者也。 故陈无己曰：'豫章之学，博矣，而得法于少陵，故其诗近之。'今少陵之诗，后生少年不复过目，抑亦失江西之意乎？ 江西平日语学者为诗旨趣，亦独宗少陵一人而已。"方回的《瀛奎律髓》也认为，"江西派，非自为一家也，老杜实初祖也"（卷一），"江西诗派非江西，实皆学老杜耳"（卷二十五）。 故此，认为江西诗派"独宗少陵""皆学老杜"或失之偏狭，但其以老杜为最重要的诗学渊源，应该是可以成立的。

二、黄庭坚的诗学主张

黄庭坚（1045—1105），字鲁直，自号山谷道人，又号涪翁，洪州分宁（今江西修水）人。 他与苏轼并称"苏黄"，诗学思想极为丰富。 概而言之，他力主统合"学问"与"情性"两端，讲"师古"而求"自成一家"，倡"法度"而崇"自然"。 从他对后世的影响来看，其诗学之精要主要集中在"学问""师古"与"法度"诸方面。

(一)"学问"与"情性"

黄庭坚论诗强调以学力为基础，重视学问与读书。 他倡言诗词高胜，要从学问中来，故《书舅诗与洪龟父跋其后》强调"精读千卷书"，《跋东坡乐府》赞扬苏轼"胸中有万卷书"，《与王观复书》批评王观复"读书未精博"，《跋柳子厚诗》不取"读书未破万卷"。 在黄庭坚看来，读书问学不仅能够增长知识，会其事理，还有助于获得更出色的表达方法，如《答曹荀龙》所谓"其佳句善字皆当经心，略知某处可用，则下笔时源源而来也"；同时提高构思命意的能力，如《论作诗文》所谓"因按所闻，动静念之，触事辄有得意处，乃为问学之功"。

不过，黄庭坚认为，读书问学最重要之处在于促进人格修养。 故《答秦少章帖六》说："学问之本，以自见其性为难。"《与济川侄》又说："但须勤读书，令精博； 极养心，使纯静。 根本若深，不患枝叶不茂也。"可见，他认为养心治性才是学问与作诗的根本。 因此黄庭坚又提出"诗者，人之情性也"之说，这里的"情性"并非指自然的本能与情感，而是经读书问学、养心治性、陶冶教化后生出的"忠信笃敬"的情感。当其发而为诗，如其《书王知载朐山杂咏后》所说"比律吕而可歌，列干羽而可舞"，就一定能成就"诗之美"。故黄庭坚所论"从学问中来"与"人之情性"两者是统一的。后学往往只重视书本学问，难免"浑然天成如肺腑中流出者不足也"（王若虚《滹南诗话》卷二）。

（二）"师古"与"自成一家"

与重视学问与读书一致，黄庭坚强调诗歌创作当以古人为师。他在《钟离跋尾》中主张"万事皆当师古"，《论作诗文》称"作文字须摹古人"，《答王云子飞书》赞扬陈师道"深知古人之关键"，《与王立之承奉帖》又要求"学文则观古人之规摹"。此外，他还主张按照不同的体裁师法古人，如《与洪甥驹父》指出作古文当"熟读司马子长、韩退之文章"，《与王立之四帖》提出作楚辞体"直须熟读《楚辞》"。

黄庭坚怀古而不囿于古，具有强烈的创新意识，追求自成一家。《赠谢敞王博喻》尝谓"文章最忌随人后"，《以右军书数种赠丘十四》又称"随人作计终后人，自成一家始逼真"。为将两者统一起来，黄庭坚做了很多探索，著名的"点铁成金""夺胎换骨"即属此。前者见诸《与洪甥驹父》，所谓"取古人之陈言入于翰墨，如灵丹一粒，点铁成金也"，意即化用古人陈言而翻新出奇。后者见诸惠洪的《冷斋夜话》，"不易其意而造其语，谓之换骨法；窥入其意而形容之，谓之夺胎法"，意指沿用古人诗意而出以新辞，或者在深入体悟前人诗意的基础上重新加以表现。"点铁成金"是语言上的推陈出新，"夺胎换骨"则是意义与构思层面的借鉴与化用。后人认为二者"特剽窃之黠者耳"（王若虚《滹南诗话》卷二），未免过当。作为学诗者的门径，应该说黄氏此论还是有价值的。当然，若拘泥于此，固守无一字无来处，就难免画地为牢了。

（三）"法度"与"自然"

黄庭坚论诗，讲究法度精严。其《论作诗文》谓："百工之技，亦无有不法而成者也。"《杨子建通神论序》又说："文章之工难矣……法度灿然，可讲而学矣。"这里说的"法"和"法度"，包括字法、句法、格律、章法、用事等各个层面，其中尤以章法结构与句法为主。前者如范温《潜溪诗眼》载"山谷言文章必谨布置。每见后学，多告以《原道》命意曲折"，黄庭坚《次韵高子勉十首》之二称"行布佺期近"。所谓"布置""行布"，就是作品意义内容或要素的安布、排列，也就是章法结构。后者如《次韵文潜立春日三绝句》称"传得黄州新句法，老夫端欲把降幡"，《题韦偃马》称"一洗万古凡马空，句法如此今谁工"，《再用前韵赠子勉四首》其三称"句法俊逸清新，词源广大精神"等，主要指诗句的构成方式，但也与笔力、风格、气势等有关。

值得注意的是，黄庭坚虽重视法度，但也认为谨守法度并非诗的最高境界。 他将自觉遵法度创作称为"有意于为诗"，更高的境界则是《题意可诗后》所说的"不烦绳削而自合"，也就是不受法度束缚但却自然合乎法度。 在《与王观复书》中，他列举了陶渊明诗、 "杜子美到夔州后诗"、 "韩退之自潮州还朝后文章"等以为示范。 《与洪甥驹父》指出，从谨守法度到自然合宜是创作的两个阶段，初学"不可不知指其曲折，幸熟思之"，至于"推之使高""作之使雄壮"，"又不可守绳墨令俭陋也"。 由此黄庭坚要求从"法度"而至"自然"，其中以向古人学习为关键。 《与王观复书》之二便再次提出"熟观杜子美到夔州后古律诗，便得句法简易，而大巧出焉"。 这种具体细微的经验之谈，实为后人的理论提升预留了进一步拓展的广阔空间。

三、江西诗派诗学理念的拓展与嬗变

江西诗派的诗学在黄庭坚之后得到进一步的发展。 大体而言，陈师道、 范温、 韩驹、 吕本中、 曾几等人在诗学理念上皆本于黄庭坚，但其间又各有反思与拓展。 陆游、 杨万里、 姜夔等人与江西诗派渊源甚深，力图有所革新，不同程度地突破樊篱，另辟新境。 宋末元初的方回是江西诗派之诗学较系统的总结者，他的意见也值得重视。

吕本中是《江西诗社宗派图》的作者。 他在理论上除标举黄庭坚、 陈师道，重视学问与涵养功夫，承接陈师道、 范温、 韩驹等人提出的"悟入"说之外，最重要的贡献是提出了"活法"论。 其《夏均父集序》谓："学诗当识活法。 所谓活法者，规矩备具，而能出于规矩之外； 变化不测，而亦不背于规矩也。 是道也，盖有定法而无定法，无定法而有定法。 知是者，则可以与语活法矣。"所谓"活法"，在吕本中那里显然兼综"规矩备具"与"变化不测"两端，是"有定法"与"无定法"的统一。 联系到黄庭坚的诗法进境说，"活法"实际上构成了"法度"与"自然"的中介。 事实上，黄庭坚虽倡"法度"而崇"自然"，实际影响却主要在"法度"方面。 诚如吕本中的《与曾吉甫论诗第二帖》所言："近世江西之学者，虽左规右矩，不遗余力，而往往不知出此，故百尺竿头，不能更进一步，亦失山谷之旨也。"因此，吕本中提出"活法"的目的在于让"后学者知所趋向，必精尽知左规右矩，庶几至于变化不测"。 此外还要看到的是， "活法"不等于"自然"，其立足的基点仍是规矩、 法度，实质上是"法"的灵活运用，故而仍属《夏均父集序》所说的"有意于文者之法，而非无意于文者之法也"。

杨万里为南宋中兴四家之一，学诗从江西诗派入手，屡经变化而自成一家。 这一变化过程与其诗学逐渐走出江西诗派樊篱的过程正相一致，大体可用由"学"向"不学"潜进来描述。 首先是"学"。 在《诚斋荆溪集序》中，杨万里自谓"予之诗，始学江西诸君子，既又学后山五字律，既又学半山老人七字绝句，晚乃学绝句于唐人"，也就是从"江西诸君子"经由陈师道、 王安石，再向唐诗回归。 《黄御史集序》又说："诗至

唐而盛，至晚唐而工……而或者挟其深博之学、雄隽之文，于是隐括其伟辞以为诗，五七其句读而平上其音节，'夫岂非诗哉？'"可见其标举晚唐，针对的正是江西诗派"以文为诗"的流弊。不过，"学之愈力，作之愈寡"，终于"忽若有寤，于是辞谢唐人及王、陈、江西诸君子，皆不敢学，而后欣如也"。从"学"到"不学"，就是摆脱对古人和书本的依傍，触物兴感，直接师法自然，故《诚斋荆溪集序》有"万象毕来献予诗材"之说，《跋徐恭仲省干近诗》又称"传派传宗我替羞，作家各自一风流。黄陈篱下休安脚，陶谢行前更出头"，《下横山滩头望金华山》再称"闭门觅句非诗法，只是征行自有诗"。以自然为师，也就是以无法为法，如《酬阁皂山碧崖道士甘叔怀赠十古风》所谓"问侬佳句如何法，无法无盂也没衣"。这无疑是对"活法"说的提升与超越。

方回在永嘉四灵、江湖诗派风行的背景下，力图重整旗鼓，遂成江西诗派之殿军。他的诗论很大一部分是对江西诗派诗法的总结，并且通过选诗与评点的方式具体展示出来。他还在所编《瀛奎律髓》中提出了"一祖三宗"之说（"古今诗人，当以老杜、山谷、后山、简斋四家为一祖三宗"），既强调了学杜甫的方向，提高了江西诗派的地位，又通过把陈与义列入"三宗"，壮大了诗派的阵营。至于将"一祖三宗"冠以"古今诗人"，实际上是在申言此派的诗学正宗地位。此外，在《唐长孺艺圃小集序》中，他提出了"诗以格高为第一"的著名主张；《瀛奎律髓》也认为"诗先看格高而意又到、语又工为上"（卷二十一），并称"简斋诗独是格高，可及子美"（卷十三）。其所谓"格"既指"体格"，也指"才格"。"体格"是诗歌的体式格制与整体气象风貌。方回肯定"盛唐律诗体浑大，格高语壮"（卷十五），对诸如许浑诗的"体格太卑"（卷十四）多有讥评。"才格"指作品所展现出的作者才情、个性与气质。在这方面，方回以为："善学老杜而才格特高，则当属之山谷、后山、简斋。"（卷二十四）方回的崇"格"之论是对黄庭坚以来江西诸家所论之"格"的总结，但也有其现实指向，即贬斥永嘉四灵的狭小纤弱与江湖诗派的浅近卑俗，故极富针对性。

📖原典选读

黄庭坚是江西诗派的主要代表，其论文主张"以理为主"，强调通过读书，灵活地学习古人的作文之法，目的在于达到"不烦绳削而自合"的境界，故不能仅因其说过"无一字无来处"和"点铁成金"这样的话而误解其真意。陈师道在推崇杜甫之外，也有对诗法的阐述。范温则将黄庭坚"贵识""重法"的观点落实为具体的作品分析。至于吕本中所集中阐述的"活法"论，可被视为对江西诗学的重要推进。另外，《童蒙诗训》所论虽小，也颇有见地。杨万里从学江西诗派到走出樊篱的过程，与方回既回护诗派又力举高格的主张，都有助于加深人们对江西诗派的理解。

一、黄庭坚《与王观复书》(节选)

所送新诗皆兴寄高远，但语生硬，不谐律吕，或词气不逮初造意时，此病亦只是读书未精博耳。长袖善舞，多钱善贾，不虚语也。南阳刘勰尝论文章之难云："意翻空而易奇，文征实而难工。"此语亦是沈、谢辈为儒林宗主时，好作奇语，故后生立论如此。好作奇语，自是文章病，但当以理为主，理得而辞顺，文章自然出群拔萃。观杜子美到夔州后诗，韩退之自潮州还朝后文章，皆不烦绳削而自合矣。往年尝请问东坡先生作文章之法，东坡云："但熟读《礼记》《檀弓》当得之。"既而取《檀弓》二篇读数百过，然后知后世作文章不及古人之病，如观日月也。文章盖自建安以来好作奇语，故其气象衰苶。其病至今犹在。唯陈伯玉、韩退之、李习之，近世欧阳永叔、王介甫、苏子瞻、秦少游，乃无此病耳。

[(宋)黄庭坚著：《黄庭坚全集辑校编年》，郑永晓整理，

南昌，江西人民出版社，2011]

二、黄庭坚《与洪甥驹父》(节选)

寄诗语意老重，数过读，不能去手，继以叹息，少加意读书，古人不难到也。诸文亦皆好，但少古人绳墨耳，可更熟读司马子长、韩退之文章。凡作一文，皆须有宗有趣，始终关键，有开有阖，如四渎虽纳百川，或汇而为广泽，汪洋千里，要自发源注海耳……

《骂犬文》虽雄奇，然不作可也。东坡文章妙天下，其短处在好骂，慎勿袭其轨也。

所寄《释权》一篇，词笔纵横，极见日新之效，更须治经，深其渊源，乃可到古人耳。《青琐祭文》，语意甚工，但用字时有未安处。自作语最难，老杜作诗，退之作文，无一字无来处，盖后人读书少，故谓韩杜自作此语耳。古之能为文章者，真能陶冶万物，虽取古人之陈言入于翰墨，如灵丹一粒，点铁成金也。文章最为儒者末事，然既学之，又不可不知其曲折，幸熟思之。至于推之使高如泰山之崇崛，如垂天之云；作之使雄壮如沧江八月之涛，海运吞舟之鱼，又不可守绳墨令俭陋也……

[(宋)黄庭坚著：《黄庭坚全集辑校编年》，郑永晓整理，

南昌，江西人民出版社，2011]

三、陈师道《后山诗话》(节选)

学诗当以子美为师，有规矩故可学。退之于诗，本无解处，以才高而好尔。渊明不为诗，写其胸中之妙尔。学杜不成，不失为工。无韩之才与陶之妙，而学其诗，终为乐天尔。

诗欲其好，则不能好矣。王介甫以工，苏子瞻以新，黄鲁直以奇。而子美之诗，奇常、工易、新陈，莫不好也。

宁拙毋巧，宁朴毋华，宁粗毋弱，宁僻毋俗，诗文皆然。

[（清）何文焕辑：《历代诗话》，北京，中华书局，2004]

四、范温《潜溪诗眼》（节选）

学诗贵识

山谷言学者若不见古人用意处，但得其皮毛，所以去之更远。如"风吹柳花满店香"，若人复能为此句，亦未是太白。至于"吴姬压酒劝客尝"，"压酒"字他人亦难及。"金陵子弟来相送，欲行不行各尽觞"，益不同。"请君试问东流水，别意与之谁短长"，至此乃真太白妙处，当潜心焉。故学者要先以识为主，如禅家所谓正法眼者。直须具此眼目，方可入道。

山谷言诗法

山谷言文章必谨布置。每见后学，多告以《原道》命意曲折。后予以此概考古人法度，如杜子美《赠韦见素》诗云："纨绔不饿死，儒冠多误身"，此一篇立意也，故使人静听而具陈之耳。自"甫昔少年日"至"再使风俗淳"，皆儒冠事业也。自"此意竟萧条"至"蹭蹬无纵鳞"，言误身如此也，则意举而文备。故已有是诗矣。然必言其所以见韦者，于是有厚愧真知之句。所以真知者，谓传诵其诗也。然宰相职在荐贤，不当徒爱人而已，士故不能无望，故曰："窃效贡公喜，难甘原宪贫"；果不能荐贤则去之可也，故曰："焉能心怏怏，只是走踆踆"，又将入海而去秦也。然其去也，必有迟迟不忍之意，故曰："尚怜终南山，回首清渭滨"；则所知不可以不别，故曰："常拟报一饭，况怀辞大臣"；夫如此是可以相忘于江湖之外，虽见素亦不得而见矣，故曰："白鸥没浩荡，万里谁能驯"，终焉。此诗前贤录为压卷，盖布置最得正体，如官府甲第厅堂房室，各有定处，不可乱也。韩文公《原道》，与《书》之《尧典》盖如此，其它皆谓之变体可也。盖变体如行云流水，初无定质，出于精微，夺乎天造，不可以形器求矣。然要之以正体为本，自然法度行乎其间。譬如用兵，奇正相生，初若不知正而径出于奇，则纷然无复纲纪，终于败乱而已矣。

（吴文治主编：《宋诗话全编》第二册，南京，江苏古籍出版社，1998）

五、吕本中《夏均父集序》（节选自刘克庄《江西诗派小序》）

学诗当识活法。所谓活法者，规矩备具，而能出于规矩之外；变化不测，而亦不背于规矩也。是道也，盖有定法而无定法，无定法而有定法。知是者，则可以与语活法矣。谢玄晖有言，"好诗（疑脱流字）转圆美如弹丸"，此真活法也。近世惟豫章黄公，首变前作之弊，而后学者知所趋向，毕精尽知，左规右矩，庶几至于变化不测。然予区区浅末之论，皆汉、魏以来有意于文者之法，而非无意于文者之法也。子曰"兴于诗"，又曰："诗可以兴，可以观，可以群，可以怨；迩之事父，远之事君，多识于鸟兽草木之名。"今之为诗者，读之果可以使人兴起其为善之心乎，果可以使人兴、观、群、怨乎，果可以使之知事父、事君而能识鸟兽草木之名之理乎？为之而不能使人如是，则如勿作。

吾友夏均父，贤而有文章，其于诗，盖得所谓规矩备具，而出于规矩之外，变化不测者。后更多从先生长者游，闻圣人之所以言诗者而得其要妙，所谓无意于文之文，而非有意于文之文也。

（丁福保辑：《历代诗话续编》，北京，中华书局，2006）

六、吕本中《童蒙诗训》（节选）

前人文章各有一种句法。如老杜"今君起柁春江流，予亦江边具小舟"，"同心不减骨肉亲，每语见许文章伯"，如此之类，老杜句法也。东坡"秋水今几竿"之类，自是东坡句法。鲁直"夏扇日在摇""行乐亦云聊"，此鲁直句法也。学者若能遍考前作，自然度越流辈。

渊明、退之诗，句法分明，卓然异众，惟鲁直为能深识之。学者若能识此等语，自然过人。阮嗣宗诗亦然。

学古人文字，须得其短处。如杜子美诗，颇有近质野处，如《封主簿亲事不合》诗之类是也。东坡诗有汗漫处；鲁直诗有太尖新、太巧处；皆不可不知。

老杜诗云："诗清立意新"，最是作诗用力处，盖不可循习陈言，只规摹旧作也。鲁直云："随人作诗终后人"；又云："文章切忌随人后"，此自鲁直见处也。近世人学老杜多矣，左规右矩，不能稍出新意，终成屋下架屋，无所取长。独鲁直下语，未尝似前人而卒与之合，此为善学。如陈无己力尽规摹，已少变化。

（吴文治主编：《宋诗话全编》第三册，南京，江苏古籍出版社，1998）

七、杨万里《诚斋荆溪集序》（节选）

予之诗，始学江西诸君子，既又学后山五字律，既又学半山老人七字绝句，晚乃学绝句于唐人。学之愈力，作之愈寡。尝与林谦之屡叹之，谦之云："择之之精，得之之艰，又欲作之之不寡乎？"予喟曰："诗人盖异病而同源也，独予乎哉！"故自淳熙丁酉之春，上暨壬午，止有诗五百八十二首，其寡盖如此。其夏之官荆溪，既抵官下，阅讼牒，理邦赋，惟朱墨之为亲。诗意时日往来于予怀，欲作未暇也。戊戌三朝时节，赐告少公事。是日即作诗，忽若有寤。于是辞谢唐人及王、陈、江西诸君子，皆不敢学，而后欣如也！试令儿辈操笔，予口占数首，则浏浏焉无复前日之轧轧矣。自此，每过午，吏散庭空，即携一便面，步后园，登古城，采撷杞菊，攀翻花竹，万象毕来献予诗材。盖麾之不去，前者未雠，而后者已迫，涣然未觉作诗之难也。盖诗人之病，去体将有日矣。方是时，不惟未觉作诗之难，亦未觉作州之难也。

　　　　　［(宋)杨万里撰：《杨万里集笺校》，辛更儒笺校，北京，中华书局，2007］

八、方回《唐长孺艺圃小集序》

　　诗以格高为第一，三百五篇圣人所定，不敢以格目之，然风、雅、颂体三，比、兴、赋体三，一体自有一格，观者当自得之于心。自骚人以来至汉苏、李，魏曹、刘，亦无格卑者，而予乃创为格高卑之论者何也？曰此为近世之诗人言之也。予于晋独推陶彭泽一人格高，足方嵇阮，唐惟陈子昂、杜子美、元次山、韩退之、柳子厚、刘梦得、韦应物，宋惟欧、梅、黄、陈、苏长翁、张文潜。而又于其中以四人为格之尤高者，鲁直、无己，上配渊明、子美为四也。吾州在万山间，诗人不少，朱文公早为胡邦衡以诗人荐公配飨孔庭，人品近孟子，不止于诗。唐长孺元自里中来访，出诗五十四篇，始年三十六岁，其所以可人意者格高也。何以谓之格高？近人之学许浑、姚合者，长孺扫之如秕糠，而以陶、杜、黄、陈为师者也。艺圃有作所谓小园仅有百步者，凡十六句似乎拟陶，后二首亦然，予为题曰《艺圃小集》而序之，以归之博读精思而□□吟进可量哉。（卷二一四）

　　　　　（李修生主编：《全元文》第七册，南京，江苏古籍出版社，1998）

第三节　理学视野中的文论

　　从学术思想上说，理学是宋元时期最重要的学问，也是中国古代社会后期占主导地位的哲学。理学就其发端而言可追溯到中唐的儒学复兴运动，从"宋初三先生"开始，到"北宋五子"手上渐趋成熟，直至南宋朱熹集"道学"之大成。同时，又有陆九渊开启"心学"一脉，经长期演变而结穴于明清之际。理学视野中的文论"多重在原理上的讨论"[1]，极大提升了宋元文论的致思水平。其论包罗宏富，除多推重平淡自然的文风，尚有如下几条主要线索需做梳理。

---

　　① 郭绍虞：《中国文学批评史》，311 页，天津，百花文艺出版社，1999。

一、文与道

从中唐儒学复兴到北宋诗文革新，文道关系一直是论者关注的核心问题。 理学以"理"为"道体"，并以其为核心建构哲学体系。 因此，文道关系也是理学文论的核心问题。 大致而言，理学家的文道观，与韩愈、 柳宗元、 欧阳修、 苏轼等文学家的文道观有同有异。 相同之处是都认为道主文从，道内文外； 不同之处是文学家并不轻视文，理学家则大多重道轻文，且对道的内涵也有更为严格的规定。 理学家的文道观，最有影响的是"文以载道""作文害道""道文合一"三种。

"文以载道"出自周敦颐的《通书·文辞》："文，所以载道也。 轮辕饰而人弗庸，徒饰也，况虚车乎？ 文辞，艺也； 道德，实也。 笃其实，而艺者书之，美则爱，爱则传焉。"周敦颐认为，文是载道的工具，就像车是载物的工具一样。 或者说，文是形式，道是内容，文的功能就是表现道。 在"文以载道"的前提下，周敦颐并不反对文辞之美，因为文辞之美是有助于传道的："美则爱，爱则传焉。"反之， "不知务道德，而第以文辞为能者，艺焉而已"。 "文以载道"说与文学家的"明道""贯道"等说虽然相差不大，但更突出文的工具性、 功能性，重道轻文的意味更为浓厚。 南宋陈亮重事功，斥道学为空谈，但其《复吴叔异书》也主张"文将以载道也"。 理学家王柏的《题碧霞山人王公文集后》，以之为"精确不可易"之论，足见其影响。

"作文害道"见于《河南程氏遗书》卷十八："问： '作文害道否？ '曰： '害也。 凡为文，不专意则不工。 若专意则志局于此，又安能与天地同其大也？ '"与此相似的还有"学诗妨道"之说，即认为学诗"既用功，甚妨事"。 这里所谓"害道""妨道"，都是从道德修养上立论，认为学诗作文会占用修养的精力与功夫。 程颐的《答朱长文书》还认为： "圣贤之言，不得已也……后之人，始执卷，则以文章为先……乃无用之赘言也。 不止赘而已，既不得其要，则离真失正，反害于道，必矣。"这里对文的指责更进了一层。 文若先于道，不仅"无用"，而且因"不得其要""离真失正"而"反害于道"。 故二程之说的实质是强调文与道的轻重及先后次序，进而将它们对立起来。 在他们看来，韩愈重视"学文"，因而是"倒学"； 杜甫"能诗"，却多"闲言语"。 不过，二程也并未完全否定文，而是肯定那种先道后文的"不得已"之文，此《河南程氏外书》卷六之所以说： "有本而后学文，然有本则文自至也。"总体来看，"作文害道"说将理学的重道轻文倾向推到了极端。 叶适的《习学记言序目》认为"程氏兄弟发明道学"， "文字遂复沦坏"，其说很大程度本于此。

相比之下，朱熹的"道文合一"论显得更圆融，其大致意思有三层。 其一是认为道与文一体。 朱熹批评苏轼的"文与道俱"说是"文自文而道自道"，认为"这文皆从道中流出""文便是道"（《朱子语类》卷一三九）。 实际上，周敦颐的"文以载道"说同样是"文自文而道自道"，因先师地位未受指责而已。 其二是认为道、 文虽一体，但有源流、体用、本末之分，也就是道源文流、道体文用、道本文末，"道者文之根本，文者道之枝叶，惟其根本乎道，所以发之于文，皆道也"（《朱子语类》卷一三九）。因此，朱熹认为，李汉的"文以贯道"说，"是把本为末，以末为本""岂有文反能贯道之理"（《朱子语类》卷一三九）。"今人不去讲义理，只去学诗文，已落得第二义。"（《清邃阁论诗》）其三是认为虽然道文一体，道本文末，但两者毕竟不能等同，因而文也不可废，关键是把握好两者的一致性与本末先后次序，故其在《答汪尚书》中说："即文以讲道，则文与道两得，而一以贯之。"所谓"一以贯之"，就是强调道与文统一于道，"文与道两得"则是在体道的同时也在文上有所得。在理学的视野中，这种文道观比之前两说更为严密圆融，既维护了理学重道轻文的基本旨趣，又将道与文统一起来，为文的存在确立了合法性依据。

此后理学家论文道关系大多承接其说，且侧重其义理的不同层面。如晚宋真德秀的《跋许介之诗卷》沿袭朱熹"道本文末"观念，认为"道德者，君子成身之本……而词章又其末也"，并以之为纲领编选《文章正宗》，在纲目中试图基于理学的立场厘定文章的价值标准。郝经继承朱熹"道文一体"的意旨，在《原古录序》中明确提出："道非文不著，文非道不生，自有天地，即有斯文，所以为道之用而经因以立也。"刘将孙则发扬朱熹"文道两得"之义，《赵青山先生墓表》明言："欧、苏起而常变极于化，伊、洛兴而讲贯达于粹。然尚其文者不能畅于理，据于理者不能推之文……有能以欧、苏之发越，造伊、洛之精微，篇有兴而语有味，若是者百过不厌也。"

二、"见性"与"溺情"

对"性"与"情"的辨析分疏，在中国哲学史、思想史上可谓历久不衰，意见纷出。不过在诗学领域，自《毛诗序》"吟咏情性"说以来，论者大多合而言之，不做分别。理学诗学作为高度哲学化的理论，则将此辨析分疏引入议论之中，标举"见性"而反对"溺情"。以下着重介绍邵雍与朱熹的相关论说。

邵雍的性情学说大体承袭汉儒以来"性阳情阴""性静情动""性善情恶"诸说，故《观物外篇》明言"性公而明，情偏而暗"。其《伊川击壤集序》更直言诗人写诗往往出于"身之休戚""时之否泰"的喜怒爱恶之情："殊不以天下之大义而为言者，故其诗大率溺于情好也。噫！情之溺人也，甚于水。"所谓"天下之大义"，就是道、理、性、命。背离"天下之大义"与沉溺个人之"情好"是关联在一起的。因此，要避免"伤性害命"，最好的办法就是忘情复性。为此，邵雍引入了著名的"观物"说，称："诚为能以物观物，而两不相伤者焉，盖其间情累都忘去尔……虽曰吟咏情性，曾何累于性情哉？"所谓"以物观物"，实际上是从"以目观"到"以心观"再到"以理观"的层层递进，也称"反观"，即"不以我观物"，去除主观的偏见与计较，反观自心本性，彻悟贯穿自身与万物的天理，如《观物内篇》所谓"是知我亦人也，人亦我也，我与人皆物也"。所以，《观物外篇》直言："以物观物，性也；以我观物，情也。""以物观物"的实质就是忘情、去情，成就性的澄明，也就是"见性"。"见性"之诗与"溺情"之诗相对照，前者才是理学所认可的，也就是南宋包恢从其心学立场出发，在《答曾子华论诗》中所说的"天机自动，天籁自鸣……诗之至也"的第一等诗。

朱熹的性情学说堪为宋代理学性情论的集大成。他在综合二程"性即理""性其情"和张载"心统性情"的基础上，参之以《中庸》，提出了"中和新说"，见诸《中庸章句》和《朱子语类》卷五。"喜怒哀乐，情也。其未发，则性也，无所偏倚，故谓之中。发皆中节，情之正也，无所乖戾，故谓之和。""心之未动则为性，心之已动则为情，所谓心统性情也。"朱熹所论要点在于以"中和"言"心统性情"。据《朱子语类》卷九十八所论，"心统性情"之"统"有"兼"与"主之"两义。从"兼"义来看，性情为心之体用，也就是心之未发已发。未发为性，谓之中，发而为情，中节乃为和。这说明性情本为一体，性因情而见，"有这性，便发生这情；因这情，便见得这性"。从"主之"义来看，心之未发已发及其中和，皆以心为主宰。这说明情的发动须有"中节"的自觉，也就是自觉地使情的发动符合心之性理，如此才能得"情之正"。"合如此是性，动处是情，主宰是心。"（《朱子语类》卷五）将其延伸到诗学来看，既然性情不可离，性因情而见，诗的抒情性也就得到了承认，"作诗"就是"感物道情，吟咏情性"（《朱子语类》卷八十）。但诗之"道情"又必须符合性理，即朱熹《答何俌》所说的"得其正"，因而诗的抒情性也有其规范，如《建宁府建阳县学藏书记》一文所说，"诗以道性情之正"。在《诗集传》中，朱熹还以之作为评价标准，称"盖《诗》之言美恶不同，或劝或惩，皆有以使人得其性情之正"，可见对此主张的坚持。

从总体看，朱熹虽同样标举"见性"，反对"溺情"，但并不主张忘情、去情，而是强调因情见性，以性正情，追求"性情之正"。这一观点产生了很大的影响。南宋魏了翁的《钱氏诗集传序》提出读诗可以观德论世，"大抵作者本诸性情之正，而说者亦发其性情之实"，宋末文天祥的《题勿斋曾鲁诗稿》认为"诗固出于性情之正而后可"，元四家之一的虞集在《盱江胡师远诗集序》中批评近世诗人"深于怨者多工，长于情者多美，善感慨者不能知所归，极放浪者不能有所返。是皆非得情性之正"，某种意义上都承其余绪。

三、"涵泳"与"自得"

在理学的视野之中，不仅诗的创作以明心见性为鹄的，诗的阅读也从属于存心养性的功夫，重在"涵泳"，求其"自得"。

"涵泳"，据李善注《吴都赋》，"涵，沉也""泳，潜行也"，宋儒将其引申为心性修养与读书的功夫。如张载的《经学理窟·义理》称："《论》《孟》二书于学者大足，只是须涵泳。"《二程粹言·论学》称："人德必自敬始……优游涵泳而养之可也。"陆九渊的《语录下》亦谓"后生惟读书一路……优游涵泳，久自得力"，《与倪济甫》又说"涵泳存养，计当日新"。既然"涵泳"是读书的功夫，也就包含对诗的阅读和鉴赏。

在诗学的意义上，朱熹所论最详。其《答陈体仁》谓"平心合气，从容讽咏"，《朱子语类》更直言欲"涵泳"先须"虚静"，"若虚静而明，便识好物事"（《朱子语类》卷一四〇）。又"须是专一……当涵泳常在胸次"（《朱子语类》卷十九），"字字句句，涵泳切己"（《朱子语类》卷十四）。就具体的过程来看，"涵泳"重在"熟读""讽诵""玩味"："读诗之法，只是熟读涵味，自然和气从胸中流出"（《朱子语类》卷八十）；"读书多在讽诵中见义理，况《诗》又全在讽诵之功"（《朱子语类》卷一四〇）；"须是沉潜讽诵，玩味义理，咀嚼滋味，方有所益"（《朱子语类》卷八十）。其目标在于把握作品的"好处"，发现其"深长意味"之处进而感发兴起："须要见古人好处……晓得文义是一重，晓得意思好处是一重"（《朱子语类》卷一一四）；"所谓深长意味……只是涵泳久之自见得"（《朱子语类》卷十九）；"读诗便长人一格……兴于诗者，诗便有感发人底意思"（《朱子语类》卷八十）。总之，"涵泳"指往复沉潜于诗中，深入体会玩味，获得审美的愉悦、义理的启示与人格的提升。

进而言之，读诗的"涵泳"功夫追求的是"自得"的境界。理学家论"自得"源自《孟子·离娄下》所说的"君子欲其自得"。朱熹的《孟子章句》解"自得"为"自然得之于己"，可见其基本义有二：得之于己；自然而得。宋儒屡言"自得"，如邵雍《伊川击壤集序》之"乐时与万物之自得"，程颢《秋日偶成二首》之"万物静观皆自得"等。二程将"涵泳"与"自得"相关联，《河南程氏遗书》卷二称："学者须敬守此心，不可急迫。当栽培深厚，涵泳于其间，然后可以自得。"朱熹也说："如此而优游涵泳于其间，则浃洽而有以自得矣。"（《朱子语类》卷十二）联系"涵泳"的诗学意义来看，其功夫端从虚静而明、专一切己中来，那么其感受与体验也必得之于己，如《答曾择之》所谓"反复涵泳，庶几久久自见意味也"；"涵泳"需反复熟读、讽诵和玩味，如《答陈安卿》所说，"从容涵泳，优游纯熟，不期而自到，非强探力索可拟议以至耶"，是为自然而得。

理学家还进一步将"涵泳"而来的"自得"与从容幽静、清远超然的精神状态联系在一起。如杨时的《语录三·余杭所闻》谓："从容默会于幽闲静一之中，超然自得于书言象意之表。"朱熹的《答汪尚书》谓："反复玩味，而有以自得之，则心广理明，意味自别。"《四书或问》称："有以自得于心……其中心油然悦怿之味，虽刍豢之甘于口，亦不足以喻其美矣。"凡此都说明"自得"不仅指人的状态，还是一种气象，一种境界。宋金元诗论中大量出现"自得之妙""自得之趣"等表述，与这一阐发大有关系。

原典选读

　　理学家论文常从其所执义理出发。例如，邵雍反对"溺情"，主张"以物观物"以"见性"。二程提出修辞以"立诚"为本，甚至声称"学诗妨道"。朱熹是理学文论之集大成者，其所提"三变"说可被视作理学视野中的诗歌史观。同时朱熹富于修养，精于诗艺，故所论诗的阅读和创作时含精见。陆九渊开创心学，其文学观不及程、朱峻厉，对陶渊明、杜甫、黄庭坚以及江西诗派都有肯定。此后真德秀论文"以明义理切世用为主"，魏了翁与包恢的观点也都带有调和朱、陆的意味，前者论"触处呈露"与后者论"未发已发""顿悟渐悟"尤为精彩。本节所选元代理学文论两家，于作文一道也各有胜解。郝经认为法本于理，明理可自立其法，诚为平实之论；刘将孙倡言"以欧、苏之发越，造伊、洛之精微"，则有调解古文家与理学家的意思。

一、邵雍《伊川击壤集序》(节选)

　　近世诗人，穷戚则职于怨憝，荣达则专于淫泆。身之休戚发于喜怒，时之否泰出于爱恶，殊不以天下大义而为言者，故其诗大率溺于情好也。噫！情之溺人也，甚于水……性者道之形体也，性伤则道亦从之矣。心者性之郛郭也，心伤则性亦从之矣。身者心之区宇也，身伤则心亦从之矣。物者身之舟车也，物伤则身亦从之矣。是知以道观性，以性观心，以心观身，以身观物，治则治矣，然犹未离乎害者也。不若以道观道，以性观性，以心观心，以身观身，以物观物，则虽欲相伤，其可得乎！若然，则以家观家，以国观国，以天下观天下，亦从而可知之矣。

　　予自壮岁业于儒术，谓人世之乐何尝有万之一二，而谓名教之乐固有万万焉，况观物之乐复有万万者焉。虽死生荣辱转战于前，曾未入于胸中，则何异四时风花雪月一过乎眼也？诚为能以物观物，而两不相伤者焉，盖其间情累都忘去尔，所未忘者独有诗在焉。然而虽曰未忘，其实亦若忘之矣。何者？谓其所作异乎人之所作也。所作不限声律，不沿爱恶，不立固必，不希名誉，如鉴之应形，如钟之应声。其或经道之余，因闲观时，因静照物，因时起志，因物寓言，因志发咏，因言成诗，因咏成声，因诗成音，是故哀而未尝伤，乐而未尝淫。虽曰吟咏情性，曾何累于性情哉！

　　　　　　　　　　［(宋)邵雍著：《邵雍集》，郭彧整理，北京，中华书局，2010］

二、程颢论文(节选)

　　苏季明尝以治经为传道居业之实，居常讲习，只是空言无益，质之两先生。伯淳先生曰："'修辞立其诚'，不可不子细理会。言能修省言辞，便是要立诚。若只是修饰言辞为心，只是为伪也。若修其言辞，正为立己之诚意，乃是体当自家敬以直内，义以方外之实事。道之浩浩，何处下手？惟立诚才有可居之处，有可居之处则可以修业也。'终日乾乾'，大小大事，却只是'忠信所以进德'为实下手处，'修辞立其诚'为实修业处。"（《河南程氏遗书》卷一）

[（宋）程颢、程颐著：《二程集》，王孝鱼点校，北京，中华书局，1981]

三、程颐论文（节选）

或问："诗可学否？"曰："既学时，须是用功，方合诗人格。既用功，甚妨事。古人诗云'吟成五个字，用破一生心'；又谓'可惜一生心，用在五字上'。此言甚当。"先生尝说："王子真曾寄药来，某无以答他，某素不作诗，亦非是禁止不作，但不欲为此闲言语。且如今言能诗无如杜甫，如云'穿花蛱蝶深深见，点水蜻蜓款款飞'，如此闲言语，道出做甚？某所以不常作诗。"（《河南程氏遗书》卷十八）

诗者，言之述也。言之不足而长言之，咏歌之，所由兴也。其发于诚感之深，至于不知手之舞，足之蹈，故其入于人也亦深，至可以动天地，感鬼神。虞之君臣，迭相赓和，始见于书。夏、商之世，虽有作者，其传鲜矣。至周而世益文，人之怨乐，必形于言；政之善恶，必见刺美。至夫子之时，所传者多矣。夫子删之，得三百篇，皆止于礼义，可以垂世立教，故曰"兴于诗"，又曰"诵诗三百，授之以政，不达；使于四方，不能专对，虽多亦奚以为？"古之人幼而闻歌诵之声，长而识刺美之意，古人之学，由诗而兴。后世老师宿儒，尚不知《诗》义，后学岂能兴起也？世之能诵三百篇者多矣，果能达政专对乎？是后之人未尝知《诗》也。夫子虑后世之不知《诗》也，故序《关雎》以示之。学《诗》而不求《序》，犹欲入室而不由户也。（《河南程氏经说》卷三）

[（宋）程颢、程颐著：《二程集》，王孝鱼点校，北京，中华书局，1981]

四、朱熹《答巩仲至第四书》（节选）

然因此偶记顷年学道未能专一之时，亦尝间考诗之原委，因知古今之诗，凡有三变。盖自书传所记，虞夏以来，下及魏晋，自为一等。自晋宋间颜、谢以后，下及唐初，自为一等。自沈、宋以后，定著律诗，下及今日，又为一等。然自唐初以前，其为诗者固有高下，而法犹未变。至律诗出，而后诗之与法，始皆大变。以至今日，益巧益密，而无复古人之风矣。故尝妄欲抄取经史诸书所载韵语，下及《文选》、汉魏古词，以尽乎郭景纯、陶渊明之所作，自为一编，而附于《三百篇》《楚辞》之后，以为诗之根本准则。又于其下二等之中，择其近于古者，各为一编，以为之羽翼舆卫。其不合者，则悉去之，不使其接于吾之耳目，而入于吾之胸次。要使方寸之中，无一字世俗言语意思，则其为诗，不期于高远而自高远矣……

来喻所云漱六艺之芳润以求真澹，此诚极至之论，然恐亦须先识得古今体制、雅俗乡背，仍更洗涤得尽肠胃间夙生荤血脂膏，然后此语方有所措。如其未然，窃恐秽浊为主，芳润入不得也。近世诗人，正缘不曾透得此关，而规规于近局，故其所就皆不满人意，无足深论。然既就其中而论之，则又互有短长，不可一概抑此伸彼。况权度未审，其所去取，又或未能尽合天下之公也。此说甚长，非书可究，他时或得面论，庶几可尽。但恐彼时且要结绝"修辞"公案，无暇可及此耳。记文甚健，说尽事理，但恐亦当更考欧、曾遣法，料简刮摩，使其清明峻洁之中，自有雍容俯仰之态，则其传当愈远，而使人愈无遗憾矣。（《晦庵先生朱文公文集》卷六十四）

〔（宋）朱熹撰：《朱子全书》第二十三册，朱杰人、严佐之、刘永翔主编，上海，上海古籍出版社；合肥，安徽教育出版社，2002〕

五、《朱子语类》（选录）

《诗序》实不足信。向见郑渔仲有《诗辨妄》，力诋《诗序》，其间言语太甚，以为皆是村野妄人所作。始亦疑之，后来子细看一两篇，因质之《史记》《国语》，然后知《诗序》之果不足信。因是看《行苇》《宾之初筵》《抑》数篇，《序》与《诗》全不相似。以此看其他《诗序》，其不足信者煞多……大率古人作诗，与今人作诗一般，其间亦自有感物道情，吟咏情性，几时尽是讥刺他人？只缘序者立例，篇篇要作美刺说，将诗人意思尽穿凿坏了！且如今人见人才做事，便作一诗歌美之，或讥刺之，是甚么道理？如此，亦似里巷无知之人，胡乱称颂谀说，把持放雕，何以见先王之泽？何以为情性之正？……

读诗之法，只是熟读涵味，自然和气从胸中流出，其妙处不可得而言。不待安排措置，务自立说，只恁平读着，意思自足。须是打叠得这心光荡荡地，不立一个字，只管虚心读他，少间推来推去，自然推出那个道理。所以说"以此洗心"，便是以这道理尽洗出那心里物事，浑然都是道理。上蔡曰："学《诗》，须先识得六义体面，而讽味以得之。"此是读《诗》之要法。看来书只是要读，读得熟时，道理自见，切忌先自布置立说！（卷八十）

作诗间以数句适怀亦不妨。但不用多作，盖便是陷溺尔。当其不应事时，平淡自摄，岂不胜如思量诗句？至如真味发溢，又却与寻常好吟者不同。（卷一四○）

〔（宋）黎靖德编：《朱子语类》，王星贤点校，北京，中华书局，1986〕

六、陆九渊《与程帅》（节选）

诗亦尚矣，原于庚歌，委于风雅。风雅之变，壅而溢焉者也。湘累之《骚》，又其流也。《子虚》《长杨》之赋作，而《骚》几亡矣。黄初而降，日以渐薄。唯彭泽一源，来自天稷，与众殊趣，而淡泊平夷，玩嗜者少。隋唐之间，否亦极矣。杜陵之出，爱君悼时，追蹑《骚》《雅》，而才力宏厚，伟然足以镇浮靡，诗家为之中兴。自此以来，作者相望。至豫章而益大肆其力。包含欲无外，搜抉欲无秘，体制通古今，思致极幽眇，贯穿驰骋，工力精到。一时如陈、徐、韩、吕、三洪、二谢之流，翕然宗之。由是江西遂以诗社名天下，虽未极古之源委，而其植立不凡，斯亦宇宙之奇诡也。

［（宋）陆九渊著：《陆九渊集》，钟哲点校，北京，中华书局，1980］

七、真德秀《文章正宗纲目序》

正宗云者，以后世文辞之多变，欲学者识其源流之正也。自昔集录文章者众矣，若杜预、挚虞诸家，往往埋没弗传。今行于世者，惟梁昭明《文选》、姚铉《文粹》而已。由今眡之，二书所录，果皆得源流之正乎？夫士之于学，所以穷理而致用也。文虽学之一事，要亦不外乎此。故今所辑，以明义理切世用为主。其体本乎古，其指近乎经者，然后取焉，否则辞虽工亦不录。其目凡四：曰辞命、曰议论、曰叙事、曰诗赋，今凡二十余卷云。绍定执徐之岁正月甲申，学易斋书。（卷七一七〇）

（曾枣庄、刘琳主编：《全宋文》第三百一十三册，
上海，上海辞书出版社；合肥，安徽教育出版社，2006）

八、魏了翁《邵氏击壤集序》

邵子平生之书，其心术之精微在《皇极经世》，其宣寄情意在《击壤集》。凡立乎皇王帝霸之兴替，春秋冬夏之代谢，阴阳五行之运化，风云月露之霁暍，山川草木之荣悴，惟意所驱，周流贯彻，融液摆落。盖左右逢原，略无毫发凝滞倚著之意。呜呼！真所为风流人豪者与！

或曰：揆以圣人之中，若弗合也。"天何言哉？四时行焉，百物生焉"，圣人之动静语默，无非至教，虽常以示人而平易坦明，不若是之多言也。"老者安之，朋友信之，少者怀之"，圣人平心量直，与天地万物上下同流，虽无时不乐，而宽舒和平，不若是之多言也。

曰：是则然矣。宇宙之间，飞潜动植，晦明流峙，夫孰非吾事？若有以察之，参前倚衡，造次颠沛，触处呈露，凡皆精义妙道之发焉者。脱斯须之不在，则芸芸并驱，日夜杂揉，相代乎前，顾于吾何有焉？若邵子使犹得从游舞雩之下，浴沂咏归，毋宁使曾皙独见与于圣人也与？洙泗已矣，秦汉以来，诸儒无此气象，读者当自得之。（卷七〇七九）

（曾枣庄、刘琳主编：《全宋文》第三百一十册，
上海，上海辞书出版社；合肥，安徽教育出版社，2006）

九、包恢《答傅当可论诗》(节选)

诗家者流，以汪洋澹泊为高，其体有似造化之未发者，有似造化之已发者，而皆归于自然，不知所以然而然也。所谓造化之未发者，则冲漠有际，冥会无迹，空中之音，相中之色，欲有执著曾不可得，而自有尸居而龙见、渊默而雷声者焉。所谓造化之已发者，真景见前，生意呈露。混然天成，无补天之缝罅；物各传物，无刻楮之痕迹。盖自有纯真而非影全是而非似者焉。故观之虽若天下之至质而实天下之至华，虽若天下之至枯而实天下之至腴。如彭泽一派，来自天稷者，尚庶几焉，而亦岂能全合哉！然此惟天才生知，不假作为可以与此，其余皆须以学而入。学则须习，恐未易径造也。所以前辈尝有学诗浑似学参禅之语。彼参禅固有顿悟，亦须有渐修始得。顿悟如初生孩子，一日而肢体已成；渐修如长养成人，岁久而志气方立。此虽是异端语，亦有理可施之于诗也。（卷七三二八）

（曾枣庄、刘琳主编：《全宋文》第三百一十九册，

上海，上海辞书出版社；合肥，安徽教育出版社，2006）

十、郝经《答友人论文法书》(节选)

为文则固自有法，故先儒谓作文"体制立而后文势成"。虽然，理者法之源；法者理之具，理致夫道，法工夫技，明理，法之本也。吾子所谓法度、利病，近世以文为技，与求夫法、资于人而作之者也。非古之以理为文，自为之意也……

故今之为文者，不必求人之法以为法，明夫理而已矣。精穷天下之理，而造化在我。以是理为是辞，作是文成是法，皆自我作……然则前人不足法欤？

文有大法，无定法。观前人之法而自为之，而自立其法。彼为绮，我为锦，彼为榭，我为观，彼为舟，我为车，则其法不死，文自新而法无穷矣。近世以来，纷纷焉求人之法以为法，玩物丧志，窥窃模写之不暇，一失步骤，则以为狂为惑，于是不敢自作。不复见古之文，不复有六经之纯粹至善，孔、孟之明白正大，左氏之丽缛，庄周之迈往，屈、宋之幽婉，无复贾、马、班、扬、韩、柳、欧、苏之雄奇、高古、清新、典雅、精洁、恣肆、豪宕之作。总为循规蹈矩决科之程文，卑弱日下，又甚齐梁五季之际矣。

呜呼！文固有法，不必志于法。法当立诸己，不当泥诸人。不欲为作者，则已欲为作者，名家而如古之人，舍是将安之乎？

［(元)郝经著：《郝文忠公陵川文集》，秦雪清整理，

太原，山西人民出版社，2006］

十一、刘将孙《赵青山先生墓表》（节选）

盖欧、苏起而常变极于化，伊、洛兴而讲贯达于粹。然尚其文者不能畅于理，据于理者不能推之文。紫阳于文得其缠绵反复唱叹之味，故其论说则辞顺而理明。而斯文之不可合者，固然也……文章，英气也。人声之精者为言，言之精者为文。英者，所以精者也。每叹作文之陋，不知所以发其精英者，类以椎鲁者为古，崛强者为奇，遏抑其光大，登进其泥涂，遂使神骏索然，一无足以动悟。有能以欧、苏之发越，造伊、洛之精微，篇有兴而语有味，若是者百过不厌也。（卷六四〇）

（李修生主编：《全元文》第二十册，南京，江苏古籍出版社，2000）

第四节　诗话纷出与诗格复兴

诗话作为中国古代特有的诗学著述形式，在宋代得以形成并达至繁荣。一般认为，在今存宋人以诗话为名的著作中，严羽的《沧浪诗话》理论价值最高。而在诗话纷出的同时，诗格类著述也并未销声匿迹，在元代迎来了一定程度的复兴。

一、诗话的创体与繁荣

尽管诗话的兴起有其内容、体式等方面的渊源，如元代赵文，清代秦大士、姜曾等认为可追溯到先秦的论诗片语；章学诚、汤成彦等把钟嵘的《诗品》视为诗话的开端，但严格地讲，当以欧阳修的《六一诗话》为最早。《六一诗话》虽无意创格，却实有创体之功。其卷首谓"居士退居汝阴而集以资闲谈也"，故形式多轻松，灵活如随笔和漫谈。司马光的《温公续诗话》指出，其"续书"与《六一诗话》"记事一也"，故诗话在内容上大多以记事为主。当然，这些资"闲谈"的"记事"不仅包含作者的诗学主张，还记录下诸多重要的诗学议论与诗句品评。章学诚在《文史通义·诗话》中所言诗话的两种类型——"论诗及事"与"论诗及辞"，都自《六一诗话》而始。

北宋后期，苏轼、黄庭坚成为宋代诗人典范，江西诗派兴起。其时诗话或与苏轼之见解相近，如惠洪的《冷斋夜话》、唐庚的《唐子西文录》、蔡絛的《西清诗话》等；或受黄庭坚影响较大，如陈师道的《后山诗话》、范温的《潜溪诗眼》、洪刍的《洪驹父诗话》、潘淳的《潘子真诗话》等，属于江西诗派的早期诗学论著。《潜溪诗眼》论诗重"句法""命意"，强调学诗"先以识为主，如禅家所谓正法眼者"，且以"韵"为诗美之核心，提出"有余意之谓韵"，有较高的理论价值。这一时期也出现了对苏、 黄及江西诗派加以批评的诗话著作，如魏泰的《临汉隐居诗话》、 蔡居厚的《蔡宽夫诗话》和叶梦得的《石林诗话》等。 《石林诗话》论诗强调"无所用意，猝然与景相遇"，推崇如"初日芙蕖""弹丸脱手"般浑然天成的艺术境界，认为"思苦言难者，往往不悟"，其中就包含对江西诗派诗风的不满。 此外，这一时期还出现了辑集为主的诗话汇编，如阮阅所编《诗话总龟》（原名《诗总》）、 方深道的《集诸家老杜诗评》，皆有开创之功。

南宋时期，诗话更趋繁荣。 大体而言，属于江西诗派一路的，有吕本中的《紫微诗话》和《童蒙诗训》、 许𫖮的《许彦周诗话》、 周紫芝的《竹坡诗话》、 吴聿的《观林诗话》、 吴可的《藏海诗话》、 朱弁的《风月堂诗话》、 葛立方的《韵语阳秋》、张表臣的《珊瑚钩诗话》、 曾季貍的《艇斋诗话》、 陈岩肖的《庚溪诗话》、 周必大的《二老堂诗话》、 赵与虤的《娱书堂诗话》等。 此类诗话多承传江西诗派主张，对其间有反思与发展。 论诗不同于江西诗派路数的则有张戒的《岁寒堂诗话》、 黄彻的《䂬溪诗话》、 陈知柔的《休斋诗话》、 姜夔的《白石道人诗说》、 刘克庄的《后村诗话》、 吴子良的《林下偶谈》、 范晞文的《对床夜语》、 方岳的《深雪偶谈》等。其中《岁寒堂诗话》抨击苏轼、 黄庭坚最为激烈，认为诗"坏于苏、 黄"，"苏、 黄用事押韵之工……乃诗人中一害"。 《白石道人诗说》则出入江西而又能独树一帜，主张学诗当从"观诗法""知诗病"入手，认为诗"自有气象、 体面、 血脉、 韵度"，同时标举"自悟"与"妙境"，提出"四种高妙"，颇为精到。

南宋的诗话汇编也比较兴盛，主要有胡仔的《苕溪渔隐丛话》、 魏庆之的《诗人玉屑》、 蔡梦弼的《杜工部草堂诗话》等。 计有功的《唐诗纪事》、 何汶的《竹庄诗话》和蔡正孙的《诗林广记》等融选本与诗话于一体，也保存了许多诗学史上有价值的资料。

对比南宋诗话的繁荣，金元诗话相对冷落。 据文献记载，金诗话尚有文伯起的《小雪堂诗话》、 范墀的《诗话》、 魏道明的《鼎新诗话》等，但都已散佚不可见，现存仅王若虚的《滹南诗话》一种。 元代诗话也数量不多，有韦居安的《梅磵诗话》、 蒋正子的《山房随笔》、 吴师道的《吴礼部诗话》、 俞正己的《诗话隽永》等，另有辑录宋人诗话而成的祝诚的《莲堂诗话》、 王构的《修辞鉴衡》、 陈秀民的《东坡诗话录》三种。 比较而言，王若虚的《滹南诗话》在金元诗话中最具理论价值，其论诗扬苏抑黄，强调"以意为主"，重视"求真"，以"自得"为贵，有一定的影响。

二、严羽和《沧浪诗话》

严羽，字仪卿、 丹丘，号沧浪逋客，邵武（今属福建）人。 其生卒年不详，大致生活于南宋光宗绍熙（1190—1194）至理宗淳祐（1241—1252）年间。 其诗论于当世不彰，却对明清诗学有很大影响。据今人考证，《沧浪诗话》可能并非出自严羽，而是汇集自元人黄清老，明正德年间（1506—1521）才由胡琼冠以"诗话"之名。

（一）"别材""别趣"与"妙悟"

《沧浪诗话》论诗，重视其审美特性。《沧浪诗话·诗辨》云："诗有别材，非关书也；诗有别趣，非关理也。然非多读书，多穷理，则不能极其至。""别材"是从诗歌内容的独特性来说的，"别趣"则就诗歌旨趣的独特性而言。结合上下文，可知诗的"别材"就是"吟咏情性"，"别趣"就是"兴趣"。严羽重申"吟咏情性"这一古老命题，意在倡导诗歌回归其固有的抒情性，重视情感的表现。"兴趣"之"兴"，从创作来说指情感有所触发兴起；从作品来说指"言有尽而意无穷"、情思含蓄蕴藉的艺术特色；从鉴赏来说指诗歌感发意志的特殊效果，如《沧浪诗话·诗评》所谓"唐人好诗……往往能感动激发人意"，总之是对以抒情为中心的诗歌的审美特质的把握。

如何才能让诗有"别材""别趣"呢？关键在"妙悟"。"大抵禅道惟在妙悟，诗道亦在妙悟。""妙悟"乃佛教术语，指殊妙之觉悟。这里以禅喻诗，用"妙悟"来描述学诗作诗那种直感默会、当下澄明的思维方式。以之为"诗道"，是强调"妙悟"的重要性，故又说"孟襄阳学力下韩退之远甚，而其诗独出退之之上者，一味妙悟而已"，"惟悟乃为当行，乃为本色"。当然，"妙悟"在严羽那里是有程度区分的，最高是"透彻之悟"，其次是"分限之悟"，再次是"一知半解之悟"。此外，它本身从"熟参"中来，故《沧浪诗话·诗辨》又说："若以为不然，则是见诗之不广，参诗之不熟耳。"所谓"熟参"，就是对诗歌经典的反复吟咏、揣摩和体味，"久之自然悟入"。

（二）"以盛唐为法"

严羽对诗的审美特性与思维方式的探讨，目的在重建诗的价值标准，以之评价古今诗作，进而指导创作与批评的实践。为此，他提出了"以汉魏晋盛唐为师""以盛唐为法"的观点。《沧浪诗话·诗辨》说："汉、魏尚矣，不假悟也。谢灵运至盛唐诸公，透彻之悟也。"汉魏无意为诗，自然天成，故"不假悟"；"谢灵运至盛唐"有意为诗，诗道透辟，乃"透彻之悟"。两者都属于"第一义"，也就是诗的典范。其他如中晚唐诗"虽有悟者，皆非第一义也"。不过，他又标举"以盛唐为法"，之所以"舍汉魏而独言盛唐"，原因是汉魏诗"不假悟"，因而无法可循；盛唐诗则为"透彻之悟"，故有法可依。

既然"以盛唐为法"，严羽对力求自立的"宋调"就颇有微词。严羽认为，"盛唐诸人惟在兴趣"，宋诗则"以文字为诗，以才学为诗，以议论为诗"，"夫岂不工，终非古人之诗也"。由此可见，以盛唐诗为代表的"古人之诗"，就是严羽批判宋诗的标准。 即使他对宋诗有所肯定，也主要是针对"王黄州学白乐天""盛文肃学韦苏州""欧阳公学韩退之古诗"等"合于古人者"，而对"东坡山谷始自出己意以为诗"导致"唐人之风变矣"非常不满。 至于南宋后期永嘉四灵等向晚唐的回归，也因取法不高，"止入声闻辟支之果"，且使"唐诗之道"误入歧途，更被他视作"得非诗道之重不幸耶"。

(三)"体制""格力"与"气象"

《沧浪诗话》对诗的讨论，最终落实到"法"。 《沧浪诗话·诗辨》称："诗之法有五：曰体制，曰格力，曰气象，曰兴趣，曰音节。"其"体制""格力""气象"大致与今人所说的"风格"有关。 "体制"涉及体式与风格两个方面。 故《沧浪诗话·诗体》所罗列，除了古体、 近体、 绝句、 杂言、 三五七言等之外，还有"以时而论"，从建安体、 黄初体到江西宗派体十六种； 有"以人而论"，从苏李体、 曹刘体到杨诚斋体三十六种； 有从选体、 柏梁体到宫体六种。 在《答吴景仙书》中严羽认为："作诗正须辨尽诸家体制，然后不为旁门所惑。"格力"当指体格与气力，是生命劲气灌注于作品体格所体现出来的力度感，与"风骨"有相近之处。 《沧浪诗话·诗评》中有"建安风骨""盛唐风骨"之说。 另如"孟浩然之诗，讽咏之久，有金石宫商之声"，也是强调内敛的劲气与力度。 "气象"指作品的整体气度与风貌。 《沧浪诗话·诗评》称"唐人与本朝人诗未论工拙，直是气象不同"，又称"虽谢康乐拟邺中诸子之诗，亦气象不类"，可见它也是多种多样的。 严羽推崇的是"气象混沌"的"汉魏古诗"（《沧浪诗话·诗评》）与"气象浑厚"的"盛唐诸公之诗"（《答吴景仙书》）。 前者无意而作、 自然浑成、 "难以句摘"（《沧浪诗话·诗评》），后者有意而作、 内蕴丰厚而意象圆熟，如"羚羊挂角，无迹可求"（《沧浪诗话·诗辨》）。 这与其"别材""别趣""以汉魏晋盛唐为师""以盛唐为法"等说是一致的。

三、元代诗格的复兴

元代诗话相对冷落，但另一种古代诗学著述形式诗格得到了一定程度的复兴。 大体而言，诗格著述在晚唐五代兴盛后，入宋虽渐渐转衰，但并未销声匿迹。 一方面，仍出现少量以"诗格"命名的著作，如旧题梅尧臣撰《续金针诗格》、 李淑的《诗苑类格》等； 另一方面，不少诗话都包含对"格""法""体"等内容的探讨，从而实质上使诗格一体得以延续。 爰至元代，议论之风转弱，士人重视实学实务，再加上宋末以来诸多文章选评与体法类著作的影响，诗格遂一定程度得以复兴。 现存元代诗格著述二十余种，可以想见当初的规模。①

---

① 参见张健：《元代诗法校考》，北京，北京大学出版社，2001。

旧题范德机撰《木天禁语》是其中的佼佼者。其论诗法，有所谓"六关"之说。一为"篇法"，认为"有以字论者，有以意论者，有以故事论者，有以血脉论者"，并按照体式分为"七言律诗篇法""五言长古篇法"等七种。二为"句法"，包括"问答""当对""上三下四""上四下三"等十一种。三为"字法"，除"不可用俚语偏方之言"等外，主要讨论了"用字琢对之法"。四为"气象"，按题材内容分为"翰苑""辇毂""山林"等八种，认为"以上气象，各随人之资禀高下而发"，"诗之气象，犹字画然，长短肥瘦，清浊雅俗，皆在人性中流出"。五为"家数"，略举《三百篇》、《离骚》、"选诗"、"太白"、"韩杜"等九种，且各有简评，如"《三百篇》思无邪，学者不察，失于意见"，"《离骚》激烈愤怒，学者不察，失于哀伤"，"太白雄豪空旷，学者不察，失于狂诞"，"韩杜沉雄厚壮，学者不察，失于粗硬"，颇为精当。六为"音节"，引前人之说提出"诗中宜用中原之韵""押韵不可押哑韵"等，不乏针对性。

旧题揭傒斯撰《诗法正宗》，同样好讲论诗法，不过理论程度更高一些。《诗法正宗》开篇就提出"文有文法，诗有诗法，字有字法"，认为"文法皆出自六经"，进而指出学诗须"力行五事"。其一为"诗本"，即"吟咏本出情性"，因而学作好诗先须学做好人，"学诗者，必先调燮性灵，砥砺风义"。其二为"诗资"，即多读书，认为"今人空疏窘材料者，只是读少、记少、讲明少故也"。其三为"诗体"，以《三百篇》《楚辞》至"建安黄初"为"诗之祖"，《文选》、刘琨至"渊明全集"为"诗之宗"，陈子昂《感遇》、李白《古风》与韦应物、王维、柳宗元、储光羲等人古诗为"诗之嫡派"，而杜甫"古、律各集大成"，"独步千古，莫能继之"。其他"唐人宋贤"，"难以遍学"，故推举"宛陵之淡、山谷之奇、荆公之工、后山之苦，简斋以李杜之才，兼陶柳之体，最为后来一大宗本"。其四为"诗味"，即"味外味"，"要见语少意多，句穷篇尽，目中恍然别有一境界意思，而其妙者，意外生意，境外见境"。其五为"诗妙"，即"变化神奇，游戏三昧"，"超脱如禅，飘逸如仙，神变如龙虎，抵掌笑谈如优孟，诙谐滑稽如东方朔，则极玄造妙矣"。总之，"傥能养性以立诗本，读书以厚诗资，识诗体于源委正变之余，求诗味于盐梅姜桂之表，运诗妙于神通游戏之境，则古人不难到，而诗道昌矣"。

原典选读

诗话著述形式灵活，内容庞杂，间有深刻而富有理论性的创见。范温的《潜溪诗眼》论韵，叶梦得以禅境论诗境等就是如此，故对后世颇有影响。张戒的《岁寒堂诗话》在南宋前期诗话中抨击苏黄最为激烈，足见潮流所向之外的异见及其得理处。姜夔《白石道人诗说》论诗重"气象""体面""血脉""韵度""含蓄""自悟""意格"等，语短意长，颇足回味。其间最重要的当然是严羽的《沧浪诗话》，其中《诗辨》一章尤见诗论纲领。金元诗话以王若虚的《滹南诗话》为代表，元代诗格则以《木天禁语》《诗法正宗》为代表，其间潜隐着的诗学思想承继转换的踪迹，在在成状。

一、范温《潜溪诗眼》（节选）

定观请余发其端，乃告之曰："有余意之谓韵……且以文章言之，有巧丽，有雄伟，有奇，有巧，有典，有富，有深，有稳，有清，有古。有此一者，则可以立于世而成名矣；然而一不备焉，不足以为韵；众善皆备而露才用长，亦不足以为韵。必也备众善而自韬晦，行于简易闲澹之中，而有深远无穷之味，观于世俗，若出寻常。至于识者遇之，则暗然心服，油然神会。测之而益深，究之而益来，其是之谓矣。其次一长有余，亦足以为韵。故巧丽者发之于平澹，奇伟有余者行之于简易，如此之类是也。自《论语》《六经》，可以晓其辞，不可以名其美，皆自然有韵。左丘明、司马迁、班固之书，意多而语简，行于平夷，不自矜衒，故韵自胜。自曹、刘、沈、谢、徐、庾诸人，割据一奇，臻于极致，尽发其美，无复余蕴，皆难以韵与之。惟陶彭泽体兼众妙，不露锋铓，故曰：质而实绮，臞而实腴，初若散缓不收，反复观之，乃得其奇处；夫绮而腴、与其奇处，韵之所从生。行乎质与臞，而又若散缓不收者，韵于是乎成……是以古今诗人，惟渊明最高，所谓出于有余者如此……"

（吴文治主编：《宋诗话全编》第二册，南京，江苏古籍出版社，1998）

二、叶梦得《石林诗话》（节选）

禅宗论云间有三种语：其一为随波逐浪句，谓随物应机，不主故常；其二为截断众流句，谓超出言外，非情识所到；其三为函盖乾坤句，谓泯然皆契，无间可伺。其深浅以是为序。余尝戏谓学子言，老杜诗亦有此三种语，但先后不同。"波漂菰米沉云黑，露冷莲房坠粉红"为函盖乾坤句；以"落花游丝白日静，鸣鸠乳燕青春深"为随波逐浪句；以"百年地僻柴门迥，五月江深草阁寒"为截断众流句。若有解此，当与渠同参。

············

"池塘生春草，园柳变鸣禽。"世多不解此语为工，盖欲以奇求之耳。此语之工，正在无所用意，猝然与景相遇，借以成章，不假绳削，故非常情所能到。诗家妙处，当须以此为根本，而思苦言难者，往往不悟。钟嵘《诗品》论之最详，其略云："'思君如流水'，既是即目，'高台多悲风'，亦惟所见，'清晨登陇首'，羌无故实，'明月照积雪'，非出经史。古今胜语，多非补假，皆由直寻。颜延之、谢庄尤为繁密，于时化之，故大明、泰始中，文章殆同书抄。近任昉、王元长等，辞不贵奇，竞须新事。迩来作者，寖以成俗，遂乃句无虚语，语无虚字，牵挛补衲，蠹文已甚，自然英旨，罕遇其人。"余每爱此言简切，明白易晓，但观者未尝留意耳。自唐以后，既变以律体，固不能无拘窘，然苟大手笔，亦自不妨削镣于神志之间，斫轮于甘苦之外也。

[（清）何文焕辑：《历代诗话》，北京，中华书局，1981]

三、张戒《岁寒堂诗话》（节选）

建安、陶、阮以前诗，专以言志；潘、陆以后诗，专以咏物。兼而有之者，李、杜也。言志乃诗人之本意，咏物特诗人之余事。古诗苏、李、曹、刘、陶、阮本不期于咏物，而咏物之工，卓然天成，不可复及。其情真，其味长，其气胜，视《三百篇》几于无愧，凡以得诗人之本意也。潘、陆以后，专意咏物，雕镌刻镂之工日以增，而诗人之本旨扫地尽矣。

…………

诗以用事为博，始于颜光禄而极于杜子美。以押韵为工，始于韩退之而极于苏、黄。然诗者，志之所之也。情动于中而形于言，岂专意于咏物哉？……用事押韵，何足道哉？苏、黄用事押韵之工，至矣尽矣，然究其实，乃诗人中一害，使后生只知用事押韵之为诗，而不知咏物之为工，言志之为本也。风雅自此扫地矣。

…………

《国风》《离骚》固不论，自汉、魏以来，诗妙于子建，成于李、杜，而坏于苏、黄。余之此论，固未易为俗人言也。子瞻以议论作诗，鲁直又专以补缀奇字，学者未得其所长，而先得其所短，诗人之意扫地矣。段师教康昆仑琵琶，且遣不近乐器十余年，忘其故态，学诗亦然。苏、黄习气净尽，始可以论唐人诗。唐人声律习气净尽，始可以论六朝诗。镌刻之习气净尽，始可以论曹、刘、李、杜诗。

（丁福保辑：《历代诗话续编》，北京，中华书局，1983）

四、姜夔《白石道人诗说》（节选）

大凡诗，自有气象、体面、血脉、韵度。气象欲其浑厚，其失也俗；体面欲其宏大，其失也狂；血脉欲其贯穿，其失也露；韵度欲其飘逸，其失也轻。

…………

语贵含蓄。东坡云："言有尽而意无穷者，天下之至言也。"山谷尤谨于此。清庙之瑟，一唱三叹，远矣哉！后之学诗者，可不务乎？若句中无余字，篇中无长语，非善之善者也；句中有余味，篇中有余意，善之善者也。

…………

文以文而工，不以文而妙，然舍文无妙，胜处要自悟。

意出于格，先得格也；格出于意，先得意也。吟咏情性，如印印泥，止乎礼义，贵涵养也。

…………

诗有四种高妙：一曰理高妙，二曰意高妙，三曰想高妙，四曰自然高妙。碍而实通，曰理高妙；出自意外，曰意高妙；写出幽微，如清潭见底，曰想高妙；非奇非怪，剥落文采，知其妙而不知其所以妙，曰自然高妙。

[（清）何文焕辑：《历代诗话》，北京，中华书局，1981]

五、严羽《沧浪诗话·诗辨》(节选)

夫学诗者以识为主：入门须正，立志须高；以汉魏晋盛唐为师，不作开元天宝以下人物。若自退屈，即有下劣诗魔入其肺腑之间；由立志之不高也……工夫须从上做下，不可从下做上。先须熟读楚辞，朝夕讽咏以为之本；及读古诗十九首、乐府四篇，李陵、苏武、汉魏五言皆须熟读，即以李杜二集枕藉观之，如今人之治经，然后博取盛唐名家，酝酿胸中，久之自然悟入。虽学之不至，亦不失正路。此乃是从顶颡上做来，谓之向上一路，谓之直截根源，谓之顿门，谓之单刀直入也。

诗之法有五：曰体制，曰格力，曰气象，曰兴趣，曰音节。

诗之品有九：曰高，曰古，曰深，曰远，曰长，曰雄浑，曰飘逸，曰悲壮，曰凄婉。其用工有三：曰起结，曰句法，曰字眼。其大概有二：曰优游不迫，曰沉着痛快。诗之极致有一，曰入神。诗而入神，至矣，尽矣，蔑以加矣！惟李杜得之。他人得之盖寡也。

禅家者流，乘有小大，宗有南北，道有邪正；学者须从最上乘，具正法眼，悟第一义。若小乘禅，声闻辟支果，皆非正也。论诗如论禅：汉、魏、晋与盛唐之诗，则第一义也。大历以还之诗，则小乘禅也，已落第二义矣。晚唐之诗，则声闻辟支果也。学汉、魏、晋与盛唐诗者，临济下也。学大历以还之诗者，曹洞下也。大抵禅道惟在妙悟，诗道亦在妙悟。且孟襄阳学力下韩退之远甚，而其诗独出退之之上者，一味妙悟而已。惟悟乃为当行，乃为本色。然悟有浅深，有分限，有透彻之悟，有但得一知半解之悟。汉、魏尚矣，不假悟也。谢灵运至盛唐诸公，透彻之悟也。他虽有悟者，皆非第一义也。吾评之非僭也，辩之非妄也。天下有可废之人，无可废之言。诗道如是也。若以为不然，则是见诗之不广，参诗之不熟耳……

夫诗有别材，非关书也；诗有别趣，非关理也。然非多读书，多穷理，则不能极其至。所谓不涉理路，不落言筌者，上也。诗者，吟咏情性也。盛唐诸人惟在兴趣，羚羊挂角，无迹可求。故其妙处透彻玲珑，不可凑泊，如空中之音，相中之色，水中之月，镜中之象，言有尽而意无穷。近代诸公乃作奇特解会，遂以文字为诗，以才学为诗，以议论为诗。夫岂不工，终非古人之诗也。盖于一唱三叹之音，有所歉焉。且其作多务使事，不问兴致；用字必有来历，押韵必有出处，读之反覆终篇，不知着到何在。其末流甚者，叫噪怒张，殊乖忠厚之风，殆以骂詈为诗。诗而至此，可谓一厄也。然则近代之诗无取乎？曰，有之，吾取其合于古人者而已……故予不自量度，辄定诗之宗旨，且借禅以为喻，推原汉魏以来，而截然谓当以盛唐为法，虽获罪于世之君子，不辞也。

　　　　[（宋）严羽著：《沧浪诗话校释》，郭绍虞校释，北京，人民文学出版社，1961]

六、王若虚《滹南诗话》（节选）

古之诗人，虽趣尚不同，体制不一，要皆出于自得。至其辞达理顺，皆足以名家，何尝有以句法绳人者？鲁直开口论句法，此便是不及古人处。而门徒亲党以衣钵相传，号称法嗣，岂诗之真理也哉？

　　…………

近岁诸公，以作诗自名者甚众，然往往持论太高，开口辄以《三百篇》《十九首》为准。六朝而下，渐不满意。至宋人殆不齿矣。此固知本之说，然世间万变，皆与古不同，何独文章而可以一律限之乎？就使后人所作，可到《三百篇》，亦不肯悉安于是矣。何者，滑稽自喜，出奇巧以相夸，人情固有不能已焉者。宋人之诗，虽大体衰于前古，要亦有以自立，不必尽居其后也。遂鄙薄而不道，不已甚乎？少陵以文章为小技，程氏以诗为闲言语。然则凡辞达理顺，无可瑕疵者，皆在所取可也。其余优劣，何足多较哉？

　　　　　　（丁福保辑：《历代诗话续编》，北京，中华书局，1983）

七、旧题范德机撰《木天禁语》（节选）

七言律诗篇法

唐人李淑，有《诗苑》一书，今世罕传。所述篇法，止有六格，不能尽律诗之变态。今广为十三，骊括无遗。犹六十四卦之动，不出于八卦，八卦之生，不离奇偶，可谓神矣。目曰"屠龙绝艺"。此法一泄，大道显然。

一字血脉　二字贯穿　三字栋梁　数字连序　中断　钩锁连环　顺流直下　双抛单抛　内剥　外剥　前散　后散

五言长古篇法

分段　过脉　回照　赞叹

先分为几段几节，每节句数多少，要略均齐。首段是序子，序了一篇之意，皆含在中。结段要照起段。选诗分段，节数甚均，或二句，或三句、四句、六句、八句，皆不参差。杜却不甚如此太拘，然亦不太长不太短也。次要过句。过句名为血脉，引过次段。过处用两句，一结上，一生下，为最难，非老手未易了也。回照谓十步一回头，要照题目，五步一消息，要闲语赞叹，方不甚迫促。长篇怕乱杂，一意为一段，以上四法，备《北征诗》，举一隅之道也。

[（清）何文焕辑：《历代诗话》，北京，中华书局，1981]

八、旧题揭傒斯撰《诗法正宗》（节选）

学问有渊源，文章有法度。文有文法，诗有诗法，字有字法。凡世间一能一艺，无不有法。得之则成，失之则否。信手拈来，出意妄作，本无根源，未经师友，名曰杜撰。正如有修无证，纵是一闻千悟，尽属天魔外道……若欲真学诗，须是力行五事：

一曰诗本。吟咏本出情性，古人各有风致。学诗者，必先调燮性灵，砥砺风义，必优游敦厚，必风流酝藉，必人品清高，必神情简逸，则出辞吐气，自然与古人相似……若做得好人，必做得好诗也。

二曰诗资……盖有才无学，如有良将而无精兵，有巧匠而无利器，虽材高如孟浩然，犹不能免讥，况他人乎？今人空疏窘材料者，只是读少、记少、讲明少故也。如晋王恭少学，虽善谈论，未免重出。以至对偶偏枯，意气馁薄，皆无以为之资耳。

三曰诗体……

四曰诗味。唐司空图教人学诗，须识味外味，坡公尝举以为名言。如所举"绿树连村暗""棋声花院闲""花影午时天"等句是也。人之饮食，为有滋味，若无滋味之物，谁复饮食之为？古人尽精力于此，要见语少意多，句穷篇尽，目中恍然别有一境界意思，而其妙者，意外生意，境外见境，风味之美，悠然辛甘酸咸之表，使千载隽永，常在颊舌……若学陶、王、韦、柳等诗，则当于平淡中求真味，初看未见，愈久不忘……

五曰诗妙。诗妙谓变化神奇，游戏三昧。任渊谓："看后山诗，如参曹洞禅，不犯正位，切忌死语。"又诗之文，识者譬之散圣安禅，凡正言若反，寓言十九，言景见情，词近旨远，不迫切而意独至者皆是也。庄语不可用，谓之不韵；经书语不可用，谓之抄书。至于说道理，字字著相，句句要好，谓之"作诗必此诗"，皆病也。刘宾客谓："诗者人之神明。"谓当神而明之，大而化之。如林间月影，见影不见月；如水中盐味，知味不知盐；如画不观形似，而观萧散淡泊之意；如字不为隶楷，而求风流萧散之趣。超脱如禅，飘逸如仙，神变如龙虎，抵掌笑谈如优孟，诙谐滑稽如东方朔，则极玄造妙矣。

（张健编著：《元代诗法校考》，北京，北京大学出版社，2001）

第五节　词论的兴起

词作为后起的文学形式，兴盛于宋，虽称"诗余"，为小道，但毕竟与诗歌脱不了干系，而且愈到后来关系愈密切。 与之相关联的是，词论的兴起及其审美境界、 宗趣，同样与诗论相颉颃，呈现出互为补充、 互相对看的关系。 就宋金元词论的大体而言，正围绕词与诗的关系展开，再论其正体当为婉约还是豪放，其格调与风格该求雅还是和俗。

一、"以诗为词"与"词别是一家"

词论与词的创作是紧密联系在一起的。 宋初词人受花间、 南唐词风影响，后作品逐渐呈现出新的特质。 不过，真正在词的创作与理论上突破传统的，是苏轼的"以诗为词"。 与此对应，李清照则强调"词别是一家"。

苏轼的"以诗为词"，如其《祭张子野文》所说，是承认词为"诗之裔"。 在此基础上，苏轼主张提高词的品格，使之成为与诗并立的文学样式。 故《与陈季常》中有所谓"又惠新词，句句警拔，诗人之雄，非小词也。 但豪放太过，恐造物者不容人如此快活"（之十三），《与蔡景繁》有所谓"颁示新词，此古人长短句诗也"（之四），《与鲜于子骏书》又有所谓"近却颇作小词，虽无柳七郎风味，亦自是一家"。 他明言"小词"也可"自成一家"，表现"诗人之雄"，成为"古人长短句诗"。 具体而言，就是在词的作法、 宗旨、 风格、 意境等方面尽量向诗靠拢，在抒情言志方面尽可能地突破传统的限制，拓宽表现领域。

既然"以诗为词"，一些逐渐形成的创作程式与规范难免会受到挑战，词与诗的区别甚至也会有些模糊，故苏轼在世时这一主张应者寥寥，包括其门人弟子也多持保留意见。 吴曾的《能改斋漫录》记晁补之的话，称"苏东坡词，人谓多不谐音律，然居士横放杰出，自是曲子中缚不住者。 黄鲁直间作小词，固高妙，然不是当行家语"，已隐含非议。 陈师道的《后山诗话》说得更为直接："退之以文为诗，子瞻以诗为词，如教坊雷大使之舞，虽极天下之工，要非本色。"在他们看来，"以诗为词"最大的问题是违反了词的"本色"，不够"当行"。

李清照在此基础上提出了著名的"词别是一家"之说。 在《词论》中，李清照总结了唐五代到北宋末年词的发展，以为："至晏元献、 欧阳永叔、 苏子瞻，学际天人，作为小歌词，直如酌蠡水于大海，然皆句读不葺之诗尔，又往往不协音律者……乃知词别是一家，知之者少。"可见其强调"词别是一家"主要针对的就是"以诗为词"，想要强调的是词的"协音律"问题。这与晁补之对苏东坡"多不协音律"的非议是一致的。在李清照看来，词既然倚声而作，不协音律就失其所以为词。欧阳修、苏轼等人的部分词作之所以成为"句读不葺之诗"，就在于与词复杂灵活的审音用字规定相抵触："盖诗文分平侧，而歌词分五音，又分五声，又分六律，又分清浊轻重。且如近世所谓《声声慢》《雨中花》《喜迁莺》，既押平声韵，又押入声韵；《玉楼春》本押平声韵，又押上去声，又押入声。本押仄声韵，如押上声则协；如押入声，则不可歌矣。"联系《词论》全篇，"词别是一家"之说还包含更多的理论内涵，如"尚文雅"、爱"新声"、主"情致"而兼重"铺叙""典重""故实"等。不过，"协音律"无疑最为重要，是词得以区别于诗的关键。

二、婉约与豪放的分派

宋室南渡后，"以诗为词"与"词别是一家"的争论仍在继续，并不断深入，从是否协律的体式之争，扩展到婉约与豪放的风格之争。大致来说，赞成"以诗为词"者多推重苏轼所开创的豪放词风，坚持"词别是一家"者往往坚持婉约为词之正体。当然，也有部分论者力求兼收并蓄，依违折中于豪放与婉约之间。

南宋以来不少论者对苏轼的"以诗为词"及豪放词风大加赞赏。王灼的《碧鸡漫志》作为词学史上颇有规模的专著，非常推崇苏轼对词的革新，认为："东坡先生非醉心音律者，偶尔作歌，指出向上一路，新天下耳目，弄笔者始知自振"；"以文章余事作诗，溢而为词曲……诗与乐府同出，岂当分异"。王灼不仅肯定了"以诗为词"，而且将其与"向上一路"的高健超迈的豪放词风联系在一起。胡寅的《酒边集序》高度评价苏词"一洗绮罗香泽之态，摆脱绸缪宛转之度，使人登高望远，举首高歌，而逸怀浩气超然乎尘垢之外。于是《花间》为皂隶，而柳氏为舆台矣"。其他如陆游的《老学庵笔记》为苏轼辩护，称："世言东坡不能歌，故所作乐府多不协……公非不能歌，但豪放不喜剪裁以就声律耳。"刘辰翁的《辛稼轩词序》认为："词至东坡，倾荡磊落，如诗如文，如天地奇观，岂与群儿雌声学语较工拙。"王若虚的《滹南诗话》主张"诗词只是一理"，批评陈师道的"子瞻以诗为词"说"大是妄论"，认为："公雄文大手，乐府乃其游戏，顾其与流俗争胜哉？盖其天资不凡，辞气迈往，故落笔皆绝尘耳。"凡此都表明，越到后来，苏轼的革新越受到肯定。

南渡以后，特别是南宋中期，出现了一批以词抒写爱国情怀和政治抱负的词人，如张元幹、张孝祥、陈亮、辛弃疾等。他们的创作无疑进一步促成了豪放词风与词论的形成。蔡戡的《芦川居士词序》论张元幹词："其忧国爱君之心，愤世嫉邪之气，间寓于歌诗"；"文词雅健，气格豪迈，有唐人风"。汤衡的《张紫微雅词序》强调张孝祥对苏轼的继承，认为镂玉雕琼、裁花剪叶的晚唐词"非不美也"，但"粉泽之工反累正气"，故苏轼"援而止之"，后人"嬉弄乐府，寓以诗人句法，无一毫浮靡之气，实自东坡发之也。于湖紫微张公之词，同一关键"。陈应行的《于湖先生雅词序》则将张孝祥之词概括为"潇散出尘之姿，自在如神之笔，迈往凌云之气"。辛弃疾是南宋豪放派的代表，相关探讨也最多。如范开的《稼轩词序》以"器大者声必闳，志高者意必远"立论，认为辛弃疾"非有意于学坡"，"自其发于所蓄者言之，则不能不坡若也"，推许辛弃疾"一世之豪，以气节自负，以功业自许"，词不过是其"陶写之具"。刘辰翁对辛词也别有会心，《辛稼轩词序》有"英雄感怆，有在常情之外，其难言者未必区区妇人孺子间也"语。上述论说都能立足于作者的人格气质，强调词抒发情性的诗性功能。

宋元词论中的婉约一脉既是对花间词以来的词学传统的继承，也包含对"词别是一家"的词体自觉意识的阐扬。晁补之、陈师道讨论词之"当行""本色"，李清照在《词论》中两次把词称作"小歌词"，不仅涉及协律的问题，也涉及词的题材、情调、风格等方面的问题，其实就是要求词具有婉约的特点。值得注意的是，以婉约论词，一般认为当以许顗的《许彦周诗话》载僧洪觉范"善作小词，情思婉约，似少游"为最早。不过，与其近似的表述，入宋以来实际上已颇为常见，如吴处厚的《青箱杂记》称"教坊格调，则婉媚风流"，刘攽的《中山诗话》称"张文昌乐府词清丽深婉"，乃至苏轼的《跋黔安居士渔父词》也有"鲁直作此词，清新婉丽"之说。可见，词尚婉约在北宋已是较为流行的观念。

南宋中叶以来，婉约词论渐成主流。王炎的《双溪诗余自叙》称："长短句命名为曲，取其曲尽人情，惟婉转妩媚为善，豪壮语何贵焉？"柴望的《凉州鼓吹自序》也说："大抵词以隽永委婉为上，组织涂泽次之，呼嗥叫啸抑末也。"这都已明确表露出抑豪放尊婉约之意。宋末沈义父则在《乐府指迷》中将婉约风格具体落实到音律、用字、发意各个方面："盖音律欲其协，不协则成长短之诗；下字欲其雅，不雅则近乎缠令之体；用字不可太露，露则直突而无深长之味；发意不可太高，高则狂怪而失柔婉之意。"音谐辞雅、婉转含蓄正是婉约词的基本要求。

还有一些论者试图折中于豪放与婉约之间。如张侃的《拙轩词话》有"苏叶二公词"条，评他们"豪逸而迫近人情，纤丽而摇动闺思"，两相参照，不分高下。刘克庄是辛派词人，极为推崇辛词，《辛稼轩集序》认为其"大声镗鞳，小声铿鍧，横绝六合，扫空万古，自有苍生以来所无"，《翁应星乐府序》又提出"长短句当使雪儿、春莺辈可歌，方是本色"。刘克庄认为，词的理想境界应是兼收并蓄，熔豪放、婉约于一炉，故《跋刘叔安感秋八词》称赞辛词"周、柳、辛、陆之能事，庶乎其兼之矣"。元好问的《新轩乐府引》论词推崇苏轼、辛弃疾，兼美黄庭坚、陈师道，认为其词"吟咏情性，留连光景，清壮顿挫，能起人妙思"。元初林景熙《胡汲古乐府序》也以"清而腴，丽而则，逸而敛，婉而庄"为理想风格，兼具婉约、豪放之长。这说明在豪放与婉约之间不仅有分派，也有融合。

三、雅正与清空的趣味

雅俗之辨同样是该时期词论所关注的重要问题。不过，无论是"以诗为词"与豪放词风的倡言者，还是"词别是一家"与婉约词风的支持者，其崇雅黜俗的倾向基本是一致的。例如，黄庭坚的《跋东坡乐府》赞赏苏轼"笔下无一点尘俗气"；李清照的《词论》批评柳永"词语尘下"；王灼的《碧鸡漫志》因"雅郑所分"提出"中正则雅，多哇则郑"，抨击柳词"浅近卑俗"。南宋以来，更相继出现《复雅歌词》《乐府雅词》《雅歌》等选本，倡导"复雅"和"放郑声"。其中张炎的《词源》可被视为此"复雅"思潮及宋词论崇雅黜俗倾向的总结。

《词源》论词首尚"雅正"，即所谓"古之乐章、乐府、乐歌、乐曲，皆出于雅正"。"雅正"大抵有四个方面。首先，"雅正"的核心是"得性情之正"。"词欲雅而正，志之所之，一为情所役，则失其雅正之音。"不为情所役，不是反对言情，"簸弄风月，陶写性情，词婉于诗；盖声出莺吭燕舌间，稍近乎情可也"，而是"性其情"，使情感符合性理与礼义，"屏去浮艳，乐而不淫，是亦汉魏乐府之遗意"。其次，"雅正"需协音合律。"词以协音为先。音者何？谱是也。"是否按谱填词，展现出词的音乐特质，是雅词区别于俗词的首要标志。张炎还以父亲张枢填词的经验为例，说明"雅词协音，虽一字亦不放过，信乎协音之不易也"。再次，"陶写性情，词婉于诗"，故"雅正"之词当以婉约为正体，委婉含蓄，"有风流蕴藉处"，如"辛稼轩、刘改之作豪气词，非雅词也"。这是从"雅正"的角度崇婉约抑豪放，与其"乐而不淫"之说也是一致的。最后，"雅正"需"无俗忌之辞"。这是从语言角度提出的要求。张炎以寿词为例，申说作词不可"尘俗""谀佞""迂阔虚诞"，即使"松椿龟鹤，有所不免，却要融化字面，语意新奇"。

由于以"雅正"为标准，故在词的境界与趣味上，张炎特别推崇"清空"。他明言："词要清空，不要质实；清空则古雅峭拔，质实则凝涩晦昧。"所谓"清空"，清人沈祥龙的《论词随笔》释为"清者，不染尘埃之谓；空者，不着色相之谓"。"不染尘埃"，则清雅脱俗；"不着色相"，故空明灵动。"清空"大体指的就是一种清雅空灵的词境。"姜白石词如野云孤飞，去留无迹"，正是"清空"之典范。与之相对，"质实"就是板滞雕琢，工巧细密太过，"如七宝楼台，眩人眼目，碎拆下来，不成片段"。进而言之，这种清雅空灵之中又有所寄托，故而不是一味轻虚飘渺，而是"古雅峭拔"，自有气骨。因此，"清空"与"意趣"密不可分。这里的"意趣"一方面指有新意，即不"蹈袭前人语意"；另一方面指有余意，即"情景交炼，得言外意"，"有有余不尽之意始佳"。此外，还要注意，"清空"不仅是词境，还是词法。也就是说，"清空"还可落实到创作方法的层次，包括用事、制曲、句法、字法等各个方面。例如，论"用事"，"要体认着题，融化不涩……不为事所使"；论"制曲"，"最是过片，不要断了曲意，须要承上接下……此则曲之意脉不断矣"；论"虚字"，词不宜"堆叠实字"，"合用虚字呼唤……却要用之得其所"，此皆为经验之谈。

张炎《词源》的"雅正"论、"清空"论，不仅是对宋人崇雅黜俗倾向的总结，而且将其提升为词境，落实为词法，颇有指导意义，故影响深远。尤其是"清空"之说内蕴丰厚，因契合词体的机理而备受推崇。元人陆辅之《词旨》称："《词源》云'清空'二字，亦一生受用不尽，指迷之妙，尽在是矣。"待清代词学中兴，朱彝尊辑《词综》，论词就以"清空"为宗，形成影响极大的浙派。

📖 原典选读

李清照的《词论》在回顾词史的基础上，批评苏轼等人之词"不协音律"，提出"词别是一家"的重要观点，可谓中国古代词学理论的正宗。以后王灼、胡寅以诗词一源论证两者一体，为"以诗为词"做了有力的辩护，范开、刘辰翁则由肯定辛弃疾词，努力扩大豪放词论的内涵。刘克庄虽为豪放词人，但认为当兼"周、柳、辛、陆之能事"，可知已能融贯豪放与婉约两派。张镃推崇史达祖词"清新闲婉"，柴望倡言"隽永委婉为上"，并以姜夔为典范，持论明显近婉约派。沈义父标举清真词，更将婉约风格具体落实到音律、用字、发意各个方面。张炎的《词源》总体上说自然也属婉约一脉，但能深入周详地倡导"雅正""清空"和"意趣"，诚为宋元时期最重要的词学专著。

一、李清照《词论》(节选)

乐府声诗并著，最盛于唐……自后郑卫之声日炽，流靡之变日烦。已有《菩萨蛮》《春光好》《莎鸡子》《更漏子》《浣溪沙》《梦江南》《渔父》等词，不可遍举。

五代干戈，四海瓜分豆剖，斯文道熄。独江南李氏君臣尚文雅，故有"小楼吹彻玉笙寒""吹皱一池春水"之词。语虽奇甚，所谓"亡国之音哀以思"者也。

逮至本朝，礼乐文武大备，又涵养百余年，始有柳屯田永者，变旧声作新声，出《乐章集》，大得声称于世，虽协音律，而词语尘下。又有张子野、宋子京兄弟，沈唐、元绛、晁次膺辈继出，虽时时有妙语，而破碎何足名家。至晏元献、欧阳永叔、苏子瞻，学际天人，作为小歌词，直如酌蠡水于大海，然皆句读不葺之诗尔，又往往不协音律者。何耶？盖诗文分平侧，而歌词分五音，又分五声，又分六律，又分清浊轻重。且如近世所谓《声声慢》《雨中花》《喜迁莺》，既押平声韵，又押入声韵；《玉楼春》本押平声韵，又押上去声，又押入声。本押仄声韵，如押上声则协；如押入声，则不可歌矣。王介甫、曾子固文章似西汉，若作一小歌词，则人必绝倒，不可读也。乃知词别是一家，知之者少。后晏叔原、贺方回、秦少游、黄鲁直出，始能知之。又晏苦无铺叙；贺苦少典重；秦则专主情致而少故实，譬如贫家美女，虽极妍丽丰逸，而终乏富贵态；黄即尚故实而多疵病，譬如良玉有瑕，价自减半矣。

[（宋）李清照著：《重辑李清照集》，黄墨谷辑校，北京，中华书局，2009]

二、王灼《碧鸡漫志》（节选）

或问歌曲所起，曰：天地始分，而人生焉。人莫不有心，此歌曲所以起也……故有心则有诗，有诗则有歌，有歌则有声律，有声律则有乐歌。永言，即诗也，非于诗外求歌也。今先定音节，乃制词从之，倒置甚矣。而士大夫又分诗与乐府作两科。古诗或名曰乐府，谓诗之可歌也。故乐府中有歌有谣，有吟有引，有行有曲。今人于古乐府，特指为诗之流，而以词就音，始名乐府，非古也。（卷一）

或曰：古人因事作歌，抒写一时之意，意尽则止，故歌无定句。因其喜怒哀乐，声则不同，故句无定声。今音节皆有辖束，而一字一拍，不敢辄增损，何与古相戾软？予曰：皆是也。今人固不及古，而本之性情，稽之度数，古今所尚，各因其所重。昔尧民亦《击壤歌》，先儒为搏拊之说，亦曰所以节乐。乐之有拍，非唐虞创始，实自然之度数也……古人岂无度数？今人岂无性情？用之各有轻重，但今不及古耳。今所行曲拍，使古人复生，恐未能易。（卷一）

（江枰疏证：《〈碧鸡漫志〉疏证》，南昌，江西教育出版社，2008）

三、胡寅《酒边集序》（节选）

词曲者，古乐府之末造也。古乐府者，诗之旁行也。诗出于《离骚》《楚辞》，而骚词者，变风变雅之怨而迫、哀而伤者也；其发乎情则同，而止乎礼义则异。名曰曲，以其曲尽人情耳。方之曲艺，犹不逮焉；其去《曲礼》则益远矣。然文章豪放之士，鲜不寄意于此者，随亦自扫其迹，曰谑浪游戏而已也。唐人为之最工，柳耆卿后出，掩众制而尽其妙，好者以为不可复加。及眉山苏氏，一洗绮罗香泽之态，摆脱绸缪宛转之度，使人登高望远，举首高歌，而逸怀浩气超然乎尘垢之外。于是《花间》为皂隶，而柳氏为舆台矣。芗林居士步趋苏堂而哜其炙者也。观其退江北所作于后，而进江南所作于前，以枯木之心，幻出葩华，酌元酒之尊，而弃醇味，非染而不色，安能及此！

（金启华等编：《唐宋词集序跋汇编》，南京，江苏教育出版社，1990）

四、范开《稼轩词序》(节选)

器大者声必闳，志高者意必远。知夫声与意之本原，则知歌词之所自出。是盖不容有意于作为，而其发越著见于声音言意之表者，则亦随其所蓄之浅深，而不能不尔者存焉耳。

世言稼轩居士辛公之词似东坡，非有意于学坡也，自其发于所蓄者言之，则不能不坡若也。坡公尝自言，与其弟子由为文〔至〕多，而未尝敢有作文之意，且以为得于谈笑之间而非勉强之所为。公之于词亦然：苟不得之于嬉笑，则得之于行乐；不得之于行乐，则得之于醉墨淋漓之际。挥毫未竟而客争藏去。或闲中书石，兴来写地，亦或微吟而不录，漫录而焚稿，以故多散逸。是亦未尝有作之之意，其于坡也，是以似之。

虽然，公一世之豪，以气节自负，以功业自许。方将敛藏其用，以事清旷，果何意于歌词哉，直陶写之具耳。故其词之为体，如张乐洞庭之野，无首无尾，不主故常；又如春云浮空，卷舒起灭，随所变态，无非可观。无他，意不在于作词，而其气之所充，蓄之所发，词自不能不尔也。其间固有清而丽、婉而妩媚，此又坡词之所无，而公词之所独也。昔宋复古、张乖崖方严劲正，而其词乃复有秾纤婉丽之语，岂铁石心肠者类皆如是耶？

（金启华等编：《唐宋词集序跋汇编》，南京，江苏教育出版社，1990）

五、刘辰翁《辛稼轩词序》(节选)

词至东坡，倾荡磊落，如诗如文，如天地奇观，岂与群儿雌声学语较工拙；然犹未至用经用史，牵雅颂入郑卫也。自辛稼轩前，用一语如此者必且掩口。及稼轩横竖烂漫，乃如禅宗棒喝，头头皆是；又如悲笳万鼓，平生不平事并厄酒，但觉宾主酣畅，谈不暇顾。词至此亦足矣。然陈同父效之，则与左太冲入群媪（疑当作媪）相似，亦无面而返。嗟乎，以稼轩为坡公少子，岂不痛快灵杰可爱哉，而愁鬓龋齿作折腰步者阒然笑之。《敕勒歌》之拙矣，"风吹草低"之句，与《大风》起语高下相应，知音者少。顾稼轩胸中今古，止用资为词，非不能诗，不事此耳。

斯人北来，喑呜鸷悍，欲何为者？而逸摈销沮，白发横生，亦如刘越石。陷绝失望，花时中酒，托之陶写，淋漓慷慨，此意何可复道！而或者以流连光景、志业之终恨之，岂可向痴人说梦哉！为我楚舞，吾为若楚歌，英雄感怆，有在常情之外，其难言者未必区区妇人孺子间也。

（金启华等编：《唐宋词集序跋汇编》，南京，江苏教育出版社，1990）

六、刘克庄《跋刘叔安感秋八词》

长短句肪于唐，盛于本朝。余尝评之：耆卿有教坊丁大使意态，美成颇偷古句，温、李诸人困于捍扯。近岁放翁、稼轩一扫纤艳，不事斧凿，高则高矣，但时时掉书袋，要是一癖。叔安刘君落笔妙天下，间为乐府，丽不至亵，新不犯陈，借花卉以发骚人墨客之豪，托闺怨以寓放臣逐子之感，周、柳、辛、陆之能事，庶乎其兼之矣。然词家有长腔、有短阕。坡公《戚氏》等作，以长而工也；唐人《忆秦娥》之词曰"西风残照，汉家陵阙"，《清平乐》之词曰"夜夜常留半被，待君魂梦归来"，以短而工也。余见叔安之似坡公者矣，未见其似唐人者。叔安当为余尽发秘藏，毋若李卫公兵法，妙处不以教人也。

（金启华等编：《唐宋词集序跋汇编》，南京，江苏教育出版社，1990）

七、张镃《梅溪词序》（节选）

《关雎》而下三百篇，当时之歌词也，圣师删以为经。后世播诗章于乐府，被之金石管弦，屈宋班马，由是乎出。而自变体以来，司花傍辇之嘲，沉香亭北之咏，至与人主相友善。则世之文人才士，游戏笔墨于长短句间，有能瑰奇警迈，清新闲婉，不流于诡荡污淫者，未易以小伎言也……盖生之作，辞情俱到。织绡泉底，去尘眼中，妥帖轻圆，特其余事。至于夺苕艳于春景，起悲音于商素，有瑰奇警迈、清新闲婉之长，而无诡荡污淫之失。端可以分镳清真，平睨方回，而纷纷三变行辈，几不足比数。山谷以行谊文章，宗匠一代，至序小晏词，激昂婉转，以伸吐其怀抱。而"杨花谢桥"之句，伊川犹称可之。生满襟风月，鸾吟凤啸，锵洋乎口吻之际者，皆自漱涤书传中来。况欲大肆其力于五七言，回鞭温韦之途，掉鞅李杜之域，跻攀风雅，一归于正，不于是而止。

［（宋）史达祖撰：《梅溪词》，雷履平、罗焕章校注，

上海，上海古籍出版社，1988］

八、柴望《凉州鼓吹自序》

《凉州鼓吹》，山翁诗余稿也。诗余以鼓吹名，取谐歌曲之律云耳。夫诗可以歌功德、被金石而垂无穷，其来尚矣。自蒉桴土鼓泄而韶濩，桑间濮上转而郑卫，玉树后庭变而霓羽，于是亡国之音肆，正雅之道熄。悲夫！词起于唐而盛于宋，宋作尤莫盛于宣靖间，美成、伯可各自堂奥，俱号称作者。近世姜白石一洗而更之，"暗香""疏影"等作，当别家数也。大抵词以隽永委婉为上，组织涂泽次之，呼噪叫啸抑末也。惟白石词登高眺远，慨然感今悼往之趣，悠然托物寄兴之思，殆与古"西河""桂枝香"同风致，视青楼歌、红窗曲万万矣。故余不敢望靖康家数，白石衣钵或仿佛焉，故以"鼓吹"名，亦以自况云尔，幸同志者谅之。宋逋臣柴望识。

（金启华等编：《唐宋词集序跋汇编》，南京，江苏教育出版社，1990）

九、沈义父《乐府指迷》(节选)

余自幼好吟诗。壬寅秋，始识静翁于泽滨。癸卯，识梦窗。暇日相与唱酬，率多填词，因讲论作词之法，然后知词之作难于诗。盖音律欲其协，不协则成长短之诗；下字欲其雅，不雅则近乎缠令之体；用字不可太露，露则直突而无深长之味；发意不可太高，高则狂怪而失柔婉之意。思此，则知所以为难。子弟辈往往求其法于余，姑以得之所闻，条列下方，观于此，则思过半矣。(《论词四标准》)

凡作词，当以清真为主。盖清真最为知音，且无一点市井气，下字运意，皆有法度，往往自唐、宋诸贤诗句中来，而不用经史中生硬字面，此所以为冠绝也。学者看词，当以《周词集解》为冠。(《清真词所以冠绝》)

近世作词者不晓音律，乃故为豪放不羁之语，遂借东坡、稼轩诸贤自诿。诸贤之词，固豪放矣，不豪放处，未尝不叶律也。如东坡之《哨遍》、杨花《水龙吟》，稼轩之《摸鱼儿》之类，则知诸贤非不能也。(《豪放与叶律》)

〔(宋)张炎、(宋)沈义父著：《词源注　乐府指迷笺释》，夏承焘校注，
蔡嵩云笺释，北京，人民文学出版社，1981〕

十、张炎《词源》(节选)

词要清空，不要质实；清空则古雅峭拔，质实则凝涩晦昧。姜白石词如野云孤飞，去留无迹。吴梦窗词如七宝楼台，眩人眼目，碎拆下来，不成片段。此清空质实之说。梦窗《声声慢》云："檀栾金碧，婀娜蓬莱，游云不蘸芳洲。"前八字恐亦太涩。如《唐多令》云："何处合成愁，离人心上秋；纵芭蕉不雨也飕飕。都道晚凉天气好，有明月，怕登楼。前事梦中休，花空烟水流。燕辞归客尚淹留。垂柳不萦裙带住，谩长是，系行舟。"此词疏快却不质实。如是者集中尚有，惜不多耳。白石词如《疏影》《暗香》《扬州慢》《一萼红》《琵琶仙》《探春》《八归》《淡黄柳》等曲，不惟清空，又且骚雅，读之使人神观飞越。(《清空》)

词以意为主，不要蹈袭前人语意。(《意趣》)

簸弄风月，陶写性情，词婉于诗；盖声出莺吭燕舌间，稍近乎情可也。若邻乎郑、卫，与缠令何异也。如陆雪溪《瑞鹤仙》云："脸霞红印枕，睡觉来冠儿还是不整，屏间麝煤冷。但眉山压翠，泪珠弹粉。堂深昼永，燕交飞风帘露井。恨无人与说相思，近日带围宽尽！重省，残灯朱幌，淡月纱窗，那时风景。阳台路远，云雨梦，便无准。待归来先指花梢教看，却把心期细问；问因循过了青春，怎生意稳？"辛稼轩《祝英台近》云："宝钗分，桃叶渡，烟柳暗南浦。怕上层楼，十日九风雨。断肠片片飞红，都无人管，凭谁劝啼莺声住！鬓边觑，试把花卜归期，才簪又重数。罗帐灯昏，哽咽梦中语。是他

春带愁来，春归何处，却不解带将愁去！"皆景中带情，而有骚雅。故其燕酣之乐，别离之愁，回文、题叶之思，岘首、西州之泪，一寓于词。若能屏去浮艳，乐而不淫，是亦汉魏乐府之遗意。（《赋情》）

词欲雅而正，志之所之。一为情所役，则失其雅正之音；耆卿、伯可不必论，虽美成亦有所不免；如"为伊泪落"，如"最苦梦魂，今宵不到伊行"，如"天便教人霎时得见何妨"，如"又恐伊寻消问息，瘦损容光"，如"许多烦恼，只为当时，一饷留情"，所谓淳厚日变成浇风也……

辛稼轩、刘改之作豪气词，非雅词也，于文章余暇，戏弄笔墨为长短句之诗耳。（《杂论》）

［（宋）张炎、（宋）沈义父著：《词源注　乐府指迷笺释》，夏承焘校注，

蔡嵩云笺释，北京，人民文学出版社，1981］

第六节　小说与戏曲理论

小说与戏曲理论的萌芽和发展是宋金元时期文论的重要特点之一。尽管其议论还较零散，不够系统，但却为其明清时期的成熟、繁荣奠定了基础。需要说明的是，这里的"小说"既包含以传奇为代表的文言小说，也包含新兴的话本小说，"戏曲"也兼指杂剧与散曲等，故相对应地，本节也涉及对上述各体类的论说。

一、文言小说的议论与评点

"小说"一词最早见于《庄子·外物》"饰小说以干县令"，大意为"琐屑之言"[1]，与后人所言"小说"并无直接关系。东汉桓谭的《新论》称："若其小说家，合丛残小语，近取譬论，以作短书，治身理家，有可观之辞。"班固的《汉书·艺文志》称："小说家者流，盖出于稗官。街谈巷语，道听途说者之所造也。"这两处关于"小说"内容、形式和来源等的议论，可被视为对带有文学性的"小说"概念之探讨的前身。

魏晋南北朝时期，文言小说兴盛。其时对小说的议论多受史家的影响，强调实录以补史阙。葛洪为《西京杂记》所作跋语，厘定其宗旨为"裨《汉书》之阙"。而据《世说新语·轻诋》注引《续晋阳秋》所载，裴启的《语林》流行一时，"后说太傅事不

---

① 鲁迅：《中国小说史略》，1页，上海，上海古籍出版社，1998。

实……自是众咸鄙其事矣"。崇实之风，由此可见一斑。即使是志怪小说，也多立足于"实""信"。干宝的《搜神记序》为其可能"失实"辩护："虽考先志于载籍，收遗逸于当时，盖非一耳一目之所亲闻睹也，又安敢谓无失实者哉。"尽管如此，"今之所集，设有承于前载者，则非余之罪也。若使采访近世之事，苟有虚错，愿与先贤前儒分其讥谤。及其著述，亦足以发明神道之不诬也"。这说明，志怪小说也当实录以求"信"，目的在于"发明神道之不诬"。南朝萧绮的《拾遗记序》以"纪事存朴，爱广向奇"为《拾遗记》之特色，进而提出"纪其实美""考验真怪""世德近者，则文存靡丽；编言贯物，使宛然成章"等主张，在重视"实美""真怪"的基础上述及文采、结构等内容。

唐代传奇堪称文言小说创作之高峰，但唐人与之相关的理论探讨却甚为寥落。较有价值者，如沈既济的《任氏传》文末提出"揉变化之理，察神人之际，著文章之美，传要妙之情"，论及传奇的思想价值与审美价值；李公佐的《谢小娥传》介绍其创作"备详前事，发明隐文，暗与冥会，符于人心；知善不录，非《春秋》之义也，故作传以旌美之"，不仅强调了以传奇"旌美"的教化功能，其"发明隐文""符于人心"还涉及虚构的必要性及其根据的问题。

宋代传奇创作不及唐代，相关议论则较唐人深入。赵令畤《元微之崔莺莺商调蝶恋花词》称颂《会真记》为"大手笔"，尤其注意到崔莺莺人物形象塑造的成就："虽丹青摹写其形状，未知能如是工且至否？"洪迈的《夷坚丁志序》提出："稗官小说言不必信，固也……好奇之过，一至于斯。读者曲而畅之，勿以辞害意可也。"承认志怪传奇与史传在属性上的不同，故而"言不必信"，是小说理论的一大进步。其剖析作者的"好奇"心理，期望读者"勿以辞害意"，也都颇为精辟。洪迈还有两处关于唐传奇的论述为后人所重。一为《容斋随笔》卷十五论唐人小说"鬼物假托，莫不宛转有思致"，揭示了唐传奇作意好奇、有所寄托的艺术特征。二为陈世熙的《唐人说荟·例言》引其所谓"唐人小说，不可不熟，小小情事，凄惋欲绝，泃有神遇而不自知者，与诗律可称一代之奇"。在这两处论说中，洪迈指出唐传奇以故事情节来抒发情志，具有"凄惋"的色调与潜移默化的艺术感染力，可与唐诗并称"一代之奇"。洪迈的判断奠定了明清两代对唐传奇的基本评价，影响深远。此外，赵彦卫的《云麓漫钞》称唐传奇"文备众体，可见史才、诗笔、议论"，不仅高度概括了唐传奇的文本整体特性，也揭示出它的多元化脉络与来源，堪称卓见。

宋元之际，刘辰翁对《世说新语》的评点也颇值得注意。一方面，刘辰翁较为自觉地将《世说新语》作为小说来评点。"魏武追杀匈奴使"一则评道"谓追杀此使，乃小说常情"；"庾太尉南奔见陶公"一则评道"小说取笑，陶未易愚"；"王子猷作桓车骑骑兵参军"一则评"亦似小说袋子"，皆可为证。"桓公卧语"一则评曰"此等较有俯仰，大胜史笔"，论及小说笔法与史传的差异。另一方面，刘辰翁能较为灵活地运用评点的形式，以简练、精当的评语切中《世说新语》人物、语言的特色。如以"清言""高简"评述其语言，用"家翁语""妇人语"等形容人物的声口，用"注情语""正堕泪之言""语甚可悲"等揭示人物的感情状态等。少数评语还涉及情节安排，如评"张凭举孝廉"一则"此纤悉曲折可尚"等。要之，尽管刘辰翁的评点受到《世说新语》文体特征的限制，与后世更成熟的小说评点有一定的距离，但其开创之功不可磨灭。

二、话本小说理论的初创

宋元时期，"说话"盛行。这不仅为话本小说的创作奠定了基础，也将小说理论推进到新的阶段。早期的话本小说理论多被含括在宋人笔记对"说话"的种种记述之中。不少笔记皆记录了其时"说话"的类型或"家数"，如孟元老的《东京梦华录》分"小说""讲史""说诨话"三种，灌园耐得翁的《都城纪胜》分"小说""说铁骑儿""说经""讲史"四种，吴自牧的《梦粱录》虽云"四家数"，实则只记"小说""说经""讲史"三种。此处的"小说"，乃"说话"的科目之一，非今人所泛指的小说。不过，在"说话"诸科目中，"小说"尤为重要。《都城纪胜》云："最畏小说人，盖小说者能以一朝一代故事顷刻间提破。"《梦粱录》亦云："盖小说，能讲一朝一代故事，顷刻间捏合。""提破""捏合"，实已触及小说艺术的虚构性、概括性、典型性等问题。

罗烨的《醉翁谈录》卷首《舌耕叙引》有"演史讲经并可通用"的《小说引子》《小说开辟》两篇，可以说是古代小说专论的首创之作，对话本小说进行了较为全面的探讨。其中最重要的是对话本小说的艺术特色和要求的论述。从内容来看，小说的题材广泛，无所不包，"说重门不掩底相思，谈闺阁难藏底密恨。辨草木山川之物类，分州军县镇之程途。讲历代年载废兴，记岁月英雄文武"。从语言来看，小说应通俗易懂，"以上古隐奥之文章，为今日分明之议论"；同时也应吸收其他语体，"曰得词，念得诗，说得话，使得砌"。从艺术构思来看，小说当重视虚构与想象，有所生发敷演，"试将便眼之流传，略为从头而敷演。得其兴废，谨按史书；夸此功名，总依故事。如有小说者，但随意据事演说云云"。从结构布局来看，小说应虚实相间、舒张有致，"讲论处不嗫搭，不絮烦；敷衍处有规模，有收拾。冷淡处提掇得有家数，热闹处敷演得越久长"。除此之外，罗烨还强调了小说家应有广博的学识与高超的艺术修养："夫小说者，虽为末学，尤务多闻。非庸常浅识之流，有博览该通之理……论才词有欧、苏、黄、陈佳句；说古诗是李、杜、韩、柳篇章。举断模按，师表规模，靠敷演令看官清耳。""小说纷纷皆有之，须凭实学是根基。"罗烨也描述了小说的教化功能与艺术效果："言其上世之贤者可为师，排其近世之愚者可为戒。言非无根，听之有益。"""说国贼怀奸从佞，遣愚夫等辈生嗔；说忠臣负屈衔冤，铁心肠也须下泪……嗤发迹话，使寒门发愤；讲负心底，令奸汉包羞。"大体而言，罗烨对"小说"的评说虽然不够深入，但代表了宋元时期话本小说理论的最高成就，有其不可替代的价值。

三、戏曲理论及批评

一般认为，古代戏曲初步成形于南北朝[①]，经唐宋的发展演变，至元代达于繁荣。与此相应，不少戏曲理论与批评的专文、专著也在元代涌现出来。较之明清时期，元代戏曲理论在完整性、系统性上略有不足，但成就不容忽视。大体而言，元代戏曲理论的主要内容集中在戏曲的源流、创作、表演、功能四个方面。

(一)戏曲的源流

元人论戏曲的源头，多主张曲源于诗。他们将曲辞称为"乐府"或"今乐府"，就包含以之承续诗的传统的意味。杨维桢的表述最为简明，他在《周月湖今乐府序》中说："夫词、曲本古诗之流，既以乐府名编，则宜有风雅余韵在焉。"邓子晋序杨朝英所编《朝野新声太平乐府》亦说："乐府本乎诗也。三百篇之变，至于五言，有乐府、有五言、有歌、有曲，为诗之别名矣……古人作诗，歌以奏乐，而八音谐，神人合，今诗无复论是。乐府调声按律，务合音节，盖犹有歌诗之遗意焉。"

关于戏曲本身的流变，胡祗遹的《赠宋氏序》论及金院本与元杂剧的关系，称"乐音与政通，而伎剧亦随时所尚而变，近代教坊院本之外，再变而为杂剧"。夏庭芝的《青楼集志》所论更详，认为："唐时有'传奇'，皆文人所编，犹野史也；但资谐笑耳。宋之'戏文'，乃有唱念，有诨。金则'院本''杂剧'合而为一。至我朝乃分'院本''杂剧'而为二。"虽间有不够准确的地方，如认为传奇"但资谐笑"，但其论述之完整还是此前颇为少见的。

(二)戏曲的创作

创作问题是元代戏曲理论关注的重心之一，所论涉及创作的题材、形式、律法等多个方面。较有代表性的观点，如胡祗遹的《赠宋氏序》强调戏曲题材的无所不包："上则朝廷君臣政治之得失，下则闾里市井父子兄弟夫妇之厚薄，以至医药卜筮、释道商贾之人情物理，殊方异域，风俗语言之不同，无一物不得其情，不穷其态。"杨维桢的《周月湖今乐府序》谈及戏曲形式，主张文采音节兼济，反对"泥文采者失音节，谐音节者亏文采"，等等。

---

① 参见王国维：《王国维文学论著三种》，63～65页，北京，商务印书馆，2001。

周德清的《中原音韵》是元代最重要的戏曲理论著作。该书前半部分为韵谱，提倡"宗中原之音"，并对北曲的格律谱式加以整理和总结。后半部分讨论"正语作词起例"，其中"作词十法"颇有理论价值。所谓"十法"，包括知韵、造语、用事、用字等。如论"造语"，《中原音韵》将其分为"可作"与"不可作"，进而指出"未造其语，先立其意，语意俱高为上"，"造语必俊，用字必熟。太文则迂，不文则俗。文而不文，俗而不俗"，议论精当，且突出了曲不同于诗词的自体特征。再如论"定格"，总结了北曲调有定格、句有句式、字有字声的特点，具有指导意义。

(三)戏曲的表演

元人对戏曲表演问题的探讨有开创之功。胡祗遹的《黄氏诗卷序》提出"九美"之说，实际上就是演员应具备的九项艺术素养，如"姿质浓粹，光彩动人"，"心思聪慧，洞达事物之情状"，"歌喉清和圆转，累累然如贯珠"，"发明古人，喜怒哀乐，忧悲愉佚，言行功业，使观众听者如在目前，谛听忘倦，惟恐不得闻"，"温故知新，关键词藻，时出新奇，使人不能测度为之限量"，包括姿容、行止、心智、口齿、音质、技巧、功夫等各个方面，至今仍有重要意义。

署名燕南芝庵的《唱论》是一部金元戏曲声乐专著。该书对戏曲演唱技巧进行了论述，包括声调、节奏、换气、行腔等。例如，论声调主张"凡歌一句，声韵有一声平、一声背、一声圆，声要圆熟，腔要彻满"，"凡一曲中，各有其声"，都能落到实处。《唱论》还对元曲所用十七种宫调的歌唱特色进行了概括，如"仙吕调唱清新绵邈"，"南吕宫唱感叹伤悲"，不仅具有实践意义，还为宫调理论奠定了基础。

(四)戏曲的功能

关于戏曲的功能，元人大多强调其政教之用，也有论者重视其审美、娱乐功能。前者如周德清的《中原音韵》认为戏曲当"曰忠，曰孝，有补于世"，杨维桢的《送朱女士桂英演史序》认为"百戏……皆不如俳优侏儒之戏，或有关于讽谏，而非徒为一时耳目之玩也"，夏庭芝的《青楼集志》推崇杂剧"可以厚人伦，美风化"等；后者则以钟嗣成为代表。在《录鬼簿》中，钟嗣成把戏曲家称为"心机灵变，世法通疏，移宫换羽，搜奇索怪，而以文章为戏玩者"，并为他们树碑立传，自序更明言："若夫高尚之士，性理之学，以为得罪于圣门者，吾党且啖蛤蜊，别与知味者道。"此处的蛤蜊之"味"，可被理解为戏曲独特的审美价值。

📖 原典选读

戏曲小说批评的兴起，为这一时期古文论增添了新的内容。尽管基于相近的书写与修辞，许多批评与诗文理论同调，但毕竟针对的是不同的文类，因此常常于字里行间不经意就显出了自己的特点。例如，洪迈结合"好奇尚异"的心理论文言小说，又有"往见乌有先生"之语，可见时人对小说虚构性特质的认识。罗烨对话本小说内容、作用和艺术特点等问题的论述也颇精到。戏曲理论方面，胡祗遹探讨戏曲宣抑郁的功能及"随时所尚而变"的特点，提出了著名的"九美"之说；周德清、钟嗣成从不同的角度张大了戏曲的本位，捍卫了戏曲的艺术价值；杨维桢着重强调了戏曲"警人视听"的教化功能，对元曲风格体调做了很好的归纳；夏庭芝的《青楼集志》堪为难得的宋金元戏曲史专论。

一、洪迈《夷坚乙志序》

《夷坚初志》成，士大夫或传之。今镂板于闽于蜀于婺于临安，盖家有其书。人以予好奇尚异也，每得一说，或千里寄声，于是五年间又得卷帙多寡与前编等，乃以《乙志》名之。凡甲乙二书，合为六百事，天下之怪怪奇奇尽萃于是矣。夫齐谐之志怪，庄周之谈天，虚无幻茫，不可致诘；逮干宝之《搜神》，奇章公之《玄怪》，谷神子之《博异》，《河东》之记，《宣室》之志，《稽神》之录，皆不能无寓言于其间。若予是书，远不过一甲子，耳目相接，皆表表有据依者。谓予不信，其往见乌有先生而问之。乾道二年十二月十八日，番阳洪迈景卢叙。

（黄霖编，罗书华撰：《中国历代小说批评史料汇编校释》，
南昌，百花洲文艺出版社，2009）

二、罗烨《舌耕叙引》（节选）

小说引子

小说者流，出于机戒之官，遂分百官记录之司。由是有说者纵横四海，驰骋百家。以上古隐奥之文章，为今日分明之议论。或名演史，或谓合生，或称舌耕，或作挑闪，皆有所据，不敢谬言。言其上世之贤者可为师，排其近世之愚者可为戒。言非无根，听之有益……画象之形已玩，结绳之政不施，世态纷更，民心机巧。须赖君王相神武，庶安中外以和平。所业历历可书，其事班班可纪。乃见典坟道蕴，经籍旨深。试将便眼之流传，略为从头而敷演。得其兴废，谨按史书；夸此功名，总依故事。

诗曰：

破尽诗书泣鬼神，发扬义士显忠臣，试开戛玉敲金口，说与东西南北人。

又诗：

春浓花艳佳人胆，月黑风寒壮士心，讲论只凭三寸舌，秤评天下浅和深。

小说开辟

夫小说者，虽为末学，尤务多闻。非庸常浅识之流，有博览该通之理。幼习《太平广记》，长攻历代史书。烟粉奇传，素蕴胸次之间；风月须知，只在唇吻之上。《夷坚志》无有不览，《琇莹集》所载皆通。动哨、中哨，莫非《东山笑林》；引倬、底倬，须还《绿窗新话》。论才词有欧、苏、黄、陈佳句；说古诗是李、杜、韩、柳篇章。举断模按，师表规模，靠敷演令看官清耳。只凭三寸舌，褒贬是非；略嚼万余言，讲论古今。说收拾寻常有百万套，谈话头动辄是数千回。说重门不掩底相思，谈闺阁藏底密恨。辨草木山川之物类，分州军县镇之程途。讲历代年载废兴，记岁月英雄文武。有灵怪、烟粉、传奇、公案，兼朴刀、捍棒、妖术、神仙。自然使席上风生，不枉教坐间星拱……说国贼怀奸从佞，遣愚夫等辈生嗔；说忠臣负屈衔冤，铁心肠也须下泪。讲鬼怪令羽士心寒胆战；论闺怨遣佳人绿惨红愁。说人头厮挺，令羽士快心；言两阵对圆，使雄夫壮志。谈吕相青云得路，遣才人着意群书；演霜林白日升天，教隐士如初学道。噇发迹话，使寒门发愤；讲负心底，令奸汉包羞。讲论处不佛搭，不絮烦；敷演处有规模，有收拾。冷淡处提掇得有家数，热闹处敷演得越久长。曰得词，念得诗，说得话，使得砌。言无诡舛，遣高士善口赞扬；事有源流，使才人怡神嗟讶。

诗曰：

小说纷纷皆有之，须凭实学是根基，开天辟地通经史，博古明今历传奇，

藏蕴满怀风与月，吐谈万卷曲和诗，辨论妖怪精灵话，分别神仙达士机，

涉案枪刀并铁骑，闺情云雨共偷期，世间多少无穷事，历历从头说细微。

[（宋）罗烨著：《醉翁谈录》，上海，古典文学出版社，1957]

三、胡祗遹《赠宋氏序》（节选）

百物之中，莫灵莫贵于人，然莫愁苦于人……于斯时也，不有解尘网、消世虑，皥皥熙熙，心畅然怡然，少导欢适者，一去其苦，则亦难乎其为人矣。此圣人所以作乐以宣其抑郁，乐工伶人之亦可爱也。乐音与政通，而伎剧亦随时所尚而变，近代教坊院本之外，再变而为杂剧。既谓之杂，上则朝廷君臣政治之得失，下则闾里市井父子兄弟夫妇之厚薄，以至医药卜筮、释道商贾之人情物理，殊方异域，风俗语言之不同，无一物不得其情，不穷其态。

（隗芾、吴毓华编：《古典戏曲美学资料集》，北京，文化艺术出版社，1992）

四、胡祗遹《黄氏诗卷序》（节选）

女乐之百伎，惟唱详焉。一，姿质浓粹，光彩动人；二，举止闲雅，无尘俗态；

三，心思聪慧，洞达事物之情状；四，语言辨利，字句真明；五，歌喉清和圆转，累累然如贯珠；六，分付顾盼，使人解悟；七，一唱一语，轻重疾徐，中节合度，虽记诵娴熟，非如老僧之诵经；八，发明古人，喜怒哀乐，忧悲愉佚，言行功业，使观众听者如在目前，谛听忘倦，惟恐不得闻；九，温故知新，关键词藻，时出新奇，使人不能测度为之限量。九美既具，当独步同流。

（隗芾、吴毓华编：《古典戏曲美学资料集》，北京，文化艺术出版社，1992）

五、周德清《中原音韵序》（节选）

言语一科，欲作乐府，必正言语；欲正言语，必宗中原之音。乐府之盛，之备，之难，莫如今时。其盛，则自搢绅及闾阎歌咏者众。其备，则自关、郑、白、马一新制作，韵共守自然之音，字能通天下之语，字畅语俊，韵促音调；观其所述，曰忠，曰孝，有补于世。其难，则有六字三韵，"忽听、一声、猛惊"是也。诸公已矣，后学莫及！何也？盖其不悟声分平、仄，字别阴、阳。夫声分平、仄者，谓无入声，以入声派入平、上、去三声也。作平者最为紧切，施之句中，不可不谨。派入三声者，广其韵耳，有才者本韵自足矣。字别阴、阳者，阴、阳字平声有之，上、去俱无。上、去各止一声，平声独有二声：有上平声，有下平声……阴者，即下平声；阳者，即上平声……吁！考其词音者，人人能之；究其词之平仄、阴阳者，则无有也！……因重张之请，遂分平声阴、阳及撮其三声同音，兼以入声派入三声——如"斡"字——次本声后，葺成一帙，分为十九，名之曰《中原音韵》，并《起例》以遗之，可与识者道。是秋九日，高安挺斋周德清自序。

[中国戏曲研究院编：《中国古典戏曲论著集成（一）》，
北京，中国戏剧出版社，1959]

六、钟嗣成《录鬼簿自序》（节选）

人之生斯世也，但以已死者为鬼，而不知未死者亦鬼也。酒罂饭囊，或醉或梦，块然泥土者，则其人与已死之鬼何异？此固未暇论也。其或稍知义理，口发善言，而于学问之道，甘于暴弃，临终之后，漠然无闻，则又不若块然之鬼为愈也。予尝见未死之鬼，吊已死之鬼，未之思也，特一间耳。独不知天地开辟，亘古及今，自有不死之鬼在；何则？圣贤之君臣，忠孝之士子，小善大功，著在方册者，日月炳焕，山川流峙，及乎千万劫无穷已，是则虽鬼而不鬼者也。余因暇日，缅怀故人，门第卑微，职位不振，高才博识，俱有可录，岁月弥久，湮没无闻，遂传其本末，吊以乐章；复以前乎此者，叙其姓名，述其所作，冀乎初学之士，刻意词章，使冰寒于水，青胜于蓝，则亦幸矣。名之曰《录鬼簿》。嗟乎！余亦鬼也。使已死未死之鬼，作不死之鬼，得以传远，余又何幸焉？若夫高尚之士，性理之学，以为得罪于圣门者，吾党且唼蛤蜊，别与知味者道。

至顺元年龙集庚午月建甲申二十二日辛未古汴钟嗣成序。

［中国戏曲研究院编：《中国古典戏曲论著集成（二）》，
北京，中国戏剧出版社，1959］

七、杨维桢《沈氏今乐府序》（节选）

吁！乐府曰今，则乐府之去汉也远矣。士之操觚于是者，文墨之游耳。其以声文，缀于君臣夫妇仙释氏之典故，以警人视听，使痴儿女知有古今美恶成败之观惩。则出于关、庾氏传奇之变或者以为治世之音，则辱国甚矣。吁，《关雎》《麟趾》之化，渐渍于声乐者，固若是其班乎！故曰：今乐府者，文墨之士之游也。然而媟邪正豪俊鄙野，则亦随其人品而得之。杨、卢、滕、李、冯、贯、马、白，皆一代词伯，而不能不游于是，虽依比声调，而其格力雄浑正大，有足传者。迩年以来，小叶俳辈类以今乐自鸣，往往流于街谈市谚之陋，有渔樵欱乃之不如者。吾不知又十年二十年后，其变为何如也。

（吴毓华编著：《中国古代戏曲序跋集》，北京，中国戏剧出版社，1990）

八、夏庭芝《青楼集志》（节选）

唐时有"传奇"，皆文人所编，犹野史也；但资谐笑耳。宋之"戏文"，乃有唱念，有诨。金则"院本""杂剧"合而为一。至我朝乃分"院本""杂剧"而为二。"院本"始作，凡五人：一曰副净，古谓参军；一曰副末，古谓之苍鹘，以末可扑净，如鹘能击禽鸟也；一曰引戏；一曰末泥；一曰孤。又谓之"五花爨弄"，或曰，宋徽宗见爨国来朝，衣装鞋履巾裹，傅粉墨，举动如此，使人优之效之，以为戏，因名曰"爨弄"。国初教坊色长魏武刘三人，魏长于念诵，武长于筋斗，刘长于科泛，至今行之。又有"焰段"，类"院本"而差简，盖取其如火焰之易明灭也。"杂剧"则有旦、末。旦本女人为之，名妆旦色；末本男子为之，名末泥。其余供观者，悉为之外脚。有驾头、闺怨、鸨儿、花旦、披秉、破衫儿、绿林、公吏、神仙道化、家长里短之类。内而京师，外而郡邑，皆有所谓构栏者，辟优萃而隶乐，观者挥金与之。"院本"大率不过谑浪调笑，"杂剧"则不然，君臣如：《伊尹扶汤》《比干剖腹》，母子如：《伯瑜泣杖》《剪发待宾》，夫妇如：《杀狗劝夫》《磨刀谏妇》，兄弟如：《田真泣树》《赵礼让肥》，朋友如：《管鲍分金》《范张鸡黍》，皆可以厚人伦，美风化。又非唐之"传奇"，宋之"戏文"，金之"院本"，所可同日语矣。

［中国戏曲研究院编：《中国古典戏曲论著集成（二）》，
北京，中国戏剧出版社，1959］

第七章　明清文论的集大成

　　明清的社会政治与意识形态都出现了许多新的变化。 一方面，程朱理学被奉为正统，文化专制空前强化； 另一方面，新的生产方式不断萌芽，城市经济渐趋繁荣，并由此导致整个社会思想发生了巨大、 深刻的变化。 明代社会的好古风气亦盛行，汉学复兴，考据学兴起，出现了文化复古思潮。 与此相呼应，文学复古理论日渐兴起， "辨体批评"的理论自觉大为增强。 明代中后期，由心学发展出的泰州学派逐渐走向了理学的对立面，由此掀起了晚明个性解放思潮，对市民文学及其理论的繁荣起到了巨大的促进作用。 清初思想家将明亡的原因归于王学的空谈心性，因此提倡经世致用，从而开启了一代重实学、 求实功的先路。 清代的诗文、 小说和戏曲理论在此实学风气的润浃下均有深入的发展。 总体而言，明清文论种类齐全，视野开阔，派别林立，名家辈出，体现出一种集大成的气象。

第一节　明代文论中的复古思潮

　　明代立朝之后，以宋濂、 王祎、 贝琼为代表的开朝文臣以恢复古道为己任，论文主张取径孟子、 欧韩以上窥《六经》，论诗则尊崇盛唐，取法李杜； 高棅编纂《唐诗品汇》受严羽影响很深，论诗强调辨体，分唐诗为初、 盛、 中、 晚四个时期，而以盛唐格调为诗之正宗。 这些都透露出复古的端倪。 明代中叶以后，社会矛盾日渐尖锐，文学受制于政治高压而萎靡不振，迫切需要变革文风，重寻出路。 首先扭转一时风气的是茶陵诗派的李东阳。 李东阳的《沧州诗集序》首重声调，认为诗歌的体制特征在于有"声律讽咏"。 李东阳较早提出了格调理论，在《怀麓堂诗话》中明言"诗必有具眼，亦必有具耳。 眼主格，耳主声"，强调以声调来辨析诗体，以格调来作诗评诗，推举唐诗之调和杜甫诗学，开复古文学运动之先河。

　　明代从弘治（1488—1505）、 正德（1506—1521）之交到隆庆（1567—1572）、 万历（1573—1620）之际，以前后七子为代表的文学集团占据了文坛主要地位。 他们高举"文必秦汉，诗必盛唐"的大旗，掀起了声势浩大的复古主义思潮，对于振兴文风起到了积极的作用，但也随之出现了拟古的流弊。 在"文章以体制为先"观念的影响下，明人的辨体意识大为增强，徐师曾的《文体明辨》、 吴讷的《文章辨体》、 许学夷的《诗源辩体》等一批文体著作应运而生。 嘉靖（1522—1566）年间有被称为"唐宋派"的王慎中、 唐顺之、 茅坤、 归有光等人，他们原是前七子的追随者，后不满何景明、 李梦阳等的一味摹拟，故以本色论矫正之。 唐宋派也主张学有所本，但主要以学唐宋古文为指归，对当时文坛也产生了一定的影响。 明朝后期，由于风气的改变，七子诗派的殿军开始对拟古主义进行修正，而导源于李贽"异端"思想的公安派和竟陵派更对之做了猛烈的抨击。 他们以师心代替师古，要求文学抒写性灵，兴起了一股宣扬个性解放的浪漫主义文艺新思潮。 到了明末，为挽救王朝的衰亡，以陈子龙为代表的复社、 几社文人将恢复古典审美和抒写爱国情怀相结合，再一次掀起了复古运动的高潮，当然在具体内容上已非对前后七子的简单重复。

一、 前后七子的相关论述

明中期的文学复古思潮虽在明初已见端倪，但正式以复古为号召的，是以李梦阳、何景明为领袖的前七子文学集团。 《明史·文苑传序》记载："李梦阳、 何景明倡言复古，文自西京、 诗自中唐而下一切吐弃。 操觚谈艺之士翕然宗之。 明之诗文，于斯一变。"李梦阳（1473—1530），字天赐，又字献吉，号空同子，庆阳（今甘肃庆城）人。 何景明（1483—1521），字仲默，号大复，信阳（今河南信阳）人。 两人和徐祯卿、 边贡、 王廷相、 康海、 王九思并称前七子。 重拾汉唐盛世的时代精神和审美理想，扭转传统诗文的式微局面，是前七子高倡复古的实质所在。 他们其实并未明确提出"文必秦汉，诗必盛唐"，这一口号始见于《明史·李梦阳传》："梦阳才思雄鸷，卓然以复古自命。 弘治时，宰相李东阳主文柄，天下翕然宗之，梦阳独讥其萎弱，倡言文必秦汉，诗必盛唐，非是者弗道。"

前七子把格调作为复古的抓手，如李梦阳的《答吴瑾书》认为："夫文自有格，不祖其格，终不足以知文。"《潜虬山人记》又以高古为尚，称："夫诗有七难，格古、调逸、 气舒、 句浑、 音圆、 思冲、 情以发之，七者备而后诗昌也。"《驳何氏论文书》又称："高古者格，宛亮者调。"为从第一义悟入，前七子一路上溯，以汉魏盛唐时期诗文的体制风格为创作的本源和鹄的，主张文学先秦西汉，古诗学汉魏，近体诗学盛唐，于宋元则无所取。 李梦阳的《缶音序》说得明白："诗至唐古调亡矣，然自有唐调可歌咏，高者犹足被管弦。 宋人主理不主调，于是唐调亦亡。"何景明的《与李空同论诗书》也有类似的阐述，认为："夫文靡于隋，韩力振之，然古文之法亡于韩； 诗弱于陶，谢力振之，然古诗之法亦亡于谢。""近诗以盛唐为尚。 宋人似苍老而实疏卤，元人似秀峻而实浅俗。"

不过，李、何二人在如何学古复古上存在分歧，大体如《明史·何景明传》所言：
"梦阳主摹仿，景明则主创造。"李梦阳以格调为法，认为古人的作品"尺尺寸寸"都
有法式可循，《答周子书》谓"文必有法式，然后中谐音度。如方圆之于规矩，古人用
之非自作之，实天生之也"，即主张揣摩古人的格调，严守古法，摹拟格式。何景明则
不同意把"法"看得太死。在《与李空同论诗书》中，何景明批评李梦阳"刻意古范，
铸形宿模，而独守尺寸"，"如小儿倚物能行，独趋颠仆"，认为学古应该从"领会神
情"入手，主张平时广积材料，领会古人之神情，创作时则"推类极变"，"临景构结，
不仿形迹"，并借用禅语"舍筏则达岸，达岸则舍筏"来阐述学古和创新的关系。何景
明认为学古只是入门的途径，目的是"自创一堂室，开一户牖，成一家之言"。和株守
前人的李梦阳相比，这种持论显然要灵活得多。

应该指出的是，前七子论诗也有注重情感的一面。何景明主张学古应"领会神
情"；康海《送白贞夫序》认为作文之道"苟求其志而已"；徐祯卿《谈艺录》指出
"情者，心之精也"，对诗歌的情感特征进行了全面论述，并提出了"因情立格"的见
解。李梦阳对此义论述最多。在《刻戴大理诗序》中，他从"诗缘情"的角度出发，
贬斥宋诗的一味"主理"，提出"情感于遭，故其言人人殊"的观点，主张把情与个人
风格联系起来。李梦阳晚年作《诗集自序》，进一步提出"真者，音之发而情之原
也"，批评自己"出之情寡而工之词多"，慨叹"真诗乃在民间"。

嘉靖、隆庆年间，是以李攀龙、王世贞为代表的后七子独领风骚的时期，其成员
还有谢榛、宗臣、梁有誉、徐中行和吴国伦。后七子与前七子此唱彼和，声应气求，
把复古主义思潮推向了另一个高潮。总体上讲，后七子的复古主张在很大程度上延续了
前七子的文学思想，但又有所变化和修正。

李攀龙（1514—1570），字于鳞，号沧溟，历城（今山东济南）人。他的影响主要
体现在创作实践上，理论批评不多，且主要继承李梦阳。李攀龙宣扬"文自西京，诗自
天宝而下，俱无足观"（《明史·李攀龙传》），所编《古今诗删》竟不录宋元诗，而以
明诗直承三唐，甚至在《送王元美序》中明确主张"视古修辞，宁失诸理"，反映出他
在拟古的态度上较李梦阳更为激切。后七子中以王世贞声望最显，影响最大，为当时文
坛领袖。王世贞（1526—1590），字元美，号凤洲、弇州山人，太仓（今江苏太仓）
人。和李梦阳、李攀龙一样，他也坚持"文必秦汉，诗必盛唐"的观点，在《艺苑卮
言》中明言："西京之文实，东京之文弱，犹未离实也。六朝之文浮，离实矣。唐之
文庸，犹未离浮也。宋之文陋，离浮矣，愈下矣。元无文。"《徐汝思诗集序》又称：
"盛唐之于诗也，其气完，其声铿以平，其色丽以雅，其力沉而雄，其意融而无迹，故
曰盛唐其则也。"

作为后七子复古理论的集大成者，王世贞对格调的论述较具体。针对时人只知摹拟
而不问才情的现象，他在《艺苑卮言》中明确提出"才生思，思生调，调生格；思即才

之用，调即思之境，格即调之界"，认为作者的才思是格调生成的基础。 在《汤迪功诗草序》中，他取徐祯卿"因情立格"之说，主张"情"为格之"实"，"格尊而无情实则不称"。 在《陈子吉诗选序》中，他强调要有格调就要"根于情实"。 王世贞晚年反省格调说的流变时，把主格调者分为两种，一是"先有它人而后有我"的"用于格者"，二是以我为主学习古人的"能用格者"，从而在《邹黄州鶒鶒集序》中提出"有真我而后有真诗"的说法。 这在李梦阳"真诗乃在民间"的说法上更进了一层，带有一点性灵说的倾向。 要之，和李梦阳、 李攀龙比起来，王世贞揭示的师古和师心相结合的学古方法比较灵活，认为模拟要想不露痕迹，须熟读古代佳作，然后"一师心匠"，使"气从意畅""神与境合"，最后仍合于法度。 这种主张比较接近何景明，但又比何景明讲得多、 讲得透，故可称前后七子中较重视艺术特性的一位。

谢榛的理论在后七子中较为特别。 谢榛（1495—1575），字茂秦，自号四溟山人，山东临清人。 原属七子，后因与李攀龙、 王世贞不合，被开除出七子集团。 谢榛论诗主张见诸《四溟诗话》（亦题《诗家直说》），大体注重学习盛唐而鄙薄宋人，但也提出不应专主一家，须博采众长，然后合而为一。 他与王世贞一样强调"性情之真"，对当时拟古之作缺乏真性情的弊病提出了深刻批评；又发挥李东阳及前七子的格调说，主张细辨声律，"琢句入神"，"工于浑然"，开了神韵说之先河。 他还说"夫万物一我也，千古一心也"，强调一己心灵的发抒，多少带有性灵说的色彩。 此外，谢榛认为"古人制作，各有奇处"，因而创作须有创新的勇气，"人不敢道，我则道之"。 这些在七子中都属异类，而与后来公安派的主张相一致。

二、李贽与公安派的影响

弘治、 正德年间，王阳明发展了陆九渊的心学，提倡"致良知"，打破了程朱理学的一统天下。 虽然其说的意旨在修补朱学僵化所成的缺漏，客观上却否认了用外在规范人为禁锢"心"和"欲"的必要性，突出了人在道德实践中的主观能动地位，为个体意识的觉醒提供了条件。 自此以后，心学（又称"王学"）风行天下，形成多个学派。 其中，以王艮为首的泰州学派（又称"王学左派"）思想最为激进，影响也最大。 王艮提出"百姓日用即道"，大胆肯定人们的生活欲望； 罗汝芳主张"赤子良心不学不虑"，认为修养功夫就在于保存赤子之心，达到自然天成的境界； 徐樾主张圣学不欺天性，学者当率性而为。 与此同时，明代文人阶层狂禅之风盛行，强调本心即佛。 心学与禅宗的结合促使人们开始用批判的精神对待传统、 人生和自我，这也成为晚明人文思潮的哲学基础。

泰州学派的后继者李贽是晚明人文思潮的代表人物。 李贽（1527—1602），号卓吾，别号温陵居士，泉州人。 他二十六岁中举，曾任云南姚安知府，五十四岁辞官后专心著述讲学。 因激切抨击伪道学，提倡个性解放，李贽被当世目为"异端"，又以"惑世诬民"的罪名被捕，最终于狱中自杀。 李贽的"异端"思想带有市民阶层强烈的个性解放色彩。 在《德业儒臣后论》中，李贽明言"人各有私"，认为："夫私者，人之心也。 人必有私，而后其心乃见，若无私，则无心矣。"私心是人的天性，有私心必有私欲，因而道学家所谓的存天理、 灭人欲是"画饼之谈，观场之见"。 李贽反对禁欲主义，肯定人的自然欲望，在《答邓石阳》中声称"穿衣吃饭，即是人伦物理； 除却穿衣吃饭，无伦物矣"。 他还在《童心说》中公开否认经典的神圣性，认为六经"大半非圣人之言""非万世之至论"，实是"道学之口实，假人之渊薮也"； 反对神化孔子和"以孔子之是非为是非"。 他尊重人的个性与价值，在《答耿中丞》中提出"夫天生一人，自有一人之用，不待取给于孔子而后足也"，主张圣人与凡人平等、 男与女平等，公开与程朱理学所宣扬的伦理纲常相对抗。 这些非圣无法之词，在当时确是惊世骇俗之论。

李贽"异端"思想的核心是童心说，这也是他的文论的基点。 "夫童心者，绝假纯真，最初一念之本心也。 若失却童心，便失却真心； 失却真心，便失却真人。 人而非真，全不复有初矣。"可知他所讲的"童心"就是人的真心、 赤子之心，是人心未受习染的自然状态。 人的童心之所以丧失，是因为受到了"道理闻见"的遮蔽。 从童心的概念出发，李贽提出了反传统、 反复古的文学观。 第一，反对将文学看成"原道""载道""明道"的工具，认为文学应该写"真"。 他说："天下之至文，未有不出于童心焉者也。"有真心才有真人，无真心就只能"以假人言假言，而事假事，文假文"。 李贽所强调的"真"，是程朱理学所压抑的、 源于自然人性的真情实感，也包括好色、 好货等欲望。 第二，反对矫揉造作，刻意为文，强调创作是"发愤以抒情"，必须有蓄极积久的充沛情感和势不能遏、 不吐不快的心理动势。《杂说》说："且夫世之真能文者，比其初皆非有意于为文也。 其胸中有如许无状可怪之事，其喉间有如许欲吐而不敢吐之物，其口头又时时有许多欲语而莫可所以告语之处，蓄极积久，势不能遏。 一旦见景生情，触目兴叹； 夺他人之酒杯，浇自己之块垒； 诉心中之不平，感数奇于千载。"李贽所强调的是一种在现实人生中长期郁积的不平之情，具有强烈的现实批判色彩和反诗教精神，是自屈原以来"发愤以抒情"命题的进一步发展。 第三，推崇自然化工之美。 李贽认为，童心之作如"风行水上"，自然成文，绝不在字句法度上行雕琢之工。 所谓"化工"，指的是造化之工，如天生地长，合乎人性自然。《拜月亭》和《西厢记》抒写自然情性， "人见而爱之"，即化工之作。 与之相对的"画工"则指雕琢之工， "画工虽巧，已落二义矣"，如《琵琶记》"似真非真"， "虽工巧之极，其气力限量只可达于皮肤骨血之间，则其感人仅仅如是"。 第四，反对复古派所持的文学倒退观和摹拟之风。 李贽肯定了文学的发展变化，认为既然天下之至文皆出于童心，那么评价文学应当以"真"为准绳，而不能以时势先后和体格为标准，从而以一种主变的发展的文学史观提高了诸如小说、戏曲等后起的文学样式的地位。

李贽的"异端"思想和童心说在晚明文坛起到了振聋发聩的作用，汤显祖、公安派、冯梦龙等人皆受其影响，分别在戏曲、诗文和小说等方面有所发扬。汤显祖的至情论、公安派的性灵说、冯梦龙的情教说和李贽之说一样，都是对程朱理学压抑人性欲望的反动，带有强烈的启蒙色彩和个性解放倾向，成为晚明浪漫主义文学思潮中不可或缺的组成部分。尤其是以三袁为首的公安派，以李贽为师，受其影响最深、最直接，是晚明文学思潮的鼓手和主力。

三袁是湖广公安人，故名公安派。袁宗道（1560—1600），字伯修，号石蒲；袁宏道（1568—1610），字中郎，号石公；袁中道（1570—1626），字小修。三人中，以袁宏道论述最多，成就最高。此外公安派还包括江盈科、丘坦、黄辉、陶望龄等人，他们与三袁声气相通，彼此唱和。公安派以"性灵"为内核，提出了体现晚明新文学价值观的理论主张。

"独抒性灵，不拘格套"是公安派最主要的文学主张。针对明代文坛复古派的格调说和拟古蹈袭文风，公安派提出了直抒性灵的口号。袁宏道在《叙小修诗》中评价袁中道的诗作："大都独抒性灵，不拘格套，非从自己胸臆流出不肯下笔。有时情与境会，顷刻千言，如水束注，令人夺魄。其间有佳处，亦有疵处，佳处自不必言，即疵处亦多本色独造语。""性灵"一词前人多有论述。南北朝时期，受传统心性理论和佛教"涅槃佛性"学说的影响，谢灵运、刘勰、钟嵘、颜之推等人已经用"性灵"来指称作家的性情与情感，其意大致与情性相类。袁宏道所说的性灵则与阳明心学有很大关系。由《传习录》可知，王学认为性即理，良知是"理之灵处，就其主宰处说，便谓是心"，故以心为"灵明"，"我的灵明便是天地鬼神的主宰"。与传统的情性理论相比，公安派的性灵更强调主体意识的能动性。江盈科的《敝箧集序》说："夫性灵窍于心，寓于境。境所偶触，心能摄之；心所欲吐，腕能运之。心能摄境，即蝼蛄蜂虿皆足寄兴，不必《雎鸠》《骓虞》矣，腕能运心，即谐词谑语皆足观感，不必法言庄什矣。以心摄境，以腕运心，则性灵无不毕达。"无论是取材还是表达，公安派都强调破除创作上的条框枷锁，一任性灵的恣意抒发，以至于袁宏道的《雪涛阁集序》干脆称"信腕信手，皆成律度，其言今人之所不能言，与其所不敢言者"，《答李元善》又说"句法、字法、调法，一一从自己胸中流出，此真新奇也"。要之，师心独造，直写胸臆，表现个性，反对外在格套的约束以及粉饰蹈袭，正是性灵说的主要内涵。

袁宏道所标举的性灵，其内在是"真"，即《敝箧集序》所说的"要以出自性灵者为真诗尔"。"真"的含义可从三个层面来把握。首先是真人。如《识张幼于箴铭后》所说的"性之所安，殆不可强。率性而行，是谓真人"。真人"无闻无识"，不受社会既定的礼法规范的束缚，保持着纯真人性的活泼与自然。其次是真声。真声是真人自我情性和世俗欲望的自然流露，"不效颦于汉魏，不学步于盛唐，任性而发，尚能通于人之喜怒哀乐嗜好情欲"。 因是生活欲望的表达，故而真诗显露出俚俗、平易的语言本色。 最后是真情。 它抒写的是鲜活、真实的世俗生活中自然发生的情感，"情与境会"，"情随境变"，因而"字逐情生"，而"情至之语，自能感人，是谓真诗"。

性灵又外现为"趣"。 公安派所说的"趣"不同于《沧浪诗话》所说的"不涉理路"、言有尽而意无穷的意趣，又与"理""闻见知识"这些既定的行为准则、礼法教条相对立，此外还不能刻意求得。 袁宏道的《叙陈正甫会心集》说，"世人所难得者唯趣"，"夫趣得之自然者深，得之学问者浅"。 童子、山林之人、愚不肖者率心而行，无拘无束，自在度日，不知有"趣"，不求有"趣"，因而近于"趣"；为官治学者，"毛孔骨节俱为闻见知识所缚，入理愈深，然其去趣愈远矣"。 可见，公安派张扬的是自然人性的纯真和活泼，是自由自在的生命欲望，是一种新的市民阶层的审美趣味。

认为"代有升降，法不相沿"，也是公安派重要的文学主张。 由于肯定性灵，公安派对"闾阎妇女孺子"所唱的民间歌谣有很高的评价，认为其较之文人诗更有流传的价值，这和李梦阳所说的"真诗乃在民间"观点一致。 他们并未完全否定前后七子以复古来恢复文学抒情传统的主张。 公安派的文艺新主张，除了"独抒性灵"之外，还有以"变"为主的文学发展观。 他们首先从社会、人事、语言等文学外部因素来看文学的变化和发展。 例如，袁宏道的《与江进之》提出"世道既变，文亦因之"的主张，认为时代变了，文学自然须因应这种变化。 "何也？ 人事物态，有时而更，乡语方言，有时而易；事今日之事，则亦文今日之文而已矣。"历代文学的变迁各有其时代特性，创作或批评都应随之改变，而不必师法沿袭。 其《叙小修诗》说："秦汉而学六经，岂复有秦汉之文？ 盛唐而学汉魏，岂复有盛唐之诗？ 唯夫代有升降，而法不相沿，各极其变，各穷其趣，所以可贵，原不可以优劣论也。"《与丘长孺》认为，只有摆脱摹拟，穷尽其变，才能使"诗之奇之妙之工之无所不极，一代盛一代"。 公安派尤其看到古今语言变迁对文学演进的深刻影响，故袁宗道的《论文》指出："夫时有古今，语言亦有古今，今人之所诧谓奇字奥句，安知非古之街谈巷语耶？"袁宗道从晚明特定的时代背景出发，提倡文学的通俗化和口语化，反对剿窃陈言、摹拟古调。 即如袁宏道的《与冯琢庵师》所说："独谬谓古人诗文，各出己见，决不肯从人脚跟转，以故宁今宁俗，不肯拾人一字。"

对文学内部的发展规律，公安派能持一种"法因于敝而成于过"的通达态度。 如袁中道的《花雪赋引》认为："天下无百年不变之文章，有作始自有末流，有末流还有作始。"一种文学发展到极致，必然会产生流弊，从而为另一种克服其弊病的新的文学所取代，周而复始，循环往复。 古今一切文学形式、思潮、流派的形成与衰败都是如此。 前后七子以复古纠正宋诗流弊，结果"以剿袭为复古，句比字拟，务为牵合，弃目前之景，摭腐滥之辞"（《雪涛阁集序》），也造成了严重弊病。 "夫昔之繁芜，有持法律者救之；今之剽窃，又将有主性情者救之矣，此必变之势也。"（《花雪赋引》）明白了这个道理，我们就能理解公安派高倡"独抒性灵，不拘格套"的初衷了。

公安派的理论主张是晚明个性解放思潮在文学领域的反映。从旧诗体格中释放出来的个体欲望，对扫荡文坛拟古阴霾和陈旧文学观起到了积极作用，但其局限也显而易见：过分强调"不拘格套"而一定程度上否定了文学的传统，鼓吹个性自由的同时多少回避了文学应承担的社会责任，有时竟逐酒肉声伎之趣，不免沾染了庸俗气味，等等。尤其是，他们要求打破古典诗在格式、意境、语汇等方面的拘限，理论上虽易为人所接受，在实际创作中却难以操作和落实。无才情者仿而效之，甚至会形成粗鄙俚俗的文风。因此钱谦益的《列朝诗集小传》一方面肯定"中郎之论出，王、李之云雾一扫，天下之文人才士始知疏瀹性灵，搜剔慧性，以荡涤摹拟涂泽之病，其功伟矣"，另一方面也指出其消极影响："机锋侧出，矫枉过正，于是狂瞽交扇，鄙俚公行，雅故灭裂，风华扫地。"

对这些流弊，袁宏道晚年也有所察觉，故修正了"信心而出，信口而谈"这样的主张，对早年创作的"大披露，少蕴藉"有所悔悟，乃至在《叙呙氏家绳集》中标举"淡"为"文之真性灵"。袁中道更在《蔡不瑕诗序》中提出要向汉魏三唐取法，"切莫率自矜臆"。凡此都表现出公安派朝复古主义回归的倾向。

三、竟陵派与明代后期文论

公安派锋芒渐退、人才凋零之时，竟陵派趁势而起。竟陵派以湖广竟陵人钟惺、谭元春为代表。钟惺（1574—1624），字伯敬，号退谷。谭元春（1586—1637），字友夏。两人曾合编自古逸至唐的诗歌选本《诗归》五十一卷，以宣扬自己的文学主张，其要旨见于《诗归序》。

钟、谭二人与公安派及其后学交游甚密，受公安派影响很大。他们也以性灵为旗帜，标举"真诗"。谭元春在《诗归序》中说"夫真有性灵之言，常浮出纸上，决不与众言伍"，钟惺则强调"真诗者，是精神所为也"。故钱谦益的《列朝诗集小传》称："世之论者曰：钟、谭一出，海内始知性灵二字。"竟陵派极为重视作家个人情性的自然流露，如谭元春的《汪子戊己诗序》明确指出"夫作诗者，一情独往，万象俱开，口忽然吟，手忽然书。即手口原听我胸中之所流，手口不能测，即胸中原听我手口之所止，胸中不可强"，强调真我的自由抒写，反对任何形式的约束。《诗归序》又说："法不前定，以笔所至为法；趣不强括，以诣所安为趣；词不准古，以情所迫为词；才不由天，以念所冥为才。"因此，《诗归》时常黜落名家名篇，而选录乐府民歌。这些和公安派崇尚性灵、反对拟古的论调是一致的。

　　竟陵派既反对遗神袭貌，"取古人之极肤极狭极熟者"，也不满一味变古，以"险""僻""俚"者与古人为异。竟陵派认为，无论是学古还是求真，诗歌创作途径的变化终归是有穷的，而创作诗歌的精神变化无穷。"操其有穷者以求变"来抵抗"代趋而下"的诗文之气运，最终只能是"愈劳而愈远"。因此，他们提出"内自信于心，而上求信于古人"（钟惺《隐秀轩集自序》）的口号，认为创作既要抒发性灵也要读书学古，两者皆不可少。学古的目的不是拟古，而是要补救公安派率易浅俗的弊病，达到一种既"灵"且"厚"的诗歌境界。谭元春认为，"灵"是心内的一寸神光，表现为诗文的一句之妙、一语之神；"厚"是充蕴的厚朴古拙之气，表现为全篇浑然朴拙的艺术风格。"灵"与"厚"相得益彰，是《题简远堂诗》所谓的"古人一语之妙，至于不可思议，而常借前后左右宽裕朴拙之气，使人无可喜而忽喜焉"。钟惺的《与高孩之观察》进一步说明两者的关系，认为"厚"是创作的至高境界，"灵者不即能厚"，因此须读书养气以求其厚；"灵"是创作的出发点和必要前提，"厚"出于"灵"，"从古未有无灵心而能为诗者"。由此可见，竟陵派所说的"厚"和复古派提倡的"高古"是不同的，前者出于灵心，后者出于格调。谭元春在《诗归序》中说："乃与钟子约为古学，冥心放怀，期在必厚。"其所选《诗归》就是试图透过古人的厚朴之气窥见那一点灵光，从而求得古人真诗之所在，"引古人之精神以接后人之心目"，最终达到"厚"的境界。

　　为此，竟陵派在肤熟和俚俗之外另辟蹊径，以"深幽孤峭"为追求。他们从古诗之中所求到的"古人之精神"，是一种孤来独往、清空静寂的审美情趣。按钟惺的话说，就是"幽情单绪""孤行静寄"，是"独往冥游于寥廓之外"；按谭元春的话说，则是"孤怀""孤诣"和"孤行"，是"不肯遍满寥廓"。和公安派积极入世、以文学来表现人性世情不同，竟陵派借鉴了禅宗静观世界的方法，认为"诗为清物"，"其体好逸，劳则否；其地喜净，秽则否；其境取幽，杂则否；其味宜澹，浓则否；其游止贵旷，拘则否"（钟惺《简远堂近诗序》）。他们力主远离喧杂的尘世，荒寒独处，索居自全，以便完满抒写一己落落寡合下的清冷幽寒，认为即便身处通都大邑，清庙明堂，也应在胸中保留一处寂寞之滨和疏旷宽闲之野，体味那一点落落瑟瑟的情味。钟惺的《答同年尹孔昭》甚至宣称："我辈文字，到极无烟火处，便是机锋。"他由此倡导一种奇崛险怪的诗风，以致如《列朝诗集小传》所概括的，堕入"以凄声寒魄为致""以噍音促节为能"的末道，"其所谓深幽孤峭者，如木客之清吟，如幽独君之冥语，如梦而入鼠穴，如幻而之鬼国"。

　　竟陵派的诗论既以性灵为旗帜，又提倡读书学古以开导今人心窍，因而在明末乃至清初左右逢源，影响力也远超公安派。明末许多重要文人如林古度、商家梅、胡宗仁、沈德符、周楷、徐霞客、张岱等都是此派的追随者，连公安派后人如袁祈年、袁彭年等也被笼络其中。"后世论明诗，每以公安、竟陵与前后七子为鼎立骖靳"，其实，"浏览明清之交诗家，则竟陵派与七子体两大争雄，公安无足比数"①。 但是，必须指出，和公安派反传统的叛逆精神不同，竟陵派所抒写的性灵更像是一种文人脱离现实、 孤行清高的情绪，少有进步意义。 其对公安派流弊所做的补救和创新在当时虽然起到了一定的作用，但并未真正将文学发展引向正途，而且在晚明日益深重的社会危机面前，其逃避现实的诗路终究显得不合时宜。

明代后期，胡应麟、 许学夷、 费经虞、 陆时雍等人对格调、 复古理论做了一些修正，其中蕴含着新变的气息。 胡应麟（1551—1602），字元瑞，号少室山人，又号石羊生，有集复古派理论之大成的诗学论著《诗薮》。 其诗学理论受王世贞影响很大，基本强调规模古人，但也不乏新见，如从诗歌流变的角度探讨诗歌各体的兴衰，提出"诗体代变"之说："四言变而离骚，离骚变而五言，五言变而七言，七言变而律诗，律诗变而绝句，诗之体以代变也。"他又从外部环境的"时"和内在动力的"势"来讨论诗体演变的原因，所论颇具识见。 他把词、 曲也纳入主流诗体进行讨论，称"词胜而诗亡，曲胜而词亦亡矣"，这对于提升词、 曲的地位很有意义。 此外，胡应麟将"体格声调"和"兴象风神"抬举为作诗不可偏废的两大要素，认为"体格声调"是基础，有法可循；"兴象风神"是超越，无法可执。 作诗只要在"体格声调"的层次上多加练习，就可以达于悟境，进入"兴象风神"的层次。 胡应麟把格调说的内涵从形式层面扩展到气象、 意蕴层面，对纠正七子派摹拟的弊端是有积极意义的。

许学夷（1563—1633），字伯清，江苏江阴人，有《诗源辩体》。 他的思想有很多方面直接承袭胡应麟，对诗体正变的论述正是基于胡氏的"诗体代变"说。 他认为《三百篇》是源，源是正，汉魏六朝盛唐是流，流是变； 析而论之，汉魏古诗是正，晋宋齐梁之诗为变，盛唐律诗是正，元和以后的律诗皆为变。 诗体之变是一种衰变，元和诸公之诗、 韩白欧公之诗变而为美，"其美处即其病处"，会导致诗亡，"故与其同归于变，不若同归于正耳"。 许学夷也能看到诗体的衰变实际上又孕育着新机，因而有一种"通变"的意识。 例如，他认为"宋人七言律虽着意变唐，然亦有自得之趣"，"宋主变，不主正，古诗、 歌行、 滑稽、 议论，是其所长，其变幻无穷，凌跨一代，正在于此"，肯定了宋诗的审美价值，有一定的进步性。

费经虞（1599—1671），字仲若，四川新繁人。 在所著《雅伦》二十四卷中，他批评了明人的复古之弊正源于"止言气象、 规模、 风味，韵度未之言也"，而诗之"生气""新香别味"不可捏造。 他又提出既要"力学"，以求其精；又要"妙悟"，以求能入，而悟要悟透，"要吐弃一切，不食烟火"。 费经虞认为，诗歌创作的大端即"透过"，惟透彻之悟才能求得诗之风味韵趣。

陆时雍，字仲昭，浙江桐乡人，著有《诗镜》九十卷，又有总论一篇，单行称《诗

① 钱锺书：《谈艺录（补订本）》，418 页，北京，中华书局，1984。

镜总论》。陆时雍在书中持一种与七子相近的复古倾向，主情求真，并将情与意对举，尊情而贬意，称："夫一往而至者，情也；苦慕而出者，意也；若有若无者，情也；必然必不然者，意也。意死而情活，意迹而情神，意近而情远，意伪而情真。"可见，陆时雍所说的情是一种随感而发的情思，具有当下和即时的特点。由此出发，他又提出"韵"的概念，称"诗之可以兴人者，以其情也，以其言之韵也"，"是故情欲其真，而韵欲其长也，二言足以尽诗道矣"。"韵"的产生关乎多方面，诸如物色的点染、意态的转折、情事的犹夷、风致的绰约、语气的吞吐和体势的游行。总的来说，"韵"具有欲露还藏、若隐若现的流动之美。由此出发，陆时雍主张以"转意象于虚圆之中"，使其味长言美而富有神韵。可以说，陆时雍的诗论与费经虞的一样，是格调说向神韵说的过渡。

明朝末年，社会危局重重，东南地区以陈子龙为代表的复社、几社文人重举复古主义大旗，企图从文化上复兴传统，挽救大明。主师陈子龙（1608—1647），字人中、卧子，号大樽，松江华亭人。他的文论以复古主义为基调，又带有鲜明的批判现实的精神，故在《仿佛楼诗稿序》中既倡导师法古人格调，对公安派、竟陵派的"强求其异"、师心自造极为不满；又反对泥古不化，认为诗歌"色彩之有鲜萎，丰姿之有妍拙，寄寓之有深浅"，古今"各不相借"，批评七子派"专意求同"，"摹拟之功多而天然之资少"。他提倡既要抒写个性化的真情实感，又要模仿古人的艺术形式，即《佩月堂诗稿序》所谓的"情以独至为真，文以范古为美"。两者关系，又如《青阳何生诗稿序》所说，"明其源，审其境，达其情，本也；辨其体，修其辞，次也"。陈子龙所说的真情是和感时忧世、托物言志联系在一起的，故《六子诗序》说"诗之本不在是，盖忧时托志者之所作也"，《白云草自序》又说"诗者，非仅以适己，将以施诸远也"，认为面对不同的现实环境，应该采取不同的创作手法，此又是《左伯子古诗序》所谓的"盖君子之立言，缓急微显，不一其绪，因乎时者也"。因此，陈子龙特别强调诗歌的怨刺功能，提倡在危急存亡的关头继承屈原、司马迁、杜甫等人关注社会、批判现实的传统，"深切著明，无所隐忌"，写"甚深之思""过情之怨"。陈子龙的文论不仅打破了拟古的樊篱，也冲击了儒家的诗教传统，具有鲜明的时代色彩和现实意义。

📖 原典选读

明代文论主要围绕复古与格调理论展开，其空存格套趋于雷同之弊也受到时人的批评。李贽指出诗文格调是基于"情性""自然"的无意而为，创作如非由乎自然，就只是一种矫情。此说为焦竑、袁宏道等人所继承，演成反对拘泥古法、强作古意，主张以万象为诗、抒写个性的新的诗学崇尚，并引来学古一派对格调理论的修正。例如，徐祯卿主张"因情立格"，强调情变则格调亦变；谢榛从情景关系、养气、妙悟等方面论述格调差异性的形成；胡应麟强调"法"与"悟"兼顾，"体格声调"与"兴象风神"相统一；费经虞主张通过透彻之悟求得诗歌的风味韵趣。至于陆时雍将"神韵"视为诗的核心和灵魂，更可被视作神韵派的先声。

一、李贽《杂述·读律肤说》

淡则无味，直则无情。宛转有态，则容冶而不雅；沉着可思，则神伤而易弱。欲浅不得，欲深不得。拘于律则为律所制，是诗奴也，其失也卑，而五音不克谐；不受律则不成律，是诗魔也，其失也亢，而五音相夺伦。不克谐则无色，相夺伦则无声，盖声色之来，发于情性，由乎自然，是可以牵合矫强而致乎？故自然发于情性，则自然止乎礼义，非情性之外复有礼义可止也。惟矫强乃失之，故以自然之为美耳，又非于情性之外复有所谓自然而然也。故性格清彻者音调自然宣畅，性格舒徐者音调自然疏缓，旷达者自然浩荡，雄迈者自然壮烈，沉郁者自然悲酸，古怪者自然奇绝。有是格，便有是调，皆情性自然之谓也。莫不有情，莫不有性，而可以一律求之哉！然则所谓自然者，非有意为自然而遂以谓自然也。若有意为自然，则与矫强何异。故自然之道，未易言也。（卷三）

（李竞艳注说：《焚书》，郑州，河南大学出版社，2016）

二、焦竑《竹浪斋诗集序》（节选）

诗也者，率其自道所欲言而已，以彼体物指事，发乎自然，悼逝伤离，本之襟度，盖悲喜在内，啸歌以宣，非强而自鸣也。以故二南无分音，列国无辨体，两雅可小大，而不可上下，三颂可今古，而不可选择。异调同声，异声同趣，遐哉旨矣！岂可谓瑟愈于琴，琴愈于磬，磬愈于柷圉，而辄差等之哉？

古贤豪者流，隐显殊致，必欲泄千年之灵气，勒一家之奥言，错综雅颂，出入古今，光不灭之名，扬未显之蕴，乃其志也。倘如世论，于唐则推初盛而薄中晚，于宋又执李、杜而绳苏、黄，植木索途，缩缩焉循而无敢失。此儿童之见，何以伏元和、庆历之强魄也。

（郭绍虞主编：《中国历代文论选》第三册，上海，上海古籍出版社，2001）

三、袁宏道《叙竹林集》

往与伯修过董玄宰。伯修曰："近代画苑诸名家，如文徵仲、唐伯虎、沈石田辈，颇有古人笔意不？"玄宰曰："近代高手，无一笔不肖古人者。夫无不肖，即无肖也，谓之无画可也。"余闻之悚然曰："是见道语也！"故善画者，师物不师人；善学者，师心不师道；善为诗者，师森罗万像，不师先辈。法李唐者，岂谓其机格与字句哉？法其不为汉，不为魏，不为六朝之心而已。是真法者也。是故减灶背水之法，迹而败，未若反而胜也。夫反所以迹也。今之作者，见人一语肖物，目为新诗，取古人一二浮滥之语，句规而字矩之，谬谓复古，是迹其法，不迹其胜者也，败之道也。嗟夫！是犹呼傅粉抹墨之人，而直谓之蔡中郎，岂不悖哉！

今夫时文，一末技耳。前有注疏，后有功令，驱天下而不为新奇不可得者，不新则不中程故也。夫士即以中程为古耳，平与奇何暇论哉？王以明先生为余业举师，其为诗能以不法为法，不古为古，故余为叙其意若此。噫，此政可与徐熙诸人道也。

[（明）袁宏道著：《袁宏道集笺校》，钱伯城笺校，

上海，上海古籍出版社，1981]

四、徐祯卿《谈艺录》（节选）

情者，心之精也。情无定位，触感而兴，既动于中，必形于声。故喜则为笑哑，忧则为吁戏，怒则为叱咤。然引而成音，气实为佐；引音成词，文实与功。盖因情以发气，因气以成声，因声而绘词，因词而定韵，此诗之源也。然情实眇眇，必因思以穷其奥；气有粗弱，必因力以夺其偏；词难妥帖，必因才以致其极；才易飘扬，必因质以御其侈。此诗之流也。由是而观，则知诗者乃精神之浮英，造化之秘思也。若夫妙骋心机，随方合节，或约旨以植义，或宏文以叙心，或缓发如朱弦，或急张如跃栝，或始迅以中留，或既优而后促，或慷慨以任壮，或悲凄以引泣，或因拙以得工，或发奇而似易。此轮匠之超悟，不可得而详也。《易》曰："书不尽言，言不尽意。"若乃因言求意，其亦庶乎有得欤！

⋯⋯⋯⋯⋯⋯

夫情能动物，故诗足以感人。荆轲变徵，壮士瞋目；延年婉歌，汉武慕叹。凡厥含生，情本一贯，所以同忧相瘁，同乐相倾者也。故诗者风也，风之所至，草必偃焉。圣人定经，列国为风，固有以也。若乃歔欷无涕，行路必不为之兴哀；诉难不肤，闻者必不为之变色。故夫直憨之词，譬之无音之弦耳，何所取闻于人哉？至于陈采以眩目，裁虚以荡心，抑又末矣。

诗家名号，区别种种。原其大义，固自同归。歌声杂而无方，行体疏而不滞。吟以呻其郁，曲以导其微，引以抽其臆，诗以言其情，故名因象昭。合是而观，则情之体备矣。夫情既异其形，故辞当因其势。譬如写物绘色，倩盼各以其状；随规逐矩，圆方巧获其则。此乃因情立格，持守圜环之大略也。若夫神工哲匠，颠倒经枢，思若连丝，应之杼轴，文如铸冶，逐手而迁，从衡参互，恒度自若。此心之伏机，不可强能也。

朦胧萌坼，情之来也；汪洋漫衍，情之沛也；连翩络属，情之一也；驰轶步骤，气

之达也；简练揣摩，思之约也；颉颃累贯，韵之齐也；混沌贞粹，质之检也；明隽清圆，词之藻也。高才闲拟，濡笔求工，发旨立意，虽旁出多门，未有不由斯户者也。至于《垓下》之歌，出自流离；"煮豆"之诗，成于草率。命词慷慨，并自奇工。此则深情素气，激而成言，诗之权例也。传曰："疾行无善迹。"乃艺家之恒论也。昔桓谭学赋于扬雄。雄令读千首赋。盖所以广其资，亦得以参其变也。诗赋粗精，譬之绨绤，而不深探研之力，宏识诵之功，何能益也？故古诗三百，可以博其源；遗篇十九，可以约其趣；乐府雄高，可以厉其气；《离骚》深永，可以神其思。然后法经而植旨，绳古以崇辞，虽或未尽臻其奥，我亦罕见其失也。呜呼！雕缋满目，并已称工，芙蓉始发，尤能擅丽。后世之惑，宜益滋焉。夫未睹钧天之美，则《北里》为工；不咏《关雎》之乱，则《桑中》为隽。故匪师旷，难为语也。

[（清）何文焕辑：《历代诗话》，北京，中华书局，1981]

五、谢榛《四溟诗话》（节选）

凡作文，静室隐几，冥搜邈然，不期诗思遽生，妙句萌心，且含毫咀味，两事兼举，以就兴之缓急也。予一夕敧枕面灯而卧，因咏蜉蝣之句，忽机转文思，而势不可遏，置彼诗草，率书叹世之语云："天地之视人，如蜉蝣然；蜉蝣之观人，如天地然。蜉蝣莫知人之有终也，人莫知天地之有终也。"

作诗本乎情景，孤不自成，两不相背。凡登高致思，则神交古人，穷乎遐迩，系乎忧乐，此相因偶然，著形于绝迹，振响于无声也。夫情景有异同，模写有难易，诗有二要，莫切于斯者。观则同于外，感则异于内，当自用其力，使内外如一，出入此心而无间也。景乃诗之媒，情乃诗之胚，合而为诗，以数言而统万形，元气浑成，其浩无涯矣。同而不流于俗，异而不失其正，岂徒丽藻炫人而已。然才亦有异同，同者得其貌，异者得其骨。人但能同其同，而莫能异其异。吾见异其同者，代不数人尔。

自古诗人养气，各有主焉。蕴乎内，著乎外，其隐见异同，人莫之辨也。熟读初唐盛唐诸家所作，有雄浑如大海奔涛，秀拔如孤峰峭壁，壮丽如层楼叠阁，古雅如瑶瑟朱弦，老健如朔漠横雕，清逸如九皋鸣鹤，明净如乱山积雪，高远如长空片云，芳润如露蕙春兰，奇绝如鲸波蜃气，此见诸家所养之不同也。学者能集众长合而为一，若易牙以五味调和，则为全味矣。

....

夫万景七情，合于登眺。若面前列群镜，无应不真，忧喜无两色，偏正惟一心；偏则得其半，正则得其全。镜犹心，光犹神也。思入杳冥，则无我无物，诗之造玄矣哉！

或问作诗中正之法。四溟子曰："贵乎同不同之间：同则太熟，不同则太生。二者似易实难，握之在手，主之在心。使其坚不可脱，则能近而不熟，远而不生。此惟超悟者得之。"

（丁福保辑：《历代诗话续编》，北京，中华书局，1983）

六、胡应麟《诗薮》（节选）

优柔敦厚，周也；朴茂雄深，汉也；风华秀发，唐也。三代政事俗习，亦略如之。魏继汉后，故汉风犹存；六代居唐前，故唐风先兆。文章关世运，讵谓不然！（内编卷一）

两汉诸诗，惟《郊庙》颇尚辞，乐府颇尚气。至十九首及诸杂诗，随语成韵，随韵成趣，辞藻气骨，略无可寻，而兴象玲珑，意致深婉，真可以泣鬼神，动天地。魏氏而下，文逐运移，格以人变。若子桓、仲宣、士衡、安仁、景阳、灵运，以词胜者也；公幹、太冲、越石、明远，以气胜者也；兼备二者，惟独陈思。然古诗之妙，不可复睹矣……

严氏以禅喻诗，旨哉！禅则一悟之后，万法皆空，棒喝怒呵，无非至理。诗则一悟之后，万象冥会，呻吟咳唾，动触天真。然禅必深造而后能悟，诗虽悟后，仍须深造。自昔瑰奇之士，往往有识窥上乘、业阻半途者。（内编卷二）

汉、唐以后谈诗者，吾于宋严羽卿得一悟字，于明李献吉得一法字，皆千古词场大关键。第二者不可偏废，法而不悟，如小僧缚律；悟不由法，外道野狐耳。

作诗大要不过二端，体格声调，兴象风神而已。体格声调有则可循，兴象风神无方可执。故作者但求体正格高，声雄调鬯。积习之久，矜持尽化，形迹俱融，兴象风神，自尔超迈。譬则镜花水月，体格声调，水与镜也；兴象风神，月与花也。必水澄镜朗，然后花月宛然。讵容昏鉴浊流，求睹二者？故法所当先，而悟不容强也。

何仲默谓："富于材积，使神情领会，天机自流，临景结构，不傍形迹。"此论直指真源，最为喫紧。于往代作家大旨初无异同。舍筏之云，以献吉多拟则前人陈句，欲其一切舍去，盖刍狗糟粕之谓，非规矩谓也。献吉不忿，拈起法字降之。学者但读献吉书，遂以舍筏为废法，与何规李本意，全无关涉，细绎仲默书自明。（内编卷五）

［（明）胡应麟撰：《诗薮》，上海，上海古籍出版社，1979］

七、费经虞《雅伦·琐语》（节选）

诗之大端无他，一言以蔽之，曰：透过。不透过，终隔一层，非是作者语。

…………

诗家数甚多。清新也可，雄浑也可，古奥也可，幽细也可，只要是到家句。

…………

诗要辞在题中，意出题外；韵在句中，趣浮句外。

⋯⋯⋯⋯⋯

诗要使人读之拍案起舞，旁通别解，无所不妙才好。

⋯⋯⋯⋯⋯

诗有五佳：一意佳，二句佳，三字佳，四事佳，五题佳。

⋯⋯⋯⋯⋯

诗要吐弃一切，不食烟火，方能超脱凡流，所谓代不数人，人不数篇。

⋯⋯⋯⋯⋯

诗有一种生气，则精光射入而不可捏造；诗有一段古法，则制作入彀而不可烂熟。

⋯⋯⋯⋯⋯

诗要锋铓，不可拗口；要平淡，不可罢秃。

诗要到家，只是不隔。旅中房屋器用饮食虽济楚，毕竟隔一层。若到家，即竹树鸡豚皆自家物，风雅但要如此。赵翼、黄言人少时尽有才名，后来名渐衰落，文辞罢秃，只是一点才气兼之初学正锐，故有可观。积以岁月，家事日多，工夫渐懒，所得原浅，化为乌有，众人不服矣。皆未常实获指授，究心一番。譬如学奕，只是聪明，并未传国手谱着，如何得好？吾常谓亲友，千里寻师，闭门诵读，除此二法，即天才绝人，走到正路，亦头破足穿矣。此语良然⋯⋯

严沧浪论诗，止言气象、规模、风味，韵度未之言也，所以流而为江西宗派，再流而为明七子⋯⋯

不学古人，必是乱道，专就古人字句上摹仿，又恐陈陈相因，烂熟失真。故学诗之法，先取其佳而深喜者学之，待自家有身分后，集先辈精英，更新机杼。

（吴文治主编：《明诗话全编》第九册，南京，江苏古籍出版社，1997）

八、陆时雍《诗镜总论》(节选)

诗被于乐，声之也。声微而韵，悠然长逝者，声之所不得留也。一击而立尽者，瓦缶也。诗之饶韵者，其钲磬乎？"相去日以远，衣带日以缓"，其韵古；"携手上河梁，游子暮何之"，其韵悠；"高台多悲风，朝日照北林"，其韵亮；"晨风飘歧路，零雨被秋草"，其韵矫；"采菊东篱下，悠然见南山"，其韵幽；"皇心美阳泽，万象咸光昭"，其韵韶；"扣栻新秋月，临流别友生"，其韵清；"野旷沙岸净，天高秋月明"，其韵冽；"天际识归舟，云中辨江树"，其韵远。凡情无奇而自佳，景不丽而自妙者，韵使之也⋯⋯

《三百篇》每章无多言。每有一章而三四叠用者，诗人之妙在一叹三咏。其意已传，不必言之繁而绪之纷也。故曰："《诗》可以兴。"诗之可以兴人者，以其情也，以其言之韵也。夫献笑而悦，献涕而悲者，情也；闻金鼓而壮，闻丝竹而幽者，声之韵也。是故情欲其真，而韵欲其长也，二言足以尽诗道矣。乃韵生于声，声出于格，故标格欲其高也；韵出为风，风感为事，故风味欲其美也。有韵必有色，故色欲其韶也；韵动而气行，故气欲其清也。此四者，诗之至要也。夫优柔悱恻，诗教也，取其足以感人已矣。而后之言诗者，欲高欲大，欲奇欲异，于是远想以撰之，杂事以罗之，长韵以属之，傲诡以炫之，则骈指矣。此少陵误世，而昌黎复涌其波也。心托少陵之藩，而欲追风雅之奥，岂可得哉？……

贪肉者，不贵味而贵臭；闻乐者，不闻响而闻音。凡一掇而有物者，非其至者也。诗之所贵者，色与韵而已矣。韦苏州诗，有色有韵，吐秀含芳，不必渊明之深情，康乐之灵悟，而已自佳矣。"白日淇上没，空闺生远愁。寸心不可限，淇水长悠悠。""还应有恨谁能识，月白风清欲堕时。"此语可评其况……

有韵则生，无韵则死；有韵则雅，无韵则俗；有韵则响，无韵则沉；有韵则远，无韵则局。物色在于点染，意态在于转折，情事在于犹夷，风致在于绰约，语气在于吞吐，体势在于游行，此则韵之所由生矣。陆龟蒙、皮日休知用实而不知运实之妙，所以短也。

（丁福保辑：《历代诗话续编》，北京，中华书局，1982）

第二节　清代文论的修正与总结

从明亡到鸦片战争，中国文论基本沿着明后期以来的趋势发展。对于明朝的覆亡，清初士人普遍认为与心学盛行造成的社会价值混乱有关，一时出现了向原始儒学回归的思潮。钱谦益在总结明诗创作经验教训的基础上，呼吁恢复传统儒家的主体地位，把返经本祖作为文人修身和创作的基础性前提，产生了极大的社会影响。而以顾炎武、黄宗羲、王夫之为代表的启蒙思想家，积极提倡经世致用之学，开启了重实证、归纳和考据的务实学风。因此，清代文论在发展过程中逐渐形成了以经义为本，重视实学，讲求通过切实考据而笼聚众说的集大成特色。

一、王夫之和叶燮的诗论

如何评价前代诗学，并由此"推故而别致其新"，是清初诗论面临的两个问题。在前一个问题上，钱谦益做出了突出的贡献。他的《列朝诗集小传》以流派为纲，全面总结了明代的诗歌发展，对复古派和竟陵派从整体上进行了否定，推崇茶陵派李东阳，兼取公安派之性灵。他把灵心、世运和学问看成诗文生发的三个必要因素，在《题杜苍略自评诗文》中明言"三者相值，如灯之有炷有油有火，而焰发焉"，并以传统经学作为衡量诗人学养最重要的依据，强调"通经汲古"，推动诗学向儒家经典的归依。在后一个问题上，王夫之和叶燮各自建构了具有创造性的理论体系，开创了清代诗学新局面。

王夫之（1619—1692），字而农，号薑斋，湖南衡阳人，青年时曾参加反清起义，失败后隐居衡阳石船山，潜心著述，自署船山病叟、南岳遗民，世称船山先生。其文论著作主要有《薑斋诗话》（包括《诗绎》、《夕堂永日绪论》内外编、《南窗漫记》），《古诗评选》，《唐诗评选》，《明诗评选》等，其《诗广传》《楚辞通释》等作中也间有论诗之语。王夫之以"六经责我开生面"自许，对传统经典做过详尽的研读、评注和总结，是明清之际杰出的学者。他继承了张载的气本论思想，以缊缊生化的基本观点来看待宇宙万物的生成和变化，扬弃程朱陆王，批判地借鉴佛老，重新树立了儒学传统。谭嗣同称他为"五百年来学者，真通天人之故者"①。王夫之的诗学理论正建立在天人之学的基础上，是其天人之学向审美领域的展开。

王夫之的诗学思想主要由两部分构成，一是总结诗歌发展史的古近体诗评选，二是对儒家诗歌美学传统的阐释与重构。从中我们可见出王夫之基本的理论主张。

首先，王夫之强调"诗以道性情，道性之情"。此语见诸《明诗评选》，精神则贯穿其诗论的全部，是王夫之论诗的起点与核心。如《诗绎》第一则就揭橥诗的抒情本质："陶冶性情，别有风旨，不可以典册、简牍、训诂之学与焉也。"《夕堂永日绪论》内编也说："长言咏叹，以写缠绵悱恻之情，诗本教也。"诗歌不仅可以抒情，而且可以使情感的表现达到极致，如《古诗评选》所谓"诗之所至，情无不至；情之所至，诗以之至"，是其他实用性文体所不能替代的。《明诗评选》还指出人之"性"包含情感、天德、王道、事功、节义、礼乐与文章等诸方面，六经皆有各自对应的表现疆界，不可互代。"彼不能代诗而言性之情，诗亦不能代彼也。"因此，王夫之非常排斥用诗表现学问、哲理、历史等内容，《古诗评选》直言："诗则即事生情，即语绘状，一用史法则相感不在永言和声之中，诗道废矣。"也正因为这样，杜甫《石壕吏》一类的诗在王夫之看来"终觉于史有余，于诗不足"。

必须指出，王夫之将关情与否视作诗歌雅俗的分界。《明诗评选》称"关情是雅俗鸿沟，不关情者貌雅必俗"，并对诗情做了限定，如《诗广传》指出诗以"道性之情"，"诗达情，非达欲也"。王夫之对这里的"情"其实是有特别说明的，即不能是被诗人无节制表现的情欲。由此，他直斥元稹、白居易和谭元春等人的艳情诗为"恶诗"。王夫之承认人欲的合理性，但认为只有大欲，即关系国家民族大义的欲才符合天理人

---

① 梁启超：《清代学术概论》，18页，北京，东方出版社，2012。

情，提倡诗要以个人情感的审美体验来表现一种普遍化的社会道德情感，写"可以广通诸情"（《唐诗评选》）的"通天尽人之怀"（《古诗评选》），最终达到"动人兴观群怨"的目的。

在这个意义上，王夫之重新诠释了"兴观群怨"说，认为兴、观、群、怨四者正是这种普遍的天理人情，而四情又不是截然孤立的。《诗绎》说："于所兴而可观，其兴也深；于所观而可兴，其观也审。以其群者而怨，怨愈不忘；以其怨者而群，群乃益挚。"作品产生于作者四情的融会贯通中，故读者可从四情的任一个角度解读诗歌。"'可以'云者，随所以而皆可者"，这在很大程度上承认了诗歌意象的多义性和阐释自由。王夫之反对阅读中的"井画""株守"，驳斥了经生家析《鹿鸣》《嘉鱼》为"群"，《柏舟》《小弁》为"怨"的割裂式解诗法。

其次，王夫之提出"情景相生""互藏其宅"。诗学情景论最早由唐人提出，之后宋代周弼、姜夔、范晞文，元代方回，明代谢榛、胡应麟等人都有论述，但大都谈得表面，有的干脆语焉不详。王夫之在前人论说基础上对情景关系做了更深入的探讨，所得结论也更具理论性和思辨性。他认为，宇宙是由阴阳二气氤氲生化、生生不息的生命实体。将这种二元辩证的宇宙观引入诗学理论批评，使他突破了传统的情景关系探究模式，转而从心物辩证关系入手来论证两者关系："情者阴阳之几也，物者天地之产也。阴阳之几动于心，天地之产应于外。故外有其物，内可有其情矣；内有其情，外必有其物矣。"（《诗广传》卷一）王夫之认为，"情景名为二，而实不可离"（《夕堂永日绪论》内编），"关情者景，自与情相为珀芥也"（《诗绎》）。和魏晋以来强调"感物吟志"不同，王夫之强调情景之间存在一种心物交感、相生相融并可相互转换的关系，即所谓"情景虽有在心在物之分，而景生情，情生景。哀乐之触，荣悴之迎，互藏其宅"。这种关系从心物交感的那一瞬间就已产生，不可分离。因此，王夫之反复指出"击目经心""心中目中与相融浃""神理流于两间，天地供其一目"的重要意义，标举"兴会"，强调即目、即景，主张从心物交感的瞬间去捕捉创作的灵感。

王夫之还在钟嵘直寻说的基础上，借用佛家的"现量"来强调主体创作过程的当下性和自发性，反对拟议和苦思。《夕堂永日绪论》内编批评被诗坛引为佳话的"推敲"一事，认为："若即景会心，则或推或敲，必居其一，因景因情，自然灵妙，何劳拟议哉？"王夫之指出，创作在心与自然相触的刹那就已有所取舍，也即《相宗络索》所说的"一触即觉，不假思量计较"，是无需事后多加琢磨的。不仅如此，他进一步认为诗中的情景必须由"身观"体验而来，反对凭空想象："身之所历，目之所见，是铁门限。"王夫之强调诗歌创作应以长期的生活积累和即景会心作为前提条件，如《古诗评选》称"故人胸中无丘壑，眼底无性情，虽读天下书，不能道一句"。

"现量"之说肯定了自然天真的直觉之美，杜绝闭门觅句式的臆测苦吟，但否定构思推敲之功，忽视了想象的重要性，有一定的片面性。针对具体的创作，王夫之又总结了情景结合的具体形态，指出其最高境界是"妙合无垠"，水乳之契，浑然一体，又有"情中景""景中情"这两种特殊的有机构成。无论是哪一种构成，情、景都不是孤立的，而是互藏其宅，如《古诗评选》所谓"情不虚情，情皆可景，景非滞景，景总含情"。这种观点还是非常有价值的。

最后，王夫之反对门户之见和格式、死法。王夫之对明代诗坛的门户习气深恶痛绝。他上溯诗歌发展历史，并考其根由，认为剿袭雷同是一切宗派流弊之所在。流派一旦结成，不可避免会形成固定的模式，进而成为与性情相疏离的陈套或局格，直至《夕堂永日绪论》内编所说的"更无性情，更无兴会，更无思致"。因此，他对建安以来的诗歌流派都予以否定，独崇尚诗理自然和不受诗式、诗法束缚的主观感兴的生发，此即《明诗评选》所谓的"但在触目生心时，不关法律"。王夫之并不否认诗法和创作技巧的存在，认为"无法无脉，不复成文字"，他所反对的是不合现量、桎梏性情、固定而僵死的格式与成法，因此批评皎然的《诗式》以开合收纵、关锁呼应、情景虚实为诗律是"画地成牢以陷人者"，主张诗法在兴会的过程中自然获得，而不能预设强立。"凡言法者，皆非法也。""不为章法谋，乃成章法。"这种千变万化、顺势而为的法度因是一种活法，才是结篇成章所应遵循的。在《夕堂永日绪论》外编中，王夫之称这种活法为"天然一定之则"。

王夫之的诗论还广泛涉及对历代诗人诗作的评价，对神理、神韵、取势等范畴也多有论述。总体来说，王夫之的诗学是一种审美的诗学，他的诗歌理论与批评整体上带有艺术批评的倾向，并从这种倾向出发去改造儒家诗教理论，完成了对儒家诗歌美学传统的重新阐释与建构，的确具有"开生面"的批评史意义。

叶燮（1627—1703），字星期，浙江嘉兴人，世称横山先生。他是沈德潜的老师，对沈德潜有很深的影响。其诗论主要见诸《原诗》。不同于传统的诗话形式，《原诗》仿诸子"作论之体"，对古代诗歌创作及其批评的发展做了比较全面的总结，在表现出向传统诗论回归趋向的同时，很注意论说的深透和持论的自洽，逻辑缜密，体系性强。

正变论是叶燮诗学的核心。在考察了历代诗歌的流变后，叶燮认为诗歌的质文、体裁、格律、声调、辞句是在不断发展中日臻成熟的。前代诗歌是源，后代是流；源是正，流是变。变是诗歌发展的必然规律："古云：'天道十年而一变。'此理也，亦势也，无事无物不然；宁独诗之一道，胶固而不变乎？"诗歌的变化有沿有革，有因有创。从《诗经》到苏李诗、《十九首》，再到建安、黄初之诗，以及其后的六朝诗歌，都是因中有创。文学正是由于有变，有创造，才有所发展。叶燮重新阐释了《毛诗序》提出的正变说，认为时代的正变和文学的正变是有区别的，文学有自己的发展轨迹和规律，其盛衰与时代的盛衰没有必然的联系。《百家唐诗序》说："有世运，有文运。世运有治乱，文运有盛衰，二者各自为迁流。""若夫文之为运，与世运异轨而自为途。"新变并不意味着失正，也不意味着衰败，在前者不一定为盛，居后者不一定为衰，而是"惟正有渐衰，故变能启盛"。 盛极而衰，衰极而盛，盛衰"相续相禅"，"互为循环"。 叶燮将诗歌的盛衰同社会的治乱区别开来，正面肯定了新变的启盛作用，这对《毛诗序》以来的崇正抑变说是一个修正。

叶燮进一步认为，变是"踵事增华，因时递变"，其趋势是"以渐而进，以至于极"，"屡治而益精"。 他把自《诗经》到宋诗的发展比喻为树木的生长过程，即从生根、萌芽到长大、茂盛、开花。 这一过程便是诗歌"踵事增华"的进化过程。 他尤其推崇杜甫、韩愈和苏轼在其中所起的重要作用，认为杜甫"包源流，综正变"，"无一不为之开先"，为古诗一大变； 韩愈力大思雄为鼻祖，是唐诗一大变； 至苏轼开辟古今未有之境界，变为"盛极"。 而宋以后，"不过花开而谢，花谢而复开"。 这种对诗歌史的形象描绘表明其推崇宋诗的主张以及卑今的倾向，虽比之明代复古派的诗歌史观有很大进步，但与公安派"代有升降，法不相沿"的重今观念相比又有保守的地方。

《原诗》最重要的贡献在于探讨了创作主体和客体的关系问题。 它以理、事、情三者来概括客观事物的三个要素，用才、胆、识、力来概括诗人所应必备的主观条件。 诗就是观事物和作者主观条件相结合的产物。 "以在我之四，衡在物之三，合而为作者之文章。 大之经纬天地，细而一动一植，咏叹讴吟，俱不能离是而为言者矣。"

在叶燮的论述中，"在物"者涵盖世间万物之事理。 理指客观事物的本质和规律，事指客观事物本身的发生与存在，情指客观事物的感性情状，三者有机统一而条贯以气，以理为根本和关键，以事与情为体现和表征。 叶燮认为，气是包括文学在内的万事万物的本体与生命，也是理、事、情的统率和原动力。 "三者借气而行者也。 得是三者，而气鼓行于其间，氤氲磅礴，随其自然所至即为法，此天地万象之至文也。"在理、事、情之上还有道。 万事万物的理是道的具体化，都为道所统摄，即《与友人论文书》所谓"理者与道为体，事与情总贯乎其中，惟明其理乃能出之而成文"。 这个"道"是儒家之道、圣人之道，也是六经之道。 "六经者，理事情之权舆也"，不论事物的理、事、情如何变化，总不出六经之道。 《原诗》把理和道紧密联系起来，"明理"也就成为诗歌创作的首要前提。

"在我"者即创作主体，包括才、胆、识、力四个要素。 "夫才者，诸法之蕴隆发现处也。"才是主体的先天禀赋，也指主体驾驭法则，把握理、事、情的创造力和表现力。 人无才"则心思不出"，"以是措而为文辞，而至理存焉，万事准焉，深情托焉，是之谓有才"。 胆指主体敢于打破束缚、自由创造的勇气和精神。 "无胆则笔墨畏缩。 胆既诎矣，才何由而得伸乎？ 惟胆能生才。"识指对理、事、情的辨别能力和审美判断力。 "识明则胆张"，"人惟中藏无识，则理、事、情错陈于前，而浑然茫然，是非可否，妍媸黑白，悉眩惑而不能辨，安望其敷而出之为才乎？ 文章之能事，实始乎此"。 力是才所依赖的生理和心理能量，是主体生命力的体现。 "无力，则不能自成一家。"四者既各自独立又相互联系，其中以识最为关键："大约才识胆力，四者交相为济……四者无缓急，而要在先之以识。使无识，则三者俱无所托。"

叶燮还认为，人可通过后天努力提高主体的识力，弥补天资的不足。具体的途径是"格物"，"诵读古人诗书，一一以理、事、情格之"。这四个要素有一个基本的前提，即创作主体必须有"胸襟"，"其人之胸襟"是"诗之基"。"胸襟"指的是主体的审美心胸和精神境界，是审美感兴的基础，决定作品意蕴的深度与广度。"有胸襟，然后能载其性情、智慧、聪明、才辨以出，随遇发出，随生即盛。"在叶燮以前，论者在论述创作诸要素时往往分而论之，对于诗的表现内容或主言志，或主抒情，或主述事，或主说理；对创作主体要素而言，或强调才气，或注重学问，或强调道德修养。叶燮对前人所论做了整合和开拓，在理论建构上显然更自觉，更完整。

"以在我之四，衡在物之三"是叶燮创作论的核心。他从主客体相统一的角度来看诗歌创作，强调"自然之法"，认为创作的最高原则就是符合对象的自然的表现形式。"盖天地有自然之文章，随我之所触而发宣之，必有克肖其自然者，为至文以立极。"叶燮摒弃了宋明以来看重模式、格调和定法的狭隘诗法观，把平仄相拈、起承转合、起伏照应这些普遍、恒定的形式规范称为死法、定位，认为作诗另有活法。活法"在神明之中，巧力之外"，是"变化生心"的自然之法，空有虚名却不可言。死法不必言，活法不可言，《原诗》借问者之口质疑了诗法的存在："作诗者果有法乎哉？且无法乎哉？"叶燮指出，世间任何法则都是以理、事、情为基础的，"理得""事得""情得"就是法，脱离理、事、情来谈诗法是舍本逐末。"故法者，当乎理，确乎事，酌乎情，为三者之平准，而无所自为法也。"

叶燮以理、事、情为诗歌表现的对象，并不是要"实写理事情"。他反对在诗中道破诗理或直接抒情、呈现生活实际，"惟不可名言之理，不可施见之事，不可径达之情，则幽渺以为理，想象以为事，惝恍以为情，方为理至事至情至之语"。这和严羽的"不涉理路，不落言筌"相似，但叶燮未取脱离现实的"熟参"和"妙悟"一途，而是要在"呈于象，感于目，会于心"的真实审美感兴过程中创造虚实相生、朦胧恍惚的意象或意境，"划然示我以默会想象之表"，在审美体验中领悟理、事、情。

二、神韵说、格调说、性灵说

康乾时期是清代文论发展最繁荣的时期，出现了不少有影响力的流派，其中尤以神韵、格调和性灵三派最具影响。神韵、格调、性灵等范畴，源头可上溯到唐甚至更早，但作为诗歌批评的纲领和美学总原则，则有赖于清代论者的出色阐扬。

(一)神韵说

神韵说的倡导者是王士禛。王士禛（1634—1711），字贻上，号阮亭，别号渔洋山人，山东新城（今山东桓台）人，是钱谦益之后新一代诗坛领袖。王士禛诗论历经三变，早期宗唐，中年宗宋，晚年复归唐音，但神韵始终是其诗论的精核。"神韵"一词最早见于南朝人物品评，作为批评话语，在胡直、胡应麟、陆时雍、王夫之等人的诗论中出现过多次，但直到王士禛手上才形成影响。

严格地说，王士禛对"神韵"并未做过太系统的论述，后人只能从其只言片语出发，结合其论诗的宗旨加以推断。归纳起来，神韵说首先是倡导含蓄蕴藉美，追求言有尽而意无穷的味外之旨。王士禛论诗数变，但其标举"神韵"与宗唐之论相始终，盖因"唐诗主情，故多蕴藉；宋诗主气，故多径露"。王士禛以神韵论诗，受严羽和司空图的影响很大，在《唐贤三昧集序》中引严羽"兴趣"说和司空图"味在酸咸之外"说来概括盛唐诗特点，直言自己"于二家之言别有会心"。他多次强调诗歌神韵不在句内，而在句外。例如，《戏仿元遗山论诗绝句》称"定知妙不关文字"，评欧阳修、晏殊词"妙处俱在神韵，不在字句"（汪懋麟《锦瑟词话》），《古钵集选》评王士祜《赋得扬州早雁二首》"神韵在文句之外"。可见，追求言外之意、味外之旨正是神韵说第一要义。故在《蚕尾续集序》中，其门人吴陈炎直接把神韵同"味外味"等同起来，称："酸咸之外者何？味外味也；味外味者，神韵也。"

其次是以清远冲淡为尚。王士禛在唐诗中尤其推重王维、孟浩然的山水田园诗派，认为这种流连山水、点染风景之诗深得诗家之"三昧"。《池北偶谈》借用明孔天允、薛蕙评王、孟诗用清远诠释神韵的话语，以之为神韵的特征之一。此外，他还着重强调淡远的诗境和含蓄之美的联通之义，在《香祖笔记》中称："'采采流水，蓬蓬远春。'二语形容诗境亦绝妙，正与戴容州'蓝田日暖，良玉生烟'八字同旨。"值得注意的是，晚年王士禛把"古澹闲远"和"沈著痛快"都视为神韵的审美特征，《芝廛集序》称："沈著痛快，非惟李、杜、昌黎有之，乃陶、谢、王、孟而下，莫不有之。"他认为诗人必须经过一个能入能出的过程，方能舍筏登岸。只有对人生产生透彻的领悟，才能达到古澹闲远、超然自得的境界。

再次是力求生动地表现事物的风神气韵，反对流于表象的描摹。以神韵论诗，自然讲求神似和传神。王士禛在《居易录》中赞赵孟坚的梅诗"虽不及和靖，亦甚得梅花之神韵"，赞陆龟蒙咏白牡丹之句"语自传神，不可移易"，斥晚唐石曼卿的咏梅诗句拘泥形似而"直足喷饭"。在《蚕尾集》中他又说"咏物之作，须如禅家所谓不粘不脱，不即不离，乃为上乘"，推崇一种意在言外的艺术手法。不直接表现对象，不做精雕细刻，同对象保持一定的距离，尽可能用简远的笔墨来表现"不着一字，尽得风流"的传神境界，同样是为了突出这种风神气韵。

最后是特别肯定兴会和伫会的自然创作状态，强调"兴会神到"与"偶然欲书"。《渔洋诗话》说："王士源序孟浩然诗云：'每有制作，伫兴而就。'余平生服膺此言。故未尝为人强作，亦不耐为和韵诗也。"兴会发自性情，是心物交感下一种自发的创作状态，非人力可以强致；伫兴即长久聚集而有所兴会。 王士禛强调诗歌创作应建立在心物交感、性情真挚的基础之上，反对矫揉造作，牵率应酬，进而认为兴会是使诗有神韵的关键，故《古夫于亭杂录》称赞王维《送梓州李使君》一诗"兴来神来，天然入妙，不可凑泊"，《香祖笔记》直言自己的五首诗"皆一时伫兴之言，知味外味者当自得之"。 在《突星阁诗集序》中，王士禛还把兴会同"羚羊挂角，无迹可求"的空灵诗境连在一起，这种诗境正是诗有神韵的表现之一。 可见，"兴会神到"是神韵说在创作上的要求。

王士禛的神韵说虽不见得都是创见，但它通过具体的选诗、评诗以及创作实践较为直观地呈现了诗有神韵的审美形态，是对南朝以来神韵理论的丰富和发展。 但是，受社会环境影响，此说过分强调诗美，一定程度忽视了情致的深挚和思想的丰厚，不能不说有其局限性。

(二)格调说

继王士禛之后，沈德潜、袁枚和翁方纲先后主盟乾隆、嘉庆诗坛，三家相互辩难，各自鼓吹，构建起乾嘉诗学的基本框架。 其中，沈德潜受明七子的影响，论诗以格调为宗，成为清代格调说的倡导者。 沈德潜（1673—1769），字碻士，号归愚，江南长洲（今江苏苏州）人。 他是乾隆皇帝的宠臣，具有很高的政治地位和学术声望。 其诗论主要见于《说诗晬语》以及《古诗源》《唐诗别裁》《明诗别裁》《清诗别裁》。 沈德潜受业于叶燮，在提倡诗教、推本溯源上明显受叶燮影响，但直接继承的还是明人的格调之说和王士禛的神韵说。

在明代以前，"格"和"调"就已经是常见的批评范畴。 "格"指作品的标格，作为体的量度，和作品的质干及诗意有关；"调"指在格高律谐基础上形成的作品风调。 "格"与"调"组合成词并成为重要的批评范畴大抵始于明代李东阳。 李东阳论诗主情，强调诗歌的音节法度，其《怀麓堂诗话》认为："诗必有具眼，亦必有具耳，眼主格，耳主声。"李东阳一方面提倡以盛唐为法，在格调上切近古人；另一方面又不满时人"泥古诗之成声，平侧短长，句句字字，摹仿不敢失，非唯格调有限，亦无以发人之情性"。 在他之后，前后七子把"格高调响""格古调逸"作为评诗的重要标准，强调通过熟参、取法经典的文体风貌来分辨各个时代的格调，提升作者的审美鉴赏力和创作表现力。 为避免一味追求格调而堕入模拟的积弊，王世贞结合才思和情实来谈格调，突出了作家的主体性在创作中的重要作用。 胡应麟的《诗薮》再引入"兴象风神"，认为只要坚持"体正格高，声雄调鬯"，积习日久即可"矜持尽化，形迹俱融"。 陈子龙的《皇明诗选序》则从思想内容上对格调说的评诗标准做了补充，以为："揽其色矣，必准绳以观其体；符其格矣，必吟诵以求其音；协其调矣，必渊思以研其旨。"

沈德潜表现出鲜明的复古倾向。 《说诗晬语》称："诗不学古，谓之野体。"由于非常注重正本溯源，他编选的《古诗源》和各朝诗歌别裁集就很注意体现崇正复古的思想。与前人稍有不同的是，他反对"株守太过"。从格调方面来讲，他宗奉唐音，认为"诗至有唐为极盛"，尤其推崇李杜。同时他也强调汉、魏、齐、梁、陈、隋之诗都是唐诗的发源，其"风标品格"也应可为取法的对象。沈德潜困于科举数十年，这一定程度上影响了他的创作，也让他具有强烈的法度自觉和辨体意识。他认为："诗贵性情，亦须论法。杂乱而无章，非诗也。"《说诗晬语》强调诗与词的体式分限和格法，认为"诗中高格，入词便苦其腐，词中丽句，入诗便苦其纤，各有规格在也"，并对《诗经》、楚辞、乐府、四言、五言等诗体的格式和音调进行辨析，探究各体的章法、句法和字法，均能切中肯綮。他还对诸如咏古、游山、咏画、题画等诗歌题材的体式风格特征进行了总结，尤其注重音节、声律，认为"诗以声为用者也，其微妙在抑扬抗坠之间"，又说"诗中韵脚，如大厦之有柱石，此处不牢，倾折立见"，"乐府之妙，全在繁音促节"。总之，沈德潜有较宏通的诗法观，强调"以意运法"，得自然神明之变化，反对像七子派那样遵循死法。

沈德潜的格调理论也有独特之处，融入了温柔敦厚的诗教观念和王士禛神韵说的精髓，某种程度上是对儒家传统诗学观念的总结。事实上，在他之前，清人毛先舒已在《诗辩坻》中强调通过格调、法度来节制情感和辞气的表达，称"诗须博洽，然必敛才就格，始可言诗"。又说："标格声调，古人以写性灵之具也。由之斯中隐毕达，废之则辞理自乖。"但沈德潜讲得更明白，其《重订唐诗别裁集序》明言作诗须"先审宗旨，继论体裁，继论音节，继论神韵，而一归于中正和平"。审宗旨也就是判断诗歌是否符合政治伦理规范。

沈德潜接受了叶燮以"胸襟"为"诗之基"以及"才胆识力"的论述，把襟抱和学识视为创作的基本前提，认为："有第一等襟抱，第一等学识，斯有第一等真诗。"这里的"襟抱"带有明显的道德色彩。他又把温柔敦厚作为评诗的准则，把政教功能和诗教传统合为诗道，认为创作应在格调上取法三唐，在精神上仰溯风雅，反对吟风弄月、缘情绮靡之作。沈德潜对批判现实的诗作抱有极大的宽容，认为变风变雅也是诗之一体。他对温柔敦厚的判断基于性情，是对诗人性情修养的内在要求。《七子诗选序》谓"宗旨者，原乎性情者也"，认为只要诗人性情符合"忠爱""温柔敦厚"，即便措辞激烈，其诗作依然符合诗教传统。因此，他所提倡的温柔敦厚不单指中正平和，也包括怨刺讥议。沈德潜特别指出，《巷伯》这样的"投畀"之章虽然情感激烈，但其目的是激发善恶之心，促人向善，因此仍具"温柔和平之旨"。

从温柔敦厚的诗教原则出发，沈德潜吸收并改造了王士禛的神韵说。由其《石香诗钞序》所言"神韵者，流于才思之余、虚与委蛇而莫寻其迹者也"，"夫韵不可以迹象求，不可以声响著，流于迹象声响之外，而仍存于迹象声响之间"可知，沈德潜把空灵缥缈的神韵落实在具体的格式音调之中。故他的神韵是一种建立在体裁音节基础上，由比兴手法和蕴藉含蓄的表现方式所形成的特别的诗歌境界。《说诗晬语》说"事难显陈，理难言罄"，须"托物连类以形之"；"郁情欲舒，天机随触"，可"借物引怀以抒之"。"托物连类"就是比，"借物引怀"就是兴，"比兴互陈，反复唱叹"可以委婉蕴藉地表现世间的理、事、情，达到言浅情深的效果。沈德潜非常重视"蕴藉"，认为唐诗蕴藉，故而"韵流于言论外"，尤其是李白"以语近情遥，含蓄不露为主"的七言绝句，"只眼前景、口头语，而有弦外音、味外味，使人神远"。沈德潜还提出"气骨""风骨"作为神韵的补充，在诗歌风格上表现出开放兼容的态度，既推崇李白、杜甫、韩愈"鲸鱼碧海""巨刃摩天"式的雄壮浑厚，也不排斥王士禛所标举的古澹清远。

沈德潜的格调理论带有浓厚的保守色彩，是儒家传统诗学的整合和总结形态，其产生和盛行与乾隆时期社会稳定、政治高压、诗教复兴的背景有很大的关系。不可否认，沈德潜的历史眼光和审美理想较之前人更通达一些，因此也更具包容性。

(三)性灵说

继沈德潜倡格调说后，袁枚与赵翼、蒋士铨、郑燮等人所提倡的性灵说风靡海内。袁枚（1716—1798），字子才，号简斋，浙江钱塘（今浙江杭州）人，世称随园先生，自号仓山叟、随园老人等，诗学理论集中见诸《随园诗话》。袁枚为人任性放诞，论诗对自康熙时期以来盛行的神韵说、格调说及肌理说都有批判，所标举的性灵说继承和发展了公安派"独抒性灵，不拘格套"的主张，是古代表现派诗论的集大成者。

袁枚认为自《三百篇》以下，诗歌能传诸后世者都是性灵，不关堆垛，故在《钱玙沙先生诗序》中对"今人浮慕诗名而强为之，既离性情，又乏灵机"的创作风气提出批评，认为："转不若野氓之击辕相杵，犹应风雅焉。"他所说的性灵，包含性情和灵机两方面含义，既是对创作主体提出的要求，也有对表现内容的强调。性情指人的真情真性。袁枚认为，真情是诗人创作的前提条件，故《答曾南村论诗》称"提笔先须问性情"，《答蕺园论诗书》称"诗者，由情生者也，有必不可解之情，而后有必不可朽之诗"，《陶怡云诗序》又说"性情者源也，词藻者流也"。真情也是诗歌表现的重要内容，《随园诗话》卷十说："余最爱言情之作，读之如桓子野闻歌，辄唤奈何!"诗中之情应是发自肺腑、不受礼法约束、不加掩饰的自然情感。袁枚有意模糊言志和缘情之间的界限，对"诗言志"做了大胆的曲解，称"诗言志，言诗之必本乎性情"，"《三百篇》半是劳人思妇率意言情之事"。

基于这样的认识，袁枚把男女相悦看成最真实的人性和最基本的情感，《答蕺园论诗书》直称"情所最先，莫如男女"。因此，他论诗情也最重男女之情。袁枚不仅借《周易》的阴阳乾坤之道来阐释艳情诗的起源，把《关雎》解读为纯粹的艳情诗，还在《再与沈大宗伯书》中肯定"艳诗宫体，自是诗家一格"。他自己作诗也常涉男欢女爱的题材，虽遭诟病讥议却始终不为所动。他对男女之情的礼赞、对艳情诗的辩护，显然和沈德潜强调温柔敦厚，排斥缘情绮靡之作是针锋相对的。

袁枚对真情真性的提倡，更突出地表现在对自我的强调上。他认为"凡作诗者各有身分，亦各有心胸"，"至于性情遭遇，人人有我在焉"，因此"作诗不可以无我""诗，有人无我，是傀儡也"。这里的"我"指的是诗人独特的个性气质和情感特点。他尤其反对格调说规模古人、复古剿袭的做法，《续诗品·著我》称"不学古人，法无一可。竟似古人，何处著我"，提倡自出机杼，写出新意。正因为有了不同的"我"，诗歌才有了千般面貌，如"天生花卉，春兰秋菊，各有一时之秀，不容人为轩轾"。这种论说其实是对冯班、王士禛拘守一体一格，以神韵为唯一境界的批评。

与此相联系，袁枚蔑视格律和诗法，主张师心自用，认为"空诸一切，而后能以神气孤行"。作为天才论的奉行者，袁枚强调天赋才能是创作必不可少的因素，称"诗不成于人，而成于其人之天。其人之天有诗，脱口能吟，其人之天无诗，虽吟不如不吟"，"诗文之道，全关天分"。他所推崇的诗才，归根结底就是人在创作构思过程中产生的灵机或兴会。如《续诗品·神悟》谓："鸟啼花落，皆与神通。人不能悟，付之飘风。惟我诗人，众妙扶智。"对于诗人来说，灵机是把握现实世界特征、窥寻宇宙万物奥秘的资禀和悟性，亦即《遣兴》诗中所谓"灵犀一点"。而写诗是天授灵机、自然而然的过程，"夫诗为天地元音，有定而无定，到恰好处，自成音节，此中微妙，口不能言"。改诗难于作诗的原因在于改诗时兴会已过，求易不得。对于诗歌作品来说，灵机体现为一种灵动活泼、悦人耳目的生气、生趣。诗无灵则木，"人可以木，诗不可以木也"。"笔性灵，则写忠孝节义俱有生气；笔性笨，虽咏闺房儿女亦少风情。"当然，袁枚并不否认后天学习的重要："凡多读书，为诗家最要事，所以必须胸有万卷者，欲其助我神气耳。"但《蒋心馀藏园诗序》明确指出，在才、学、识三者之间，"才尤为先"，"诗人无才不能役典籍、运心灵"。这和其时翁方纲标举学问、义理、考据为诗，乃至"误把抄书当作诗"不是一路，甚至截然对立。

袁枚的性灵说以表现自我为指向，广泛吸收、融合了钟嵘、祖莹、杨万里、李贽等诸多前人的观点，虽有不少矛盾之处，但所论浅易、具体、实在，在一定程度上推动了清诗的发展。其时，与之同调而影响较大的还有《瓯北诗话》的作者赵翼。赵翼主张"诗本性情，当以性情为主"，亦重天才。和袁枚不同的是，赵翼侧重谈才气，尤重豪迈、豪健之气，认为人可以通过丰富阅历培养豪健之气。在重性情天分的基础上，赵翼还提出了诗贵创新的观点，认为诗的价值在于"必创前古所未有，而后可以传世"，强调意新、语新，鼓励诗人独创句法，自创体格，对袁枚的性灵说做了有力的补充。

三、桐城派的文论与诗论

在桐城派影响清代文坛之前，变革晚明文章流弊，开一代新风是清初三大家——侯方域（1618—1655）、魏禧（1624—1680）和汪琬（1624—1691）。三人地域不同，身世遭际和文风亦不尽相同，如邵长蘅的《国朝三家文钞序》所谓"侯氏以气胜，魏氏以力胜，汪氏以法胜"，但在清初特殊的环境里其散文主张却不乏共识。尤其在对明代散文的批评和对唐宋古文的倡导上，三人意见接近，甚至相同。

侯方域的《与任王谷论文书》批评明人"文必秦汉"的拟古主张不切实际，认为先秦之文"敛气于骨"，不可学；唐宋之文"运骨于气"，可摹拟仿效。他主张学习古文必从韩愈、欧阳修入手。魏禧反对为文而文，主张文应有用于世，在《上郭天门老师书》中明确提出"文之至者，当如稻草粱可以食天下之饥，布帛可以衣天下之寒。下为来学所禀承，上为兴王所取法，则一立言之间，德与功已具"，明显具有重实学的倾向。他还重视文章的变化法度，在学古问题上提倡博采众长，故《答孔正叔简》提出"以六经为寝庙，《左》《史》为堂奥，唐宋大家为门户"。汪琬以六经、三史、诸子百家和唐宋大家为古文正统，提倡文道合一、文以载道，重视才、气。其《答陈霭公论文书》说"惟其才雄而气厚，故其力之所注，能令读之者动心骇魄、改观易听，忧为之解颐，泣为之破涕，行坐为之忘寝与食"，对明人在"尺尺寸寸"中求文法深致不满。《答陈霭公书二》强调学习古人当于开阖、呼应、操纵、顿挫之法外别加变化，"非学其词也"。魏禧、汪琬重新认识古文正统，融经学与文学为一的主张与实践开桐城派先声。

清代中叶，桐城派继之而起，以学习唐宋古文相号召，因先驱戴名世和"三祖"方苞、刘大櫆、姚鼐都是安徽桐城人而得名。戴名世（1653—1713），字田有，著有《南山集》。他为文主张精、神、气，提倡雅清有物，与桐城派渊源深厚。方苞（1668—1749），字凤九，一字灵皋，晚年自号望溪。他提出古文义法说，是桐城派实际上的奠基人。刘大櫆（1698—约1779），字才甫，一字耕南，号海峰，受业于方苞，又是姚鼐的古文老师，在桐城派中发挥了承前启后的重要作用。姚鼐（1731—1815），字姬传，一字梦谷，人称惜抱先生，是桐城派开宗立派的重要人物。桐城派历时长久，成员众多，理论主张不尽相同，但总体不出方、刘、姚三人矩镬。

(一)义法说

方苞所主义法说是桐城派的中心论题和理论基石。"义法"一词出自司马迁《史记》之"《春秋》以制义法"，艾南英、万斯同曾以"义法"论文，实为此说之先声。方苞宗奉宋学，深于经史，年轻时就有"学行继程、朱之后，文章介韩、欧之间"的行身祈向。 从兼顾道统和文统的立场出发，他标举义法说为古文创作的纲领，不断对其内涵加以推阐。 待《古文约选》一书编成，他系统阐述了以义法说为核心的古文理论，并选取两汉书疏及唐宋八家散文作为示范，认为读者只要掌握了它们的义法，就能触类而通，在制举论策时绰有余裕。

方苞对"义法"最直观的解释见于《又书货殖传后》一文，称："义即《易》之所谓'言有物'也，法即《易》之所谓'言有序'也。 义以为经，而法纬之，然后为成体之文。"简而言之，就是文章既要言之有物，又须行有条理。 "义"指文章的思想内容。方苞所谓的"言有物"并非指内容充实，而指有明确的意义指向。 《杨千木文稿序》说："古之圣贤，德修于身，功被于万物，故史臣记其事，学者传其言，而奉以为经，与天地同流。 其下如左丘明、 司马迁、 班固，志欲通古今之变，存一王之法，故纪事之文传。 荀卿、 董傅守孤学以待来者，故道古之文传。 管夷吾、 贾谊达于世务，故论事之文传。 凡此皆言有物者也。"可见，他所说的"言有物"是指文章能以儒家经典为宗旨来记录历史、 阐发思想、 论述时事。 "法"指文章的表现形式和作法"有序"，即从布局到章法、 文辞都符合规矩法度。 方苞的《答乔介夫书》认为，"盖诸体之文，各有义法"，但最推称《左传》和《史记》的义法，以之为最精。

"义"和"法"既是内容和形式的关系，也是"道"和"文"的关系。 依"法"求"义"，"法"由"义"出，两者有机统一。 方苞在《春秋通论序》中说："凡诸经之义，可依文以求。 而《春秋》之义，则隐寓于文之所不载，或笔或削，或详或略，或同或异，参互相抵，而义出于其间，所以考世变之流极，测圣心之裁制，具在于此。"可见"义"近于"道"而"法"近于"文"。 和前人所说的"文"相比，方苞的"法"显得更加具体实在。 他注重文章"虚实详略之权度"及篇章结构的"首尾开合，顺逆断续"，于文章语言则提倡"雅洁"和"清澄无滓"，反对俚俗和繁芜。 他所讲的"雅洁"是以《周易》《春秋》《左传》《史记》为典范的，如沈廷芳的《书方望溪先生传后》所说，目的是保证语言的雅正、 洁净和凝练，排斥"语录中语、 魏晋六朝藻丽俳语、 汉赋中板重字法、 诗歌中隽语、 《南北史》佻巧语"进入古文。 这实际上给古文建立了非常严苛的规范和标准。 在评论《史记》时，方苞还提出"法以义起而不可易者"。 "法"不可易并不是指拘守古法，而是指文章采用何种形式和作法应由所言之物来决定。 在《书五代史安重诲传后》中，他赞美《左传》《史记》"各有义法""变化随宜，不主一道"，又说"夫法之变，盖其义有不得不然者"，说明他认同根据内容、题材来调整作文之法。

方苞的义法说本质上是对唐宋文道说的继承。 它和当时的科举制度、 官方思想相适应，有利于维护理学道统，受到朝野的宗奉，也成为桐城派文论的思想内核与理论基石。

(二)因声求气

因声求气指的是从品藻音节入手，通过诵读把握文章内在的精神气势。这是刘大櫆提出的古文创作方法，也是桐城派的又一法门。刘大櫆认为，为文依赖于文章之实和作家的才能，两者缺一不可。在《论文偶记》中，他将方苞的"言有物"具体化为"义理""书卷"和"经济"三大类，认为如果文章不合义理，言辞空疏，不能经世济用，就会流为空文；"行文之实"只是文章的材料，"专以理为主"则不能体现文章之妙。因此，他特别强调文章的艺术性和作家的才能，并提出"若行文自另是一事"的观点。

从行文之道入手，刘大櫆把文章的构成分为"神""气""音节"和"字句"四个要素。"神"是文章的内在精神或境界，"气"是体现这种精神或境界的气势，"音节"指文章的节奏声韵，"字句"是文章最直观的呈现。四者之中，"神"和"气"是行文之道，也是文章的最高境界。"神"者"气"之主，"气"者"神"之用，"气随神转，神浑则气灏，神远则气逸，神伟则气高，神变则气奇，神深则气静"。"神"是"气"的精处，"神"与"气"又共同构成文章之精处。"神""气"依赖于"音节"，"音节"是文章稍粗处，"音节高则神气必高，音节下则神气必下，故音节为神气之迹"。"音节"又依赖于"字句"，"字句"是文章最粗处，"一句之中，或多一字，或少一字；一字之中，或用平声，或用仄声；同一平字仄字，或用阴平、阳平、上声、去声、入声，则音节迥异，故字句为音节之矩"。从"神""气"到"字句"，是一个由精微而粗显，由抽象到具体的落实过程。刘大櫆非常重视"字句"，认为"论文而至于字句，则文之能事尽矣"，尤其强调通过涵泳、朗读的方式来锤炼字句，从听觉上把握文章的神气，即所谓"积字成句，积句成章，积章成篇，合而读之，音节见矣，歌而咏之，神气出矣"。这种粗精论从语言形式美的角度窥探义法的奥妙，为初学者揭示了可行而易操作的门径，成为桐城派代代相传的心得。姚鼐的《与陈硕士》曾说："诗、古文各要从声音证入，不知声音，总为门外汉耳。"张裕钊的《答吴挚甫书》也力主"欲学古人之文，其始在因声以求气"。这些都是对刘大櫆理论的继承。

刘大櫆之后，姚鼐《古文辞类纂序》提出以"神、理、气、味、格、律、声、色"为散文的八大要素。"神"指精神，"理"是文理，"气"是气势，"味"是韵味、滋味，这四者是文章的内在，近于虚，是"文之精也"；"格"是结构，"律"是法则，"声"是音韵，"色"是辞采，这四者是文章的外观，近于实，是"文之粗也"。姚鼐认为，"神、理、气、味"虽是"文之精"，但绝不能脱离"格、律、声、色"而存在，必须通过"文之粗"显现出来。因此，作家学古须从"格、律、声、色"入门，渐次把握文章内在的意蕴，最终跨越形式的樊篱，"御其精者而遗其粗者"，达到神似古人的境界。这是对"因声求气"说的进一步发展。

(三)义理、考证、文章兼长相济

乾嘉时期，宋学蔓延，汉学大盛。流风所及，学者多治义理、考订之学，视文章为"等而末者"（戴震《与方希原书》）。在义理考据之争的夹缝中，姚鼐坚守古文之学，力图熔宋学、汉学和唐宋古文为一炉，以维护古文地位。受考据之风的影响，他提出作文应适当运用考据的手段，以求言之有据，言之成理。《与陈硕士》说："以考据累其文则是弊耳，以考据助文之境，正有佳处。"也即王先谦的《续古文辞类纂序》所指出的，强调作文应以"义理为干，而后文有所附，考据有所归"。

姚鼐将文章与义理、考证并举为学问，其《复秦小岘书》谓："鼐尝谓天下学问之事，有义理、文章、考证三者之分，异趋而同为不可废。"他对当时文坛义理、考证和文辞分离的现象十分不满，批评理学家热衷说理，文章"芜杂俚近"似语录，汉学家以注疏为文，"语不可了"，不忍卒读，一般文士则寡闻浅识，浮华不实。他心目中的理想文章"博闻强识而善言德行"，即儒家道义与文学相结合，在义法外补充考证，三者兼长相济。故《述庵文钞序》说："余尝论学问之事有三端焉，曰义理也，考证也，文章也。是三者，苟善用之，则皆足以相济；苟不善用之，则或至于相害。"要使义理、考证和文章三者相济而非相害，须充分认识自身才能的偏至，既"尽其天之所与"又"不以才自蔽"，设法平衡己之短长。

姚鼐的义理、考证、文章兼长相济论是在桐城家法的基础上吸取时代的学术新风所做的充实和完善。它肯定了义理与考证对文章的助力，维护了古文的尊严与地位，成为桐城派古文理论的纲领。

(四)诗文相通

桐城派在构建、完善古文理论的同时，对诗歌创作也有诸多思考。姚鼐的伯父姚范在《援鹑堂笔记》中已有将文法移之于诗的迹象，及姚鼐论文，许多地方也没有截然将诗与文分开。如《敦拙堂诗集序》就认为："夫文者，艺也。道与艺合，天与人一，则为文之至。"《答翁学士书》又说："诗文皆技也。技之精者必近道，故诗文美者命意必善。"这说明他视诗文同出一源，认为诗与文有共同的特性和相通的创作规律。

从诗文相通的角度出发，姚鼐在《复鲁絜非书》和《海愚诗钞序》中，将诗与文的艺术特征概括为阳刚和阴柔两大类，凡是雄浑、壮丽、刚健、豪放等风格都归于前者，凡是淡雅、清空、寥廓、温润等风格都归入后者，认为这两种风格根源于天地阴阳刚柔之道，是作家秉性气质的外在表现。他还对阳刚和阴柔的关系做了分析，认为天地万物皆由阴阳刚柔和济而成，不存在纯粹阳刚或纯粹阴柔的事物。文学也是如此，"糅而偏胜可也，偏胜之极，一有一绝无，与夫刚不足为刚，柔不足为柔者，皆不可以言文"。文学风格由阳刚阴柔相济而生，阳刚中有阴柔，阴柔中有阳刚，这才构成了真正的阳刚美和阴柔美。

当然，将风格归于阳刚和阴柔两大类，并不表明姚鼐否定其他风格的存在。相反，他指出，正是因为自然界阴阳二气的糅合多变，文学风格才"品次亿万"，而阳刚之美和阴柔之美不过是对文学风格基本属性的高度概括。在姚鼐以前，刘勰已注意到有刚与柔两种不同风格类型，此后严羽、张綖、屠隆和茅坤也有过类似的总结，惜乎语焉不详，未能深入。姚鼐以阳刚阴柔明确区分文学风格，较之前人所述更加精练准确，也更具概括性。

桐城派诗学真正的建立者是姚门弟子方东树。方东树（1772—1851），字植之，别号副墨子。其晚年所著《昭昧詹言》是桐城派诗学的代表作。方东树继承发扬了姚鼐诗文相通的理论，认为古文与书、画、诗"用法取境亦一"，其中"诗与古文一也"更是当然之事，"不解文事，必不能当诗家著录"，甚至认为明清七言诗之所以无大宗，与南宋以后古文之传绝存在因果关系。因此，他用桐城家法来论诗，以讲求文、理、义为学诗正轨，强调诗歌既要包含蕴藉深厚的义理，又要有高妙的"文法"。他大量援用古文之文法来指导诗歌创作，反复强调文辞和文法的重要性。"字句文法，虽诗文末事，而欲求精其学，非先于此实下功夫不得。"他的诗论对"因声求气"说也有发挥，提醒后学"音响最要紧，调高则响，大约即在所用之字平仄阴阳上讲。须深明双声叠韵喜忌，以求沈约四声之说"。总之，方东树所论突破了诗文界限，通过将桐城派文章理论融入诗歌批评，成为桐城诗学最值得关注的殿军。

四、清代词学

有明一代，词学寂寥，创作及理论少有创见。明末清初，以陈子龙为领袖的云间词派崛起，带来清代词学的中兴。

清代词学中兴突出表现在以下几个方面。一是流派特征显著。清以前并无成熟的词学理论流派。自明末清初起，云间词派、阳羡词派、浙西词派和常州词派先后主盟词坛，此外还有西泠词派、吴中词派、临桂词派、柳州词派等分支。词学大家如陈维崧、朱彝尊、张惠言等都是词派领袖，各筑营垒，旗帜鲜明。成员也由初期的"同邑"逐渐扩及"同调"，影响较大。二是词家受考据风气的影响，十分注重对唐宋词学文献的整理和编选，并以词集、词选作为阐发各自理论的重要工具。康熙十七年（1678），朱彝尊所辑《词综》（后经汪森编订）开清代以考证方法整理、编纂词籍的先河。常州派张惠言、周济也分别选编了《词选》和《宋四家词选》，以指示"门户"。故龙榆生《选词标准论》说："浙常二派出，而词学遂号中兴。风气转移，乃在一二选本之力。"三是理论性、系统性加强，尤其是对长调慢词的特征以及词史的发展有深入的认识。

阳羡词派以陈维崧为领袖，同调者有史惟圆、曹贞吉、蒋景祁等。陈维崧（1625—1682），字其年，号迦陵，江苏宜兴人。他极力推尊词体，在《词选序》中明言"盖天之生才不尽，文章之体格亦不尽"，认为词的地位可与经史同列，主张以词"存经存史"。故他一方面抨击"词为小道""致损诗格"的偏见，另一方面批评词人"极意《花间》，学步《兰畹》，矜香弱为当家，以清真为本色"，认为要摆脱"诗庄词媚"的意识束缚，必须开拓壮大词境。据陈宗石《湖海楼词序》所述，陈维崧早年亦"多作旖旎语"，中年后历经颠沛，对作词有了新的认识。他将"不平则鸣""穷而后工"的诗论用到词论中，力主好的词作应是对古往今来悲愁恨事的感发。陈维崧所作亦多写怀才不遇与国家兴亡之感，诚如陈廷焯的《白雨斋词话》所说，"气魄绝大，骨力绝遒"。

需要指出的是，受以词"存经存史"观念的影响，阳羡词派推崇苏轼、辛弃疾的豪放雄奇，但亦主张风格多样化，反对偏尚一家一体。因此，陈维崧编选的《今词选》及其弟子蒋景祁编选的《瑶华集》，均主张兼收婉约、豪放及其他风格。蒋景祁的《刻瑶华集述》说："今词家率分南北宋为两宗，岐趋者易至角立。究之臻其堂奥，鲜不殊途同轨也。"他明确反对词坛的门户之见，足见持论的通达。

浙西词派以朱彝尊为宗主，因龚翔麟编刻《浙西六家词》而得名，代表人物有汪森、厉鹗、王昶、吴锡麒等，朱彝尊的《词综发凡》和汪森的《词综序》为其理论纲领。朱彝尊（1629—1709），字锡鬯，号竹垞，浙江秀水人。他对词体的认识本停留在"诗庄词媚"的传统观念上，以词为"小技"，认为与诗相比，词更适合娱宾遣兴，歌咏太平。但结合生活遭际和创作实践，他对词寄情传恨的特点认识转深，在《陈纬云红盐词序》中提出人之所以写词是因为有难言之情，此"尤不得志于时者"，于是借词之"闺房儿女之言"抒发忧思和郁结，其价值可通于"《离骚》变《雅》之意"。显然，朱彝尊已意识到词有便利寄托的特点，只是未深入展开。稍后汪森的《词综序》称"古诗之于乐府，近体之于词，分镳并骋，非有先后；谓诗降为词，以词为诗之余，殆非通论矣"。汪森基于诗词同源的观点，为词争取与诗同等的地位。

从推尊词体的意识出发，浙西词派崇雅正。朱彝尊反复强调"词以雅为尚"，这一主张不仅见诸《乐府雅词跋》，在《词综发凡》中，他同样强调选词应去俗秽艳词，"多以雅为目"。他所说的"雅"既包括音律的协合精美，又包括语言的醇正典雅。以此为核心，朱彝尊提出了尚南宋、尊姜（夔）张（炎）的主张，认为："世人言词，必称北宋，然词至南宋始极其工，至宋季而始极其变。姜尧章氏最为杰出。"《鱼计庄词序》直称："小令宜师北宋，慢词宜师南宋。"汪森持论与朱彝尊大致相同，认为词至西蜀、南唐，因曲调增多而有了流派之分，但善言情的"或失之俚"，善使事的"或失之伉"，直到姜夔才"句琢字炼，归于醇雅"。在两人的提倡和影响下，崇雅正、尚南宋、尊姜张成为浙西词派词论的核心，以至于形成彭兆荪《小谟觞馆诗余序》所说的"家祝姜张，户尸朱厉"的风气，余韵延至清末。

浙西词派和阳羡词派风行日久，流弊渐生。 到了嘉庆年间，有常州词派崛起。 常州词派发轫于张惠言，至周济达到鼎盛，其间经谭献、 陈廷焯、 王鹏运、 况周颐等人的发扬，几乎影响了整个清后期词坛。 故蒋兆兰的《词说》说：“清季词家蔚然称盛，大抵宗二张、 止庵之说。”张惠言（1761—1802），字皋文，江苏武进（今江苏常州）人，编有《词选》，其词学思想主要体现在《词选序》中。 张惠言推尊词体，指出词是一种继承乐府音乐性传统的文体，“缘情造端，兴于微言”，具有感发人心、 反映现实的功能。 词近于“《诗》之比兴、 变风之义，骚人之歌”，具有“意内而言外”的特征；又通过比兴的方式“低徊要眇以喻其致”，借“微言”婉曲地寄托贤人君子“幽约怨悱不能自言之情”。 从重比兴寄托的角度出发，《词选》弃柳永、 黄庭坚、 刘过、 吴文英四家词不录，并斥其为“鄙俗之音”。 推求作品之旨时，张惠言总是强调在微言中寻求大义，以致流于附会，多有曲解和误读。 如他将温庭筠的《菩萨蛮》（小山重叠金明灭）、 欧阳修的《蝶恋花》（庭院深深深几许）、 苏轼的《卜算子》（缺月挂疏桐）等词解读为政治失意，将温庭筠十四首《菩萨蛮》与司马相如的《长门赋》相联系，认为二者篇章结构和题旨相仿，表现出较大的主观随意性。

但比兴寄托之说易使词的思想内容落于实处，确实与浙西词派的一味言情流于虚泛形成鲜明的对比。 故此说一出，应者如云，对于扭转当时一味提倡清空醇雅的词坛风气起到了积极的作用。 常州词派也很快取浙西末流而代之，风靡天下。 其间，周济提出了“寄托出入”说，充实了寄托理论。 周济（1781—1839），字保绪，一字介存，号未斋，晚号止庵，江苏荆溪人，其词论主要见诸《介存斋论词杂著》和《宋四家词选》。周济强调寄托同样是从推尊词体入手的。 他认为词的寄托不应局限于一己际遇，而应反映社会历史的整体性变迁。 “感慨所寄，不过盛衰”，“诗有史，词亦有史，庶乎自树一帜”。 他认为惟有以词写志写史，才能扩大词境，提高词格。 他还从读者接受的角度讨论寄托的“出入”和“有无”。 《介存斋论词杂著》认为：“初学词求有寄托，有寄托则表里相宣，斐然成章。 既成格调求无寄托，无寄托则指事类情，仁者见仁，智者见智。”《宋四家词选目录序论》又说：“夫词，非寄托不入，专寄托不出。”“有寄托”和“非寄托不入”是初学者的入门境界，指通过对“一物一事”的形象描绘鲜明细致地表达作者的情感寄托，意象与情感表里呼应。 但如果作品的情旨太过确定或狭窄，就很难给读者以广阔的想象空间。 因此，“无寄托”和“专寄托不出”代表了创作的更高层次。 当词家的识见学养和艺术创造力得以“触类多通”“假类毕达”时，意象与情感的关系就会既质实又清空，哪怕词作中没有专门的寄托表达，也会抵达神与境浑、 朦胧多义的艺术境界。 可见周济所崇尚的，实是一种有寄托但意蕴浑厚的含蓄之美。 他批评苏轼词粗豪，在《宋四家词选目录序论》中提出“问途碧山，历梦窗、 稼轩，以还清真之浑化”的学词路径，兼取南北宋词之长处，最后达至化境。 这种看法和王士禛的神韵说、 沈德潜的格调说比较接近，可以被看作清代诗歌美学思想在词学上的体现。

原典选读

清代文论普遍注重总结前人以指导现实。钱谦益针对学古之弊，提出通过推原求本"别裁伪体"，以"文从字顺"为诗文之永则。王夫之从判分风派入手，对建安以来的诗歌进行了梳理。毛先舒重树明代格调说的旗帜，提出"敛才就格"，对理解其时格调与性灵之争有一定参考价值。戴名世主张精、气、神合一，并提出"雅且清"的审美标准，是影响桐城派尚"雅洁"与重"神气"的先导。钱大昕与赵翼、袁枚相呼应，指出"别才别趣"和"诗本经史"说的偏颇，反映了尚才学而兼重个性体验的主张。方东树以程朱理学和桐城"义法"论诗，追求义理深厚、文法高妙的诗歌标格，有适时用世的目的。此外，梁章钜所记时人对王士禛神韵说的点评，肯定学力与性情相辅而行；厉鹗标举"清空""雅正"，肯定词的寄兴托意；金应珪结合词史论扭转颓风的切要，也都具灼识。

一、钱谦益《徐元叹诗序》（节选）

自古论诗者，莫精于少陵别裁伪体之一言。当少陵之时，其所谓伪体者，吾不得而知之矣。宋之学者，祖述少陵，立鲁直为宗子，遂有江西宗派之说，严羽卿辞而辟之，而以盛唐为宗，信羽卿之有功于诗也。自羽卿之说行，本朝奉以为律令，谈诗者必学杜，必汉、魏、盛唐，而诗道之榛芜弥甚。羽卿之言，二百年来，遂若涂鼓之毒药。甚矣！伪体之多，而别裁之不可以易也。呜呼！诗难言也。不识古学之从来，不知古人之用心，徇人封己，而矜其所知，此所谓以大海内于牛迹者也。王、杨、卢、骆，见哂于轻薄者，今犹是也，亦知其所以劣汉、魏而近《风》《骚》者乎？钩剔抉摘，人自以为长吉，亦知其所以为《骚》之苗裔者乎？低头东野，懂而师其寒饿，亦知其所为横空磐硬、妥帖排奡者乎？数跨代之才力，则李、杜之外，谁可当鲸鱼碧海之目？论诗人之体制，则温、李之类，咸不免风云儿女之讥。先河后海，穷源溯流，而后伪体始穷，别裁之能事始毕。虽然，此益未易言也。其必有所以导之。导之之法维何？亦反其所以为诗者而已。《书》不云乎：诗言志，歌永言。诗不本于言志，非诗也。歌不足以永言，非歌也。宣己谕物，言志之方也。文从字顺，永言之则也。宁质而无俏；宁正而无倾；宁贫而无儌；宁弱而无剽；宁为长天晴日，无为盲风涩雨；宁为清渠细流，无为浊沙恶潦；宁为鹑衣短褐之萧条，无为天吴紫凤之补坼；宁为粗粝之果腹，无为茶菫之螫唇；宁为书生之步趋，无为巫师之鼓舞；宁为老生之庄语，无为酒徒之狂詈；宁病而呻吟，无梦而厌寐；宁人而寝貌，无鬼而假面；宁木客而宵吟，无幽独君而昼语。导之于晦蒙狂易之日，而徐反诸言志咏言之故，诗之道其庶几乎？

[（清）钱谦益著：《牧斋初学集》，（清）钱曾笺注，钱仲联标校，

上海，上海古籍出版社，1985]

二、王夫之《薑斋诗话》(节选)

一解弈者,以诲人弈为游资。后遇一高手与对弈,至十数子,辄揶揄之曰:"此教师棋耳!"诗文立门庭使人学已,人一学即似者,自诩为"大家",为"才子",亦艺苑教师而已。高廷礼、李献吉、何大复、李于鳞、王元美、钟伯敬、谭友夏,所尚异科,其归一也。才立一门庭,则但有其局格,更无性情,更无兴会,更无思致;自缚缚人,谁为之解者?昭代风雅,自不属此数公。若刘伯温之思理,高季迪之韵度,刘彦昺之高华,贝廷琚之俊逸,汤义仍之灵警,绝壁孤骞,无可攀蹑,人固望洋而返;而后以其亭亭岳岳之风神,与古人相辉映。次则孙仲衍之畅适,周履道之萧清,徐昌谷之密赡,高子业之戍削,李宾之之流丽,徐文长之豪迈,各擅胜场,沉酣自得;正以不悬牌开肆,充风雅牙行,要使光焰熊熊,莫能掩抑,岂与碌碌余子争市易之场哉?李文饶有云:"好驴马不逐队行。"立门庭与依傍门庭者,皆逐队者也。

建立门庭,自建安始。曹子建铺排整饰,立阶级以赚人升堂,用此致诸趋赴之客,容易成名,伸纸挥毫,雷同一律。子桓精思逸韵,以绝人攀跻,故人不乐从,反为所掩。子建以是压倒阿兄,夺其名誉。实则子桓天才骏发,岂子建所能压倒邪?故嗣是而兴者,如郭景纯、阮嗣宗、谢客、陶公乃至左太冲、张景阳,皆不屑染指建安之羹鼎,视子建蔑如矣。降而萧梁宫体,降而王、杨、卢、骆,降而大历十才子,降而温、李、杨、刘,降而江西宗派,降而北地、信阳、琅邪、历下,降而竟陵,所翕然从之者,皆一时和哄汉耳。宫体盛时,即有庾子山之歌行,健笔纵横,不屑烟花簇凑。唐初比偶,即有陈子昂、张子寿扢扬大雅。继以李、杜代兴,杯酒论文,雅称同调,而李不袭杜,杜不谋李,未尝党同伐异,画疆墨守。沿及宋人,始争疆垒。欧阳永叔亟反杨亿、刘筠之靡丽,而矫枉已迫,还入于枉,遂使一代无诗,掇拾夸新,殆同觞令。胡元浮艳,又以矫宋为工,蛮触之争,要于兴观群怨,丝毫未有当也。伯温、季迪以和缓受之,不与元人竞胜,而自问风雅之津。故洪武间诗教中兴,洗四百年三变之陋.是知立"才子"之目,标一成之法,扇动庸才,旦仿而夕肖者,原不足以羁络骐骥。唯世无伯乐,则驾盐车上太行者,自鸣骏足耳。

所以门庭一立,举世称为"才子"、为"名家"者有故。如欲作李、何、王、李门下厮养,但买得《韵府群玉》《诗学大成》《万姓统宗》《广舆记》四书置案头,遇题查凑,即无不足。若欲吮竟陵之唾液,则不更须尔;但就措大家所诵时文"之""于""其""以""静""澹""归""怀"熟活字句凑泊将去,即已居然词客。如源休一收图籍,即自谓郫侯,何得不向白华殿拥戴朱泚邪?为朱泚者,遂褎然自以为天子矣。举世悠悠,才不敏,学不充,思不精,情不属者,十姓百家而皆是。有此开方便门大功德主,谁能舍之而去?又其下,更有皎然《诗式》一派,下游印纸门神待填朱绿者,亦号为诗。庄子曰:"人莫悲于心死。"心死矣,何不可图度予雄邪?……

立门庭者必饾饤，非饾饤不可以立门庭。盖心灵人所自有，而不相贷，无从开方便法门，任陋人支借也。人讥西昆体为獭祭鱼，苏子瞻、黄鲁直亦獭耳；彼所祭者肥油江豚，此所祭者吹沙跳浪之鲦鲨也，除却书本子，则更无诗。如刘彦昺诗："山围晓气蟠龙虎，台枕东风忆凤皇。"贝廷琚诗："我别语儿溪上宅，月当二十四回新。""如何万国尚戎马，只恐四邻无故人。"用事不用事，总以曲写心灵，动人兴观群怨，却使陋人无从支借。唯其不可支借，故无有推建门庭者；而独起四百年之衰。（卷二）

（王夫之著：《薑斋诗话》，舒芜校点，北京，人民文学出版社，1961）

三、毛先舒《诗辩坻·总论》（节选）

诗须博洽，然必敛才就格，始可言诗。亡论词采，即情与气，亦弗可溢。胸贮几许，一往倾泻，无关才多，良由法少。如瓠子驰其正道，巨野汎溢，又恶宣房之塞，其孰能不波？

．．．．．．．．．．．

鄙人之论云："诗以写发性灵耳，值忧喜悲愉，宜纵怀吐辞，蕲快吾意，真诗乃见。若模拟标格，拘忌声调，则为古所域，性灵斯掩，几亡诗矣。"予案是说非也。标格声调，古人以写性灵之具也。由之斯中隐毕达，废之则辞理自乖。夫古人之传者，精于立言为多，取彼之精，以遇吾心，法由彼立，杼自我成，柯则不远，彼我奚间？此如唱歌，又如音乐，高下徐疾，豫有定律，案节而奏，自足怡神，闻其音者，歌哭抃舞，有不知其然者，政以声律节奏之妙耳。倘启唇纵恣，戞击任手，砰磅伊亚，自为起阕，奏之者无节，则聆之者不析，欲写性灵，岂复得耶！离失之察，不废玑衡；夔、旷之聪，不斥琯律。虽法度为借资，实明聪之由人。藉物见智，神明逾新，标格声调，何以异此！鄙人之论又云："夫诗必自辟门户，以成一家，倘蹈前辙，何由特立！"此又非也。上溯玄始，以迄近代，体既屡变，备极范围，后来作者，予心我先，即有敏手，何由创发？此如藻采错炫，不出五色之正间；爻象递变，不离八卦之奇偶。出此则入彼，远吉则趋凶。借如万历以来，文凡几变，诗复几更，哆口高谈，皆欲呵佛。然而文尚隽韵者，则黄、苏小品；谈真率者，近施、罗演义。诗之俳衰者，效《吴歌》之昵昵；龌龊者，拾学究之余渖。嗤笑轩冕，甘侧舆台，未餐霞露，已饫粪壤。旁蹊踯躅，曾何出奇；呫呫喋喋，伎俩颇见。岂若思古训以自淑，求高曾之规矩耶？若乃借旨酿蜜，取喻熔金，因变成化，理自非诬。然采取炊冶，功必先之，自然之效，罕能坐获。要亦始于稽古，终于日新而已。（《鄙论篇》）

（郭绍虞编选：《清诗话续编》上，富寿荪校点，上海，上海古籍出版社，1983）

四、戴名世《答张、伍两生书》

人来，承示今日所为文数首，并以为文之道殷殷下问。余学殖荒落，安有以发足下者耶？顾其平日颇有志，不肯为世间言语，既辱二生之问，其曷敢以匿？

盖余昔尝读道家之书矣，凡养生之徒从事神仙之术，灭虑绝欲，吐纳以为生，咀嚼以为养，盖其说有三：曰精，曰气，曰神。此三者炼之凝之而浑于一，于是外形骸，凌云气，入水不濡，入火不爇，飘飘乎御风而行，遗世而远举，其言云尔。余尝欲学其术而不知所从，乃窃以其术而用之于文章。呜呼！其无以加于此矣！

古之作者，未有不得是术者也。太史公纂《五帝本纪》，"择其言尤雅者"，此精之说也。蔡邕曰："炼余心兮浸太清。"夫惟雅且清则精，精则糟粕、煨烬、尘垢、渣滓与凡邪伪、剽贼，皆刊削而靡存；夫如是之谓精也。而有物焉，阴驱而潜率之，出入于浩渺之区，跌宕于杳霭之际，动如风雨，静如山岳，无穷如天地，不竭如山河。是物也，杰然有以充塞乎两间，而盖冒乎万有。呜呼，此为气之大过人者，岂非然哉！今夫言语文字，文也，而非所以文也；行墨蹊径，文也，而非所以文也。文之为文，必有出乎语言文字之外，而居乎行墨蹊径之先。盖昔有千里马牝而黄，伯乐使九方皋视之。九方皋曰："牡而骊。"伯乐曰："此真知马者矣！"夫非有声色、臭味足以娱悦人之耳目口鼻，而其致悠然以深、油然以感，寻之无端而出之无迹者，吾不得而言之也。夫惟不可得而言，此其所以为神也。

今夫神仙之事，荒忽诞漫不可信，得其术而以用之于文章，亦足以脱尘埃而游乎物外矣。二生好学甚笃，其所为文章，意思萧然，既闲且远，盖有得于吾之云云者，而世俗之人不识也，吾故书以告焉。吾闻为方仙道，形解销化，其术秘不传；即传，其术不能通。呜呼！遇之而传、传之而通者，非二生，吾谁望之？

［(清)戴名世著：《戴名世散文选集》，石钟扬、蔡昌荣选注，

天津，百花文艺出版社，2005］

五、钱大昕《瓯北集序》(节选)

昔严沧浪之论诗，谓"诗有别材，非关乎学；诗有别趣，匪关乎理"。而秀水朱氏讥之云："诗篇虽小技，其原本经史。必也万卷储，始足供驱使。"二家之论，几乎枘凿不相入。予谓皆知其一而未知其二者也。沧浪比诗于禅，沾沾于流派，较其异同，诗家门户之别，实启于此，究其所谓别材、别趣者，只是依墙傍壁，初非真性情所寓，而转蹈于空疏不学之习。一篇一联，时复斐然，及取其全集读之，则索然尽矣。秀水谓诗必原本经史，固合于子美读书万卷，下笔有神之旨，然使无真材逸趣以驱使之，则藻采虽繁，臭味不属，又何以解祭鱼、点鬼、疥骆驼、掉书袋之诮乎？夫唯有绝人之才，有过人之趣，有兼人之学，乃能奄有古人之长，而不袭古人之貌，然后可以卓然自成为一大

家，今于耘菘先生见之矣。耘菘天才超特，于书无所不窥，而尤好吟咏，早年登薇垣，直枢禁，游翰苑，应制赓和，顷刻数千言，当宁已有才子之目。及乎出守边郡，从军滇徼，观察黔西，簿书填委，日不暇给，而所作益奇而工。归田十数年，模山范水，感旧怀人之词，又日出而未有艾也。最耘菘所涉之境凡三变，而每涉一境，即有一境之诗以副之，如化工之赋草木，千名万状，虽寒暑异候，南北殊方，枝叶无一相肖，要无一枝一叶不栩栩然含生趣者，此所以非汉、魏，非齐、梁，非唐，非宋，而独成为耘菘之诗也。

〔陈文和主编：《嘉定钱大昕全集（增订本）》第九册，南京，凤凰出版社，2016〕

六、方东树《昭昧詹言》（节选）

诗以言志。如无志可言，强学他人说话，开口即脱节。此谓言之无物，不立诚。若又不解文法变化精神措注之妙，非不达意，即成语录腐谈。是谓言之无文无序。若夫有物有序矣，而德非其人，又不免鹦鹉、猩猩之诮。庄子曰："真者精诚之至也。"不精不诚，不能动人。尝读相如、蔡邕文，了无所动于心。屈子则渊渊理窟，与风、雅同其精蕴。陶公、杜公、韩公亦然。可见最要是一诚，不诚无物。诚身修辞，非有二道。试观杜公，凡赠寄之作，无不情真意挚，至今读之，犹为感动。无他，诚焉耳。彼以料语妆点敷衍门面，何曾动题秋毫之末……

求通其辞，求通其意也。求通其意，必论世以知其怀抱。然后再研其语句之工拙得失所在，及其所以然，以别高下，决从违。而其所以学之之功，则在讲求文、理、义。此学诗之正规也……

用意高妙；兴象高妙；文法高妙；而非深解古人则不得。

大约古文及书、画、诗，四者之理一也。其用法取境亦一。气骨间架体势之外，别有不可思议之妙。凡古人所为品藻此四者之语，可聚观而通证之也。

凡诗、文、书、画，以精神为主。精神者，气之华也。

有章法无气，则或死形木偶。有气无章法，则成粗俗莽夫。大约诗文以气脉为上。气所以行也，脉绾章法而隐焉者也。章法形骸也，脉所以细束形骸者也。章法在外可见，脉不可见。气脉之精妙，是为神至矣。俗人先无句，进次无章法，进次无气。数百年不得一作者，其在兹乎！

（方东树著：《昭昧詹言》，汪绍楹校点，北京，人民文学出版社，1961）

七、梁章钜《读渔洋诗随笔》（节选）

文达师曰：渔洋谈诗，大抵源出严羽，以神韵为宗。其在扬州作《论诗绝句》三十五首，前三十三首皆品藻古人，末二首为渔洋自述。其曰："曾听巴渝里社词，三闾哀怨此中遗。诗情合在空舲峡，冷雁哀猿和《竹枝》。"平生大指，具在是矣。当康熙中，其声望奔走天下，惟吴修龄窃目为"清秀李于鳞"，语见赵秋谷《谈龙录》。王尧峰亦戒人勿效其喜用僻事新字，语见渔洋自作《居易录》。《谈龙录》诋排尤甚。平心而论，我朝开国之初，人皆厌明代王、李之肤廓，钟、谭之纤仄，于是谈诗者竟尚宋、元。既而宋诗质直，流为有韵之语录；元诗艳缛，流为对句之小词。于是先生以清新俊逸之才，范水模山，批风抹月，倡天下以"不著一字，尽得风流"之说，天下遂翕然应之。然所称者盛唐，而古体惟宗王、孟，上及于谢朓而止；较以《十九首》之惊心动魄，一字千金，则有天工人巧之分矣。近体多近钱、郎，上及乎李颀而止；律以杜老之忠厚缠绵、沉郁顿挫，则有浮声切响之异矣。故国朝之有渔洋，亦如宋有眉山、元有道园、明有青丘。而尊之者必跻诸古人之上，激而反唇，异论遂渐生焉。此传其说者之过，非渔洋之过也。今其诗具存，其造诣浅深，可以覆按，一切党同伐异之见，置之不议可矣。

文达师《乐阳消夏录》载益都李词畹记赵秋谷与木魅谈诗事。有客窃听魅谓："渔洋山人诗如名山胜水，奇树幽花，而无寸土艺五谷；如雕栏曲榭，池馆宜人，而无寝室庇风雨；如彝鼎罍洗，斑斓满几，而无釜甑供炊爨；如纂组锦绣，巧出仙机，而无裘葛御寒暑；如舞衣歌扇，十二金钗，而无主妇司中馈；如梁园金谷，雅客满堂，而无良友进规谏。"秋谷极为击节，又谓："明季庸音杂奏，故渔洋救之以清新；近人浮响日增，故先生救之以刻露。势本相因，理无偏胜。窃意二家宗派当调停相济，合则双美，离则两伤。"秋谷颇不平之云。谨按：此论渔洋作诗恰得分际，当即是词畹之托辞，或吾师又从而润色之，非山中木客果解如此也……

又曰：昔之推渔洋者太过，而今之讥渔洋者太甚。二者相权，则无宁过推之耳。渔洋于五言言陶、谢，言韦、柳，而于七言乃言史、汉。昔东坡亦教人熟读《三百篇》及楚《骚》耳。然则由渔洋之精诣，可以理性情，可以穷经史，此正是读书汲古之蕴味。而所谓"不涉理路，不落言诠"者，乃专对貌为唐贤者言之耳。谨按：渔洋先生答郎梅谿问，言司空表圣"不著一字，尽得风流"，此性情之说也；扬子云"读千赋则能赋"，此学问之说也。二者相辅而行，不可偏废。若无性情而侈言学问，则有讥点鬼簿、獭祭鱼者矣。学力深始能见性情，此破的之论。然则先生固先有持平之论矣。

（张寅彭选辑：《清诗话三编》第五册，吴忱、杨焄点校，

上海，上海古籍出版社，2014）

八、厉鹗《群雅词集序》（节选）

词源于乐府，乐府源于诗。四《诗》大、小雅之材，合而有五。材之雅者，风之所由美，颂之所由成。由诗而乐府而词，必企夫雅之一言，而可以卓然自命为作者，故曾端伯选词名《乐府雅词》。周公谨善为词，题其堂曰志雅。词之为体，委曲哗缓，非纬之以

雅，鲜有不与波俱靡而失其正者矣……予爱小山词，惜沈、陈二子不能词，而不得与小山俱传也；又惜小山必待寄情声律，流连惑溺，而致涪翁有"鼓舞不厌"之嘲讥也。今诸君词之工不减小山，而所托兴乃在感时赋物、登高送远之间，远而文，澹而秀，缠绵而不失其正，骋雅人之能事，方将凌铄周、秦，颉颃姜、史，日进焉而未有所止。

（冯乾编校：《清词序跋汇编》第一册，南京，凤凰出版社，2013）

九、金应珪《词选后序》

《词选》三卷，吾师张皋文、翰风两先生之所录也。夫楚谣汉赋，既殊风雅；齐歌唐律，亦乖苏李，何者？古愈远则愈杀，声弥近则弥悲，此由音调所成，故亦渊源莫二，譬之篆绣异制，而合度于镮，蛾眉各盼，而同美于魂。故知法不虚采，神不虚艳，其揆一也。乐府既衰，填词斯作，三唐引其绪，五季畅其支，两宋名公，尤工此体，莫不飞声尊俎之上，引节丝管之间。然乃琼楼玉宇，天子识其忠言；斜阳烟柳，寿皇指为怨曲。造口之壁，比之诗史；太学之咏，传其主文。举此一隅，合诸四始，途归所会，断可识矣。近世为词，厥有三蔽：义非宋玉，而独赋蓬发，谏谢淳于，而唯陈履舄，揣摩床第，污秽中冓，是谓淫词，其蔽一也。猛起奋末，分言析字，诙嘲则俳优之末流，叫啸则市侩之盛气，此犹巴人振喉以和阳春，龟兹怒嗌以调疏越，是谓鄙词，其蔽二也。规模物类，依托歌舞，哀乐不衷其性，虑叹无与乎情，连章累篇，义不出乎花鸟，感物指事，理不外乎酬应，虽既雅而不艳，斯有句而无章，是谓游词，其蔽三也。原其所昧，厥亦有由：童蒙撷其粗而失其精，达士小其文而忽其义，故论诗则古近有祖祢，谈词则风骚若河汉，非其惑欤！昔之选词者，蜀则《花间》，宋有《草堂》，下降元明，种别十数。推其好尚，亦有优劣，然皆雅郑无别，朱紫同贯。是以乖方之士，囿识别裁，盖折杨皇荂，概而同悦，申椒萧艾，杂而不芳。今欲塞其歧途，必且严其科律，此《词选》之所以止于一百十六首也。先生以所托既末，知音盖希，虽复辟彼窔宦，且拟去诸巾箧。珪窃不敏，以为先路有觉，来哲难诬，昭明之选不兴，则六代文赋宗风盖息乎，乃校而刻之，序其后云尔。嘉庆二年八月歙金应珪。

（陈良运主编：《中国历代词学论著选》，南昌，百花洲文艺出版社，1998）

第三节 明清戏曲理论及批评

经历了元代的繁荣以及明初的沉寂，基于经济发达、娱乐风气盛行及文人的大量介入，戏曲在明嘉靖以后形成新的高潮，戏曲理论及批评也由此进入活跃期，名家辈出，各树旗帜。和元代相比，明清戏曲理论及批评不仅更具实践性、操作性，而且更具总结性、系统性，体现出传统戏曲学日趋完善成熟的特点。

一、明清戏曲学的发展和变迁

明清戏曲学的发展大致可分为三个阶段：一是自洪武至正德年间，剧坛沉寂，理论贫乏；二是自明嘉靖至清康熙，是戏曲理论及批评高度发展、集成与深化的黄金时期，可细分为嘉靖至隆庆年间、万历至晚明、明末至清康熙三个时期；三是从康熙中后期至晚清，传统戏曲学逐渐萎缩。

明初，统治者严格限制戏曲创作、搬演和评论，文人士大夫遂"耻留心辞曲"（何良俊《四友斋丛说》），曲坛一片寂寥。故一直到嘉靖、隆庆年间，值得一提的只有两部重要的批评文献，即朱权的《太和正音谱》和贾仲明（或云无名氏）的《录鬼簿续编》。朱权（1378—1448）是朱元璋第十七子，为躲避皇权斗争而托志于杂学，曲学即其中之一。《太和正音谱》内容包括戏曲（含散曲）理论、史料和北杂剧曲谱等，可称元曲学的集成式体现。其创新之处在于对杂剧和散曲的性质类型、风格流派、作家评价等都有自己的判断。朱权从贵族文人的立场出发，强调戏曲的歌颂粉饰功能，认为"盖杂剧者，太平之胜事，非太平则无以出"，故分杂剧为"十二科"，列"林泉丘壑""君臣"杂剧为首，回避了反映社会现实的公案戏。值得重视的是，朱权非常看重剧本在舞台演出中的主导作用，认为杂剧作者的地位远高于扮者："杂剧出于鸿儒硕士、骚人墨客所作"，俳优不过"为奴隶之役，供笑献勤，以奉我辈"。这种对剧作者地位的肯定有助于文人的加入和戏曲地位的抬升。在《古今群英乐府格势》中，朱权还以象喻的方式品评了自元以来九十多位作家的风格。从他的点评来看，明显偏好典雅华美一路，对朴素本色的作品评价不高，认为"有文章者谓之'乐府'；如无文饰者谓之'俚歌'，不可与乐府共论也"。

《录鬼簿续编》原未署名，近人见其附增补本《录鬼簿》后，多归为增补者贾仲明所撰。《录鬼簿续编》的价值主要在于提供了元明之际江南七十一名戏曲作家的简略资料，且对各家的风格及成因有所评述。如评谷子敬"蒙下堂而伤一足，终身有忧色，乃作《要孩儿》乐府十四煞，以寓其意"，评金文石"幼年从名姬顺时秀歌唱"，"其音律调清巧，无毫厘之差，节奏抑扬，或过之"。此外，它也侧面反映了当时戏曲创作中心已由北方移至南方，创作主体是江浙一带官僚文人的事实。

嘉靖、隆庆年间，政治的稳定、商业和城市的兴旺以及社会思潮的变化促成了戏曲创作和演出的活跃。明中叶之前，由宋元南戏演变而来、以昆山腔和弋阳诸腔为主导的传奇逐渐取代杂剧成为戏曲的主要形式。与之相呼应，戏曲理论及批评也有了新的发展，李开先、王世贞、何良俊、徐渭、李贽等批评家纷纷投身戏曲研究，著书立说。 这一时期的戏曲理论及批评大多注重品评作家作品，讨论北剧南戏的体制、 源流和风格特点，记录剧本目录和曲家演员逸事。 李开先（1502—1568）推崇金元杂剧，认为元代戏曲繁荣的原因在于作家的"不平则鸣"，这与朱权"非太平则无以出"之说形成鲜明对比。 李开先非常重视民间文学，视真情和通俗为戏曲本色，反对雕章琢句，在《市井艳词又序》中自谓其作品因"鄙俚""从众""俗""谑笑"而"远近传之"。 何良俊（1506—1573）的戏曲批评有很多独到之处，《四友斋丛说·词曲部》常作惊人之语。 如他提倡"填词须用本色语""情真语切，正当行家"； 主张"声"重于"辞"，"宁声叶而辞不工，无宁辞工而声不叶"。 这种认识后来被吴江派沈璟奉为圭臬。 王世贞作为诗文大家，看到了戏曲与词、 绝句、 古乐府以及诗骚各体的渊源，认为戏曲形式的变化发展既关乎音乐的变化，又与观众欣赏习惯及南北语言差异有关。 他对南北曲曲情特点的分析自成一家，影响较大。 何良俊、 王世贞两人曾就《琵琶记》和《拜月亭》孰优孰劣互相驳难，引起批评界对戏曲语言的广泛讨论。 徐渭（1521—1593）重视南戏，以"真""俗"为本色，所著《南词叙录》全面讨论南戏的源流发展、 风格特色、 曲词声律及作家作品评论诸方面，特别指出"里巷歌谣""村坊小曲""随心令"对南戏形成的重要作用，对时人贬斥南曲四大声腔尤其是昆山腔给予了公允的评价。 李贽以思想家的超凡识见将戏曲提高到"古今至文"的地位，认为戏曲同样可以"兴观群怨"，给轻视戏曲的旧观念以有力的抨击。

明万历时期，传奇创作和演出空前繁盛，戏曲流派争妍斗艳。 各派各家在戏曲本质特征、 名家名剧批评以及戏曲创作等问题上产生了较大分歧，进行了热烈而持久的讨论，形成了自由争鸣的时代风气，戏曲研究由此进入高潮，一直持续到明末。 这一时期出现了一批颇有创新精神的批评家。 他们有各自的创作主张和批评标准，如汤显祖的至情论和意趣神色说、 沈璟的格律论和本色论、 潘之恒的表演论、 王骥德的创作论、吕天成的戏曲品评等，充分体现了论者自觉的理论意识。 此时也出现了一大批有影响的批评著作，其中王骥德的《曲律》和吕天成的《曲品》堪称传统戏曲学论著的双璧，代表了明代戏曲理论的最高水平。

许多创作和批评中的问题都在激烈的戏曲论争中得到了广泛的探讨，故明晚期的戏曲理论及批评带有集成和深入的特点。 冯梦龙（1574—1646）在所选辑的《太霞新奏》中总结了万历以来戏曲言情的理论，提出"曲以悦性达情"； 针对案头和场上的矛盾提出作者能歌，歌者能作； 就戏曲语言问题主张"手口和调"，文采和通俗统一。 孟称舜（1599—1684）的《娇红记》题词在汤显祖"情之至"的基础上强调"诚之至"，把"情"与"节义"联系起来，意图协调创作中情、 理两者的关系。 祁彪佳（1603—1645）的《远山堂曲品》《远山堂剧品》受到吕天成《曲品》的启发，收录更广，品评尺度和标准更宽，纠正了吕氏不做分析的偏颇。 此外，徐复祚、 凌濛初、 卓人月、 袁于令等人也各有建树。 可以说，明晚期戏曲研究的人数之多、 著作之丰、 方面之广，都是空前的。

　　昆曲自明中叶兴起，至晚明已经成为文人戏剧创作所依托的主要曲种。 这一态势一直延续到清初，吴越遗民构成最活跃的文人曲家流派和研究群体。 清代前中期的戏曲批评，总体上是在明晚期集成深入的基础上进一步体系化和理论化的。 金圣叹有意识地运用并发展了批点这一批评形式，吸收了一些王骥德评《西厢记》的见解，从戏剧文学的角度细致形象地评点了《西厢记》剧本的艺术成就。 尤其是他对情节结构、 人物形象和艺术手法的分析，对后来洪昇、 孔尚任的创作都有影响。 丁耀亢（1599—1669）的《啸台偶著词例》论曲提出词有三难、 十忌、 七要、 六反，开启了清代精研创作方法论的风气。 黄周星（1611—1680）的《制曲枝语》远承元人杂剧，近取汤显祖"四梦"和李渔"十种曲"，确立了以"情"为根本，以"趣"为特征、 以"感人"为关键的戏曲审美理想。 在清初戏曲学中，最值得重视的是李渔的戏剧论说。 《闲情偶寄》中的曲论组织周密，逻辑清晰，形成了中国第一个比较完整的戏曲理论体系，也是传统戏剧学史上的一个重要坐标。

　　从康熙后期至晚清，随着政治文化中心的北移，基于江南文化的昆曲实际上失去了活力，取而代之的是各种新兴的地方剧种，文人垄断古典戏曲创作的局面被打破。 出于政治的限制和传统戏曲观念的束缚，批评家对"花部"的理论批评极为稀少，仅有李调元（1734—1803）的《剧话》和焦循（1763—1820）的《花部农谭》表现出对"花部"剧目的喜爱。 这一阶段的戏曲理论及批评主要表现为曲唱、 表演艺术的总结。 徐大椿（1693—1771）的《乐府传声》是一部里程碑式的声乐专著，重点分析唱曲之法，也辩证地论述了演唱中情感和技巧的关系。 受考据学影响，传统戏曲学从社会的争鸣的行为日益转变为书斋化的个人的行为，实践性的戏曲研究逐渐向学术性的戏曲研究转变。 李调元、 焦循均以治经学为主业，曲学不过是余事，其所撰著作带有明显的文献汇编的性质，较少理论阐发。 传统戏曲学的萎缩迹象已十分明显。

二、戏曲流派与论争

　　明嘉靖以后，文人结社演剧、 切磋唱和盛行，一些名家提出戏曲主张后，往往得到同好或后学的响应，由此促成了戏曲流派的产生。 从明中叶至明末，曲坛上出现过三大戏曲流派，即昆山派、 临川派和吴江派。 随着这些戏曲流派的形成，围绕戏曲的审美特征、 名家名剧批评以及戏曲创作等问题，剧坛讨论激烈。 其中参与人数多、 时间跨度长、 影响范围大的论争有元曲四大家之争、 名剧之争和意法之争。

　　元曲四大家之争几乎贯穿明代曲学的始终。 现知最早有关元曲四大家的表述，见于元人罗宗信的《中原音韵序》："关、 郑、 白、 马，一新制作。" 不过，罗宗信并没有直接提出"四大家"的概念，"四大家"的首提者是何良俊，其《曲论》谓："元人乐府称马东篱、郑德辉、关汉卿、白仁甫为四大家。马之词老健而乏姿媚，关之词激厉而少蕴藉，白颇简淡，所欠者俊语，当以郑为第一。"何良俊的四大家之说论遭到很多人反对，如李开先推乔吉、张可久为元代散曲之冠。王骥德的《曲律》认为，应以王实甫为首。徐复祚的《曲论》对关汉卿稍有微词，提出："马东篱、张小山自应首冠，而王实甫之《西厢》，直欲超而上之。"沈德符则以乔吉、郑光祖为杂剧两大家，马致远、张可久为散曲两大家。

名剧之争同样由何良俊首开其端。他一反前人杂剧以《西厢记》、南戏以《琵琶记》为绝唱的说法，批评"《西厢》全带脂粉，《琵琶》专弄学问，其本色语少"，认为《拜月亭》"高出于《琵琶记》远甚"，《㑇梅香》胜过《西厢记》。王世贞不同意其说，在《曲藻》中提出"北曲固当以《西厢》压卷"，南戏则《琵琶记》"冠绝诸剧"，称赞《琵琶记》不仅有"琢句之工，使事之美"，而且在体贴人情、描写物态和问答等方面也有很高造诣；批评《拜月亭》"无词家大学问"，"既无风情，又无裨风教"，"不能使人堕泪"。何、王的名剧之争吸引了众多批评家参与。李贽的《杂说》曾点评道："《拜月》《西厢》，化工也；《琵琶》，画工也"，"画工虽巧，已落二义矣"。支持何良俊的有沈德符和徐复祚。沈德符的《顾曲杂言》认为，《琵琶记》《西厢记》袭旧太多，《拜月亭》则"字字稳帖"，可以全本上弦索，是真正的典范之作。徐复祚批评王世贞不懂戏曲，逐一反驳了所谓"三短"，肯定了《拜月亭》胜于《琵琶记》的观点。支持王世贞的有王骥德和吕天成。王骥德的《曲律》以为"古戏必以《西厢》《琵琶》称首"，"《拜月》语似草草，然时露机趣，以望《琵琶》，尚隔两尘。元朗以为胜之，亦非公论"。吕天成的《曲品》将高明列入"神品"，而《琵琶记》"勿伦于北剧之《西厢》，且压乎南声之《拜月》"。

名家、名剧之争虽主要就何良俊的戏曲主张展开，但实际意义已超出作家作品论范畴，涉及戏曲曲体、语言、创作典范及审美等诸多问题。明中叶魏良辅改革昆腔，梁辰鱼将新昆腔引入戏曲，以典雅华丽为风格特征的昆山派得以形成。此后，北杂剧几成绝响，昆曲风靡上层文化圈，传奇创作日趋藻丽。何良俊强调戏曲语言以"本色"为第一义，主张以《拜月亭》为范本，恢复元曲传统，在这一时期是有积极意义的。名家、名剧之争实质上是明人意欲确立传奇创作范本和风格范式的理论探讨。

明代最大的戏曲论争是发生在吴江派与临川派之间的意法之争。论争的导火索是对汤显祖《牡丹亭》剧本的不同评价。如沈德符的《顾曲杂言》所言，《牡丹亭》问世后，"家传户诵，几令《西厢》减价"，但吴江派以不合音律、不便演唱为由对其进行了删改，由此引起一场围绕戏曲创作以何者为先的大争论。

吴江派是万历年间形成的以沈璟为代表的传奇派别，主要成员还有吕天成、王骥德、卜世臣、叶宪祖、冯梦龙、沈自晋、袁于令等。沈璟（1553—1610），字伯英，号宁庵，又号词隐，江苏吴江人，著有传奇十多种。沈璟论曲的最大特点是严守格律。 他发展了何良俊的音律理论，在《二郎神》套曲中声称："名为乐府，须教合律依腔，宁使时人不鉴赏，无使人挠喉捩嗓。"吕天成的《曲品》和王骥德的《曲律》即引其语，称："宁叶律而词不工，读之不成句，而讴之始叶，是曲中之工巧。"为给南曲格律立一标的，沈璟编撰了《南九宫十三调曲谱》。 该曲谱选录曲牌七百多支，精选元明南戏或散曲中较合律的曲词作范例，为每曲厘定格式，分别正衬，标署平仄，注明板眼，严格实践了编者的戏曲主张。 要之，沈璟的格律论是为戏曲表演服务的，故《词隐先生论曲》说"词人当行，歌客守腔，大家细把音律讲"，"纵使词出绣肠，歌称绕梁，倘不谐律吕也难褒奖"。 为适合搬演，沈璟甚至推崇在戏曲中直接运用民间俗语，来求得自然拙朴的演出效果。 他删改《牡丹亭》，用意也在于纠正其不合法度、 不够本色的弊病，变"案头之曲"为"场上之曲"。 作为沈璟的追随者，吕玉绳、 吕天成、 臧懋循、 冯梦龙等人都对汤显祖作品做过删改。 吕玉绳还把自己的删改本寄给汤显祖，引起后者的不满和抗辩。

临川派是在与吴江派论争的过程中形成的，代表作家是汤显祖，支持者有孟称舜、王思任、 茅元仪、 茅瑛、 吴炳等。 汤显祖（1550—1616），字义仍，号海若，又号若士，别署清远道人，江西临川人，明代杰出的剧作家。 他少年时师从罗汝芳，很早就接触了泰州学派的叛逆思想，中年时又与晚明思想界两大教主李贽和达观禅师相交，这使得他的创作"尊情"，文学思想也因此带有强烈的个性解放色彩。 汤显祖把"情"看成创作的原动力，《耳伯麻姑游诗序》认为"世总为情，情生诗歌，而行于神"，又把自己的戏曲创作一概称为"为情作使"。 他所说的"情"是一种反映生命欲望的、 自然真实的心理状态，如《宜黄县戏神清源师庙记》所谓"人生而有情"，《沈氏弋说序》所谓"爱恶者情也"，明显与道学家所宣扬的天理、 伦理、 义理相对立。 其《寄达观》又说："情有者，理必无； 理有者，情必无。"汤显祖以为，当情与理发生冲突时，应当尊情抑理。 有情的最高境界是"至情"，《牡丹亭》就是对"至情"的演绎。

正是出于对"情"的推重，汤显祖认为创作应首先重视作品思想的表达，反对拘泥于音律。 他在《答吕姜山》中明确指出，戏曲应以表现"意趣神色"为主。 所谓"意趣神色"，指的是剧作家的意旨、 生趣、 风神和色彩，它们共同构成了作者的主体精神、 个性特征和艺术构思。 如何表现"意趣神色"是创作首先要考虑的问题，依腔合律是第二位的。 在两者冲突的情况下，应以"意趣神色"为先。 为此，汤显祖明言"余意所至，不妨拗折天下人嗓子"，这与沈璟所主"宁使时人不鉴赏，无使人挠喉捩嗓"无疑是针锋相对的。 也正因此，在《与宜伶罗章二》中，汤显祖才特别在意和反感吴江派对己作的删改，以为："虽是增减一二字以便俗唱，却与我原做的意趣大不同了。"汤显祖的创作风格和理论主张获得了不少人的支持。 孟称舜、 王思任均高度赞扬《牡丹亭》。 茅元仪曾与臧懋循当面辩论，认为后者曲解了汤作原意。 茅瑛为了保存《牡丹亭》原作，还专门重印了一版。

沈、 汤之间的意法之争，从本质上说是晚明格调与才情之争在戏曲领域的蔓延和展开，也是复古思潮和个性解放思潮对峙交锋的反映。 经过论争，人们受到了来自沈、汤二人的双重影响，吸取了其中的合理之处。 临川派茅瑛的《题牡丹亭记》提出格律与情辞"合则并美，离则两伤"，对汤显祖的主张做了补充。 吴江派王骥德虽重格律，但极为推崇汤显祖的才情，持折中之论，主张"法与词两擅其极"。 吕天成将沈、 汤二人皆列为《曲品》的"上之上"，并称双美。 两派在理论和实践上出现了近乎合流的局面，对清初《长生殿》《桃花扇》这样才情音律兼美的作品的产生有直接的影响。

三、王骥德和吕天成的曲学

在明代戏曲理论批评著作中，王骥德的《曲律》和吕天成的《曲品》是最重要的两部。 《曲律》对万历时期及此前三百多年的古代曲学成果做了全面的总结，结构严谨，纲目清晰，是中国古代最富理论体系的曲学文献之一， "盖明代之论曲者，至于伯良，如秉炬以入深谷，无幽不显矣"[1]，影响极大。 《曲品》第一次将品第批评形式运用于戏曲批评领域，对元末以来传奇作家作品详加品评，意义深远。

(一)王骥德的曲学

王骥德（1540—1623），字伯良，号方诸生，别署秦楼外史，会稽（今浙江绍兴）人。 他一生未入仕途，热爱戏曲，著述甚多，传奇、 杂剧、 编纂、 校注及理论论著皆有； 早年师从徐渭，深受影响，并与沈璟、 吕天成、 孙如法、 屠隆等戏曲家交厚。 虽名列吴江派，王骥德却兼收吴江、 临川两派之长，避其所短，因而得到汤显祖的好评。 《曲律》是王骥德晚年所作，为其一生创作经验和研究成果的总结。 全书共四十章，涉及戏曲学的方方面面，举凡源流发展、 声乐音韵、 曲词作法和批评赏鉴等无所不包。 其中最有特点和价值的，是对戏曲审美特征、 创作规律和方法的探讨。

1. 才情与法度

王骥德较早总结了吴江派和临江派在创作上的差异："吴江守法，斤斤三尺，不欲令一字乖律"， "临川尚趣，直是横行，组织之工，几与天孙争巧"。 他非常重视格律，严谨处甚至超过沈璟，但并不把守律看成衡量作品的首要标准，以为"吴江诸传如老教师登场，板眼场步，略无破绽，然不能使人喝采"，又认为曲剧之妙不在"声调""句字"这些格式法度，而在于摹欢写怨的动人"风神"。 "此所谓'风神'，所谓'标韵'，所谓'动吾天机'，不知所以然而然，方是神品，方是绝技。"他多次用"巧""不知所以然而然"来形容创作时的灵性天机，认为"神品"的产生依赖于作家

---

[1] 朱东润：《中国文学批评史大纲》，257 页，上海，上海古籍出版社，2001。

的天赋才情。“天苟不赋，即毕世拈弄，终日咿呀，拙者仍拙，求一语之似，不可几而及也。”他指出沈、汤二人创作上的最大差异实际上是人力与天工的差异。“词隐之持法也，可学而知也；临川之修辞也，不可勉而能也。大匠能与人规矩，不能使人巧也。其所能者，人也；所不能者，天也。”王骥德又说：“临川汤若士婉丽妖冶，语动刺骨，独字句平仄，多逸三尺，然其妙处，往往非词人工力所及。”因此，王骥德虽高度评价沈璟在戏曲音律上的贡献，但更推崇汤显祖的才情，认为倘若改掉不守声律的弊病，“可令前无作者，后鲜来哲，二百年来，一人而已”。难能可贵的是，王骥德还指出了尚天工与尚人力两种创作倾向的片面性（“尚达者或跳浪而寡驯，守法者或局蹐而不化”），明确提出唯有“不废绳检，兼妙神情”，才能创作出“法与词两擅其极”的神品，立论可谓持平。

2. 本色论

自明嘉靖时期起，为克服雕琢堆垛的“时文风”，曲学家就戏曲的本色问题展开了探讨。何良俊以语言通俗、“全不费词”为本色，徐渭以表现真我、“宜真宜俗”为本色，沈璟以宋元古剧的质朴、俚俗和适唱为本色。王骥德是本色论的集大成者，他在徐渭标举真性的理论基础上，吸收了何、沈等人的见解，对本色的内涵做了灵活的解释，以为本色首先应表现为语言的通俗（“作剧戏，亦须令老妪解得，方入众耳，此即本色之说也”），但又不能仅停留在语言上，还须同戏曲的内在精神、当行问题联系在一起。故他在《曲律·论家数》中提出：“夫曲以模写物情，体贴人理，所取委曲宛转，以代说词；一涉藻缋，便蔽本来。”所谓不“蔽本来”，就是本色，就是不矫揉造作，不卖弄才学。本色是真情真性的自然流露，也是舞台表现的实际需要。王骥德还认为，应根据曲体风格特征来谈本色，即所谓“作曲者须先认其路头，然后可徐议工拙”。北曲偏质，南曲偏艳，“其体固然”，因而《西厢记》之“组艳”、《琵琶记》之“修质”也是本色。小曲活泼，须“语语本色”，若“堆垛学问”，只会令“听者愦愦”；大曲引子则不妨“绮绣满眼”，“以婉丽俏俊为上”。此外，王骥德并不把本色和文采看成不相容的对立面。他分析了偏至的弊病，认为“纯用本色，易觉寂寥；纯用文调，复伤雕镂”，“本色之弊，易流俚腐，文词之病，每苦太文”，故主张折中调和。调和的度难以清晰把握，需要“善用才者酌之”。所以，他对“其才情在浅深、浓淡、雅俗之间”的汤显祖大为赞赏，认为“于本色一家，亦惟是奉常一人”。总之，其本色论推崇在兼收并蓄的基础上自出新意。

3. 当行论

王骥德对戏曲艺术的综合性也有充分的认识，尝谓：“其词格俱妙，大雅与当行参间，可演可传，上之上也。”这里的“词”指戏曲的文学性，“词”妙为大雅，可以传世；“格”指戏曲的舞台性，“格”妙为当行，可以搬演。基于这种认识，王骥德提出了“论曲，当看其全体力量如何”的原则，对戏曲作法做了多方面的探讨。《章法》

《套数》《剧戏》等章谈到了戏曲的布局结构等问题，强调通过抓"大头脑"（关键情节）和定"大间架"（总体结构），使故事的起承转合与人物情节的设计安排"整整在目"。他又提出"贵剪裁""贵锻炼"，尽量合理布局，"勿落套"，"勿不经"，"勿太蔓"，"毋令一人无着落，毋令一折不照应"。在人物形象的塑造方面，王骥德提出用夸张的手法集中刻画人物的性格和品德，"华衮其贤者，粉墨其慝者"，强调作者"须以自己之肾肠，代他人之口吻"，人物语言行为应和身份性格相符。王骥德高度重视戏曲"并曲与白而歌舞登场"的特征，认为作白"其难不下于曲"，要求宾白与剧曲并重，"虽不是曲，却要美听"，"多则取厌，少则不达"；认为插科"亦是剧戏"，须"作得极巧，又下得恰好"，"不动声色而令人绝倒，方妙"；选用宫调"须称事之悲欢苦乐"，"以调合情，容易感动得人"。王骥德的当行论把戏曲的创作过程当作有机整体加以考察，强调各艺术因素的完美配合。其论虽在体系上尚欠完整，但较前人已是不小的进步，对清代李渔的戏剧理论产生了直接的影响。

（二）吕天成的曲学

吕天成（1580—1618），字勤之，号棘津，别号郁蓝生，浙江余姚人。他博览诸家，得外祖孙鑛、舅父孙如法亲授曲学，父吕姜山系汤显祖同年进士，与汤显祖有书信往来。吕天成与沈璟、王骥德交往甚密，被认为是吴江派成员；著有传奇二三十种，几乎全佚，传世有《曲品》二卷。作为一部评论明传奇作家作品的著作，《曲品》在理论上体现了吕天成诗学批评与戏曲审美的双重观照。

吕天成称入明后传奇创作日渐繁盛，但黄钟与瓦缶溷陈，世人不知其是非，亟待有识者品论高下，以正视听。加之当时论争不断，故张曲榜而论甲乙，指摘时病，示人以典范势在必行。另外，他仿《诗品》撰《曲品》，似乎希望像钟嵘那样通过对五言诗创作得失的总结来为戏曲争得地位，故字里行间很强调传奇的源流发展、重要功用以及体式特征。在《曲品》之前，历代品评类著作均只采取一种划分标准。吕天成改革前例，以四品法批评旧体传奇，以九品法批评新体传奇，体现了对传奇这一戏曲形式的重视和尊古而不卑今的批评立场。他以嘉靖时期为界，将此前作家作品分为神、妙、能、具四品，称"旧传奇品"；将隆庆以来的作家作品分为九个品级，称"新传奇品"。上卷共论戏曲作者九十五人，散曲作者二十五人；下卷共评传奇作品二百十一种，对作品的品评基本上遵循孙鑛的南戏"十要"，多从词采、情节、关目、音律角度切入，其中对情节的批评最能见出吕天成独特的眼光。

吕天成根据杂剧、传奇的舞台特点，对戏曲情节的呈现提出了真、新、婉曲、畅等多方面的要求。吕天成认为，"事佳"包含两点。一是"真"，这里指历史上真实发生的事情，尤其是那些体现了忠孝节义、因果报应的故事。当然，追求"真"不等于拘泥于实事，"有意驾虚，不必与实事合"。二是"奇"，指日常生活中难见的巧合奇异之事。 "真"与"奇"并非不能统一，他评《义乳记》，称"李善事出《后汉书》，事真，故奇"。 为此他反对写陈套故事，批评沈璟的得意之作《合衫记》"不新人耳目"，要求情节创新。 情节要新就必须曲折，即"婉曲"，如评《结发记》"情景曲折，便觉一新"； 评《牡丹亭》"巧妙叠出，无境不新"。 在旧情节中穿插符合艺术真实的新场景、 新情节，也会让人产生耳目一新的感觉。 吕天成并不认为情节越曲折越好，而是主张以表达人物情感为限度。 基于这样的认知，吕天成标举"畅"字，强调情节设置既要做到血脉连贯而有条理，又要在表达上尽情痛快。

在传统曲论中，吕天成是第一个引入品第批评方式的人。 他所生活的晚明时期，曲学昌盛，论者辈出，著作林立，但是阐释义理者多，批评引导者少。 从吕天成开始，人们才着手建立曲论批评的标准。 吕天成对情节的关注突破了专注音律词采的传统格局，对明清戏曲创作论做出了不可忽略的贡献。

四、李渔的戏剧理论

李渔（1611—1680），字笠鸿，号笠翁，浙江兰溪人，早年热衷科举，入清后投身文坛。 他一生勤于笔耕，著述宏富，以传奇《笠翁十种曲》、 杂著《闲情偶寄》、 小说集《十二楼》最为著名。 其中《闲情偶寄》是一部包含养生之道、 园林建筑美学和戏曲理论等多方面内容的杂著，后人将其中"词曲部""演习部"及"声容部"的一些内容摘出，编为《李笠翁曲话》。 传统曲论发展至清初，虽已有不少理论总结和探讨，但形式上仍以序跋评点居多，系统性著作很少； 内容上往往不细分戏曲和散曲，且大都以音律词采为主，对戏剧文学的特殊性尚缺乏系统的总结。 李渔基于深厚的文化修养和丰富的戏曲实践，整合并深化了晚明以来的曲论，全面系统地论述了戏剧文学、 音乐、表演、 教学诸方面内容，成就了自己完整的曲学框架和曲论体系。

把场上性作为戏剧的本质特征，是李渔戏剧理论的逻辑起点。 李渔从"天地之间有一种文字，即有一种文字之法脉准绳"的认识出发，揭示了戏剧文学的舞台特性——"填词之设，专为登场"。 他把这种认识同金圣叹做了区别："圣叹之评《西厢》，可谓晰毛辨发，穷幽极微，无复有遗议于其间矣。 然以予论之，圣叹所评，乃文人把玩之《西厢》，非优人搬弄之《西厢》也。 文字之三昧，圣叹已得之； 优人搬弄之三昧，圣叹犹有待焉。"场上性决定了剧本创作应充分考虑舞台演出实际的需要，"手则握笔，口却登场。 全以身代梨园，复以神魂四绕，考其关目，试其声音。 好则直书，否则搁笔"。 以登场作为起点和归宿，是李渔戏剧理论最根本的特质。

李渔也充分认识到了戏剧的叙事特征（"然传奇，一事也。 其中义理，分为三项：曲也，白也，穿插联络之关目也"），并把围绕叙事展开的关目置于三要素之首，即所谓"有奇事，方有奇文，未有命题不佳，而能出其锦心，扬为绣口者也"。 由此出发，李渔提出"结构第一"的思想，把结构而不是音律或词采放到"首重""独先"的位置，明确了戏剧文体和曲体的分界。李渔把结构比喻成"具五官百骸之势"的"精血"和工匠建宅前的筹划设计，强调下笔之前必须先有一番"制定全形"的构思，胸有成局后才可挥斥运斧。这里的"结构"并不是一般的组织框架和安排，而是创作前的艺术构思和布局设想。这种"全部规模"的"结构"包括"戒讽刺""立主脑""脱窠臼""减头绪""密针线""戒荒唐""审虚实"七个方面。其中"立主脑""减头绪""密针线"三者属戏剧形式结构范畴，其余四者则围绕着创作原则展开。

"立主脑"是李渔结构论的主干。他称"主脑"是"作者立言之本意也"，"止为一人而设"，"又止为一事而设"。"此一人一事，即作传奇之主脑也。"可见主脑关乎体现作者思想和意图的关键人物和情节。和王骥德所说的"头脑"稍有不同，李渔所说的"主脑"更注重"一人一事"，更强调在整个故事中起决定性作用的原因或事件。他举例说，"一部《西厢》止为张君瑞一人，而张君瑞一人又止为'白马解围'一事"，因此，"白马解围"四字就是《西厢记》的"主脑"。"立主脑"实际上要求作者确立推动故事发展最关键的角色和原因。与此相关，李渔提出了"减头绪"和"密针线"。"减头绪"要求戏剧情节结构单一，"一线到底，并无旁见侧出之情"，"始终无二事，贯串只一人"，便于观众理解。"密针线"讲的是戏剧关目中的"穿插联络"和间架的紧密性。他把编剧比作缝衣，要求"针线紧密"，"每编一折，必须前顾数折，后顾数折"，前后"照映埋伏"，如此使全剧关目、人物和细节浑然一体，不露破绽。

余下四者是李渔针对当时戏剧创作中的不良现象提出的要求。"戒讽刺"反对把戏曲作为个人报仇泄怨的工具，或是好事者对剧中人物事件做捕风捉影的猜测与比附。"脱窠臼"提倡戏剧创新，勿落他人窠臼，认为即便照搬照演，也应"变旧为新"。"戒荒唐"提出"平易可久，怪诞不传"，鼓励写平常事，写人情物理，从陈事中挖掘出新情新态，勿以荒诞不经为新奇。"审虚实"提出"传奇无实，大半皆寓言"，要求作家正确区别艺术虚构与生活真实、历史真实。以上四者也构成相互关联的整体，体现了李渔关注生活的指导思想。

李渔关于曲、白以及科诨的阐述主要围绕戏剧语言的特点展开。在《闲情偶寄·词采第二》中，他首先提出"贵显浅"。词曲"话则本之街谈巷议，事则取其直说明言"，力求在场上瞬间被大众理解，这是戏曲语言同诗文语言"叛然相反"的地方。李渔反对在曲词中指事用典、卖弄学问。"忌填塞"条说："戏文做与读书人与不读书人同看，又与不读书之妇人小儿同看，故贵浅不贵深。"他以《牡丹亭》为例，批评"良辰美景奈何天，赏心乐事谁家院"等名曲"字字俱费经营"，"字字皆欠明爽"，"止可作文字观，不得作传奇观"。"贵显浅"并非一味求浅俗，而是"意深词浅，全无一毫书本气"。论"科诨之妙，在于近俗，而所忌者又在于太俗。不俗则类腐儒之谈，太俗即非文人之笔"，取意与此相同。其次提出"重机趣"。"机趣"是李渔从传统文论中引入的概念，与"才情""风神"既相通又不尽相同。 "机趣二字，填词家必不可少。 机者，传奇之精神，趣者，传奇之风致，少此二物，则如泥人土马，有生形而无生气。"李渔认为曲词欲得机趣，须做到两点：一是"无道学气"，不说教，忌"板腐"，有生活气息；二是"无断续痕"，情感似断实续，甚至暗藏伏笔，令人恍然大悟。 宾白的尖新纤巧也是一种机趣："同一话也，以尖新出之，则令人眉扬目展，有如闻所未闻； 以老实出之，则令人意懒心灰，有如听所不必听。 白有尖新之文，文有尖新之句，句有尖新之字，则列之案头，不观则已，观则欲罢不能； 奏之场上，不听则已，听则求归不得。"论科诨章说科诨是"看戏之人参汤"，"于嬉笑诙谐之处，包含绝大文章"，说的也是机趣。 总体来说，"机趣"是一种灵动的、 尖新的、 翻俗为雅的情趣。 最后提出"求肖似"。 在论词采的"戒浮泛"和论宾白的"语求肖似"中，李渔着重探讨了人物语言的性格化问题。 他说人物语言"但宜从脚色起见"，花面口中唯恐不粗不俗，生旦之曲则宜斟酌其词，"生旦有生旦之体，净丑有净丑之腔"，这是类型化人物塑造的通则。 李渔还要求注意人物个性的差别化，不可彼此混淆，"说张三要像张三，难通融于李四"，"务使心曲隐微，随口唾出，说一人，肖一人，勿使雷同，弗使浮泛"。 要达到个性化，就应当设身处地，从人物的性格去寻求他说话行动的根据："欲代此一人立言，先宜代此一人立心。"

李渔从戏剧的场上性和叙事性入手，把关目、 曲、 白、 科诨等散乱零碎的传奇要素整合为有机的整体，"理清了明人纠缠不清的'音律'和'词采'的关系，并彻底摆脱了'曲本位'立场"[①]，开创了清代戏曲研究的新局面。 除文学形态的戏剧理论外，李渔还对表演和编导理论做了比较详尽的论述，由此构成戏剧理论的完整体系。 这个体系框架结构紧密，内在逻辑清晰，纲目分明，轻重有序，几乎囊括了戏曲理论的主要问题，代表了古代戏曲理论所能达到的最高成就。

原典选读

明清曲家有较高的理论自觉，但又大都受"曲本位"观念的拘限。李贽从童心说出发，以情感流露的自然天成为戏曲最高境界，突破了以声律词采进行品评的审美局限。王骥德论汤显祖、沈璟之争，扬才情，抑法度，揭示了晚明才法论争的理论实质。茅元仪驳斥了臧懋循片面强调音律而妄删剧本的言行，重申汤显祖以意趣神色为主的主张。孟称舜对戏曲的双重属性做了清晰的确认，既批评了"尚律"和"尚辞"的偏见，又划清了戏曲与诗词歌赋的文体界限。祁彪佳律词兼重的批评标准可与吕天成之先律后词、孟称舜之先词后律相参看。丁耀亢反对摹拟堆砌，提倡句词关目的真色自然，则体现了晚明以来本色当行派理论的回归。李渔曲论完全摆脱本色与词采的理论纠缠，结构缜密，体

系宏大，堪称传统曲论十分重要的收获。

一、李贽《杂说》

《拜月》《西厢》，化工也；《琵琶》，画工也。夫所谓画工者，以其能夺天地之化工，而其孰知天地之无工乎！今夫天之所生，地之所长，百卉具在，人见而爱之矣，至觅其工，了不可得，岂其智固不能得之与？要知造化无工，虽有神圣，亦不能识知化工之所在，而其谁能得之？由此观之，画工虽巧，已落二义矣。文章之事，寸心千古，可悲也夫！

且吾闻之：追风逐电之足，决不在于牝牡骊黄之间；声应气求之夫，决不在于寻行数墨之士；风行水上之文，决不在于一字一句之奇。若夫结构之密，偶对之切；依于理道，合乎法度；首尾相应，虚实相生；种种禅病皆所以语文，而皆不可以语于天下之至文也。杂剧院本，游戏之上乘也。《西厢》《拜月》，何工之有？盖工莫工于《琵琶》矣。彼高生者，固已殚其力之所能工，而极吾才于既竭。惟作者穷巧极工，不遗余力，是故语尽而意亦尽，词竭而味索然亦随以竭。吾尝揽《琵琶》而弹之矣：一弹而叹，再弹而怨，三弹而向之怨叹无复存者。此其故何邪？岂其似真非真，所以入人之心者不深邪！盖虽工巧之极，其气力限量只可达于皮肤骨血之间，则其感人仅仅如是，何足怪哉！《西厢》《拜月》，乃不如是。意者宇宙之内，本自有如此可喜之人，如化化工之于物，其工巧自不可思议尔。

且夫世之真能文者，比其初皆非有意于为文也。其胸中有如许无状可怪之事，其喉间有如许欲吐而不敢吐之物，其口头又时时有许多欲语而莫可所以告语之处，蓄极积久，势不能遏。一旦见景生情，触目兴叹；夺他人之酒杯，浇自己之块垒；诉心中之不平，感数奇于千载。既已喷玉唾珠，昭回云汉，为章于天矣，遂亦自负，发狂大叫，流涕恸哭，不能自止。宁使见者闻者切齿咬牙，欲杀欲割，而终不忍藏于名山，投之水火。予览斯记，想见其为人，当其时必有大不得意于君臣朋友之间者，故借夫妇离合因缘以发其端。于是焉喜佳人之难得，羡张生之奇遇，比云雨之翻覆，叹今人之如土。其尤可笑者，小小风流一事耳，至比之张旭、张颠、羲之、献之而又过之。尧夫云："唐虞揖让三杯酒，汤武征诛一局棋。"夫征诛揖让何等也，而以一杯一局觑之，至眇小矣！

呜呼！今古豪杰，大抵皆然，小中见大，大中见小。举一毛端建宝王刹，坐微尘里转大法轮。此自至理，非干戏论。倘尔不信，中庭月下，木落秋空，寂寞书斋，独自无赖，试取琴心一弹再鼓，其无尽藏不可思议，工巧固可思也。呜呼！若彼作者，吾安能见之与！

（郭绍虞主编：《中国历代文论选》第三册，上海，上海古籍出版社，2001）

二、王骥德《曲律·杂论第三十九下》(节选)

词隐传奇,要当以《红蕖》称首。其余诸作,出之颇易,未免庸率。然尝与余言,歉以《红蕖》为非本色,殊不其然。生平于声韵、宫调,言之甚悉,顾于己作,更韵、更调,每折而是,良多自恕,殆不可晓耳。

⋯⋯⋯⋯⋯

临川汤奉常之曲,当置"法"字无论,尽是案头异书。所作五传,《紫箫》《紫钗》第修藻艳,语多琐屑,不成篇章;《还魂》妙处种种,奇丽动人,然无奈腐木败草,时时缠绕笔端;至《南柯》《邯郸》二记,则渐削芜颣,俯就矩度,布格既新,遣词复俊,其掇拾本色,参错丽语,境往神来,巧凑妙合,又视元人别一溪径,技出天纵,匪由人造。使其约束和鸾,稍闲声律,汰其剩字累语,规之全瑜,可令前无作者,后鲜来哲,二百年来,一人而已。

临川之于吴江,故自冰炭。吴江守法,斤斤三尺,不欲令一字乖律,而毫锋殊拙;临川尚趣,直是横行,组织之工,几与天孙争巧,而屈曲聱牙,多令歌者龃舌。吴江尝谓:"宁协律而不工。读之不成句,而讴之始协,是为中之之巧。"曾为临川改易《还魂》字句之不协者,吕吏部玉绳以致临川,临川不怿,复书吏部曰:"彼恶知曲意哉!余意所至,不妨拗折天下人嗓子。"其志趣不同如此。郁蓝生谓临川近狂,而吴江近狷,信然哉!

自词隐作词谱,而海内斐然向风。衣钵相承,尺尺寸寸守其矩矱者二人:曰吾越郁蓝生,曰檇李大荒逋客。郁蓝《神剑》《二媱》等记,并其科段转折似之;而大荒《乞麾》至终帙不用上去叠字,然其境益苦而不甘矣。

词隐之持法也,可学而知也;临川之修辞也,不可勉而能也。大匠能与人规矩,不能使人巧也。其所能者,人也;所不能者,天也。

[中国戏曲研究院编:《中国古典戏曲论著集成(四)》,
北京,中国戏剧出版社,1959]

三、茅元仪《批点牡丹亭记序》

《玉茗堂乐府》,临川汤若士所著也。中有《牡丹亭记》,乃合李仲文、冯孝将儿女、睢阳王谈生事,而附会之者也。其播词也,铿锵足以应节,诡丽足以应情,幻特足以应态,自可以变词人抑扬俯仰之常局,而冥符于创源命派之手。雉城臧晋叔以其为案头之书,而非场中之剧,乃删其采、铿其锋,使其合于庸工俗耳。读其言,苦其事怪而词平,词怪而调平,调怪而音节平,于作者之意漫灭殆尽,并求其如世之词人俯仰抑扬之常局而不及。余尝与面质之,晋叔心未下也。夫晋叔岂好平乎哉,以为不如此,则不合于世也？合于世者必信乎世，如必人之信而后可，则其事之生而死，死而生，死者无端，死而生者更无端，安能必其世之尽信也？今其事出于才士之口，似可以不必信。然极天下之怪者，皆平也。临川有言："第云理之所必无，安知情之所必有耶！"我以不特此也。凡意之所可至，必事之所已至也，则死生变幻不足以言其怪。而词人之音响慧致，反必欲求其平，无谓也。家季为校其原本，评而播之。庶几知其节，知其情，知其态者哉！然亦必知其节，知其情，知其态者，而后可与言矣。

前溪茅元仪题。

（程炳达、王卫民编著：《中国历代曲论释评》，北京，民族出版社，2000）

四、孟称舜《〈古今名剧合选〉序》

诗变为辞，辞变为曲，其变愈下，其工益难。吴兴臧晋叔之论备矣：一曰情辞稳称之难，一曰关目紧凑之难，又一曰音律谐叶之难，然未若所称当行家之为尤难也。盖诗辞之妙，归之乎传情写景。顾其所为情与景者。不过烟云花鸟之变态，悲喜愤乐之异致而已。境尽于目前，而感触于偶尔，工辞者皆能道之。迨夫曲之为妙，极古今好丑、贵贱、离合、死生。因事以造形，随物而赋象。时而庄言，时而谐诨，狐末靓狙，合傀儡于一场，而征事类于千载。笑则有声，啼则有泪，喜则有神，叹则有气。非作者身处于百物云为之际，而心通乎七情生动之窍，曲则恶能工哉！吾尝为诗与词矣，率吾意之所到而言之，言之尽吾意而止矣。其于曲，则忽为之男女焉，忽为之苦乐焉，忽为之君主、仆妾、金夫、端士焉。其说如画者之画马也，当其画马也，所见无非马者。人视其学为马之状，筋骸骨节，宛然马也；而后所画为马者，乃真马也。学戏者，不置身于场上，则不能为戏；而撰曲者，不化其身为曲中之人，则不能为曲，此曲之所以难于诗与辞也。若夫曲之为词，分途不同，大要则宋伶人之论柳屯田、苏学士者尽之。一主婉丽，一主雄爽。婉丽者，如十七八女娘唱"杨柳岸晓风残月"；而雄爽者，如铜将军铁绰板唱"大江东去"词也。后之论辞者，以辞之源出于古乐府，要须以宛转绵丽、浅至偎俏为上。挟春华烟月于闺幨内奏之。一语之艳，令人魂绝，一字之工，令人色飞，乃为贵耳。慷慨磊落、纵横豪健，抑亦其次。故苏、柳二家，轩轾攸分，曲之与词，约亦相类。而吾谓此固非定论也。曲本于辞，辞本于诗。诗三百篇，国风雅颂，其端正静好，与妍丽逸宕，兴之各有其人，奏之各有其地，安可以优劣分乎？今曲之分南北也，或谓"北主劲切，南主柔远"。"辞之同一师承，而损渐分教；俱为国臣，而文武殊科。"是谓北之词专似苏，而南之辞专似柳。柳可为胜苏，则北遂不如南软？夫南之与北，气骨虽异，然雄爽婉丽，二者之中亦皆有之。即如曲一也，而宫调不同，有为清新绵邈者，有为感叹伤悲者，有为富贵缠绵者，有为惆怅雄壮者，有为飘逸清幽者，有为旖旎妩媚者，有为凄怆怨慕者，有为典雅沉重者，诸如此类，各有攸当。岂得以劲切柔远画南北而分之邪？曲莫盛于元，而元曲之南而工者，《幽闺》《琵琶》止尔，其它杂剧，无虑千百种，其类皆出于北，而北之内，妙处种种不一，未可以一律概也。予学为曲而知曲之难，且少以窥夫曲之奥焉。取元曲之工者，分其类为二，而以我明之曲继之，一名《柳枝集》，一名《酹江集》，即取〔雨淋铃〕"杨柳岸"，及"大江东去""一樽还酹江月"之句也。元曲自吴兴本外，所见百余十种，共选得十之七。明曲数百种，共选得十之三。善美生于所尚，元设十二科取士，其所习尚在此。故百年中作者云涌，至与唐诗宋词比类同工。而明之世相习为时文，三百年来，作曲者不过山人俗子之残沥，与纱帽肉食之鄙谈而已矣。间有一二才人偶为游戏，而终不足尽曲之妙，故美逊于元也。迩来填辞家更分为二，沈宁庵专尚谐律，而汤义仍专尚工辞，二者俱为偏见。然工词者不失才人之胜，而专尚谐律者，则与伶人教师登场演唱者何异？予此选去取颇严，然以辞足达情为最，而协律者次之，可演之台上，亦可置之案头，赏观者其以此作文选诸书读可矣。

崇祯癸酉夏，会稽孟称舜题。

（吴毓华编：《中国古代戏曲序跋集》，北京，中国戏剧出版社，1990）

五、祁彪佳《远山堂曲品叙》

予素有顾误之僻，见吕郁蓝《曲品》而会心焉。其品所及者，未满二百种；予所见新旧诸本，盖倍是而且过之。欲缀评于其末，惧续貂也，乃更为之，分为六品；不及品者，则以杂调黜焉。品成作而叹曰：词至今日而极盛，至今日而亦极衰。学究、屠沽，尽传子墨；黄钟、瓦缶杂陈，而莫知其是非。予操三寸不律，为词场董狐，予则予，夺则夺，一人而瑕瑜不相掩，一帙而雅俗不相贷，谁其能幻我以黎丘哉。然《阳春》调寡，《巴人》之和者众，必且不自安其位，齐起而为楚咻，予舌危，予笔且为南山之移矣。不知夫予之品也，慎名器，未尝不爱人材。韵失矣，进而求其调；调讹矣，进而求其词；词陋矣，又进而求其事。或调有合于韵律，或词有当于本色，或事有关于风教，苟片善之可称，亦无微而不录。故吕以严，予以宽；吕以隘，予以广；吕后词华而先音律，予则赏音律而兼收词华。要亦以执牛耳者代不数人，虑词帜之孤标，不得不奖诩同好耳。世有知者，吾言不与易也。如或罪我，吾亦任之。

[中国戏曲研究院编：《中国古典戏曲论著集成（六）》，

北京，中国戏剧出版社，1959]

六、丁耀亢《赤松游题辞》

唐称乐府，宋称诗余，元称词曲，一渐而分，浅深各别。若使诗余再用乐府，则仍涉唐音；若听词曲再拈诗余，则不为元调。故同一意也，诗余必出以尖新；同一语也，元曲必求其稳贴。要使登场扮戏，原非取异工文，必令声调谐和，俗雅感动，堂上之高客解颐，堂下之侍儿鼓掌，观侠则雄心血动，话别则泪眼涕流，乃制曲之本意也。故《琵琶》以白描难效，优伶之丹朱易摹。古云"丹青女易描，真色人难学"，又曰"画鬼易，画美人难"，岂非以真人莫肖，而假态能工乎！

　　自元本久湮，《杀狗》《荆钗》既涉俗而无当于文人之观，故时曲日竞，越吹、吴歈仅纂组而止可为案头之赏，较之元本大迳庭矣。愚谓：凡作曲者，以音调为正，妙在辞达其意；以粉饰为次，勿使辞掩其情。既不伤词之本色，又不背曲之元音，斯为文质之平，可作名教之助。近见自称作者，妄拟临川之《四梦》，遂使梦多于醒；因摹圆海之《十错》，又令错乱其真。不知自出机杼，总是寄人篱下。仙侠为以人而补天，无非过脉；忠孝乃观风以化俗，妙在不板。士女风流，又作离合套本；刀马热闹，最忌清浊杂伦。词病多端，伤巧伤格，同一病也；曲妙各种，用雅用俗，同一妙也。时曲既多，新声争艳，至有琢字镂词，截脂割粉，落韵不求稳而求生，立意不用平而用怪。故曲曰传奇，乃人中之奇，非天外之事。五伦外岂有奇人？三昧中总完至性。若以李贺鬼才，何不以之作诗？柳七艳情，止可因为散曲。不得已而用典衬题，无奈何而加青敷色。岂必以类书为绘事，借客为正主乎？至于句词关目，尤贵自然。近多开口即排，直至结尾，皆成四六者，尤为不情。如能忽散忽整，方合古今；半雅半俗，乃谐观听。步元曲而困其范围，愧成画虎；摹时词而流为堆砌，未免雕猴。有好句而律苦难调，欲填词而语多伤弱。语曰："何以听？何以射？"必如马上击球，庭中滚弹，巧不伤格，俗可入古。甚矣词家之难也！予素不知曲，近取南北谱元人各种而观之，略窥当年作者之心，方识后人趋文之弊。妄为商榷，以候公瑾。

　　时大清顺治己丑秋季，漆园游鶂丁野鹤偶识。

　　　　（程炳达、王卫民编著：《中国历代曲论释评》，北京，民族出版社，2000）

七、李渔《闲情偶寄·科诨第五》

　　插科打诨，填词之末技也。然欲雅、俗同欢，智、愚共赏，则当全在此处留神。文字佳，情节佳，而科诨不佳，非特俗人怕看，即雅人韵士，亦有瞌睡之时。作传奇者，全要善驱睡魔，睡魔一至，则后乎此者，虽有《钧天》之乐，《霓裳羽衣》之舞，皆付之不见、不闻，如对泥人作揖、土佛谈经矣。予尝以此告优人，谓：戏文好处，全在下半本。只消三两个瞌睡，便隔断一部神情。瞌睡醒时，上文下文已不接续，即使抖起精神再看，只好断章取义作零出观。若是，则科诨非科诨，乃看戏之人参汤也。养精益神，使人不倦，全在于此，可作小道观乎？

戒淫亵

戏文中花面插科，动及淫邪之事，有房中道不出口之话，公然道之戏场者。无论雅人塞耳，正士低头，惟恐恶声之污听，且防男女同观，共闻亵语，未必不开窥窃之门。郑声宜放，正为此也。不知科诨之设，止为发笑。人间戏语尽多，何必专谈欲事？即谈欲事，亦有"善戏谑兮，不为虐兮"之法，何必以口代笔，画出一幅春意图，始为善谈欲事者哉。人问善谈欲事，当用何法？请言一二以概之。予曰："如说口头俗语，人尽知之者，则说半句，留半句，或说一句，留一句，令人自思，则欲事不挂齿颊，而与说出相同，此一法也。如讲最亵之话，虑人触耳者，则借他事喻之，言虽在此，意实在彼，人尽了然，则欲事未入耳中，实与听见无异，此又一法也。得此二法，则无处不可类推矣。"

忌俗恶

科诨之妙，在于近俗，而所忌者又在于太俗。不俗则类腐儒之谈，太俗即非文人之笔。吾于近剧中取其俗而不俗者，《还魂》而外，则有《粲花五种》，皆文人最妙之笔也。《粲花五种》之长，不仅在此。才锋笔藻，可继《还魂》，其稍逊一筹者，则在气与力之间耳。《还魂》气长，《粲花》稍促；《还魂》力足，《粲花》略亏。虽然，汤若士之《四梦》，求其气长力足者，惟《还魂》一种；其余三剧，则与《粲花》并肩。使粲花主人及今犹在，奋其全力，另制一种新词，则词坛赤帜，岂仅为若士一人所擅哉。所恨予生也晚，不及与二老同时。他日追及泉台，定有一番倾倒，必不作"妒而欲杀"之伏，向阎罗天子掉舌，排挤后来人也。

重关系

科诨二字，不止为花面而设，通场脚色皆不可少。生、旦有生、旦之科诨，外、末有外、末之科诨。净、丑之科诨，则其分内事也。然为净、丑之科诨易，为生、旦、外、末之科诨难。雅中带俗，又于俗中见雅。活处寓板，即于板处证活。此等虽难，犹是词客优为之事，所难者，要有关系。关系维何？曰：于嬉笑诙谐之处，包含绝大文章，使忠孝节义之心，得此愈显。如老莱子之舞斑衣，简雍之说淫具，东方朔之笑彭祖面长，此皆古人中之善于插科打诨者也。作传奇者苟能取法于此，则科诨非科诨，乃引人入道之方便法门耳。

贵自然

科诨虽不可少，然非有意为之。如必欲于某折之中，插入某科诨一段，或预设某科诨一段，插入某折之中，则是觅妓追欢，寻人卖笑，其为笑也不真，其为乐也，亦甚苦矣。妙在水到渠成，天机自露。我本无心说笑话，谁知笑话逼人来，斯为科诨之妙境耳。如前所云简雍说淫具、东方朔笑彭祖，即取二事论之。蜀先主时，天旱禁酒，有吏向一人家索出酿酒之具，论者欲置之法。雍与先主游，见男女各行道上，雍谓先主曰：

"彼欲行淫，请缚之。"先主曰："何以知其行淫？"雍曰："各有其具，与欲酿未酿者同，是以知之。"先主大笑而释蓄酿具者。汉武帝时，有善相者，谓人中长一寸，寿当百岁。东方朔大笑，有司奏以不敬。帝责之，朔曰："臣非笑陛下，乃笑彭祖耳。人中一寸则百岁，彭祖岁八百，其人中不几八寸乎？人中八寸，则面几长一丈矣，是以笑之。"此二事，可谓绝妙之诙谐。戏场有此，岂非绝妙之科诨？然当时必亲见男女同行，因而说及淫具，必亲听人中一寸寿当百岁之说，始及彭祖面长，是以可笑，是以能悟人主。如其未见、未闻，突然引此为喻，则怒之不暇，笑从何来？笑既不得，悟从何有？此即贵自然、不贵勉强之明证也。吾看演《南西厢》，见法聪口中所说科诨，迂奇诞妄，不知何处生来，真令人欲逃、欲呕，而观者、听者绝无厌倦之色，岂文章一道，俗则争取，雅则共弃乎？

[中国戏曲研究院编：《中国古典戏曲论著集成（七）》，

北京，中国戏剧出版社，1959]

第四节　明清小说理论及批评

明代中后期，与个性解放思潮崛起和通俗小说的繁荣相适应，小说理论批评有了巨大的发展。人们对小说的形象塑造、情节安排、结构技巧及鉴赏批评，特别是其艺术真实与社会价值的关系，逐渐有了清晰的认识，从而在理论上做了全面深入的探讨。其中，评点作为其时小说批评的主要形式有了长足的发展。特别是金圣叹的小说评点，将传统小说理论推向前所未有的高峰。中国的小说理论及批评发展至清代已自具特色，形成崭新的格局。

一、小说的观念

明代是小说观念的成熟期。随着以"四大奇书"为代表的白话长篇小说和"三言""二拍"等白话短篇小说的出现和流行，人们对小说的认识逐渐由外部转向内在，由功利转向审美。有关小说，尤其是通俗小说的一些基本问题，如小说的特征、功能和本质等，此时也开始获得新的讨论和界定。

(一)演义，以通俗为义也

明人对小说一体的称呼有很多，"小说""演义""传记""传奇""稗官"等不一而足，其中以"演义"一词含义最新。"演义"的本义是详细叙述某种道理事实。演义作为小说的一种，始于《三国志通俗演义》，指的是以通俗的形式演正史之义。修髯子的《三国志通俗演义引》指出，演义以"俗近语"将正史"隐括成编"。 梦藏道人的《三国志演义序》说："罗贯中氏取其书演之，更六十五篇为百二十回。"此后，人们遂自觉地用"演义"来命名这一新的文体，《唐书志传通俗演义》《大宋中兴通俗演义》等皆如此。 "演义"与作为正史的"志传"及宋代说话"演史"关系密切，可谓"史"与"话"的结合，因此如陈继儒《唐书演义序》所说，"以通俗为义也者"，即语言通俗是其最显著的特征。 明代中后期，该词的使用出现了新的变化。 不管是神话传说还是英雄传奇，只要内容与历史上的人事有关，都可称为"演义"。 如胡应麟的《少室山房笔丛》卷四十就将《水浒传》归入演义类；谢肇淛（1567—1624）的《文海披沙》卷七称《西游记》为《西游记演义》；朱之蕃的《三教开迷演义序》说："顾世之演义传记颇多，如《三国》之智，《水浒》之侠，《西游》之幻，皆足以省醒魔而广智虑。"由此，清闲斋老人的《儒林外史序》称《金瓶梅》为《金瓶梅演义》。 更有甚者，凌濛初将其短篇小说也称为"演义"："这本话文，出在《空缄记》，如今依传编成演义一回，所以奉劝世人为善。"

不难看出，不论"演义"指哪种题材或体制，明人始终关注的是其作为通俗文本的艺术特点。 比起大多数论者只看到通俗性在实现小说教化功能方面的长处，冯梦龙的《古今小说叙》对小说通俗性的认识要深刻得多。 他说："大抵唐人选言，入于文心；宋人通俗，谐于里耳。 天下之文心少而里耳多，则小说之资于选言者少，而资于通俗者多。"他以为通俗小说之所以出现， 是因为读者对象及创作生态发生了变化。 唐传奇的读者主要是文人，宋话本的读者主要是百姓，因此话本的"当场描写"和语言通俗是必然的。 小说的通俗是因时而变、 趁势而改的结果。 明代市民阶层壮大，刊刻业发达，书坊主介入创作乃至亲自操笔造成的文学创作格局的变化和文化权力的下行，正是通俗小说产生的原因。 从这个意义上来说，将"演义"和通俗小说画上等号，正是对通俗小说自身及其地位的肯定。

（二）从补史劝惩到发愤抒情

明代通俗小说以"据史敷演"的《三国演义》为起始，因此明人对小说功能的讨论也以历史演义为起点。 庸愚子的《三国志通俗演义序》认为，史书的认识作用在于"垂鉴后世""劝惩警惧"，演义"亦庶几乎史"，价值正与此相同。 受小说"出于稗官"的传统观念的影响，同时为了肯定小说"与经传并传"的地位，几乎所有题材的通俗小说都被认为是对历史的通俗化叙述。 例如，笑花主人的《今古奇观序》称："小说者，正史之余也。"此外，时人也把道德教化、 警示劝惩视为小说的主要功能。 如朱之蕃的《三教开迷演义序》就说："演义者，其取义在夫人身心性命、 四肢百骸、 情欲玩好之间，而究其极，在天地万物、 人心底里、 毛髓良知之内……于扶持世教风化岂欲小补哉。"明代通俗小说，尤其是世情小说的序跋更以醒世警世为标榜。 署名欣欣子的

《金瓶梅词话序》这样描述小说的劝惩功能："无非明人伦，戒淫奔，分淑慝，化善恶，知盛衰消长之机，取报应轮回之事。"这再明确不过地体现了其所受到的传统补史劝惩观念的影响。

明中叶以后，人们对小说功能的认识开始多样化。谢肇淛的《五杂俎》把小说及杂剧戏文称为游戏；胡应麟在《少室山房笔丛》中也指出古小说乃古之街谈巷语，通俗演义乃今之街谈巷语。这些通俗演义中有一部分是骚人墨客"游戏笔端"之作，故对其应持"余姑妄言之，而汝亦姑妄听之"的态度，这就点出了小说的游戏功能。而受个性解放思潮和重"情"倾向的沾溉，包括李贽的影响，"发愤抒情"的小说观念渐始流行。李贽在《忠义水浒传序》中就强调了作者主体意识在创作中的主导地位，指出施耐庵和罗贯中两人"虽生元日，实愤宋事"，创作《水浒传》的目的在"泄其愤"。他将司马迁的"发愤著书"说直接运用到对小说的评价上，把《水浒传》看成"发愤"之作，实际上是将小说的创作与经传同列。此后，不少论者继承并发展了李贽的观点，如清代张竹坡肯定《金瓶梅》的创作主旨是抒发不平之气："此仁人志士、孝子悌弟，不得于时，上不能问诸天，下不能告诸人，悲愤呜唈，而作秽言以泄其愤也"，"愤已百二十分，酸又百二十分，不作《金瓶梅》又何以消遣哉"（《竹坡闲话》）。天花藏主人的《天花藏合刻七才子书序》评论才子佳人小说，认为作者不能在现实中得偿所愿，"不得已而借写乌有先生以发泄其黄粱事业"。冯梦龙从肯定作者主体意识的角度认识到通俗小说强烈的艺术感染力，扩大了抒情的范围，提出了小说"导情情出"的功能。冯梦龙认为，小说因情而动人，故《情史叙》主张小说家以笔写真情，用情感来净化人生："我欲立情教，教诲诸众生。"如此，从补史劝惩到发愤抒情，人们对小说本质和功能的认识发生了根本性的转变，通俗小说在明代中后期真正实现了文体的独立。

（三）虚实与真幻

小说真实性的问题是历代小说理论及批评的焦点，也是明清小说观念中不可回避的话题。明代历史演义发达，"事纪其实"的观念在很长一段时间内都占据主要地位，以至于到清代，章学诚的《丙辰札记》还有"错杂如《三国》之浼人"这样的批评。但随着《水浒传》《西游记》进入批评视野，人们关于小说的真实性获得了越来越清晰深刻的认识。天都外臣的《水浒传序》认为，虚实关系"不必深辨"，关键看小说是否"可喜"，能否如"良史善绘"，产生真实可信的效果。李日华（1565—1635）的《广谐史序》更点出虚构有其超越事实的独特价值，认为小说应"虚者实之，实者虚之"，"实者虚之故不系，虚者实之故不脱"，"不脱不系"方能写出"生机灵趣泼泼然"。因此，谢肇淛的《五杂俎》批评《三国演义》等历史演义小说"俚而无味"，"事太实则近腐"，若"必事事考之正史，年月不合，姓字不同，不敢作也。如此，则看史传足矣"。他强调"虚实相半"为创作之"三昧"，"亦要情景造极而止，不必问其有无也"，这与容与堂本《水浒传》称"《水浒传》原是假的，只为他描写得真情出，所以便可与天地相始终"，以及冯梦龙的《警世通言序》称"人不必有其事，事不必丽其人""事真而理不赝，即事赝而理亦真"，理路是一致的，都强调了小说不同于历史的虚构本质。

"虚实"范畴主要讨论的是小说与历史、现实的关系问题，"真幻"范畴则从"虚"处向文本内部延伸。如谢肇淛从肯定虚构出发，认为《水浒传》和《西游记》"虽极幻妄无当，然亦有至理存焉"。胡应麟的《少室山房笔丛》则指出六朝的志怪小说"多是传录舛讹，未必尽幻设语"，小说在"唐人以前，纪述多虚，而藻绘可观。宋人以后，论次多实，而彩艳殊乏"。虚幻不一定不基于真实，基于真实进行的幻设比纪实更有艺术感染力。袁于令（1592—约1672）的《西游记题辞》也点出"幻"与"真"并非截然对立，"天下极幻之事，乃极真之事"，而"文不幻不文，幻不极不幻"，"极真之幻"才是小说追求的艺术境界。

从追求实录到重视虚构，这种改变无疑反映了明人对小说本质的深入认识。明末清初，金圣叹从作家文心的角度对小说的真实性塑造做了更深一层的探讨。其所撰《读第五才子书法》指出，《史记》"以文运事"，"是先有事生成如此如此，却要算计出一篇文字来"；"《水浒》是因文生事"，"一部书皆从才子文心捏造而出"，文由心生，事随文起，因此可以"顺着笔性去，削高补低都由我"。金圣叹强调小说是作者文心的体现，是作者根据自己的创作意图，"直以因缘生法为其文字总持"进行虚构的产物，有极高的自由度。这对作者打破传统虚实观念的束缚，大胆虚构，是极大的鼓励，标志着明清小说观念的重大飞跃。

二、历史演义小说的批评与论争

长篇通俗小说《三国演义》是在历史事实的基础上吸收民间传说，由文人再创造而成的。它的问世开创了明代历史小说创作的新局面，也激发了小说批评家的理论热情。评论家围绕此类小说文体特征展开的讨论，一直延续到清代。

现存最早的批评文章，是署名庸愚子（蒋大器）的《三国志通俗演义序》。该序明确指出，《三国演义》尽管对历史有所取舍，个别人物和情节有很大的虚构，但仍然反映了汉末至晋朝统一的基本历史，"亦庶几乎史"。小说具有"文不甚深，言不甚俗，事纪其实"的特点，和史书的"理微义奥"以及野史评话的"言辞鄙谬"相比，更容易被读者接受，也更能达到"欲观者有所进益"的目的。因此他以《三国演义》为典范，阐述了历史小说须"留心损益"的创作原则，强调小说的创作应有别于史实，应依据历史进行适当的选择和虚构。署名修髯子（张尚德）的《三国志通俗演义引》则提出了"羽翼信史"说，明确把小说和史著等同起来，认为历史演义不能违背正史，只是以

"俗近语"将正史"隐括成编"，目的在道德教化。这种将小说视为白话历史，不允许作家艺术加工的观点，和蒋大器允许一定的虚构性创造有很大区别。这导致此后历史小说理论形成两大派别：一种可称贵幻派，认同真幻相混，认为小说和史书是两种不同的文本，创作可不必拘泥于史实；另一种可称崇实派，强调崇实翼史，认为小说既以历史为题材，就应恪守实录原则。

由于崇实派客观上对提高小说地位起到了积极的作用，加以明中期复古风气的影响，支持者人较多。稍早于张尚德的林瀚在《隋唐志传通俗演义序》中就提出小说"为正史之补"，"勿第以稗官野乘目之"，编写方法是"遍阅诸唐隋书"，"凡有关于风化者悉为编入"。明嘉靖后历史小说创作峰起，《列国志》成为新的代表。余邵鱼作《列国志传》《题全像列国志传引》，就自谓谨按经传"逐类分纪"，"一据实录"，比正史更翔实，"其视徒凿为空言以炫人听闻者，信天渊相隔矣"。署名陈继儒的《叙列国传》也为其申说，认为"事核而详""循名稽实"，是"世宙间之大账簿"。《列国志》虽标榜实录，实际上还是保存了像"临潼斗宝""秋胡戏妻"这样的民间传说和讲唱故事，因此可观道人为冯梦龙"重加辑演"的《新列国志》作序时，讥讽这类故事为"呓语"，"但可坐三家村田塍上，指手画脚醒锄犁瞌睡，未可为稍通文理者道也"，"其他铺叙之疏漏、人物之颠倒、制度之失考、词句之恶劣，有不可胜言者矣"。可观道人把《三国演义》后出现的大量演义作品称为"村学究杜撰"的效颦之作，指出演述历史虽可"敷衍不无增添，形容不无润色"，使作品增添趣味和感染力，但基本情节、人物臧否及时代背景还是要"考核甚详"，"不敢尽违其实"，表现出更为苛刻的崇实倾向。"信史"说延续至清代，依然有其回响。毛宗岗（1632—1709后）在托名金圣叹的《三国演义序》中认为，《三国演义》的优点是"据实指陈，非属臆造"，故"堪与经史相表里"。蔡元放的《东周列国志读法》认为，《列国志》和其他小说不同，"有一件说一件，有一句说一句，连记实事也记不了，那里还有工夫去添造"，"故读《列国志》全要把作正史看，莫作小说一例看了"，都完全把小说和正史混为一谈。

崇实派以史家眼光看待历史演义小说，未能发掘其真正特质；贵幻派论者坚持"小说不可絜之以正史"的观点，强调历史演义创作的虚构性。明嘉靖年间，书坊主熊大木十分重视历史小说的创作，其《大宋演义中兴英烈传序》就认为，小说是野史，"实记正史之未备"，应依"本传行状之实迹，按《通鉴纲目》而取义"，并以"用广发挥"的原则进行创作。他所编写的历史小说大都杂糅正史材料及小说野史，再加点染而成。李大年在为《唐书演义》作序时，就曾指出该演义"似有絜乱《通鉴纲目》之非""出其一臆之见"的虚构特征。酉阳野史的《新刻续编三国志引》摒弃了历史演义出于"国史正纲"的说法，指出通俗小说的价值正在于"泄愤一时，取快千载"，"豁一时之情怀"，因而可以"百无一真"，写"乌有先生之乌有"，以追求"人悦而众艳"的审美效果。

明末清初，吉衣主人（袁于令）将罗贯中的《隋唐两朝志传》、熊大木的《唐书演义》和无名氏的《隋炀帝艳史》等小说改编为《隋史遗文》。在《隋史遗文序》中，他发展了熊大木"用广发挥"的观点，对史书和历史演义的文体特点做了明确的区分，称正史纪事，纪事者"传信也"，"传信者贵真"；遗史搜逸，搜逸者"传奇也"，"传奇者贵幻"。所谓"幻"，就是想象、夸张与虚构。袁于令认为历史演义创作不必胶着于史实，而应遵循作者意图，"可仍则仍，可削则削，宜增者大为增之"。他又指出"贵幻"与"贵真"殊途同归，目的都是"昭好去恶，提醒顽蒙"。故虚构既要有"慷慨足惊里耳""奇幻足快俗人"的效果，又须符合生活情理和历史真实，把握好度，以免"过于诬人""过于凭己"。这种"传奇贵幻"说跳出了史家的框框来讨论演义的审美特征，不能不说是注意到了艺术虚构与历史真实的关系，前进了一大步。

清代金丰在《新镌精忠演义说本岳王全传序》中进一步讨论了历史演义的特性，认为基于题材本身的规定性，历史演义小说势必对历史有一定的依存性，"不宜尽出于虚，而亦不必尽由于实"。如果事事皆虚，就"无以服考古之心"，令人难以置信。反之，事事皆实则会缺乏感染力，不能打动人心。因此，他提出实者虚之、虚者实之和虚实结合的主张，要求历史演义在表现主要人物的性格时符合历史事实，其余部分则可以合情合理地大胆虚构。这便把历史的真实性和小说的虚构性辩证地统一起来，对历史演义小说的创作规律做了很好的总结。

明代历史演义小说理论流派的形成，与历史演义的创作热、小说地位的提高以及小说创作的重史传统有直接的关系。崇实派的见解尚未摆脱史学家立场；贵幻派从"留心损益"到"用广发挥""传奇贵幻"，再到"虚实结合"，逐渐发掘出历史演义作为小说的文体特征和审美意涵，反映了明代小说观念和理论意识的增强。

三、重在写实的理论

从明代后期开始，小说创作出现了由非现实题材向现实题材的转变。以《金瓶梅》为代表的世情小说以现实性、真实性和鲜明的时代感为特征，形成了有别于历史、传奇小说的写实风格。顺应小说创作的新趋势，小说理论及批评开始转向写实。

署名欣欣子的《金瓶梅词话序》指出《金瓶梅》的特点在于"寄意于时俗"，即通过描写现实生活中的日常来表达思想。稍后，谢肇淛的《金瓶梅跋》对"时俗"的表现内容做了全面的概括，"其中朝野之政务，官私之晋接，闺闼之媟语，市里之猥谈，与夫势交利合之态，心输背笑之局，桑中濮上之期，尊罍枕席之语，驵侩之机械意智，粉黛之自媚争妍，狎客之从谀逢迎，奴怡之稽唇淬语，穷极境象，骇意快心"，并阐明"不徒肖其貌，且并其神传之"的写实方法。崇祯本《新刻绣像批评金瓶梅》第五十二回评语亦指出："此书只一要打破世情，故不论事之大小冷热，但世情所有，便一笔刺之。"所谓"穷极境象"与"但世情所有"，都突出了世情小说侧重表现日常生活的写实特征。

除对《金瓶梅》的批评外，"三言""二拍"的序跋也强调小说须反映日常生活。凌濛初的《拍案惊奇序》批评小说家崇奇尚怪的创作倾向，主张在"耳目之内，日用起居"的琐事中显示小说的传奇性。睡乡居士的《二刻拍案惊奇序》也指出小说"失真之病起于好奇"，要求作者返奇归正，写"无奇"的现实题材。笑花主人的《今古奇观序》则提出"真奇出于庸常"之说，进一步推动了写实理论的形成。

入清后，受清初崇实学风的影响，论者更加重视写实，此派理论最终得以确立。张竹坡是清代写实理论的奠基人。张竹坡（1670—1698），名道深，字自得，号竹坡，江苏铜山人，因批评《金瓶梅》而著称于世，有《竹坡闲话》《批评第一奇书金瓶梅读法》《金瓶梅寓意说》等多篇专论。他以《金瓶梅》为评点对象，从总结世情小说的成就入手，构建了比较完整的写实理论。"情理"论是张竹坡写实理论的基石。《金瓶梅读法》中说："做文章，不过是'情理'二字。今做此一篇百回长文，亦只是'情理'二字。""情理"，即人情物理，指的是生活真实和生活逻辑，是联结小说虚构和现实生活的关键。由"情理"出发，张竹坡揭示了世情小说的写实本质。第一，世情小说不是账簿式的生活实录，而是以艺术的真实反映生活的真实。《金瓶梅》所写之人、所述之事，都是假捏幻造的，纯属虚构。虽为虚构，又必须依山点石，借海扬波，以社会现实生活为依据。"看《金瓶》，把他当事实看，便被他瞒过。必须把他当文章看，方不被他瞒过也。"（《批评第一奇书金瓶梅读法》四十）第二，世情小说是"市井文字"（《批评第一奇书金瓶梅读法》八十），应以平凡的世俗生活为表现对象，以细致逼真的生活描写为审美特征，其人物形象也应体现出常人的一般特征。"其书凡有描写，莫不各尽人情"，"真千百化身，现各色人等"，"读之，似有一人亲曾执笔"，"一一记之"（《批评第一奇书金瓶梅读法》六十三），这正是世情小说"细如牛毛"（《竹坡闲话》）的写实手法的体现。第三，写世情意在暴露，因此其写实是通过细微深入的描写展现更深广的思想内容，即以小见大，"隐大段精彩于琐碎之中"（《第一奇书凡例》）。《金瓶梅》正是"因一人写及全县"，由一家而写及天下，将整个社会、时代的风貌浓缩于一人一家的。它所呈现的不是某一个生活故事，而是包罗万象的生活本身。

张竹坡之后，脂砚斋进一步丰富和深化了"情理"概念，发展了写实理论。脂砚斋是《脂砚斋重评石头记》的主要评点者，对小说的艺术真实做了深刻的论述。脂砚斋首先从"情理"的角度肯定了《红楼梦》的写实性。曹雪芹在小说中多次说明其创作原则是"亲睹亲闻"，"只取其事体情理"，"追踪蹑迹，不敢稍加穿凿"，比起老套而不合情理的才子佳人故事"新鲜别致"。脂砚斋深以为然，批评那种老套故事违背生活的真实和逻辑，戚序本第五十四回针对史太君的话评道："会读者须另具卓识，单着眼史太君一席话，将普天下不近理之奇文，不近情之妙作，一齐抹倒，是作者借他人酒杯，消自己块垒。"小说第一回描写娇杏"虽无十分姿色，却亦有动人之处"，甲戌本眉批云："这便是真正情理之文。 可笑近之小说中，满纸闭月羞花等字。"第二回中林如海夫妇"便也欲使他（黛玉）读书识得几个字，不过假充养子之意，聊解膝下荒凉之叹"，脂砚斋甲戌眉批云："如此叙法，方是至情至理之妙文。 最可笑者，近小说中，满纸班昭蔡琰文君道韫。"这样的批语还有很多。

脂砚斋提倡从生活出发进行合乎情理的虚构。 脂评说"作者非身履其境遇，不能如此细密完足"（蒙府本第三回），"盖此时彼实未身经目睹，所言皆在情理之外焉"（甲戌本第三回），"真有是事，经过见过"（庚辰本十六回）等，指出《红楼梦》的叙事是曹雪芹对自己所经历过的生活事实的艺术加工，是建立在作者"身经目睹"的生活经验基础之上的"假语村言"。 脂砚斋也强调从社会生活的逻辑出发来写人叙事。 第十八回黛玉因荷包和宝玉怄气，己卯本脂评道："若以儿女子之情论之，则事必有之事，必有之理。"对于《红楼梦》不同于其他世情小说的虚笔和幻诞之处，脂砚斋评道："余最喜此等半有半无，半古半今，事之所无，理之必有，极玄极幻，荒唐不经之处。"（甲戌本第二回眉批）小说中的梦境虚构未必在现实生活中存在，但从事物的规律性和逻辑性来说，它能更真实地揭示事物的内在本质。 这里的"事之所无，理之必有"超越了一般写实小说对生活表象的再现，是以艺术想象来表现生活本质真实的审美理想境界，是一种更高意义上的"情理"。

脂砚斋的小说批评从情理真实，尤其是"事之所无，理之必有"的艺术真实高度来观照写人叙事，完善了张竹坡的写实理论。 此外，作为卧闲草堂本《儒林外史》回评者，黄越、冯镇峦等人也对写实理论做了补充。 "卧本"《儒林外史》回评提出描写世情应"直书其事，不加论断"，通过反对叙事主体情感的介入，强调写实的客观性。黄越的《第九才子书平鬼传序》提出小说创作不必在意题材的"或有或无"，"不惟不必有其事"，"亦竟不必有其人"，只要师法"天地""造化"，就能创造出逼真的艺术世界。 冯镇峦的《读聊斋杂说》提出神幻题材也要符合"情理"。 只要把握"人事之伦次，百物之性情"，画"鬼"也能"不出情理之外"，"恰在人人意愿之中"。 冯镇峦把"情理"引入神幻小说创作，是对写实理论的重大发展。

四、金圣叹等人的评点

明末清初，小说批评进入新的阶段。 金圣叹完善了小说评点模式，将序、读法、总批、夹批和眉批合为一体，更熔鉴赏、批评和理论于一炉，确立了清代小说批评的典范。 他通过删改、评点《水浒传》，揭揆出作品许多新的意义和特点，形成了一整套系统完备的小说理论，深刻地影响了整个清代的小说批评，毛纶、毛宗岗评点《三国演义》、张竹坡评点《金瓶梅》、脂砚斋评点《红楼梦》都受到他的启发。

金圣叹（1608—1661），名人瑞，号圣叹，原名采，字若采，江苏吴县（在今苏州）人。他能文善诗，绝意仕进，以读书著述为乐，因"抗粮哭庙"案遭斩杀。金圣叹的思想比较复杂，既维护传统纲常，又带有个性解放的性质。三十岁后，他开始批书，崇祯十四年（1641）刻成《第五才子书水浒传》，正逢明末农民起义。因此，他一方面肯定《水浒传》的进步性，同情"英雄失路"；另一方面又否定宋江等人的"犯上作乱"，反对以"忠义"许《水浒传》，表现出身处末世的士人的矛盾心态。

金圣叹评点《水浒传》的主要成就体现在探寻小说创作规律、技法上，其中人物性格理论是其小说理论的精华。在他之前，论者谈论人物形象大都借鉴"气韵""神韵""传神"等画论范畴，明代容与堂刊本《水浒传》开始采用"派头""身分""急性"等评语来分析人物的性格及其"同和不同"之处。金圣叹第一次明确地提出了"性格"一词，其《读第五才子书法》指出，《水浒传》之所以让人百看不厌，"无非为他把一百八个人性格都写出来"，"写一百八个人性格，真是一百八样"。把人物性格塑造的成功与否作为衡量小说的标准，实际上明确了小说的中心问题是塑造各不相同的人物性格，这不能不说是小说理论的一大进步。金圣叹又进一步揭示了个性塑造的关键："三十六个人，便有三十六样出身，三十六样面孔，三十六样性格。""人有其性情，人有其气质，人有其形状，人有其声口。"（《第五才子书序》）个性必须通过出身、面孔、气质、形状、声口等要素的组合映衬来加以凸显。金圣叹的性格理论还触及人物形象的典型性，"写一淫妇，即居然一淫妇；今此篇写一偷儿，即又居然一偷儿"（第五十五回回评）。作家一心独造，而能个个人妙，关键在于"因缘生法"。这里，金圣叹借用佛家的"因缘生法"来说明作家通过长期观察和揣摩生活中的人情物理，把握了构成人物心理与行为的因缘、出身、嗜好、经历、教养、地位等。在这些条件的相互作用下，人物的言语行动就有了自己的逻辑和必然性。金圣叹特别注重人物塑造过程中个性与共性的统一，认为："《水浒传》只是写人粗卤处便有许多写法，如鲁达粗卤是性急，史进粗卤是少年任气，李逵粗卤是蛮……"同一性格"粗卤"，从不同的要素组合中可表现出不同的面貌。金圣叹还注意到人物性格的丰富性，如鲁达"心地厚实"，"有些粗鲁"，"亦甚是精细"；武松有"鲁达之阔，林冲之毒，杨志之正，柴进之良，阮七之快，李逵之真，吴用之捷，花荣之雅，卢俊义之大，石秀之警"（第二十五回回评）。正是性格中心理特征的丰富多样，使得人物形象各各有别。

金圣叹的评点直接启发了同乡毛纶、毛宗岗父子的《三国演义》评点。毛氏父子对小说的很多看法和金圣叹相同，甚至直接引用金批的一些观点，尤其是人物性格化理论。毛批也强调人物性格是个性和共性的统一。第三十五回评论赵云、关羽、张飞，指出"三人忠勇一般"，却"一人有一人性格，各各不同，写来真是好看"。《读三国志法》提出"三绝"说，认为小说中最成功的人物是诸葛亮、关羽和曹操。诸葛亮是贤相的化身，兼有忠、雅、智的特点；关羽是名将的化身，兼有节、义、忠、勇的特点；曹操是奸雄的化身，兼有"似乎忠""似乎顺""似乎宽""似乎义"的特点。这显然是从金圣叹所论性格的多样统一中来的。必须指出，"三绝"说为强调个性鲜明而一定程度忽视了写实的原则，有使人物性格理论朝观念化、绝对化发展的倾向。

张竹坡评《金瓶梅》则以情理为基础，将金圣叹的人物性格理论同世情小说的写实理论结合起来。《批评第一奇书金瓶梅读法》四十六指出："《金瓶梅》于西门庆不作一文笔，于月娘不作一显笔，于玉楼则纯用俏笔，于金莲不作一钝笔……此所以各各皆到也。"所谓"各各皆到"，即指作者能根据个性写人叙事而绝不雷同。张竹坡认为，要塑造互不雷同的人物个性，就必须把握其与众不同的"情理"，也就是人物性格的逻辑，"虽前后夹杂众人的话，而此一人开口，是此一人的情理"（《批评第一奇书金瓶梅读法》四十三）。而要把握"情理"，作者"必曾于患难穷愁，人情世故，一一经历过。入世最深，方能为众脚色摹神也"。他又认识到，"即如诸淫妇偷汉，种种不同，若必待身亲历而后知之，将何以经历哉"，关键在于能"专在一心"，深入人物内心去寻求其思想、性格的逻辑，"于一个人心中，讨出一个人的情理，则一个人的传得矣"。"一心所通"之后，作者就能"身现各色人等"，准确地描绘个性化人物的行状和风貌。

脂砚斋对人物性格理论的继承与发展，体现在强调人物性格的复杂性、真实性和丰富性。脂砚斋批评以往小说"恶则无往不恶，美则无一不美"的写法，要求"人各有当"，以情理为依据，写出复杂的人物性格。写真正美人要写其"一方陋处"，不能"满纸羞花闭月，莺啼燕语"（己卯本第二十回）。为反映人物全部的丰富性、复杂性和独特性，脂砚斋主张将各种矛盾对立的性格元素集于一身。如总结贾宝玉性格的多重性："说不得贤，说不得愚，说不得不肖，说不得恶，说不得正大光明，说不得混账恶赖，说不得聪明才俊，说不得庸俗平凡，说不得好色好淫，说不得情痴情种。恰恰只有一颦儿可对，令他人徒加评论，总未摸着他二人是何等脱胎，何等心臆，何等骨肉。余阅此书亦爱其文字耳，实亦不能评出此二人终是何等人物。"（己卯本第十九回）脂砚斋认为，生活中几乎不会有贾宝玉这样的人，但正因为这一形象是以生活真实做基础的，也就符合"事之所无，理之必有"的本质的真实，更具典型性。

清代小说评点以人物性格理论为核心，对情节结构、技巧技法等也多有论述。其中金圣叹的小说技法理论代表了古代小说技法探讨的最高成就，诸如凸显人物性格对比的"背面铺粉法"，"写李逵朴至，便倒写其奸猾"的"逆写法"，增强情节连贯性的"草蛇灰线法"等，对后世小说创作和批评产生了深远的影响。此外，金圣叹等人在评点中创设、运用了许多新的概念、范畴，将小说理论批评推向了精微深入的境地。如金圣叹评点《水浒传》直接提出"典型"一词，虽还不是指艺术典型，但足以使成规范范向艺术典型的意义转化；其后张竹坡批《金瓶梅》用到"典型"一词，就接近了作为共性和个性高度统一的艺术典型的意义。又如张竹坡提出"抗衡"这个独创的概念来讨论人物性格的塑造和使之做到相得益彰的途径，丰富和扩展了传统文论中对比映衬的创作原则。

原典选读

明清小说理论主要围绕白话小说展开。熊大木的序文虽尚未勘破史传和小说的根本区别，但已点出演义小说摆脱史实虚构故事的实质。小说的虚实问题最终通过谢肇淛、李日华对虚构与情景等关系及虚构的独特价值的认识得以解决。欣欣子的《金瓶梅词话序》强调了世情小说"寄意于时俗"的特征，指出小说的功能在惩恶遣忧，这种认识较资谈笑明显折进一层。金圣叹对《水浒传》叙事结构的隐藏特点深有体会，第一次系统总结了小说的文法，影响极大。张竹坡提出"看其立架处"的批评方法，对《金瓶梅》人物居所的构思安排、符号意义做了别具慧心的阐释，颇有创新之处。脂砚斋对《红楼梦》自传特点的反复点评，在强调小说写实性特征之外，也让读者看到了体现创作原生态的另一种评点风格。此外，余集明言非现实题材的志怪小说实有强烈的批判现实精神，可被视为文言小说理论的一大创获。

一、熊大木《大宋演义中兴英烈传序》

武穆王《精忠录》，原有小说，未及于全文。今得浙之刊本，著述王之事实，甚得其悉。然而意寓文墨，纲由大纪，士大夫以下遽尔未明乎理者，或有之矣。近因眷连杨子素号涌泉者，挟是书谒于愚曰："敢劳代吾演出辞话，庶使愚夫愚妇亦识其意思之一二！"余自以才不逮班马之万一，顾奚能用广发挥哉？既而恳致再三，义弗获辞，于是不吝臆见，以王本传行状之实迹，按《通鉴纲目》而取义。至于小说与本传互有同异者，两存之以备参考。

或谓小说不可紊之以正史，余深服其论。然而稗官野史实记正史之未备，若使的以事迹显然不泯者得录，则是书竟难以成野史之余意矣。如西子事，昔人文辞往往及之，而其说不一。《吴越春秋》云：吴亡西子被杀，则西子之在当时固已死矣。唐宋之问诗云："一朝还旧都，艳妆寻若耶，鸟惊入松网，鱼畏沉荷花。"则西子尝复还会稽矣。杜牧之诗云："西子下姑苏，一舸遂[逐]鸱夷。"是西子甘心于随蠡矣。及东坡《题范蠡》诗云："谁遣姑苏有麋鹿，更怜夫子得西施。"则又以为蠡窃西子，而随蠡者或非其本心也。质是而论之，则史书小说有不同者，无足怪矣。

屡易日月，书已告成锓梓，公诸天下，未知览者而以邪说罪予否？

时嘉靖三十一年，岁在壬子冬十一月望日，建邑书林熊大木钟谷甫序。

（黄霖编，罗书华撰：《中国历代小说批评史料汇编校释》，

南昌，百花洲文艺出版社，2009）

二、谢肇淛《五杂俎》(节选)

《夷坚》《齐谐》,小说之祖也;虽庄生之寓言,不尽诬也。虞初九百,仅存其名;桓谭《新论》,世无全书。至于《鸿烈》《论衡》,其言具在。则两汉之笔,大略可睹已。晋之《世说》,唐之《酉阳》,卓然为诸家之冠,其叙事文采,足见一代典刑,非徒备遗忘而已也。自宋以后,日新月盛,至于近代,不胜充栋矣。其间文章之高下,既与世变,而笔力之醇杂,又以人分。然多识畜德之助,君子不废焉。宋钱思公坐则读经史,卧则读小说,上厕则阅小词,古人之笃嗜若此。故读书者,不博览稗官诸家,如啖粱肉而弃海错,坐堂皇而废台沼也,俗亦甚矣!(卷十三)

小说野俚诸书,稗官所不载者,虽极幻妄无当,然亦有至理存焉。如《水浒传》无论已,《西游记》曼衍虚诞,而其纵横变化,以猿为心之神,以猪为意之驰,其始之放纵,上天下地,莫能禁制,而归于紧箍一咒,能使心猿驯伏,至死靡他,盖亦求放心之喻,非浪作也。《华光》小说,则皆五行生克之理,火之炽也,亦上天下地,莫之扑灭,而真武以水制之,始归正道。其他诸传记之寓言者,亦皆有可采。惟《三国演义》与《钱唐记》《宣和遗事》《杨六郎》等书,俚而无味矣。何者?事太实则近腐,可以悦里巷小儿,而不足为士君子道也。(卷十五)

凡为小说及杂剧戏文,须是虚实相半,方为游戏三昧之笔。亦要情景造极而止,不必问其有无也。古今小说家,如《西京杂记》《飞燕外传》《天宝遗事》诸书,《虬髯》《红线》《隐娘》《白猿》诸传,杂剧家如《琵琶》《西厢》《荆钗》《蒙正》等词,岂必真有是事哉?近来作小说,稍涉怪诞,人便笑其不经,而新出杂剧,若《浣纱》《青衫》《义乳》《孤儿》等作,必事事考之正史,年月不合,姓字不同,不敢作也。如此,则看史传足矣,何名为戏?(卷十五)

(黄霖编,罗书华撰:《中国历代小说批评史料汇编校释》,

南昌,百花洲文艺出版社,2009)

三、李日华《广谐史序》(节选)

余自戊申迄今乙卯,手翻二十一史乘竟,良卿手所汇《广谐史》一编,闯余关曰:子史功适竟乎?夫史职记载而其神骏在,描绘物情,宛然若睹,然而可悲可愉,可诧可愕,未必尽可按也,以人往而笔留也。笔之幻化,令蕉有弹文,花有锡命,管城有封邑,铜铠门有拜表,于是滑稽于艺林者,史裁悉具,又宁独才局意度与其际用之微可借形以托?即阃阅谱绪,爵里征拜,建树谥诔,人间矗矗之故,悉任楮墨出之,若天造然,是则反若有可按者。嗟乎!从古王侯将相,博伟男子,所灼灼照耀寰区者,靡不与枯杨白草俱尽,所留者仅仅史氏数行墨耳!而滑稽又令群物得媲而同之,不亦悉归幻化而无一可擅者耶！嗟乎，可以悟矣！且也因记载而可思者，实也；而未必一一可按者，不能不属之虚。借形以托者，虚也；而反若一一可按者，不能不属之实。古至人之治心，虚者实之，实者虚之。实者虚之故不系，虚者实之故不脱，不脱不系，生机灵趣泼泼然，以坐挥万象将毋忘筌蹄之极，而向所雠校研摩之未尝有者耶。

余跃然曰：然！然则是编也，不徒广谐，亦可广史；不徒广史，亦可广读史者之心。子命吾矣。

（黄霖编，罗书华撰：《中国历代小说批评史料汇编校释》，
南昌，百花洲文艺出版社，2009）

四、欣欣子《金瓶梅词话序》

窃谓兰陵笑笑生作《金瓶梅传》，寄意于时俗，盖有谓也。

人有七情，忧郁为甚。上智之士，与化俱生，雾散而冰裂，是故不必言矣。次焉者，亦知以理自排，不使为累。惟下焉者，既不出了于心胸，又无诗书道腴可以拨遣。然则，不致于坐病者几希！

吾友笑笑生为此，爱罄平日所蕴者，著斯传凡一百回，其中语句新奇，脍炙人口，无非明人伦，戒淫奔，分淑慝，化善恶，知盛衰消长之机，取报应轮回之事，如在目前始终，如脉络贯通，如万系迎风而不乱也，使观者庶几可以一哂而忘忧也。

其中未免语涉俚俗，气含脂粉。余则曰：不然。《关雎》之作，"乐而不淫，哀而不伤"。富与贵，人之所慕也，鲜有不至于淫者，哀与怨，人之所恶也，鲜有不至于伤者，吾尝观前代骚人，如卢景晖之《剪灯新话》、元微之之《莺莺传》、赵君弼之《效颦集》、罗贯中之《水浒传》、丘琼山之《钟情丽集》、卢梅湖之《怀春雅集》、周静轩之《秉烛清谈》，其后《如意传》、《于湖记》，其间语句文确，读者往往不能畅怀，不至终篇而掩弃之矣。此一传者，虽市井之常谈，闺房之碎语，使三尺童子闻之，如饮天浆而拔鲸牙，洞洞然易晓。虽不比古之集理趣、文墨绰有可观。其他关系世道风化，惩戒善恶，涤虑洗心，无不小补。譬如房中之事，人皆好之，人皆恶之。人非尧舜圣贤，鲜不为所耽。富贵善良，是以摇动人心，荡其素志。观其高堂大厦，云窗雾阁，何深沉也；金屏绣褥，何美丽也；鬓云斜軃，春酥满胸，何婵娟也；雄凤雌凰迭舞，何殷勤也；锦衣玉食，何侈费也；佳人才子，嘲风咏月，何绸缪也；鸡舌含香，唾圆流玉，何溢度也；一双玉腕绾复绾，两只金莲颠倒颠，何猛浪也。既其乐矣，然乐极必悲生。如离别之机将兴，憔悴之容必见者，所不能免也。折梅逢驿使，尺素寄鱼书，所不能无也。患难迫切之中，颠沛流离之顷，所不能脱也。陷命于刀剑，所不能逃也。阳有王法，幽有鬼神，所不能逭也。至于淫人妻子，妻子淫人，祸因恶积，福缘善庆，种种皆不出循环之机，故天有春夏秋冬，人有悲欢离合，莫怪其然也。合天时者，远则子孙悠久，近则安享终身；逆天时者，身名罹丧，祸不旋踵。人之处世，虽不出乎世运代谢，然不经凶祸，不蒙耻辱者，亦幸矣。故吾曰：笑笑生作此传者，盖有所谓也。

欣欣子书于明贤里之轩。

（黄霖编，罗书华撰：《中国历代小说批评史料汇编校释》，

南昌，百花洲文艺出版社，2009）

五、金圣叹《读第五才子书法》（节选）

《水浒传》有许多文法，非他书所曾有，略点几则于后：

有倒插法：谓将后边要紧字，蓦地先插放前边。如五台山下铁匠间壁父子客店，又大相国寺岳庙间壁菜园，又武大娘子要同王干娘去看虎，又李逵去买枣糕，收得汤隆等是也。

有夹叙法：谓急切里两个人一齐说话，须不是一个说完了，又一个说，必要一笔夹写出来。如瓦官寺崔道成说"师兄息怒，听小僧说"，鲁智深说"你说你说"等是也。

有草蛇灰线法：如景阳冈勤叙许多"哨棒"字，紫石街连写若干"帘子"字等是也。骤看之，有如无物，及至细寻，其中便有一条线索，拽之通体俱动。

有大落墨法：如吴用说三阮，杨志北京斗武，王婆说风情，武松打虎，还道村捉宋江，二打祝家庄等是也。

有绵针泥刺法：如花荣要宋江开枷，宋江不肯；又晁盖番番要下山，宋江番番劝住，至最后一次便不劝是也。笔墨外，便有利刃直戳进来。

有背面铺粉法：如要衬宋江奸诈，不觉写作李逵真率；要衬石秀尖利，不觉写作杨雄糊涂是也。

有弄引法：谓有一段大文字，不好突然便起，且先作一段小文字在前引之。如索超前，先写周谨；十分光前，先说五事等是也。《庄子》云："始于青萍之末，盛于土囊之口。"《礼》云："鲁人有事于泰山，必先有事于配林。"

有獭尾法：谓一段大文字后，不好寂然便住，更作余波演漾之。如梁中书东郭演武归去后，知县时文彬升堂；武松打虎下冈来，遇着两个猎户；血溅鸳鸯楼后，写城壕边月色等是也。

有正犯法：如武松打虎后，又写李逵杀虎，又写二解争虎；潘金莲偷汉后，又写潘巧云偷汉；江州城劫法场后，又写大名府劫法场；何涛捕盗后，又写黄安捕盗；林冲起解后，又写卢俊义起解；朱仝雷横放晁盖后，又写朱仝、雷横放宋江等。正是要故意把题目犯了，却有本事出落得无一点一画相借，以为快乐是也。真是浑身都是方法。

有略犯法：如林冲买刀与杨志卖刀，唐牛儿与郓哥，郑屠肉铺与蒋门神快活林，瓦官寺试禅杖与蜈蚣岭试戒刀等是也。

有极不省法：如要写宋江犯罪，却先写招文袋金子，却又先写阎婆惜与张三有事，却又先写宋江讨阎婆惜，却又先写宋江舍棺材等：凡有若干文字，都非正文是也。

有极省法：如武松迎入阳谷县，恰遇武大也搬来，正好撞着；又如宋江琵琶亭吃鱼汤后，连日破腹等是也。

有欲合故纵法：如白龙庙前，李俊、二张、二童、二穆等救船已到，却写李逵重要杀入城去；还道村玄女庙中，赵能、赵得都已出去，却有树根绊倒士兵叫喊等，令人到临了，又加倍吃吓是也。

有横云断山法：如两打祝家庄后，忽插出解珍、解宝争虎越狱事；又正打大名府时，忽插出截江鬼、油里鳅谋财倾命事等是也。只为文字太长了，便恐累坠，故从半腰间暂时闪出，以间隔之。

有鸾胶续弦法：如燕青往梁山泊报信，路遇杨雄、石秀，彼此须互不相识，且由梁山泊到大名府，彼此既同取小径，又岂有止一小径之理？看他便顺手借如意子打鹊求卦，先斗出巧来，然后用一拳打倒石秀，逗出姓名来等是也。都是刻苦算得出来。

旧时《水浒传》，子弟读了，便晓得许多闲事；此本虽是点阅得粗略，子弟读了，便晓得许多文法。不惟晓得《水浒传》中有许多文法，他便将《国策》《史记》等书，中间但有若干文法，也都看得出来。旧时子弟读《国策》《史记》等书，都只看了闲事，煞是好笑。

《水浒传》，到底只是小说，子弟极要看。及至看了时，却凭空使他胸中添了若干文法。

（张国光选编：《金圣叹诗文评选》，长沙，岳麓书社，1986）

六、张竹坡《杂录小引》（节选）

凡看一书必看其立架处，如《金瓶梅》内，房屋花园以及使用人等，皆其立架处也。何则？既要写他六房妻小，不得不派他六房居住。然全分开，既难使诸人连合，全合拢，又难使各人的事实入来，且何以见西门豪富？看他妙在将月、楼写在一处，娇儿在隐现之间——后文说挪厢房与大姐住，前又说大妗子见西门庆揭帘子进来，慌的往娇儿那边跑不迭，然则娇儿虽居厢房，却又紧连上房东间，或有门可通者也；雪娥在后院，近厨房；特特将金、瓶、梅三人，放在前边花园内，见得三人虽为侍妾，却似外室，名分不正，赘居其家，反不若李娇儿以娼家娶来，犹为名正言顺。则杀夫夺妻之事，断断非千金买妾之目。而金、梅合，又分出瓶儿为一院。分者，理势必然；必紧邻一墙者，为妒宠相争地步。而大姐住前厢，花园在仪门外，又为敬济偷情地步。见得西门庆一味自满托大，意谓惟我可以调弄人家妇女，谁敢狎我家春色？全不想这样妖淫之物，乃令其居于二门之外，墙头红杏，关且关不住，而况于不关也哉！金莲固是冶容诲淫。而西门庆实自慢藏诲盗，然则固不必罪陈敬济也。故云写其房屋，是其间架处。犹欲耍狮子先立一场，而唱戏先设一台。恐看官混混看过，故为之明白开出，使看官如身入其中，然后好看书内有名人数进进出出，穿穿走走，做这些故事也。

［（明）兰陵笑笑生：《张竹坡批评第一奇书金瓶梅》，

王汝梅、李昭恂、于凤树校点，济南，齐鲁书社，1991］

七、《脂砚斋重评石头记批语》（节选）

第一回

作者自己形容。（"生得骨格不凡，丰神迥异"句眉批。——脂靖本）

四句乃一部之总纲。（"瞬息间则又乐极悲生，人非物换，究竟是到头一梦，万境归空"句旁批。——甲戌本）

书之本旨。（"无材可去补苍天"句旁批——甲戌本）

开卷一篇立意，真打破历来小说窠臼；阅其笔则是《庄子》《离骚》之亚。（"所以我这一段事"等句眉批。——甲戌本）

更好。这便是真正情理之文。可笑近之小说中，满纸羞花闭月等字。（"原来是一个丫鬟在那里撷花，生得仪容不俗，眉目清朗，虽无十分姿色，却亦有动人之处"等句眉批。——甲戌本）

最可笑世之小说中，凡写奸人则用鼠耳鹰腮等语。（"猛抬头见窗内有人……生得腰圆背厚，面阔口方，更兼剑眉星眼，直鼻权腮"等句眉批。——甲戌本）

这方是女儿心中意中正文，又最恨近之小说中满纸红拂紫烟。（"这丫鬟……心下乃想：这人生得这样雄壮……怪道又说他必非久困之人。如此想，不免又回头两次"等句眉批。——甲戌本）

第二回

官制半遵古名亦好。余最喜此等半有半无，半古半今，事之所无，理之必有，极玄极幻，荒唐不经之处。（"表字如海，乃是前科的探花，今已升至兰台寺大夫"等句眉批。——甲戌本。）

未出宁荣繁华盛处，却先写一荒凉小境；未写通部入世迷人，却先写一出世醒人。回风舞雪，倒峡逆波，别小说中所无之法。（"雨村……忽信步至一山环水旋、茂林深竹之处，隐隐有座庙宇，门巷倾颓，墙垣朽败"等句眉批。——甲戌本）

嫡真实事，非妄拥（拟）也。（"遂额外赐了这政老爷一个主事之衔"句旁批。——甲戌本）

以自古未闻之奇语，故写成自古未有之奇文，此是一部书中大调侃寓意处，盖作者实因鹡鸰之悲，棠棣之感，故撰此闺阁庭帏之传。（"他说急疼之时，只叫姐姐妹妹字

样，或可解疼，也未可知；因叫了一声，便果觉不疼了"等句眉批。——甲戌本）

《女仙外史》中论魔已奇，此又非《外史》之立意，故觉愈奇。（"成则公侯，败则贼了"等句旁批。——甲戌本）

第三回

写如海实系写政老。所谓此书有不写之写是也。（"否则不但有污尊兄之清操，即弟亦不屑为矣"句旁批。——甲戌本）

如见如闻，活现于纸上之笔，好看煞。（"一见他们来了，便忙都笑迎上来"等句旁批。——甲戌本）

声势如现纸上。（"只见三个奶嬷嬷并五六个丫鬟"等句旁批。——甲戌本）

从黛玉眼中写三人。（"簇拥着三个姊妹来了"等句眉批。——甲戌本）

浑写一笔，更妙。必个个写去则板矣。可笑近之小说中有一百个女子，皆是如花似玉一副脸面。（"……第三个身量未足，形容尚小"等句眉批。——甲戌本）

从众人目中写黛玉。（"众人见黛玉年貌虽小，其举止言谈不俗，身体面庞虽怯弱不胜，却有一段自然的风流态度"等句眉批。——甲戌本）

第一笔，阿凤三魂六魄已被作者拘定了，后文焉得不活跳纸上，此等非仙助即非神助，从何而得此机括耶？（"一语未了，只听得后院中有人笑声，说我来迟了，不曾迎接远客"等句旁批。——甲戌本）

另磨新墨，搦锐笔，特独出熙凤一人，未写其形，先使闻声，所谓"绣幡开遥见英雄俺"也。（同上句眉批。——甲戌本）

试问诸公，从来小说中可有写形追象至此者？（"这个人打扮与众姊妹不同……"等句眉批。——甲戌本）

此处则一色旧的，可知前正室中亦非家常之用度也。可笑近之小说中，不论何处，则曰商彝周鼎、绣帏珠帘、孔雀屏、芙蓉褥等样字眼……试思俗稗官用富贵字眼者，悉皆庄农之一流也。盖彼实未身经目睹，所言皆在情理之外焉。（"因见挨炕一溜三张椅子上，也搭着半旧弹墨椅袱"等句旁批。——戚序本）

（黄霖编，罗书华撰：《中国历代小说批评史料汇编校释》，
南昌，百花洲文艺出版社，2009）

八、余集《聊斋志异序》

乙酉三月，山左赵公奉命守睦州，余假馆于郡斋。太守公出淄川蒲柳泉先生《聊斋志异》，请余审定而付之梓。严陵环郡皆崇山，郡斋又多古木奇石。时当秋飙怒号，景物睄窕，狐鼠昼跳，枭獍夜嗥，把卷坐斗室中，青灯睒睒，已不待展读，而阴森之气，逼人毛发。呜呼，同在光天化日之中，而胡乃沉冥抑塞，托志幽退，至于此极！余盖卒读之而悄然有以悲先生之志矣。按县志称先生少负异才，以气节自矜，落落不偶，卒困于经生以终。平生奇气，无所宣渫，悉寄之于书。故所载多涉诙诡荒忽不经之事，至于惊世骇俗，而卒不顾。嗟夫！世固有服声被色，俨然人类；叩其所藏，有鬼蜮之不足比，而豺虎之难与方者。下堂见蠆，出门触蜂，纷纷沓沓，莫可穷诘。惜无禹鼎铸其情状，镯镂决其阴霾，不得已而涉想于杳冥荒怪之域，以为异类有情，或者尚堪晤对；鬼谋虽远，庶其警彼贪淫。呜呼！先生之志荒，而先生之心苦矣！昔者三闾被放，彷徨山泽，经历陵庙，呵壁问天，神灵怪物，琦玮僪佹，以泄愤懑，抒写愁思。释氏悯众生之颠倒，借因果为筏喻，刀山剑树，牛鬼蛇神，罔非说法，开觉有情。然则是书之恍惚幻妄，光怪陆离，皆其微旨所存，殆以三闾侘傺之思，寓化人解脱之意欤？使第以媲美齐谐，希踪述异相诧嫩，此井蠡之见，固大謷于作者；亦岂太守公传刻之深心哉！夫易筮载鬼，传纪降神，妖祥灾异，炳于经籍。天地至大，无所不有；小儒视不越几席之外，履不出里巷之中，非以情揣，即以理格，是惄惄者又甚于井蠡之见也。太守公曰："子之说，可以传先生矣。"遂书以为序。

乾隆三十年，岁次乙酉十一月，仁和余集撰。

（郭绍虞主编：《中国历代文论选》第三册，上海，上海古籍出版社，2001）

第八章　近代文论的新变

1840 年的鸦片战争带来了中国社会的灾难，迫使有识之士开眼看世界，西方近代学术涌入中国，形成对固有传统的有力冲击。采纳西学以救亡图存成为知识人的自觉行动，并迅速形成强劲的思潮，推动了中国近代化的进程。处在新旧交替时期的文论总体上以承继传统为主，但在西学的鼓荡下新变叠现，主要体现在"文以载道"的传统观念逐步被启蒙、娱情和审美的多元文学观取代；自觉对拟古的、陈腐的旧文学进行批判，将文学变革作为社会变革的一部分；既有的文类、文体结构发生改变，小说、戏曲及其理论的地位大幅度提升；积极引入西方的文学理论与美学来改造传统文论。

第一节　近代诗文理论及批评

中国近代文论的演变与近代社会的变革、文学风貌的变化基本同步。从社会变革来看，可以以中日甲午战争为界，分为渐变和突变两个时期。于整体而言，诗词散文作为传统文学的核心，其理论表现出明显的迟滞性，并主要体现在两个方面：一是传统诗学和词论依然活跃，成果丰富；二是旧的诗文观念和新的时代内容相杂糅。

一、新旧交替之际的文学批评

从鸦片战争到甲午战争，中国社会处于新旧交替的渐变时期。其时西学输入主要集中在科技领域，尚未对传统思想、文化和制度等产生根本性动摇。承继乾嘉时期以来的风气，传统文论沿着惯性向前推衍的力量依然很大。阮元的骈文理论、宋诗派和湖湘派的诗论等，都带有浓厚的旧色彩。

从清代后期开始，袁枚和阳湖派注意到骈文的价值，汲骈入散，骈散结合，受到包括桐城派后学在内的论者的肯定。阮元更是大张旗鼓，以骈文为文章正统。阮元（1764—1849），字伯元，号芸台，江苏仪征人。他将南朝"文笔之辨"发展为文言说，其《文言说》认为文不同于言：文是有韵骈对之言，"以用韵比偶之法，错综其言"；

散体之作是古人所说之言，不足称文。 文言说抬高文章，贬低言语，锋芒指向韩愈、苏轼以来混同"言"与"文"的古文传统，其实质是打压桐城一派的古文，为骈文张本。

在诗学领域，宋诗派和湖湘派兴起。 宋诗派以杜甫、韩愈、苏轼、黄庭坚为宗，主张诗歌要有独创性，自成一家。 宋诗派中坚、理论家何绍基（1799—1873），字子贞，号东洲，湖南道县人。 其论诗的精义与核心在标举"不俗"，《使黔草自序》直言"同流合污，胸无是非，或逐时好，或傍古人，是之谓俗。 直起直落，独来独往，有感则通，见义则赴，是谓不俗"。 要做到"不俗"，须先学"为人"，"立诚不欺"，"真我自立"； 后学做文，"去其与人共者"，"扩其己所独得者"，最后人与文一。何绍基的"不俗"有反传统的个性解放的色彩，但强调学问考据与儒家义理，仍具保守性。 其后陈衍（1856—1937）发展了他的思想，进一步强调学问考据，要求把诗之别才同学问相结合，提出"诗最患浅俗"的创论。 《石遗室诗话》卷二十三说："何谓浅？人人能道语是也。 何谓俗？ 人人所喜语是也。"陈衍强调不受世人干扰，以走"荒寒之路"来保持个性的超脱，这对保持诗人的独立精神虽有一定的积极意义，但在社会历史大变革的背景下多少显得不合时宜。 湖湘派以王闿运为领袖。 王闿运（1833—1916），字壬秋，人称湘绮楼先生，湖南湘潭人。 其论诗以汉魏六朝诗为门径，高举复古大旗，其《湘绮楼说诗》认为："乐必依声，诗必法古，自然之理也……古人之诗尽美尽善矣。 典型不远，又何加焉？"故《近代诗钞》称："其墨守古法，不随时代风气为转移，虽明之前后七子无以过之也。"王闿运论诗亦主情，认为诗是个体生命体验和情感的反映。 针对如何控制诗人有感而发的创作激情，王闿运提出了治情说，主张诗人在创作过程中通过礼仪法度来"掩情"，保持舒缓从容的心理状态，避免快意骋词，从侧面丰富了传统文论对创作心理学的认识。

与此同时，龚自珍、魏源等有识之士敏锐觉察到社会的危机。 他们倡言变革，掀起经世致用思潮，促使传统文学批评萌生了空前的变革。 龚自珍（1792—1841），字璱人，号定盦，浙江杭州人。 他是戴震的学生段玉裁的外孙，深受戴氏思想影响，但对汉学脱离现实的学斋风气又有不满，要求学术与时事政治相结合。 其论文以"尊情"为核心，强调情之不得不发的特点。 在《长短言自序》中，龚自珍称："情孰为尊？ 无住为尊，无寄为尊，无境而有境为尊，无指而有指为尊，无哀乐而有哀乐为尊。"情之所以可尊，是因为它是人难以抑制的自然喷发的真实感情。 龚自珍的"尊情"是明代以来重情理论的发展，因时代和个人经历的影响而具有了特殊的内涵。 他强调的"情"包蕴强烈的忧患意识，是衰世之哀怨拗怒之情。 因此，龚自珍极力推崇庄骚，把以"猖狂恢诡"之言"泄天下之拗怒"视为诗之极境。 魏源（1794—1857），字默深，湖南邵阳人，著有《海图国志》，并提出"师夷长技以制夷"的重要思想。 他在《默觚上·治篇二》中明言"六经皆圣人忧患之书"，《诗经》和《离骚》都是"发愤之所作"，要求文学表现强烈的忧患意识和社会现实。 魏源非常重视文学的社会功用，把文章视为唯一可以联通道德、 政事、 治学、 教育的法宝，反对为文而文。 龚自珍和魏源的文论有着近代转折时期的深深烙印，影响无疑是巨大的，故梁启超的《论中国学术思想变迁之大势》称"数新思想之萌蘖，其因缘固不得不远溯龚、 魏"。①

受经世致用思潮的影响，桐城派姚莹、 曾国藩有感于空谈义理、 闭门考证难以除弊救亡，开始对桐城文论做出调整。 姚莹（1785—1853），字石甫，号明叔，晚号幸翁，安徽桐城人，姚鼐侄孙。 他丰富的人生经历和爱国思想，使其所论较桐城派有很大发展。 姚莹论文的中心是"载道"，但这个"道"是"见天地之心，达万物之情，推明义理"的"非虚"之道，是经济实用之道。 姚莹补充修正了姚鼐以义理、 考证、 文章为学问三要素说，在《与吴岳卿书》中提出读书作文"要端有四：曰义理也，经济也，文章也，多闻也"。 他所说的"经济"以改革弊政、 抗击侵略为现实内容，如《与陈恭甫书》所谓"可以膺当世之任而塞人士之望"。 有感于自身困穷忧患的遭遇，姚莹突破桐城派清真雅正的家法，提倡发愤著书，标举"奇""沉郁顿挫"。 《答张亨甫书》明言"不奇不可以大而久"，《康輶纪行》又称"古人文章妙处，全是沉郁顿挫四字"。 这些识见当时在桐城派中是极为难得的，因此得到了曾国藩的推重。

曾国藩（1811—1872），字伯涵，号涤生，湖南湘乡人，因镇压太平军而成为清王朝的"中兴"功臣，也是清末理学大家、 "桐城中兴"的领袖。 他认识到"文章与世变相因"，对桐城派理论做了大胆改造。 继姚莹之后，他在《劝学篇示直隶弟子》中明确提出作文要端在"义理""考据""文章""经济"四事。 他所说的"经济"较姚莹更进一步，在传统儒学经世内容的基础上还纳入了西方科技。 这无疑为晚清桐城派学习西学、 补救空疏之弊扫清了障碍。 曾国藩论文冲破了"载道""明理"的观念，重视文艺特性，认为文章应有怡悦人心的特点与功用；又不拘守桐城派的义法论，认为创作之法不在于摹拟，而在于真实地表达人心，写"自然之文"。 他批评姚鼐"惜少雄直之气，驱迈之势"，"偏于阴柔之说"，在《复吴南屏书》中提倡"雄奇瑰玮"的阳刚之美。 他又扩大古文的传统，由八家上推至先秦两汉，行文上提倡骈散互用，兼收并蓄，一振桐城派枯淡之弊。 曾国藩对桐城派文论的矫正顺应了时代的变化，使桐城派回光返照于一时，再度绵延半个世纪之久。

约从 19 世纪 70 年代起，西学来势加猛，形成了中国近代译介西学的高潮。 科技的输入也带来了传媒的进步，报刊业日益发达，社会变革逐渐从器物层面进入制度层面。 一批较早接触西学的改良派先驱如王韬、 严复、 郑观应等人开始将西方文艺思想引入中国，促使哲学、 历史学、 美学、 文学理论等方面的探究不断深入，这些都为即将到来的文学界的改良运动做了理论准备。

---

① 参见梁启超：《论中国学术思想变迁之大势》，126～127 页，上海，上海古籍出版社，2001。

二、刘熙载与朱庭珍的诗学

近代诗学理论中，刘熙载的《艺概》和朱庭珍的《筱园诗话》严守儒家诗学传统，表现出浓厚的正统观念，其中亦不乏真知灼见。

刘熙载（1813—1881），字伯简，号融斋，又号寤崖子，江苏兴化人，著有《古桐书屋六种》及《古桐书屋续刻三种》。其中《艺概》一书通过"举此以概乎彼，举少以概乎多"的方法，分部论述了诗、文、词曲、八股诸体以及书法艺术的历史流变、创作理论和鉴赏方法，是批评史上继《文心雕龙》之后的又一部通论。刘熙载的诗学思想集中体现在《诗概》部分，但"诗为赋心，赋为诗体"，《赋概》亦有论及。

虽以六经为文学本源，但刘熙载论文并不特别强调"原道""载道"，基本持主体论的立场。《诗概》开篇即称"诗为天人之合"，《赋概》也说"在外者物色，在我者生意，二者相摩相荡而赋出焉"，认为诗与赋从本质上讲都是情志的体现。《游艺约言》更明确指出"文，心学也"，"文不本于心性，有文之耻，甚于无文"，极力主张表现人的自我意识与主体精神。他认为《诗经》的创作也是出于这种认识："《诗》，自乐是一种，'衡门之下'是也；自励是一种，'坎坎伐檀兮'是也；自伤是一种，'出自北门'是也；自誉自嘲是一种，'简兮简兮'是也；自警是一种，'抑抑威仪'是也。"刘熙载又从肯定主体精神出发，论诗贵真而斥伪，如称"诗可数年不作，不可一作不真"，"诗有借色而无真色，虽藻缋实死灰耳"，"诗不可有我而无古，更不可有古而无我。典雅、精神，兼之斯善"。此外，他强调独创，反对因袭。

刘熙载很善于运用一些对待性的概念、范畴，如"物我""正变""情景""义法"来阐述诗学问题，着重揭示它们的辩证统一，突出"我""变""情""义"的主导作用。如其对风雅正变论的阐述注重联系诗的题旨，且强调正变范畴的对立与转化。他认为诗的正变是相对而言的。《邶风·柏舟》之"言仁而不遇"是变风之始，《离骚》与之同旨，因而也是《诗经》的变体。变者亦可为正，"变风变雅，变之正也；《离骚》亦变之正也"。相对于正风正雅而言，《离骚》抒怨是"变"；相对于《庄子》的放达而言，《离骚》可以为"正"："诗以出于《骚》者为正，以出于《庄》者为变。"因此，他跳出"正变"论，递进一层提出"真伪"的概念。《赋概》说："赋当以真伪论，不当以正变论。正而伪，不如变而真。屈子之赋所由尚已。"所谓"变而真"，是指《离骚》虽形式上异于"风雅"，但内里仍得"风雅"之精神。强调风雅精神，肯定诗歌之变，是刘熙载诗学发展论的核心。

刘熙载生活在文化学术急剧变化的时代，却恪守儒家正统，这决定了他的诗论不太有前沿性的创见。他探讨的问题有不少沿袭前人，但又不偏执一端，而能兼容并蓄、辩证全面地予以分析，如《文概》指出"文有仰视、有俯视、有平视"。他深受刘勰、钟嵘的影响，有时却又独抒己见，如称曹操诗"气雄力坚，足以笼罩一切，建安诸子，未有其匹"，不认同钟嵘将其置于下品。他注重通过纵横比较发现诗人的长处与不足，如称谢灵运诗"较颜为放手，较陶为刻意，炼句用字，在生熟深浅之间"。在讨论作诗方法时，他亦指出兴会标举和体裁明密"相济有功"，不必"好分优劣"。总之，虽传统色彩浓厚，但刘熙载也保持了自己的特色，体现出论说的深度。

朱庭珍论诗与刘熙载有相似之处。朱庭珍（1841—1903），字小园，一作筱园，号诗隐，云南石屏人，有《筱园诗话》四卷。他地位不高，又僻居西南一隅，故长期不为人所重。他对历代诗话有过系统的钻研，在批判继承的基础上形成自己的诗学思想，对许多基本问题都有辩证深入的认识。

关于诗之本体论，朱庭珍主张情志合一，并特别标举"意"这个范畴，认为"情生则意立，意者志之所寄，而情流行其中""声与词意相经纬以成诗"。"意"由人性情所生，也可影响人的性情，所以"诗贵真意"，"真意"是诗的本源。写诗"首重炼意"，"选声配色"的创作法度"皆后起粉饰之事"，是诗之末。由此，朱庭珍提出了自己的诗法观："诗也者，无定法而有定法者也。""有定法"是指作诗离不开"起伏承接，转折呼应，开阖顿挫，擒纵抑扬，反正烘染，伸缩断续"。"无定法"是说诗起自"诗人一缕心精"，诗人可随心所欲驾驭定法，"或以错综出之，或以变化运之，或不明用而暗用之，或不正用而反用之"。朱庭珍特别强调无定之法，指出诗人应"以我运法，而不为法所用"。他也描述了"以我运法"的实现过程："始则以法为法，继则以无法为法"，"无法之法，是为活法妙法"。"活法"是诗人"能不守法，亦不离法"、随心所欲的创作境界，也就是"神明""妙""入化"。杜甫的"以我运法，其用法入化"，温庭筠、李商隐的"就法用法，其驭法有痕"，在朱庭珍看来就是大家和名家的区别。

朱庭珍重视诗的主体性，认为"诗中有我在焉，始可谓之真诗"。"有我"之论清人谈论较多，但大多只言片语，未能详述。朱庭珍对"诗中有我"的内涵则有集中透彻的阐发："夫所谓诗中有我者，不依傍前人门户，不摹仿前人形似，抒写性情，绝无成见，称心而言，自鸣其天，勿论大篇短章，皆乘兴而作，意尽而止，我有我之精神结构，我有我之意境寄托，我有我之气体面目，我有我之材力准绳，决不拾人牙慧，落寻常窠臼蹊径之中，任举一篇一联，皆我之诗，非前人所已言之诗，亦非时人意中所有之诗也，是为诗中有我，即退之所谓词必出己，陈言务去也。"所谓"有我"，是指诗有独特的艺术个性，内在表现为独立的精神境界，外在表现为自出心裁，陈言务去。诗人"有我"就能成"一家精神气味"，而要成为大家又必须"无我"。"无我"是指作品"众美兼备"，诗法"神而明之"，体现为独特性与丰富性、个性与共性的统一。

为别铸真我，朱庭珍发挥严羽、叶燮之见，提出"积理养气"说："诗人以培根柢为第一要义。根柢之学，首重积理养气。"而"积理养气"又"皆仗识以领之。识为诗中先天，理法才气为诗之后天"。 他所说的"积理"是指读书涉世，格物致知，以增长识力。 朱庭珍认为，读经可以"明其义理，辨其典章名物"，读史可以了解"历代数千年之成败因革"，读诸子百家及稗官杂记可以"别白其醇疵得失真伪"。 他批驳了近世只论读书或妙悟的培养之道，认为"学问之道，贵得其精英，弃其糟粕"，"学与悟可一贯"。 因此，他要求将读书所得互勘印证，得其精意，还要求诗人"随时随地，无不留心，身所阅历之世故人情，物理事变，莫不洞鉴所当然之故"。 诗人所得之理与所得书义"冰释乳合，交契会悟"，经过积蓄融化，自会"发为高论，铸成伟词"。

朱庭珍说的"养气"主要指诗人对自身内在精神力量的培养。 他把"气"视为诗的生命之源："盖诗以气为主，有气则生，无气则死。"因此，"积理而外，养气为最要"。 他认为"气以雄放为贵"，是"至动"之气，必有"至静"之气为之主宰与根基，以使动静结合。 若无"至静"为根，气虽盛终是"客气"，而非"真气"。 若要"以至动涵至静"，则非"养气"不可。 因此，朱庭珍提出诗人应在虚静境界中以道德修身，以诗书增华，涵养性情，培植理趣，经过不断的酝酿含蓄，进入"郁勃欲吐，畅不可遏"的状态。 一旦发之于诗，就有了"以至动涵至静"的雄放之气。 在"养气"之外，朱庭珍又提出"炼气"和"养真气"，形成了比较全面的养气理论。

无论是"无定法而有定法"，还是"贵有我"而"须无我"，或"以至动涵至静"，朱庭珍的诗学无不渗透着艺术辩证法的思想。 《石屏县志》评其"笔虽常语，识出阮亭、随园上"，此为确论。

三、词论中兴与王国维的境界说

在近代社会的风云变迁中，词坛依然延续着清前中期的中兴局面，涌现出中国词学史上最后一个高潮。

常州词派发展到近代，名家辈出。 谭献、陈廷焯和况周颐等都能推衍常州派词论而各有发展。 谭献（1832—1901），字仲修，号复堂，浙江杭州人。 其词论本散见各处，弟子徐珂辑为《复堂词话》。 谭献对周济词学推崇备至，认为"夫词非寄托不入，专寄托不出"之论道尽"千古辞章之能事"。 其《复堂词录叙》所谓"作者之用心未必然，而读者之用心何必不然"，即由此发展而来。 谭献认为词体由古乐府发展而来，往往通过比兴手法含蓄地表达情感，其丰富的意蕴可以使读者展开多重解读，甚至超越作者本意。 这一观点显然是从鉴赏的角度，强调了文学作品意境的多义性和读者的主观能动作用。 陈廷焯（1853—1892），字亦峰，江苏镇江人，著有《白雨斋词话》十卷，刻本删为八卷。 陈廷焯词学以"沉郁"为核心，自序称《白雨斋词话》的大旨是"本诸《风》《骚》，正其情性，温厚以为体，沉郁以为用，引以千端，衷诸一是"。 他所说的"沉郁"，是指词有比兴寄托，"意在笔先，神余言外"，能将思妇之怀、家国之恨和身世之感借草木发出，同时又含蓄蕴藉，留有余地，体现"性情之厚"。 他以"词贵缠绵，贵忠厚，贵沉郁"为准则广泛地评论各派词家，对张孝祥、 辛弃疾、 陈亮等豪放词人多有贬词，仍以沉婉隐约为宗。 这当然与他所处的时代有很大关系，其间可见出他对家国命运的深沉忧虑。 至于多次提出以温厚为体，可见他对朝政时局和传统秩序仍抱有幻想。

况周颐（1859—1926），字夔笙，号蕙风，广西桂林人，清末四大词人之一，有《蕙风词话》五卷，续编二卷，另外《玉栖述雅》《薇省词钞》也反映了他的词学主张。 况周颐在词学上的主要贡献，是对词的重、 拙、 大之意境的论述，他将之视作作词"三要"。 "重"指词境沉着厚重，深有寄托，令人玩味不尽，意涵与陈廷焯的"沉郁"大致相同。 "拙"指醇朴自然，炉火纯青。 况周颐强调不假修饰的"情真""景真"，既反对刻意为曲折，也反对以直率为真率。 他所说的"拙"虽醇朴自然但韵味无穷，是所谓的"愈朴愈厚，愈厚愈雅，至真之情，由性灵肺腑中流出，不妨说尽而愈无尽"。 "大"指才情大，托旨大，有大家之风。 重、 拙、 大三者互为依托，不可分割，共同构成静穆的意境之美。 可见，况周颐的词论是对常州词派寄托说的深化。

论者对词学历史的梳理也更为清晰。 刘熙载的《艺概·词曲概》对历代词家做出评论，勾勒其先后承传的关系，亦对词体发展的"正变"提出自己的见解。 他以李白之《忆秦娥》为词的源头，认为唐代民间词本来不拘一格，偏尚婉丽实为后起的变调，而苏轼、 辛弃疾所作恰恰是"复古"返于正途。 吴梅（1884—1939）的《词学通论》不仅对创作深有研究，对清代词坛的创作特点、 风格流派和词学理论也有精当的概括。

近代词论家以王国维成就最高。 王国维（1877—1927），字静安，号观堂，浙江海宁人，曾留学日本，归国后任学部编译等。 辛亥革命后他以遗老自居，后为清华大学教授。 1927 年 6 月国民革命军北上时，他留下"经此世变，义无再辱"的遗书，投颐和园昆明湖自尽。 王国维是近代著名学者，也是中国最早运用西方哲学、 美学、 文学观点和方法研究中国古典文学的开风气者。 他平生著述 62 种，词学思想主要见诸《人间词话》。 此书最初刊于 1908 年的《国粹学报》，今通行本增入他的未刊稿及其他论词资料，可一觇其词学思想的全貌。

境界说是《人间词话》的核心。 从《国粹学报》最初发表的六十四则词话来看，前九则是境界说的理论纲领，其后都是以境界说为基准展开的具体批评。 而究其所提"境界"一词的含义，可谓不拘一格。 有指精神的造诣境地的，如第二十三则所谓"古今之成大事业、 大学问者，必经过三种之境界"； 有指客观景物的，如附录第十六则所谓"一切境界，无不为诗人设"。 但在针对词的创作而提出的境界说的语境中，王国维所标举的"境界"大体指词的意境或者艺境。 如《人间词话》开篇所说即此义："词以境界为最上，有境界则自成高格，自有名句。 五代、 北宋之词所以独绝者在此。"

其实，"境界"或"意境"一词明清时期已被普遍使用。 远之朱承爵、 金圣叹、 沈德潜、袁枚，近之刘熙载、陈廷焯、况周颐、梁启超、林纾等人，都曾以"意境"或"境界"论文。王国维对境界说的阐说正以前人的论说为基础，同时吸取了康德、叔本华等人的哲学思想。并且，"境界"和"兴趣""神韵"所追求的艺术特质与审美效果并无根本性的区别，只不过王国维所论取源更广，包举更丰，论述也更深入。

王国维从三个方面阐说了"境界"的审美特征。首先是真切自然，即所谓"能写真景物、真感情者，谓之有境界。否则谓之无境界"。他认为，名家之作之所以写情抒情能沁人心脾、豁人耳目，"无矫揉妆束之态"，在于"其所见者真，所知者深"。为进一步说明境界的"真"，王国维提出了"不隔"与"隔"的概念。"不隔"就是真切，"语语都在目前"；"隔"则是写景抒情离不开典故代字，遣词造作雕琢，如雾里看花，终隔一层。他称纳兰性德词之所以真切动人，正因其初入中原，未染汉人习气，能"以自然之眼观物，以自然之舌言情"。可见他的"真"及"真切"和钟嵘的"直寻"、王夫之的"现量"类似，强调的是创作中的即目所见与即景会心。其次是能传神，即所谓"词之雅郑，在神不在貌"。要真切鲜明地写景抒情，必须深入把握其情理，也即前述"所知者深"。他高度评价周邦彦的"叶上初阳干宿雨，水面清圆，一一风荷举"和冯延巳的"细雨湿流光"，以为得"荷之神理"与"春草之魂"。而"红杏枝头春意闹""云破月来花弄影"两句之所以"境界全出"，正妙在能传神。最后是有言外之意。"词之为体，要眇宜修。能言诗之所不能言，而不能尽言诗之所能言。诗之境阔，词之言长"，即认为词体当以深远为境界。基于这种趣味，他批评姜夔词虽格调很高，却"不于意境上用力，故觉无言外之味、弦外之响"。

王国维也指出"境界"有大小，有派别，不以是而分优劣。为此，他借用西方的美学观念，根据作者主观介入的程度区分其为"有我之境"和"无我之境"。"有我之境，以我观物，故物皆著我之色彩；无我之境，以物观物，故不知何者为我，何者为物。"这里的"有我"与"无我"，指的是作者主观意识的强烈与淡泊。"有我之境"是客观景物具有浓郁的主观情感色彩，"无我之境"并非没有主观意识的介入，而是词人的主观意识被物境同化，成为物境的一部分。从"有我"和"无我"的角度，王国维提出"宏壮"和"优美"的概念："无我之境，人惟于静中得之。有我之境，于由动之静时得之。故一优美，一宏壮也。"两者并没有高下优劣之分，只是在创造上有难易之别。"古人为词，写有我之境者为多，然未始不能写无我之境，此在豪杰之士能自树立耳。"他又根据创作方法区分出"造境"与"写境"，即理想派和写实派两类。无论是客观地写景抒情，还是以虚构想象的方式作词，他都要求作者既"合乎自然"，又"邻于理想"。

王国维的境界说总体上看是在强调一种"意与境浑"，即主观情意与客观物象合一浑融的艺术境界。或许可以说，在宗白华的意境理论出现之前，王国维的境界说是传统意境理论的集大成者和最出色的发扬者。我们能在其中找到钟嵘的"直寻"、司空图的"直致"和"韵味"、严羽的"兴趣"、王夫之的"情景交融"和"现量"、王士禛的"神韵"的痕迹。然而王国维能用西方美学的观点与方法发展前人的解说，进而对意境理论做出较为明确的界定和阐释，确实标志着古典诗学理论的终结和现代新诗学的开始。

四、改良派的文学革新运动

从 19 世纪 90 年代开始，近代文学批评随着资产阶级改良派登上历史舞台而发生急剧的变化。以康有为、梁启超、黄遵宪为代表的改良派在进行政治改良的同时也发起了文学革新运动，主张把文学作为维新救亡的工具，以开民智、启民德。1899 年到 1902 年，梁启超相继提出"诗界革命""文界革命""小说界革命"和"戏剧改良"，全面阐述了文学革新的纲领与目标。梁启超（1873—1929），字卓如，号任公，别署饮冰室主人，是近代颇负盛名的改良主义思想家、政治家，也是大力宣扬文学革新的理论批评家。在其号召下，各体文学的创作、批评、研究等形成了不可阻挡的革新潮流，促进了传统文学的现代化转型。

（一）"诗界革命"

"诗界革命"的口号最早见于 1899 年 12 月 15 日梁启超的《夏威夷游记》。他认为国家正处于维新变革之际，诗歌的革新也正当其时，遂高举"诗界革命"大旗，指出须造成"新意境""新语句"和"古风格"三者皆备的新文学。梁启超说的"新意境"主要指的是近代西方的新思想、新事物和新知识，也包括爱国、尚武、变革等体现欧洲真精神、真思想的现实政治内容，总之可以将国民引向新境地。"新语句"指运用欧洲语和新名词。"古风格"指传统诗词的格律及由此产生的韵味与格调。由于"新语句"和"古风格"难以并存，梁启超后来在《饮冰室诗话》中去掉了"新语句"，主张"熔铸新理想以入旧风格"。这一新的诗论成为"诗界革命"的理论基础。

在梁启超奠定理论基础之前，黄遵宪早已在创作中反映了诗歌变革的趋势并获得成功。黄遵宪（1848—1905），字公度，号人境庐主人，广东梅州人，很早就有"别创诗界之论"，二十一岁作"杂感"诗，直言"我手写吾口，古岂能拘牵"。他主张以通俗语言入诗，反对崇古卑今和盲目模仿。在《人境庐诗草》中，他作序总结"别创诗界"的经验："仆尝以为诗之外有事，诗之中有人；今之世异于古，今之人亦何必与古人同？"黄遵宪明确主张诗歌要反映时代现实，表现作者的精神思想。因此，他十分强调作诗须努力表现"古人未有之物、未辟之境"；在继承以文为诗传统的同时融入自由变化的散文句式以解放诗体；广泛采摘语言资料，"凡事名物名切于今者，皆采取而假借之"，不排斥"流俗语"。他炼格而不拘家派，博采众长，学习古人之神而不袭其貌，力求"以旧风格含新意境"，因而受到梁启超的肯定，《饮冰室诗话》称其"独辟境界，卓然自立于二十世纪诗界中"，俨然成为"诗界革命"的主将与旗帜。

晚清"诗界革命"运动中，康有为（1858—1927）的诗论也有一定的指导意义。他在《与菽园论诗兼寄任公、孺博、曼宣》中提出"更搜欧亚造新声"的主张，要求诗人扩大眼界，向西方和日本学习，用新事物、新思想创造"新世瑰奇异境"。他的《人境庐诗草序》也指出黄遵宪的新诗之所以能日辟"异境"，关键在"以其自有中国之学，采欧美人之长，荟萃镕铸，而自得之"。康有为的许多议论虽不深入，但发唱惊挺，在当时产生了极为深广的影响。

（二）"文界革命"

"文界革命"的提法同样见于《夏威夷游记》。1899年12月，梁启超在由日赴美的轮船上读到日本政论家德富苏峰的文章，深受启发："其文雄放隽快，善以欧西文思入日本文，实为文界别开一生面者，余甚爱之。中国若有文界革命，当亦不可不起点于是也。"很显然，梁启超把输入西方文化与精神看成"文界革命"的起点，这种革新意识和"诗界革命"的内在精神是一致的。由于早在1895年就投身报刊，并先后主持《中外纪闻》《时务报》笔政，因此，梁启超"文界革命"思想的产生实际上要早于"诗界革命"。早在维新运动准备阶段，改良派王韬、郑观应、陈炽等人就认识到报纸的作用。王韬的《论各省会城宜设新报馆》指出报纸有"知地方之机宜""知讼狱之曲直""辅教化之不足""指陈时事无所忌讳"的功用，陈炽的《庸言》更称其为"国之利器"。梁启超对报纸也十分重视，在致汪穰卿的信中称："非有报馆不可，报馆之议论，既浸渍于人心，则风气之成不远矣。"《论报馆有益于国事》又称："报馆愈来愈多者，其国愈强。"报纸的重要性促使梁启超立意使文学成为政治的工具。他在《湖南时务学堂学约》中指出，文章有"传世"和"觉世"两种，"学者以觉天下为任，则文未能舍弃也"。因此，"文界革命"最主要的是变革为文的意识。作者要能自觉地从启蒙宣传与服务社会的目的出发，以强烈的社会责任感和深刻的政治觉悟，作"觉世之文"。

从"觉世之文"的角度，梁启超对文章的语言形式和语体风格提出了要求。《湖南时务学堂学约》明言："觉世之文，则辞达而已矣。当以条理细备，词笔锐达为上，不必求工也。"他又非常重视文章的通俗性，要求尽可能采用俗语，并使言文一致，认为"俗语文体之流行，实文学进步之最大关键也"，"自宋以后，实为祖国文学之大进化"，原因即在"俗语文学大发达"。梁启超由此呼吁振兴言文一致的白话文学，即《小说丛话》所谓"苟欲思想之普及，则此体非徒小说家当采用而已，凡百文章，莫不有然"。他又通过长期报章写作的实践，创造出一种通俗易懂的报章新文体，如其在

《清代学术概论》中所言，为文"务为平易畅达，时杂以俚语韵语及外国语法，纵笔所至不检束； 学者竞效之，号新文体； 老辈则痛恨，诋为野狐； 然其文条理明晰，笔锋常带感情，对于读者，别有一种魔力焉"。 这种言文参半、 略有变革的新文体引进了大量文言词汇和新名词并加以通俗化，加速了民族语文现代化的进程。

而事实上，即便此时桐城派式微，但坚守古文壁垒者仍大有人在。 严复、 林纾就恪守桐城家法，以雅正的古文翻译西方著作。 严复（1854—1921）在《译天演论例言》中认为，"西儒"的"精理微言"与近世"利俗文字"往往"抑义就词，毫厘千里"，用汉以前的字法、 句法"则为达易"。 以古文译介新知，既达西儒之恉，又抒本人之怀，是其审择于古文与白话文二者之间"不得已"的结果。 因此，梁启超虽提倡言文合一的白话文学，但对文言文也并不主张立即废止，而是希望经过一个言文参半的过渡阶段，待造出最适合的新字后最终进入"言文一致"的境界。 裘廷梁（1857—1943）的态度则大为不同。 他在《论白话为维新之本》中，从八个方面强调了白话文的优越性，把白话同民族衰亡、 维新变法联系起来，反复论证白话是智民强国之本，认为"文言兴而后实学废，白话行而后实学兴； 实学不兴，是谓无民"，要求立即废止文言文。 这种观点虽然激进，并且过于夸大了白话的社会效果，但对推动"文界革命"的展开，促进近代文体改革，起到了一定的积极作用。

改良派的文学革新运动以旧文学为基础，以西学为模范，力图通过改造语言形式和创作方法来革新文学，达到启蒙的目的。 但由于改良派思想的不彻底性，其文学革新运动并未触及旧文学的根本，从本质上说，仅仅是一场传统文学的改良运动。 真正意义上的文学革命，有待于五四新文化运动的发生。

📖 原典选读

近代诗文理论总体上不出旧传统的畛域，但较为通达。时人论诗或强调性情，以"立诚"为学诗与为人之根本，虽未脱理学窠臼，实包含有性灵的质素；或主诗教，以学养识力为根柢，求道德、性情和理趣之真气，较同光派更显深入合理。其中，刘熙载不止于文道关系的论辩，而着重从辩证统一的角度研究创作原理和艺术技巧；王闿运肯定宫体诗，指出其"寓言闺阃"以言情的艺术特征，都值得重视。其时词学探讨丰富，《白雨斋词话》《蕙风词话》或从比兴运用的三个层次概括创作鉴赏的境界，或拈出"词心"一说，对由词境到词心的创作过程做出深入探索，都可称精到。文论亦适应时代有所新变。《与周朗山论诗书》主张诗要反映时代和现实，且应写出自我的感受，是黄遵宪"诗界革命"理论的出发点。陶曾佑的《论文学之势力及其关系》提出无文学不足以立国新民，与改良派文学革命思想正相呼应。林纾和王国维从古文和词的角度对传统意境理论所做的总结和更新，亦弥足珍贵。

一、何绍基《与汪菊士论诗》(节选)

凡学诗者,无不知要有真性情。却不知真性情者,非到做诗时方去打算也。平日明理养气,于孝弟忠信大节,从日用起居及外间应务,平平实实,自家体贴得真性情;时时培护,字字持守,不为外物摇夺,久之,则真性情方才固结到身心上,即一言语一文字,这个真性情时刻流露出来。然虽时刻流露,以之作诗作文,尚不能就算成家者,以此真性情虽偶然流露,而不能处处发现,因作诗文自有多少法度,多少工夫,方能将真性情般运到笔墨上。又性情是浑然之物,若到文与诗上头,便要有声情气韵,波澜推荡,方得真性情发见充满,使天下后世见其所作,如见其人,如见其性情。若平日不知持养,临提笔时要它有真性情,何尝没得几句惊心动魄的,可知道这性情不是暂时撑支门面的,就是从人借来的,算不得自己真性情也。

诗是自家做的,便要说自家的话,凡可以彼此公共通融的话头,都与自己无涉。如说山水,便有高深底闲话,说古迹,便有感慨陈迹底闲话,说朋友,便有投分相思惜别底闲话,尔也用得,我也用得,其实大家用不著。疑者曰:焉知彼此不同要说这句话?岂知偶然同一句两句,是不能无的,然合上下看来,总要各出各意,句同意必不同,才是各人自家的话,断无公共用得的。我常教子弟以不诚无物,若不是自家实心做出来,即入孝出弟,止算应酬;若是实心出来,即作揖问候,亦是自家的实事。试看诚心恭敬的君子,其作揖问候,气象亦与人不同,况语言文字乎!

⋯⋯⋯⋯⋯⋯

余尝谓山谷云:"临大节而不可夺,谓之不俗"。此说不俗两字最精确,俗不是坏字眼,流俗污世,到处相习成风,谓之俗。人如此我亦如此,不能离开一步,谓之俗。做人如此,焉能临大节而不夺乎?现在做何事,便尽现在之理,故预先筹划到大节的,往往临时不济。惟素位而行者,利害私见,本不存于中,临大节时也止是素位而行,如何可夺。行文之理,与做人一样,不粘皮带肉则洁,不强加粉饰则健,不设心好名则朴,不横使才气则定。要起就起,要住就住,不依傍前人,不将就俗目,有时遇题即有诗则做,有时遇题而无诗则且不做。然道理熟,功夫熟,未有遇题而无诗者,道一本而万殊,遇题无诗,到底是理之万殊者,未看得博想得穿耳。古诗家书家能不俗者,都是此法,惟山谷此语说得确,惟余体会山谷此语到文字上见得通透,是否是否?

(郭绍虞主编:《中国历代文论选》第四册,上海,上海古籍出版社,2001)

二、朱庭珍《筱园诗话》(节选)

诗人以培根柢为第一义。根柢之学,首重积理养气。积理云者,非如宋人以理语入诗也,谓读书涉世,每遇事物,无不求洞析所以然之理,以增长识力耳。勿论《九经》

《廿一史》，诸子百家之集，与夫稗官杂记，莫不有理存乎其中。诗人上下古今，读破万卷，非但以博览广见闻也。读经则明其义理，辨其典章名物，折衷而归于一是。读史则核历朝之贤奸盛衰，制度建置，及兵形地势，无不深考，使历代数千年之成败因革，悉了然于心目之间。读诸子百家之集，一切稗官杂记，则务澈所以作书之旨，别白其醇疵得失真伪，使无遁于镜照，而又参观互勘，以悟其通而达其变。设身处地，以会其隐微言外之情，则心心与古人印证，有不得其精意者乎？而又随时随地，无不留心，身所阅历之世故人情，物理事变，莫不洞鉴所当然之故，与所读之书义，冰释乳合，交契会悟，约万殊而豁然贯通，则耳目所及，一游一玩，皆理境也。积蓄融化，洋溢胸中，作诗之际，触类引伸，滔滔涌赴，本湛深之名理，结奇异之精思，发为高论，铸成伟词，自然迥不犹人矣。此可以用力渐至，而不可猝获也。

积理而外，养气为最要。盖诗以气为主，有气则生，无气则死，亦与人同。昌黎曰："气，水也；言，浮物也。水大而物之大小浮者毕浮，气盛则声之高下与言之长短皆宜。"东坡曰："气之盛也，蓬蓬勃勃，油然浩然，若水之流于平地，无难一泻千里，及其与山石曲折，随物赋形，一日数变，而不自知也。盖行所当行，止所当止耳。"是皆善于言气者。夫气以雄放为贵，若长江、大河，涛翻云涌，滔滔莽莽，是天下之至动者也。然非有至静者宰乎其中，以为之根，则或放而易尽，或刚而不调，气虽盛，而是客气，非真气矣。故气须以至动涵至静，非养不可。养之云者，斋吾心，息吾虑，游之以道德之途，润之以诗书之泽，植之在性情之天，培之以理趣之府，优游而休息焉，蕴酿而含蓄焉，使方寸中怡然涣然，常有郁勃欲吐畅不可遏之势，此之谓养气。及其用之之际，则又镇之以理，主之以意，行之以才，达之以笔，辅之以理趣，范之以法度，使畅流于神骨之间，潜贯于筋节之内，随诗之抑扬断续，曲折纵横，奔放充满于中，而首尾蓬勃如一。敛之欲其深且醇，纵之欲其雄而肆，扬之则高浑，抑之则厚重，变化神明，存乎一心，此之谓炼气。似乎气之为气，诚中形外，不可方物矣。然外虽浩然茫然，如天风海涛，有摇五岳、腾万里之势，内实渊渟岳峙，骨重神寒，有沉静致远之志。帅气于中，为暗枢宰，若北辰之系众星，以静主动。此之谓醇而后肆，此之谓动而实静，故能层出不穷，不致一发莫收，一览易尽也。在识者谓之道气，诗家谓之真气。所云炼气者，即炼此真气也；养气者，即养此真气也。彼剽而不留，或未终篇而索然先竭者，正坐不知养气与炼耳。盖养于心者，功在平日；炼于诗者，功在临时。养气为诗之体，炼气则诗之用也。予幼作《论诗绝句》云："正声自古由中出，真气从来不外驰。"略见大意，可参看矣。（卷一）

（郭绍虞编选：《清诗话续编》，富寿荪校点，上海，上海古籍出版社，1983）

三、刘熙载《艺概·文概》（节选）

左氏叙事，纷者整之，孤者辅之，板者活之，直者婉之，俗者雅之，枯者腴之；剪裁运化之方，斯为大备。

⋯⋯⋯⋯⋯

文之道，时为大。《春秋》不同于《尚书》，无论矣。即以《左传》《史记》言之，强《左》为《史》，则噍杀；强《史》为《左》，则啴缓。惟与时为消息，故不同正所以同也。

⋯⋯⋯⋯⋯

文或结实，或空灵，虽各有所长，皆不免著于一偏。试观韩文，结实处何尝不空灵，空灵处何尝不结实。

⋯⋯⋯⋯⋯

朱子之文，表里莹彻。故平平说出，而转觉矜奇者之为庸；明明说出，而转觉恃奥者之为浅。其立定主意，步步回顾，方远而近，似断而连，特其余事。

⋯⋯⋯⋯⋯

《易系传》："物相杂故曰文。"《国语》："物一无文。"徐锴《说文通论》："强弱相成，刚柔相形，故于文'人乂'为'文'。"《朱子语录》："两物相对待故有文，若相离去便不成矣。"为文者，盍思文之所由生乎？

《左传》："言之无文，行而不远。"后人每不解何以谓之无文，不若仍用《外传》作注，曰："物一无文。"

《国语》言"物一为文"，后人更当知物无一则无文。盖一乃文之真宰，必有一在其中，斯能用夫不一者也。

[（清）刘熙载撰：《艺概》，上海，上海古籍出版社，1978]

四、王闿运《论诗文体式——答陈复心问》（节选）

诗缘情而绮靡。诗，承也，持也，承人心性而持之。风上化下，使感于无形。动于自然。故贵以词掩意，托物起兴，使吾志曲隐而自达，闻者激昂而思赴。其所不及设施，而可见施行，幽窈旷朗，抗心远俗之致，亦于是达焉。非可快意骋词，自状其偏颇，以供世人之喜怒也。自周以降，分为五、七言，皆贤人君子不得意之所作。晋人浮靡，用为谈资，故入以玄理。宋、齐游宴，藻绘山川。梁、陈巧思，寓言闺闼，皆言情之作。情不可放，言不可肆，婉而多思，寓情于文，虽理不充周，犹可讽诵。唐人好变，以骚为雅，直指时事，多在歌行，览之无余，文犹足艳。韩、白不达，放弛其词。下逮宋人，遂成俳曲。近代儒生深讳绮靡，乃区分奇偶，轻诋六朝。不解缘情之言，疑为淫哇之语，其原出于毛、郑，其后成于里巷。故风雅之道息焉。

（王闿运著，马积高主编：《湘绮楼诗文集》，长沙，岳麓书社，1996）

五、陈廷焯《白雨斋词话》(节选)

或问比与兴之别。余曰：宋德祐太学生《百字令》《祝英台近》两篇，字字譬喻，然不得谓之比也。以词太浅露，未合风人之旨。如王碧山《咏萤》《咏蝉》诸篇，低回深婉，托讽于有意无意之间，可谓精于比义。（婉讽之谓比，明喻则非。《随园诗话》中所载诗，如《咏六月菊》云："秋士偶然轻出处，高人原不解炎凉。"《咏落花》云："看他已逐东流去，却又因风倒转来。"《咏茶灶》云："两三杯水作波涛"等类，皆舌尖聪明语，恶薄浅露，何异刘四骂人？即"经纶犹有待，吐属已非凡"之句，无不倾倒，然亦不过考试中兴会佳句耳。于风诗比义，了不相关。宋人"而今未问和羹事，且向百花头上开"自是富贵福泽人声口，以云风格，视经纶句又低一等矣。）若兴，则难言之矣。托喻不深，树义不厚，不足以言兴。深矣厚矣，而喻可专指，义可强附，亦不足以言兴。所谓兴者，意在笔先，神余言外，极虚极活，极沉极郁，若远若近，可喻不可喻，反覆缠绵，都归忠厚。求之两宋，如东坡《水调歌头》《卜算子·雁》，白石《暗香疏影》，碧山《眉妩·新月》《庆清朝·榴花》《高阳台》（"残雪庭除"一篇）等篇，亦庶乎近之矣。（卷六）

（陈廷焯著：《白雨斋诗话》，杜未末校点，北京，人民文学出版社，1959）

六、况周颐《蕙风词话》(节选)

人静帘垂，灯昏香直，窗外芙蓉，残叶飒飒作秋声，与砌虫相和答。据梧瞑坐，湛怀息机。每一念起，辄设理想排遣之。乃至万缘俱寂，吾心忽莹然开朗如满月，肌骨清凉，不知斯世何世也。斯时若有无端哀怨，棖触于万不得已，即而察之，一切境象全失，唯有小窗虚幌，笔床砚匣，一一在吾目前。此词境也。三十年前或月一至焉。今不可复得矣。

吾听风雨，吾览江山，常觉风雨江山外有万不得已者在，此万不得已者，即词心也，而能以吾言写吾心，即吾词也。此万不得已者，由吾心酝酿而出，即吾词之真也，非可强为，亦无庸强求。视吾心之酝酿何如耳。吾心为主，而书卷其辅也，书卷多，吾言尤易出耳。

吾苍茫独立于寂寞无人之区，忽有匪夷所思之一念。自沉冥杳霭中来，吾于是乎有词。洎吾词成，则于顷者之一念若相属若不相属也，而此一念，方绵邈引演于吾词之外，而吾词不能殚陈，斯为不尽之妙，非有意为是。不尽如书家所云，无垂不缩，无往不复也。

（郭绍虞主编：《中国历代文论选》第四册，上海，上海古籍出版社，2001）

七、黄遵宪《与周朗山论诗书》(节选)

遵宪窃谓诗之兴，自古至今，而其变极尽矣；虽有奇才异能英伟之士，率意远思，无有能出其范围者。虽然,诗固无古今也。苟能即身之所遇,目之所见,耳之所闻,而笔之于诗,何必古人?我自有我之诗者在矣。夫声成文谓之诗,天地之间,无有声皆诗也,即市井之谩骂,儿女之嬉戏,妇姑之勃豀,皆有真意以行其间者,皆天地之至文也。不能率其真;而舍我以从人,而曰吾汉吾魏吾六朝吾唐吾宋,无论其非也,即刻划求似而得其形,肖则肖矣,而我则亡也;我已忘我,而吾心声皆他人之声,又乌有所谓诗者在耶?汉不必"三百篇",魏不必汉,六朝不必魏,唐不必六朝,宋不必唐,惟各不相师,而后能成一家言。是故论诗而依傍古人,剿说雷同者,非夫也。吾今日所遇之时,所历之境,所思之人,所发之思,不先不后,而我在焉,前望古人,后望来者,无得与吾争者,而我顾其情,舍而从人,何其无志也。虽然,吾身之所遇,吾目之所见,吾耳之所闻,吾愿笔之于诗,而或者其力有未能,则不得不藉古人而扶助之,而张大之,则今宪所为,皆宪之诗也。

（陈良运主编:《中国历代诗学论著选》,南昌,百花洲文艺出版社,1995）

八、陶曾佑《论文学之势力及其关系》

有物焉,蟠据于光荣之大陆,其有无不关于生命,其盈细不足为富贫,听之而无声,嗅之而无气,人之视之,究不若对于名誉、思想、金钱、主义之恳切也;然而地球中之先觉者,莫不服从之,崇拜之,震慑之,欢迎之,珍为第二之灵魂,实为无形之躯壳;举凡政治也,法律也,经济也,军事也,国际也,实业也,过去之历史也,现在之大势也,未来之问题也,莫不藉之以传播,以鼓吹,以淘汰,以支配,以改革,以变迁,斤斤然而希望其进化;用之而不敝,取之而不竭,贤不肖之所得,各随其才,仁智之所见,各随其分;用之于善,则足以正俗扶风,造于百年之幸福,而涵养性质,培植人格,增益智识,孕育舆论,尤其小焉者也;用之于不善,实足以灭国绝种,伏忆万里之病根,而荡佚意志,锢蔽见闻,淆混是非,销沉道德,又其微焉者也。咄!此何物?此何物?其气质之物耶?其固质之物耶?抑流质之物耶?吾同胞志之,其最高尚最尊荣最特别之名词,曰文学。彼西哲所谓形上之学者,非此文学乎?倍根曰:"文学者,以三原素而成,即道理、快乐、装饰各一分是也。"洛理斯曰:"文学者,世界进化之母也。"和图和士曰:"文学者,善良清洁之一世界也。"然则,诸哲之于此文学,志意拳拳,其故安在?盖载道明德纪政察民,胥于此文是赖;含融万汇,左右群情,而吐焉纳焉臧焉否焉生焉灭焉,惟兹文学始独有此能力。恃利喙锋牙吸咽膏髓之禽兽势力,未足与之角;挟黑铁赤血操纵生命之战斗势力,莫敢与之京;施祈祷舞蹈灌输迷信之宗教势力,具圣言令歌独裁政体之君主势力,不克以驾驭之,而反屈服于其下。文学!文学!尔之势力可不谓伟矣哉?

挽近以来,由简趋繁,贡献千枝万条,茫茫学业,逐渐昌明,质与文兮,两相对峙。而一般论者,咸谓研求质学,为自强独立之原因,务实捐虚,其损益固显然易烛。

虽然，仅攻质学，亦未足为得计也。如教化之陵夷，人权之放失，公德之堕落，团体之涣离，通质学者或熟视而无所睹，且有深入其盘涡而不自觉者，此可为太息而流涕者也。然当此时期，倘思撼醒沉酣，革新积习，使教化日隆，人权日保，公德日厚，团体日坚，则除恃文学为群治之萌芽，诚未闻别有善良之方法。区区质学，讵得等为上上乘乎？同胞！同胞！其镇定心神，一俟吾进言其关系。

（甲）对于国家之关系　吾同胞试就世界历史中而一观察之：尝闻一国之盛衰，系于一国之学术；而学术之程度，恒视其着述之多少与良楛为差。故凡有所发明，乃日阐而日精，日研而日进，日演而日繁也。在昔扶桑三岛，当明治改革之时期，举国竞趋欧化；于是三宅雄次郎、志贺重昂、福泽谕吉、吉田松阴诸杰，乘时挺起，攘臂疾呼，倡国粹保全之学说；爰婆心苦口，发行杂志新闻，热血侠肠，编辑稗官剧本；而维新伟业，逐渐飞腾。又普鲁士之败于法也，订约求和，偿金割地。乃遗民眷怀旧壤，作种种诗歌曲谚，不忘宗国之音；而独逸联邦，卒致成立。噫！之二国者，恢特典于将销，挽狂澜于既倒；为现世收完全之效果，令前途茁发达之新芽；大好舞台，呈一幅美备庄严之景象；而文明片影，遂长留曜于历史之间。由是观之，则注重文学之足以兴国，有如此者。彼夫不列颠民族之墟印度也，必先乱其文学，始能侵其权利焉；所谓藉商战以亡印者；实余末之伎俩也。斯拉夫之种之裂波兰也，亦必先裂其文学，乃克占领其版图焉；所谓藉兵战以亡波者，实应施之方针也。商也，兵也，是诚非其主脑，固无庸解决者。噫！之二国者，既匪墟于商业，又匪裂于兵威，然国界虽存，国魂早逝，固有之一般原素，潜沦夷于乌托之邦；虽一旦噩梦初回，神经顿悟，欲保全而莫得，思光复亦良难。嗟乎！景物依然，河山已异，悚舆图兮变色，为奴隶兮何辞；秋雨铜驼，故宫禾黍，西风玉雁，遗迹沧桑，诚有不堪纪念者矣。由是观之，则捐弃文学之足以亡国，有如此者。盖文学之关系于国家，至重大且至密切，故得之则存，舍之则亡，注意则兴，捐弃则废，猗欤魔力，绝后空前，光怪陆离，亦良可畏已。

（乙）对于社会之关系　吾同胞试又就人群躯体上而一研究之：彼耳之不听，目之不明，喉舌不灵，手足之不仁，是之谓傀儡，是之谓残废，是之谓无知觉的动物，诚生理界之大缺点也。然此等缺点，亦有有形与无形之分焉；而无形之缺点，其害较有形为尤烈。是宜披览丰富精当之文词，以爽悦其目；静聆激昂慷慨之文词，以愉快其耳，或持稿呻晤，或仰空呼吸，以调畅其喉舌；或据案握管，或缓步构思，以运动其手足：若是，则离娄、师旷、公输、冶长自不克专美于前矣。盍观乎斯巴达之训兵也，谱出军之歌，而国民之尚武精神于以振；日耳曼之励学也，奏进步之曲，而生徒之学科程度因以高。又如日本舆夫，亦能读普通之杂志；巴黎乞丐，竟发刊本业之新闻：而劳动中人，胥具有完全之资格。至其他各国，亦莫不孜孜于文字之林，合谋社会之改良，力促社会之进步，凭兹不聿，阐厥宗风，所由欧、美新机，其突飞未有已也。考诸吾国，自鸿荒泊夫中古，经则详于私德，略于公益，为个人主义之伥；史则重于君统，轻于民权，开奴隶舞台之幕；子则鄙夷浅显，注重高深，耗学者之心思脑力；集则纪载简单，篇章骈俪，种文坛之夸大浮华。至若近世青年，竞尚西文，侈谈东籍，率多推敲韵调，剿袭皮毛，而或于祖国固有之文明：排斥不遗余力；虽两界中之翰墨，固亦各有所长，而其恶劣芜杂，不堪游目者，实占一大部分。噫！矛天戟地，森然逼人；莽莽中原，如痴如醉；灾梨耗楮，流毒无涯；半开化之支那不能建国于地球之上，所由是炎、黄特质竟退化于无形也。盖文学之关系于社会，较他物尤为普及。吾人于晨宵燕息之余，忽获睹二三小册，数纸奇文，顿觉光风霁日；而一般方面，莫不凭意志以变迁。国度何判东西，时代不分今昔，凡高人杰构，名士佳章，硕彦忠孝之篇，大将淋漓之作，苟经注目，即深印于神经髓海之间，而幻出种种喜怒悲惧之境界。噫嘻！文学之触感移情，既灵且捷，综上等中等下等之社会，而能融冶一炉，逐渐以浸灌之，作用之宏，成功之易，舍兹文学，其谁与归耶？

俯视千春，横眺六极，无文学不足以立国，无文学不足以新民，此吾敢断言者也。大块无私，假以文明之要素；洛阳有日，博来优美之公评。翻文海之波澜，除学界之荆棘。夕治半稿，朝出全编；压倒一时，喧腾万里；纵横笔阵，烈焰烘烘。丁夫雨后更阑，酒酣耳热，才思泉涌，逸兴云飞；忽而雷霆怒号，忽而河山震动，忽而神出鬼没，忽而花笑鸟歌；呼驾自如，发挥尽致，庄谐咸备，纤巨靡遗，一面菱花，普映大千世界。即以此观，而吾国可亲可爱可敬可畏可希望可馨香之列列文豪，亦足据以侈矜夫当世而睥睨一切者也。

文者，天下人心中固有之物也。文豪！文豪！吾愿尔之毋自轻，毋自卑，毋自弃，毋自贱，毋自欺！文豪！文豪！吾愿众生毋轻尔文豪，毋卑尔文豪，毋弃尔文豪，毋贱尔文豪，毋欺尔文豪！文豪！文豪！吾尤愿萃吾巴科民族，从尔驰骋，凭尔驱使，资尔诱掖，荷尔陶镕，挟尔作无量化身，普及吾四千余年四百余兆之可怜虫，莫不鼓荡此源泉，居文豪之尊位置！文豪！文豪！吾更愿举吾藻丽神州，着作如云，翻译如雾，报章电掣，典籍风行，家家业印刷之科，处处设图书之馆，机关满地，权势薰天，团合吾二三殖民十八行省之干净土，莫不标呈此特色，成文豪之天演场！平地一声，昭苏万象。没字之顽石乎？野蛮之写真乎？将与黄鹤齐飞，澌灭于无何有。

（舒芜、陈迩冬、周绍良、王利器编选：《中国近代文论选》上，

北京，人民文学出版社，1981）

九、林纾《意境》

文章唯能立意，方能造境。境者，意中之境也。譬诸盛富极贵之家儿，起居动静，衣着食饮，各有习惯，其意中决无所谓瓮牖绳枢、啜菽饮水之思想。贫儿想慕富贵家缛用，容亦有之，而决不能道其所以然；即使虚构景象，到底不离寒乞。故意境当以高洁诚谨为上着，凡学养深醇之人，思虑必屏却一切鞿鞴渣滓，先无俗念填委胸次，吐属安有鄙倍之语？须知不鄙倍于言，正由其不鄙倍于心。意者，心之所造；境者，又意之所

造也。朱子曰："国初文字，皆严重老成，其词谨敕，有欲工不能之意，所以风俗浑厚。至欧公文字，好底便十分好，犹有甚拙底。"此即后文采而先意境之说也。

文字之谨严，不能伪托理学门面，便称好文字。须先把灵府中淘涤干净，泽之以《诗》《书》，本之于仁义，深之以阅历，驯习久久，则意境自然远去俗氛，成独造之理解。朱子又言："作文字须是靠实，说得有条理。"可见唯有理解，始能靠实。理解何出？即出自《诗》、《书》、仁义及世途之阅历。有此三者为之立意，则境界焉有不佳者？

虽然，理而曰解，即庖丁解牛之解。游心于造化，故能不触于肯綮。唯入手处须有审择工夫。《容斋四笔》述坡公语，谓："天下之事，散在经史中，不可徒使；必得一物以摄之，然后始为己用。所谓一物者，意是也。"此语虽深实浅。不言析理于经史中，但言使事于经史中，顾能加以议论，则为熔裁，但取其事实，便成糟粕。且所谓摄之以意者，亦主驱驾而言，不为探本之论。吴氏《林下偶谈》："为文大概有三：主之以理，张之以气，束之以法。"言"主"言"束"，是也；言"张"则非是。主之以理矣，则心静神肃，气胡自张？

故主理之说，实行文之所不能外。凡无意之文，即是无理。无意与理，文中安得有境界？譬诸画家，欲状一清风高节之人，则茅舍枳篱，在在咸有道气；若加之以豚栅鸡栖，便不成为高人之居处。讲意境者由此着想，安得流于凡下？

虽然，有意矫揉，欲自造一境，固亦可以名家；唯舍乌蔡而餍螺蛤，究不是正宗文字。故郑师山《与洪君实书》曰："所假《皇甫集》，连日细看，大抵不惬人意。其言理叙次，都是着力铺排，往往反伤工巧。""工巧"二字，亦文中一种伎俩；惟云言理，以工巧行之，自然至于着力。

须知意境中有海阔天空气象，有清风明月胸襟。须讲究在未临文之先，心胸朗彻，名理充备，偶一着想，文字自出正宗；不是每构一文，立时即虚构一境。盖临时之构，局势也。一篇有一篇之局势，意境即寓局势之中。此亦无难分别，但观立言之得体处，即本意境之纯正。故《丽泽文说》倪正父曰："文章以体制为先。"试问若无意者，安能造境？不能造境，安有体制到恰好地位？方望溪《与孙以宁书》曰："古之晰于文律者，所载之事，正与其人之规模相称。"此何谓也？非意之为经，还他恰好地位，求称难矣。

综言之，意境者，文之母也，一切奇正之格，皆出于是间。不讲意境，是自塞其途，终身无进道之日矣。

（林纾著：《春觉斋论文》，范先渊校点，北京，人民文学出版社，1959）

十、樊志厚《人间词乙稿序》

去岁夏，王君静安集其所为词，得六十余阕，名曰《人间词甲稿》，余既叙而行之矣。今冬，复汇所作词为《乙稿》，丐余为之叙。余其敢辞，乃称曰：

文学之事，其内足以摅己，而外足以感人者，意与境二者而已。上焉者意与境浑，其次或以境胜，或以意胜，苟缺其一，不足以言文学。原夫文学之所以有意境者，以其能观也。出于观我者，意余于境。而出于观物者，境多于意。然非物无以见我，而观我之时，又自有我在。故二者常互相错综，能有所偏重，而不能有所偏废也。文学之工不工，亦视其意境之有无，与其深浅而已。

自夫人不能观古之人之所观，而徒学古人之所作，于是始有伪文学。学者便之，相尚以辞，相习以模拟，遂不复知意境之为何物，岂不悲哉！苟持此以观古今人之词，则其得失，可得而言焉。温、韦之精艳，所以不如正中者，意境有深浅也。《珠玉》所逊《六一》，《小山》所以愧《淮海》者，意境异也。美成晚出，始以辞采擅长，然终不失为北宋人之词者，有意境也。南宋词人之有意境者，唯一稼轩，然亦若不欲以意境胜。白石之词，气体雅健耳，至于意境，则去北宋人远甚。及梦窗、玉田出，并不求诸气体，而惟文字之是务，于是词之道熄矣。自元迄明，益以不振。至于国朝，而纳兰侍卫以天赋之才，崛起于方兴之族。其所为词，悲凉顽艳，独有得于意境之深，可谓豪杰之士，奋乎百世之下者矣。同时朱、陈，既非劲敌；后世项、蒋，尤难鼎足。至乾、嘉以降，审乎体格韵律之间者愈微，而意味之溢于字句之表者愈浅。岂非拘泥文字，而不求诸意境之失欤？抑观我观物之事自有天在，固难期诸流俗欤？

余与静安，均夙持此论。静安之为词，真能以意境胜。夫古今人词之以意胜者，莫若欧阳公。以境胜者，莫若秦少游。至意境两浑，则唯太白、后主、正中数人足以当之。静安之词，大抵意深于欧，而境次于秦。至其合作，如《甲稿》《浣溪沙》之"天末同云"、《蝶恋花》之"昨夜梦中"，《乙稿》《蝶恋花》之"百尺朱楼"等阕，皆意境两忘，物我一体。高蹈乎八荒之表，而抗心乎千秋之间。骎骎乎两汉之疆域广于三代，贞观之政治隆于武德矣。方之侍卫，岂徒伯仲？此固君所得于天者独深，抑岂非致力于意境之效也。至君词之体裁，亦与五代北宋为近。然君词所以为五代、北宋之词者，以其有意境在。若以其体裁故，而至遽指为五代、北宋，此又君之不任受。固当与梦窗、玉田之徒，专事摹拟者，同类而笑之也。光绪三十三年十月，山阴樊志厚叙。（据赵万里王氏年谱，这序是王氏自己的作品。）

（郭绍虞主编：《中国历代文论选》第四册，上海，上海古籍出版社，2001）

第二节　近代戏曲、小说理论及批评

19世纪末至20世纪初，为适应资产阶级民主革命的需要，以梁启超为代表的理论家提出了一系列戏曲改良和小说革新的主张，为清后期衰落的戏曲、小说创作及理论注入了新的活力。他们积极将西方文艺美学理论的新思维、新方法运用于戏曲、小说研究，推动了传统曲论和小说理论的近代化进程。

一、近代戏曲改革

清中叶至鸦片战争前后，是花部乱弹诸腔与昆腔争胜的时期。道光年间，昆腔衰颓，代之而起的花部戏蓬勃发展，并形成了全国性的大型剧种京剧。20 世纪初，随"文学界革命"的展开，戏曲改良运动勃然兴起。因戏曲、小说同列"说部"，戏曲改革最初是同小说革新结合在一起的。1897 年，天津《国闻报》发表了严复、夏曾佑（1863—1924）的《国闻报附印说部缘起》一文，认为"说部"具有影响"天下之人心风俗"的积极作用，提倡通过戏曲、小说向大众进行启蒙。1902 年，梁启超发表《论小说与群治之关系》，分析了小说戏曲"支配人道"的"不可思议之力"。同年，他又在《新民丛报》上发表传奇《劫灰梦》《新罗马》《侠情记》，"以中国戏演外国事"，引起强烈反响，成为戏曲改良的先声。1903 年，梁启超在《小说丛话》中，从结构、辞藻和寄托三方面肯定了《桃花扇》的艺术成就，尤其强调其所表现的民族主义精神为戏曲创作和评论做出了榜样。1904 年，中国第一份戏剧杂志《二十世纪大舞台》问世，发起者陈去病（1874—1933）、汪笑侬（1858—1918）等人"以改革恶俗，开通民智，提倡民族主义，唤起国家思想为唯一之目的"，由柳亚子（1887—1958）撰写发刊词作为改良运动的宣言，正式揭开了戏曲改革的序幕。

戏曲改革首先表现在传奇杂剧的创作上。这一时期作品数量多，题材以表现民族大义和政治时事为主，说白增多，曲文减少，服饰、道具和动作趋于现代化、写实化，且打破了以生旦贯穿全剧的传奇惯例。在吸取西方和日本戏剧营养的基础上，一种全用道白而不主歌舞，且着时装、分幕、采用灯光布景的写实主义剧种——话剧勃然兴起。1906 年年底，中国戏剧团体春柳社在日本成立，所演《茶花女》《黑奴吁天录》等引起了较大的反响。

戏曲改革也促进了戏曲理论的发展，使之在经过约一个世纪的低回停滞后，迎来了新的变革和突破。概括起来，主要体现在三个方面。

一是提升戏曲地位，强调戏曲反映现实、开启民智的社会功能。资产阶级改良派和革命派都充分认识到戏曲有巨大的社会作用，将之视为"文学之上乘"和启蒙教育的利器。箸夫的《论开智普及之法首以改良戏本为先》指出："剧也者，于普通社会之良否，人心风俗之纯漓，其影响为甚大也。"王钟麒（1880—1913）的《剧场之教育》称："欲无老无幼，无上无下，人人能有国家思想，而受其感化力者，舍戏剧末由。盖戏剧者，学校之补助品也。"狄葆贤的《论文学上小说之位置》也说："得百李太白、杜少陵，不如得一汤临川、孔云亭。"从戏曲的重要性出发，戏曲改良者认为，应去除鄙视戏曲演员的偏见，提高他们的社会地位。陈去病的《论戏剧之有益》一文把戏曲和"高撞自由之钟"的革命事业联系起来，给戏曲从业者以很大的鼓励。他还撰写了《南唐伶工杨花飞别传》和《日本大运动家名优宫崎寅藏传》，宣扬优秀戏曲演员的历史功绩。作者不详的《告优》提出，看戏的"功效比那进学堂上历史班的工课大多了。所以各处的戏场，就是各种普通学堂，你们唱戏的人，就是各学堂的教习了"，希望戏曲演员肯定自身，投身到爱国运动中。陈独秀（1879—1942）在署名"三爱"的《论戏曲》中说："盖以为演戏事，与一国之风俗教化极有关系，决非可以等闲而轻视优伶也。"他又称"戏园者，实普天下人之大学堂也；优伶者，实普天下人之大学教师也"，对戏曲作用的强调可谓无以复加。

二是借鉴西方理论，重新分析戏曲的艺术特征。如欧榘甲的《观戏记》称"演戏之移易人志，直如镜之照物，靛之染衣，无所遁逃"，而这种强大的艺术感染力从何而来，是其时论者探讨的重点。严复、夏曾佑等人认为，戏曲之所以能移风易俗，主要原因在于能表现人类的"公性情"，即普遍的人性。《铁瓮烬余》一文指出，在民智开启阶段，戏曲同其他语言形式如小说相比，更形象直观，也更有效："戏剧之效力，影响于社会较小说尤大。吾国教育未普及，彼蚩蚩者，目不识之无，安能各手一卷。若戏剧则有色有声，无不乐观之；且善演者淋漓尽致，可泣可歌，最足动人感情。昔有皮匠杀秦桧故事，此其明证。故戏剧者，一有声有色之小说也。"《论戏曲》同样强调戏曲可听可看、直击人心的特点，称："戏曲者，普天下人类所最乐睹、最乐闻者也，易入人之脑蒂，易触人之感情。故不入戏园则已耳，苟其入之，则人之思想权未有不握于演戏曲者之手矣。"

三是主张以西方为榜样改良戏曲，为社会政治服务。戏曲强大的社会作用和艺术感染力，促使戏曲改良倡导者十分强调改革戏曲的形式和内容。《论戏曲》认为，要使戏曲真正起到改良社会的作用，必须先改良戏曲本身，使之"感动全社会，虽聋得见，虽盲可闻"。为此，陈独秀提出五项意见：多编有益风化之戏；学习西方戏剧中的演说之法以长人见识，采用西方演剧中的声光电气技术；不演神仙鬼怪戏；不演淫戏；除去富贵团圆之俗套。箸夫对演剧界充斥"寇盗、神怪、男女数端"也很不满，以为"锢蔽智慧，阻遏进化"。有鉴于下层民众多不识字，《论开智普及之法首以改良戏本为先》提出先改良戏本的主张。欧榘甲的《观戏记》从法、日两国以戏剧激发国民意志，改行新政终成强国的事实中，认识到传统戏剧必须从"改班本"和"改乐器"两个方面加以改革。蒋观云（1865—1929）的《中国之演剧界》一文则从西方美学的概念出发，认为传统戏曲的最大缺陷是"无悲剧"，"中国之演剧也，有喜剧，无悲剧。每有男女相慕悦一出，其博人之喝采多在此，是尤可谓卑陋恶俗者也"，而"悲剧者，能鼓励人之精神，高尚人之性质，而能使人学为伟大人物者也。故为君主者不可不奖励悲剧而扩张之"，主张戏曲改革"必以有悲剧为主"。要之，戏曲改良倡导者强调改革的最终目的是服务于社会政治。陈去病的《论戏剧之有益》强调戏剧有益于民族民主革命，号召青年投身于改良事业。柳亚子的《二十世纪大舞台发刊辞》明确主张要利用戏曲宣传共和与革命，希冀以戏曲改革迎接革命的胜利。

晚清民初的这场戏曲改良运动以功利主义为基础，以民族主义为核心，又以西方戏剧为榜样，对戏曲的功能作用、艺术特征和改革方向做了大量的探讨，其实质是利用戏曲形式进行启蒙，以开化民智、救亡图存。在当时的社会背景下，戏曲改良适应了历史发展的新形势，对提高戏曲地位、促进戏曲繁荣、加深戏曲理论研究，无疑具有积极的意义。但有的改良倡导者把戏曲看成国之兴衰的根源，认为戏曲有左右一国之力，过于夸大戏曲的社会作用，其主张不免带有空想的色彩。尤其是把戏曲当成宣传革命的传声筒，多少忽视了它的艺术特征；在强调戏曲为社会政治服务的同时，对如何按艺术规律加以表现认识得不充分，因此带有明显的理论缺陷。

二、王国维的戏曲研究

1912 年，王国维的《宋元戏曲考》问世。王国维 1908 年正式开始古代戏曲研究，历时五年，完成了《曲录》六卷，《戏曲考原》一卷，《唐宋大曲考》一卷，《优语录》二卷，《古剧脚色考》一卷，《曲调源流表》一卷。《宋元戏曲考》以宋元戏曲为研究对象，"取外来之观念，与固有之材料互相参证"[①]，全面考察了传统戏剧的艺术起源与形成、艺术特征与成就等一系列问题，开戏曲史研究之先路，树立了现代戏曲史的基本学术模式，也拓展了传统戏曲研究的新领域。

(一)论戏剧的起源

王国维认为，古代戏剧的完整形态是"戏曲"，"必合言语、动作、歌唱，以演一故事，而后戏剧之意义始全，故真戏剧必与戏曲相表里"。具体而言，宋元南戏与北杂剧合歌舞科白为一体，最能表现戏曲的特征，是"真戏剧"。宋以前的俳优、滑稽戏、歌舞戏、杂技、百戏、傀儡戏、皮影戏等都还不是真正的戏曲，这些"古剧"的原始形态可追溯至上古巫戏，表现为小型的歌舞戏、滑稽戏，"兼有竞技游戏在其中"，但表演中没有完整的故事。"至宋金二代，而始有纯粹演故事之剧"，因此戏剧的起源可归于宋代。宋剧的结构"实综合前此所有之滑稽戏及杂戏、小说为之"，"溯其发达之迹"有宋代滑稽戏、杂戏小说和乐曲三个源头，而最后形成的综合体就是元杂剧。元杂剧不但具备"真戏剧"的特征，而且完成了"于科白中叙事，而曲文全为代言"的演变，是戏曲最终形成的标志。"此二者之进步，一属形式，一属材质，二者兼备，而后我中国之真戏曲出焉。"王国维采进化论的方法研究戏剧形态史，自觉把中国戏曲的形成过程视为各艺术门类综合展开的过程，在分体向综合的转化中完成了对传

---

① 陈寅恪：《金明馆丛稿二编》，219 页，上海，上海古籍出版社，1980。

统戏曲的界定。

(二)论脚色分工

通过对戏曲发展演变的考察，王国维发现戏曲中的脚色分工实寄寓着塑造人物、刻画性格的"深意"。在《古剧之结构》中，他指出隋唐之前戏曲尚无"合歌舞以演一事"，无脚色分工。中唐参军戏中的"参军"和"苍鹘"，可被视作最早的脚色分工。到宋金杂剧院本中，这种脚色分工开始明显，"若妲、若旦、若徕，则示其男女及年齿；若孤、若酸、若爷老、若邦老，则示其职业及位置；若厥、若倈，则示其性情举止；若哮、若郑、若和，虽不解其义，亦当有所指示"。元明以后，脚色进一步表示人物品性的善恶，主要人物如生旦、末旦一般"多善鲜恶"，次要人物如净、丑一般充当反面人物。到了清代更是突破传统，脚色表现不以品性而论气质，"气质"较之"品性"更能表现人物形象："品性必观其人之言行而后见，气质则于容貌、声音、举止之间可一览而得者也。"（《古剧脚色考》）因此，王国维在《录曲余谈》中将戏曲中的生、旦、净、丑与西方医学中的热、冷、郁、浮四性相比附，强调气质分类与脚色分工的内在联系。

(三)论元杂剧

王国维用力最多的方面是元杂剧研究。在《宋元戏曲考》中，他花了整整五章，分论其渊源、时地、存亡、结构、文章，另有相关章节如"元院本""南戏之渊源及时代""元南戏之文章"。

王国维把元杂剧的创作分为蒙古时代、一统时代、至正时代三个时期，将作家的创作同当时的政治环境结合起来，指出第一时期是元杂剧创作的高峰期，"元剧之杰作大抵出于此期"；至第二期，"除宫天挺、郑光祖、乔吉三家外，殆无足观"；第三期则是元杂剧的衰落期。关于元杂剧繁荣的原因，王国维特别反对元以词曲取士故刺激了戏曲繁荣的说法，指出"元初之废科目，却为杂剧发达之因"。正是因为文人"其才力无所用，而一于词曲发之"，其中"又有一二天才出于其间，充其才力，而元剧之作，遂为千古独绝之文字"。

对于元杂剧的艺术成就，王国维主要从三个方面做了评价。一是自然。他认为元杂剧之所以出色，"一言以蔽之，曰：自然而已矣"。所谓"自然"，不仅指语言"明白如画""言外有无穷之意"，更指作者能真诚、不加雕饰地"摹写其胸中之感想与时代之情状"，不去顾虑其关目布置是否拙劣，思想表现是否卑陋，人物塑造是否矛盾，"真挚之理与秀杰之气，时流露于其间"。从创作动机上说，元杂剧的创作目的是自娱娱人，"非有藏之名山，传之其人之意"，作者亦"非有名位学问也"，因而是超功利的。元杂剧的创作是作者最真实自然的反映，突出展现了超越文学法度规范的主体精神，因而"是中国最自然之文学"。 二是有悲剧之美。 受西方悲剧理论的影响，王国维反感"先离后合，始困终亨"的喜剧情节，认为唯有悲剧才最有价值。 他评价《窦娥冤》《赵氏孤儿》"虽有恶人交构其间，而其蹈汤赴火者，仍出于其主人翁之意志"，这和《红楼梦评论》称《桃花扇》是"他律的"解脱形成鲜明的对比，因此是真正的悲剧，即便列于世界大悲剧中"亦无愧色也"。 三是有意境。 王国维称赞元杂剧最佳处不在思想结构，而在意境。 "意境"是"自然"的延伸，和《人间词话》中的境界说相仿。 境界说提出"隔"与"不隔"、 "有我之境"和"无我之境"之分，以"不隔"与"无我之境"为最高境界。 作为代言体的元曲，要做到"写情则沁人心脾，写景则在人耳目，述事则如其口出"，必须将自我完全融入角色，在审美而非功利的观照中，完成对人物性格、 心理及语言行为的刻画。

王国维还肯定了历史上以"关马郑白"为四大家的评价，不过又根据年代和造诣将其调整为"关白马郑"。 他赞美关汉卿"一空倚傍，自铸伟词，而其言曲尽人情，字字本色"，推其为"元人第一"，有力反驳了明代以来贬抑关汉卿的偏见。

王国维的《宋元戏曲考》，诚如其自序所说，"凡诸材料，皆余所搜集； 其所说明，亦大抵余之所创获也"，堪称现代曲学的开山之作。 受王国维的启发，许多学者纷纷投身戏曲研究，吴梅即其中的佼佼者。 他撰写的《中国戏曲概论》部分继承了王国维的成果，又补充了王国维在音律学以及明清戏曲研究上的不足，值得重视。

三、近代小说理论及批评

由于社会的巨变，小说理论发展到这个时候也带有鲜明的时代色彩。 以戊戌变法为界，前期的小说理论批评大体还保留着传统的面貌。 后来，由于洋务派的倡导，译事勃兴，翻译小说给人们带来了新的小说观念，小说理论及批评遂有程度不同的更新。 戊戌变法以后，要求提高小说地位、 让小说为改良服务的理论及批评形态最终得以形成。

戊戌变法之前的晚清社会，在经历了鸦片战争失败、 太平天国动荡以及被迫割地开放后，皇权统治日益衰败，朝堂迟暮之气弥漫。 且西方列强的入侵使上海这样的城市商业畸形发展，人口大量增加。 在这样的社会背景下，侠义公案、 狭邪小说应运而生。 这一时期的小说理论及批评亦主要围绕这两类小说展开。 侠义公案小说将江湖侠义融入公案，以表现清官与侠客为民除害为内容，在一定程度上反映了被压迫阶层的心愿，整体评价较高。 俞樾（1821—1907）在《重编〈七侠五义〉序》中认为，《三侠五义》"事迹新奇，笔意酣恣，描写既细入毫芒，点染又曲中筋节"， "算得天地间另是一种笔墨"。 他还亲自动手，将其改为《七侠五义》。 时人对小说的情节描写、 人物塑造也有相应的探讨，尤其在强调补史劝惩功能之外，对小说"实亦足以培植世道、 感发人心，而为化民成俗之一助"有了一定的认识。 此说见诸孙寿彭的《彭公案序》，对改良派提倡革新小说以改良社会产生了一定的影响。 狭邪小说以世情小说的写实理论为创作基础，通过描写文人欢场风流来展现青楼、 洋场、 官场及市井的众生相。 狭邪小说在观念上基本没有超出传统世情小说的范围。 作者或以"发愤"说阐述创作动机，如《品花宝鉴序》谓"块然魂礌于胸中而无以自消"，《谭瀛室随笔》谓"用意在警醒痴迷"，《九尾龟》谓"上半部形容嫖界，下半部叫醒官场"。 尽管如此，论者对此类小说的文体特征，尤其是叙事方法的探讨，还是体现出对传统小说理论的创新与深入。 韩邦庆（1856—1894）的《海上花列传例言》称小说笔法虽从"《儒林外史》脱化出来"，但其中"穿插藏闪之法"为说部所未有。 符雪樵称《花月痕》摆脱了以说话人讲故事的小说叙事模式，能使用"文人白话"，而作家就是小说的抒情主人公，且不以情节取胜，其淋漓尽致处，"是从词赋中发泄出来，哀感顽艳"（《花月痕》附录）。 这些都是对其时小说创作新现象的总结。

洋务运动促使西方报刊和翻译小说被引入中国，小说作为文化商品，其消费市场渐渐形成，译介外国小说者日渐增多，开始注意借用西方的文学观念来研究小说。1873 年，蠡勺居士在为翻译小说《昕夕闲谈》所作序言中，强调小说"以怡神悦魄为主"的美感作用，声称"谁谓小说为小道哉"。 此后严复、 夏曾佑在《国闻报附印说部缘起》中又从人性论和进化论角度，阐释了小说的本质与审美心理，提出其所表现的是人类的"公性情"，"一曰英雄，一曰男女"，"非有英雄之性不能争存，非有男女之性不能传种也"，强调小说"人人之深，行世之远"，明确表示要借鉴近代欧美及日本的做法，以小说作为开启民智、 变法图强的工具。 在此方面影响最大者是梁启超，他发起"小说界革命"，把原被视为"闲书""末技"的小说变成觉世新民的救国利器，大大提高了小说的地位。 此后几年，小说创作和批评异常活跃，成册的小说至少在一千种以上，狄葆贤、 夏曾佑、 徐念慈、 王钟麒等人都有相关论文发表，"然其内容，仍不外'小说与群治之关系'的阐明"[1]。

晚清小说的繁荣，主要包括小说创作和翻译两部分。 在小说服务于政治这一思想的影响下，出现了一批模仿《儒林外史》的谴责小说，意在揭露官场丑态、 试场恶趣、鸦片顽癖、 缠足虐刑等社会负面情状。 吴沃尧（1866—1910）对这类小说有多方面的论述，揭出其有"嬉笑怒骂"、 广泛暴露"千奇百怪"的特点。 翻译小说的繁荣更胜前者，尤以林纾声名最大，成果最富。 林纾（1852—1924），字琴南，号畏庐，别署冷红生。 林纾译文的贡献在于为小说革新垂示了典范，一定程度上诱发了现代小说意识的觉醒。 他非常重视小说与社会之关系，主张翻译小说要"有益于今日之社会"（《鬼山狼侠传叙》），坚持根据现实的需要选择题材。 他翻译反侵略和战争小说，"特为奴之势逼及吾种，不能不为大众一号"（《黑奴吁天录跋》），希望读者由此悟出"人人咸

---

① 阿英：《晚清小说史》，3 页，北京，东方出版社，1996。

励学问，人人咸知国耻"的道理（《滑铁庐战血余腥记序》）；　"多译西产英雄之外传"（《剑底鸳鸯序》），希望以侠义精神"救吾种人之衰惫，而自厉于勇敢"（《埃司兰情侠传序》）；　至于翻译爱情小说，一方面是为了让国人了解域外的情爱奇观，另一方面也是"实将发其胸中无数之哲理"（《离恨天译余剩语》）。　此外，林纾明确提出"扫荡名士美人之局，专为下层社会写照"的命题（《孝女耐儿传序》），对"五四"时期"为人生"文学观的形成产生了直接影响；　注重"区别其文章之流派"（《孝女耐儿传序》），如司各得（司各特）的"绵褫"、　小仲马的"疏阔"，以及迭更司（狄更斯）的"千旋万绕"（《冰雪因缘序》），尽力将小说家的风格技巧完美地表现出来，"惟其伏线之微，故虽一小物，一小事，译者亦无敢弃掷而删节之，防后来之笔旋绕到此，无复叫应"，在此过程中又能自然地融入古文简洁隽永的气韵，故林纾的翻译尽管是意译，但具传神之美，深受读者喜爱。　徐念慈的《余之小说观》称林纾"遣词缀句，胎息史汉，其笔墨古朴顽艳"，为"今世小说界之泰斗也"。

除革新小说观念之外，晚清小说理论的发展还体现在对古典小说的评论上。　王钟麒的《中国历代小说史论》是第一部有意识编撰的小说史，惜乎作者早逝，未能完成。　这部著作将中国"数千年来小说之沿革"分为记事、　杂记、　戏剧、　章回、　弹词五种体裁，在史的梳理的基础上论述了小说产生的社会基础，指出其写作动机不外愤政治压制、　痛社会混浊和哀婚姻之不自由，体现了明确的进步性。　王国维于 1904 年发表的《红楼梦评论》，采用西方美学理论和方法评价《红楼梦》，具有突破性的意义。　全文分为五个部分，首先借叔本华哲学，讨论文艺的价值在于使人从日常生活之欲所导致的痛苦中解脱出来，继而以此为评论的出发点，将小说的根本精神解释为"以生活为炉，苦痛为炭，而铸其解脱之鼎"，得出"《红楼梦》一书与一切喜剧相反"，是"彻头彻尾之悲剧"的结论。　由于分析系统，富有思辨魅力，王国维的论说挣脱了传统小说理论批评的框架，有了不附庸于创作的独立面目。

值得一提的是，辛亥革命后出现的管达如的《说小说》、　吕思勉的《小说丛话》，运用西方美学，对小说学的基本问题，包括小说的性质、　功能与分类，小说与社会的关系，小说的艺术特点与创作方法，以及中外小说比较研究，做了比较系统的论述。　尽管影响远不如王国维，但从学理上看，其论确实代表了近代小说理论发展的水平。

四、梁启超与"小说界革命"

戊戌变法之前，改良派已意识到小说在开启民智上的重要性。　1895 年，傅兰雅在《万国公报》上刊出《求著时新小说启》，主张利用小说移风易俗之效来改变中国社会抽鸦片、　缠足等积弊，又提出小说的对象应包括"妇人幼子"，文字要浅显，取材要"近今易有"。　两年后，梁启超撰《变法通议》，采纳傅兰雅的建议，明确小说的改良计划，但限于时间精力而未能落实。 变法失败后他流亡日本，开始具体实施小说改良计划，在《清议报》创刊号上发表了政治翻译小说《佳人奇遇》及《译印政治小说序》，清楚表达了革新小说的意向。 1902 年，梁启超创办《新小说》杂志，连载政治小说《新中国未来记》，发表《论小说与群治之关系》，正式提出"小说界革命"，以为："欲新一国之民，不可不先新一国之小说。 故欲新道德必新小说，欲新宗教必新小说，欲新政治必新小说，欲新风俗必新小说，欲新学艺必新小说，乃至欲新人心、 欲新人格，必新小说……故今日欲改良群治，必自小说界革命始。 欲新民，必自新小说始。"《论小说与群治之关系》是近代改良主义小说理论的纲领性文章，被称为"小说界革命"的宣言书。

在这篇宣言书中，梁启超明确提出小说为"国民之魂"，是"文学之最上乘"，要求小说承担起改良社会政治的责任，并从心理学角度论证了小说产生艺术感染力的原因。 他先是肯定古人提出的小说通俗易懂、 赏心悦目的观点，但认为这并非最深层的原因。 真正的原因在于人的本性常不满足于自身处境，希望了解"身外之身""世界外之世界"，同时渴望与他人有情感的交流与共鸣。 故理想派小说"导人游于他境界"，探寻他人的人生和思想，满足人们"非能以现境界而自满足"的要求； 写实派小说挖掘自己的思想感情，"和盘托出，澈底而发露之"，让人产生知音共鸣之感。 梁启超认为这才是人们喜爱小说的真正原因。

梁启超就此总结了小说的审美教育功能，认为"小说有不可思议之力支配人道"，即"熏""浸""刺""提"四种艺术感染力。 "熏"之力为烘染，指小说对读者潜移默化的感染可以改变读者原有的心理因素，"成为一特别之原质之种子"，持久地影响读者并扩及他人的灵魂。 "浸"之力为"俱化"，指小说能使读者身入其境，思想情绪长时间沉浸其中而发生变化。 "熏"与"浸"都强调潜移默化的渐变作用，不过"熏"着眼于影响范围的广狭，"浸"强调影响时间的长短。 "刺"之力是"骤觉"，指小说能使读者心灵突然产生巨大的震动，特点是"于一刹那顷，忽起异感而不能自制"。 它的实现要求作品本身有一定的刺激力，能与读者的情感和思维达成瞬间的契合。 "熏""浸""刺"之力都"由外而灌之使入"，读者是被动的接受者。 "提"之力则"自内而脱之使出"，读者化身为小说中的人物，在认同人物思想行为的过程中提升自己的人格。 这是审美的最高境界："文字移人，至此而极。"需要指出的是，梁启超虽极力夸赞四力的作用，但也承认它们为一切文学乃至宗教、 政治所共有，小说只不过是"此四力所最易寄者"。 他借西方现代心理学、 美学理论来探讨艺术感染力的作用原理与机制，显然比冯梦龙《警世通言叙》所主"触性性通，导情情出"的情教说更为系统，更为深入。

在《论小说与群治之关系》中，梁启超还猛烈抨击传统小说是"吾中国群治腐败之总根源"，认为传统小说陷溺人心、 破坏国民道德，宣扬封建落后的"状元宰相"

"妖巫狐鬼""佳人才子""江湖盗贼"等思想。 与此相反，欧洲各国及日本在"变革之始"所写的政治小说对社会产生了巨大的积极作用，足可见革新小说的必要性和紧迫性。 总之，梁启超的小说理论从心理学角度揭示了小说反映现实、 表现理想的本质特征及审美功能，代表了当时理论界对小说功能和特点所达到的认识高度，成为近代小说理论的主流。 它大大提高了小说的社会地位，促进了此文体在晚清最后十年的繁荣。 吴沃尧在《月月小说序》中不由惊叹："吾感乎饮冰子《论小说与群治之关系》之说出，提倡改良小说，不数年而吾国之新著新译之小说，几于汗万牛充万栋，犹复日出不已而未有穷期也。"至于梁启超援引日本译西方文学术语"理想"与"写实"，把小说分为两大派，更是有划时代意义的创举，和今人划分"浪漫主义"与"现实主义"为两种主要的创作方法已相当接近。

当然，在肯定梁启超提倡小说革新之于社会正面作用的同时，也必须指出，他否定和抹杀传统小说的成就，把社会的腐败和改良都归因于小说，颠倒了小说和社会的关系，而有过分夸大小说作用，使小说成为政治工具的功利性意图。 他对小说的强大感染力虽做了充分的论述，但对小说的审美特性和创作规律并没有做更进一步的研究。

对于梁启超"小说界革命"的缺陷，当时不少论者都提出了批评。 如徐念慈的《余之小说观》就说："小说者，文学中之以娱乐的，促社会之发展，深性情之刺戟者也。昔冬烘头脑，恒以鸩毒霉菌视小说，而不许读书子弟一尝其新，是不免失之过严； 近今译籍稗贩，所谓风俗改良，国民进化，咸惟小说是赖，又不免誉之失当。 余为平心论之，则小说固不足生社会，而惟有社会始成小说者也。"黄人的《小说林发刊词》也认为，"昔之视小说也太轻，而今之视小说又太重也"， "小说之影响于社会固矣，而社会风尚实有构成小说性质之力，二者盖互为因果也"。 他们清醒地认识到了小说和现实之间的关系，较客观地评价了小说的社会作用。 苏曼殊（1884—1918）在《小说丛话》中还进一步揭示一切小说都是社会现实的反映，"无论何种小说，其思想总不能出当时社会之范围"，因此"其果今之恶社会为劣小说之果乎，抑劣社会为恶小说之因乎"，从根源上否定了梁启超对小说作用的夸大，对梁启超所忽视的小说审美特性也有进一步的研究。 黄人在《小说林发刊词》中指出， "小说者，文学之倾于美的方面一种也"，反对把小说变成政治上的格言、 讲义和口号。 徐念慈的《小说林缘起》依据黑辩尔（黑格尔）、 邱希孟（基尔希曼）的理论，认为小说"殆合理想美学、 感情美学而居其最上乘"，深入分析了小说的客观性、 形象性、 理想化等审美特征。 侠人在《小说丛话》中明确小说的"神力"在于描写典型事件，塑造典型人物，"明著一事焉以为之型，明立一人焉以为之式"。 这种典型性不同于生活的真实，经过了作者理想化的艺术加工。 他还批评梁启超片面地否定古典小说，忽视了《红楼梦》《水浒传》等作品的思想与艺术成就。 黄世仲的《改良剧本与改良小说关系于社会之轻重》则在肯定古典小说的基础上，主张继承其批判精神和艺术技巧，明确小说改良的方向是剔除"如神权之迷信、仙佛之姻缘、鬼魔妖怪之诞幻"等内容，以白话和土音进行写作。针对梁启超所提出的小说具有"导人游于他境界"的特点，浴血生提出理想派小说对理想的描写应建立在作者熟悉、体验生活的基础上，"必先著者自游于他境界"（《小说丛话》）。夏曾佑的《小说原理》还结合当时的创作实际，提出现实主义创作的"五易五难"，对小说的创作规律进行了总结。以上均对梁启超"小说界革命"理论的不足之处做了有益的矫正和补充。

🖼 原典选读

近代戏曲、小说理论受西学影响很大。王国维推元曲为"最自然之文学"，与明人对元曲本色特征的强调不无关系，但从根本上说，其代表的是一种崭新的美学评价，《元剧之文章》对悲剧精神的概括更是"取外来之思想"。徐念慈的《小说林缘起》以黑格尔美学来观照小说的性质，更让人感受到浓郁的西方色彩。为适应新民强国的时势，说部文学的社会功利作用此期被着重强调。论者或突出戏曲灌输文明思想的国民教育意义，或认为戏曲可移风易俗、变革人心乃至政治改良，或指出小说的价值不仅在影响社会，还在创造一个新的世界。这些革新观念的核心精神正是"欧西文思"。与此同时，也有论者开始关注西学东渐过程中产生的问题，或批评古典小说阐释中的不良倾向，或讨论翻译小说和自著小说的历史作用和相互关系，乃至从批评的角度对新旧小说做出总结，提出新小说的阅读条件与方法，凡此均可见客观合理的一面。

一、王国维《元剧之文章》（节选）

元杂剧之为一代之绝作，元人未之知也。明之文人始激赏之，至有以关汉卿比司马子长者（韩文靖邦奇）。三百年来，学者文人，大抵屏元剧不观。其见元剧者，无不加以倾倒。如焦里堂《易余籥录》之说，可谓具眼矣。焦氏谓一代有一代之所胜，欲自楚骚以下，撰为一集，汉则专取其赋，魏、晋、六朝至隋，则专录其五言诗，唐则专录其律诗，宋专录其词，元专录其曲。余谓律诗与词，固莫盛于唐、宋，然此二者果为二代文学中最佳之作否，尚属疑问。若元之文学，则固未有尚于其曲者也。元曲之佳处何在？一言以蔽之，曰：自然而已矣。古今之大文学，无不以自然胜，而莫著于元曲。盖元剧之作者，其人均非有名位学问也；其作剧也，非有藏之名山，传之其人之意也。彼以意兴之所至为之，以自娱娱人。关目之拙劣，所不问也；思想之卑陋，所不讳也；人物之矛盾，所不顾也；彼但摹写其胸中之感想，与时代之情状，而真挚之理，与秀杰之气，时流露于其间。故谓元曲为中国最自然之文学，无不可也。若其文字之自然，则又为其必然之结果，抑其次也。

明以后，传奇无非喜剧，而元则有悲剧在其中。就其存者言之：如《汉宫秋》《梧桐雨》《西蜀梦》《火烧介子推》《张千替杀妻》等，初无所谓先离后合，始困终亨之事也。其最有悲剧之性质者，则如关汉卿之《窦娥冤》、纪君祥之《赵氏孤儿》。剧中虽有恶人交构其间，而其蹈汤赴火者，仍出于其主人翁之意志，即列之于世界大悲剧中，亦无愧色也。

元剧关目之拙，固不待言。此由当日未尝重视此事，故往往互相蹈袭，或草草为之。然如武汉臣之《老生儿》，关汉卿之《救风尘》，其布置结构，亦极意匠惨淡之致，宁较后世之传奇，有优无劣也。

然元剧最佳之处，不在其思想结构，而在其文章。其文章之妙，亦一言以蔽之，曰：有意境而已矣。何以谓之有意境？曰：写情则沁人心脾，写景则在人耳目，述事则如其口出是也。古诗词之佳者，无不如是。元曲亦然。明以后其思想结构，尽有胜于前人者，唯意境则为元人所独擅。

· · · · · · · · · · ·

古代文学之形容事物也，率用古语，其用俗语者绝无。又所用之字数亦不甚多。独元曲以许用衬字故，故辄以许多俗语或以自然之声音形容之。此自古文学上所未有也。

· · · · · · · · · ·

元曲分三种，杂剧之外，尚有小令、套数。小令只用一曲，与宋词略同。套数则合一宫调中诸曲为一套，与杂剧之一折略同。但杂剧以代言为事，而套数则以自叙为事，此其所以异也。元人小令、套数之佳，亦不让其杂剧……

《天净沙》小令，纯是天籁，仿佛唐人绝句。马东篱《秋思》一套，周德清评之以为万中无一，明王元美等亦推为套数中第一，诚定论也。此二体虽与元杂剧无涉，可知元人之于曲，天实纵之，非后世所能望其项背也。

元代曲家，自明以来，称关、马、郑、白。然以其年代及造诣论之，宁称关、白、马、郑为妥也。关汉卿一空倚傍，自铸伟词，而其言曲尽人情，字字本色，故当为元人第一。白仁甫、马东篱，高华雄浑，情深文明。郑德辉清丽芊绵，自成馨逸，均不失为第一流。其余曲家，均在四家范围内。唯宫大用瘦硬通神，独树一帜。以唐诗喻之：则汉卿似白乐天，仁甫似刘梦得，东篱似李义山，德辉似温飞卿，而大用则似韩昌黎。以宋词喻之，则汉卿似柳耆卿，仁甫似苏东坡，东篱似欧阳永叔，德辉似秦少游，大用似张子野。虽地位不必同，而品格则略相似也。明宁献王曲品，跻马致远于第一，而抑汉卿于第十。盖元中叶以后，曲家多祖马、郑，而祧汉卿，故宁王之评如是。其实非笃论也。

元剧自文章上言之，优足以当一代之文学。又以其自然故，故能写当时政治及社会之情状，足以供史家论世之资者不少。又曲中多用俗语，故宋、金、元三朝遗语，所存甚多。辑而存之，理而董之，自足为一专书。此又言语学上之事，而非此书之所有事也。

（郭绍虞主编：《中国历代文论选》第四册，上海，上海古籍出版社，2001）

二、徐念慈《小说林缘起》

"小说林"之成立，既二年有五月，同志议于春正发行"小说林"月刊社报，编译排比既竟，并嘱以言弁其首。觉我曰：伟哉！近年译籍东流，学术西化，其最歆动吾新旧社会，而无有文野智愚咸欢迎之者，非近年所行之新小说哉？夫我国之于小说，向所视为鸩毒，悬为厉禁，不许青年子弟稍一涉猎者也，乃一反其积习，而至于是。果有沟而通之，以圆其说者耶？抑小说之道今昔不同，前之果足以害人；后之实无愧益世耶？岂人心之嗜好，因时因地而迁耶？抑于吾人之理性(Venunft)，果有鼓舞与感觉之价值者耶？是今日小说界所宜研究之一问题也。

余不敏，尝以臆见论断之：则所谓小说者，殆合理想美学、感情美学而居其最上乘者乎？试以美学之最发达之德意志征之，黑辫尔氏(Hegel，1770—1831)于美学，持绝对观念论者也。其言曰："艺术之圆满者，其第一义，为醇化于自然。"简言之，即满足吾人之美的欲望，而使无遗憾也。曲本中之团圆(《白兔记》、《荆钗记》)、封诰(《杀狗记》)、荣归(《千金记》)、巧合(《紫箫记》)等目，触处皆是。若演义中之《野叟曝言》，其卷末之踌躇满志者，且不下数万言。要之不外使圆满而合于理性之自然也。其征一。又曰："事物现个性者，愈愈丰富，理想之发现亦愈愈圆满，故美之究竟在具象理想，不在于抽象理想。"西国小说，多述一人一事；中国小说，多述数人数事：论者谓为文野之别，余独谓不然。事迹繁，格局变，人物则忠奸贤愚并列，事迹则巧绌奇正杂陈，其首尾联络，映带起伏，非有大手笔，大结构，雄于文者，不能为此，盖深明乎具象理想之道，能使人一读再读即十读百读亦不厌也，而西籍中富此兴味者实鲜，孰优孰绌，不言可解。然所谓美之究竟，与小说固适合也。其征二。邱希孟氏(Kirchmann，1802—1884)，感情美学之代表者也，其言美的快感，谓对于实体之形象而起。试睹吴用之智(《水浒》)，铁丐之真(《野叟曝言》)，数奇若韦痴珠(《花月痕》)，弄权若曹阿瞒(《三国志》)，冤狱若风波亭(《岳传》)，神通游戏如孙行者(《西游记》)，济颠僧(《济公传》)，阐事烛理若福尔摩斯、马丁休脱(《侦探案》)，足令人快乐，令人轻蔑，令人苦痛尊敬，种种感情，莫不对于小说而得之。其征三。又曰："美的概念之要素，其三为形象性。"形象者，实体之模仿也。当未开化之社会，一切神仙佛鬼怪恶魔，莫不为社会所欢迎，而受其迷惑，阿剌伯之《夜谈》，希腊之神话，《西游》《封神》之荒诞，《聊斋》《谐铎》之鬼狐，世乐道之，酒后茶余，闻者色变。及文化日进，而观《长生术》《海屋筹》之兴味，不若《茶花女》《迦因小传》之秾郁而亲切矣。一非具形象性，一具形象性，而感情因以不同也。其证四。又曰："美之第四特性，为理想化。"理想化者，由感兴的实体，于艺术上除去无用分子、发挥其本性之谓也。小说之于日用琐事，亘数年者，未曾按日而书之，即所谓无用之分子则去之。而月球之环游，世界之末日，地心海底之旅行，日新不已，皆本科学之理想，超越自然而促其进化者也。其征五。凡此种种，为新旧社会所公认，而非余一己之私言，则其能鼓舞吾人之理性，感觉吾人之理性，夫复何疑！

"小说林"之于新小说，既已译著并刊，二十余月，成书者四五十册，购者纷至，重印至四五版，而又必择尤甄录，定期刊行此月报者，殆欲神其薰、浸、刺、提说详《新小说》一号之用，而毋徒费时间，使嗜小说癖者之终不满意云尔。

丁未元宵后三日，东海觉我识。

（黄霖编，罗书华撰：《中国历代小说批评史料汇编校释》，

南昌，百花洲文艺出版社，2009）

三、天僇生（王钟麒）《剧场之教育》

天僇生曰：国之兴亡，政之理乱，由风俗生也。风俗之良窳，由匹夫匹妇一二之心起也。此一二人之心，由外物之所濡，耳目之所触，习而成焉者也。是一二人者，习于贞则贞，习于淫则淫，习于非则非，习于是则是。其始也起点于一二人，其终也被于全国。造因至微，而取效甚巨。此义也，孔子知之，司马迁知之。孔子曰："声音之道，与政通矣。"司马迁曰："《雅》《颂》之音理而民正，噪噭之音兴而士奋，郑卫之音动而心淫。"是以古之圣王，设官以世守之。本之性情，稽之度数，而制为五音，以化成天下。春秋之世，王失其纲，圣人不作，雅乐丧缺，谲谏之士，渐有扮古衣冠，登场笑谑，以讽时政者。盖乐歌仅有声，而演剧则兼有色，其大旨要不外惩恶而劝善。历数千载，暨于隋氏，戏剧乃大兴于时。隋谓之"康衢戏"，唐谓之"梨园乐"，宋谓之"华林戏"，元谓之"升平乐"。元之撰剧演者，皆鸿儒硕士，穷其心力以为之。赵子昂谓："良家子弟所扮者，谓之'行家生活'；倡家所扮者，谓之'戾家把戏'。"关汉卿亦言扮演戏剧，须士夫自为之。盖古人之重视演剧也如此。明承元后，作者代起，如王渼陂、康对山、梁少白、陈所闻诸人，凡所撰新剧，皆自行登场，无有敢从而非议之，呼之贱行薄伎，如今世之所为者。诚以其所关大也。至本朝雍乾中，以演剧为大戒，士夫不得自畜声伎。自此以降，而后移风易俗之权，乃操之于里姆村优之手。其所演者，则淫亵也、劫杀也、神仙鬼怪也。求其词曲驯雅者，十无一二焉；求其与人心世道有关者，百无二一焉。吾闻元人杂剧，向有十二科，忠臣烈士，孝义廉耻，叱奸骂谗，逐臣孤子，居其四，而以神头鬼面、烟花粉黛为最下下乘。可知戏剧之所重，固在此而不在彼也。又元人分配脚色，咸有深意存其中。曰"正末"，当场男子，能指事者也。曰"副末"，昔谓之苍鹘。鹘者，能击贼者也。曰"狚"，狚，狐属，好淫；后讹为"旦"。曰"孤"，妆官者也，后讹为"狐"。曰"靓"，傅粉墨，供笑诌之义，后讹为"净"。曰"猱"，妓之通称也。猱亦狐属，能食虎脑，以喻少年爱色者，如虎之爱猱，非杀其身不止也。由是以观，是古人之于戏剧，非仅借以怡耳而怿目也，将以资劝惩动观感。迁流既久，愈变而愈失其真。昔之所谓杂剧，寖假而为京调矣，寖假而为西皮、二簧矣，寖假而为弋阳、梆子矣。于古人名

作，其下者读而不之解，其上者则以是为娱悦之具，无敢公然张大之者。于是而戏剧一途，乃为雅士所不道也。而世之观剧者，不得不以妇人、孺子及细民占其多数。是三种类者，其脑海中皆空洞无物，而忽焉以淫亵、劫杀、神仙、鬼怪之说中之，施者既不及知，而受者亦不自觉，先入为主，习与性成。观夫此，则吾国风俗之弊，其关系于戏剧者，为故非浅鲜矣。

昔者法之败于德也。法人设剧场于巴黎，演德兵入都时之惨状，观者感泣，而法以复兴。美之与英战。摄英人暴状于影戏，随到传观，而美以独立。演剧之效如此。是以西人于演剧者则敬之重之，于撰剧者更敬之重之。自十五六世纪以来，若英之萬来庵，法之莫礼蔼、那锡来诸人，其所著曲本，上而王公，下而妇孺，无不人手一编。而诸人者，亦往往现身说法，自行登场，一出未终，声流全国。夫西人之重视戏剧也如此，而吾国则如彼，即此一端，可以睹强弱之由矣。吾以为今日欲救吾国，当以输入国家思想为第一义。欲输入国家思想，当以广兴教育为第一义。然教育兴矣，其效力之所及者，仅在于中上社会，而下等社会无闻焉。欲无老无幼，无上无下，人人能有国家思想，而受其感化力者，舍戏剧末由。盖戏剧者，学校之补助品也。今海上诸梨园，亦稍稍知改良戏曲矣。然仅在上海之一部分，而所演新剧，又为诸剧中之一部分，即此一部分中，去其词曲鄙劣者十之三，去其宗旨乖谬者十之三，去其所引证事实与时局无涉者十之三，则夫异日所获之实亦仅矣。吾闻华严入法界品，有所谓婆须密多者，吾愿吾国戏剧家咸知此义，以其一身化亿万身，以救此众生。吾尤愿吾内地十八行省，省省得志士，设剧场，收廉值，以灌输文明思想。吾更愿吾海上诸名伶，取旧日剧本而更订之，凡有害风化、窒思想者，举黜弗庸，以为我民造无量幸福。仆也不才，夕夕而祝之，旦旦而祈之。

（程炳达、王卫民编著：《中国历代曲论释评》，北京，民族出版社，2000）

四、佚名《论戏剧弹词之有关于地方自治》（节选）

设有问地方自治于余者，余必曰：在戏剧；余必曰：在弹词；余必曰：在书场，在茶园，而不在于国会议院；余必曰：在说书，在唱戏，而不在于学士大夫。

竹篱茅舍，带水抱山六七家；胡琴咿呀，村姑抱子而走集。稻赤麦黄，万顷一望；锣鼓其镗，乡人释未。问有一村一町一区一集而无演戏者乎？曰无有。事之有害于地方也，莫如戏曲；事之有益于地方也，亦莫如戏曲。听《寄柬》《追舟》诸剧，则归而逾墙，而婚姻太自由矣；观"劫法场""打擂台"诸剧，则归而厉刃，而民权太平等矣。戏曲良，则风俗与之俱良；戏曲窳，则风俗与之俱窳；戏曲退步，则风俗与之俱退；戏曲进步，则风俗与之俱进。讲治地方，必治风俗始；讲治风俗，必自戏剧、弹词始。主严义则曰禁，主宽义则曰改；而吾谓禁之不若改之之善。

戏剧哉！弹词哉！具一切心，具一切法，一切众生以为眼耳口鼻色声香味触发，一切众生以为脑者也。吾若谰言，则入拔舌地狱。魏武非英主耶？《三国志》演，而万口齐骂奸臣。潘美非名将耶？《杨家将》演，而千眼攒视佞帅。有《封神榜》，而后有青狮、白象诸大菩萨。有《目连传》，而后有剑树、刀山、十殿阎罗、龙父耳蛭、水母目虾。以今之民，具今之智，虽曰禁之，禁可尽乎？此村撤锣，而彼村开台矣；此巷投板，而彼巷点鼓矣：民生之好乐也。而必议捐议罚以苦恼众生，休论禁之不能尽也，纵使能尽，抑何乐于为此耶？况小弦急则大弦绝，必有乡曲父老，推倒柴堆，抛却烟筒，起而与君为难，而为地方自治生一大阻力也。噫！

大道冥冥，众生沉沉，诲盗诲淫，系铃解铃。民之迷信于戏曲也，则开民之智，仍此戏曲。吾因喧哗喤呷曰：革命！革命！革命何物？曰革命戏剧；曰革命弹词。以李龟年撅笛，以安金藏点板，以李天下作生旦，以淳于髡作丑末。演唱侦探小说，而民知警察之不可不练；演唱政治小说，而民知赋税之不可不担；演唱科学小说，而民知工艺之不可不振；演唱医学小说，而民知卫生之不可不讲；演唱言情小说，而民知婚姻之不可不文明；演唱社会小说，而民知贫苦之不可不收恤。谚云"苏空头"，言无脑也。岂独苏人然哉？支那之人，尽无脑也。甲说入，则以甲说为脑，乙说入，则以乙说为脑。如今则换佳脑矣。而地方自治于是而可办。

职是之故，兴一政，而恐四乡父老之不吾从也，则劝其观新戏；创一法，而恐三村学究之訾嗷吾也，则劝其听新书。鼓无当于五声，五声得之而和；水无当于五色，五色得之而彰；戏剧、弹词，无当于地方自治，地方自治得之而缉。五百狮子吼，眇此神通；八千龙女舞，逊兹化力。论牖民智，吾不崇拜孔、墨、耶、佛，而崇拜施耐庵、孔云亭；论育民德，吾不崇拜培（培根）、笛（笛卡儿）、边（边沁）、黑（黑智儿），而崇拜帕拉姆、比得芬。良以移人之心，换人之脑，速万倍也。至于地方自治之形式、之精神、之规则、之性度，则吾三揖三让，以请政治大名家，著作大报馆之大椽笔。

（程炳达、王卫民编著：《中国历代曲论释评》，北京，民族出版社，2000）

五、《新世界小说社报发刊辞》

呜呼！中国教育之不普及，其所由来者渐矣。《汉志》九家，除小说家外，其余皆非妇孺所能与知之事。班氏谓其流盖出于古之稗官（如淳注引《九章》：细米为稗。王者欲知里巷风俗，故立稗官使称说之），而且与八家鼎峙，则小说之重可知；小说视为官书，则通行于朝野可知。观于师箴瞍诵，为后世盲词之滥觞，其实古之经筵，即今之盲词也。虽以君相之所讲求，亦不外妇孺所能与知之事，故君心易以启沃，而小说之为用广也。后世若《太平御览》，若《宣和遗事》，犹存稗官之意。元重词曲，至以之取士，则其宫廷之间，小说当不尽废。自明世经筵专讲经史，于是陈义过高，获益转鲜。自此以后，小说流行之区域盛于民间；士大夫拘文牵义，禁子弟阅看小说，陆桴亭至目为动火导欲之物。盖上不以是为重，则事不归官，而无知妄作之徒畅所欲言，靡所顾忌，讽劝之意少，而蛊惑之意多，荒唐谬悠之词，连篇累牍，不一而足，无宗旨，无根据，而小说乃毫无价值之可言。虽然，以今日而言，小说乃绝有价值之可言。

何以言之？文化日进。思潮日高，群知小说之效果捷于演说报章，不视为遣情之具，而视为开通民智之津梁，涵养民德之要素；故政治也，科学也，实业也，写情也，侦探也，分门别派，实为新小说之创例，此其所以绝有价值也。况言论自由，为东西文明之通例，仁者见仁，智者见智，亦华夏先哲之名言。苟知此例，则愿作小说者不论作何种小说，愿阅小说者亦不论阅何种小说，无不可也。同人有见于此，于是有《新世界小说》之作。盖庄言正论不足以动人，号为读书之士，尚至束阁经史。往往有圣贤千言万语所不能入者，引一俗谚相譬解，而其人即能恍然于言下。口耳流传，经无数自然之删削，乃有此美玉精金之片词只语，与经史而并存，世界不毁，则其言亦不毁。此一说也。如释奴小说之作，而后美洲大陆创开一新天地。有革命小说之作，而后欧洲政治特辟一新纪元。而以视吾国，北人之敢死喜乱，不啻活演一《水浒传》；南人之醉生梦死，不啻实做一《石头记》。小说势力之伟大，几几乎能造成世界矣。此一说也。官场之现形，奇奇怪怪；学堂之风潮，滔滔汩汩。新党之革命排满也，而继即升官发财矣；新乡愿之炫道学、倡公理也，而继即占官地、遂私计矣。人心险于山川，世路尽为荆棘，则其余之实行奸盗邪淫，与夫诈伪撞骗者，更不足论矣。耳所闻，目所见，举世皆小说之资料也。此又一说也。要而言之，小道可观，其蕴蓄于内者，有小说与世界心理之关系，哲学家之所谓内籀也；其表见于外者，有小说与世界历史风俗之关系，哲学家之所谓外籀也，请再进而备言之。

小说与世界心理之关系

夫为中国数千年之恶俗，而又最牢不可破者，则为鬼神。而鬼神之中，则又有神仙、鬼狐、道佛、妖魅之分。小说家于此，描写鬼神之情状，不啻描写吾民心理之情状。说者谓其惑根之不可拔，几几乎源于胎教。盖以吾国之迷信鬼神者，以妇女为最多，因而及于大多数之国民。近日识时君子，恒以吾国民无母教为忧；讵知其脑筋中自然而受之母教，鬼神实占其大部分，此皆言鬼神之小说为之也。顾昔日以小说而愈坚其鬼神之信，今宜即以小说而力破其鬼神之迷。不见夫通常社会中所行为，实鬼事多而人事少乎？此固无可讳者也。故欲贯输以文明之幸福，非先夺其脑筋中大部分之所据，而痛加以棒喝，以收夫廓清摧陷之功，不可得也。

其次则为男女。其为不正之男女，则必有果报；其为虽不正而可以附会今日自由结婚之男女，则必有团圆。最奇者，尚有非男非女，而亦居然有男女之事；盖以男女为其因，而万事皆从此一因而起。夸说功名，则平蛮封王，而为驸马也。艳称富贵，则考试及第，而为裔婿也。其先则无不贫困之极，其后则无不豪华之极。由是骄奢淫佚，而为纨袴，为劣绅，为势恶土豪，为败家子，皆从此派而生。使观其书者，如天花之乱坠，而目为之迷，神为之炫。此小说中普通之体例，然实即代表民俗普通之心理也。

小说与世界历史风俗之关系

观小说者，无端歌哭，无限低回，而感情最浓者，其在兴亡之际乎！借渔樵之话，挥沧桑之泪，痛定思痛，句中有句，忌讳既多，湮没遂易；其有大书特书者，出之虽后，则至可富贵矣。中国数千年来，有君史，无民史。其关系于此种之小说，可作民史读也。夫有兴亡之事，则有一切扰乱战争之事，然其时之罹于锋镝，与其后之重见天日，必有一番舜、尧之渲染。虽其说半不足据，而当时朝廷之对待民间为仁为暴，犹可为万一之揣测。况专制时代，凡事莫不以君主为重心，由小说而播于演剧。而演剧则足为重心所在之证者，则俗语所谓"十出九皇帝"是也。皇帝为独一无二富贵无比之称号。其狂妄不轨之徒，窃以自娱者无论矣；即至童乳戏言，亦往往以此称号为口头禅，以自拟而聊快其无意识之歆羡。而不知扰乱之种子，即隐含于此。故兴亡儳如转烛，平添无数小说之材料。演剧则为其试马场也，平话则为其演说场也，平话俗谓之说书。而世界遂随而涌现于此时矣。

其他若官吏，若绅衿，若士庶人，合而成一大社会，分之则各有一小社会，皆依附此重心以为转移。官吏、绅衿、士庶，则随此重心而转移，则官吏、绅衿、士庶所为之事，形容其事者为世态；而态有炎凉之分；左右其事者为世情，而情有冷暖之异；皆所以点缀此世界者也。而非小说不足以传之，传之而善者以劝，恶者以惩，清者以扬，浊者以激。

总而言之，凡世界所有之事，小说中无不备有之；即世界所无之事，小说中亦无不包有之。忽而大千世界，忽而须弥世界；忽而文明世界，忽而黑暗世界；忽而强权不制世界，忽而公理大明世界。种种世界，无不可由小说造；种种世界，无不可以小说毁。过去之世界，以小说挽留之；现在之世界，以小说发表之；未来之世界，以小说唤起之。政治焉，社会焉，侦探焉，冒险焉，艳情焉，科学与理想焉，有新世界乃有新小说，有新小说乃有新世界，传播文明之利器在是，企图教育之普及在是，此《小说世界》之所以作也。大雅君子，其诸有取于斯！

（黄霖编，罗书华撰：《中国历代小说批评史料汇编校释》，

南昌，百花洲文艺出版社，2009）

六、吴沃尧《说小说（杂说）》（节选）

吾人生于今日，当世界交通之会，所见所闻，自较前人为广。吾每见今人动辄指摘前人为谫陋者，是未尝设身处地，为前人一设想耳。风会转移，与时俱进，后生小子其见识或较老人为多，此非后生者之具有特别聪明也，老人不幸未生于此时会也。非独后

生于老人为然，即一人一身之经历亦然。十年后之理想之见识，必较十年前为不同，此则风会转移之明征矣。今之动辄喜訾议古人者，吾未闻其自訾襁褓时之无用，抑又何也？

轻议古人固非是，动辄牵引古人之理想，以阑入今日之理想，亦非是也。吾于今人之论小说，每一见之。如《水浒传》，志盗之书也，而今人每每称其提倡平等主义。吾恐施耐庵当日，断断不能作此理想，不过彼叙此一百八人，聚义梁山泊，恰似一平等社会之现状耳。吾曾反覆读之，意其为愤世之作。吾国素无言论自由之说，文字每易贾祸，故忧时愤世之心，不得不托之小说。且托之小说，亦不敢明写其事也，必委曲譬喻以为寓言，此古人著书之苦况也。《水浒传》者，一部贪官污吏传之别裁也。梁山泊一百八人，强半为在官人役，如都头也，教师也，里正也，书吏也，而一一都归结于为盗，则著者之视在官人役之为何如可知矣。而如是等等之人之所以都归结于为盗者，无非官逼之使然，则著者之视官为何如亦可知矣。吾虽雅不欲援古人之理想，以阑入今日之理想，然持此意以读《水浒传》，则谓《水浒传》为今日官吏之龟鉴也亦宜。

（郭绍虞主编：《中国历代文论选》第四册，上海，上海古籍出版社，2001）

七、黄世仲《小说风尚之进步以翻译说部为风气之先》

各国民智之进步，小说之影响于社会者巨矣。《佳人奇遇》之于政治感情，《宗教趣谭》之于宗教思想，《航海述奇》之于冒险性质，余如侦探小说之生人机警心，种种（族）小说之生人爱国心，功效如响斯应。其关系于社会者如此，故东西洋诸大小说家，柴四郎、福禄特尔辈，至今名字灿焉，近来中国士夫，稍知小说重要者尽能言之矣。自风气渐开，一切国民知识，类皆由西方输入。夫以隔暌数万里之遥，而声气相通至如是之疾者，非必人人精西语，善西文，身历西土，考究其历史，参观其现势而得之也；诵其诗，读其书，即足以知其大概，而观感之念悠然以生。然既非人人尽精西语，尽善西文，与尽历西土，终得如是之观感者，谓非借译本流传，交换智识，乌能有是哉？

环球中族种不同，风化殊异。今忽使内外仕途，侈谈西法，普通社会，崇拜欧化者，伊何故欤？盖犹前之说，吾知为翻译西书者之功用大矣。良以开通时代，势不能不扫除隔膜者而使之交通，知其风俗，识其礼教，明其政治之源流，与社会之性质，故译书尚焉。然吾尝有言：读群书如观星，读小说如对月；读群书如在一室，读小说如历全球。彼声光电化、政治、历史、宗教之书，可以开通上流士夫，而无补于普通社会。就灌输知识开通风气之一方面而立说，则一切群书，其功用诚不可与小说同年语也。晚近以来，莫不知小说为瀹导社会之灵符。顾其始也，以吾国人士，游历外洋，见夫各国学堂，多以小说为教科书，因之究其原，知其故，活然知小说之功用。于是抬其著名小说，足为社会进化之导师者，译以行世。渐而新闻社会，踵然效之，报界由是发达、民智由是增开。成效既呈，继而思东西洋大小说家，如柴四郎、福禄特尔者，吾中国未必遂无其人，与其乞灵于译本，诚不如归而求之。而小说之风大盛。盖历史小说耶，则何国无历史？政治小说耶，则何国无政治？种族小说耶，又何国为[无]种族？外人之可以为历史、政治、种族与种种小说者，吾中国何不可以为历史政治种族与种种诸小说？实事耶？理想耶？说部丛书，为吾国文学士之骋才弄墨者，今已遍于城市，故翻译小说昔为尤多，自著小说今为尤盛。翻译者如前锋，自著者如后劲，扬镳分道，其影响于社会者，殆无轩轾焉。虽此中之谁优谁劣，犹是第二问题，可弗置辨；而以小说进步为报界之进步，即以小说达为民智之发达，吾诚不能不归功于小说，尤不能不以译本小说为开道之骅骝也。

　　吾国小说，至明元而大行，至清初而愈盛。昔之《齐谐志》《山海经》，奇闻夥矣；《东周》《三国》《东西汉》《晋》《隋唐》《宋》诸演义，历史备矣；后之《水浒传》《西厢记》《红楼梦》《金瓶梅》《阅微草堂》《聊斋志异》，五光十色，美不胜收。何吾国人既知小说与社会之关系，宁不知披轶卷，搜遗篇，顾必乞灵译本，以为开通风气之先者？此非徒以中国文字艰深，无补于普通社会，转而求诸外人浅易之文法也；亦非吾国旧小说界，无一二可增人群之知识，转而求诸外人之思想也。自西风东渐以来，一切政治习尚，自顾皆成锢陋，方不得不舍此短以从彼长，则固以译书为引渡新风之始也。欲研究地理者，一身不能尽历全球，则惟读英书者如在伦敦，读法书者如在巴黎，读日书者如在东京矣；欲采观风俗者，读其国之书，如见国之风俗矣；留心政治者，读其国之书，如见其国之政治矣。然此犹是限于一国，抑限于一时。若夫小说，则随时随地，皆可胪列靡遗，时之今昔，地之远近，包罗万状。作者或不能自知，而阅者已洞如观火，而晓然于某国某时，其地理、政治、风俗固如是也。二十年来崇拜文明，已大异于闭关时代。忽有所谓小说者，得睹其源流，观其态度，宁不心往而神移？故译本小说之功用，良亦伟矣哉！

　　然以吾观之，译本盛行，为小说发达之初级时代；即民智发达，亦为初级时代。东西诸小说家，旧之柴四郎、福禄特尔辈，既不能复生所谓著名小说，亦陈陈相因，重翻叠译。文学士丁此潮流，又深知小说之影响于社会，固如是其巨，因之购阅者日见甚多，即著作家日见其盛。初求进步，继求改良。欲导社会以如何效果者，即为如何之小说。就阅者之眼光，以行其笔墨，古之文字艰深者则浅之，古之寄记于仙佛神鬼者去之，以张小说之旗帜。吾敢信自今以往，译本小说之盛，后必不如前；著作小说之盛，将来必逾于往者。盖非徒与中国之施耐庵、罗贯中、曹雪芹，外国之柴四郎、福禄特尔辈，竞长争胜，盖其风气之进步使然也。嗟呼！昔之以读小说为废时失事、误人心术者；今则书肆之中，小说之销场，百倍于群书。昔之墨客文人，范围于经传，拘守夫绳尺；而今之所谓小说家者，如天马行空，隐然于文坛上独翘一帜。观阅者之所趋，而知著作之所萃。盛矣哉其小说乎！然苟非于转移社会具龙象力，于瀹智上有绝大关系者，又乌能有是！然而风尚之所由起，如译本小说者，其真社会之导师哉！一切科学、地理、种族、政治、风俗、艳情、义侠、侦探，吾国未有此瀹智灵丹者，先以译本诱其脑筋；吾国著作家于是乎观社会之现情，审风气之趋势，起而挺笔研墨以继其后。观此而知新风过渡之有由矣。

（黄霖编，罗书华撰：《中国历代小说批评史料汇编校释》，

南昌，百花洲文艺出版社，2009）

八、佚名《读新小说法》（节选）

我昔怪夫旧世界反对小说之人，恶读小说，以冷落我极热闹之旧小说；我今怪夫新世界崇拜小说之人，喜读小说，以污秽我极洁净之新小说。小说固不许浅人读得耶？不识庐山，妄喜妄恶，臧、榖亡羊，所失相伍，其弊在于不知读法。

有李卓吾而后可以读《西厢》《拜月》，有金人瑞而后可以读《西游》《水浒》，有拿破仑而后可以读布尔特奇之《英雄传》，有玛志侬而后可以读沙伯里昂之《流血记》。沉沉支那不受小说之福，而或中小说之毒，无读人耳。小说固所以激刺人之神经，挹注人之脑汁。神经不灵，脑汁不富，欲种善因，翻得恶果。其弊在于不知读法……

要而言之，旧小说，文学的也；新小说，以文学的而兼科学的。旧小说，常理的也；新小说，以常理的而兼哲理的。读旧小说，须具二法眼藏，一作如是观，一作如彼观。吾恨不令漆园老叟凿我浑沌人，以观遍四千年来之旧小说。读新小说，须具万法眼藏，社会的作社会观，国家的作国家观，心理的作心理观，世界的作世界观。吾只得求吾佛慈悲，生万眼，生万手，生万口，以阅遍持遍读遍无量劫无量数之新小说。

（黄霖编，罗书华撰：《中国历代小说批评史料汇编校释》，

南昌，百花洲文艺出版社，2009）